저지대

저지대

줌파 라히리
서창렬 옮김

마음산책

저지대

1판 1쇄 발행 2014년 3월 30일
1판 14쇄 발행 2023년 10월 5일

지은이 | 줌파 라히리
옮긴이 | 서창렬
펴낸이 | 정은숙
펴낸곳 | 마음산책

등록 | 2000년 7월 28일(제2000-000237호)
주소 | (우 04043) 서울시 마포구 잔다리로3안길 20
전화 | 대표 362-1452 편집 362-1451 팩스 | 362-1455
홈페이지 | www.maumsan.com
블로그 | blog.naver.com/maumsanchaek
트위터 | twitter.com/maumsanchaek
페이스북 | facebook.com/maumsan
인스타그램 | instagram.com/maumsanchaek
전자우편 | maum@maumsan.com

ISBN 978-89-6090-183-4 03840

처음부터 나를 믿어준 카린과
끝까지 나를 지켜봐준 알베르토에게

내 고향에 돌아가 묻히게 해주오,
큰 물결 이는 따뜻한 바다 같은 풀숲 속에.

　— 조르조 바사니, 『로마에 경의를 표하다』

우리가 살아 있지 않다면 배울 것도 없어.

죽음 앞에서 우린 평등해.

그 점에선 죽음이 삶보다 나은 것 같아.

1

1

톨리클럽의 동쪽, 데샤프란 사시말 로드가 둘로 갈라지고 나면 조그만 회교성원이 보인다. 회교성원을 돌아가면 조용한 주거지가 나온다. 좁은 길과 주로 중산층이 사는 집들이 빽빽이 들어선 곳이다.

한때 이 주거지 안에 길쭉한 연못 두 개가 나란히 있었다. 연못 뒤로는 그리 넓지 않은 저지대가 펼쳐져 있었다.

우기가 끝나면 연못의 수위가 높아져서 두 연못 사이에 쌓은 제방이 보이지 않았다. 저지대에도 1미터 안팎의 깊이로 빗물이 들어찼으며, 물은 오랫동안 그대로 고여 있었다.

물에 잠긴 들판에는 부레옥잠이 무성했다. 떠다니는 물풀은 어기차게 자랐다. 이파리로 뒤덮인 탓에 수면은 굳은 땅처럼 보였다. 들판의 초록빛이 하늘의 파란빛과 대조를 이루었다.

주변을 따라 간단한 오두막이 군데군데 있었다. 가난한 사람들은 먹을 수 있는 것을 찾으려 첨벙첨벙 걸어 들어갔다. 가을이면 도시의 매연으로 흰 날개가 더러워진 왜가리 떼가 찾아왔다. 왜가리는 꼼짝 않고 서서 먹이를 기다렸다.

캘커타는 기후가 습해서 물의 증발이 더뎠다. 그렇지만 그 많은 물도 결국에는 햇볕에 대부분 증발되고 축축한 땅이 다시 드러났다.

수바시와 우다얀은 셀 수 없이 많이 저지대를 가로질러 걸었다. 축구를 하려면 놀이터로 가야 했는데, 이 길이 동네 변두리에 있는 놀이터로 가는 지름길이었다. 물웅덩이를 피하고, 제자리에 남아 땅에 엉겨 붙은 부레옥잠 이파리를 건너뛰며 걸었다. 숨을 쉴 때마다 습한 공기가 코로 밀려들었다.

어떤 생물은 건기를 견뎌낼 수 있는 알을 낳았다. 또 어떤 생물은 진흙땅에 몸을 묻고 죽은 체 지내면서 우기가 돌아오기를 기다렸다.

2

수바시와 우다얀은 톨리클럽에는 절대 발을 들여놓지 않았
다. 근처에 사는 대부분의 사람과 마찬가지로 톨리클럽의 목조
대문과 벽돌담을 수백 번 그냥 지나쳐 갔다. 1940년대 중반까지
아버지는 말들이 경주로를 돌며 경주하는 모습을 담 너머로 구
경하곤 했다. 아버지는 입장권을 살 형편이 못 되거나 클럽 안
으로 들어갈 수 없어서 길거리에 서서 구경하는 내기꾼과 구경
꾼 사이에서 지켜보았다. 그러나 수바시와 우다얀이 태어난 무
렵인 제2차 세계대전 이후 담이 높아져서 사람들은 이제 클럽
안을 볼 수 없었다.

이웃에 사는 비스밀라는 이 클럽의 캐디로 일했다. 회교도인
그는 분리 독립 이후에 톨리건지에 정착해 살았다. 그는 경기
중에 잃어버렸거나 찾기를 포기한 골프공을 수거해서 몇 푼의
돈을 받고 두 형제에게 팔았다. 골프공 중에는 피부에 깊게 베
인 상처가 난 것처럼 찢어져서 내부의 분홍빛 고무 조직이 드러
난 것도 있었다.

처음에는 표면이 올록볼록한 공을 막대기로 이리저리 쳤다.

나중에는 비스밀라가 손잡이가 약간 굽은 퍼팅용 아이언도 그들에게 팔았다. 경기가 안 풀려서 화가 난 사람이 나무에다 휘둘러 망가뜨린 골프채였다.

비스밀라가 몸을 어떤 식으로 앞으로 숙이는지, 손을 어디에 두어야 하는지 보여주었다. 경기 방식을 대충 이해한 형제는 땅에 구멍을 파고 골프공을 그 안에 넣으려 애를 썼다. 공을 더 멀리 보내기 위해서는 다른 아이언이 필요했지만 그냥 퍼터만 사용했다. 하지만 골프는 축구나 크리켓과는 달랐다. 있는 장비만 가지고 즉흥적으로 즐길 수 있는 놀이가 아니었다.

비스밀라가 놀이터의 땅에 톨리클럽의 지도를 그렸다. 그리고 클럽하우스 가까운 곳에 수영장과 마구간과 테니스장이 있다고 두 형제에게 말했다. 은주전자로 차를 따르는 식당이 있고, 당구와 브리지를 할 수 있는 별실도 있다고 했다. 축음기에서 음악이 흘러나오고, 흰옷을 입은 바텐더가 핑크레이디와 진피즈라는 음료수를 준비한다고 했다.

불법 침입자를 막기 위해 최근에 클럽의 경영진들이 경계 지점에 더 많은 담을 쌓았다. 그러나 비스밀라는 아직도 서쪽 변두리에 철조망 울타리를 친 구역이 있는데 그곳으로 사람이 드나들 수 있다고 말했다.

수바시와 우다얀은 어스름이 깔리기를 기다렸다. 그 시간에는 골퍼들이 모기를 피하려 코스를 떠나 클럽하우스로 돌아가서 칵테일을 한잔할 것이다. 형제는 이 계획을 동네 아이들에게 말하지 않고 자기들만의 비밀로 간직했다. 모퉁이에 있는 회교 성원으로 걸음을 옮겼다. 빨간색과 흰색으로 꾸민 뾰족탑이 주변의 건물들과 뚜렷이 구별되었다. 그들은 퍼터와 빈 석유통 두

개를 들고 큰길로 접어들었다.

길을 건너 맞은편의 테크니션스 영화 촬영소가 있는 곳으로 갔다. 그런 다음 예전에 아디강가 강이 흘렀던 논 쪽으로 걸었다. 한때 영국인들이 삼각주까지 배를 운항하던 곳이었다.

요즈음 이곳은 상황이 좋지 않았다. 다카에서, 라즈샤히에서, 치타공에서 도망쳐 온 힌두교도의 정착촌이 길게 줄을 이루었다. 캘커타 시는 난민들을 수용하기는 했으나 그냥 방치해두었다. 장맛비가 저지대를 집어삼키듯, 10년 전의 분리 독립 이후로 이들이 톨리건지의 일부를 잠식했다.

정부 일을 하는 일부 사람들은 교환 계획에 따라 주택을 제공받았다. 그러나 대부분은 대대로 살아온 고향 땅을 등지고 물밀듯이 밀려온 피난민이었다. 처음에는 빠르게 흐르는 개울 물처럼, 나중에는 홍수처럼 몰려왔다. 수바시와 우다얀은 암울한 얼굴로 떼 지어 걸어가는 사람들의 행렬을 기억했다. 부모들은 아기를 가슴에 안고 띠를 묶은 채 두세 개의 짐 보따리를 머리에 이고 걸었다.

난민들은 캔버스 천이나 짚으로 거처를 만들었고, 대나무를 엮어 담을 만들었다. 위생 시설도, 전기도 없이 살았다. 용변은 쓰레기 더미 옆의 오두막이나, 이용할 수 있는 곳이면 어디에서든 처리했다.

아디강가 강이 지금은 캘커타 남서 지역의 하수구가 된 것이 바로 이 때문이었다. 이 강의 둑 위에 자리 잡고 있는 톨리클럽이 더 많은 담을 쌓은 것도 이 때문이었다.

수바시와 우다얀은 철조망 울타리가 없는 곳을 찾았고, 담이 낮아서 넘어갈 수 있을 만한 지점에서 걸음을 멈췄다. 형제는 반바지를 입고 있었다. 호주머니는 골프공으로 불룩했다. 비스밀라는 클럽 안에서 더 많은 골프공을 찾을 거라고 말했다. 공은 타마린드 나무에서 떨어진 꼬투리가 널린 땅 위에 있을 거라고 했다.

우다얀은 퍼터를 담 너머로 던졌다. 이어 석유통 하나를 던졌다. 남은 석유통을 밟고 서면 수바시는 충분히 담을 넘을 수 있을 터였다. 그러나 우다얀은 당시에는 형보다 키가 약간 작았다.

깍지 끼고 힘 줘, 우다얀이 말했다.

수바시는 두 손을 맞잡았다. 동생의 발의 무게와 닳은 샌들 바닥을 느꼈고, 이어 잠깐 동안 어깨를 짓누르는 온몸의 무게를 느꼈다. 우다얀은 재빨리 위로 올라갔다. 그런 다음 다리를 벌리고 담에 걸터앉았다.

네가 답사하는 동안 난 이쪽에서 망을 볼까? 수바시가 물었다.

그럼 무슨 재미가 있겠어?

뭐가 보이니?

형이 올라와서 직접 봐.

수바시는 석유통을 약간 움직여서 담벼락에 더 가까이 붙였다. 그 위에 올라섰다. 발밑에서 속이 빈 통이 불안정하게 흔들리는 것이 느껴졌다.

형, 어서 올라와.

우다얀은 자세를 가다듬고 나서 몸을 밑으로 내렸다. 담을 움켜잡고 있는 손가락 끝만 보였다. 그런 다음 손을 놓아 땅에 내려섰다. 수바시는 한차례 힘을 쓴 우다얀이 숨을 거칠게 몰아쉬는 소리를 들을 수 있었다.

괜찮아?

물론이지. 이제 형 차례야.

수바시는 두 손으로 담을 움켜잡고 가슴을 밀어 올렸다. 무릎이 긁혔다. 늘 그렇듯이 자신이 느끼는 좌절감의 원인이 주로 우다얀의 대담함인지 아니면 대담함이 부족한 자기 자신인지 확실치 않았다. 수바시의 나이는 열세 살이고 우다얀보다 15개월 많았다. 그러나 우다얀 없는 자신은 생각나지 않았다. 기억이 떠오르는 가장 이른 때부터 동생은 늘 함께 있었다.

갑자기 톨리건지가 아닌 세상이 나타났다. 거리를 달리는 차 소리가 끊임없이 들려왔지만 이제는 볼 수 없었다. 커다란 포환나무와 유칼립투스, 병솔나무 그리고 플루메리아가 수바시와 우다얀을 둘러싸고 있었다.

수바시는 경사진 땅 위에 잔디가 양탄자처럼 고르게 펼쳐진 이런 잔디밭을 본 적이 없었다. 땅은 사막의 모래언덕이나 바다의 부드러운 물결처럼 기복이 있었다. 무척이나 곱게 깎인 퍼팅 그린의 잔디는 수바시가 밟았을 때 이끼처럼 느껴졌다. 지면은 머리 가죽처럼 부드러웠고, 그곳의 잔디는 약간 더 밝아 보였다.

한 장소에서 그토록 많은 왜가리를 본 것은 처음이었다. 수바시가 가까이 다가가자 왜가리 떼는 날아가 버렸다. 나무들이 잔디밭에 오후의 그림자를 던졌다. 부드러운 가지가 줄기에서 갈라져 뻗어 나간 모습이 눈에 들어왔는데, 마치 여자의 몸의 은밀한 부분 같았다.

수바시와 우다얀 모두 무단 침입의 짜릿함으로, 붙잡힐지도 모른다는 두려움으로 현기증이 났다. 그러나 걸어서 또는 말을 타고 순찰을 도는 경비원도 없었고, 그들이 들어온 것을 알아차린 관리인도 없었다. 두 형제를 쫓아내려고 오는 사람은 없었다.

형제는 긴장을 풀기 시작했다. 코스를 따라 일런의 깃발이 꽂힌 게 눈에 들어왔다. 컵이 들어 있는 홀은 땅의 배꼽 같았는데, 골프공이 가야 할 곳을 알려주었다. 얕은 모래 구덩이가 여기저기 자리 잡고 있었고, 페어웨이에 있는 웅덩이는 현미경으로 들여다본 물방울 같은 이상한 형태를 띠었다.

수바시와 우다얀은 정문에서 멀리 떨어진 곳에서만 움직였고, 클럽하우스 쪽으로 가는 모험은 하지 않았다. 클럽하우스에서는 외국인 남녀가 팔짱을 끼고 걷거나 나무 아래 등의자에 앉아 있곤 했다. 비스밀라 말로는 여전히 인도에 살고 있는 영국인 가족들이 가끔 아이스크림, 조랑말 타기, 촛불을 꽂은 케이크 등을 준비해 아이의 생일 파티를 그곳에서 연다고 했다. 네루가 수상인데도 가장 큰 응접실에는 새 영국 여왕인 엘리자베스 2세의 초상화가 걸려 있다고 했다.

우다얀은 이곳 사람들이 별로 신경 쓰지 않는 구석진 곳에서 길 잃은 물소 한 마리를 벗 삼아 힘차게 골프채를 내둘렀다. 머리 위로 두 손을 추켜올리고 자세를 취한 다음 퍼터를 칼처럼 휘둘렀다. 말쑥한 뗏장이 떨어져 나갔고, 골프공 몇 개는 물에 빠져 잃어버렸다. 형제는 대체할 공을 찾아 러프를 뒤졌다.

수바시는 망을 보면서 널찍한 붉은 흙길에서 말발굽 소리가 들려오지는 않는지 귀 기울였다. 딱따구리가 나무를 쪼는 소리가 들렸다. 낫질하는 소리도 희미하게 들렸다. 이 클럽 안 어느 구역에선가 사람이 손으로 잔디를 다듬고 있었다.

황갈색 가죽에 회색 반점이 있는 자칼이 무리를 이루어 꼿꼿이 앉아 있었다. 햇빛이 사그라지자 몸이 야윈 자칼 몇 마리가 먹을 것을 찾아 빠른 걸음걸이로 일직선으로 나아갔다. 넋 놓아 울부짖는 자칼의 울음소리가 클럽 안에 메아리쳤다. 시간이 늦었으며, 형제가 집에 돌아갈 시간이라는 것을 알리는 신호이기도 했다.

수바시와 우다얀은 석유통 두 개를 거기에 두었다. 밖에 있는 것은 그 장소를 표시해두려는 것이었다. 클럽 안에 있는 것은 관목 숲 뒤에 잘 숨겼다.

그 뒤 몇 차례 다시 갔을 때 수바시는 새의 날개와 야생 아몬드를 모았다. 물웅덩이에서 독수리가 목욕을 하고 날개를 활짝 펼쳐서 말리는 모습을 보았다.

한번은 휘파람새의 둥지에서 땅에 떨어졌으나 멀쩡한 알을 발견했다. 수바시는 그 알을 조심스럽게 집으로 가져와서 과자점에서 산 테라코타 그릇에 넣었다. 그런 다음 잔가지로 알을 덮었다. 알이 부화를 하지 않자 집 뒤쪽의 뜰에 있는 망고나무 아래에 구멍을 파고 묻어주었다.

어느 날 저녁 클럽 안에서 퍼터를 밖으로 던지고 다시 담을 넘었을 때, 바깥쪽의 석유통이 없어졌다는 것을 알아차렸다.

누가 가져갔나 봐, 우다얀이 말했다. 통을 찾기 시작했다. 빛은 거의 사라지고 없었다.

너희가 찾고 있는 게 이거냐?

경찰이 어디선가 불쑥 나타났다. 이 클럽 주변 지역을 순찰하는 경찰이었다.

형제는 경찰의 키와 제복을 알아볼 수 있었다. 경찰은 통을 들고 있었다.

경찰이 두 형제를 향해 몇 발짝 걸음을 뗐다. 순간, 땅에 놓인 퍼터를 발견하고 주워 들어 살펴보았다. 그는 통을 내려놓고 손전등을 켜서 수바시와 우다얀의 얼굴에 각각 불빛을 비춘 다음 불빛으로 몸을 훑었다.

형제야?

수바시가 고개를 끄덕였다.

주머니에 든 건 뭐야?

수바시와 우다얀은 골프공을 꺼내서 넘겨주었다. 경찰이 자신의 호주머니에 골프공을 집어넣는 것을 지켜보았다. 경찰은 공 하나를 꺼내서 허공에 던지고 이어 손으로 받았다.

이 공들을 어떻게 손에 넣었어?

형제는 침묵했다.

누가 오늘 이 클럽에서 골프를 치자고 너희를 초대했어?

둘은 고개를 저었다.

이곳은 출입 금지 구역이라는 건 내가 굳이 말할 필요가 없을 거야, 경찰이 말했다. 그는 퍼터의 손잡이를 수바시의 팔에 가볍게 얹었다.

오늘 처음 온 거냐?

아니요.

이 일은 네가 하자고 한 거냐? 철들 나이가 된 것 같은데?

제가 하자고 했습니다, 우다얀이 말했다.

넌 충성스러운 동생을 두었구나, 경찰이 수바시에게 말했다. 널 보호하고 싶어 해. 기꺼이 책임을 지겠다잖아.

이번엔 봐주겠어, 경찰이 말을 이었다. 클럽에 이르지 않을 거야. 다시는 이런 짓을 하지 않겠다고 한다면 말이야.

다시는 여기 오지 않겠어요, 수바시가 말했다.

좋아. 너희를 부모님께 데려다줄까, 아니면 여기서 얘기를 끝낼까?

여기서 끝내요.

그럼 뒤로 돌아. 너만.

수바시는 벽을 향해 섰다.

한 걸음 더 앞으로.

수바시는 강철 손잡이로 엉덩이를 맞았다. 이어 종아리를 맞았다. 두 번째는 너무 세게 맞아서 맞는 순간에 고꾸라졌다. 며칠이 지나서야 부어오른 자국이 가라앉을 정도였다.

부모님은 두 형제를 때린 적이 없었다. 수바시는 처음에는 아무것도 느끼지 못했다. 그저 얼얼할 뿐이었다. 그러나 잠시 후에 프라이팬에서 끓던 물을 피부에 부은 듯한 감각이 몰려왔다.

그만 때려요, 우다얀이 경찰에게 소리쳤다. 그러고 나서 수바시 옆에 쭈그려 앉으며 형을 지켜주려고 팔을 뻗어 형의 어깨에 둘렀다.

둘은 서로 몸을 밀착하여 부둥켜안았다. 형제는 고개를 떨어뜨리고 눈을 감았다. 수바시는 여전히 고통으로 몸을 뒤틀었다. 그러나 매질은 더 이상 없었다. 수바시와 우다얀은 담 너머로 퍼터를 던지는 소리와 이윽고 퍼터가 클럽 안으로 떨어지는 소리를 들었다. 그것으로 됐다고 생각한 경찰은 걸음을 옮겨 떠났다.

3

어렸을 때부터 수바시는 조심성이 많았다. 엄마가 수바시의 뒤를 쫓아다닐 일이 없었다. 수바시는 엄마 곁에 맴돌면서 엄마가 석탄 레인지에 요리를 하거나, 동네에 있는 여성복 전문점에서 의뢰받은 사리와 블라우스 천 조각에 수를 놓는 것을 지켜보았다. 아빠를 도와 아빠가 안뜰의 화분에 키우는 달리아를 심었다. 둥글게 피어난 꽃은 보라색, 주황색, 분홍색을 띠었는데, 종종 끝 부분이 흰색인 꽃들이 있었다. 우중충한 안뜰의 담을 배경으로 피어난 달리아의 싱그러움은 충격적이었다.

수바시는 소란스러운 놀이가 끝나기를, 아이들의 떠들썩한 소리가 가라앉기를 기다렸다. 가장 좋아하는 시간은 혼자 있을 때나 혼자라는 느낌이 들 때였다. 아침에 침대에 누워 담 위에서 까불대는 새처럼 햇살이 아른거리는 것을 보는 게 좋았다.

그는 곤충을 반구형 방충망 아래에 넣어서 관찰했다. 하녀가 갑작스러운 사정으로 오지 못한 날이면 엄마는 때때로 동네 연못가로 가서 설거지를 하곤 했는데, 그곳에서 수바시는 흐린 물에 두 손을 넣고 오목하게 오므려서 개구리를 잡으며 놀았다.

그는 자기 세계에서 살고 있어, 수바시에게서 반응을 끌어내지 못한 친척들은 많은 사람들이 모인 자리에서 때때로 그렇게 말했다.

수바시가 항상 눈에 띄는 곳에 있었던 반면 우다얀은 자주 사라졌다. 어렸을 때 방이 두 개뿐인 집에서 살 때도 우다얀은 틈만 나면 숨었다. 침대 밑에 숨고, 문 뒤에 숨고, 겨울 누비이불을 보관해두는 상자 속에도 숨었다.

우다얀은 이런 놀이를 예고도 없이 했다. 즉흥적으로 사라져서 뒤뜰로 몰래 숨어들거나 나무에 올라가곤 했는데, 엄마가 불렀을 때 대답이 없으면 엄마는 하던 일을 멈추어야 했다. 엄마는 어르고 이름을 부르면서 우다얀을 찾았는데, 그럴 때면 수바시는 엄마 얼굴에 아이를 찾지 못할지도 모른다는 공포감이 순간적으로 서리는 것을 보았다.

형제가 자라서 부모님이 집 밖으로 나가도 된다고 허락했을 때, 엄마는 서로의 눈에서 사라지는 일이 없도록 주의해야 한다고 당부했다. 그들은 함께 연못 뒤로 가서 저지대를 가로지르고 주거지의 구불구불한 길을 걸어 내려가 놀이터로 가곤 했다. 놀이터에서는 종종 다른 아이들을 만났다. 모퉁이에 있는 회교성원에 가서 시원한 대리석 계단에 앉아 있기도 했다. 때로는 그렇게 앉아서 다른 사람의 라디오로 축구 중계를 들었는데, 회교성원의 관리자는 전혀 신경 쓰지 않았다.

마침내 그들은 주거지를 벗어나 더 큰 도시로 가도 된다는 허락을 받았다. 걸을 수 있는 한 얼마든지 멀리까지 걸어서, 또는 둘이서 전차와 버스를 타고 돌아다닐 수 있게 되었다. 그렇지만 별개의 신앙을 가진 사람들이 예배를 드리는 장소인 길모퉁이

회교성원이 여전히 일상적으로 오가며 지나치는 곳이었다.

언젠가는 우다얀의 제안으로 테크니션스 영화 촬영소 밖에서 어슬렁거렸다. 사티야지트 레이 감독이 〈파테르 판찰리〉를 찍기 때문에 벵골 영화배우들이 그곳에 모여 있었던 것이다. 아는 사람이 촬영 현장에서 일하고 있어서 수바시와 우다얀은 갖가지 전선들이 뒤엉켜 있고 불빛이 부시게 반짝이는 곳으로 안내받았다. 조용히 하라는 지시에 이어 클래퍼보드가 딱 소리를 낸 다음, 감독과 촬영기사가 몇 줄의 시나리오를 완성하려고 한 장면을 찍고 다시 찍는 모습을 형제는 지켜보았다. 잠깐의 오락을 위해 온종일 일했다.

아름다운 여배우들이 분장실에서 나오자 형제는 그들을 쳐다보았다. 선글라스를 낀 여배우들은 대기 중인 차에 올라탔다. 우다얀은 용감한 아이여서 그들에게 다가가 사인을 부탁했다. 어떤 색깔은 식별하지 못하는 동물처럼 우다얀은 자기통제라는 것을 알지 못했다. 그러나 수바시는 나무껍질이나 풀잎과 분간하기 어려운 어떤 동물들처럼 자신의 존재감을 최소화하려고 애썼다.

서로 이렇게 달랐지만 사람들은 끊임없이 둘을 구별하지 못하고 헷갈렸다. 그래서 누가 둘 가운데 한 명의 이름을 부르면 둘 다 대답을 하는 게 습관이 되어버렸다. 게다가 누가 대답을 했는지 알기 어려울 때가 많았다. 그만큼 수바시와 우다얀의 목소리는 거의 구별이 되지 않았다. 둘이 체스판에 앉아 있을 때면 똑같이 다리 하나는 구부리고 다리 하나는 쭉 벌린 채 턱을 무릎에 괸 모습이 거울에 비친 상 같았다.

형제는 옷을 한 줄로 포개놓고 빼서 입을 만큼 체구도 비슷했다. 부모님에게서 물려받은 밝은 구릿빛 얼굴색도 똑같았고, 이중 관절이 있는 손가락, 뚜렷한 이목구비, 곱슬곱슬한 머릿결도 같았다.

수바시는 자신의 온건한 성격이 부모님의 눈에는 창의력 부족으로 여겨지지 않을까 궁금했다. 어쩌면 결점으로 보일지도 몰랐다. 부모님은 수바시에 대해서는 걱정할 필요가 없었지만, 그렇다고 그를 더 좋아하는 것은 아니었다. 부모님께 순종하는 게 그의 역할이 되었다. 부모님을 놀라게 하거나 감탄케 하는 것은 가능하지 않았다. 그것은 우다얀의 몫이었다.

안뜰에는 우다얀이 저지른 말썽의 흔적이 오래도록 고스란히 남았다. 맨땅에 콘크리트포장을 하던 날 생긴 발자국이었다. 그날 형제는 작업이 마무리될 때까지 나가지 말고 방 안에 있으라는 말을 들었다.

수바시와 우다얀은 오전 내내 일꾼이 외바퀴 손수레 안에 콘크리트를 준비하는 모습을 지켜보았다. 일꾼은 연장을 사용하여 질척한 혼합물을 뒤섞으며 개었다. 스물네 시간 동안 나오면 안 된다, 일꾼이 경고의 말을 남기고 떠났다.

수바시는 그 말을 따랐다. 창문으로 밖을 내다보았으며, 밖으로 나가지는 않았다. 그러나 엄마가 등을 돌리고 있을 때 우다얀은 문에서 길이 시작되는 곳까지 임시로 깔아놓은 긴 널빤지 위를 맨발로 달렸다.

널빤지의 절반쯤 갔을 때 우다얀은 균형을 잃었고, 나가려 했다는 증거가 되는 발자국들이 콘크리트에 찍히고 말았다. 모래시계처럼 가운데로 갈수록 가늘어지고 발가락 부분은 따로따로 떨어진 모양이었다.

다음 날 일꾼이 다시 불려 왔다. 그때는 콘크리트가 이미 굳었고, 우다얀이 남긴 발자국은 영구히 남게 되었다. 이 흠집을 바로잡을 수 있는 유일한 방법은 한 층을 더 까는 것뿐이었다. 수바시는 이번에는 동생의 잘못이 너무 큰 게 아닐까 생각했다.

그러나 아빠는 일꾼에게 그대로 놔두라고 말했다. 돈이나 번거로움 때문이 아니고, 아들이 찍은 발자국을 없애는 것은 옳은 일이 아니라고 믿기 때문이라고 했다.

그래서 콘크리트에 생긴 그 흠은 이 집의 차별적인 특징이 되었다. 집에 온 손님들이 알아보는 것이고, 맨 먼저 듣게 되는 집안 이야기였다.

수바시는 1년 일찍 학교에 들어갈 수도 있었다. 그러나 편의를 위해— 또한 우다얀이 자기를 두고 수바시만 가는 것은 안된다고 반대했기 때문에— 형제는 같은 시기에 같은 반에 입학했다. 평범한 집안의 남자아이들이 다니는 벵골어 학교였는데, 기독교인 묘지를 지나면 나오는 전차 정류장 너머에 있었다.

아이들은 공책에 인도의 역사와 캘커타의 기원을 요약해서 적었다. 세계 지리를 익히려고 지도를 그렸다.

톨리건지는 개간지 위에 세워졌다는 것을 배웠다. 수세기 전 벵골 만의 해류가 훨씬 강했던 때, 톨리건지는 맹그로브열대의 해변이나 하구의 습지에서 자라는 나무가 무성한 늪지대였다. 연못과 논과 저지대는 그 흔적이었다.

생활과학 수업 시간에 맹그로브 나무를 그렸다. 맹그로브 나무의 뒤얽힌 뿌리는 수면 위로 나와 있는데, 뿌리의 특별한 기공으로 산소를 흡수했다. 번식체라 부르는 길쭉해진 씨앗은

엽궐련 모양이었다.

번식체가 썰물 때 떨어지면 염분이 있는 습지에 박혀 부모 곁에서 뿌리를 내리고 자란다는 것을 배웠다. 그러나 밀물 때는 떨어진 곳에서 떠내려가다가 1년 이내에 적합한 환경을 만나면 그곳에서 자란다고 했다.

영국인들은 물에 잠긴 숲을 없애고 도로를 깔았다. 1770년에 그들은 캘커타의 남쪽 경계 너머에 교외 주택 지역을 건설했는데, 초기에는 인도인보다 유럽인이 더 많이 살았다. 점무늬 사슴이 노닐고 물총새가 지평선을 가로지르며 휙휙 날아다니는 곳이었다.

윌리엄 톨리 소령은 아디강가 강의 일부를 파고 준설했는데, 그래서 이 지역의 명칭이 톨리 소령의 이름을 따서 붙여졌으며, 아디강가 강은 톨리 수로라는 이름으로도 알려지게 되었다. 톨리 소령은 캘커타와 동벵골 간의 해운업이 가능하게 했다.

톨리클럽의 땅은 원래 인도제너럴은행의 은행장인 리처드 존슨의 소유지였다. 1785년에 그는 팔라디오 양식고대의 단순한 건축물을 모범으로 삼은 건축양식의 별장을 지었다. 세계 곳곳의 아열대 지역에서 외래 수종을 톨리건지로 수입했다.

19세기 초, 제4차 마이소르전쟁에서 티푸 술탄이 죽은 후 영국 동인도회사는 마이소르의 통치자였던 티푸의 미망인과 아들 들을 존슨의 사유지에 감금했다.

폐위된 가족은 스리랑가파트나에서 쫓겨나 멀리 떨어진 인도 남서부 지역으로 강제로 옮겨 왔다. 그들은 풀려난 뒤 톨리건지에서 살아갈 수 있도록 작은 땅뙈기를 받았다. 세월이 흐르면서 영국인들이 다시 캘커타의 중심부로 옮겨 감에 따라 톨리건지는 주로 회교도가 사는 지역이 되었다.

비록 분리 독립으로 회교도가 다시 소수가 되긴 했지만 술탄 알람 로드, 프린스 박티아르 샤 로드, 프린스 골람 모함마드 샤 로드, 프린스 라히무딘 레인과 같은 아주 많은 거리 이름이 추방된 티푸 왕조의 유산이었다.

골람 모함마드는 아버지를 추모하여 다르마탈라에 커다란 회교성원을 지었다. 한동안 그는 허락을 받고 존슨의 별장에서 살았다. 그러나 1895년 무렵 윌리엄 크룩섕크라는 스코틀랜드인이 말을 타고 다니며 잃어버린 개를 찾다가 그 별장을 우연히 발견했을 때, 그 커다란 집은 버려진 채 사향고양이의 서식지가 되었고 덩굴식물에 둘러싸여 있었다.

크룩섕크 덕분에 별장은 복구되었고, 그 자리에 컨트리클럽이 세워졌다. 크룩섕크가 초대 회장으로 임명되었다. 1930년대 초반에 캘커타 시의 전차 선로가 남쪽으로까지 확장된 것은 영국인을 위한 것이었다. 그 도시의 소란스러움에서 벗어나려고, 그리고 자기들끼리 있고 싶어서 톨리클럽으로 좀 더 편리하게 가고자 했던 것이다.

고등학교에서 형제는 광학과 힘, 원소의 원자번호, 빛과 소리의 성질 등을 배웠다. 헤르츠의 전자기파의 발견, 마르코니의 무선 전송 실험도 배웠다. 벵골인인 자가디시 찬드라 보스는 캘커타 공회당에서 열린 설명회에서 전자기파가 화약에 불을 붙이고 멀리서 종을 울릴 수 있다는 것을 보여주었다.

형제는 매일 저녁 철제 책상에 마주 앉았는데, 책상 위에는 교과서, 글씨 연습 교본, 연필, 지우개와 함께 체스보드가 놓이곤 했다. 공부를 하면서 동시에 체스 놀이도 즐겼던 것이다. 방정식을 풀고 공식을 외우며 밤늦게까지 공부했다. 밤에는 톨리 클럽에 있는 자칼의 울음소리가 들릴 만큼 조용했다. 까마귀들이 일제히 까악거리기 시작하며 새날의 시작을 알릴 때까지 자지 않고 깨어 있던 날도 종종 있었다.

우다얀은 수력학이나 판구조론에 관해 선생님에게 반론을 펼치는 것을 두려워하지 않았다. 그는 손짓을 해가며 자신의 논점을 설명하고 자신의 견해를 강조했다. 손의 움직임이 마치 분자와 입자가 그의 손아귀 안에 있는 듯한 느낌을 주었다. 이따금 선생님이 우다얀에게 교실 밖에 나가 있으라고 했다. 그가 친구들의 수업 진행에 방해가 된다는 것이었는데, 사실은 그가 선생님을 넘어섰기 때문이었다.

대학 입학시험을 준비할 때가 되자 부모님이 가정교사를 구해주었다. 그 비용을 마련하기 위해 어머니는 바느질 일감을 조금 더 맡아야 했다. 가정교사는 재미없는 사람이었는데, 눈꺼풀이 마비되어서 안경에 달린 클립으로 눈꺼풀을 지지하여 눈을 뜨고 있었다. 그렇게 하지 않으면 눈을 계속 뜨고 있을 수가 없었다. 그는 매일 저녁 집에 와서 파동 – 입자 이중성, 굴절과 반사의 법칙 등을 복습시켜주었다. 수바시와 우다얀은 "두 지점 사이를 진행하는 빛의 경로는 시간이 가장 적게 걸리는 경로다"라는 페르마의 원리를 외웠다.

우다얀은 기초 전기회로망을 공부하고 나서 집 안의 전기 배선 체계를 파악했다. 필요한 도구를 마련한 다음 잘 살펴보고 궁리해서 흠이 있는 전선과 스위치를 수선하고, 전선을 묶고, 선풍기의 접촉 부분을 손상하는 녹을 줄로 긁어냈다. 그는 맨

손으로 스위치를 만지는 게 겁이 나서 항상 사리의 천으로 손가락을 감싸고 만지는 어머니를 놀렸다.

퓨즈가 나갔을 때 우다얀은 고무 슬리퍼를 끼고, 움츠러드는 일 없이 전기저항기를 점검하고 퓨즈를 빼냈다. 그러는 동안 수바시는 한쪽 옆에 서서 손전등을 비추었다.

어느 날 전선을 한 다발 들고 집에 온 우다얀이 방문객의 편의를 위해 집에 버저를 설치하기 시작했다. 두꺼비집에 변압기를 설치하고 현관문 옆에 검정색 누름단추를 달았다. 벽에 망치로 구멍을 뚫고 새 전선을 들여보냈다.

버저 설치 작업이 끝나자 우다얀은 버저를 이용해서 모스부호를 연습해보자고 말했다. 그는 도서관에서 전신에 관한 책을 찾아 알파벳 글자에 해당하는 점과 선 들을 두 장 베껴 적었으며, 그것을 참조하기 위해 각자 한 장씩 나누어 가졌다.

선은 점의 세 배 길이였다. 각 점이나 선 뒤에는 간격을 두는데, 알파벳과 알파벳 사이에는 점 세 개 길이, 단어와 단어 사이에는 점 일곱 개 길이의 간격을 두었다. 우다얀과 수바시는 자기들 이름 첫 글자로 시험해보았다. 마르코니가 대서양 건너 저편에서 받았던 s는 점 세 개였다. u는 두 개의 점과 한 개의 선이었다.

둘은 교대로 한 명은 현관문 옆에 서고 한 명은 집 안에 남아서 서로 신호를 보내고 단어를 해독했다. 형제는 곧 부모님은 이해하지 못할 부호화된 내용을 보낼 수 있을 만큼 숙달되었다. "영화관"하고 둘 중 한 명이 제안한다. "아니, 전차 정류장, 담배."

둘은 시나리오를 만들어서 조난당한 군인이나 스파이라고

설정했다. 중국의 산길이나 러시아의 숲, 쿠바의 사탕수수밭에서 은밀히 통신을 했다.

들리는가?

예.

위치는?

모릅니다.

생존자는?

두 명.

사망자는?

둘은 버저를 눌러서 서로에게 배가 고프다, 축구하자, 예쁜 여자아이가 방금 집 앞을 지나갔다, 라는 얘기를 했다. 그것은 축구 선수 두 명이 골문을 향해 함께 나아가면서 공을 주고받으며 패스하는 것 같은, 형제의 사적인 주고받기 놀이였다. 둘 중 한 명이 가정교사가 오는 것을 보면 세 개의 점, 세 개의 선, 다시 세 개의 점으로 SOS를 눌렀다.

형제는 그 도시에서 가장 좋은 두 대학에 각각 입학하게 되었다. 우다얀은 프레지던시대학에 진학해서 물리학을 공부하기로 했다. 수바시는 화학공학을 공부하러 자다푸르대학에 진학했다. 그 동네에서 그리고 평범한 그 고등학교에서 그토록 좋은 성과를 낸 학생은 형제뿐이었다.

아버지는 입학을 축하하기 위해 시장에 가서 필라프 요리 재료인 캐슈너트와 장미 향수를 샀고 비싼 참새우도 500그램이나 샀다. 아버지는 가족을 부양하기 위해 열아홉 살 때부터 일을 하기 시작했는데, 대학 학위가 없다는 게 유일한 회한이었다. 아

버지는 인도철도회사에서 사무직 직원으로 일했다. 두 아들의
성공 소식이 널리 퍼져서 밖에만 나가면 걸음을 막고 축하해주
는 사람들이 한둘이 아니라고 아버지는 말했다.

　이런 사람들에게 아버지는 자기가 축하받을 일이 아니라고
말했다. 아들들이 열심히 공부해서 좋은 결과를 얻었을 뿐이며,
아들이 이룬 성과는 아들 스스로 이룬 것이라고 했다.

　선물로 무엇을 받고 싶은지 묻자 수바시는 늘 곁에 두고 사용
하던 낡은 목제 체스 세트를 대체할 대리석 체스 세트를 받고
싶다는 뜻을 넌지시 비쳤다. 그러나 우다얀은 단파 라디오를 원
했다. 목제 틀로 둘러싼 부모님의 오래된 진공관 라디오에서 나
오는 소식보다 더 많은, 또는 나뭇가지처럼 얇게 말아서 아침에
안뜰의 담 너머로 던져주는 벵골 일간신문에 실리는 소식보다
더 많은 세계 소식을 듣고 싶어 했다.

　우다얀과 수바시는 직접 조립했다. 뉴 마켓과 고물상을 뒤졌
으며, 인도 군대의 불용 군수품에서 예비 부품을 찾았다. 둘은
일련의 복잡한 설명과 낡은 회로도를 따라 조립했다. 침대 위에
기판, 콘덴서, 여러 가지 저항기, 스피커 등의 부품을 늘어놓았
다. 전선을 납땜했으며, 필요한 작업을 함께했다. 이윽고 조립이
끝나고 나니 그것은 네모난 손잡이가 있는 조그만 검정색 철제
여행 가방처럼 보였다.

　수신 감도는 보통 여름보다 겨울이 더 좋았다. 일반적으로 낮
보다 밤이 더 좋았다. 이것은 태양의 광자가 이온층의 분자를
교란하지 않을 때, 양전하 입자와 음전하 입자가 재빨리 재결합
할 때 수신 감도가 좋다는 것을 의미했다.

　창문 옆에 교대로 앉아 수신기를 손에 든 채 위치를 이리저

리 바꿔보면서 바로바로 안테나를 조정하고 두 개의 조절 장치를 조작했다. 동조 다이얼을 가능한 한 천천히 돌리면서 점차 주파수대역에 익숙해졌다.

형제는 라디오모스크바의 뉴스 단신, 미국의소리, 라디오베이징, BBC 같은 외국에서 오는 신호를 찾았다. 바닷물처럼 뒤척이고 바람처럼 흔들리는 무수한 전파장애 요인들을 헤치고 수천 킬로미터 떨어진 곳에서 날아온 제각각인 소식과 사소한 정보들을 청취했다. 중부 유럽의 기상 상황, 아테네의 민요, 압델 나세르의 연설도 들었다. 핀란드어, 터키어, 한국어, 포르투갈어 등 그저 추측만 할 수 있을 뿐인 언어의 방송도 들었다.

1964년이었다. 통킹 만 결의로 미국은 북베트남에 군사력을 사용할 것을 의결했다. 브라질에서는 군사 쿠데타가 일어났다.

캘커타에서는 영화관에서 〈차룰라타〉가 상영되었다. 스리나가르에 있는 회교성원에서 유물이 도난당한 뒤 회교도와 힌두교도 사이에 또 다시 폭동이 일어나 100명 이상이 죽었다. 인도의 공산주의자 중에는 2년 전에 발생한 중국과의 국경 전쟁에 반대하는 사람들이 있었다. 친중국 성향의 탈퇴 집단이 자신들을 인도공산당 마르크스주의파라고 불렀고, 약칭으로 CPI(M)이라 했다.

의회는 여전히 델리에 있는 중앙정부를 운영했다. 네루가 심장마비로 죽은 그해 봄에 그의 딸 인디라 간디가 내각에 진출했다. 2년이 채 안 되어 인디라는 수상이 되었다.

이제 수바시와 우다얀은 아침이면 면도를 하기 시작했다. 안뜰에서 품앗이하며 서로 손거울과 따뜻한 물 한 냄비를 들어주

었다. 밥과 콩 요리와 감자튀김을 먹고 나서 함께 집을 나와 모
퉁이에 있는 회교성원을 지나고 주거지를 벗어나 걸었다. 번잡
한 큰길로 접어들고 나서도 전차 정류장까지 줄곧 함께 걸었다.
그런 다음 서로 다른 버스를 타고 각자의 대학교로 갔다.

형제는 이 도시의 각기 다른 구역에서 서로 다른 친구를 사
귀면서 영어를 사용하는 학교에 다니는 남자아이들과 어울려
지냈다. 일부 과학 과목이 비슷하긴 했지만 둘은 시험 일정이
서로 달랐으며, 다른 교수에게 배우고 실험실에서 다른 실험들
을 수행했다.

우다얀의 학교가 더 멀었으므로 집에 돌아오는 데 우다얀이
시간이 더 걸렸다. 그가 캘커타 북부 출신의 학생들과 친하게
지내기 시작하자 책상에 놓인 체스보드는 방치되었다. 수바시
는 혼자서 체스 놀이를 하기 시작했다. 그렇지만 여전히 하루의
시작과 끝에는 우다얀이 옆에 있었다.

1966년 여름 어느 날 저녁, 둘은 웸블리에서 열린 영국과 독
일의 월드컵 경기를 단파방송으로 들었다. 오랫동안 유령 골 논
란을 일으킨 유명한 결승전이었다. 라인업이 발표되자 종이에
받아 적고 선수들의 대오를 그림으로 표시했다. 형제는 침대가
경기장인 것처럼 중계방송을 들으며 집게손가락으로 선수들의
움직임을 따라다녔다. 독일이 첫 골을 얻었다. 전반 18분에 제
프 허스트가 동점 골을 넣었다. 후반전이 끝을 향해 달려가고
있을 즈음, 영국이 2 대 1로 이기고 있을 때 우다얀이 라디오를
껐다.

뭐 하는 거야?

수신 감도를 높이려고.

이 정도면 잘 들리는 거야. 그러다 경기 끝나버리겠다.

끝나지 않아.

우다얀은 침대 밑으로 손을 뻗었다. 형제가 잡동사니들을 넣어두는 곳이었다. 공책, 컴퍼스, 자, 연필 깎을 때 쓰는 면도날, 스포츠 잡지가 있었다. 단파 라디오 조립 설명서도 있었다. 그 작업에 필요한 여분의 너트와 볼트, 나사돌리개, 펜치도 있었다.

우다얀은 나사돌리개를 사용하여 라디오를 다시 분해하기 시작했다.

코일이나 스위치에 연결한 선 하나가 떨어진 게 틀림없어, 그가 말했다.

그걸 꼭 지금 고쳐야 해?

우다얀은 대답하지 않고 작업을 계속했다. 이미 껍데기를 벗겼고, 민첩한 손놀림으로 나사를 빼고 있었다.

다시 조립하려면 며칠 걸리겠다, 수바시가 말했다.

뭘 어떻게 해야 하는지 난 잘 알아.

우다얀은 기판을 떼어내서 전선 몇 가닥을 손보았다. 그런 다음 라디오를 다시 조립했다.

경기는 아직 진행 중이었다. 지지직거리는 잡음이 적어졌다. 우다얀이 라디오를 고치는 사이, 후반전이 끝나갈 무렵에 독일이 한 골을 넣어 경기는 연장전으로 돌입했다.

잠시 후 영국의 허스트가 다시 득점을 하는 현장의 소리를 들었다. 공이 크로스바 아래쪽을 때리고 골대 선 위로 튀었다. 주심이 골인을 선언하자 독일 팀은 즉시 항의했다. 주심은 소련인 선심에게 문의했고, 잠시 모든 게 정지했다. 결국 골로 인정되었다.

영국이 이겼어, 우다얀이 말했다.

경기는 몇 분 더 남아 있었고, 독일이 사력을 다해서 다시 동점을 만들었다. 그러나 우다얀의 말이 맞았다. 경기가 끝날 무렵에 허스트가 네 번째 골을 성공시킨 것이다. 그러자 경기 종료 휘슬이 울리기도 전에 이미 영국 관중의 승리의 함성이 경기장을 가득 메웠다.

4

1967년에 신문과 전全인도라디오에서 낙살바리에 관한 소식을 전하기 시작했다. 전에는 한 번도 들어본 적이 없는 곳이었다.

다르질링 지역에 있는 여러 촌락 중 하나로 서벵골 북단에 있는 좁고 긴 마을이었다. 히말라야 산기슭의 언덕에 파묻혀 있는 이 마을은 캘커타에서 650킬로미터쯤 떨어졌는데, 톨리건지보다 티베트가 더 가까웠다.

마을 사람 대부분은 차 플랜테이션 농장이나 대규모 토지에서 일하는 소작농이었다. 그들은 대를 이어 실질적으로 바뀐 게 없는 봉건제도 아래서 살았다.

부유한 지주에게 교묘히 이용당했다. 자신들이 경작해온 땅에서 쫓겨났으며, 자신들이 재배한 작물에서 나오는 소득을 받지 못했다. 돈놀이꾼의 먹잇감이 되었다. 생존에 필요한 임금을 착취당했고, 먹을 것이 부족하여 죽는 사람도 생겼다.

그해 봄, 낙살바리에 사는 한 소작인이 불법적으로 쫓겨난 땅을 갈아 일구려 했을 때 그 땅의 지주가 폭력배들을 보내서 폭행했다. 그들은 소작인의 쟁기와 소를 빼앗았다. 경찰은 개입하지 않으려 했다.

이 일이 있은 다음 소작인들이 집단적으로 보복을 했다. 자신들을 속이고 부당하게 작성한 문서와 기록물들을 불태웠다. 강제로 토지를 차지했다.

그것이 다르질링 지역에서 일어난 최초의 소작쟁의는 아니었다. 그러나 이번에는 소작인들의 투쟁 방식이 전투적이었다. 원시적인 무기로 무장하고 붉은 깃발을 흔들며 소리쳤다. "마오쩌둥 만세."

차루 마줌다르와 카누 사냘이라는 두 명의 벵골 공산주의자가 벌어지고 있는 사태를 조직화하는 데 도움을 주었다. 두 사람은 낙살바리에서 가까운 고장에서 자랐다. 둘은 감옥에서 만났는데, 1800년대 후반에 태어난 대부분의 인도 공산주의 지도자들보다 젊었다. 마줌다르와 사냘은 그 지도자들을 경멸했다. 인도공산당 마르크스주의파와 의견을 달리했다.

두 사람은 소작인에게 소유권을 주어야 한다고 주장했다. 농민들에게 자기 자신들을 위해 경작해야 한다고 말했다.

차루 마줌다르는 아버지가 변호사인 지주 집안 출신으로 대학을 중퇴했다. 신문에 나온 사진을 보면 앙상한 얼굴에 매부리코이고 부스스한 머리를 한 연약해 보이는 남자였다. 천식 환자였고, 마르크스레닌주의 이론가였다. 일부 고위급 공산주의자는 그를 가리켜 미치광이라고 불렀다. 농민 봉기의 시기에는 쉰살이 안 되었는데도 심장병을 앓아서 집안에 틀어박혀 있었다.

카누 사냘은 마줌다르의 제자로 삼십 대였다. 브라만 계급출신이었으며, 그 지역 사람들이 쓰는 부족어를 배웠다. 재산을 소유하지 않고자 했고, 가난한 시골 사람들에게 헌신했다.

폭동이 확산되자 경찰이 그 지역을 순찰하기 시작했다. 정식으로 선포하지도 않고 통행금지를 시행했으며, 임의로 사람들을 체포했다.

캘커타 주 정부는 사냘에게 호소했다. 사냘의 도움으로 소작농의 항복을 이끌어내고 싶어 했다. 사냘은 체포되지 않을 거라는 보장 아래 처음에는 토지 세입을 담당하는 장관을 만났다. 협상을 약속했다. 그러나 마지막 순간에 사냘은 그 약속을 철회했다.

5월에 한 무리의 남녀 소작농들이 활과 화살로 형사를 공격하여 죽였다. 다음 날 그 지역의 경찰 병력과 봉기한 농민들이 길에서 마주쳤다. 화살 하나가 경찰의 팔에 박혔다. 경찰이 무리를 향해 해산하라고 말했다. 해산하지 않자 경찰이 발포했다. 열한 명이 죽었다. 그중 여덟은 여자였다.

밤에 라디오를 듣고 나서 수바시와 우다얀은 지금 벌어지고 있는 사태에 대해 이야기를 나누었다. 부모님이 침실로 들어간 뒤에 책상 앞에 앉아 몰래 담배를 피우면서 이야기했다. 둘 사이에는 재떨이가 놓였다.

그럴 만한 가치가 있는 일이라고 생각해? 수바시가 물었다. 농민들이 벌인 일 말이야.

물론 가치 있는 일이야. 농민들이 들고일어났어. 모든 걸 걸고서. 아무것도 없는 사람들이 말이야. 힘 있는 사람들이 자신들을 전혀 보호해주지 않으니까.

그런다고 뭐가 달라질까? 활과 화살이 현대 국가를 상대로 무슨 힘을 발휘할 수 있겠어?

우다얀은 쌀알 몇 개를 집으려는 것처럼 손가락 끝을 한데 모아 지그시 힘을 주었다. 만약 형이 그런 데서 태어나 그런 삶을 살아야 한다면 형은 어떻게 할 거야?

많은 사람과 마찬가지로 우다얀은 좌파 연합인 통일전선을 비난했다. 아조이 무케르지가 이끄는 통일전선은 지금 서벵골을 다스리고 있었다. 그해 초에 그와 수바시 모두 통일전선의 승리를 축하했다. 통일전선은 공산주의자를 내각에 진출시켰다. 노동자와 농민에 기반을 둔 정부를 세우겠다고 약속했다. 대규모 토지 소유를 폐지하겠다고 맹세했다. 서벵골에서 의회의 지배를 끝내기까지는 거의 20년이 걸렸다.

그러나 통일전선은 농민 봉기를 지지하지 않았다. 오히려 반대 의견에도 불구하고 내무부장관인 조티 바수는 경찰을 불러들였다. 이제 아조이 무케르지는 자신의 손에 피를 묻혔다.

북경의 〈인민일보〉는 농민 혁명을 피로 진압한 서벵골 정부를 비난했다. '인도에 몰아친 봄날의 우레'가 그 기사의 표제였다. 캘커타의 모든 신문이 그 소식을 실었다. 거리에서, 대학 교정에서 농민을 옹호하고 살인 진압에 항의하는 시위가 일어났다. 프레지던시대학에서, 자다푸르대학에서 수바시와 우다얀은 몇몇 건물의 창에 낙살바리를 지지하는 현수막이 걸린 것을 보았다. 정부 관리의 사임을 요구하는 연설도 들었다.

낙살바리에서는 충돌이 커져만 갔다. 강도질과 약탈 행위가 보도되었다. 농민들은 정부 조직과 유사한 행정조직을 만들었다. 지주들을 납치하고 살해했다.

7월에 중앙정부는 낙살바리로 활과 화살을 반입하는 것을 금지했다. 그 주에 서벵골 내각의 재가를 받고 경찰과 용역 인부 500명이 그 지역에 쳐들어갔다. 그들은 가장 가난한 마을 사람들의 움막을 수색했다. 무장하지 않은 반란자들을 체포했고, 투항하지 않으면 죽였다. 무자비하게, 조직적으로 그 반란을 철저히 짓밟았다.

우다얀은 진저리를 치면서 책과 신문 더미를 밀치며 자리에서 벌떡 일어났다. 라디오를 껐다. 방 안을 서성이며 바닥을 내려다보다가 손으로 머리를 쓸어 올렸다.

너 괜찮아? 수바시가 물었다.

우다얀은 대답하지 않았다. 한 손을 엉덩이에 댄 채 고개를 저었다. 한동안 말이 없었다. 그 소식에 둘 다 충격을 받았지만, 우다얀은 그 일이 개인적인 고통인 것처럼, 실제로 세게 얻어맞은 것처럼 반응했다.

사람들이 굶어 죽어가고 있어. 그런데 이게 그자들의 해결책이야, 우다얀이 이윽고 입을 열었다. 그자들은 희생자를 범죄자로 둔갑시키고 속수무책인 사람들에게 총을 겨눠.

우다얀은 방문의 걸쇠를 벗겼다.

어디 가려고?

나도 몰라. 그냥 걸어야겠어. 어떻게 상황이 이렇게 될 수 있는 거지?

어쨌든 상황은 끝난 거 같다, 수바시가 말했다.

우다얀은 방을 나가기 전에 걸음을 멈추고 고개를 저었다. 이건 시작일 뿐일지도 몰라, 그가 말했다.

무슨 시작?

더 큰 일의 시작. 다른 어떤 사태의 시작.

우다얀은 중국 언론이 예측한 말을 인용했다. "다르질링에서의 불꽃은 들불처럼 번져서 인도의 광범위한 지역을 불타오르게 할 것이다."

계절이 가을로 접어들 무렵에 사냘과 마줌다르 모두 지하로 숨었다. 체 게바라가 볼리비아에서 총살당하고, 죽었다는 증거로 쓰이기 위해 손목이 잘려나간 그해 가을이었다.

인도에서는 기자들이 스스로 간행물을 출간하기 시작했다. 영어로 쓴 〈해방〉, 벵골어로 쓴 〈데샤브라티〉가 나왔다. 중국 공산주의 잡지에 실린 기사를 복제한 것이었다. 우다얀은 그것들을 집에 가져오기 시작했다.

이런 글들은 전혀 새롭지 않아, 아버지가 그중 하나를 대충 넘겨 읽으며 말했다. 우리 세대도 마르크스를 읽었어.

아버지 세대는 아무것도 해결하지 않았어요, 우다얀이 말했다.

우린 국가를 수립했어. 독립했잖아. 이 나라가 우리 것이 된 거야.

그걸로는 충분치 않아요. 그래서 우리가 다다른 곳은 어디죠? 누구에게 도움이 되나요?

이런 일은 시간이 필요한 거야.

아버지는 낙살바리를 무시했다. 아무것도 아닌 일에 젊은이들이 흥분한다고 말했다. 그 모든 일은 52일 동안 벌어진 문제에 불과하다고 했다.

그렇지 않아요, 아버지. 통일전선은 자기들이 이겼다고 생각하지만 실은 실패한 거예요. 앞으로 무슨 일이 일어나는지 보세요.

무슨 일이 일어나는데?

사람들이 가만있지 않을 거예요. 낙살바리에서 영감을 얻을 거예요. 낙살바리는 변화를 이끄는 자극제예요.

나는 이 나라에서 이미 변화의 시대를 살아왔어, 아버지가 말했다. 한 체제가 다른 체제를 대체하려면 뭐가 필요한지 난 알아. 너희는 아니야.

그러나 우다얀은 자신의 생각을 굽히지 않았다. 학교에서 선생님들에게 반론을 펼치곤 하던 것과 같은 방식으로 아버지에게 반론을 펴기 시작했다. 인도의 독립이 그토록 자랑스럽다면 아버지는 왜 그 이전에는 영국에 항의하지 않았나요? 아버지는 왜 평생 노동조합에 가입하지 않았나요? 선거에서 공산주의자에 투표를 했다면서 왜 아버지의 입장을 드러낸 적이 한 번도 없나요?

수바시와 우다얀 모두 그 답을 알았다. 아버지가 공무원이기 때문에 정당이나 조합 가입이 금지되었던 것이다. 독립 이후에도 공개적인 발언은 금지 사항이었다. 그것이 아버지 직업의 조건이었다. 비록 그 규칙을 무시하는 사람이 있긴 했지만, 아버지는 결코 그런 위험을 감수하지 않았다.

우리를 위해 그러신 거야. 아버지는 가족을 책임지고 계시니까, 수바시가 말했다.

그러나 우다얀은 그렇게 생각하지 않았다.

이제 우다얀의 물리학 교재 사이에 그가 공부하는 다른 책들이 눈에 띄었다. 책에는 조그만 종이쪽지들이 끼워져 있었는데 『이 세상의 비참한 사람들』 『무엇을 할 것인가』 따위의 책이었다. 크기와 두께가 카드 한 벌 정도에 불과한, 빨간 비닐 커버를 씌운 것은 마오쩌둥의 어록을 담은 책이었다.

그런 책을 살 돈은 어디서 났는지 수바시가 묻자 공동의 재산이라고 우다얀이 말했다. 친하게 지내게 된 프레지던시대학의 남자 친구들끼리 돌려 보는 책이라고 했다.

우다얀은 자신이 모은 차루 마줌다르가 쓴 소책자 몇 권을 침대 밑에 보관했다. 대부분은 낙살바리 봉기가 일어나기 전 마줌다르가 감옥살이를 하는 동안에 쓴 것이었다. 『현 상황에서의 우리의 과제』 『이 기회를 포착하자』 『1965년은 어떤 가능성을 시사하는가』 등이 눈에 띄었다.

어느 날 수바시는 공부를 하다가 잠시 쉬면서 침대 밑의 소책자를 꺼내 들었다. 글은 짤막하면서도 과장이 심했다. 인도는 거지와 외국인의 나라가 될 것이라고 마줌다르는 썼다. "반동적인 인도 정부는 대중을 죽이는 전술을 채택했다. 대중을 굶겨 죽이고 있고 총으로 죽이고 있다."

마줌다르는 인도가 미국에 의지하여 자기 문제를 해결하려 한다고 비난했다. 미국은 인도를 노리개로 삼으려 한다고 비난했다. 소련은 인도의 지배계급을 지원한다고 비난했다.

그는 비밀단체 결성의 필요성을 강조했다. 마을에 간부 집단이 필요함을 강조했다. 적극적인 저항의 방법을 미국에서의 시민권 투쟁과 비교했다.

글 여기저기에서 중국의 예를 상기시켰다. "인도의 혁명은 필연적으로 내전의 방식을 띨 것이라는 사실을 깨닫는다면 지역에 토대한 권력 장악 전술이 유일한 전술일 수 있다."

그게 효력이 있을 거라고 생각해? 어느 날 수바시가 우다얀에게 물었다. 마줌다르가 제안한 거 말이야.

둘은 학교에서 막 마지막 시험을 치르고 왔다. 옛 학교 친구들과 축구를 하러 동네를 질러가는 길이었다.

우다얀이 신문을 사려 했으므로 놀이터로 곧장 가기 전에 길모퉁이로 걸음을 향했다. 우다얀은 낙살바리와 관련이 있는 기사를 찾아 펼쳤고, 그 기사에 코를 박고 걸음을 옮겼다.

담을 끼고 이어진 굽은 길을 걸어서 동네 사람들을 지나쳐 갔다. 형제가 성장하는 모습을 지켜본 사람들이었다. 녹색을 띤 두 연못은 잔잔했다. 저지대에는 아직도 물이 고여서 그곳을 가로질러 걷지 못하고 빙 둘러 가야 했다.

문득 우다얀이 걸음을 멈추더니 저지대를 둘러싸고 군데군데 지은, 허름하기 짝이 없는 오두막에 눈길을 던졌다. 저지대의 수면에는 밝은 빛깔의 부레옥잠이 가득했다.

이미 효력이 나타났어, 우다얀이 대답했다. 마오쩌둥이 중국을 변화시켰어.

인도는 중국이 아니잖아.

아니지. 하지만 중국처럼 될 수 있어, 우다얀이 말했다.

요즈음 둘이 함께 전차 정류장을 오가는 중에 톨리클럽을 지나칠 때면 우다얀은 그 클럽은 모욕적인 것이라고 했다. 여전히 도시 곳곳의 빈민가에 사람들이 넘쳐나고 아이들은 거리에서 나고 자라는데 소수의 향락을 위해 담으로 둘러싼 넓디넓은 땅이 있어야 할 이유가 뭐지?

수바시는 수입한 나무와 자칼과 새 울음소리를 머리에 떠올렸다. 호주머니에 넣은 골프공이 무거웠던 것과 부드러운 기복을 이루며 펼쳐진 그린을 떠올렸다. 우다얀이 먼저 담을 넘으며 자기를 뒤따라오게 자극했던 것을 기억했다. 마지막으로 그곳에 갔던 날 저녁에 우다얀은 땅에 쭈그려 앉으며 자기를 막아주려 했다.

그러나 우다얀은 골프가 매판자본가의 오락거리라고 말했다. 톨리클럽은 영국이 결코 떠나지 않을 것처럼 행동함으로써 인도가 여전히 반식민지 국가라는 것을 보여주는 증거라고 했다.

아르헨티나의 골프장에서 캐디로 일한 적이 있는 체 게바라도 같은 결론에 이르렀다고 알려주었다. 쿠바혁명 이후 카스트로가 맨 먼저 한 일은 골프장을 없애는 것이었다고 했다.

5

1968년 초에 거세지는 반대에 부닥쳐 통일전선 정부가 무너지고 서벵골은 대통령의 통치 아래 놓였다.

교육제도 또한 위기였다. 시대에 뒤떨어진 교육은 인도의 현실과 조화하지 못했다. 젊은이에게 보통 사람들의 욕구를 무시하라고 가르쳤다. 이것이 급진적인 학생들이 비판하며 퍼뜨리기 시작한 내용의 요지였다.

파리대학에 동조하여, 버클리대학에 동조하여 학생들은 캘커타 전역에서 시험을 거부하고 졸업장을 찢었다. 학위 수여식 연설 때는 소리를 지르며 연사의 연설을 방해했다. 학생들은 학교의 행정 직원들이 부패했다고 말했다. 바리케이드를 쳐서 부총장을 사무실에 감금하고, 자신들의 요구가 받아들여질 때까지 물과 음식을 공급하지 않았다.

어지러운 환경에서도 교수님의 권유에 힘입어 수바시와 우다얀 둘 다 대학원 공부를 시작했다. 우다얀은 캘커타대학에서, 수바시는 계속 자다푸르대학에서 공부했다. 사람들은 형제가 자신들의 잠재력을 최대한 발휘하여 언젠가는 부모님을 봉양할 것으로 기대했다.

우다얀의 생활이 한결 더 불규칙했다. 어느 날 밤에는 저녁 먹을 시간에도 집에 오지 않자 어머니는 그의 식사를 접시로 덮어서 부엌 한쪽에 놓아두었다. 다음 날 아침, 왜 따로 챙겨놓은 밥을 먹지 않았느냐고 어머니가 묻자 우다얀은 친구 집에서 먹었다고 말했다.

우다얀이 집에 없으면 식사 시간에 낙살바리 운동이 서벵골뿐 아니라 인도의 다른 지역으로 어떻게 퍼져가고 있는지 얘기하는 사람이 없었다. 비하르와 안드흐라에서의 게릴라 활동에 대한 얘기도 나오지 않았다. 수바시는 우다얀이 요즘 자유롭게 이런 얘기를 나눌 수 있는 다른 친구들에게 마음이 가 있는 것이라고 짐작했다.

우다얀이 없으면 그들은 말없이, 다투는 일 없이 식사를 했는데, 아버지는 그러는 편을 더 좋아했다. 수바시는 우다얀이 함께 있었으면 하는 마음이었지만 때로는 책상 앞에 혼자 앉아 공부하는 게 다행이라는 생각이 들기도 했다.

우다얀은 집에 있을 때면 틈틈이 단파 라디오를 켰다. 공식 보도에 만족하지 못한 그는 다르질링이나 실리구리의 방송국에서 내보내는 비밀 방송을 알아냈다. 라디오베이징에서 보내는 방송도 들었다. 한번은 막 해가 떠오를 즈음에 마오쩌둥이 갈라진 목소리로 중국 인민들에게 연설하는 것을 이 톨리건지에서 듣는 데 성공했다. 지지직거리는 잡음이 귀에 거슬렸다.

수바시는 우다얀이 초대했으므로, 그리고 궁금하기도 했으므로 어느 날 저녁에 캘커타 북쪽 동네에서 열린 모임에 우다얀을 따라갔다. 담배 연기가 자욱한 조그만 방에 들어찬 사람들은 주로 학생이었다. 비닐에 싸인 레닌의 초상화가 회녹색의 회벽에 걸려 있었다. 하지만 그 방의 분위기는 소련에 적대적이고 중국에 우호적이었다.

수바시는 소란스러운 토론을 상상했다. 그러나 그 모임은 공부 모임처럼 질서 정연하게 흘러갔다. 머리숱이 적은 시나라는 의대생이 교수 역할을 했다. 다른 사람들은 받아 적었다. 시나는 한 명씩 한 명씩 부르며 각자 중국의 역사적 사건과 마오쩌둥의 가르침에 대해 아는 바를 말해보라고 요청했다.

그들은 〈데샤브라티〉와 〈해방〉 최근 호를 나눠 가졌다. 그 간행물에는 스리카쿨람에서의 반란에 관한 최근의 소식이 실렸다. 산악 지대 300여 킬로미터에 걸쳐 100여 마을이 마르크스주의자의 장악 아래 놓였다는 것이다.

농민반란군은 요새를 구축하여 경찰이 감히 들어올 생각을 하지 못하게 했다. 공포에 사로잡힌 지주들은 도망을 쳤다. 잠을 자다가 불에 타 죽은 가족에 대한 보도가 있었는데, 그들의 머리는 말뚝에 박혀 내걸렸다. 복수를 다짐하는 구호가 피로 쓰였다.

시나가 두 손을 깍지 낀 채 탁자 앞에 앉아 생각에 잠긴 표정으로 조용히 말했다.

낙살바리 봉기가 일어난 지 1년이 지났는데도 인도공산당 마르크스주의파는 끊임없이 우리를 배반했다. 놈들은 붉은 깃발에 먹칠을 했다. 마르크스라는 명예로운 이름을 과시하면서 말이야.

인도공산당 마르크스주의파, 소련의 정책, 인도의 반동 정부,

이 모든 게 다 똑같다. 미국의 눈치만 보는 것들이지. 이것들이 우리가 타도해야 할 네 개의 산이다.

인도공산당 마르크스주의파의 목적은 권력을 유지하는 것이다. 그러나 우리의 목적은 공평한 사회를 만드는 것이야. 이를 위해 새로운 정당을 만드는 것이 대단히 중요하다. 역사가 한 발짝 앞으로 나아가려면 의회정치의 실내유희는 끝나야 해.

실내에 침묵이 흘렀다. 수바시는 우다얀이 시나의 말을 귀 기울여 듣는 모습을 지켜보았다. 라디오에서 축구 경기를 들을 때면 그랬던 것처럼 꼼짝 않고 들었다.

수바시도 그 자리에 참석했지만, 우다얀 옆에 앉았지만 자신은 보이지 않는 존재인 것처럼 생각되었다. 수입한 이념으로 인도의 문제를 풀 수 있을 거라는 확신이 들지 않았다. 1년 전에 불꽃이 일긴 했지만 필연적으로 혁명이 뒤따를 거라고는 생각하지 않았다.

자신이 그런 신념을 갖지 못하는 게 용기의 부족일까 아니면 상상력의 부족일까, 수바시는 궁금했다. 스스로에 대해서 늘 느끼는 결핍감이 동생의 정치적 신념을 공유하지 못하는 원인인 것일까.

수바시는 자신과 우다얀이 버저를 눌러 우스꽝스러운 신호를 보내며 서로를 웃기곤 했던 일을 떠올렸다. 지금은 시나가 보내는 메시지에 어떻게 반응해야 할지 몰랐다. 우다얀은 아주 잘 받아들이고 있는데 말이다.

침대 밑에 전에는 없었던 붉은 페인트 통과 붓이 벽 가까이에 놓여 있었다. 수바시는 침대 밑에서 접힌 종이를 발견했는데,

거기에는 우다얀의 필체로 쓰인 구호가 적혀 있었다. "중국의 의장이 우리의 의장! 선거 반대! 우리의 길은 낙살바리의 길!"

도시의 담들은 이제 그들에게 견고하게 담을 쌓았다. 학교 건물의 담, 영화 촬영소의 높은 담, 주거지의 좁은 길에 접한 낮은 담들이.

어느 날 밤 수바시는 우다얀이 집에 들어와 곧장 화장실로 가는 소리를 들었다. 물이 바닥에 떨어지는 소리가 들렸다. 수바시는 책상에 앉아 있었다. 우다얀이 페인트 통을 침대 밑으로 밀어 넣었다.

수바시가 공책을 덮고 펜에 뚜껑을 씌웠다. 방금 전에 뭐 한 거니?

씻었어.

우다얀은 성큼성큼 걸어가서 창문 옆의 의자에 앉았다. 흰색 면 파자마를 입었는데, 피부에는 물기가 남아 있었다. 가슴 위의 검은 털이 눈에 띄었다. 담배를 입에 물고 성냥갑을 열었다. 옆면을 몇 번 치고 나서야 성냥에 불을 붙였다.

네가 구호를 쓰니? 수바시가 물었다.

지배계급은 전국 각지에서 선전을 해대고 있어. 그들이 인민에게 영향을 끼치는 건 허락되고 그 밖의 사람은 허락되지 않을 이유가 어딨어?

경찰이 널 체포하면 어떡할 거야?

그럴 일은 없을 거야.

우다얀은 라디오를 켰다. 형, 문제가 있는데도 들고일어나지 않으면 그건 그 문제에 기여하는 게 돼.

우다얀이 잠시 말을 멈춘 다음 덧붙였다. 원한다면 내일 나랑 함께 가자.

이번에도 수바시는 망을 보았다. 이번에도 모든 소리에 예민
하게 귀 기울였다.

둘은 톨리 수로의 좁은 구역에 놓인 나무다리를 건넜다. 어
렸을 때는 멀다고 여겨서 부모님도 가지 말라고 한 동네였다.

수바시는 손전등을 들었다. 한쪽 벽을 비추었다. 자정이 가까
운 시간이었다. 부모님에게는 늦은 시간에 상영하는 영화를 보
러 간다고 말했다.

수바시는 가까이 섰다. 숨을 죽였다. 연못의 개구리들이 울어
댔다. 단조롭지만 줄기찬 울음이었다.

그는 우다얀이 페인트 붓을 통에 넣어 적시는 것을 지켜보았
다. 우다얀이 벽에 영어로 썼다. "낙살바리 만세!"

우다얀은 재빨리 구호의 글자를 완성했다. 그러나 그의 손은
약간 떨렸는데, 그 때문에 좀 더 불안했다. 수바시는 전에도 우
다얀이 손을 떠는 것을 본 적이 있었다. 최근 몇 주 사이 라디
오 다이얼을 맞출 때, 무슨 말을 하는 도중 수바시 눈앞에서 허
공에 대고 네모를 그릴 때 또는 신문을 넘길 때 종종 손을 떠는
것을 보았다.

수바시는 톨리클럽의 담을 넘던 일을 떠올렸다. 이번에는 붙
잡힐까 봐 두려운 마음이 들지 않았다. 어리석은 생각이긴 하
지만, 그런 일은 일생에 한 번만 일어날 수 있는 일이라는 막연한
생각이 들었던 것이다. 그리고 그 생각은 맞았다. 아무도 그들
이 하는 일을 알아차리지 못했고 따라서 아무도 벌을 주지 못
했다. 몇 분 뒤에 형제는 잽싸게 다시 다리를 건넜다. 둘은 마음

을 가라앉히기 위해 담배를 피웠다.

이번에는 현기증을 느낀 사람은 우다얀뿐이었다. 그들이 한 일을 자랑스럽게 여긴 사람은 우다얀뿐이었다.

수바시는 우다얀을 따라간 자신에게 화가 났다. 아직도 자신이 할 수 있다는 것을 증명해야 한다는 게 화가 났다.

자신의 내부에서 늘 피어오르는 두려움에 넌더리가 났다. 자신이 존재감 없이 소멸할지도 모른다는 두려움, 자신이 우다얀의 뜻을 거스른다면 둘은 형제가 아닌 관계가 되어버릴지도 모른다는 두려움이 늘 따라다녔다.

대학원 공부가 끝났을 때 형제는 같은 세대의 다른 수많은 사람들과 마찬가지로 과분한 자격을 가진 실업자 신세였다. 둘은 가계에 보탬이 되기 위해 과외지도를 하며 돈을 벌기 시작했다. 우다얀은 톨리건지에서 가까운 공업고등학교에서 과학을 가르치는 일자리를 얻었다. 그는 평범한 직업에 만족하는 것 같았다. 경력을 쌓는 것에는 무관심했다.

수바시는 미국의 몇몇 박사과정에 지원하기로 결심했다. 이민법이 바뀌어서 인도 학생이 입학하기가 더 쉬워졌다. 대학원에서 공부할 때 그는 화학과 환경에 연구의 초점을 맞추기 시작했다. 석유와 질소가 바다와 강과 호수에 미치는 영향이 그의 연구 과제였다.

그는 이 말을 부모님에게 하기 전에 우다얀에게 먼저 하는 게 더 좋겠다고 생각했다. 동생이 이해해주기를 바랐다. 자기와 함께 우다얀도 외국에 나가는 게 좋겠다는 제안을 했다. 외국에 나가면 일자리도 많고, 둘 다 좀 더 편안한 생활을 할 수 있을 거라고 했다.

그는 매사추세츠공과대학, 아인슈타인이 일했던 프린스턴대학 등 세계에서 재능이 가장 뛰어난 과학자들을 지원해주는 유명한 대학들을 언급했다.

그러나 어떤 것도 우다얀의 마음을 움직이지 못했다. 어떻게 지금 벌어지고 있는 중대한 일을 외면하고 떠나버릴 수가 있어? 게다가 그 많은 곳 중에서 하필 그곳으로?

학위 과정일 뿐이야. 몇 년 동안의 일일 뿐이라고.

우다얀은 고개를 저었다. 형은 가면 돌아오지 않을 거야.

네가 그걸 어떻게 아니?

형을 잘 아니까. 형은 형 자신만을 생각하니까.

수바시는 동생을 빤히 쳐다보았다. 침대에 느긋하게 앉아서 담배를 피우며 신문에 정신을 팔고 있었다.

네가 하고 있는 일은 이기적인 게 아니라고 생각하니?

우다얀은 수바시에게 고개를 돌리지도 않은 채 신문을 한 장 넘겼다. 응. 상황을 변화시키고자 하는 건 이기적인 게 아니라고 생각해.

이건 네가 나설 일이 아니야. 경찰이 집에 들이닥치면 어떡할 거야? 네가 체포되면 어떡해? 어머니와 아버지가 어떻게 생각하시겠니?

삶에는 어머니, 아버지가 생각하는 것보다 더 많은 게 있어.

너 어떻게 된 거니, 우다얀? 부모님은 너를 키워준 분이야. 지금껏 너를 먹이고 입혀왔어. 부모님이 아니었으면 넌 아무것도 아닌 사람이 되었을 거잖아.

우다얀이 똑바로 앉았다. 그런 다음 성큼성큼 걸어서 방을 나갔다. 잠시 후에 돌아와서 고개를 숙이고 수바시 앞에 섰다. 왈칵 치밀어오른 화는 이미 사라지고 없었다.

형, 형은 나의 반쪽이야. 형이 없으면 난 아무것도 아냐. 가지 마.

우다얀이 그런 말을 한 것은 그때가 처음이었다. 그 말을 애정 어린 목소리로 했다. 절실한 마음으로 했다.

그러나 수바시는 그 말을 명령으로 들었다. 살아오는 동안 내내 굴복해온 숱하게 많은 명령들 중 하나로 여겼다. 자기 말에 따를 것을 요구하는 우다얀의 또 하나의 권고 사항으로 받아들였다.

어느 날 돌연 우다얀이 집을 떠났다. 그 도시를 벗어나 여행을 하겠다는 것이었는데, 구체적으로 어디인지는 말해주지 않았다. 자신이 일하는 학교가 휴교 중인 동안에 다녀오겠다고 했다. 이 계획을 세웠다는 것을 출발하던 날 아침에야 수바시와 부모님에게 알려주었다.

하루 동안 어디를 다녀오는 것처럼 어깨에 천으로 만든 가방 하나만 걸쳤을 뿐이었다. 호주머니에는 갔다가 돌아올 수 있는 기차 요금 정도만 있었다.

여행 가는 거니? 아버지가 물었다. 친구랑 함께 가는 거야?

예. 환경을 좀 바꿔보려고요.

왜 갑자기?

그럴 수도 있는 거죠.

우다얀은 허리를 굽혀 부모님의 발에서 먼지를 털어내며 걱정하지 말라고, 틀림없이 돌아올 거라고 말했다.

우다얀이 떠나 있는 동안 식구들은 그의 소식을 듣지 못했다. 편지도 없었으므로 그가 살았는지 죽었는지 알 도리가 없었다. 수바시와 부모님은 그 얘기를 입 밖에 꺼내지 않았지만 우다얀이 관광 여행을 떠났다고 믿는 사람은 없었다. 그런데도 그를 제지하려고 뭔가를 시도해보는 사람은 없었다. 그는 한 달 뒤에 돌아왔다. 콧수염과 턱수염이 얼굴을 가득 덮었으며 허리에는 룽기남자들이 허리에 두르는 천를 둘렀는데, 그런 모습이 몸무게가 줄었다는 사실을 감추지는 못했다.

손이 떨리는 증세는 더 심해지고 빈번해져서 때때로 그가 든 잔 받침에 놓인 찻잔이 달그락거릴 정도였다. 셔츠의 단추를 채울 때나 펜을 쥐고 있을 때도 손의 떨림이 눈에 띄었다. 아침이면 그가 누운 자리의 침대 시트가 땀에 젖어 몸 도장 같은 검은 자국을 드러냈다. 어느 날 아침 눈을 떴을 때는 심장이 고동치고 목에 발진이 심하게 돋아서 의사를 부르고 피검사를 했다.

가족들은 우다얀이 시골에서 말라리아나 수막염에 걸린 게 아닐까 걱정했다. 그러나 갑상샘항진증으로 밝혀졌고, 약물 치료로 증세를 억제할 수 있다고 했다. 의사는 약효가 나타날 때까지는 시간이 좀 걸릴 수도 있다고 식구들에게 말했다. 약을 꾸준히 복용해야 한다고 했다. 이 병에 걸린 환자는 신경과민이나 기분 변화가 심한 증세를 보일 수 있다고 했다.

그는 건강을 회복했고 가족들에게 둘러싸여 지냈다. 그러나 우다얀의 일부는 어딘가 다른 곳에 있었다. 자신이 보았거나 알고 있는 이 도시 바깥의 일과 자신이 한 일에 대해 철저히 입을 닫았다.

그는 이제 더는 미국에 가지 말라고 수바시를 설득하지 않았다. 밤에 라디오를 들을 때나 신문을 훑어볼 때 그는 미세한 반응을 무심코 드러냈다. 무언가 그를 짓누르고 있었다. 수바시와는 관계없는, 다른 가족들과는 관계없는 무엇이 지금 우다얀의 마음을 사로잡고 있었다.

1969년, 레닌의 생일날인 4월 22일에 세 번째 공산당이 캘커타에서 출범했다. 당원들은 낙살바리에서 일어난 일에 경의를 표하여 자신들을 낙살라이트라 불렀다. 서기장에는 차루 마줌다르가, 당의장에는 카누 사냘이 지명되었다.

노동절에 대규모 행진이 거리를 메웠다. 1만 명이 도심까지 행진했다. 그들은 반구형 지붕이 있는 샤히드 미나르라는 하얀 기념비 아래 광장에 모였다.

바로 얼마 전에 감옥에서 풀려난 카누 사냘이 연단에 서서 열광하는 군중을 향해 연설했다.

"커다란 자부심과 무한한 기쁨으로 저는 오늘 이 자리에서 우리가 진정한 공산주의 정당을 만들었음을 선언하고자 합니다." 공식 명칭은 인도공산당 마르크스레닌주의파였고, 약칭은 CPI(ML)이었다.

사냘은 자신을 석방한 정치가들에게 고마움을 표시하지 않았다. 그의 석방을 가능케 한 것은 역사의 법칙이라 했다. 낙살바리가 인도 전역을 흔들어놓았다고 그가 말했다.

국내에서도 국외에서도 혁명적 상황이 무르익었습니다, 그가 청중들에게 연설했다. 고조된 혁명의 기운이 전 세계를 휩쓸고 있습니다. 마오쩌둥이 키를 잡고 있습니다.

"국제적으로나 국내에서나 반동분자들은 세력이 아주 약해

져서 우리가 타격을 가할 때마다 무너집니다. 그자들은 겉으로
는 강해 보이지만 사실은 진흙으로 만든 거인일 뿐입니다. 종이
호랑이에 불과하다는 말입니다."

새 정당의 중심 과제는 농민을 조직화하는 것이었다. 전술은
게릴라전일 터였다. 적은 인도 정부였다.

자신들의 조직은 새로운 형태의 공산주의 조직이라고 사냘
이 선언했다. 촌락 안에 본부를 두겠다고 했다. "지금으로부터
고작 31년 뒤인 2000년 무렵이면 전 세계의 인민들이 인간에 의
한 모든 종류의 인간 착취로부터 해방될 것이며, 마르크스주의
와 레닌주의와 마오쩌둥 사상의 전 세계적인 승리를 기념할 것
입니다."

차루 마줌다르는 집회에 참석하지 않았다. 그러나 사냘은 마
줌다르에 대한 충성을 요구했으며, 지혜로운 점에서 마줌다르를
마오쩌둥과 비교하며 마줌다르의 신조에 도전하는 사람들에게
경고했다.

"우리는 분명히 위대한 조국의 하늘에 새로운 태양과 새로운
달이 빛나게 할 수 있을 것입니다." 그가 말했다. 그의 말은 수
킬로미터까지 울려 퍼졌다.

사냘의 연설을 듣기 위해 또한 연대감을 드러내기 위해 모인
사람들을 멀리서 찍은 사진들이 여러 신문에 실렸다. 투쟁이 선
언되었고, 한 세대가 얼어붙었다. 캘커타의 한 부분이 멈춘 듯했
다.

그것은 수바시가 더 이상 자신을 그 일부로 느낄 수 없는 도
시의 초상이었다. 뭔가 심상치 않은 일이 금방이라도 일어날 것
같은 도시였다. 그가 떠날 준비를 하고 있는 도시였다.

저지대

수바시는 우다얀이 거기에 갔다는 것을 알았다. 그는 우다얀을 따라 집회에 가지 않았으며, 우다얀도 그에게 같이 가자고 요청하지 않았다. 이런 의미에서 둘은 이미 갈라진 것이었다.

6

몇 달 뒤 수바시도 촌락으로 떠나왔다. 촌락이라는 말은 미국인들이 사용하는 말로 초기 정착지, 누추한 곳을 말하는 구식 용어였다. 그렇지만 이 촌락은 한때 교회, 법원, 선술집, 감옥 같은 문물이 있었던 곳이었다.

그 대학은 농업학교로 시작했다. 넓은 땅에 세워진 대학은 여전히 온실과 과수원과 옥수수밭으로 둘러싸였다. 변두리에는 무성한 목초지가 있었는데, 일상적으로 물을 대고 비료를 주고 손질을 하며 과학적으로 풀을 가꾸었다. 톨리클럽의 담 안에서 자라는 풀보다 더 좋았다.

그러나 그가 있는 곳은 이제 톨리건지가 아니었다. 그는 그곳을 빠져나왔다. 수없이 많은 날, 꿈을 꾸다 아침에 꿈에서 빠져나온 것처럼 그곳을 떠나왔다. 꿈의 현실감과 특별한 논리는 대낮의 빛 속에서는 의미를 띠지 못했다.

두 나라의 차이가 극단적이어서 수바시는 그 두 곳을 마음속에 함께 담아둘 수 없었다. 이 엄청나게 큰 새로운 나라에서는 옛 생활이 끼어들 여지가 없어 보였다. 그 두 곳을 연결할 게 아무엇도 없었다. 그 자신이 유일한 연결 고리였다. 이곳에서는 삶이 그를 방해하거나 괴롭히지 않았다. 이곳은 사람들이 항상 등에 불이 붙은 것처럼 몰아붙이고 돌진하고 내달리지는 않는 곳이었다.

그렇지만 로드아일랜드—미국이라는 땅덩어리에서 보면 너무 작은 주여서 어떤 지도에서는 그 위치를 가리키는 화살표로만 표시된다—의 어떤 물리적인 면은 인도 내 캘커타의 물리적인 면과 얼추 들어맞았다. 북쪽에는 산이, 동쪽으로는 바다가 있으며, 대부분의 땅은 남쪽과 서쪽에 있었다.

두 지역 다 고도가 해수면에 가까웠고, 민물과 바닷물이 만나는 하구 퇴적지가 있었다. 톨리건지가 예전에 바닷물에 잠겼던 것처럼 그가 알기로는 로드아일랜드도 한때 얼음으로 뒤덮였다. 빙하가 밀려오고 밀려가면서 뉴잉글랜드 지역에 넓게 퍼졌다가 녹았으며, 그 과정에서 기반암과 흙이 이동을 하면서 거대한 잔해와 흔적을 남겼다. 습지와 만과 모래언덕과 빙퇴석이 만들어졌다. 오늘날의 해안의 모습이 형성되었다.

수바시는 마을의 큰길에서 가까운 곳에 자리 잡은 하얀 목조 주택의 방을 하나 구했다. 창문 옆에 검정색 덧문이 있는 방이었다. 덧문은 장식일 뿐이어서 캘커타에서 지낼 때와는 달리 방을 시원하게 하거나 습기를 말리기 위해, 비를 막거나 바람이 통하게 하거나 빛을 조절하기 위해 열고 닫을 수 있는 게 아니었다.

수바시는 그 집의 맨 위층에서 살았다. 부엌과 화장실은 또 다른 박사과정 학생인 리처드 그리펠코니라는 학생과 함께 썼다. 밤에는 침대 옆에서 정확히 재깍거리는 자명종 소리를 들었다. 또한 작동 중인 자명종 자체인 것처럼 귀뚜라미의 날카로운 울음소리가 배경음으로 들렸다. 아침이면 새로 알게 된 새들이 잠을 깨웠다. 작은 새들이 청아하게 지저귀는 소리였는데도 잠이 확 깨었다.

사회학과 학생인 리처드는 대학 신문에 사설을 썼다. 학위논문 집필 작업을 하지 않을 때 시간을 내서 네이팜탄의 사용에 반대한다는 것을 공개적으로 밝힌 한 동물학과 교수를 최근에 해고한 일을 간결하고 퉁명스러운 글로 강하게 비판했다. 그 교수는 학교 교정에 더 많은 기숙사를 짓는 대신 수영장을 짓기로 한 결정에 반대하는 뜻을 밝히기도 한 사람이었다.

리처드는 위스콘신 주의 퀘이커파 가정에서 나고 자랐다. 검은 머리털을 말총머리로 묶었으며 턱수염을 깎지 않고 다녔다. 그는 부엌 식탁에 앉아 두 손가락으로 타자기를 쪼아대며 사설을 쓰면서, 불붙은 담배를 입에 문 채 금속 테 안경을 쓴 눈으로 자신의 글을 주의 깊게 들여다보았다.

자신은 이제 막 서른 살이 되었다고 수바시에게 말했다. 다음 세대를 위해 교수가 되기로 결심했다고 했다. 대학원생 때는 대중교통에서 일어나는 인종차별에 항의하기 위해 남부로 내려갔다. 그 일로 미시시피 감옥에서 2주를 지내야 했다.

그는 대학 구내 술집에 함께 가자고 수바시를 초대했다. 거기서 맥주 한 피처를 나눠 마시며 텔레비전에 나오는 베트남전쟁 뉴스를 시청했다. 리처드는 전쟁을 반대했다. 그렇지만 공산주의자는 아니었다. 그는 수바시에게 간디는 자신의 영웅이라고 말했다. 이 말을 들으면 우다얀은 코웃음을 치며 간디는 인민의 적을 편들었다고 말할 것이다. 해방이라는 명분 아래 인도를 무장해제시켰다고 말할 것이다.

어느 날 수바시는 교정의 안뜰을 걷다가 학생과 교수가 무리 지어 모인 시위대 한가운데에 리처드가 있는 것을 보았다. 그는 검은 완장을 차고 풀밭 위에 주차된 밴의 지붕 위에 서 있었다.

리처드는 확성기를 입에 대고 베트남전쟁은 실수이며 미국 정부는 개입할 권리가 없다고 외쳤다. 죄 없는 베트남 사람들이 고통을 받고 있다고 말했다.

몇몇 사람들은 소리를 지르거나 환호하며 호응했지만 대부분의 사람들은 극장 안에 있기라도 하듯이 그저 듣고 박수만 쳤다. 그들은 얼굴을 햇볕에 드러낸 채 팔꿈치를 땅에 대고 편한 자세로 누워서 리처드가 수천 마일 떨어진 곳에서 벌어지는 전쟁을 반대하는 연설에 귀를 기울였다.

수바시가 유일한 외국인이었다. 거기에 아시아의 다른 지역에서 온 학생은 없었다. 그 시위는 지금 캘커타에서 분출하는 시위에 비하면 아무것도 아니었다. 캘커타에서는 지지하는 공산주의 정당을 옹호하는 무질서한 군중이 어수선하게 거리를 누비고 다녔다. 기세등등하게 구호를 외쳐댔다. 거의 언제나 나중에는 난폭해지는 시위였다.

몇 분 동안 리처드의 연설을 듣고 나서 수바시는 자리를 떴다. 그는 우다얀이 그 순간에도 자신을 얼마나 조롱할지 알고 있었다. 우다얀은 자기 자신을 지키려는 욕망을 비웃을 것이었다.

수바시 역시 베트남전쟁을 지지하지 않았다. 그러나 아버지와 마찬가지로 그는 조심해야 한다는 것을 잘 알았다. 미국 정부를 비난하면 이 미국 땅에서 체포될 수도 있다는 것을 알았다. 피켓을 들고만 있어도 체포될지 몰랐다. 그는 장학금 덕분에 학생 비자를 받아서 공부를 하려고 여기 온 것이었다. 닉슨의 손님으로 미국에 초대된 것이었다.

이곳에서 매일 그는 우다얀과 함께 몰래 톨리클럽에 들어갔던 기억을 떠올렸다. 이번에는 공식적으로 입장 허락을 받았는데도 그는 입구에 선 채 바짝 경계를 하고 있었다. 문이 불쑥 열린 것처럼 그렇게 불쑥 닫힐 수도 있다는 것을 알았다. 자신이 떠나온 곳으로 돌려보내질 수 있으며, 자신의 자리를 대체할 사람이 수두룩하다는 것을 잘 알았다.

대학에 인도인이 몇 명 있었는데 대부분은 자기처럼 총각이었다. 그렇지만 수바시가 아는 한 캘커타에서 온 사람은 자기 혼자뿐이었다. 어느 날, 마드라스에서 온 나라시만이라는 경제학과 교수를 만났다. 그이는 미국인 아내와 부모 양쪽을 다 닮지 않은, 연한 갈색 눈동자가 돋보이는 두 아들이 있었다.

나라시만은 구레나룻을 짙게 길렀으며 나팔바지를 입고 있었다. 아내는 목이 예뻤는데, 기다란 구슬 장식 귀고리에 짧게 자른 붉은 머리를 하고 있었다. 수바시는 교정의 안뜰에서 그들을 처음 보았다. 그 토요일 오후에 교정의 중앙에 위치한, 나무로 둘러싸인 네모난 풀밭에 있는 사람은 그들뿐이었다.

아이들은 풀밭에서 아빠와 함께 공을 차며 놀았다. 수바시와 우다얀이 저지대의 반대편에 있는 놀이터에서 축구를 하던 것처럼. 하지만 그들의 아버지는 형제의 공놀이에 합류한 적이 없었다. 아내는 풀밭에 담요를 깔고 누워서 담배를 피우며 공책에 뭔가를 스케치했다.

나라시만이 마드라스의 많은 신붓감을 물리치고 결혼한 여자였다. 그의 가족은 그가 마드라스의 여자와 결혼하기를 원했던 것이다. 수바시는 나라시만의 가족이 그녀에게 어떻게 반응했을지 궁금했다. 그녀가 인도에 간 적이 있는지도 궁금했다. 만약 간 적이 있다면 그녀가 인도를 좋아했는지 싫어했는지 궁금했다. 수바시로서는 그녀의 모습만 보고는 짐작할 수 없었다.

공이 수바시 방향으로 굴러왔다. 그는 공을 차서 아이들에게 전달한 다음 가던 길을 계속 가려고 했다.

자네, 해양화학을 연구하는 새로 들어온 학생이로군, 나라시만이 그를 향해 걸어오면서 말했다. 이어 그와 악수를 했다. 수바시 미트라?

예.

캘커타에서 왔지?

그는 고개를 끄덕였다.

난 자네를 살펴주기로 되어 있다네. 나도 캘커타에서 태어났어, 나라시만이 말했다. 그러고 나서 아직도 벵골어 한두 마디 정도는 알고 있다고 덧붙였다.

수바시는 로드아일랜드의 어디에서 사는지, 학교에서 가까운지 그에게 물었다.

나라시만이 고개를 저었다. 그들의 집은 프로비던스에 더 가깝다고 했다. 아내인 케이트는 로드아일랜드디자인학교의 학생이라고 했다.

자네는? 가족이 살고 계시는 곳은 캘커타 어딘가?

톨리건지예요.

아, 골프 클럽이 있는 곳.

예.

지금 국제학사에서 지내고 있나?

저는 부엌이 있는 집이 더 좋아요. 음식을 직접 만들어 먹고 싶어서요.

학교생활은 적응이 되었나? 친구 좀 사귀었어?

몇 명.

추위는 견딜 만해?

지금까지는요.

케이트, 우리 집 전화번호 좀 적어주겠어?

그녀는 공책의 뒷장을 펴서 한 장을 찢어냈다. 거기에 전화번호를 적어서 수바시에게 건넸다.

뭐든 필요한 게 있으면 전화하게, 나라시만이 그의 어깨를 토닥이며 말했다. 그런 다음 몸을 돌려 아이들에게로 걸음을 옮겼다.

고맙습니다.

조만간에 내가 요구르트밥을 만들어줄게, 나라시만이 큰 소리로 말했다.

그러나 초대는 없었다.

수업의 대부분이 이루어지는 해양학과 건물에서는 내러갠셋만이 바라보였다. 그는 매일 아침 버스를 타고 마을을 뒤로한 채 떠났다. 나무가 우거진 길을 따라 달리는 버스에서 보면 말뚝에 설치한 우편함들이 눈에 띄었으나 우편함이 없는 집들도 많았다. 일련의 신호등과 목조 전망탑을 지나 만으로 이어지는 내리막길을 달렸다.

버스가 구불구불한 강어귀를 건너면 한결 멀게 느껴지는 지역이 나왔다. 이곳의 바람은 잔잔할 때가 없어서 버스의 창문이 늘 덜거덕거렸다. 이곳에서는 햇살의 질이 달라졌다.

지붕을 골이 진 회색 금속재로 납작하게 만든 실험실 건물은 조그만 비행기 격납고 같았다. 수바시는 해수 용액에 녹아 있는 기체와 심해 퇴적물에서 발견된 동위원소를 연구했다. 해조에서 요오드가 발견되고 플랑크톤에서 탄소가, 게의 피에서 구리 성분이 발견된다.

교정의 끝자락에, 가파른 언덕의 기슭에 누런빛을 띤 회색 돌들이 흩어져 있는 조그만 해변이 있었는데, 수바시는 거기서 점심을 먹는 것을 좋아했다. 그곳에서는 만이 보였고, 앞바다의 섬과 연결된 두 개의 다리도 눈에 들어왔다. 제임스타운 다리는 선명했으나 몇 킬로미터 떨어진 뉴포트 다리는 약간 흐릿했다. 흐린 날에는 간격을 두고 무적霧笛 소리가 대기를 갈랐다. 마치 캘커타에서 악귀를 물리치기 위해 소라고둥을 불 때 나는 소리 같았다.

몇몇 조그만 섬들은 보트를 타고 갈 수 있었는데, 전기도 수돗물도 없었다. 부유한 미국인 중에는 그런 환경에서 여름을 보내고 싶어 하는 사람이 있다고 들었다. 겨우 등대 하나를 세울 수 있을 정도의 공간밖에 없는 섬도 하나 있었다. 모든 섬에는 아무리 작아도 이름이 있었다. 인내, 신중, 여우, 염소, 토끼, 장미, 희망, 절망이 그런 이름이었다.

해변에서 이어지는 언덕의 꼭대기에는 하얀 지붕널이 벌집처럼 배열된 교회가 있었다. 교회의 중앙부에는 수수한 뾰족탑이 있었다. 페인트칠은 산뜻하지 않았고, 그 아래 목재는 공기 중의 염분과 로드아일랜드 해안에 닥친 폭풍우를 수없이 빨아들였다.

어느 날 오후, 언덕의 정상을 이루는 길에 차들이 줄지어 서 있는 것을 보고 깜짝 놀랐다. 그는 처음으로 교회의 정문이 열려 있는 것을 보았다. 어른과 아이가 섞인, 스무 명이 채 안 되는 한 무리의 사람들이 밖에 서 있었다.

그는 막 결혼식을 올린 중년의 신랑신부를 흘긋 보았다. 머리가 희끗희끗한 신랑은 옷깃에 카네이션을 꽂았고, 신부는 연푸른색 상의와 치마를 입었다. 그들은 미소를 띠고 교회 계단에 서서, 사람들이 자기들에게 쌀을 뿌릴 때 머리를 숙이고는 했다. 그들은 갓 결혼한 쌍이 아니라 신랑신부의 부모들이어야 할 것처럼 보였다. 수바시 또래라기보다는 부모님 연배에 더 가까워 보였던 것이다.

그는 재혼이라고 추측했다. 두 사람이 서로 배우자를 다른 사람으로 바꾸어서 둘로 쪼개지고, 타인과 맺은 관계는 곧바로 효과가 나타나서 세포처럼 두 배로 분화한 것일지도 몰랐다. 혹은 중년의 나이에 둘 다 배우자를 잃은 경우일 수도 있었다. 다 자란 아이들이 있는 과부와 홀아비가 재혼을 해서 새 출발을 하는 것일 수 있었다.

어떤 이유에선지 그 교회는 톨리건지의 자기 동네 모퉁이에 있는 조그만 회교성원을 떠올리게 했다. 다른 사람들이 찾는 또 하나의 예배 장소가 그의 삶에서 랜드마크로 자리 잡은 것이었다.

어느 날 교회에 아무도 없을 때 수바시는 교회의 출입문으로 가는 돌길을 걸어 올라갔다. 그 교회를 껴안고 싶은 묘한 충동을 느꼈다. 규모가 아주 작아서 팔을 벌리면 안을 수 있을 것만 같았다. 정면에 있는 둥근 형태의 암녹색 문이 교회의 유일한 출입문이었다. 그 위로는 역시 둥근 형태의 창문이 있었는데, 틈새처럼 보일 만큼 좁았다. 손을 내밀 수는 있지만 얼굴은 내밀지 못하는 크기였다.

문이 잠겨서 건물 주변을 돌아보다가 까치발을 하고 서서 창문 안을 들여다보았다. 일부 창유리는 붉은 유리로 만들었는데, 투명 유리 사이사이에 배치했다.

안에는 가장자리를 붉은색으로 치장한 회색의 긴 나무 좌석이 있었다. 실내는 깨끗하면서도 생동감이 넘쳤으며 햇빛이 가득했다. 그는 안에 들어가 앉아서 주위를 둘러싼 연한 빛깔의 벽을 느끼고 싶었다. 형태가 단순하고 경사가 급한 머리 위의 천장을 느끼고 싶었다.

전에 보았던 신랑신부를 생각했다. 그들이 서로의 곁에 나란히 선 모습을 그려보았다.

처음으로 그는 자신의 결혼을 생각해보았다. 로드아일랜드에 온 이후로 항상 자신의 일부를 잃어버린 느낌이 들었기 때문인지 처음으로 동반자를 구하고 싶었다.

부모님이 어떤 여자를 골라줄지 궁금했다. 그게 언제일지도 궁금했다. 결혼을 한다는 것은 캘커타로 돌아가는 것을 의미했다. 그런 점에서 서두를 필요가 없었다.

그는 미국에 혼자 왔다는 게 자랑스러웠다. 한때 서고 걷고 말하는 것을 배운 것처럼 그렇게 배워서 미국에 왔다. 그는 캘커타를 떠나고 싶은 마음이 간절했었다. 자신의 교육을 위해서뿐 아니라—이제는 이 점을 스스로 인정할 수 있었다—우다얀은 절대 하지 않을 것을 하고 싶어서였다.

결국 이 점이 동기를 부여했다. 하지만 그러한 동기 부여에도 마음의 준비를 하지 못했다. 할 일은 늘어가는데도 매일매일 불확실한 마음과 즉흥적이라는 생각을 떨치지 못했다. 그의 근원이 되는 곳에서 멀리 떨어진 여기, 바다로 둘러싸인 이곳에서도 그는 여전히 표류하고 있었다. 우다얀과 떨어진 이곳에서는 아주 많은 것들에 무지했다.

리처드는 저녁 먹을 시간에는 대개 밖에 나가고 없었다. 그러나 집에 있는 날에는 저녁을 같이 먹자는 수바시의 초대를 받아들여서 재떨이와 담배를 가지고 왔다. 수바시가 카레라이스를 요리하는 동안에 맥주를 권하기도 했다. 그 대신 리처드는 일주일에 한 번씩 수바시를 차에 태우고 읍내에 있는 슈퍼마켓으로 갔으며, 식료품 비용을 나눠서 냈다.

어느 주말 둘 다 공부를 멈추고 잠시 휴식이 필요했을 때 리처드는 수바시를 차에 태워 교정의 빈 주차장으로 데리고 가서 운전을 가르쳤다. 수바시가 운전면허증을 따서 필요할 때 그의 차를 빌려 쓰게 하려는 것이었다.

리처드는 수바시가 운전할 준비가 되었다는 생각이 들었을 때 그에게 운전대를 맡기고 읍내를 달리게 했다. 그는 로드아일랜드의 모퉁이에 위치하고 바다로 돌출된 지역인 포인트주디스 방향으로 길을 인도했다. 드문드문 나타나는 신호등에 따라 속도를 줄이고, 차가 다니지 않는 해안가 도로에서는 다시 속도를 높이며 차를 조종하는 것은 짜릿한 일이었다.

그는 고깃배가 오가는 갈릴리를 지나고, 사람들이 고무장화를 신고 걸어 들어가 조개를 캐는 갯벌도 지나쳤다. 정면에 튀긴 해산물 차림표가 낙서처럼 쓰인, 문 닫은 허름한 가게들도 지나쳤다. 이윽고 풀이 무성한 언덕에 자리 잡은 등대에 도착했다. 검은 바위에는 바닷말이 붙어 있었고, 하늘을 배경으로 깃발 하나가 불꽃처럼 펄럭였다.

등대 뒤편으로 해가 지는 것을 보기에 알맞은 시간에 도착했다. 파도의 하얀 물거품이 바위 위로 쏟아졌고, 깃발과 일렁이는 푸른 물이 어슴푸레 빛났다. 둘은 차에서 내려 담배를 피웠다. 그리고 얼굴에 와 닿는 짭짤한 물보라를 느꼈다.

그들은 미라이베트남 남부 마을에 대해 이야기를 나눴다. 진상이 막 드러났다. 대량 학살, 배수로의 시신들, 한 미국인 중위가 조사를 받고 있다는 것 등이 보도되었다.

보스턴에서 항의 집회가 있을 예정이야. 우리를 하룻밤 묵게 해줄 친구들이 거기 있어. 나랑 같이 가지 않을래?

안 가겠어.

이 전쟁에 화가 나지 않아?

반대하는 자리에 참석할 처지가 아닌 것 같아.

수바시는 리처드에게는 솔직하게 말할 수 있다는 것을 알았다. 리처드는 수바시의 말에 반박하는 대신 조용히 들어주었다. 그는 수바시의 마음을 바꾸려 들지만은 않았다.

마을로 돌아오면서 리처드는 인도에 대해 물었다. 카스트제도와 가난에 대해 물었다. 누구 탓이지?

모르겠어. 요즘은 모두가 모두를 탓하기만 해.

하지만 해결책이 있지 않을까? 정부 입장은 뭔데?

수바시는 인도의 어지러운 정치 상황과 복잡한 사회를 미국인에게 어떻게 설명해야 할지 몰랐다. 인도는 아주 오래되었지만 동시에 젊은 나라이며, 아직도 자신을 알기 위해 애쓰고 있다고 말해주었다. 내 동생과 얘기를 나눠야 하는 건데, 그가 말했다.

동생이 있어?

수바시가 고개를 끄덕였다.

동생 얘기는 한 적이 없잖아. 이름이 뭐야?

그는 말을 하지 않고 있다가 잠시 후에야 로드아일랜드에 도착한 이후 처음으로 우다얀의 이름을 입 밖에 내었다.

그럼 우다얀은 뭐라 했는데?

우다얀은 봉건주의에 기초를 둔 농업경제가 문제라고 말하곤 했어. 이 나라에 더 많은 평등 구조가 필요하다고 했지. 토지 개혁의 필요성도 언급했고.

중국식 모델인 것 같구나.

맞아. 우다얀은 낙살바리를 지지해.

낙살바리? 그게 뭔데?

며칠 후 수바시는 학과 우편함에서 우다얀이 보낸 편지를 발견했다. 벵골어로 쓴 편지는 항공우편용 봉함엽서의 밝은 청색 위에 짙은 청색 잉크로 쓴 것이었다. 10월에 보냈는데 지금은 11월이었다.

이 편지가 형한테 가면 파기해줘. 형이나 나나 뜻을 굽힐 필요는 없어. 하지만 나로서는 미국에 쳐들어갈 유일한 기회가 편지뿐이니 이 유혹을 거부할 수가 없네. 나는 또다시 도시 바깥 지역으로 여행을 했고 이제 막 돌아온 거야. 나는 사날 동무를 만났어. 그와 함께 앉을 수 있었고, 함께 이야기를 나눴어. 나는 눈가리개를 써야 했어. 그 얘기는 나중에 해줄게.

왜 아무 소식도 없는 거야? 세계 최대 자본주의 국가의 동식물군이 형을 사로잡은 게 틀림없어. 그렇지만 우리를 뿌리치고 떠나간 생활을 참고 살아갈 수 있다면 거기서 유익한 일을 하도록 노력해봐. 거기서도 반전운동이 한창이라고 들었어.

이곳의 상황은 고무적이야. 홍위병이 결성되고 있어. 이들이 마을을 돌아다니며 마오쩌둥이 한 말들을 전파해. 우리 세대는 전위대야. 학생 투쟁은 무장 농민 투쟁의 일부라고 마줌다르가 말했어.

형이 돌아올 때쯤이면 우리 나라가 훨씬 공정한 사회로 바뀌었을 거야. 난 확신해. 집도 바뀌어 있을 거야. 아버지가 대출을 받아서 집을 늘리고 계셔. 부모님은 그래야 한다고 생각하시는 것 같아. 만약 집을 지금의 모습 그대로 놓아둔다면 우리가 결혼하여 같은 지붕 아래서 가족을 부양하지 않을 거라고 생각하시나 봐.

나는 그건 낭비라고, 사치라고 말했어. 더욱이 형은 지금 여기서 살고 있지도 않으니까 말이야. 하지만 부모님은 내 말을 들으려 하지 않았어. 그리고 지금은 너무 늦었어. 건축업자가 왔고, 비계가 설치되었으니까. 부모님은 이 일을 1, 2년 안에 끝내야 한다고 말씀하시지.

형이 없으니 요즘은 재미가 없어. 분명 수많은 사람들의 삶을 향상시킬 운동을 지지하지 않은 데 대해 나는 형을 용서하지 않을 테지만, 내가 형을 힘들게 한 것은 용서해주기 바라. 형이 지금 하고 있는 일을 서둘러서 끝낼 수는 없어? 형의 안녕을 빌면서 동생이.

우다얀은 인용문으로 편지를 끝맺었다. "전쟁은 혁명을 초래할 것이고, 혁명은 전쟁을 끝낼 것이다."

수바시는 편지를 몇 번 더 읽었다. 우다얀이 거기 있으면서 말을 하고 놀리는 것만 같았다. 그는 서로 간의 믿음과 우애가 세계의 절반 거리를 가로질러 뻗어 있다는 것을 느꼈다. 여차하면 끊어질 수도 있는 한계점까지 뻗어 있지만, 동시에 여간해서는 끊어지지 않으려 한다는 것을 느꼈다.

아마 그 편지가 로드아일랜드에 있는 자신의 물건 속에 있으면 안전할 터였다. 벵골어로 쓰였으니 수바시가 가지고 있어도 괜찮을 것 같았다. 그러나 그는 우다얀이 옳다는 것을 깨달았다. 사냥을 언급한 내용이 있으니 다른 사람의 손에 들어가면 둘 다 위험해질 수 있을 것이었다. 다음 날 그는 편지를 실험실로 가지고 갔다. 구실을 대서 그 시간이 끝날 때까지 머물렀다가 혼자 남을 때를 기다렸다. 그는 의식을 치르듯이 검은 돌로 만들어진 실험대 위에 편지를 올려놓은 다음 성냥을 켰다. 편지의 가장자리가 검게 타들어가면서 동생의 말들이 사라지는 것을 지켜보았다.

내가 연구하고 있는 것은 하구 퇴적지에 특유한 화학 과정인데, 썰물 때 산화되는 퇴적물이 연구 대상이야. 좁고 긴 연안사주는 해안선과 평행을 이루게 되지. 철을 함유한 황화물은 모래 위에 널따랗게 검은 얼룩을 남긴단다.

저지대

이상하게 들릴지 모르지만 하늘이 흐리거나 구름이 낮게 드리운 날이면 이곳의 해안 풍경에 깃든 무엇이, 바다와 풀이, 또는 갯벌의 박테리아 냄새가 나를 고향으로 데려다주지. 저지대가 생각나고 논이 생각나는 거야. 물론 이곳에선 벼를 재배하지 않아. 여긴 미국인들이 즐겨 먹는 조개류에 속하는 홍합과 대합조개 뿐이야.

이곳 사람들은 습지의 풀을 스파르티나라고 불러. 오늘 배운 것인데, 이 풀에는 소금을 분비하는 특별한 분비샘이 있다는구나. 그래서 풀이 결정체의 잔류물로 덮여 있는 것을 흔히 볼 수 있단다. 달팽이들이 줄기 위로 아래로 움직이는 걸 볼 수 있지. 풀들은 이곳에서 수천 년을 자라오는 동안 퇴적이 되어 토탄층을 형성했어. 이것들의 뿌리가 해안을 안정되게 하지. 이 풀은 뿌리줄기를 퍼뜨려 번식한다는 걸 아는지 모르겠구나. 톨리건지에서 한때 번성했던 맹그로브 같은 거지. 너에게 이 얘기를 해주고 싶었다.

이제 교정 안뜰의 잔디밭은 마치 녹으로 덮인 것처럼 바람에 구르며 쌓이는 낙엽으로 가득했다. 수바시는 발목 높이까지 두껍게 쌓인 낙엽을 헤치며 걸었다. 때때로 이파리들이 자신의 주위에서 솟아올랐는데, 마치 살아 있는 어떤 것이 낙엽 밑에 몸을 묻고 있다가 얼굴을 보이며 위협을 하고 나서 다시 밑으로 숨어드는 것만 같았다.

그는 운전면허증을 취득했고, 리처드의 차 열쇠를 가지고 있었다. 리처드는 추수감사절을 가족과 함께 보내기 위해 버스를 타고 집으로 갔다. 학교가 문을 닫아서 갈 데가 없었다. 며칠 동안은 도서관과 학생회관조차도 문을 열지 않았다.

오후가 되면 그는 차에 올라 어디로 가야겠다는 생각도 없이 차를 몰았다. 다리를 건너 제임스타운으로 가거나 뉴포트까지 갔다가 돌아왔다. 라디오에서 팝송을 듣고, 육지와 바다의 일기 예보를 들었다. "북풍이 10에서 15노트로 불고, 오후에는 북동풍으로 바뀌겠습니다. 바다의 물결은 2에서 4피트로 일겠습니다. 가시거리는 1에서 3해리입니다."

저녁이 빨라져서 다섯 시면 전조등을 켰다. 하루는 저녁 먹을 시간이 되자 가끔 리처드와 함께 갔던 이탈리아 식당에서 파르마 치즈 가지 요리를 먹을 생각을 했다. 수바시는 바에 앉아 맥주를 마시고 푸짐한 요리를 먹으며 텔레비전으로 미식축구를 보았다. 손님은 몇 안 되었다. 돈을 낼 때 추수감사절 당일에는 식당이 휴업한다는 말을 들었다.

그날, 거리는 텅 비었고 마을 전체가 고요했다. 추수감사절을 맞아 무슨 일을 하고 어떻게 기념하는지를 느낄 수 있게 하는 기미가 전혀 없었다. 그가 아는 한 어떠한 행렬도 없었고, 어떠한 축하 행사도 없었다. 축구 경기를 하려고 교정에 모인 한 무리의 사람들을 제외하면 볼 게 없었다.

그는 차를 몰고 교수님 몇 분이 사는 동네 주택가를 지나갔다. 굴뚝에서 연기가 피어오르고, 다른 주의 번호판이 붙은 차들이 낙엽 깔린 거리에 주차된 모습이 눈에 들어왔다.

계속 운전을 하여 찰스타운의 좁은 물길이 있는 해안까지 갔다. 그곳의 스파르티나는 옅은 갈색으로 변해 있었다. 태양의 고도가 이미 낮아져서 햇빛이 무척이나 강했다. 염전이 가까운 곳에서 길옆에 차를 댔다.

풀이 많은 곳에 왜가리 한 마리가 있었다. 수바시가 호박 구슬 같은 눈을 볼 수 있을 만큼 가까웠다. 청회색 몸이 늦은 오후의 햇빛에 물들었다. 목은 S자 모양이었고, 부리는 그가 인도를 떠나올 때 부모님이 주셨던 황동 봉투칼처럼 길고 날카로웠다.

창문을 내렸다. 왜가리는 그 자리에 그대로 있었지만, 수바시가 훔쳐보는 것을 알아차린 듯이 굽은 목을 펼쳤다가 다시 수축시켰다. 흙탕물을 헤집으며 사냥을 하는 톨리건지의 왜가리는 더 말랐고 이놈 같은 맵시와 위엄을 지니지 못했다.

그는 흡족한 마음으로 지켜보았다. 물속으로 살짝 머리를 넣을 때나 뒤쪽으로 굽은 긴 다리로 천천히 성큼성큼 나아갈 때 가슴의 깃털이 아래로 처졌다.

수바시는 그 자리에 서서 바다를 응시하고 있는 왜가리를 차 안에 앉아 지켜보고 싶었다. 그러나 평소에는 차가 다니지 않는 좁은 흙길에 차 한 대가 뒤에서 다가와서 지나가려 했으므로 수바시도 앞으로 차를 빼는 수밖에 없었다. 그가 차를 돌려 다시 돌아왔을 때는 왜가리가 사라지고 없었다.

다음 날 오후에 같은 장소를 찾아갔다. 그 왜가리를 찾아서 습지의 가장자리를 걸었다. 걸음을 멈추고 서서 수평선을 바라보았다. 햇빛이 누렇게 물들면서 해가 지기 시작했다. 그는 왜가리가 추운 계절을 보내기 위해 날아가 버린 게 아닐까 생각했다. 그때 갑자기 꽈악꽈악 하는 거슬리는 울음소리가 반복적으로 들렸다.

왜가리였다. 왜가리가 커다란 날개를 천천히 침착하게 펄럭이며 물 위를 날았다. 한편으로는 걸리적거리는 게 있는 것 같았고 한편으로는 자유로워 보이는 모습이었다. 긴 목을 짧게 움츠리고 검은 빛깔의 다리는 뒤에 매단 채 날았다. 흐려진 하늘을 배경으로 날아가는 그 실루엣은 검었는데, 1차 깃털새의 몸통에서 먼 쪽의 큰 깃털과 갈래진 발가락의 윤곽이 또렷했다.

세 번째 날에도 그곳에 갔지만 어디에서도 그놈을 볼 수 없었다. 그는 평생 처음 무력한 사랑을 느꼈다.

새로운 10년이 시작되었다. 1970년이었다. 나무들이 발가벗고 얼어붙은 땅이 눈으로 덮인 겨울에 두 번째 편지가 우다얀으로부터 왔다. 이번에는 봉투에 넣어서 보냈다.

봉투를 뜯으니 조그만 흑백사진이 들어 있었다. 젊은 여자가 서 있는 사진이었다. 여자의 가느다란 팔은 팔짱을 끼고 있었다.

여자는 편해 보였으나 한편으로는 약간 회의론자 같은 얼굴이었다. 머리를 한쪽으로 조금 기울였고, 입술은 다물었으나 즐거워 보였으며, 한쪽 입꼬리가 약간 올라간 모습으로 미소를 지었다. 머리는 땋아서 한쪽 어깨 앞으로 드리웠으며 피부는 짙었다.

그녀는 예쁘다고는 할 수 없어도 대단히 매력적이었다. 대학생이었을 때 결혼식장에 가면 어머니가 우다얀과 수바시에게 손가락으로 가리켜주곤 하던 점잔 빼는 여자들과는 닮은 데가 없었다. 수바시가 알지 못하는 캘커타 거리의 한 건물 앞에서 찍은 스냅사진이었다. 우다얀이 찍은 게 아닐까 하는 생각이 들었다. 그녀 얼굴에 나타난 즐거운 표정에 자극되어 찍은 게 아닐까 생각했다.

이 편지는 공식적인 소개 대신 보내는 거야. 또한 공식적인 발표 같은 것이기도 해. 하지만 형이 그녀를 만났어야 하는데…….
그녀를 만난 지는 한 2년 되었어. 우리는 그걸 드러내지 않았지
만 어떤 식으로 우리가 만났을지 형은 알 수 있을 거야. 그녀 이
름은 가우리이고 프레지던시대학에서 철학을 전공했어. 집은 캘
커타 북부, 콘월리스 가에 있어. 부모님이 다 돌아가셨기 때문에
오빠랑 친척 몇 명이랑 함께 살고 있는데, 그녀 오빠가 내 친구
야. 보석이나 사리보다 책을 더 좋아하는 여자지. 내가 그렇듯이
그녀도 나를 신뢰해.

마오쩌둥 의장처럼 나도 중매결혼 사상을 반대해. 이것이 서
구 문화에서 내가 감탄하는 것 중 하나라는 것을 시인해야겠군.
그래서 난 그녀와 결혼을 했어. 걱정 마, 형. 집을 나와 그녀와 함
께 지낸 걸 제외하면 다른 추문은 없으니까. 형이 큰아버지가 되
는 일도 없을 거야. 어쨌든 아직까지는. 수많은 어린이들이 왜곡
된 사회구조에 희생되고 있어. 제일 먼저 고쳐야 할 게 이거야.

형이 여기 있었더라면 좋았을 텐데. 그렇지만 기념행사 같은
건 없었으니 형이 놓친 것은 없어. 혼인신고는 했어. 그 사실을 지
금 형에게 얘기하듯이 어머니, 아버지에게 말씀드렸어. 부모님이
그녀를 받아들이면 우리는 톨리건지로 돌아가 함께 사는 것이
고, 아니면 다른 곳에서 남편과 아내로 살 거라고 말씀드렸지.

부모님은 여전히 충격에서 헤어나지 못하고 있어. 나에게 화
가 나 있고, 괜히 가우리에게도 화가 나 있지. 그렇지만 우리는
지금 부모님과 같이 지내며 서로 함께 살아가는 법을 배우는 중
이야. 부모님은 내가 한 일을 형에게 말할 기분이 아니셔. 그래
서 내가 직접 형에게 말하는 거야.

그는 편지의 끝에 가우리가 볼 책을 몇 권 사 달라고 수바시에게 부탁하면서 그 책들은 미국에서 찾는 게 더 쉬울 것이라고 했다. "그걸 우편으로 부치지는 마. 그러면 도중에 잃어버리거나 도둑맞을 뿐이니까. 형이 직접 가져와. 머잖아 나를 축하해주러 여기 올 거지? 안 그래?"

수바시는 이번에는 편지를 다시 읽지 않았다. 한 번으로 충분했다.

우다얀이 일자리를 가지고 있기는 하지만 자기 한 몸의 생활을 꾸려가기에도 빠듯해서 가족의 생계는 신경도 못 쓰는 상황이었다. 우다얀은 아직 스물다섯 살이 채 안 되었다. 이제 집이 충분히 커지겠지만, 수바시에게는 그 결정이 충동적인 것으로 여겨졌다. 부모님께 적잖은 부담이 되는 너무 이른 결정이라고 생각되었다. 그리고 그는 자신이 지향하는 정치에 그토록 헌신적이고 관습에 대해서는 몹시 냉소적인 우다얀이 갑자기 아내를 맞이한 것을 이해하기 힘들었다.

우다얀은 수바시보다 먼저 결혼했을 뿐 아니라 자기가 고른 여자와 결혼했다. 부모님이 결정할 몫이라고 수바시가 믿고 있는 것을 우다얀은 자기 스스로 정한 것이었다. 이것은 우다얀이 수바시보다 앞선다는 것을 보여주는, 그리고 그가 둘째라는 것을 부정하는 또 하나의 예였다. 우다얀이 자신의 길을 가고 있다는 것을 보여주는 또 하나의 예였다.

사진의 뒷면에는 우다얀의 필체로 날짜가 적혔다. 1년도 더 지난 1968년이었다. 수바시가 아직 캘커타에 있는 동안에 우다얀이 그녀를 알게 되어 사랑에 빠진 것이다. 그 시기 내내 우다얀은 가우리를 자기 혼자만의 비밀로 간직했다.

이번에도 수바시는 편지를 파기했다. 사진은 우다얀이 저지른 일의 증거로 남기려고 자신의 책 뒷부분에 끼워서 보관했다.

그는 때때로 사진을 꺼내서 들여다보았다. 이제 그녀와 가까운 사이가 되었으니 자신이 언제 가우리를 만나게 될지, 만나면 그녀를 어떻게 생각하게 될지 궁금했다. 그의 마음 한구석에서는 또다시 우다얀에게 졌다는 생각이 들었다. 이 같은 여자를 만난 것에 대해서 말이다.

2

1

오빠와 우다얀이 공부를 하고 담배를 피우고 차를 마실 때 그녀는 보통 발코니에서 책을 읽거나 옆방에서 시간을 보냈다. 마나시는 캘커타대학에서 그를 만나 친구로 삼았다. 둘 다 그 대학의 물리학과 대학원생이었다. 액체와 기체의 운동을 다룬 책들은 대개 방치된 채 놓였고, 대신 그들은 낙살바리의 영향에 대해 이야기를 나누고 그날그날의 사건에 대해 논평했다.

토론은 가지를 뻗어 인도차이나와 라틴아메리카 국가에서 발생한 내란으로 이어졌다. 쿠바의 경우는 심지어 대중운동도 아니라고 우다얀이 말했다. 소규모 집단이 정확한 목표를 공격했다는 것이다.

세계 곳곳에서 학생들은 탄력을 얻고 있었고, 착취 체제에 맞서 일어섰다. 뉴턴의 운동 제2법칙의 또 하나의 예라고 우다얀이 농담을 했다. 힘은 대중 곱하기 가속도라는 것이었다.mass 는 질량이라는 뜻 외에 대중이라는 뜻도 있음.

마나시는 회의적이었다. 도시 학생들인 그들이 농민의 삶에 대해 무엇을 알아야 한다고 주장할 수 있을까?

아무것도 없어, 우다얀이 말했다. 우리가 농민들에게서 배워야 해.

열린 문을 통해 그녀는 그를 보았다. 키가 컸지만 다소 마른 편이었고, 스물세 살이지만 약간 더 나이 들어 보였다. 그는 옷을 헐렁하게 입었다. 쿠르타기장이 길고 옷깃이 없는 인도의 셔츠를 입기도 하고 유럽 스타일의 셔츠를 입기도 했는데, 삐딱하게 입는 편이었다. 맨 위 단추는 채우지 않았고 셔츠 자락을 바지 속에 집어넣지 않았으며 소매는 팔꿈치 위까지 걷어 올렸다.

그는 방에 앉아 마나시와 함께 라디오를 듣곤 했다. 가우리가 밤에 잠을 자는 침대를 소파처럼 사용했다. 그의 팔은 가늘었고, 손가락은 그녀의 가족이 대접하는 차의 조그만 도자기 잔을 잡기에는 너무 길었다. 그 차를 그는 몇 모금 만에 다 마셨다. 머리는 웨이브 졌으며 눈썹은 짙었고 검은 눈은 나른해 보였다.

손은 목소리가 확장된 것처럼 항상 움직이면서 그가 말하는 내용에 생기를 불어넣었다. 그는 논쟁을 할 때조차도 곧잘 빙그레 미소 지었다. 윗니는 마치 치아가 너무 많아서 어쩔 수 없는 것처럼 약간 겹쳐서 났다. 처음부터 매력을 타고난 사람이었다.

가우리가 우연히 옆을 스치고 지나갈 때도 그는 그녀에게 아무 말도 하지 않았다. 전혀 눈길을 주지 않았으며, 그녀가 마나시의 여동생이라는 것을 아는 기색을 전혀 보이지 않았다. 그러던 어느 날, 집안일을 하는 하인이 심부름을 가서 집에 없자 마나시가 가우리에게 차를 좀 타 달라고 부탁했다.

그녀는 찻잔을 받칠 쟁반을 찾지 못했다. 그래서 양손에 찻잔을 든 채 어깨로 문을 밀어 열고 안으로 들어갔다. 우다얀은 필요한 정도보다 조금 더 오래 그녀를 쳐다보며 그녀의 손에서 찻잔을 건네받았다. 입과 코 사이의 인중이 또렷했다. 깨끗이 면도한 얼굴이었다. 그가 여전히 그녀를 쳐다보면서 처음으로 질문을 던졌다.

학교는 어디 다녀?

가우리는 프레지던시대학에 다니므로 캘커타대학은 바로 옆에 있었다. 그녀는 대학의 안뜰에서, 신문 가판대에서, 그리고 만약 친구들이랑 커피하우스에 가는 경우에는 그곳의 탁자에서 그를 찾아보았다. 그녀는 그가 자기와 마찬가지로 꼬박꼬박 수업에 들어가지는 않는다는 것을 막연히 느끼고 있었다. 조부모님 아파트의 두 면을 둘러싼 널찍한 발코니에서 그를 지켜보기 시작했다. 발코니에서는 콘월리스 가가 시작되는 교차로가 내려다보였다. 그것은 이제 그녀의 일이 되었다.

어느 날 가우리는 그를 발견했다. 수많은 검은 머리 가운데서 그를 알아보았다는 것이 스스로도 신기했다. 그는 반대편 모퉁이에 서서 담배를 샀다. 그러고 나서 길을 건넜다. 면 책가방을 어깨에 걸치고서 길 양쪽을 쳐다보며 아파트 쪽으로 걸어왔다.

그녀는 그가 고개를 들어 자신을 볼까 봐 빨랫줄에 걸려 있는 옷가지 아래, 줄 세공이 된 발코니 난간 뒤에서 몸을 웅크렸다. 2분 뒤에 계단을 걸어 올라오는 발소리를 들었다. 이어 아파트의 현관문에 달린 쇠고리로 문을 두드리는 소리가 들렸다. 문이 열리고 하인이 그를 안으로 들여보내는 소리를 들었다.

그날 오후에는 마나시를 포함해서 모두가 외출하고 집에 없었으며 그녀 혼자 책을 읽고 있었다. 그녀는 마나시가 집에 없으니 그가 돌아가지 않을까 생각했다. 그러나 1분 뒤, 그가 발코니로 걸어 나왔다.

여기 다른 사람은 없나 봐? 그가 물었다.

그녀가 고개를 저었다.

그럼 나랑 얘기 좀 할까?

빨래는 축축했다. 그녀의 페티코트와 블라우스 몇 벌도 빨랫줄에 집게로 걸려 있었다. 블라우스는 그녀의 상체와 가슴의 모양에 맞추어 지은 것이었다. 그는 공간을 만들려고 블라우스가 걸린 빨래집게를 풀어서 빨랫줄 저 먼 쪽으로 옮겨 걸었다.

그 일을 하는 그의 동작은 느렸다. 손가락이 가볍게 떨려서 다른 사람에 비해 한결 더 그 일에 집중해야 했다. 그 옆에 서니 그의 키와, 어깨가 약간 구부정하다는 것과, 얼굴의 각을 알아차리게 되었다. 그는 성냥으로 성냥갑의 옆면을 쳐서 담배에 불을 붙였다. 담배를 입술로 가져갈 때는 손을 둥글게 오므려서 입 위에 댔다. 하인이 비스킷과 차를 가져왔다.

4층에서 교차로를 내려다보았다. 둘 다 서로 옆으로 선 채 난간에 몸을 기댔으므로 그녀는 그를 볼 필요가 없었다. 도로를 따라 늘어선, 위엄이 서린 낡은 석조 건물들을 함께 바라보았다. 노후한 기둥, 바서진 코니스, 손상된 지붕에 눈길을 던졌다.

그녀는 손으로 조심스럽게 얼굴을 괴었다. 그는 타들어가는 담배를 손에 쥔 채 한 팔을 난간 가장자리에 걸쳤다. 쿤자비의 소매를 걷어 올렸으므로 그의 팔목에서 팔오금으로 흐르는 정맥이 드러나 보였다. 정맥은 피부 밑으로 난 좁은 아치 길처럼 도드라졌는데, 그 안의 피는 녹회색이었다.

걷는 사람, 버스나 전차에 앉은 사람, 인력거를 끌거나 인력거에 탄 사람, 이렇게 수많은 사람이 한꺼번에 움직이는 것을 보면 거기에는 뭔가 원초적인 게 있는 것 같았다. 거리의 맞은편에 금은방이 몇 개 나란히 늘어섰는데, 그곳의 벽과 천장에는 거울이 달렸다. 언제나 가족끼리 오는 손님들로 붐볐고, 그들은 거울에 비친 모습이 끝없이 반복되는 가게에서 결혼식에 쓸 보석들을 주문했다. 옷을 가져가서 다림질을 맡기는 가게도 있었다. 가우리가 잉크와 공책을 사러 가는 가게도 있었다. 비좁은 과자 가게도 있었는데, 그곳의 과자 담는 쟁반에는 파리가 달라붙어 있었다.

한쪽 모퉁이에는 베틀후추 잎을 파는 사람이 알전구 아래 책상다리를 하고 앉아 베틀후추 잎을 쌓아놓고 하얀 석회를 바르고 있었다. 도로 중앙에는 헬멧을 쓴 교통경찰이 조그만 단 위에 서서 호루라기를 불며 팔을 흔들어댔다. 수많은 차량, 수많은 오토바이와 트럭과 버스와 승용차가 내는 소음이 귓전을 때렸다.

나는 이 풍경이 좋아, 그가 말했다.

자기는 이 발코니에서 세상을, 온갖 삶을 관찰해왔다고 그녀가 말했다. 정치적인 시위 행렬, 정부의 가두 행진, 이곳을 방문한 고위직 인사도 본다고 했다. 매일 아침 이른 시간에 뜻깊은 차량의 흐름이 시작되었다. 이 도시의 시인과 작가가 사후에 지나갔다. 그들의 시신은 꽃으로 덮여 있다. 우기에는 행인들이 무릎 높이까지 물이 차오른 도로를 첨벙첨벙 걸었다.

가을에는 두르가의 조각상이 나타나고 겨울에는 사라스와티의 조각상이 보였다. 사람들은 북을 치고 트럼펫을 불며 그 위풍당당한 점토 조각상이 시내로 들어오는 것을 환영했다. 조각상들은 트럭의 뒷자리에 안치했다가 축제가 끝나는 날에 강으로 가져가서 강물에 가라앉혔다. 요즘은 학생들이 대학가를 출발하여 이곳으로 행진을 했다. 낙살바리의 봉기와 연대한 집단들이 깃발과 플래카드를 들고 주먹을 허공에 치켜들며 지나갔다.

그녀가 앉았던 접의자가 우다얀의 눈에 띄었다. 앉는 자리는 아기 포대 같은 축 처진 줄무늬 천이었다. 그 옆에 책 한 권이 아무렇게나 놓여 있었다. 데카르트의 『제1철학에 관한 성찰』이었다. 그는 그 책을 집어 들었다.

넌 여기서 책을 읽는구나. 사람과 차들이 어지럽게 지나다니는 걸 보면서.

정신 집중에 도움이 돼요, 그녀가 말했다.

그녀는 공부할 때나 잠잘 때 들리는 소음에 익숙했다. 소음은 그녀의 삶에 계속 따라다녔다. 고요함보다는 일정한 소음이 더 마음을 차분하게 해준다고 생각했다. 자기만의 방이 없으니 꽤나 불편했다. 하지만 발코니는 언제나 그녀의 자리였다.

어렸을 때 종종 밤에 잠을 자다가 비틀비틀 침대에서 나오곤 했다고 그녀가 우다얀에게 얘기해주었다. 그러면 아침에 할아버지나 할머니가 발코니에서 곤히 자는 그녀를 발견하곤 했는데, 얼굴은 까매진 누금세공 난간에 거의 닿았고 몸은 돌바닥에 누워 있었다. 덜컹거리며 지나가는 차 소리에 무신경했다. 그녀는 벽과 천장으로 막히지 않은 바깥에서 잠이 깨는 것을 좋아했다. 맨 처음 그녀가 침대에서 보이지 않았을 때 할아버지와 할머니는 그녀가 사라진 줄 알았다. 그래서 사람들을 거리에 풀어서 소리쳐 이름을 부르며 그녀를 찾게 했다.

그래서? 우다얀이 물었다.

내가 잠이 든 채 여기 있는 걸 조부모님이 발견했지요.

조부모님이 다시는 그러지 말라고 하지 않았어?

그러지 않았어요. 너무 춥거나 비가 오지만 않으면 할아버지, 할머니는 날 위해 조그만 이불을 여기에 내어다 놓으셨어요.

그러니까 여기가 네 보리수나무로군. 깨달음을 얻는 곳 말이야.

그녀가 어깨를 으쓱했다.

우다얀의 눈길이 그녀가 읽던 책장에 멎었다.

이 세상에 대해 데카르트는 뭐라고 말하지?

가우리는 자신이 알고 있는 것을 말해주었다. 인식의 한계와 밀랍 실험에 대해 얘기해주었다. 밀랍이 열에 녹아서 물리적인 면이 변해도 밀랍의 본질은 남아 있다고 했다. 이것을 인식할 수 있게 하는 것은 감각이 아니라 정신이라고 말했다.

생각하는 것이 보는 것보다 우월하다?

데카르트에 따르면 그래요.

마르크스는 읽어본 적 있어?

조금.

왜 철학을 전공해?

뭔가를 이해하는 데 도움이 돼요.

그런데 그게 뭐가 중요해?

플라톤은 철학의 목적은 어떻게 죽을 것인가를 우리에게 가르치는 것이라고 했어요.

우리가 살아 있지 않다면 배울 것도 없어. 죽음 앞에서 우린 평등해. 그 점에선 죽음이 삶보다 나은 것 같아.

그는 책을 가우리에게 돌려주었는데, 책을 덮어버려서 그녀가 읽던 자리를 알 수 없게 했다.

지금 이 나라에서는 학위가 무의미해졌어.

오빠는 물리학 석사 학위 과정 중이잖아요, 그녀가 지적했다.

부모님이 학위 취득을 바라셔. 나에게는 중요하지 않아.

오빠에게는 뭐가 중요한데요?

그는 거리를 내려다보며 손짓으로 아래를 가리켰다. 이 곤혹스러운 우리의 도시.

우다얀은 화제를 바꿔서 그녀와 마나시와 함께 살고 있는 사람들에 대해 물어보았다. 삼촌 둘, 외숙모 둘, 그리고 각각 두 명의 아이들이 있었다. 살아 계실 때 이 아파트의 소유주였던 외조부모님은 돌아가셨고, 부모님도 돌아가셨다. 그녀의 언니들은 결혼을 해서 여기저기 흩어져 살았다.

넌 줄곧 여기서 자랐니?

그녀는 고개를 저었다. 예전에 부모님과 언니들이 살았던 동벵골, 쿨나, 파리드푸르에 집이 있었다고 했다. 아버지가 지방법원 판사였으므로 부모님과 언니들은 몇 년에 한 번씩 이곳에서 저곳으로 이사를 다녔다. 시골의 멋진 곳에 있는 아름다운 단층집으로 옮겨 다녔는데, 비용은 정부에서 대주었다. 요리사와 문을 열어 맞아준 하인도 집과 함께 제공되었다.

마나시는 이런 집에서 살 때 태어났다. 그는 거의 기억을 못하지만, 누나들이 그를 어떻게 키웠고 어떤 일들이 있었는지를 이야기해주곤 했다. 가정교사가 집에 와서 아이들에게 춤과 노래를 가르쳤으며, 대리석 식탁에서 식사를 했고, 넓은 베란다에서 여러 가지 놀이를 했다. 인형만 모아두는 별개의 방도 따로 있었다.

1946년에 지방 근무 생활이 끝나서 가족이 캘커타로 돌아왔다. 그러나 몇 개월 뒤, 아버지는 은퇴 생활을 거기서 하고 싶지 않다고 말했다. 거의 평생을 캘커타 밖에서 살아온 터라 도시 생활이 견디기 힘들었으며, 특히 사람들이 서로를 잡아먹지 못해 안달하고 동네마다 어지러운 열기에 휩싸여 있던 때여서 더욱 그랬다.

어느 날 아침, 폭동의 와중에서 부모님은 한 장면을 목격했다. 지금 가우리와 우다얀이 서 있는 그 발코니에서였다. 한 무리의 사람들이 자전거에 우유를 싣고 배달하는 남자를 에워쌌다. 그 무리는 복수를 하려는 것이었다. 그 우유 배달부의 사촌이 그 도시의 다른 지역에서 발생한 힌두교도 습격 사건에 연루된 것으로 알려졌다. 부모님은 힌두교도 한 명이 우유 배달부의 갈비뼈 부위를 칼로 찌르는 것을 지켜보았다. 그날 가족이 마셨어야 할 우유가 거리로 쏟아지는 것을 보았다. 남자의 피로 우유는 분홍빛으로 변했다.

그래서 가족이 두세 시간 거리의 캘커타 서쪽 작은 마을로 이사를 갔다. 부모님은 특별한 사건이 없고 친척들과도 떨어져 있으며 혼란스러운 시국에서도 벗어난 곳을 마지막 거처로 삼고 싶으셨던 것이다. 거기에는 낚시를 하거나 안으로 들어가서 걸어볼 수 있는 연못이 있고, 달걀을 낳는 닭이 있고, 아버지가 가꾸고 싶어 하는 정원이 있었다. 농지와 흙길과 하늘과 나무뿐이었다. 가장 가까운 극장이 30킬로미터나 떨어져 있었다. 1년에 한 번 장이 설 때에야 책 장수들이 왔다. 밤의 어둠은 완벽했다.

가우리가 태어난 1948년께 어머니는 이미 언니들을 결혼시킬 생각에 몰두했다. 언니들은 가우리와는 다른 세대의 사람이나 다름없었다. 가우리가 유아였을 때 십 대 소녀였고, 어린이였을 때 젊은 성인 여자였다. 가우리 또래의 아이들에게 언니들은 이모뻘이었다.

시골에서는 얼마나 살았어?

어머니는 그 무렵에 몸져누웠다. 척추결핵에 걸린 것이다. 언니들은 집안일에 도움이 되었지만 가우리와 마나시는 방해만 될 뿐이었다. 그래서 그들은 할아버지와 할머니가 돌봐주고, 숙모와 삼촌 들도 있는 이 도시로 보내졌다.

어머니가 병에서 회복되고 나서도 그들은 여기서 계속 지냈다. 마나시는 캘커타남학교에 다녔고, 가우리는 마나시와 떨어지고 싶지 않았던 것이다. 그러다 그녀가 학교에 다닐 때가 되자, 도시의 학교가 더 좋다는 것을 감안하면 그녀가 여기 남는 게 이치에 맞았다.

원하면 언제든 부모님이 계시는 시골로 돌아갈 수 있었다. 그러나 부모님을 뵈러 휴일에 기차를 타고 시골집에 가도 시골 생활이 자신에게는 전혀 매력적이지 않았다. 부모님이 자신을 직접 기르지 않은 것을 섭섭하게 생각하지 않았다. 대가족에서 자주 있는 일이고, 게다가 상황을 생각하면 그리 이상하지도 않았다. 사실은 자신의 길을 가게 해준 부모님이 고마웠다.

부모님의 선물이었군, 우다얀이 말했다. 자율 말이야.

부모님은 산길에서 난 자동차 사고로 돌아가셨다. 경치를 구경하려고 나쁜 날씨 속에서 고산지대로 여행을 가다가 변을 당한 것이었다. 가우리의 나이는 열여섯이었다. 집이 팔려서 그 조용한 장소에는 가족의 흔적이 조금도 남지 않았다. 부모님을 갑작스럽게 잃은 것은 커다란 아픔이었지만, 근래에 조부모님이 돌아가신 것에 그녀는 더 큰 슬픔을 느꼈다. 그녀는 조부모님의 집에서 자랐고, 두 분 사이에서 잠을 잤다. 매일 두 분을 보았고, 아파서 허약해지는 것을 지켜보았다. 할아버지는 산스크리트대학의 교수를 지낸 분이었는데, 가슴에 책 한 권을 얹은 채로 돌아가셨다. 그녀가 지금의 공부를 하도록 영감을 주신 분도 할아버지였다.

가우리는 자신의 특별할 것 없는 지금까지의 인생행로가 그의 마음을 사로잡았음을 알았다. 시골에서 태어난 것, 기꺼이 부모님과 떨어져 산 것, 가족 대부분과 소원하게 지낸 것, 이와 관련된 독립심 등이 마음을 끌었던 것이다.

그는 다시 담배에 불을 붙였다. 자신의 어린 시절은 달랐다고 가우리에게 말했다. 형제는 자기와 형, 둘뿐이라고 했다. 톨리건지의 집에는 형제 둘과 부모님만 있다고 했다.

형은 뭐 해요?

요즘엔 미국에 가겠다고 해.

오빠도 갈 거예요?

아니. 그는 고개를 돌려 그녀를 바라보았다. 넌 어때? 결혼하면 이 모든 걸 그리워할 거니?

가우리는 그의 입술이 완전히 다물어지지 않으며 한가운데에 다이아몬드 모양의 구멍이 생긴다는 것을 알았다.

난 결혼하지 않을 거예요.

친척들이 가만 내버려두지 않을 텐데.

그분들이 날 책임지지는 않아요. 그분들에게는 신경을 써야 할 자기 자식들이 있어요.

결혼 않고 뭐 할 건데?

대학이나 학교에서 철학을 가르칠 수 있을 거예요.

여기서 지내면서?

그게 어때서요?

아니, 좋아. 너에겐 말이야. 남자 때문에 네가 좋아하는 곳을 떠나고 네가 좋아하는 일을 그만둘 이유가 어디 있겠니?

그는 그녀의 환심을 사려 했다. 가우리는 그가 거기 서서 그녀를 보며 말을 하면서도 마음을 정하고 있다고 느꼈다. 그는 마음속에 이미 그녀의 일부를 담아버렸다. 허락도 없이 그녀에게서 뽑아간 것이었다. 어떤 남자도 시도하지 않았던 행위인데 그녀는 거부할 수가 없었다. 그였기 때문이다.

잠시 후에 그가 교차로를 가리키며 말했다.

만약 네가 이 집의 다른 세 면 가운데 한 곳에서 사는 사람과 결혼한다면, 네가 다른 발코니로 옮기기만 하면 된다면, 그럼 그건 괜찮겠니?

그녀는 자신을 주체하기 힘들었다. 이 말에 그녀는 미소 지었다. 처음에는 손으로 미소를 가렸으나 나중에는 눈길을 돌리고 소리 내어 웃었다.

그들은 우다얀의 학교와 가우리의 학교를 오가며 만나기 시작했다. 그러나 만날 약속을 하지 않아도 우연히 마주치는 경우가 많았다. 그가 몇 개의 문을 지나서 프레지던시대학에 가면 수업을 마친 그녀가 굉장히 많은 계단을 걸어 내려오는 게 눈에 띄곤 했다. 그들은 학생회가 설치한 현수막이 걸린 주랑 현관에 나란히 앉았다. 교정의 안뜰에서 연설회가 열리면 둘은 함께 연설을 들었다. 연설 내용은 식료품 가격의 끊임없는 인상이나 인구 증가, 일자리 부족 등에 관한 것이었다. 대학가에서 가두시위가 발생하면 그는 그녀를 데리고 가서 함께 참여했다.

그는 읽을거리를 주기 시작했다. 책방에서 마르크스의『공산당 선언』과 루소의『고백록』을 사서 그녀에게 주었다. 베트남을 다룬 펠릭스 그린의 책도 주었다.

가우리는 그가 자신에게서 감명을 받았다는 것을 알았다. 그가 준 책을 읽었을 뿐만 아니라 책에 관해 그와 얘기를 나누었기 때문이다. 그들은 정치적 자유의 한계에 대해 그리고 자유와 권력이 같은 것을 의미하는지에 대해 의견을 주고받았다. 개인주의와 계급 문제를 토론했다. 현 시점의 사회상과 앞으로 예상되는 사회상에 대해서도 의견을 나누었다.

가우리는 자신의 정신이 예리해지고 집중력이 높아졌다고 느꼈다. 세상의 존재를 의심하는 대신 세상의 구체적인 구조를 붙들고 씨름했다. 우다얀을 만나지 않은 날에는 그에게 중요한 문제를 혼자 생각하는 동안 그와 더 가까워지는 것을 느꼈다.

그들은 처음에는 자신들의 관계를 마나시에게는 비밀로 해두려 했으나, 오히려 마나시가 둘이 가까운 사이가 되도록 조용히 계략을 꾸며왔으며 둘이 잘 어울린다고 확신한다는 것을 알게 되었다. 마나시는 그녀가 어디에 가고 집에 없는지를 집안사람들에게 잘 해명함으로써 가우리가 좀 더 편안하게 우다얀과 시간을 보낼 수 있게 해주었다.

그들의 이별은 느닷없는 것이었다. 그가 그녀에게 기울인 관심은 갑자기 끝났는데, 그가 가야 할 곳이 있었기 때문이다. 그는 어떤 회의에, 어떤 학습 모임에 가곤 했는데, 그에 관해서는 온전히 설명해준 적이 없었다. 그는 한 번도 뒤를 돌아 그녀를 보지 않았다. 그 대신 언제나 그녀가 자신을 보고 있을 게 분명한 지점에서 걸음을 멈추고 손을 들어 작별 인사를 했으며, 그런 다음 그 손을 오므려서 입에 대고 담배에 불을 붙였다. 그녀는 그의 긴 다리가 그를 데리고 멀어져가는 것을 지켜보았다. 그는 교정을 가로질러 또는 넓고 붐비는 거리를 가로질러 그렇게 멀어져갔다.

그는 때때로 여행을 떠나는 얘기를 했다. 가우리가 떠나오지 않았다면 계속 그 환경 속에서 자라왔을 시골 같은 곳으로 가고 싶어 했다. 낙살바리 운동 이후 시골 생활도 예전처럼 조용하지 않을 거라고 그녀는 생각했다.

체 게바라가 남아메리카를 여행했듯이 그는 인도를 더 많이 보고 싶다고 했다. 인도 민중들이 처한 상황을 이해하고 싶어 했다. 언젠가는 중국도 보고 싶어 했다.

농민들 속에서 생활하려고 이미 캘커타를 떠난 몇몇 친구들에 대해 언급했다. 만약 내가 그런 걸 해야 할 일이 생긴다면 넌 이해하겠니? 우다얀이 그녀에게 물었다.

그녀는 그가 자신을 시험하고 있다는 것을 알았다. 자신이 감상적인 반응을 보이거나 어떤 위험에 맞닥뜨리는 걸 꺼려한다면 자신을 존중하는 그의 마음이 사그라지리라는 것을 알았다. 그래서 그가 자신에게서 떠나 있는 것을 원치 않았지만, 그가 어떤 해를 입는 것도 원치 않았지만 가우리는 그러겠다고 대답했다.

그녀는 우다얀이 없을 때 또다시 자기 자신에 대한 생각에 잠겼다. 책과 함께할 때 가장 편안함을 느끼는 사람이었다. 프레지던시대학 도서관의 천장이 높고 시원한 열람실에서 공책을 채워가며 오후 시간을 보내는 것이 좋은 사람이었다. 그러나 이 사람은 우다얀을 만난 뒤로 의문을 갖기 시작한다. 우다얀은 이 사람을 떨리는 손으로 단호하게 몰아붙이며 깨끗이 닦는다. 그래서 그녀는 유리의 얇은 먼지 막이 닦인 것처럼 자기 자신을 더 또렷이 보기 시작한다.

어린 시절, 자신이 우연히 세상에 나왔다는 것을 알아차린 그녀는 자신이 누구인지, 어디에 또는 누구에게 속해 있는지 알지 못했다. 마나시는 예외였지만, 언니들과의 관계 속에서 자신을 규정할 수 없었으며 자신을 그들의 일부로 여길 수도 없었다. 그토록 외딴 곳에 있는 집에서조차도 엄마나 아빠와 단둘이서만 잠시라도, 한 번이라도 시간을 보낸 기억이 없었다. 다른 사람들의 그림자 속에서 항상 줄의 맨 끝에 서곤 했던 그녀는, 자신은 자기 자신의 그림자를 던질 수 있을 만큼 중요한 존재가 아니라고 믿었다.

남자들 주변에 있어도 자신은 보이지 않을 거라는 느낌이 들었다. 자신은 거리에서 남자들이 고개를 돌려 쳐다보거나 사촌의 결혼식장에서 멀찍이 떨어져 있어도 알아차리는 그런 유형의 여자가 아니라는 것을 알았다. 언니들 몇이 그랬듯이 사람들이 그녀의 안부를 묻고, 그런 다음 몇 개월 뒤에 시집을 가게 되는 여자가 아니었다. 이런 점에서는 자기 자신이 실망스러웠다.

흠이라고 여겨질 정도로 짙은 얼굴빛을 제외하면 자신에게 특별히 문제 될 것은 없어 보였다. 그렇지만 하던 일을 멈추고 어떤 점이 자신의 외모를 두드러지게 만드는지—그녀는 이 말이 적절치 않다고 생각했다— 생각해볼 때마다, 얼굴의 형태가 너무 길고 표정이 너무 엄숙해 보인다고 생각했다. 어떤 얼굴도 지금보다 나을 거라고 믿었기에, 자신의 모습을 바꿀 수 있었으면 좋겠다는 생각이 들기도 했다.

그러나 우다얀은 이 도시에 다른 여자는 없는 것처럼 자신을 대했다. 가우리는 둘이 함께 있을 때 자신이 그에게 영향을 끼치고 있다는 것을 전혀 의심하지 않았다. 자기 옆에 서면 그는 들뜬 모습이었다. 그녀 쪽으로 얼굴을 돌리고 응시하는 시선이 조금도 흔들리지 않았다. 그녀가 머리 가르마를 바꾼 날, 우다얀은 그것을 알아차리고 그녀에게 어울린다고 말해주었다.

어느 날에는 그가 준 책 속에 영화관에서 만나자고 쓴 쪽지가 들어 있었다. 낮 상영 영화였고, 파크 가 근처의 영화관이었다.

그녀는 가는 것도 불편하고 안 가는 것도 불편했다. 주랑 현관이나 커피하우스에서 그와 이야기를 나누거나 대학 광장 쪽으로 함께 걸어가다 수영장에서 수영을 하는 사람을 보는 것과는 다른 문제였다.

그들은 아직까지 바로 이웃한 동네를 벗어나서 만난 적이 없었다. 그동안 만난 곳에서는 선후배 사이인 학생일 뿐이었고, 그러한 장소에 그들이 있는 것은 언제나 자연스러워 보였다.

그 영화가 상영되는 날 오후에 그녀는 망설였다. 그래서 결국 너무 늦게 간 나머지 중간 휴식 시간이 되어서야 영화관에 도착했다. 그가 마음을 바꾸었거나 그녀를 포기했을지도 모른다는 걱정에 허둥거렸다. 그가 충분히 그럴 수 있을 만큼 대담스러운 행동이라는 생각이 들었다. 하지만 그녀에게 영화관에 오라고 한 그의 행동 역시 대담한 것이었다.

그는 거기 있었다. 영화관 밖, 벌써 영화의 1부를 보고 난 소감을 나누는 몇몇 무리로부터 떨어진 곳에서 담배를 피우며 서 있었다. 햇살이 따가웠다. 그녀가 가까이 오자 우다얀은 손을 들고 고개를 그녀의 얼굴 쪽으로 기울이며 둘의 머리 위에 조그만 손차양을 만들었다. 그 동작에 그녀는 그 많은 사람들 속에서 보호를 받으면서 그와 단둘이 있다는 느낌이 들었다. 행인들과 이 도시의 인파로부터 안전하게 비켜나 있는 느낌이었다.

그녀를 발견했을 때의 그의 표정은 짜증이나 조바심이 난 기색이 아니었다. 그녀를 보게 된 기쁨만 서려 있었다. 그녀가 오리라는 것을 알았던 듯한 얼굴이었다. 심지어 그녀가 일부러 터무니없이 늦게 나오리라는 것도 알고 있었다는 표정이었다. 지금까지의 영화 내용을 묻자 그는 고개를 저었다.

나도 몰라, 그가 영화표를 그녀에게 건네며 말했다. 그는 내내 인도에 서서 그녀를 기다리고 있었던 것이다. 그리고 영화관의 어둠 속으로 들어갈 때까지 기다렸다가 그녀의 손을 잡았다.

2

박사과정 2년째 되는 해에 수바시는 혼자 살았다. 리처드가 졸업을 하고 시카고에서 학생들을 가르치는 일자리를 얻어 떠났기 때문이다.

봄 학기 3주 동안 학생, 교수님 들과 함께 해양조사선을 탔다. 배가 움직이기 시작하자 하얀 거품이 일었다. 거품은 만들어지면서 사라졌다. 해안선이 멀어졌다. 해안선은 물 위에 고요히 내려앉은 갈색의 가는 뱀 같았다. 그는 육지가 작아지면서 흐릿해지는 것을 바라보았다.

눈부신 태양 아래서 배는 속도를 냈다. 수바시는 얼굴에서 바람의 움직임을 느꼈다. 난기류였다. 그들은 먼저 버저즈 만에서 배를 댔다. 2년 전에 바지선 한 척이 안개 낀 밤에 운항하다가 팰머스 앞바다의 바위에 부딪쳤다. 그 사고로 거의 20만 갤런이나 되는 기름이 유출되었다. 기름은 바람에 밀려 와일드 항까지 퍼졌다. 탄화수소에 습지식물이 거의 다 죽어갔다. 농게들은 흙 속에 몸을 묻을 수가 없어서 제자리에서 얼어 죽었다.

그들은 물고기를 폭넓게 조사하기 위한 그물과 퇴적물 표본

저지대

조사용 커피 깡통을 밑으로 내렸다. 조사단은 오염이 무기한 지속될 수도 있다는 것을 알았다.

그들은 계속해서 조지스 뱅크_{대륙붕}에서 언덕 모양으로 높게 솟아오른 부분를 조사했다. 그곳에서는 식물플랑크톤이 급격히 증가했다. 규조류의 개체 수가 폭발적으로 늘어나서 짙은 청록색의 거대한 소용돌이가 생겼다. 그러나 흐린 날이면 바다는 타르처럼 검고 칙칙해 보였다.

수바시는 배 주위를 맴도는 생물들을 관찰했다. 머리는 흐린 노란색이고 날개는 검정과 흰색이 섞인 가마우지, 둘씩 짝을 지어 뛰어오르는 돌고래를 지켜보았다. 혹등고래는 증기를 내뿜으며 숨을 쉬었고, 그런 다음 활기차게 물속으로 들어갔다. 고래는 때때로 배를 건드리는 일 없이 배 밑에서 수영을 하다가 다른 쪽에서 나타나곤 했다.

동쪽으로 짧은 거리를 항해하면서 수바시는 자신이 가족으로부터 얼마나 멀리 떠나왔는지를 새삼 깨달았다. 지구 표면의 극히 일부를 건너가는 데 걸린 시간을 생각해보니 그런 느낌이 들었다.

외딴 바다에 고립되어 과학자와 다른 학생들, 승무원과 함께 배 위에 있으니 외로움이 갑절로 커졌다. 과거와는 단절되었고, 자신의 미래는 헤아릴 수 없었다.

1년 반 동안 가족을 보지 못했다. 하루의 일과를 끝내고 가족과 함께 앉아 음식을 나누어 먹지 못했다. 톨리건지의 집에는 전화가 없었다. 그가 도착했다는 소식도 전보로 알렸다. 그는 가족의 목소리를 듣지 않고 사는 것과 가족의 소식을 오직 편지로만 받아 보는 것을 배우는 중이었다.

우다얀의 편지에는 이제 낙살바리에 대한 언급이 없었다. 마지막을 구호로 끝맺지도 않았다. 그는 전혀 정치 문제를 언급하지 않았다. 그 대신 축구 득점이나 이웃에서 일어난 이런저런 얘기들을 썼다. 어떤 가게가 문을 닫았고, 알고 지낸 가족이 이사를 갔다는 따위의 얘기였다. 므리날 센의 가장 최근의 영화에 대한 얘기도 있었다.

수바시에게 공부는 어떻게 되어가고 있는지, 로드아일랜드 생활은 어떤지 물었다. 그리고 수바시가 언제 캘커타로 돌아올 것인지 알고 싶어 했다. 한 편지에서는 결혼할 계획은 있느냐고 물었다.

수바시는 이 중 몇 통의 편지를 보관했다. 이 편지들은 파기할 필요가 없어 보였기 때문이다. 그렇지만 무미건조해진 글이 수바시를 당혹스럽게 했다. 필체는 똑같았지만 다른 사람이 쓴 것처럼 여겨질 정도였다. 캘커타에 무슨 일이 일어났는지, 우다얀이 무얼 감추고 있지는 않은지 궁금했다. 우다얀과 부모님은 어떻게 지내는지 궁금했다.

부모님의 편지에서는 가우리가 간접적으로만 언급되었고, 하지 말아야 할 예로만 등장했다. "너는 때가 되면 우리를 믿고 우리가 너의 미래를 정하도록 해주기 바란다. 우리가 네 아내를 고르고 네 결혼식에 참석하게 해야 한다는 말이다. 너는 네 동생처럼 우리의 소원을 무시하지 않기 바란다."

수바시는 자신의 결혼은 부모님이 정해주시는 대로 따를 것이라고 부모님을 안심시키는 답장을 썼다. 집안 살림에 보태 쓰라고 자신의 급료 일부를 보냈으며, 식구들이 너무 보고 싶다고 썼다. 그렇지만 가족들과 떨어져 지내는 일상을 계속하다 보니 얼마간 무심해졌다.

우다얀은 혼자가 아니었다. 톨리건지에 그대로 있으며, 수바시가 익히 아는 장소와 생활 방식에서 떨어져나오지 않았다. 그는 부모님에게 도발적인 행동을 하지만, 여전히 부모님의 보호를 받고 있다. 차이가 있다면 그는 결혼을 했고 수바시는 못했다는 점뿐이었다. 수바시는 그 여자, 가우리가 이미 자신의 자리를 대신 차지한 것은 아닐까 궁금했다.

어느 흐린 여름날, 수바시는 교정의 끝자락에 있는 해변으로 걸어 내려갔다. 처음에는 방파제의 끝에서 도미를 잡으려고 낚싯줄을 드리운 어부 한 명 말고는 아무도 보이지 않았다. 얕은 파도만 누런빛을 띤 회색 돌들 위로 밀려왔다. 그때 한 여자가 아이 한 명과 새까만 개를 데리고 걸어가는 모습이 눈에 들어왔다.

여자는 모래밭에서 막대기를 주위 개에게 던졌다. 그녀는 양말을 착용하지 않고 테니스화를 신었으며, 고무를 얇게 입힌 슬리커를 입고 있었다. 면 치마가 무릎 주위에서 바람에 부풀어 올랐다.

남자아이는 양동이를 들고 있었다. 수바시는 여자와 아이가 운동화를 벗고 돌이 깔린 모래밭을 걸어서 밀려오고 밀려가는 바닷물 속으로 들어가는 것을 지켜보았다. 그들은 불가사리를 찾았다. 불가사리가 한 마리도 눈에 띄지 않자 남자아이는 기분이 상해서 투덜거렸다.

수바시는 바지를 걷어 올렸다. 어디에 불가사리가 숨었는지 알고 있었으므로 신발을 벗고 물속으로 걸어 들어갔다. 바위에 붙은 불가사리를 떼어내서 자신의 손에 올려놓았다. 뻣뻣했지만 살아 있었다. 그는 손목을 돌려 밑면이 드러나게 한 다음 불가사리의 팔 끝에 있는 안점을 가리켰다.

이걸 잠시 네 팔 위에 올려놓으면 무슨 일이 일어나는지 아니?

아이는 고개를 저었다.

네 피부에 있는 조그만 털들을 다 뽑아버릴 거야.

아파요?

아니. 자, 내가 보여줄게.

어디에서 오셨어요? 여자가 물었다.

그녀의 얼굴은 예쁘지는 않으나 매력적인 데가 있었다. 눈동자는 홍합 껍데기 안쪽의 빛깔처럼 연푸른색이었다. 수바시보다 조금 더 나이 들어 보였다. 머리는 길었는데, 겨울철의 늪지 식물처럼 갈색을 띤 짙은 금발이었다.

인도 캘커타요.

거기는 이곳과 많이 다르죠?

네.

이곳이 마음에 들어요?

지금까지 그에게 이런 질문을 던진 사람은 없었다. 그는 바다를 쳐다보고 이어 만을 가로질러 뻗은 두 개의 기다란 강철 다리를 바라보았다. 첫 번째 것은 중앙부를 더 낮은 외팔보 방식으로 건설했고, 두 번째 것은 날아오르는 철탑 모양이었다. 균형 잡힌 모습으로 올랐다가 내려가는 뉴포트 다리는 최근에 완성되었는데, 아치 형태의 웅장한 입구와 밤이면 불을 밝히는 케이블이 인상적인 다리였다.

교수 한 분에게서 그 다리의 건설에 관한 것을 배웠다. 다리를 지탱하는 케이블에 들어간 철사를 다 모아서 한 줄로 늘이면 1만 3000킬로미터쯤 된다고 들었다. 미국에서 인도까지의 거리였고, 지금 그를 가족으로부터 떼어놓은 거리였다.

그는 사각형 모양의 조그만 등대를 바라보았다. 세 개의 창문이 셔츠에 달린 세 개의 단추처럼 보이는 등대는 더치 섬의 끝에 서 있었다. 그곳에는 나무 잔교가 있고, 잔교의 끝에는 지붕을 얹은 오두막이 있었다. 배는 해변의 한쪽 끝에서 돌출된 그곳에 정박했다. 몇 척의 범선이 푸른 바다 위의 흰 반점처럼 떠 있었다.

가끔 이 지구에서 가장 아름다운 장소를 발견했다는 생각이 들 때가 있어요, 그가 말했다.

그는 이곳 사람이라 할 수 없지만 그건 중요한 문제가 아닐지도 몰랐다. 자신은 평생을 기다려서 이 로드아일랜드를 찾았다고 여자에게 말하고 싶었다. 그가 숨을 쉴 수 있는 곳은 작지만 장엄한 세상의 한구석인 바로 이곳이라고 말하고 싶었다.

여자의 이름은 홀리였다. 아이는 조슈아, 아홉 살이고, 여름방학이 막 시작되었다. 개의 이름은 체스터였다. 그들은 염전 근처 마투넉에 살았는데, 개를 산책시키려고 대학 교정 해변에 자주 왔다. 이곳을 알게 된 것은 홀리가 일하러 가는 날에 조슈아를 돌봐주는 여자가 이 근처에 살기 때문이었다. 홀리는 이스트그리니치에 있는 조그만 병원에서 간호사로 일했다.

그녀는 남편이 무슨 일을 하는지 말하지 않았다. 하지만 그날 오후 시간을 보내는 중에 조슈아가 언급을 했는데, 아빠가 주말에 자기를 데리고 낚시하러 갈 것인지를 홀리에게 물었던 것이다. 하루 중 그 시간대에는 아이의 아빠가 사무실에서 일하는가 보다고 수바시는 생각했다.

다음번에 주차장에 세워진 홀리의 차를 알아보았을 때 수바시가 용감하게 밖으로 나와서 인사를 했다. 그녀는 그를 보게 되어 반가운 듯 멀리서 손을 흔들었다. 체스터가 그녀를 앞질러 껑충껑충 달렸고 조슈아가 그 뒤를 따랐다.

그들은 함께 걷기 시작했다. 짧은 해변을 왔다 갔다 거닐면서 얘기를 나누었다. 해초들이 사방에 흩어져 있었다. 표면이 거친 오렌지색 포도처럼 생긴 기포가 있는 모자반도 있었고 외따로 놓인 파래도 눈에 띄었다. 어지럽게 엉킨 녹색 다시마가 물결에 휩쓸렸다. 카리브 해 지역에서 이동해온 해파리 한 마리가 납작해진 국화처럼 모래밭에 펼쳐져 있었다.

수바시가 그녀의 배경에 관한 것들을 묻자 그녀는 매사추세츠에서 태어났으며, 가족은 프랑스계 캐나다인이고, 자신은 대부분의 세월을 로드아일랜드에서 살았다고 말했다. 대학에서는 간호학을 공부했다고 했다. 그녀는 그에게 이곳에서 무엇을 공부하는지 물었고, 그는 필요한 학습 과정을 끝내고 나서 다음 공부를 위한 종합시험을 치러야 하며 그런 다음 독창적인 연구를 수행하여 학위논문을 제출해야 한다는 것을 설명했다.

그걸 다 끝내는 데 얼마나 걸려요?

앞으로 3년. 더 걸릴 수도 있어요.

홀리는 바닷새에 대해서는 모르는 게 없었다. 쇠오리와 고방오리, 갈매기와 제비갈매기를 구별하는 법을 그에게 말해주었다. 그녀가 물가로 빠르게 달려갔다가 되돌아가는 도요새 무리를 가리켰다. 그가 로드아일랜드에서의 첫 번째 가을에 보았던 왜가리 얘기를 해주자 그녀는 깃털이 다 자라지 않은 어린 그레이트블루헤론왜가리의 일종이었을 거라고 말했다.

그녀는 차에 가서 쌍안경을 가져와서 비오리 떼를 확대해서 보는 법을 가르쳐주었다. 비오리 떼는 날개를 치며 한 방향으로만 위를 날아갔다.

새끼 물떼새는 어떤 행동을 보이는지 알아요?

아니요.

걔들은 하늘에서 무리 지어 날아요. 어른 새들이 계속해서 서로를 부르기 때문이죠. 그렇게 노바스코샤에서 브라질까지 그 먼 길을 줄곧 날아간대요. 어쩌다가 물 위에서 쉴 때를 빼고는 말이에요.

물떼새는 바닷물 위에서 잠을 자나 보죠?

우리보다 지구 상의 방향을 더 잘 알아요. 뇌 속에 나침반이 있는 것처럼 말예요.

그녀는 인도의 새에 호기심을 보였고, 그래서 그는 그녀가 본 적이 없었을 새들을 말해주었다. 구관조는 건물의 벽에 둥지를 틀고, 뻐꾸기는 초봄에 도시 전역에서 운다고 했다. 점박이올빼미는 톨리건지에 땅거미가 깔릴 때면 울어대고, 도마뱀붙이나 쥐를 잡아먹는다고 했다.

당신은요? 그녀가 물었다. 공부가 끝나면 캘커타로 돌아갈 거예요?

캘커타에서 일자리를 구할 수 있다면요.

그녀 생각이 옳았다. 그의 가족도, 그 자신도 이곳 생활이 일시적이라고 여겼던 것이다.

그곳을 떠올릴 때 뭐가 그리워요?

그곳은 내가 나고 자란 곳이에요.

그는 부모님과 자기보다 조금 어린 남동생이 있다고 말했다. 이제는 제수도 생겼는데 아직 만나보지는 못했다고 했다.

결혼한 후로 동생 부부는 어디서 살아요?

부모님과 같이 살아요.

딸은 결혼한 후 시댁 식구와 합쳐지고 아들은 집에 그대로 남는다고 수바시가 설명했다. 따라서 이곳에서처럼 세대가 분리되지 않는다고 했다.

그는 홀리가, 어쩌면 어떤 미국 여자도 그런 생활을 상상하는 건 불가능하다는 것을 알았다. 그러나 그녀는 그의 설명을 귀담아들었다.

어떤 면에서는 더 나은 방식인 것 같군요.

어느 날 오후 홀리는 침대보를 깔고 준비해 온 치즈 샌드위치, 막대 모양으로 썬 오이와 당근, 아몬드와 과일 조각을 꺼냈다. 이 간단한 음식을 그와 함께 먹었는데, 햇빛이 사그라질 무렵이었으므로 자연스레 저녁 식사가 되었다. 조슈아가 멀리 떨어진 곳에서 놀고 있을 때, 홀리가 대화 도중에 자기는 조슈아의 아빠와 별거 중이라는 말을 했다. 거의 1년이 되었다고 했다.

홀리는 바다를 바라보았다. 무릎을 구부려 다리를 포개고 앉았으며 손은 가볍게 깍지 끼었다. 그날 그녀는 머리를 여학생처럼 두 갈래로 땋아서 어깨 위로 늘어뜨렸다.

그는 캐묻고 싶지 않았다. 그러나 묻지 않았는데도 그녀가 말했다. 그이는 지금 다른 여자랑 지내고 있어요.

수바시는 그녀가 그에게 뭔가를 분명히 하려 한다고 이해했다. 비록 아이 엄마이긴 하지만 자기는 그 누구의 여자도 아니라는 점을 말하려는 것이라고 이해했다.

그가 계속해서 홀리를 찾고 맞이하려는 것은 언제나 그들과 함께, 언제나 그들 사이에 조슈아가 있기 때문이었다. 조슈아의 존재가 그들의 우정을 감독했던 것이다. 드넓은 하늘 아래 그녀와 함께 있는 해변에서 그의 마음은 공허했다. 지금까지 그는 밤늦게까지 연구하고 주말에도 쉬지 않고 공부했다. 마치 부모님이 지켜보며 그의 진도를 관찰하는 것처럼, 그리고 자신은 시간을 허비하지 않고 있다는 것을 부모님께 입증하려는 것처럼 열심히 공부했다.

날이 유난히 따뜻한 어느 날, 그녀가 속이 비칠 정도로 얇은 버튼다운셔츠를 입고 나왔을 때 수바시는 그녀 몸매의 옆모습 윤곽을 보았다. 겨드랑이 아래의 곡선이 눈에 들어왔다.

그녀가 셔츠의 단추를 끌러서 벗어 내려놓자 안에 입고 있던 수영복 상의가 드러났다. 그녀의 배가 부드럽다는 것을 알았다. 둥근 가슴은 서로 약간 떨어져서 넓게 자리 잡고 있었다. 어깨는 오랜 세월 여름 햇볕에 노출된 탓에 주근깨가 많았다.

그가 조슈아랑 물가에서 노는 동안 그녀는 해변에 누웠다. 조슈아는 홀리와 마찬가지로 그를 수바시라고 불렀다. 조슈아는 온순한 아이였다. 말을 걸 때만 대답을 했고, 수바시를 좋아했지만 동시에 미심쩍어하기도 했다.

둘은 임시적인 유대감을 형성하여 물수제비뜨기 놀이도 하고 체스터와 함께 놀기도 했다. 체스터는 껑충거리며 물로 뛰어들어 몸을 담갔고, 털을 세차게 흔들어 물기를 털어냈으며, 이빨로 테니스공을 문 채 경중경중 되돌아왔다. 홀리가 배를 깔고 누워서 선글라스를 통해 그 모습을 지켜보았다. 때로는 눈을 감고 잠깐 잠에 빠졌다.

수바시가 햇볕에 잘 타는 피부를 말리려고 그녀에게 돌아왔을 때 그녀는 읽고 있던 책에서 눈을 떼지도 않았으며 옆으로 조금 움직이지도 않았다. 수바시는 담요 위, 그녀 옆에 맨어깨가 닿을 정도로 가까이 자리를 잡고 앉아야 했다.

수바시는 둘 사이에는 크나큰 간격이 있다는 것을 알았다. 그녀가 미국인이고 자기보다 아마 열 살쯤 더 먹었을 거라는 사실뿐만이 아니었다. 그는 스물일곱이고, 추측건대 그녀는 서른다섯쯤 되었을 것 같았다. 그것은 그녀가 이미 사랑에 빠진 적이 있고 결혼했으며, 아이가 있고, 상심에 빠져 있음을 뜻했다. 자신은 아직 그러한 경험이 없었다.

어느 날 오후 밖으로 나가 그녀를 만났을 때 조슈아가 보이지 않았다. 금요일이었으므로 아빠와 저녁 시간을 보내러 간 것이었다. 조슈아가 아빠랑 계속 만나는 게 중요해요, 그녀가 말했다.

홀리가 조슈아의 아빠와 얘기를 나누며 이런 계획을 짠다고 생각하니 수바시의 마음이 편치 않았다. 그녀에게 상처를 준 사람에게 합리적으로 행동한다는 게 언짢았다. 어쩌면 조슈아를 맡기면서 그를 만나는지도 몰랐다.

담요를 깔고 나서 얼마 안 있어 가는 빗방울이 오락가락하기 시작하자 홀리는 저녁을 먹으러 자기 집에 가자고 수바시를 초대했다. 냉장고에 스튜가 좀 있는데 둘이 먹기 충분할 거라고 했다. 그는 그녀와 헤어지고 싶지 않아서 초대를 받아들였다.

비가 제법 꾸준히 내리는 것을 보며 리처드의 차를 몰고 그녀의 차를 뒤따라 마투넉으로 향했다. 리처드가 시카고로 이사 갈 때 리처드에게서 그 차를 구입했는데도 그는 여전히 그런 식으로 생각했다.

고속도로를 지나자 풍경은 더 평평해지고 더 휑뎅그렁해졌다. 그는 부들이 늘어선 흙길을 달렸다. 이윽고 모래와 바다와 하늘로 이루어진 단조로운 곳에 도착했다.

그는 그녀의 뒤를 따라 들어가 진입로에 차를 댔다. 속도를 줄이고 멈춰 세울 때 바퀴 밑에서 빛바랜 조가비들이 바스러지는 소리가 들렸다. 집의 뒷면에서는 염전이 보였다. 집 앞에는 잔디밭이 없었다. 약간 기운 울타리만 있었는데, 울타리는 녹슨 철사로 서로 묶여 있었다. 군데군데 수수하게 지어진 다른 단층 집들이 눈에 띄었다.

왜 창문을 판자로 막았죠? 그녀의 집과 가장 가까운 집을 보며 그가 물었다.

폭풍우를 대비한 거예요. 지금은 저 집에 아무도 살지 않아요.

그는 눈에 들어온 다른 집들을 유심히 바라보았다. 모두 바다를 향했다. 집주인들은 누구죠?

부자들이에요. 지금은 여름이니까 주말에 보스턴이나 프로비던스에서 내려와요. 한 주나 두 주 머물렀다 가는 사람들도 있어요. 가을이면 모두 다 떠나고요.

집이 비면 세 드는 사람은 없어요?

간혹 학생들이 세 들어 살기도 해요. 집세가 싸니까요. 봄에는 이곳에 나 혼자 살았어요.

홀리의 집은 조그마했다. 앞에는 부엌과 앉을 수 있는 공간이 있었고 뒤에는 화장실 하나와 침실 두 개가 있었으며, 천장은 낮았다. 그가 자란 고향 집이 더 넓어 보일 정도였다. 그녀는 들어올 때 열쇠를 넣지 않고 문을 열었다.

라디오가 켜 있었다. 문을 열고 들어가는 동안 일기예보가 방송되었다. 그날 저녁 때때로 소나기가 쏟아질 거라고 했다. 체스터가 반가움의 표시로 짖어대면서 꼬리를 흔들며 그들의 다리에 몸뚱이를 밀착했다.

라디오 끄는 걸 잊어버렸어요? 그녀가 라디오의 볼륨을 줄일 때 그가 물었다.

일부러 켜두었어요. 돌아올 때 집이 조용한 게 싫어서.

수바시는 우다얀과 자신이 조립했던 단파 라디오를 떠올렸다. 전 세계의 소식을 또 다른 고립된 곳으로 끌어모은 라디오였다. 어떤 의미에서는 홀리가 자신보다 더 외로운 사람이라는 것을 깨달았다. 주변에 남편도 없고 이웃도 없는 그녀의 고독은 심각해 보였다.

지붕이 무슨 막처럼 얇아서 비 쏟아지는 소리가 자갈 구르는 소리 같았다. 사방에 모래가 있었다. 소파의 앉는 자리 사이에도, 바닥에도, 체스터가 즐겨 앉는 벽난로 앞의 둥근 쿠션 위에도 모래가 있었다.

그녀는 급히 모래를 쓸었다. 하루에 두 번 먼지를 청소해야 하는 캘커타의 상황과 비슷하다는 생각이 들었다. 그런 다음 창문을 닫았다. 벽난로 위의 선반에는 돌멩이와 조가비가 잔뜩 쌓였고, 물에 떠내려온 나무도 몇 개 있었다. 집 안을 장식하는 물건은 거의 없어 보였다.

그는 창밖을 내다보았다. 먹구름에 뒤덮인 바다와 물가의 짙은 빛깔 모래가 눈에 들어왔다.

이런 데 살면서 왜 대학 교정 해변까지 가는 거예요?

분위기 전환을 위해서요. 그 언덕의 기슭에 가면 기분이 좋아져요.

그녀는 부엌에서 바삐 손을 놀렸다. 오븐을 켜고 싱크대에 물을 채우고 상추 잎을 물에 담갔다.

불을 좀 지펴주실래요?

그는 벽난로로 가서 살펴보았다. 한쪽에 통나무와 철제 기구들이 있었다. 안에는 재가 약간 있었다. 그는 벽난로의 안전 철망을 치웠다. 벽난로 선반의 맨 위에 종이 성냥이 놓인 것을 보았다.

내가 보여줄게요, 그녀가 말했다. 그러잖아도 어떻게 하는지 물어보려 했는데 이미 그녀가 옆에 와 있었던 것이다.

그녀는 안에 있는 통풍구를 연 다음 통나무와 가는 나무토막을 적당히 배치했다. 그러고 나서 그에게 철제 기구 하나를 건네며 불이 붙은 후에 나무를 조금씩 움직여주라고 말했다. 그는 앉아서 불을 살폈다. 그러나 훌리가 완벽하게 불을 붙여서, 그녀가 음식을 준비하는 동안 얼굴과 손에 불을 쪼이는 것 말고는 달리 할 일이 없었다.

그는 이 집이 그녀가 조슈아의 아빠와 같이 살던 집인지 그리고 조슈아의 아빠가 그녀에게 남기고 떠난 집인지 궁금했다. 왠지 아닌 것 같았다. 이 조그만 집에는 훌리와 조슈아의 물건들만 있었다. 그들의 비옷 두 벌과 여름옷 상의가 문 옆의 못에 걸렸고 그 밑에는 그들의 부츠와 샌들이 가지런히 놓였다.

조슈아의 침대 위 창문 좀 봐줄래요? 열어둔 것 같아서.

아이의 방은 배의 선실처럼 좁고 낮았다. 창문 아래 침대는 격자무늬 누비이불에 덮여 있었다. 베개는 비에 젖어 축축했다.

책장 아래 바닥에는 부분적으로 완성된 조각 그림 맞추기가 놓여 있었다. 초원에서 풀을 뜯어 먹는 말 그림이었는데, 조각 한 개를 찾지 못한 것 같았다. 그는 쭈그리고 앉아 상자에 손을 넣어서 일치하는 것처럼 보이는 조각들을 추려냈다. 그렇지만 들어맞는 게 없었다.

일어섰을 때 조슈아의 서랍장에 놓인 스냅사진이 눈에 띄었다. 수바시는 곧바로 사진 속의 인물이 조슈아의 아빠, 홀리의 남편이라는 것을 알았다. 반바지 차림에 맨발인 남자가 어느 해변에서 지금보다 어린 조슈아를 목말 태우는 사진이었다. 남자의 얼굴은 아들을 향해 위로 젖혀졌고, 둘 다 웃고 있었다.

홀리가 저녁을 먹자고 그를 불렀다. 그들은 버섯과 와인을 넣고 요리한 닭고기를 먹었다. 밥 대신 오븐에 데운 빵과 함께 먹었다. 맛은 복합적이고 향긋했으나 따끈한 게 없었다.

수바시는 그녀가 요리에 넣은 월계수 잎을 꺼냈다. 고향 집 뒤에 있는 나무에서 이게 자라요, 그가 말했다. 크기는 이것 두 배만큼 크지만 말이에요.

그럼 고향에 가면 날 위해서 조금 가져오지 않을래요?

수바시는 그러겠다고 말했다. 그러나 그녀와 함께 있는 지금 자신이 톨리건지의 가족에게로 돌아간다는 게 왠지 비현실적으로 느껴졌다. 더욱이 톨리건지에서 돌아왔을 때도 홀리가 여전히 자신과 시간을 보내고 싶어 할 거라는 생각은 더 비현실적이었다.

그녀는 지난해 9월부터 이 집에서 살았다고 말했다. 조슈아의 아빠는 미니스테리얼 로드에서 약간 떨어진 곳에 있는, 함께 살던 집에서 자신이 나가겠다고 했으나 그녀는 그곳에 있고 싶지가 않았다. 이 조그만 집의 주인은 원래 조부모님이었다. 홀리는 어렸을 때도 여기서 시간을 보내곤 했다.

스튜를 먹은 다음 애플케이크와 레몬차가 나왔다. 빗방울이 더 굵어져서 유리창을 세차게 두드려댈 즈음에 홀리가 조슈아 얘기를 꺼냈다. 그녀는 별거가 아이에게 어떤 영향을 끼칠지 걱정했다. 아빠가 떠난 이후로 아이가 내성적으로 변하고 불안해하고 전에는 무서워하지 않았던 것들을 무서워한다고 말했다.

어떤 것들을요?

혼자 자는 걸 무서워해요. 보다시피 우리 방이 아주 가깝잖아요. 그런데도 밤에 내 방으로 와요. 수년 동안 그러지 않았거든요. 조슈아는 늘 수영을 좋아했는데 이번 여름에는 물에 들어가는 걸 꺼리고 파도를 무서워해요. 그리고 방학이 끝나도 학교로 돌아가고 싶지 않은가 봐요.

얼마 전에 해변에서 수영을 했잖아요.

당신이 함께 있어서 그랬을 거예요.

체스터가 짖기 시작하자 홀리가 자리에서 일어나서 개의 목에 목줄을 채웠다. 그녀는 비옷을 걸치고 현관문 옆에 놓인 우산을 챙겨 들었다.

잠깐 여기 계세요. 1, 2분 뒤에 돌아올게요.

수바시는 그녀가 돌아오기를 기다리는 동안 싱크대로 가서 설거지를 했다. 그는 자신의 삶을 받아들이고 만족해하는 그녀의 성격이 감탄스러웠다. 동시에 이처럼 외딴 곳에 혼자 살면서 문도 잠그지 않고 지내는 그녀가 조금 걱정되었다. 그녀가 일하러 나가는 동안에 조슈아를 돌봐주는 여자 말고는 그녀를 도와줄 사람이 아무도 없었다. 그녀의 부모님이 살아 계시지만, 게다가 그리 멀지 않은 로드아일랜드의 다른 지역에서 생활하지만 여기 와서 그녀를 보살펴주지는 않았다.

그런데도 그 자신은 이곳에서 온전히 그녀와 단둘이 있다는 느낌이 들지 않았다. 체스터가 있고, 조슈아의 옷과 장난감이 있었다. 그녀가 한때 사랑했던 남자의 사진도 있었다.

아주 오랜만에 내가 저녁 식사 설거지를 할 필요가 없는 밤이로군요, 그녀가 다시 그에게 다가오며 말했다. 그릇과 유리잔이 제자리에 놓이고 행주는 행주 걸이에 걸려 마르기를 기다렸다.

할 만한걸요.

이런 날씨에 운전하고 집에 가는 데 어려움이 없겠어요? 비옷을 빌려줄까요?

난 괜찮아요.

그럼 내가 차까지 우산을 씌워줄게요.

그는 문의 손잡이를 잡았다. 그러나 가고 싶지 않았다. 여전히 그녀를 떠나고 싶지 않았다. 그가 미적거리며 서 있는 동안 그녀의 얼굴 옆 부분이 그의 등을 가볍게 누르는 것을 느꼈다. 이어 그녀의 손이 어깨에 내려앉았다. 더 있다 가지 않겠느냐는 그녀의 목소리가 들렸다.

그녀의 침실은 조슈아의 침실과 다를 게 없었다. 그러나 침대가 더 컸으므로 사실상 다른 물건이 들어설 공간이 없었다. 이 방 안에서는 부모님이 어떻게 생각할까 하는 것과 그가 막 하려는 행동의 결과를 잊을 수 있었다. 그는 함께 침대에 있는 여자의 몸 이외의 것은 모두 잊었다. 그녀가 그의 손가락을 목의 옴폭한 곳으로 이끌고, 도드라진 쇄골을 지나 부드러운 가슴 쪽으로 인도했다.

그녀의 피부 감촉에 마음이 황홀해지는 느낌이었다. 주근깨와 검은 점과 얼룩이 만들어낸 무늬들, 그 모든 작은 점과 티가 매력을 더했다. 그녀의 몸에 깃든 다양한 색조와 음영을 이제야 램프 불빛 아래서 알아차릴 수 있었다. 선탠으로 생긴 자국이나 그가 처음 보는 그녀의 가장 눈부신 부분뿐 아니라 한 줌의 모래처럼 약간 알록달록한, 은은하게 빛나는 고유한 피부 빛깔을 이제 알아볼 수 있었다.

그녀는 피부가 다소 느슨한 배와, 그녀의 머리털보다 더 검은 두 다리 사이의 까슬한 불두덩 거웃을 만질 수 있게 했다. 그가 동작을 멈추고 머뭇거리자 그녀가 믿기지 않는다는 듯이 그를 쳐다보았다.

정말?

그가 얼굴을 돌렸다. 당신에게 얘기했어야 했는데.

수바시, 괜찮아요. 난 상관없어요.

그녀의 손가락이 자신의 발기된 성기를 움켜쥐고 그를 가까이 끌어당겼다. 그는 당혹해하면서도 달떴다. 여태 상상만 해왔던 것을 느끼며 실행했다. 그녀의 안으로 들어갔고, 더 가까이 몸을 밀착시켰다. 온 신경을 집중해서, 스스로를 잊은 동시에 스스로를 의식하며……

비가 그쳤다. 이 집의 지붕 위로 뻗은 나무의 이파리에서 떨어지는 물소리가 들렸다. 산발적으로 터져 나오는 박수 소리 같았다. 그는 그녀 옆에 누웠다. 새날이 시작되기 전에 자신의 아파트로 돌아갈 생각이었는데 몇 분 뒤, 홀리가 조용히 누워 있는 게 아니라는 것을 깨달았다. 말도 없이 잠에 떨어진 것이었다.

그녀를 깨우거나 말없이 가버려서는 안 될 것 같았다. 그래서 남았다. 침대는 그들의 몸이 발산한 열기로 따뜻했지만 그는 처음에는 잠을 이룰 수 없었다. 방금 전에 정을 통한 사이임에도 그녀의 존재에 정신이 산만해졌다.

아침에 체스터의 숨소리와 털 냄새에 눈을 떴다. 개는 침대의 주위를 돌며 앞발로 부드럽게 침대를 짚었다. 그리고 홀리가 누운 쪽에 서서 숨을 가쁘게 쉬며 끈기 있게 기다렸다. 방은 따뜻하고 밝았다.

그녀는 수바시를 등진 자세로 옷을 벗은 채 수바시를 둥지 삼아 잠을 잤다. 이윽고 침대에서 나와 전날 밤 입었던 청바지와 블라우스를 꿰입었다.

커피를 끓일게요, 그녀가 말했다.

그도 재빨리 옷을 입었다. 화장실로 걸어가는 동안 열려 있는 조슈아의 방문이 보였다. 아이가 없었기에 그 일이 가능했다. 조슈아가 없기 때문에 그가 여기 있는 것이었다.

체스터를 데리고 밖에 나갔다 들어온 홀리가 아침을 준비할 테니 먹고 가라고 했다. 그러나 수바시는 해야 할 일이 있다고 말하며 사양했다.

다음번에 조슈아가 아빠에게 가면 당신에게 알려줄까요?

그는 뭐라고 답해야 좋을지 몰랐다. 지난밤의 동침은 끝이 아니라 시작일 거라는 생각이 들었다. 동시에 그는 그녀를 다시 보고 싶은 마음이 간절했다.

당신이 그러고 싶다면.

문을 여니 밀물이 들어와 있었다. 하늘은 맑고 바다는 조용했다. 모래밭으로 밀려온 빈 둥지 같은 갖가지 해초들 말고는 지난밤 폭풍우의 흔적은 어디에도 없었다.

3

그는 우다얀에게 말해주고 싶었다. 자신이 내디딘 의미심장한 걸음을 어떻게든 동생에게 고백하고 싶었다. 홀리가 누구인지, 어떻게 생겼는지, 어떻게 살고 있는지 설명해주고 싶었다. 각자의 여자에 대해 알고 있는 것들을 얘기하고 싶었다. 그러나 이런 내용은 편지나 전보로 전할 수 있는 성질의 것이 아니었다. 설령 전화가 가능하다 해도 전화로 얘기하는 건 상상이 안 되었다.

금요일 저녁은 홀리의 조그만 집을 찾아가서 밤을 보낼 수 있는 날이었다. 나머지 시간에는 그녀와 거리를 두었다. 때때로 해변에서 만나 함께 샌드위치를 먹었지만 그 이상은 하지 않았다. 그러므로 대부분의 시간에는 필요하다면 그녀를 모른 척할 수 있었다. 따라서 생활의 변화는 없었다.

그러나 금요일 저녁이면 차를 몰고 그녀의 집으로 갔다. 고속도로를 벗어나 나무가 우거진 긴 길을 달리면 짠물 습지가 나왔다. 토요일까지, 때로는 일요일 아침까지 그 집에 머물렀다. 그녀는 요구하는 게 많지 않았고 언제나 그를 편히 대했다. 그들은 매번 다시 만날 것을 믿으며 헤어졌다.

둘은 해변을 걸었다. 물결에 골이 진 단단한 모래밭을 걸었다. 그녀와 함께 차가운 물에서 수영을 했다. 입에서 소금기가 느껴졌다. 그것은 그의 핏줄 속으로, 모든 세포 속으로 들어가서 자신을 정화하는 것 같았다. 머리털에는 모래가 남았다. 그는 등을 물에 대고 두 팔을 벌려서 무게감 없이 떴다. 세상은 조용했다. 단지 바다가 낮은음으로 숨 쉬는 소리뿐이었다. 눈 뒤 저편에서 태양이 불타는 석탄처럼 이글거렸다.

한두 번은 그들이 이미 남편과 아내인 것처럼 어떤 일상적인 일을 했다. 슈퍼마켓에 함께 가서 카트에 음식을 채웠으며, 음식을 담은 봉지를 그녀의 차의 트렁크에 실었다. 캘커타에서라면 결혼하기 전에는 여자와 함께하지 않을 일이었다.

캘커타에서는 그가 학생이었을 때 어떤 여자에게 매력을 느끼는 것으로 만족했다. 너무 소심해서 여자를 따라다니지 못했다. 그는 홀리에게 잘해주지 못했다. 그가 관찰한 대학 친구들은 마음에 둔 여자를 감동시키려 애를 썼고, 그런 여자들은 거의 언제나 그들의 아내가 되었다. 우다얀도 가우리에게 잘해주었을 게 분명했다. 하지만 그는 홀리를 영화관이나 식당에 데려가지 않았다. 어디서 만나자는 쪽지 글을 쓰고 친구의 도움을 받아 그녀에게 전달하는 행위를 하지 않았다. 여자의 부모님으로부터 의심을 사지 않기 위해서였다.

홀리는 그러한 것에 마음 쓰지 않았다. 그들이 만나는 데 의미 있는 유일한 장소는 그녀의 집이었다. 함께 있기에 가장 손쉬운 장소였고, 수바시가 시간을 보내기 좋아하는 곳이었고, 그녀가 자신의 욕구를 처리하는 곳이었다. 가족에 관한 긴 대화나 자신들의 과거 얘기를 하면서 시간을 보냈는데, 홀리는 자신의 결혼 문제에 관해서는 말하지 않았다. 그녀는 수바시가 자라온 이야기를 질리지도 않고 계속 물었다. 캘커타의 여자라면 아무런 감흥도 없었을 지극히 평범한 일상사일 뿐이었지만, 그녀에게는 그가 독특해 보이게 하는 것이었다.

어느 날 저녁 미국 독립기념일을 기념하기 위해 식료품 가게에서 옥수수와 수박을 사가지고 운전을 하며 함께 집으로 돌아갈 때 수바시가 아버지 얘기를 했다. 아버지는 매일 아침 손에 마대를 들고 시장으로 가서 그날 구할 수 있는 것과 값이 비싸지 않은 것들을 사왔다. 어머니가 양이 충분치 않다고 불평을 하면 아버지는 맛있는 물고기를 조금 먹는 게 맛없이 크기만 한 것을 먹는 것보다 낫다고 말하곤 했다. 그는 늘 적게 먹어서 배가 고팠다. 한 끼 식사가 당연하게 여겨진 적이 없었다.

가끔 그와 우다얀이 아침에 시장을 보러 가거나 또는 배급쌀과 석탄을 받으러 가는 아버지를 따라가기도 했다고 수바시가 말했다. 형제는 아버지와 함께 긴 줄을 서며 기다렸는데, 햇볕이 강할 때는 아버지가 우산을 씌워주었다.

형제는 아버지를 도와 물고기와 채소, 망고 따위를 나누어 들고 집으로 돌아갔다. 망고를 살 때 아버지는 코를 킁킁거리며 냄새를 맡고 손가락으로 찔러보았으며, 때때로 좀 더 익을 때까지 침대 밑에 두기도 했다. 일요일에는 정육점에서 고기를 샀다. 걸어놓은 염소 고기에서 일부를 도려내어 저울에 달아 무게를 잰 뒤 마른 잎으로 싼 꾸러미를 받아 들었다.

당신은 아버지랑 비슷해요? 홀리가 물었다.

무슨 이유에선가 그는 조슈아의 방에 있는, 아빠의 어깨 위에서 목말을 타고 있는 조슈아의 사진을 떠올렸다. 수바시의 아버지는 다정다감한 편이 아니었다. 그러나 한결같은 분이었다.

나는 아버지를 존경해요, 그가 말했다.

그럼 동생이랑은? 둘은 잘 지내요?

그는 잠시 말을 멈추었다. 그렇기도 하고 아니기도 해요.

그녀의 비좁은 방에서 수바시는 죄책감은 한쪽으로 치워둔 채 부모님의 기대감에 대한 반발심을 키워갔다. 그러나 자신은 그런 반발심을 무난히 헤쳐갈 수 있다는 것을 깨달았다. 반발심이 계속되는 것은 단지 물리적 거리라는 장애에서 비롯한 것일 뿐이라는 것을 알게 되었다.

그는 이제 나라시만을 자기편으로 여겼다. 나라시만과 그의 미국인 아내를 말이다. 때때로 그는 홀리와 함께 비슷한 삶을 꾸려가는 건 어떨까 생각해보았다. 앞으로의 삶을 미국에서 사는 것이다. 부모님을 무시하고 그녀와 가정을 꾸리는 것이다.

동시에 그게 불가능하다는 것을 알았다. 그녀가 미국인이라는 사실은 가장 작은 문제일 뿐이었다. 그녀의 상황, 아이, 그녀의 나이, 법적으로는 아직도 다른 사람의 아내라는 사실, 이 모든 게 부모님에게는 생각할 수 없고 받아들일 수 없는 것이었다. 부모님은 이런 것으로 그녀를 판단할 것이었다.

그는 홀리를 그런 어려움에 처하게 하고 싶지 않았다. 그럼에도 금요일이면 계속해서 새로 개척한 이 은밀한 길을 달려 그녀를 만났다.

우다얀은 이해할 것 같았다. 어쩌면 이러한 그의 행동에 경의를 표할지도 몰랐다. 그러나 수바시가 아직 모르는 것에 대해서 우다얀이 말해줄 수 있는 것은 없었다. 결혼하지 않을 여자와 관계를 맺고 있는 것에 대해, 그리고 함께 있는 것이 점점 더 익숙해지지만 아마도 자신의 양면적인 감정 때문에 사랑하지는 않는 여자에 대해 우다얀이 해줄 말은 없을 터였다.

그래서 그는 누구에게도 홀리 얘기를 하지 않았다. 둘의 관계는 접근할 수 없는 비밀로 남았다. 부모님의 반대는 마음 한구석에 무언의 문지기처럼 똬리를 틀고 그가 하고 있는 일을 망가뜨리겠다고 위협했다. 그러나 부모님이 여기 없었으므로 수바시는 부모님의 반대를 계속해서 멀리멀리 밀어낼 수 있었다. 배에 탄 사람이 기대하는 수평선처럼. 자꾸만 뒤로 밀려나서 수평선에는 결코 이르지 못하는 것처럼.

한번은 금요일에 그녀를 만나지 못했다. 홀리가 전화를 하더니 막판에 계획이 바뀌어 조슈아가 아빠에게 가지 않게 되었다고 말했다. 수바시는 얼마든지 그럴 수 있는 일이라고 이해했다. 사실은 수바시 자신도 그 주말에는 계획이 바뀌기를 내심 바랐다.

그다음 주말에 다시 그녀를 찾아갔을 때, 저녁을 먹고 있는데 전화가 울렸다. 그녀는 전화선을 끌고 가서 소파에 혼자 앉아 통화하기 시작했다. 그는 조슈아의 아빠라는 것을 알아차렸다.

조슈아가 몸에 열이 난다는 것이었다. 홀리는 남편에게 아이를 미지근한 물로 목욕시키라고 말한 다음 약을 얼마나 먹여야 하는지 설명했다.

그녀가 남편에게 적개심을 보이지 않고 차분한 목소리로 얘기하는 것에 수바시는 놀랐고 동시에 마음이 쓸쓸했다. 전화선

저편의 사람은 그녀와 깊은 친밀감을 유지했다. 별거 상태임에도 조슈아 때문에 그들의 삶은 영구히 매여 있다는 것을 알았다.

그녀를 등지고 식탁에 앉은 그는 음식을 먹지 않고 통화가 끝나기를 기다렸다. 그는 전화기 옆의 벽에 걸린 달력을 쳐다보았다.

다음 날이 8월 15일, 인도의 독립기념일이었다. 국경일이어서 정부 건물에 불을 밝히고, 국기를 올리고, 시가행진을 한다. 그러나 여기서는 평범한 날이다.

홀리가 전화기를 내려놓았다. 언짢아 보여요, 그녀가 말했다. 뭐 불편한 거 있어요?

뭘 좀 생각했을 뿐이에요.

뭔데요?

그것은 그의 최초의 기억으로 1947년 8월의 일이었다. 그 기억이라는 게 단지 위로받고자 하는 마음이 빚어낸 착각은 아닐까 하는 생각이 들 때도 있었다. 왜냐하면 그날은 온 나라가 기억하는 날이었고, 그의 뇌리에 남아 있는 기억도 부모님이 수시로 되풀이하는 이야기였기 때문이다.

그날 저녁, 델리에서 불꽃놀이가 벌어지고 각료들이 선서를 하고 취임했다는 게 부모님의 마음에 또렷이 새겨졌다. 간디는 캘커타에 평화를 가져오기 위해 금식을 했으며, 나라가 탄생했다. 우다얀은 겨우 두 살이었고 수바시는 거의 네 살이었다. 그는 의사의 손이 자신의 이마를 만지는 낯선 감촉을 기억했다. 자신의 팔과 발바닥을 가볍게 찰싹 때렸던 것도 기억났고, 형제가 오한이 일었을 때 덮은 이불의 무게도 기억이 났다.

동생에게 고개를 돌렸던 것을 기억했다. 둘 다 몸을 떨었다. 우다얀의 초점 잃은 게슴츠레한 눈과 빨개진 얼굴, 의미 없는 말들을 옹알대던 것을 기억했다.

부모님은 장티푸스가 아닐까 걱정했어요, 그가 홀리에게 말했다. 부모님은 우리가 죽을지도 모른다고 며칠 동안 애를 태웠지요. 그 얼마 전에 동네에 사는 어린아이가 죽은 것처럼 말이에요. 부모님은 지금도 그 얘기를 할 때면 두려워하는 목소리로 변해요. 아직도 우리 몸에서 열이 떨어지기를 기다리고 있는 것처럼 말예요.

그게 바로 당신이 아빠가 되면 일어나는 일이에요, 홀리가 말했다. 자식이 위험에 처할 땐 시간이 멈춘답니다. 의미도 사라지고요.

4

9월 어느 주말에 조슈아가 아빠에게 갔을 때, 홀리가 둘이서 그가 아직 보지 못한 로드아일랜드의 다른 곳에 가보자고 제안했다. 그들은 갈릴리에서 블록 섬까지 가는 페리를 타고 15킬로미터 이상 바다 여행을 했다. 그런 다음 항구에서 여관까지 함께 걸었다.

마지막 순간에 예약을 취소한 사람이 있어서 그들은 꼭대기 층에 있는 방을 쓰게 되었다. 홀리가 예약했던 방보다 더 좋은 방이었는데, 바다가 바라보였고, 사주식 침대네 모서리에 기둥을 세우고 덮개를 씌운 침대가 있었다. 그들이 여기 온 것은 이 무렵에 이 섬을 지나 남쪽으로 날아가기 시작하는 황조롱이를 보기 위해서였다. 주말 동안 지낼 짐을 풀면서 그녀가 그에게 선물을 하나 주었다. 갈색 가죽 케이스에 든 쌍안경이었다.

난 필요 없는데, 그가 감탄스럽게 바라보며 말했다.

이제는 내 걸로 둘이 주고받으며 보는 건 그만둬야 할 때라고 생각했어요.

그는 그녀의 어깨에, 입술에 키스했다. 그녀에게 답례로 줄 것이 그것밖에 없었다. 그는 렌즈 사이에 부착된 조그만 나침반을 들여다보고 나서 끈을 목에 걸었다.

성수기가 지나 이 섬은 곧 폐장할 것이었다. 관광객이 사라지고, 절대 이곳을 떠나지 않는 소수의 사람을 위해 한두 군데의 식당만이 문을 열었다. 과꽃이 한창 피었고 덩굴옻나무는 붉게 변했다. 하지만 해가 빛났고 대기는 잔잔했다. 더할 나위 없이 좋은 늦은 여름날이었다.

그들은 자전거를 빌려서 주위를 돌았다. 수바시는 균형을 잡는 데 아주 조금 시간이 걸렸다. 어렸을 때 우다얀과 함께 톨리건지의 인적이 드문 길에서 자전거를 배운 뒤로 처음 타보는 것이었다. 그때 탄 자전거는 앞바퀴가 흔들렸던 게 기억났다. 한 자전거에 둘이 같이 탔는데, 둘 중 한 명은 안장에 앉았고 다른 한 명이 그 무거운 검은 자전거의 페달을 굴렸다.

그의 호주머니에는 우다얀에게서 온 편지가 들어 있었다. 전날 온 편지였다.

오늘 참새 한 마리가 우리 집에 날아들었어. 우리가 같이 쓰던 방에 말이야. 덧문이 열려 있어서 창살 사이로 들어왔나 봐. 참새가 날개를 파닥이며 잠시 방 안에서 노닐었어. 그러자 형이 생각났어. 이걸 보면 형이 얼마나 재미있어할까 하는 생각이 든 거야. 물론 내가 방에 들어가자마자 참새는 날아가 버렸지.

지금까지는 스물여섯 살이라는 게 기분 좋아. 형은 2년만 지나면 서른 살이 되네. 우리 둘 다 인생의 새로운 단계를 맞은 거 같아. 오십의 절반 이상을 살았으니 말이야.

여전히 학생들을 가르치고 과외지도 하는 게 꽤나 따분해졌어. 그 애들이 열심히 배워서 나보다 더 위대한 일을 해내기를 바랄 뿐이지. 하루 중 가장 좋은 때는 집에 돌아와 가우리와 함께 있는 시간이야. 우리는 함께 책을 읽고 함께 라디오를 들어. 그렇게 저녁 시간을 보내고 있어.

스물여섯이라는 나이는 카스트로가 감옥에 갇힌 나이라는 거 알아? 그때 그는 이미 몬카다 병영 공격을 이끌었지. 그와 함께 그의 동생도 동시에 감옥에 갇혔다는 건 알아? 그들은 서로 보지 못하도록 격리되었어.

통신 얘기를 하자면, 얼마 전에 마르코니에 관한 책을 읽었어. 그는 겨우 스물일곱 살에 뉴펀들랜드에 앉아서 콘월에서 오는 S 자를 들은 거야. 케이프코드에 있는 그의 무선통신국은 형이 있는 곳에서 가까운 것 같아. 웰플리트라는 마을에 있대. 혹시 거기 가보았어?

그 편지는 수바시에게 위안이 되었지만 한편으로는 그를 혼란스럽게 했다. 그와 수바시가 공유했던 부호와 신호, 과거의 놀이들, 그리고 특별한 유대감을 떠올리게 했다. 그는 카스트로를 들먹이면서도 집에서 아내와 함께하는 조용한 저녁 시간을 얘기했다. 우다얀이 하나의 열정을 다른 열정과 바꾼 게 아닐까, 그 열정의 대상이 이제는 가우리가 아닐까 하는 생각이 들었다.

그는 홀리를 따라 구불구불한 좁은 길을 걸었다. 이 섬과 빙하에 의해 만들어진 협곡을 둘로 나누는 거대한 염전을 지났다. 기복이 있는 초원을 지나고, 작은 탑이 있는 건물을 지나쳐 걸었다. 목초지는 황량했다. 반들반들한 바위가 여기저기 널렸고, 부분적으로 돌담을 두른 풍경이 눈에 띄었다. 그곳에는 나무가 거의 없었다.

그들은 짧은 시간에 섬의 한쪽에서 다른 쪽까지 도보 여행을 했다. 고작 5킬로미터밖에 되지 않는 거리였다. 황조롱이가 깎아지른 절벽 위에서 활공하며 바다로 날아갔다. 날개는 움직이지 않았고, 바람이 강할 때면 몸이 뒤로 떠가는 것처럼 보였다. 홀리는 롱아일랜드의 끝에 위치한 몬턱포인트를 가리켰다. 그날은 바다 건너에 있는 그곳이 보였다.

오후에는 바다에 들어가 몸을 식혔다. 곧 무너질 것 같은 가파른 나무 계단을 걸어 내려가 수영복을 입고 거친 물결 속에서 수영을 했다. 날씨는 따뜻했으나 해는 다시 짧아지고 있었다. 그들은 자전거를 타고 다른 해변으로 가서 지는 해를 바라보았다. 해는 녹아내리는 주홍색 얼룩처럼 물속으로 가라앉았다.

읍내로 돌아가는 길에 길가에서 상자거북을 보았다. 그들은 걸음을 멈추었고, 수바시가 상자거북을 집어 들고 무늬를 살펴보았다. 그런 다음 왔던 곳으로 돌아가도록 거북을 풀밭에 놓아주었다.

조슈아에게 말해줘야 할 것 같아요, 수바시가 말했다.

홀리는 아무 말도 하지 않았다. 깊은 생각에 잠긴 얼굴이 석양빛에 물들었다. 왠지 그녀의 기분이 이상해 보였는데, 조슈아를 언급해서 기분이 상한 것은 아닐까 하고 수바시는 생각했다. 저녁 식사 때도 그녀는 말이 없었으며 음식도 조금만 먹었다. 낮에 햇볕을 많이 쬔 탓에 약간 두통이 생겼다고 말했다.

둘은 처음으로 잘 자라는 키스만 하고 그 이상은 아무것도 하지 않았다. 그는 그녀 옆에 누웠다. 바다가 뒤척이는 소리를 들으며 상현달이 하늘로 떠오르는 모습을 바라보았다. 그는 잠들고 싶었으나 쉬이 잠에 빠져들지 못했다. 그날 밤 그가 휴식을 취하러 간 바다는 걸어 다니기에는 깊었고 수영을 하기에는 충분히 깊지 못했다.

아침이 되자 그녀는 한결 나아 보였다. 식탁의 맞은편에 앉아 토스트와 스크램블드에그를 맛있게 먹었다. 그러나 육지로 돌아가기 위해 페리를 기다릴 때, 그녀가 할 말이 있다고 그에게 말했다.

수바시, 당신을 알게 되어 참 좋았어요. 이런 시간도 가져보고.

그가 느낀 변화는 느닷없는 것이었다. 마치 그녀가 두 사람을 집어 들어, 계속 나아가던 위태로운 길에서 멀리 떨어진 곳에 내려놓은 듯한 느낌이었다. 전날 그가 상자거북을 길에서 치웠듯이 그녀는 서로의 관계를 해로운 길에서 치워버렸다.

난 우리의 관계를 아름답게 끝내고 싶어요, 그녀가 말을 이었다. 우린 그럴 수 있을 거라고 생각해요.

수바시는 홀리로부터 그녀가 조슈아의 아빠와 계속 얘기하며 지내왔으며, 자신들은 서로의 문제를 잘 해결하기 위해 노력할 거라는 말을 들었다.

그 사람은 당신을 떠났잖아요.

그이는 돌아오고 싶어 해요. 수바시, 난 그이를 12년 동안 알아왔어요. 그이는 조슈아의 아빠예요. 나는 서른여섯 살이고요.

우리가 왜 여기 함께 온 거죠? 나를 다시 보고 싶지 않다면 말예요.

당신이 좋아할 거라고 생각했어요. 당신은 이 관계가 더 나아갈 거라고 생각하지는 않았겠죠? 당신과 나의 관계 말예요. 조슈아도 포함해서.

난 조슈아를 좋아해요.

당신은 젊어요. 언젠가 당신은 자신의 아이를 갖고 싶어 할 거예요. 몇 년 지나면 당신은 인도로 돌아가서 가족과 함께 살 거잖아요. 당신이 직접 한 말이에요.

그녀는 그가 이미 알고 있는 것을 말하며 그 자신이 친 거미줄에 그를 옭아맸다. 그 순간 수바시는 다시는 그녀의 집을 찾지 않으리라는 것을 깨달았다. 쌍안경을 선물한 것도 이제는 그녀의 것을 함께 쓸 필요가 없다는 뜻이었다. 그는 그 이유도 알게 된 것이다.

그는 그녀를 비난할 수 없었다. 이 관계를 끝냄으로써 그에게 은혜를 베푼 셈이었다. 그런데도 그런 결정을 한 사람이 그녀라는 사실에 화가 치밀었다.

우린 친구로 남을 수 있어요, 수바시. 친구로 지내는 것도 좋을 거예요.

그는 더 이상 얘기하지 않아도 된다고 했으며, 친구로 남는 건 관심이 없다고 말했다. 페리가 갈릴리 항에 도착하면 자신은 버스를 기다렸다가 그걸 타고 집으로 갈 거라고 했다. 그리고 자신에게 전화하지 말라고 말해주었다.

페리에 올라서는 각자 따로 앉았다. 그는 우다얀의 편지를 꺼내 다시 읽었다. 다 읽고 나서는 갑판에 서서 편지를 조각조각 찢었다. 그런 다음 그 조각들이 손에서 빠져나와 흩날리게 했다.

로드아일랜드에서의 세 번째 가을이 시작되었다. 1971년이었다.

다시 한 번 나뭇잎은 엽록소를 잃고 그가 고향에 두고 온 빨간 고추, 강황, 생강 같은 생생한 빛깔로 대체되었다. 매일 아침 부엌에서 어머니가 음식에 넣기 위해 빻아서 가루로 만들던 그 선명한 빛깔을 띠었다.

다시 한 번 이 색깔들은 지구 저편에서 이곳으로 실려 와 그가 다니는 길에 늘어선 나무에 나타난 듯했다. 울긋불긋한 색깔은 잎이 막 줄어들기 전 몇 주 동안은 점점 더 강렬해졌다. 나뭇가지 여기저기에 다닥다닥 붙은 나뭇잎들은 똑같은 식물의 양분을 빨아 먹는 나비 떼 같았는데, 그러다가 낙엽이 되어 땅에 떨어지곤 했다.

그는 캘커타에서 벌어질 두르가 축제를 생각했다. 처음 미국에 와서 미국을 알게 될 때는 그 축제일이 없다는 게 문제 되지 않았는데 지금은 고향에 가보고 싶었다. 지난 2년 동안 이맘때면 부모님이 보낸, 포장이 헐어버린 소포 꾸러미를 받았다. 너무 얇아서 로드아일랜드에서는 대부분의 계절에 입을 수 없는 쿠르타, 백단 비누, 다르질링 차가 들어 있었다.

그는 전인도라디오에서 방송하는 마할라야마할라야는 두르가 여신이 오는 것을 알리는 축제인데, 여기서는 이 축제일 새벽에 방송국에서 내보내는 뱅골어 성가나 고전음악 등을 말함를 떠올렸다. 톨리건지에서, 캘커타 전역에서, 온 서뱅골에서 사람들은 어둠 속에서 일어나 하늘에 빛이 스며드는 동안 종교음악을 들으면서 네 자식과 함께 지상으로 내려오는 두르가를 부르며 기도했다.

매년 이맘때면 뱅골인 힌두교도들은 두르가 여신이 아버지인 히말라야와 함께 지내기 위해 내려온다고 믿었다. 축제 기간 중에 두르가는 남편인 시바를 포기하는데, 나중에 다시 한 번 결혼 생활로 돌아가게 된다. 성가는 두르가의 탄생과 열 개의 팔에 들린 무기 이야기를 자세히 들려준다. 칼과 방패, 활과 화살, 도끼, 철퇴, 소라고둥, 원반, 인드라의 벼락, 시바의 삼지창, 불타는 투창, 뱀으로 만든 화환이 여신의 무기였다.

올해는 고향 집에서 온 소포가 없었다. 전보뿐이었다. 두 문장으로 된 전보였다. 바다 위에서 표류하는 것처럼 맥 빠진 문장이었다.

"우다얀 사망. 가능하면 귀국 바람."

3

1

그는 짧은 겨울날을 뒤에 남기고 떠났다. 혼자 슬퍼하던 어정쩡한 장소를 뒤에 남기고 떠났다. 크리스마스가 다가오고 있었다. 12월이 되면서부터 조그만 가게와 집의 출입구와 창은 장식 전구로 꾸며졌다.

그는 버스를 타고 보스턴으로 가서 유럽행 밤 비행기를 탔다. 두 번째 비행기는 중동에서 잠시 머물렀다. 그는 터미널에서 기다리는 동안 탑승구와 탑승구 사이를 왔다 갔다 했다. 이윽고 델리에 도착했다. 거기에서 다시 하우라 역으로 가는 밤 기차를 탔다.

인도의 절반쯤 되는 거리를 가로질러 달리는 도중에 기차 승객들로부터 그가 미국에 나가 있는 동안 캘커타에서 벌어진 일에 대해 약간 들었다. 우다얀도 부모님도 편지에서 언급하지 않은 정보였다. 로드아일랜드의 어떤 신문에서도 보지 못했고, 차 안의 AM 라디오에서도 들어보지 못한 일들이었다.

1970년 들어 상황이 변했다고 사람들이 그에게 말해주었다. 그때는 낙살라이트가 지하로 숨어들었다. 그들은 극적인 공격을 수행할 때만 수면 위로 모습을 드러냈다.

그들은 캘커타 곳곳의 대학을 뒤지고 훼손했다. 한밤중에 학교에 난입해서 문서를 불태우고 초상화를 훼손했으며 붉은 깃발을 내걸었다. 캘커타 전역을 마오쩌둥의 초상으로 도배하다시피 했다.

그들은 선거를 방해할 목적으로 유권자들을 위협했다. 길거리에서 파이프 총을 쏘았다. 공공장소에 폭탄을 숨겨두기도 했다. 그래서 사람들이 영화관에 앉거나 은행에서 줄을 서는 것을 두려워했다.

그러다가 목표가 구체적인 대상으로 바뀌었다. 번화한 교차로에서 교통정리를 하는 무장하지 않은 교통경찰, 부유한 사업가, 일부 교육자, 경쟁 당인 인도공산당 마르크스주의파 당원 등이었다.

살인 방법은 가학적이고 섬뜩했다. 충격을 주고자 하는 것이었다. 프랑스 영사의 부인은 잠을 자다가 살해당했다. 그들은 자다푸르대학의 부총장인 고팔 센을 암살했다. 그가 저녁 산책을 하고 있을 때 교정에서 살해했는데, 은퇴를 발표하기 바로 전날이었다. 강철 막대기로 패고 칼로 네 번을 찔러 죽인 것이었다.

그들은 일부 지역을 장악하여 그곳을 붉은 지대라고 불렀다. 톨리건지도 그들이 장악했다. 임시 병원을 설치하고 은신처를 만들었다. 사람들은 이런 구역을 피하기 시작했다. 경찰은 허리띠에 권총을 차고 다니기 시작했다.

그러나 이때 새로운 법이 통과되었다. 옛 법이 갱신된 것이었다. 경찰과 준군사 조직에 영장 없이 가택수색을 하고 기소 없이 젊은이를 체포할 수 있는 권한을 부여한 법이었다. 옛 법은 독립 운동에 대응하고 독립 운동의 싹을 자르기 위해 영국이 만든 법이었다.

그 뒤로 경찰은 비상경계선을 쳐서 출입을 통제하고 이 도시의 여러 지역에서 수색 작업을 펼쳤다. 출구를 봉쇄하고, 문을 두드리고, 캘커타의 젊은이들을 심문했다. 경찰이 우다얀을 죽였다. 수바시는 이 정도밖에 추측할 수 없었다.

그는 한 장소에 엄청 많은 사람이 모일 수 있다는 것을 그동안 잊고 있었다. 많은 사람이 사는 냄새가 짙게 풍겼다. 피부에 와 닿는 햇볕이 좋았다. 매서운 추위가 없다는 게 반가웠다. 하지만 캘커타도 겨울이었다. 승객과 막노동꾼, 기차역이 먹고 자는 장소일 뿐인 부랑자 등 플랫폼에 가득한 사람들은 털모자와 모직 숄로 몸을 감쌌다.

그를 마중 나온 사람은 아버지의 사촌 동생인 비렌 카카와 그의 아내, 둘뿐이었다. 그들은 과일 노점상 옆에 서 있었는데, 수바시를 발견했을 때 웃으며 반기지를 못했다. 그는 환영이 썰렁할 줄은 알았지만, 이틀도 더 걸려서 여기에 왔고 2년도 더 넘게 외국에 나가 있다가 돌아왔는데 부모님이 그가 온 것을 보러 여기까지 오는 수고도 하지 않았다는 것은 이해가 되지 않았다. 인도를 떠나던 날 어머니는 그가 돌아와 기차에서 내릴 때 영웅을 맞이하듯 환영하며 화환을 목에 걸어주겠다고 약속했었다.

수바시가 우다얀을 마지막으로 본 것도 여기 이 역에서였다. 우다얀은 그가 떠나던 날 저녁 늦게야 역에 도착했다. 수바시와 부모님 그리고 다른 친척들이 톨리건지에서 차를 타고 조그만 대열을 형성하여 역으로 갈 때 우다얀은 거기 없었다. 그러나 역 플랫폼에는 반드시 나가서 수바시를 배웅할 거라고 말했었다. 수바시가 이미 작별 인사를 하고 기차에 올라 자리에 앉았을 때, 우다얀의 머리가 차창에 나타났다.

우다얀은 창틀 너머로 손을 뻗어 수바시의 어깨를 꽉 눌렀다. 그런 다음 수바시의 얼굴을 가볍게 토닥였다. 마지막 순간에 형제는 주변에도 많은 사람들이 몰려 있는 것을 보았다.

우다얀은 책가방에서 껍질이 녹색인 오렌지를 몇 개 꺼내 수바시에게 주면서 가는 도중에 먹으라고 했다. 우리를 까맣게 잊지 않도록 노력해야 돼, 그가 말했다.

부모님을 잘 보살펴드릴 거지? 수바시가 물었다. 그리고 무슨 일이 일어나면 나에게 알려줄 거지?

무슨 일이 일어난다는 거야?

그럼 뭐든 필요한 게 있으면 알려줘.

잘 있다가 돌아와. 그거면 돼.

우다얀은 그대로 가까이 서서 몸을 앞으로 기울여 한 손을 수바시의 어깨에 얹은 채 말없이 있었다. 이윽고 엔진 소리가 들렸다. 어머니가 눈물짓기 시작했다. 기차가 움직이기 시작했을 때는 아버지의 눈시울도 촉촉해졌다. 그러나 우다얀은 미소를 짓고 서 있었다. 수바시가 점점 멀어져가는 동안 우다얀은 손을 높이 치켜들고 수바시에게서 눈을 떼지 않았다.

택시를 타고 하우라 다리를 건널 때도 빛은 아직 흐릿했다. 맞은편에서는 시장이 막 열렸다. 인도에는 바구니에 담긴 그날 아침의 채소가 죽 늘어섰다. 그들은 이 도시의 넓은 중심부를 지나 댈하우지를 달리고 이어 초우링기를 지나갔다. 텅 빈 듯도 하고 충만한 듯도 한 도시. 톨리건지에 거의 다 와서 프린스 안와르 샤 로드를 지나갈 즈음에 도시는 한결 부산해졌고 날은 환해졌다.

거리는 그가 기억한 대로였다. 자전거 인력거로 복잡했으며, 흥분한 거위 떼처럼 꽥꽥거리는 경적 소리가 그의 귀를 파고들었다. 이 도시의 혼잡함은 약간 다른 수준이었는데, 큰 도시가 아니라 조그만 도시의 혼잡함이었다. 건물들은 더 낮고 간격이 조금 더 멀었다.

전차 정류장이 시야에 들어왔다. 유리병에 든 비스킷과 크래커를 파는 가판대와 끓인 차를 알루미늄 주전자에 담아 파는 가판대도 눈에 들어왔다. 영화 촬영소와 톨리클럽의 벽은 구호로 뒤덮였다. "1970년대를 해방의 연대로 만들자. 총이 자유를 가져오며, 자유는 오고 있다."

차가 방향을 돌리자 바부람 고시 로드에서 약간 떨어진 곳에 자리 잡은 조그만 회교성원이 나타났다. 수바시는 자신의 긴 여행이 이제 다 끝났음을 느꼈다. 택시는 좁은 골목으로 잘 들어 갔으나 자칫하면 양쪽 벽에 긁힐 것만 같았다. 그가 살던 동네의, 어린 시절의 시큼하고 부패한 냄새가 확 끼쳐 왔다. 고인 물 냄새, 조류 냄새, 덮개가 없는 하수구 냄새.

두 개의 연못이 있는 곳으로 다가가면서 그는 자신이 떠났을 때의 조그만 집이 뭔가 인상적이지만 크고 어색한 건물로 바뀐 것을 보았다. 건축은 마무리된 것 같았는데도 철거되지 않고 남아 있는 비계가 눈에 띄었다. 집 뒤로 높이 솟은 야자나무들이 보였다. 그러나 원래의 지붕 위로 짙은 빛깔의 가지와 잎을 드리웠던 망고나무는 사라지고 없었다.

그는 집의 대지와 거리를 나누는, 배수로 위에 놓인 콘크리트 평판을 가로질러 걸었다. 한 쌍의 여닫이문을 열고 들어가자 뜰이 나왔다. 담은 곰팡이가 슬었다. 그러나 한쪽 구석에 관우물이 있고, 테라코타 화분에 심은 달리아와 마리골드, 그리고 어머니가 기도할 때 사용하는 바질요리에 사용하는 허브. 힌두교에서는 신에게 바치는 신성한 향초로 숭상함이 있는 이곳은 여전히 반가운 공간이었다. 누런 가지가 어지럽게 얽힌 포도나무는 연중 이 시기에 꽃을 피웠다.

이곳이 그와 우다얀이 어린 시절에 함께 놀았던 마당이었다. 둘은 여기서 석탄 조각이나 깨진 도자기 조각으로 그림을 그리거나 셈을 연습했다. 나가지 말고 방 안에 있으라는 말을 들은 날, 우다얀이 콘크리트가 마르기 전에 달려 나가다가 널빤지 밖으로 밀려 나가 발자국을 남긴 곳이었다.

수바시는 그 발자국에 눈길을 던지며 그곳을 지나쳐 걸었다. 집의 윗부분을 쳐다보았다. 원래의 집에서 밖으로 튀어나온 형태였다. 한쪽 면의 앞쪽 끝에서 뒤쪽 끝까지 죽 이어진 긴 테라스는 바람이 잘 통하는 복도 같았다. 테라스는 세 잎 무늬를 넣어 장식한 격자 난간으로 둘러싸였는데, 난간의 에메랄드 빛깔이 번쩍번쩍 빛났다.

격자 난간 사이로 부모님의 모습이 보였다. 맨 위층에 앉아 계셨다. 그는 부모님의 표정을 보려고 애를 썼으나 알아낼 수 없었다. 아주 가까이 다가간 지금 그의 마음 한구석에서는 택시를 타고 돌아가고 싶은 생각이 일었다. 택시는 아직 천천히 후진하는 중이었다. 그는 택시 운전사에게 자신을 태우고 어디 다른 데로 가자고 말하고 싶었다.

그는 우다얀이 설치한 버저를 눌렀다. 버저는 아직 잘 작동했다.

부모님은 일어서거나 그의 이름을 부르지 않았다. 그를 맞으러 아래층으로 내려오지도 않았다. 그 대신 아버지가 끈에 단 열쇠를 철제 통로를 통해 아래로 내려주었다. 수바시는 기다렸다가 열쇠를 받았다. 그런 다음 집의 옆면에 설치한 묵직한 맹꽁이자물쇠를 열었다. 마침내 아버지의 헛기침 소리가 들렸다. 오랫동안 눈에 잘 띄지 않는 곳에 말없이 앉아만 있었던 것을 누그러뜨리려는 것처럼 보였다.

문을 걸어 잠가라, 아버지는 수바시에게 그렇게 말하고 나서 끈을 당겨 열쇠를 회수했다.

수바시는 매끄러운 검정색 난간이 있는 계단을 올라갔다. 벽은 하늘색이었다. 비렌 카카와 그의 아내가 뒤따라 올라왔다. 테라스에 함께 서 있는 부모님을 보자 그는 허리를 굽혀 부모님의 발을 만졌다. 그는 외아들이 되었다. 태어나서 첫 15개월 동안은 아무런 느낌도 주지 않던 경험이었다. 이제 그 경험이 본격적으로 시작되는 것이었다.

처음 그의 눈에는 부모님 모습이 전과 똑같아 보였다. 기름을 칠해서 윤이 나는 어머니 머리와 핏기 없이 창백한 피부, 야위고 구부정한 아버지의 몸매와 면으로 된 얇은 쿠르타를 걸친 모습, 입꼬리가 아래로 처져서 실망감을 드러낸 듯하지만 반면에 온화함이 엿보이는 아버지의 얼굴 등이 예전과 다르지 않았다. 그러나 눈이 달랐다. 슬픔으로 냉담해지고 어떤 부모도 보지 말아야 할 것을 본 탓에 무뎌진 눈이었다.

부모님은 수바시를 자신들의 새 방으로 데려갔는데, 그곳에 사진이 걸려 있는데도 수바시는 우다얀이 이 세상 어디에도 없다는 것이 믿기지 않았다. 그러나 여기 증거가 있었다. 사진은 카메라가 있는 한 친척이 거의 10년 전에 찍은 것이었다. 몇 안 되는 형제의 사진 중 하나였다. 대학 진학 시험의 결과를 받았던 날의 사진으로, 아버지가 자신의 인생에서 가장 자랑스러운 날이라고 말한 날 찍은 것이었다.

그와 우다얀이 안뜰에 나란히 서서 자세를 취했다. 우다얀 옆에 바짝 다가선 자신의 어깨가 조금 보였다. 그의 나머지 부분은 우다얀의 영정 사진을 만드느라 잘려나갔다.

그는 한 팔로 머리를 감싸고 다른 팔은 어색한 자세로 자신의 몸을 감싼 채 우다얀의 사진 앞에 서서 눈물을 흘렸다. 그러나 부모님은 충격에 휩쓸리지 않고 그를 관찰했다. 마치 무대 위의 배우를 관찰하면서 이 장면이 끝나기를 기다리는 것처럼 그렇게 관찰했다.

테라스에 서니 그와 우다얀이 자랐던 장소가 한눈에 들어왔다. 양철이나 타일로 덮인 낮은 지붕, 지붕 위로 뻗어 나간 호박 덩굴. 담의 윗부분과 거기에 점점이 하얗게 흩뿌려진 까마귀 똥. 길의 맞은편에 있는 길쭉한 연못 두 개. 그리고 저지대. 물이 빠져나간 저지대는 그의 눈에 갯벌처럼 보였다.

그는 집의 모양이 예전과 바뀌지 않은 1층으로 내려가서 우다얀과 함께 사용했던 방으로 들어갔다. 그 방이 무척 어둡고 작다는 사실에 놀랐다. 창문 아래에 책상이 있었고 벽에는 선반이 설치되었다. 옷을 걸어두던 간단한 옷걸이도 있었다. 우다

저지대

얀과 함께 잠을 잔 침대는 보이지 않았고 그 대신 간이침대가 놓여 있었다. 우다얀은 학생들에게 과외지도를 할 때 이 방을 사용한 모양이었다. 선반에는 교과서와 측정 기구, 펜이 있었다. 단파 라디오는 어떻게 되었는지 수바시는 궁금했다. 정치와 관련된 모든 책들은 보이지 않았다.

그는 미국에서 가져온 짐을 풀고 하루에 두 차례 물탱크에서 펌프로 내보내는 물로 목욕을 했다. 철이 많이 함유된 물에서는 금속 냄새가 났다. 그 물로 목욕을 하면 머리털이 뻣뻣해지고 피부가 끈적끈적했다.

위층으로 올라와서 점심을 먹으라는 말을 들었다. 이제는 부엌이 거기에 있었다. 우다얀의 사진이 걸린 부모님의 침실이 있는 층이었다. 아버지, 비렌 카카와 그의 아내, 수바시의 식사가 차려져 있었다. 어머니는 늘 그렇듯이 식구들의 음식을 다 챙겨준 후에 먹을 것이었다.

그는 우다얀의 사진을 등지고 앉았다. 그것을 차마 다시 볼 수 없었다.

그는 이 단순한 식사에 굶주려 있었다. 콩 요리와 튀긴 여주 조각, 밥과 생선 스튜. 생선은 강에서 잡은 달착지근한 파브다 물고기였는데, 요리된 눈은 노란 조약돌 같았다.

다시 무거운 황동으로 만든 넓은 접시에 담긴 음식을 먹었다. 손가락으로 먹는 자유를 맛보았다. 방의 구석에 놓인 검정색 도기 주전자에서 물을 따라 마셨다. 손에 든 컵은 묵직했고, 그의 입에 비해 운두가 다소 넓었다.

그녀는 어디 있어요? 그가 물었다.

누구?

가우리.

어머니는 국자로 그의 밥 위에 콩 요리를 떠 담았다. 그 아이는 부엌에서 식사를 해, 어머니가 말했다.

왜요?

그게 더 좋대.

수바시는 어머니의 말을 믿지 않았다. 그러나 마음에 떠오른 생각을 말하지는 않았는데, 그녀를 차별하는 것에 대해, 그러한 관습을 지키는 것에 대해 우다얀이 부모님을 미워할 것이라는 생각이었다.

지금 부엌에 있어요? 그녀를 만나보고 싶어요.

걔는 쉬고 있다. 오늘 몸이 좀 안 좋다는구나.

그럼 의사를 불렀어요?

어머니는 고개를 숙인 채 식구들에게 챙겨주고 있는 음식에 정신을 팔았다.

그럴 필요 없다.

많이 아파요?

마침내 어머니가 사실을 얘기했다.

임신했어, 어머니가 말했다.

점심을 먹은 후에 그는 밖으로 나가 두 개의 연못을 지나쳐 걸었다. 저지대에는 부레옥잠이 무더기로 널렸고, 아직도 물이 남아 있어서 여기저기에 물웅덩이를 만들었다.

전에는 없었던 조그만 표석이 눈에 띄었다. 그곳으로 걸음을 옮겼다. 표석에는 우다얀의 이름이 새겨졌다. 이름 아래에는 생몰 연대가 쓰였다. 1945 –1971.

정치적 순교자를 기리기 위해 세운 추모비였다. 물이 들어오고 나가고, 차고 빠지는 이곳을 동생이 참여한 당의 동지들은 추모비 건립 장소로 선택한 것이었다.

어느 날 오후 저지대의 반대편에 있는 놀이터에서 우다얀과 함께 몇몇 동네 아이들과 어울려 축구를 했던 기억을 떠올렸다. 축구를 하던 중에 그는 발목을 삐었다. 그는 우다얀에게 혼자 집으로 돌아갈 테니 우다얀은 남아서 경기를 계속하라고 말했다. 하지만 우다얀은 그와 함께 가겠다고 고집을 피웠다.

그는 한쪽 팔을 우다얀의 어깨에 걸치고 그에게 몸을 의지한 채 절뚝거리며 집으로 갔던 것을 기억했다. 부어올라 묵직해진 발목이 욱신거렸다.

심지어 그때도 우다얀은 그때까지 자기편이 이기고 있었다고 말하면서 수바시의 부상을 초래한 서툰 몸놀림을 놀렸던 게 기억났다. 그러면서도 그는 수바시를 부축하며 집으로 데려갔다.

그는 집으로 돌아왔다. 잠깐 쉴 생각이었는데 깊은 잠에 빠지고 말았다. 눈을 떴을 때는 부모님이 보통 저녁을 먹는 시간도 지난 늦은 시각이었다. 잠을 자느라 식사 시간도 놓친 것이었다. 선풍기는 돌지 않았고 바람도 불지 않았다. 그는 침대 아래서 손전등을 찾아 불을 밝히고 위층으로 올라갔다.

부모님의 침실 문은 닫혔다. 먹을 게 남아 있는지 보려고 부엌으로 가다가 바닥에 앉아 있는 가우리를 발견했다. 그녀 옆에는 촛불이 켜 있었다.

그는 우다얀이 보내준 사진에서 보았던 그녀를 즉시 알아보았다. 그러나 그녀는 이제 더 이상 우다얀을 향해 미소 짓던 편안한 모습의 여대생이 아니었다. 그가 본 그녀의 사진은 흑백사진이었으나, 지금 그녀의 핏기 없는 얼굴은 따뜻한 촛불 속인데도 한결 더 무채색이었다.

그녀는 긴 머리를 목 뒤로 넘긴 모습으로 고개를 숙이고 앉았다. 빳빳한 흰색 사리를 입었는데 팔목은 맨살이 드러났다. 몸은 야위었고, 몸속에 지니고 있는 생명체의 흔적은 없었다. 안경을 쓰고 있었는데 사진에서는 보지 못한 것이었다. 그녀가 고개를 들어 그를 쳐다보았을 때, 안경을 썼음에도 수바시는 사진이 완전히 전달하지 못한 또 다른 것을 보았다. 바로 순수하게 아름다운 눈이었다.

그는 그녀를 마음에 담았으나 말을 건네지는 않고 그녀가 콩요리에 밥을 먹는 것을 지켜보았다. 그녀는 타인이나 다름없는 낯선 사람일 수도 있었다. 그렇지만 이제 그녀는 가족의 일원이고 우다얀의 아이의 엄마였다. 그녀가 집게손가락으로 접시의 가장자리에 놓인 조그만 소금 더미에서 소금 몇 알을 끌어와 음식에 넣고 섞었다. 그는 자신이 점심에 먹었던 생선을 그녀에게는 주지 않았다는 것을 알았다.

난 수바시요, 그가 말했다.

알아요.

당신을 방해할 생각이 아니었는데.

식구들이 저녁 드시라고 아주버니를 깨웠어요.

지금은 완전히 깨었어요.

그녀는 일어섰다. 제가 상을 차려 드릴게요.

식사 마저 끝내요. 밥은 내가 챙겨 먹을 수 있으니.

그가 손전등으로 선반을 살피고, 접시를 꺼내고, 그를 위해 남겨둔 솥과 냄비의 뚜껑을 여는 동안 그녀의 눈길이 자신에게 와 닿는 것을 느꼈다.

그이가 말하는 것처럼 들려요, 그녀가 말했다.

그는 촛불을 사이에 두고 그녀 옆에 앉아 그녀에게로 얼굴을 돌렸다. 접시 위에 있는 그녀의 손과 음식이 붙어 있는 손가락 끝을 바라보았다.

생선이 없는 것은 나의 부모님 때문인가요?

그녀는 그 질문을 무시했다. 목소리가 그이와 똑같아요, 그녀가 말했다.

그는 얼마 안 되어 게을러졌다. 하얀 모기장 안에서 잠에서 깨어났으며 아침에는 그가 있는 방으로 차를 가져다주기를 기다렸다. 입고 난 옷을 빨아서 개어주기를 기다렸고 식사를 차려주기를 기다렸다. 집안일을 돕는 하인이 와서 가져가리라는 것을 알았으므로 접시나 컵을 씻을 생각도 안 했다. 아침 식사로 먹는 토스트에는 알갱이가 매끄럽지 않은 설탕이 흩뿌려졌는데 그는 그것을 너무 단 따뜻한 차로 씻어냈다. 조그만 개미들이 나타나서 그 부스러기들을 물고 어디론가 날랐다.

집의 배치는 왠지 산만했다. 칠한 지 얼마 안 된 벽의 흰색 도료를 만지면 손에 그 도료가 묻어났다. 새로 늘려 지었는데도 집은 안락해 보이지 않았다. 물러나 쉬거나 잠을 자거나 혼자 있을 공간은 많아졌다. 그러나 함께 모일 장소가 딱히 마련되지 않았고 손님을 맞을 가구도 없었다.

맨 위층의 테라스는 부모님이 앉아서 시간을 보내기 좋아하는 곳이었다. 집 안에서 온전히 부모님이 소유한 것처럼 보이는 유일한 공간이었다. 아버지가 퇴근하고 집에 돌아오면 부모님이 한 쌍의 소박한 나무 의자에 앉아 저녁의 차를 마시는 곳도 바로 여기였다. 그 높이에서는 모기도 별로 없었고, 시원한 바람이 불지 않을 때도 늘 가벼운 미풍이 이는 곳이었다. 아버지는 신문을 펼치려 하지 않았다. 어머니의 무릎에는 바느질감이 없었다. 두 분은 날이 어두워질 때까지 격자 난간의 세 잎 무늬 사이로 동네를 내다보았다. 이것이 두 분의 유일한 소일거리 같았다.

하인이 집 밖으로 심부름을 가면 가우리가 부모님께 차를 끓여주었다. 하지만 그녀가 부모님과 함께 차를 마신 적은 없었다. 어머니를 도와 아침 일을 하고 나서는 2층에 있는 그녀의 방에 틀어박혔다. 수바시는 부모님이 그녀에게 말을 하지 않는다는 것을 알아차렸다. 부모님은 그녀가 시야에 들어와도 그녀의 존재를 거의 인정하지 않았다.

그는 뒤늦게 두르가 푸자 선물을 받았다. 바지용 회색 옷감과 셔츠용 줄무늬 옷감이었다. 이 선물을 두 세트 받았는데, 우다얀의 몫까지 받았기 때문이다. 어머니는 그에게 비스킷을 주거나 차를 더 마시겠냐고 물으면서 몇 차례 그를 수바시가 아니라 우다얀이라고 불렀다. 그도 몇 차례 어머니의 실수를 바로잡지 않고 대답만 했다.

그는 부모님과 마음을 터놓고 얘기를 하려고 무진 애를 썼다. 아버지에게 오늘 하루 회사 생활은 어땠느냐고 물으면 아버지는 여느 날과 다르지 않은 그저 그런 날이었다고 대답했다. 어머니에게 올해는 여성복 가게에서 사리에 수를 놓아달라는 주문을 많이 했는지 물으면 어머니는 이제 눈이 좋지 않아 그처럼 섬세한 일을 해낼 수가 없다고 말했다.

부모님은 미국에 대해 아무것도 묻지 않았다. 두 분은 수바시와 눈을 마주치기 바로 전에 시선을 피했다. 부모님이 그에게 캘커타에 남으라고, 로드아일랜드의 생활을 포기하라고 요청하지 않을까 하는 생각이 들었다. 그러나 그런 말은 전혀 없었다.

그의 결혼을 위해 사람을 알아봐도 되겠느냐는 얘기도 없었다. 부모님은 그의 결혼 계획을 세우거나 그의 미래를 생각할 처지가 아니었다. 부모님은 종종 아무 말 없이 한 시간을 보내기도 했다. 부모님이 공유하는 침묵이 두 분 위로 떨어져 내렸고, 어떤 대화보다도 더 단단하게 두 분을 결속시켰다.

부모님께 질문을 삼가야 하고 자신에게 필요한 일은 스스로 처리해야 할 것이라는 생각이 또다시 들었다.

이른 저녁 늘 같은 시간에 어머니는 안뜰에 있는 화분에서 꽃을 몇 송이 챙겨 모아 집을 나섰다. 수바시는 테라스에서 어머니가 연못을 지나 걸어가는 것을 보았다.

어머니는 저지대의 가장자리에 세워진 표석 앞에 멈춰 서서 조그만 황동 주전자에 담아온 물로 그 돌을 깨끗이 씻었다. 주전자는 수바시와 우다얀이 아주 어렸을 때 어머니가 형제를 목욕시키며 사용한 것이었다. 그런 다음 어머니는 꽃을 표석에 올려놓았다. 수바시는 묻지 않지만 이때가 그 시간이라는 것을 알았다. 하루 중 이때가 추모의 시간이 되어온 것이었다.

집에 있는 라디오로 부모님은 13일 동안의 전쟁 끝에 동파키스탄이 방글라데시가 되었다는 뉴스를 들었다. 회교도 벵골인에게 그것은 해방을 의미했다. 그러나 캘커타의 입장에서 보면 그 갈등은 또 다른 피난민이 국경을 넘어 쏟아져 들어온다는 것을 의미했다. 차루 마줌다르는 여전히 숨어 지냈다. 그는 인도 정부가 가장 붙잡고 싶어 하는 지명수배자였으며 머리에는 1만 루피의 현상금이 걸려 있었다.

부모님은 조용히 그 보도에 귀를 기울였으나 아버지는 별로 신경 쓰지 않는 듯했다. 샅샅이 뒤지는 불시 단속이 끝났음에도 아버지는 잠을 잘 때면 여전히 대문 열쇠를 베개 밑에 두었다. 때때로, 생각이 나면 아무 때나 아버지는 맹꽁이자물쇠로 잠근 이 집의 맨 위층에 앉아서 격자 난간을 통해 손전등을 비추며 누가 없는지 확인했다.

부모님은 우다얀 얘기를 하지 않았다. 며칠 동안이나 우다얀의 이름이 두 분의 입 밖에 나오지 않았다.

어느 날 저녁 수바시가 물었다. 어떻게 된 거예요?

아버지는 그의 말을 듣지 못한 것처럼 무표정한 얼굴이었다.

나는 우다얀이 그 당을 그만둔 것으로 알고 있었어요, 수바시가 압박했다. 그 당을 떠난 게 맞죠? 안 그래요?

나는 집에 있었다, 아버지가 질문을 인정하지 않고 말했다.

언제 집에 있었다는 거예요?

그날. 내가 문을 열어주었다. 그들을 집 안으로 들였어.

누구요?

경찰.

드디어 수바시는 조금 이해가 되는 듯했다. 조금 설명이 되고, 조금 느낌이 왔다. 그와 동시에 의구심이 사실로 확인되고 나니 마음이 더 쓰리고 아팠다.

우다얀이 위험에 처했다는 걸 왜 내게 말하지 않았어요?

말해봤자 달라질 게 없을 테니까.

그럼 지금 말해주세요. 왜 놈들이 우다얀을 죽인 거죠?

그때 어머니가 반응을 보였다. 수바시를 쏘아본 것이었다. 어머니의 얼굴은 작았다. 이목구비가 들어갈 수 있을 정도만큼만 자리를 차지한 얼굴이었다. 어머니는 여전히 젊어 보였다. 검은 머리의 가르마 부분은 밝은 주홍색으로 치장했는데, 남편이 있다는 것을 나타내는 표시였다.

우다얀은 네 동생이었다, 어머니가 말했다. 어떻게 그런 걸 물을 수가 있니?

다음 날 아침 그는 가우리가 있는 곳을 알아내서 그녀의 방문을 똑똑 두드렸다. 방금 전에 머리를 감은 얼굴이었다. 그녀는 머리를 말리기 위해 머리카락을 느슨하게 풀어 헤치고 있었다.

그의 손에는 우다얀의 부탁으로 그녀를 위해 구입한 페이퍼백 책이 한 권 들려 있었다. 헤르베르트 마르쿠제가 쓴 『1차원적 인간』이었다. 그 책을 그녀에게 주었다.

당신 거예요. 우다얀이 주는 것. 동생이 나에게 사달라고 부탁했거든요.

그녀는 표지를 살펴보았다. 그런 다음 뒤표지를 보았다. 책을 펴서 첫 장을 펼쳤다. 그녀가 벌써 책을 읽기 시작한 것처럼 보였다. 그녀의 얼굴은 차분히 집중하는 표정이 되었고 그가 거기 있다는 것도 잊어버린 듯했다.

그녀의 방 입구에 그렇게 서 있으니 무단 침입한 느낌이 들었다. 그는 그 자리를 뜨려고 몸을 돌렸다.

이걸 가져오다니 참 친절하시군요, 그녀가 말했다.

간단한 일이었는걸요, 뭐.

그는 그녀와 얘기를 나누고 싶었다. 그러나 집 안에 단둘이 얘기를 나눌 만한 장소가 없었다.

잠시 함께 산책을 할까요?

지금은 안 돼요.

그녀가 한쪽으로 비켜서며 방에 있는 의자를 가리켰다.

그는 머뭇거리다가 안으로 들어갔다. 방 안은 어둑했으나 가우리가 곧 두 개의 창문에 딸린 덧문을 밀어 열어서 새하얀 빛을 불러들였다. 네모난 햇빛이 침대 위로 떨어졌다. 세로 창살의 그림자가 담긴 그 빛은 밝고 온화했다.

침대는 낮아서 바닥과 가까웠고 침대 기둥은 가늘었다. 키 낮은 옷장도 있었고 조그만 화장대와 의자도 있었다. 화장대에는 분과 빗 대신에 공책과 만년필, 잉크가 있었다. 방에서는 가구에서 나오는 티크 냄새가 짙게 풍겼다. 그는 바로 전에 감은 그녀의 머리에서 나는 향도 맡을 수 있었다.

햇빛이 참 좋네요, 그가 말했다.

지금만 그래요. 조금만 지나면 해가 너무 높이 떠서 각도가 맞지 않게 돼요.

그는 한쪽 벽에 설치된 선반을 흘끗 보았는데, 그녀는 거기에 책을 보관해두었다. 책 사이에 단파 라디오가 끼어 있는 게 눈에 띄었다. 그 라디오를 꺼냈다. 그것을 켤 생각이 없었으나 본능적으로 다이얼 하나를 만지작거렸다.

우다얀이 이걸 조립했어요.

그이가 말해줬어요.

이걸 들어봤나요?

이걸 조작할 수 있는 사람은 그이뿐이었어요. 이걸 가져가고
싶으세요?

그는 고개를 저으며 단파 라디오를 다시 선반에 올려놓았다.

그녀는 침대 모서리에 걸터앉았다. 다른 책들이 그의 눈에
들어왔다. 표지에 부드러운 갈색 종이를 씌운 그 책들은 펼쳐진
채 거꾸로 놓여 있었다. 가운데 부분에는 그녀가 손으로 직접
쓴 제목이 자리했다. 수바시는 그녀가 헌 신문지를 가져와서 자
신이 준 책의 표지를 씌우는 것을 지켜보았다. 그와 우다얀도
그해에 배울 새 교과서를 구입한 뒤에는 함께 이렇게 표지를 씌
우곤 했다.

미국에서는 아무도 이렇게 하지 않아요.

왜요?

나도 몰라요. 아마 표지가 더 튼튼하기 때문이겠죠. 아니면
표지가 낡아 보이는 걸 개의치 않기 때문이거나.

이 책 찾는 데 힘들었어요?

아니요.

어디서 구입했어요?

대학 구내 서점.

아주버니가 사는 곳에서 멀어요?

아주 가까워요.

거기까지 걸어서 가요?

그래요.

종이의 느낌이 달라요. 부드러워요.

그는 고개를 끄덕였다.

기숙사에서 지내나요?

주택의 방을 하나 구했어요.

식당이 있어요?

아니요.

그럼 누가 요리를 해줘요?

내가 해요.

혼자 사는 게 좋아요?

느닷없이 홀리가 떠올랐고, 그녀의 부엌 식탁에서 먹었던 저녁 식사가 생각났다. 자신의 인생에 끼어든 그 짧았던 격정이 지금은 사소하게 느껴졌다. 로드아일랜드에서 열심히 모으다가 그만둔 돌멩이처럼 사소해 보였는데, 잠깐 돌멩이를 움켜쥐었다가 해변을 따라 걸어가면서 바다에 던져버리듯이 그는 그렇게 그녀를 보냈다.

그럼에도 그는 지금 홀리가 이 슬프고 휑한 집을 어떻게 생각할 것인지, 그가 나고 자란 캘커타 남쪽의 이 습지가 있는 동네를 어떻게 생각할 것인지 궁금했다. 그녀는 가우리를 어떻게 생각할 것인지 궁금했다.

그는 가우리의 학업에 대해 물어보았다. 그녀는 올해 초에 철학 학사 학위를 끝냈다고 말했다. 예정보다 더 오래 걸렸다고 했다. 사회가 불안정해서 어려웠다는 것이다. 그녀는 우다얀이 죽기 전에는, 그리고 자기가 임신했다는 걸 알기 전에는 석사과정에 진학할 생각이었다고 말했다.

우다얀은 자기가 아빠가 될 거라는 걸 알았나요?

아니요.

그녀의 허리는 아직 좁았다. 하지만 그녀는 거의 모든 시간을 보내는 이 방에서 우다얀의 영혼과 함께하면서 몸속에서 우다얀의 영혼을 감지할 것이었다. 그녀가 우다얀에 대해 얘기하는 것은 그의 영혼을 불러내는 일이었다. 수바시의 부모님과는 달리 그녀는 우다얀을 향한 문을 닫지 않았다.

아기는 언제 태어나요?

여름에.

어떻게 여기 이 집에 있게 됐어요? 우리 부모님과 함께?

그녀는 아무 말도 하지 않았다. 그는 기다렸다. 문득 자신이 그녀의 목 옆에 난 조그마한 까만 점에 신경을 쓰며 그녀를 빤히 쳐다보고 있다는 것을 깨달았다. 그는 시선을 돌렸다.

내가 당신을 어디 다른 데로 데려다줄 수 있어요, 그가 제안했다. 얼마 동안 당신이 살던 집에 가 있을래요? 아니면 이모나 삼촌 집 같은 데라도?

그녀는 고개를 저었다.

왜요?

처음으로 그녀의 얼굴에 미소가 흐릿하게 떠올랐다. 사진에서 보았던, 얼굴 한쪽을 약간 더 밝아 보이게 하는 반듯하지 않은 미소였다. 왜냐하면 몰래 집을 나와서 아주버니 동생과 결혼을 했으니까요, 그녀가 말했다.

지금도 집안사람들이 당신을 보고 싶어 하지 않은가요?

그녀가 어깨를 으쓱했다. 그분들은 신경이 날카로워져 있어요. 난 그분들을 탓하지 않아요. 내가 그분들의 안전을 위태롭게 할지도 몰라요. 시부모님의 안전도 그렇고요. 얼마든지 그럴 수 있잖아요.

그렇지만 누군가 당신을 보고 싶어 하는 사람이 있겠죠?

그 일이 일어난 후로 오빠가 날 보러 왔어요. 장례식에 왔어

요. 오빠와 우다얀은 친구였어요. 그러나 이건 오빠가 관여할
일이 아니에요.

다른 얘기 좀 해줄래요?

뭘 알고 싶은데요?

내 동생에게 무슨 일이 일어났는지 알고 싶어요, 그가 말했
다.

2

두르가 푸자가 시작되기 전 주였다. 힌두력에서 아쉬인이라 부르는 달이었고, 상현달이 되어가는 첫 단계였다.

전차 정류장에서 가우리와 시어머니는 자전거 인력거를 불러서 집까지 태워달라고 했다. 두 사람은 인력거의 벤치에 앉았다. 물건을 담은 꾸러미와 봉지는 일부는 무릎에 올려놓고 나머지는 발밑에 쌓아놓았다. 장을 다 보고 나서 생각했던 것보다 조금 늦게 집으로 돌아가는 길이었다.

꾸러미에는 식구들의 선물뿐 아니라 자신들의 물건도 있었다. 가우리와 시어머니의 새 사리, 시아버지가 입을 펀자비와 파자마, 다음 해에 우다얀에게 지어 입힐 셔츠와 바지 옷감이 들어 있었다. 새 침대 시트, 새 슬리퍼도 샀고, 몸을 닦을 수건, 머리를 단정히 할 빗도 샀다.

모퉁이에 있는 회교성원이 가까워졌을 때 시어머니가 자전거 인력거꾼에게 속도를 줄이고 왼쪽으로 돌아가자고 말했다. 그러나 인력거꾼은 페달을 밟던 발을 멈추고 큰길을 벗어난 곳은 가고 싶지 않다고 말했다.

시어머니는 엄청 많은 봉지와 꾸러미를 가리키며 돈을 더 주겠다고 제안했다. 그래도 인력거꾼은 거부했다. 인력거꾼은 고개를 저으며 그들이 내리기를 기다렸다. 그래서 하는 수 없이 인력거에서 내려 장을 본 물건들을 들고 걸었다.

신을 경배하기 위해 그 동네에 세운 임시 건축물을 지나가자 길은 오른쪽으로 휘어졌다. 건축물에는 신들이 꾸며져 있었으나 사람은 보이지 않았다. 동네를 산책하는 가족은 없었다. 잠시 후에 집의 맞은편에 있는 두 개의 연못이 시야에 들어왔다.

첫 번째 연못의 제방에서 가우리는 중앙예비경찰 소속의 밴을 보았다. 카키색 제복을 입고 헬멧을 착용한 경찰과 군인 들이 여기저기 서 있었다. 많은 수는 아니었지만 어디를 봐도 성긴 별자리처럼 띄엄띄엄 서 있는 경찰관이나 군인 들이 눈에 띄었다.

가우리와 시어머니가 목재 여닫이문을 통해 뜰로 들어가는 것을 아무도 막지 않았다. 두 사람은 집의 옆면에 위치한 철문이 열려 있는 것을 보았다. 맹꽁이자물쇠에 열쇠가 달려 있는 것으로 보아 급하게 열었다는 것을 알 수 있었다.

그들은 외출용 슬리퍼를 벗고 짐을 내려놓은 다음 계단을 오르기 시작했다. 1층 계단을 절반쯤 올랐을 때 가우리는 시아버지가 두 손을 머리 위로 올린 채 계단을 내려오는 것을 보았다. 시아버지는 발을 떼기 전에 매번 몸의 균형을 잃을까 봐 두려운 듯이 머뭇거렸다. 마치 전에는 한 번도 계단을 걸어 내려간 적이 없는 것처럼.

경찰 한 명이 시아버지의 뒤를 따랐다. 그는 시아버지의 등에 총을 겨누고 있었다. 가우리와 시어머니도 몸을 돌려서 계단을

저지대

내려가라고 지시했다. 그래서 두 사람이 집 안으로 더 들어가 마구 뒤엎어진 방들을 볼 기회는 없었다. 그날 아침 햇볕에 말리려고 테라스의 빨랫줄에 걸어둔 옷들은 바닥에 떨어져 나뒹굴었고, 옷장의 문은 활짝 열려 있었다. 경찰들은 베개와 이불을 침대에서 끌어 내렸고 석탄 바구니에 든 석탄을 쏟았으며, 부엌에 들어가서는 글락소 아기 분유 통에 넣어둔 렌즈콩과 곡물을 어지러이 쏟아부었다. 마치 그들이 찾는 것은 사람이 아니라 종잇조각이기라도 한 것처럼.

세 사람—시아버지, 시어머니, 가우리—에게 집 밖으로 나가라는 명령이 내려졌다. 그들은 안뜰을 지나고, 콘크리트 평판을 건너뛰어서 거리로 나갔다. 경찰은 그들에게 한 줄로 걸어서 두 개의 연못을 지나 저지대 쪽으로 가라고 말했다. 얼마 전까지 비가 많이 내려서 저지대에는 다시 물이 가득 찼다. 부레옥잠이 수면을 뒤덮었는데 마치 좀먹은 망토처럼 보였다.

가우리는 주변의 집 안에서 사람들이 무슨 일이 벌어지는지 보고 있다는 것을 느꼈다. 어두운 방 안에 가만히 서서 덧문의 좁은 틈으로 지켜본다는 느낌이 들었다.

그들은 옆으로 나란히 섰다. 어깨가 닿을 정도로 서로 밀착했다. 총은 여전히 시아버지를 겨누었다.

그녀는 소라고둥 부는 소리와 종이 울리는 소리를 들었다. 그 소리는 이웃 동네에서 들려왔다. 어느 집이나 어느 사원에서 누군가 또 한 번의 하루를 마감하면서 기도를 하고 신께 공물을 바치는 것일 터였다.

우리는 우다얀 미트라가 숨은 곳을 찾아내서 체포하라는 명령을 받았다, 병력을 지휘하는 것으로 보이는 군인이 말했다. 그는 메가폰을 통해 이 사실을 알렸다. 이 동네에 사는 여러분 중에 그가 숨은 곳을 아는 사람이 있거나 그를 숨겨준 사람이 있으면 앞으로 나와.

아무도 말을 하지 않았다.

내 아들은 미국에 가 있어요, 시어머니가 낮은 목소리로 말했다. 거짓말이었지만 한편으로는 사실이었다.

군인은 시어머니 말을 무시하고 가우리에게 다가왔다. 눈동자는 자신의 피부색보다 더 연한 갈색이었다. 그는 가우리를 살펴보더니 총을 겨눈 채 그녀에게 총을 들이밀었다. 그녀는 곧 총을 볼 수 없게 되었다. 목 밑에서 차가운 펜던트 같은 느낌의 총구를 느꼈다.

당신이 이 집 며느리인가? 우다얀 미트라의 아내?

예.

당신 남편 어딨어?

그녀는 아무 소리도 내지 못했다. 말을 할 수가 없었다.

그놈이 여기 있다는 걸 알아. 그놈 뒤를 밟아왔거든. 우린 집 안을 수색했고, 놈이 빠져나갈 수 없도록 철저히 차단했어. 그놈은 우리 시간을 허비하고 있어.

가우리는 자신의 넓적다리 뒷부분에서 저릿저릿한 통증이 이는 것을 느꼈다.

그놈 어딨어? 군인이 그녀의 목에 대고 있는 총을 조금 더 세게 밀면서 거듭 물었다.

저는 몰라요, 그녀가 간신히 말했다.

내가 보기에 당신은 거짓말을 하고 있어. 놈이 어디 있는지 당신은 틀림없이 알고 있을 텐데.

저지대의 부레옥잠 아래, 불어난 물 속이라고 했다. 만약 경찰이 불시에 들이닥치면 거기에 숨을 것이라고 우다얀은 그녀에게 말했다. 저지대에 부레옥잠이 유난히 빽빽이 자라난 구역이 있다고 그가 말했다. 그는 뒷담을 넘을 때 발판으로 쓸 석유통을 집 뒤편에 준비해두었다. 한 손을 다쳤지만 담을 넘을 수는 있다고 했다. 몇 차례 밤늦은 시간에 담을 넘는 연습을 하기도 했다.

놈이 물속에 숨어 있을 것 같은데, 군인이 그녀에게서 눈을 떼지 않고 계속 말했다.

아니에요, 그녀가 속으로 말했다. 그녀는 그 말을 머릿속에서 들었다. 그러나 순간 자신의 입이 백치의 입처럼 벌어져 있다는 것을 깨달았다. 자신이 무슨 말을 한 것일까? 그 말을 속삭인 것일까? 알 수 없었다.

뭐라고 했지?

아무 말도 안 했어요.

그녀의 목에 붙은 총구는 여전히 꿈쩍도 하지 않았다. 그러다가 갑자기 군인이 총을 치우고는 머리를 저지대 쪽으로 기울이며 걸음을 옮겼다.

놈이 저기 있다, 그가 다른 병사들에게 말했다.

그 군인은 다시 메가폰을 들고 말을 하기 시작했다.

우다얀 미트라, 앞으로 나와서 항복하라, 그가 말했다. 그 말은 즉시 귀가 먹먹하도록 시끄럽게 동네에 울려 퍼졌다. 내 말대로 하지 않으면 우리는 네 가족들을 없앨 준비가 되어 있다.

그는 잠시 말을 멈추었다가 덧붙였다. 우리 말에 따르지 않을 때마다 한 명씩 없앨 것이다.

처음에는 아무 일도 일어나지 않았다. 그녀 자신의 숨소리만 들렸다. 몇몇 군인이 총을 겨눈 채 물속으로 걸어 들어갔다. 그 중 한 명이 총을 한 발 발사했다. 그때 저지대의 어디에선가 수면이 부서지는 소리가 들렸다.

우다얀이 나타났다. 부레옥잠 속에서, 허리까지 찬 물 속에서. 몸을 앞으로 숙인 채 숨도 제대로 못 쉬고 기침을 했다.

오른손은 붕대를 감았는데, 물이 뚝뚝 떨어져서 알아보기 힘들었다. 머리털은 이마에 달라붙고 입고 있는 셔츠는 피부에 달라붙었다. 콧수염과 턱수염이 덥수룩했다. 그는 머리 위로 손을 들었다.

좋아. 이제 앞으로 걸어 나와.

그는 물풀을 헤치고 걸어서 물 밖으로 나와 이윽고 두세 걸음밖에 안 떨어진 곳에서 섰다. 그는 떨고 있었고 호흡을 조절하기 위해 애를 썼다. 가우리는 한가운데에 다이아몬드 모양의 조그만 틈이 생기는, 완전히 다물어지지 않는 그의 입술을 보았다. 입술은 파랬다. 그의 목과 팔뚝에는 조류 쪼가리들이 들러붙었다. 그녀는 그의 얼굴 옆에서 흘러내리는 것이 물인지 땀인지 알 수 없었다.

군인이 그에게 몸을 굽히고 앉아 부모님의 발을 만지라고 말했다. 부모님께 용서를 빌라고 말했다. 우다얀은 왼손으로 그렇게 해야 했다. 그는 어머니 앞에 선 다음 몸을 굽히고 앉았다. 용서해주세요, 그가 말했다.

뭘 용서한단 말이냐? 우다얀이 아버지 앞에서 몸을 굽혔을 때 아버지가 갈라진 목소리로 물었다. 아버지는 주변의 군인들에게 호소했다. 여러분이 잘못 안 겁니다.

당신 아들은 조국을 배신했어. 잘못 안 것은 당신 아들이야.

가우리의 다리의 저릿저릿한 통증은 더 심해져서 발까지 전해졌다. 목 밑에서 시작된 얼얼한 감각이 머리 전체로 퍼지는 느낌이었다. 다리에 아무 힘도 없어서 다리가 꺾여 넘어질 것만 같았다. 몸을 지탱하게 해주는 것은 아무것도 없었다. 그렇지만 계속 서 있었다.

그들은 밧줄로 그의 손을 묶었다. 손이 묶일 때 우다얀이 움찔하는 것을 그녀는 보았다. 다친 손이 아픔으로 부르르 떨렸다.

이쪽으로, 군인이 총으로 방향을 가리키며 말했다.

우다얀이 걸음을 떼지 않고 그녀에게 눈을 돌렸다. 평소처럼, 마치 그녀의 얼굴을 처음 보는 듯이 얼굴 하나하나를 자세히 살펴보았다.

그들은 우다얀을 밀어서 밴에 태우고 문을 닫았다. 가우리와 시부모님에게는 다시 집 안으로 들어가라고 명령했다. 군인 한 명이 그들을 감시하며 뒤따랐다. 가우리는 그들이 우다얀을 어느 감옥으로 데려갈까, 거기서 우다얀에게 어떤 짓을 할까 궁금하여 애가 탔다.

그들은 밴이 움직이는 소리를 들었다. 그러나 밴은 후진하여 동네를 빠져나가 큰길 쪽으로 가는 대신에 짙은 바퀴 자국을 남기며 저지대의 가장자리를 이루는 축축한 풀밭을 건넜다. 밴은 저지대의 맞은편에 있는 빈 들판으로 나아갔다.

집 안으로 들어간 그들은 3층으로 올라가서 테라스로 나갔다. 그들은 밴과 밴 옆에 서 있는 우다얀을 알아볼 수 있었다. 이 동네의 다른 사람들은 거기서 벌어지는 일을 목격할 수 없을 터였다. 그러나 최근에 증축한 이 집의 꼭대기 층에서는 그 장면이 눈에 들어왔다.

군인 한 명이 우다얀의 손목에 묶인 밧줄을 풀었다. 우다얀이 그 준군사 부대를 뒤로하고 들판을 걸어오는 모습이 보였다. 그는 두 손을 머리 위로 든 채 저지대를 향해서, 집을 향해서 걸었다.

가우리는 자신이 캘커타 북부에 있는 조부모님 아파트 발코니에서 그의 모습을 지켜보던 것을 언제나 기억했다. 번화한 거리를 건너 자신을 만나러 오던 그의 모습이 기억에 생생했다.

잠깐 동안은 그들이 그를 풀어준 것처럼 보였다. 그러나 순간 총이 발사되었다. 총알이 그의 등을 노렸다. 총성은 짧고 명료했다. 두 번째 총성이 들렸고, 이어 세 번째 총성이 울렸다.

가우리는 그의 팔이 펄럭이고, 몸이 앞으로 튀어 나가고, 움직임이 흐릿해지며 땅으로 고꾸라지는 것을 지켜보았다. 다시 맑은 총소리가 연달아 났고, 뒤이어 까마귀들이 음산하게 울면서 흩어져 날아올랐다.

그가 어디에 상처를 입었는지, 정확히 어디에 총알을 맞았는지 아는 건 불가능했다. 너무 먼 거리여서 얼마나 많은 피를 흘렸는지 알 수가 없었다.

군인들이 다리를 잡아 시신을 끌고 가더니 밴의 뒷자리에 던졌다.

그들은 차 문이 닫히는 소리와 다시 차의 시동이 걸리는 소리를 들었다. 시신을 실은 밴이 그곳을 떠났다.

침실의 침대 밑에서 경찰이 발견한 것은, 버리지 않고 접어서 쌓아놓은 신문 사이에 넣어두었다가 잊고 있었던 일기장이었다. 일기장에는 경찰에 필요한 모든 증거가 담겼다. 방정식이나 일반적인 공식과 실험에 관한 비망록 사이에 수제 폭탄인 화염병 제조 방법을 설명한 페이지가 있었다. 메탄올과 가솔린 간의 효력 차이를 언급한 비망록이 있었고, 염소산칼륨 대 질산, 방풍 성냥 대 석유 심지를 비교한 글도 있었다.

일기장에는 우다얀이 그린 톨리클럽 배치도도 있었다. 거기에는 건물과 마구간과 관리인 숙소의 위치와 이름이 적혔고, 진입 차도와 산책로의 배치 형태도 작성되었다.

특정한 일과 시간들이 적혀 있었다. 경비원이 주변을 도는 시간표, 클럽 직원들의 출퇴근 시간표가 작성되었다. 언제 식당과 술집이 문을 열고 닫는지, 언제 정원사가 잔디를 다듬고 물을 주는지도 기록되었고, 그 구역에 들어가고 나올 수 있는 여러 장소들, 폭발물을 투척하기에 적절한 목표도 작성되었다.

몇 달 전에 그는 경찰에 연행되어 심문을 받았다. 당시에는 그게 이 도시의 젊은이들에게는 흔히 있는 일이었다. 그때 그들은, 자신은 고등학교 선생이고 결혼을 해서 톨리건지에 살고 있으며 인도공산당 마르크스레닌주의파와는 무관하다는 우다얀의 말을 믿었다.

그는 학교 도서관에서 발생한 기물 파손 사건에 대해 아는 게 있느냐는 질문을 받았다. 어느 날 밤 누군가 도서관에 난입해 벽에 걸린 타고르와 비디아사가르의 초상화를 찢어버린 사건이었다. 그때 그들은 우다얀의 대답에 만족했다. 그래서 그는 그 사건과 아무 관련이 없다는 결론을 내리고 다른 질문은 더이상 하지 않았다.

그러던 어느 날, 그가 죽기 한 달쯤 전이었는데, 그는 밤이 새도록 집에 돌아오지 않았다. 다음 날 새벽에야 돌아왔는데, 안뜰로 들어와서 벨을 누른 것이 아니라 집 뒤로 돌아와서 어깨 높이의 담을 넘었다.

그는 스토브에 불을 피울 석탄과 나뭇조각을 쌓아둔 헛간 뒤편의 정원에서 기다리며 깨진 화분의 테라코타 조각을 계속 위로 던졌다. 마침내 가우리가 침실의 덧문을 열고 아래를 내려다보았다.

그는 오른손에 붕대를 감았고 팔은 삼각건으로 고정했다. 그와 대원들은 폭죽을 폭약으로 사용하여 파이프 폭탄을 만들던 중이었다. 약간 손을 떠는 증상이 있어서 손가락을 전혀 움직이지 않고 있을 수가 없는 우다얀은 그 일을 시도해서는 안 될 사람이었다.

폭발은 외따로 떨어진 은신처에서 일어났다. 그는 간신히 빠져나왔다.

부모님께는 학교에서 통상적인 실험을 하다 일어난 일이라고 둘러댔다. 수산화나트륨이 약간 피부에 쏟아졌다고 했다. 걱정하지 말라고 했다. 몇 주 지나면 손이 다 나을 거라고 했다. 그러나 가우리에게는 사실대로 얘기했다. 자신을 돕던 동지 두 명은 제때 피했지만 우다얀은 그러지 못했다. 그래서 붕대 속의 손은 이제 쓸모없는 손이 되어버렸다. 붕대를 벗기면 손가락은 남아 있지 않았다.

그 무렵 톨리건지 지역을 불시 단속하던 중에 경찰은 영화 촬영소에서 탄약을 발견했다. 탄약은 분장실과 편집실에 숨겨져 있었다. 경찰은 마구잡이로 수색하고 길거리의 젊은이들을 괴롭했다. 젊은이들을 체포하고 고문했다. 시체 안치소와 화장터를 채웠다. 아침이면 경고의 표시로 시체들을 길거리에 버렸다.

두 주 동안 우다얀은 집을 떠나 있었다. 부모님께는 단지 예방 차원일 뿐이라고 말했다. 하지만 그즈음에는 부모님도 대충 알고 있는 게 틀림없었다. 가우리에게는 두렵다고 말했다. 손에 입은 부상 때문에 자신은 눈에 잘 띄는 데다 요즘은 불순분자 색출에 경찰력이 총동원되어서 걱정스럽다고 했다.

가우리는 그가 어디 있는지 몰랐다. 은신처가 한 곳인지 여러 군데인지도 몰랐다. 가끔 그가 쪽지를 남겼는데, 가우리는 큰길에 있는 문구점에서 전달받았다. 그것은 그가 여전히 살아 있다는 표시였다. 그는 새 옷과 갑상샘 알약을 요청했다. 이 동네에는 이런 일을 처리해줄 인적 그물이 아직 충분했다. 두 주가 다 지났을 때 그는 안전한 다른 장소가 없었으므로 집으로 돌아왔다.

일단 집에 다시 오자 떠날 수가 없었다. 그가 돌아오기를 애타게 기다리던 부모님은 다른 어떤 곳보다도 집에서 숨어 지내는 게 더 낫다고 생각했다. 부모님은 그 누구도 그를 보지 못하게 철저히 단속했다. 어떤 이웃도, 어떤 일꾼도, 어떤 손님도 집안에 발을 들여놓지 못했다. 집안일을 하는 하인에게는 비밀을 지킬 것을 맹세하게 했다. 그가 이미 죽은 것처럼 그의 물건을 다 없앴다. 그의 책은 숨기고 옷가지는 트렁크에 넣어 침대 밑에 두었다.

그는 뒷방에서만 지냈다. 절대로 테라스나 창문에 얼굴을 드러내지 않았다. 절대로 목소리를 속삭이는 소리 이상으로 높이지 않았다. 그의 유일한 자유는 한밤중에 옥상으로 올라가서 난간에 기대어 앉아 별을 바라보며 담배를 피우는 것이었다. 그는 손의 부상 때문에 옷을 입거나 목욕을 할 때 남의 도움이 필요했다. 아이처럼 음식도 먹여주어야 했다.

그는 청력에 문제가 생겨서 가우리에게 다시 말해달라고 부탁하곤 했다. 폭발 사고 이후 고막 하나가 손상된 것이었다. 어지럼증과 어떤 높은음이 사라지지 않고 계속 들리는 귀울림 현상을 하소연했다. 단파방송이 가우리의 귀에는 선명히 들릴 때도 그 방송이 들리지 않는다고 말했다.

그는 버저가 울리는데도 그 소리를 듣지 못하거나 군용 지프가 다가오는 소리를 듣지 못할까 봐 걱정했다. 가우리와 함께 있을 때조차도 외로움을 느낀다고 호소했다. 가장 근본적인 차원의 고독감이었다.

거의 일주일이 지났다. 어쩌면 경찰이 상황을 파악하지 못했을 수 있었다. 어쩌면 그의 행방을 찾지 못하는지도 몰랐다. 아마 다가오는 축제 때문에 놈들이 다른 데 정신을 팔고 있나 봐, 그가 말했다. 그날 가우리와 어머니에게 집 밖으로 나가서 그동안 미뤄둔 일을 하라고 설득한 사람은 그였다. 기분 전환도 할 겸 이웃들에게 평범하고 자연스러워 보이게 축제를 준비하는 장을 보는 게 좋겠다고 했다.

시신은 그들에게 돌아오지 않았다. 시신이 어디에서 불태워졌는지 그들은 듣지 못했다. 그녀의 시아버지가 경찰서에 찾아가서 정보를 구하고 뭔가 설명을 해달라고 요청했으나 그들은 그 사건에 대해 어떠한 내용도 말해주지 않았다. 두 눈 뜨고 지켜보는 가운데 시신을 가져갔으면서도 그자들은 아무런 흔적도 남기지 않았다.

　그가 죽은 뒤 열흘 동안 따라야 할 의례가 있었다. 그녀는 옷을 빨거나 슬리퍼를 신거나 머리를 빗지 않았다. 눈에 보이지는 않지만 공기 중에 떠다니는 그의 미세한 조각들을 하나도 놓치지 않고 보존하기 위해 문과 덧문들을 다 닫았다. 그녀는 우다얀이 사용한 침대에서 우다얀이 사용한 베개를 베고 잠을 잤다. 며칠 동안 계속해서 그의 냄새를 맡았으나 나중에는 그녀 자신의 냄새만 남아서 그녀의 기름 바른 피부와 머리 냄새만 맡게 되었다.

　아무도 그녀를 귀찮게 하지 않았다. 그녀는 사진을 찍기 위해 자세를 취하듯이 몸을 가만히 두어야 한다는 것을 알았다. 몸을 차분히, 가만히 두어도 때때로 나락으로 떨어지는 것 같고 침대가 무너지는 것 같은 느낌이 들었다. 그녀는 울 수도 없었다. 감정과 동떨어진 눈물만 나왔다. 아침에 잠에서 깨면 종종 눈가에 눈물이 고였다가 떨어지곤 했다.

　두르가 푸자 축제일이 왔다가 지나가기 시작했다. 샤시티, 삽타미, 아시타미, 나바미. 도시 전체는 경배와 기념의 날들이었다. 그러나 집 안은 애도와 칩거의 나날이었다. 그녀는 머리의 주홍색을 씻어냈고 손목의 쇠 팔찌를 뺐다. 이러한 치장과 장식을 없애는 것은 그녀가 과부임을 드러내는 것이었다. 그녀는 스물세 살이었다.

　열하루가 지난 후에 마지막 의식을 위해 한 사제가 왔고, 의식에 쓸 음식을 준비하러 요리사도 한 명 왔다. 집 안에는 우다얀의 사진이 벽에 기대어 세워졌는데, 사진은 둘레를 월하향으로 두른 유리 액자에 담겼다. 가우리는 사진 속의 그의 얼굴을 바라볼 수 없었다. 그녀는 의식을 위해 자리에 앉았다. 팔찌 없는 손목이 허전했다.

만약 나한테 무슨 일이 생기면 부모님이 내 장례식에 돈을 낭비하지 않게 해줘, 언젠가 우다얀이 가우리에게 말했다. 그러나 장례식은 치러졌고, 우다얀을 알았던 사람, 가족과 친척, 당원 들이 집 안이 가득하도록 찾아와 그를 기렸으며, 그를 추모하여 만든 요리와 그가 좋아했던 특별한 음식들을 먹었다.

애도의 기간이 끝나자 시부모님은 생선과 고기를 다시 먹기 시작했지만 가우리는 그러지 못했다. 그녀는 색깔 있는 사리 대신에 흰 사리를 입어야 했고, 그래서 나이가 세 배나 되는 집안의 다른 과부들과 비슷해 보였다.

다샤미의 날이 왔다. 두르가 푸자의 마지막 날로 두르가가 시바에게 돌아가는 날이었다. 밤이 되자 사람들이 동네에 세운 조그만 임시 건축물에 모셔두었던 조각상을 강으로 옮겨서 물에 가라앉혔다. 올해는 우다얀을 기리는 의미에서 팡파르 없이 행사를 마쳤다.

그러나 캘커타 북부, 가우리와 우다얀이 처음으로 얘기를 나눈 발코니 아래에서는 밤새도록 행진이 계속될 터였다. 사람들은 마지막으로 그 모습을 보려고 인도에 늘어설 것이고, 소음이 너무 커서 잠을 이루지 못할 것이었다. 여신은 돌아올 거야, 여신은 우리에게 돌아올 거야, 사람들은 강으로 가는 두르가 여신을 뒤따라 거리를 행진하면서 그렇게 구호를 외치며 여신에게 한 해의 작별을 고했다.

한 달이 지났을 무렵의 어느 날 아침, 그녀는 식사를 준비하는 시어머니를 도우러 부엌으로 가려 했지만 갈 수가 없었다. 아침이면 그렇게 하는 것이 이제 그녀의 일과였다. 자리에서 일어나려 했지만 힘이 다 빠져나간 듯하고 어지러웠으므로 침대에 그냥 있었다.

5분이 지나고, 다시 10분이 흘렀다. 시어머니가 방으로 들어와서 그녀에게 늦었다고 말했다. 시어머니는 덧문을 열고 나서 가우리의 얼굴을 내려다보았다. 손에 차 한 잔을 들고 있었지만 곧장 권하지는 않았다. 잠시 가우리를 살펴보며 거기 서 있을 뿐이었다. 가우리가 천천히 일어나 앉으며 시어머니에게서 차를 받아 들었다.

곧 올라갈게요.

오늘은 올라오지 마라, 시어머니가 말했다.

왜요?

도움이 안 될 거야.

가우리는 어리둥절해하며 고개를 저었다.

지적인 여자라면서. 그 애가 너랑 결혼한 후에 우리에게 한 말이야. 그런데도 단순한 사실을 이해 못하다니.

제가 뭘 이해 못한 거죠?

시어머니는 이미 몸을 돌려 방을 나갔다. 잠시 문 앞에서 걸음을 멈추고 말했다. 이제부터는 화장실이나 계단에서 미끄러져 넘어지지 않도록 조심해라.

이제부터는?

넌 엄마가 될 거다, 시어머니의 말이 가우리의 귓전에 울렸다.

결혼 초부터 우다얀은 달마다 일주일 동안은 그녀를 만지지 않았다. 그는 일기장에 생리일을 기록해두고 언제가 안전한지 말해달라고 그녀에게 부탁했다.

혁명이 성공하고 난 뒤에 아이를 세상에 데려올 거라고 우다얀은 가우리에게 말했다. 그때까지 기다리자고 했다. 그러나 그가 죽음을 맞이하기 바로 전주, 집 안에 숨어 있을 때 둘 다 날짜를 깜빡했다.

그녀는 마음속에 시간의 지도를 가지고 태어났다. 영어와 벵골어 알파벳 글자 및 숫자 같은 다른 추상적 개념들도 이미지로 받아들였다. 숫자와 글자 들은 사슬을 이루는 낱낱의 고리 같았다. 열두 달은 우주의 궤도를 따라 늘어선 것처럼 배열되었다.

각각의 개념은 3차원적이고 물리적인 공간 속에서 자신만의 고유한 자리에 존재했다. 그래서 어렸을 때부터 마음속의 어떤 특정한 장소에서 되찾아오지 않는 한 셈을 계산하거나, 확신하지 못하는 단어의 철자를 쓰거나, 어떤 기억을 상기하거나, 다음 달에 있을 뭔가를 기다리는 것은 그녀로서는 불가능했다.

그녀의 가장 강한 이미지는 언제나 시간에 관한 것이었다. 과거와 미래 둘 다였다. 그것은 눈앞에 펼쳐진 수평선 같은 것이었다. 끝없는 시간의 스펙트럼 위에 짧은 기간 동안 빌려 쓰는 그녀 자신의 생이 덧붙여졌다. 선의 오른쪽에는 가까운 과거가 있었다. 그녀가 우다얀을 만난 해가 있었고, 또한 우다얀을 모르고 살았던 그 이전의 모든 해가 있었다. 그녀가 태어난 1948년도 있었고, 본문이 시작되기 전 서문과도 같은 그 이전의 모든 세월이 있었다.

선의 왼쪽은 미래였는데, 언제인지는 모르지만 확실한 그녀의 죽음이 종점인 곳이었다. 아홉 달 안에 아기가 태어날 것이다. 그러나 아기의 생명은 이미 시작되었고 심장은 이미 뛰고 있었다. 이는 살금살금 나아가는 별개의 선으로 표현되었다. 그녀는 우다얀의 삶이 자신이 생각했던 것과는 달리 더 이상 그녀와 동반하지 않고 1971년 10월에 멈춰버린 것을 보았다. 이것은 그녀의 마음의 눈에 무덤을 만들었다.

어떠한 전망도 하기 힘든 현재의 순간만이 그녀의 이해의 범위를 벗어났다. 그것은 자신의 어깨 바로 위처럼 눈에 보이지 않는 사각지대 같은 것이었다. 시야에 생긴 공백 같은 것이었다. 하지만 미래는 눈에 보였으며, 감긴 실이 풀어지듯 계속 풀려나갔다.

그녀는 그 미래에 눈을 감고 싶었다. 자기 앞에 놓인 날과 달들이 끝나버리기를 바랐다. 그러나 자신의 남은 생애는 계속해서 현재가 되어 나타났고, 시간은 끊임없이 증식했다. 그녀는 자신의 의지와는 반대로 미래를 예상할 수밖에 없었다.

그녀에게는 어느 하루가 다음 날로 이어지지 않기를 바라는 열망이 있었다. 그러나 그것은 다음 날로 이어질 거라는 확신과 결합된 열망이었다. 그것은 숨을 참고 멈추는 것과 같은 것이었다. 우다얀이 저지대 속에서 그렇게 하려고 애썼던 것처럼. 그럼에도 어떻게든 그녀는 숨을 쉬고 있었다. 시간이 가만히 있으면서도 동시에 흐르는 것처럼, 그녀가 자각하지 못하는 몸의 다른 어떤 부분이 산소를 빨아들이며 그녀를 살아 있게 만들었다.

가우리와 얘기를 나눈 다음 날 수바시는 혼자 외출을 했다. 처음으로 시내에 나갔다. 그는 부모님이 우다얀의 몫까지 함께 그에게 준 옷감을 가지고 양복점으로 갔다. 새 셔츠와 바지가 필요한 것은 아니었으나 옷을 맞춰 입어야 할 것 같은 의무감을 느꼈고 옷감을 썩히고 싶지도 않았다. 로드아일랜드에는 옷을 맞추는 양복점이 없으며 미국인들의 옷은 다 기성복이라는 소식에 부모님은 놀랐다. 그의 미국 생활 얘기에 부모님이 드러내 놓고 반응을 보인 것은 이번이 처음이었다.

전차를 타고 발리건지로 가서 호객 행위를 하는 행상인들을 지나쳐 걸었다. 그는 먼 친척이 운영하는 조그만 가게를 찾았다. 그와 우다얀이 늘 1년에 한 번 함께 찾아가서 옷을 맞추는 곳이었다. 긴 계산대가 있고 구석에는 탈의실이 있었으며, 옷걸이에는 작업이 끝난 옷들이 걸려 있었다. 그는 주문을 하고, 재단사가 공책에 재빨리 옷의 디자인을 스케치하는 모습을 지켜보았다. 옷감을 삼각형으로 조그맣게 오려서 각 영수증의 모서리에 스테이플러로 찍어놓는 것도 지켜보았다.

이 도시에서 그가 달리 필요한 것은 없었다. 그가 원하는 것은 아무것도 없었다. 가우리가 해준 말을 들은 뒤로, 그 상황을 상상한 뒤로 그는 다른 일에 집중할 수가 없었다.

그는 버스를 타고 어디를 가겠다는 생각도 없이 무작정 가다가 에스플러네이드 근처에서 내렸다. 거리에서 외국인이 눈에 띄었다. 쿠르타를 입고 구슬 목걸이를 착용한 유럽인들이 캘커타 관광을 하며 돌아다녔다. 수바시는 여느 벵골인과 달라 보이지 않았지만 이제 외국인들을 보면 유대감을 느꼈다. 그들과 다른 나라에 관한 지식을 공유하기 때문이었다. 돌아갈 또 다른 생활이 있고, 이곳을 떠날 수 있다는 사실 때문이었다.

이 지역에는 그가 들어가서 위스키나 맥주를 마시며 낯선 사람들과 대화를 나눌 수 있는 호텔들이 있었다. 그러면 부모님이 보이는 태도와 가우리가 말했던 것들을 잊을 수 있을 것만 같았다.

그는 걸음을 멈추고 담배에 불을 붙였다. 우다얀이 피우던 윌스 담배였다. 피곤함을 느끼며 자수 숄을 파는 가게 앞에 섰다.

뭘 찾으세요? 주인이 물었다. 주인은 카시미르 출신이었다. 얼굴은 창백하고 눈은 연한 빛깔이었다. 머리에는 면 모자를 썼다.

아니요.

들어와서 구경하세요. 차도 한 잔 드시고.

가게 주인이 그처럼 환대하는 태도를 보인다는 것을 그동안 잊고 있었다. 그는 가게 안으로 들어가 의자에 앉았다. 주인이 바닥에 놓인 널따란 흰색 쿠션 위에 모직 숄을 하나하나 펼쳐 보이는 것을 지켜보았다. 그 자상한 노력과 그 안에 담긴 신뢰감에 마음이 움직였다. 그는 미국에서 어머니 선물을 사 오지 않았다는 것을 이제야 깨닫고 어머니에게 드릴 숄을 하나 사기로 결정했다.

이거 주세요, 그가 짙은 파랑색 숄을 가리키며 말했다. 어머니가 부드러운 양털의 감촉과 꼼꼼하게 수놓은 것을 좋아할 거라고 생각했다.

또 필요한 거 있습니까?

그게 다예요, 그가 말했다. 그때 가우리가 생각났다. 그에게 우다얀 얘기를 해주던 가우리의 옆얼굴이 떠올랐다. 초점 없는 눈으로 앞을 똑바로 바라보며 그에게 뭘 알고 싶으냐고 말하던 모습이 떠올랐다.

그는 가우리 덕분에 무슨 일이 일어났는지 알게 되었다. 그녀와 부모님은 우다얀이 죽는 것을 지켜보았다. 그는 이제 부모님이 우다얀을 돕지 못하고 결국 우다얀을 지키지 못한 것 때문에 이웃사람들 앞에서 수치심을 느낀다는 것을 알았다. 상상도 할 수 없는 방법으로 우다얀을 잃은 것을 치욕스러워한다는 것을 알게 되었다.

그는 발밑에 있는 숄들을 꼼꼼하게 살펴보았다. 식구들이 끓여주는 차보다 옅은 색상인 상아색, 회색, 갈색의 숄이 지금의 그녀에게는 적당할 거라는 생각이 들었다. 그러나 가두리에 섬세한 자수를 놓은 선명한 청록색 숄이 그의 눈길을 끌었다.

가우리가 어깨에 이 숄을 두르고 한쪽 끝을 늘어뜨린 모습을 상상해보았다. 그녀의 얼굴이 환하게 밝아지는 느낌이었다.

이것도 주세요, 그가 말했다.

부모님은 테라스에 앉아 그를 기다렸다. 왜 이리 늦었냐고 부모님이 물었다. 너무 늦은 시간에 거리를 돌아다니는 것은 아직 안전하지 않다고 말했다.

부모님의 걱정은 합당한 것이었지만 수바시는 언짢았다. 나는 우다얀이 아니에요, 그는 이렇게 말하고 싶은 충동을 느꼈다. 나는 결코 부모님을 그런 상황에 놓지 않을 거예요.

그는 어머니를 위해 산 숄을 어머니에게 드렸다. 그러고 나서 가우리에게 주려고 산 숄을 어머니에게 보여주었다.

그녀에게 이걸 주고 싶어요.

넌 좀 더 철이 들어야겠구나, 어머니가 말했다. 그 애랑 친하게 지내지 마라.

그는 아무 말도 하지 않았다.

어제 왜 그 애랑 이야기를 했니?

그녀랑 얘기를 하면 안 되나요?

그 애가 너한테 무슨 말을 했어?

그는 대답하지 않았다. 그 대신 이렇게 물었다. 어머니는 왜 그녀와 얘기를 하지 않아요?

이번에는 어머니가 아무 말도 하지 않았다.

어머니는 그녀의 색깔 있는 옷을 치워버렸고, 그녀에게는 생선과 고기를 주지 않잖아요.

그건 존경의 표시인 게다, 어머니가 말했다.

그건 너무 심해요. 우다얀은 절대 그녀가 이렇게 사는 걸 원치 않을 거예요.

그는 어머니랑 말다툼하는 데 익숙지 않았다. 그러나 몸속에서 새로운 기운이 꿈틀거려서 자신을 억제할 수가 없었다.

그녀가 앞으로 어머니에게 손주를 안겨드리는 것도 하찮은 일인가요?

엄청 중요한 일이다. 우다얀이 우리에게 남긴 유일한 것이니까, 어머니가 말했다.

가우리는요?

그 애가 원한다면 여기 있을 수 있다.

원한다면이라니, 무슨 뜻이죠?

그 앤 공부를 계속하기 위해 다른 데로 갈 수 있다. 걔는 그걸 더 좋아할지도 모르겠구나.

왜 그렇게 생각하죠?

그 아이는 너무 내성적이야. 너무 냉담해서 엄마가 되기에 적합하지 않아.

그의 관자놀이가 지끈거렸다. 그녀와 이런 얘기를 해본 적이 있어요?

지금 이 문제로 그 아이 걱정을 해봤자 아무 소용이 없다.

그는 어머니가 이미 테라스에 앉아서 냉정하게 이 계획을 세워두었다는 것을 알았다. 하지만 그는 아무 말도 하지 않고 어머니의 뜻에 동조한 아버지에게서도 똑같이 오싹한 느낌을 받았다.

엄마와 아이를 떼어놓으면 안 돼요. 우다얀을 위해서 그녀를 받아들이세요.

어머니가 인내심을 잃었다. 어머니도 그에게 화를 냈다. 닥쳐라, 어머니가 분개한 어조로 말했다. 내 아들을 욕되지 않게 하는 법을 나에게 설교하지 마라.

그날 밤 모기장 속에서 수바시는 잠을 이루지 못했다.

저지대

아마 자신은 우다얀이 한 일을 결코 완전히 알지는 못할 것이다. 가우리는 자기 식으로 그에게 얘기해주었고, 부모님은 여전히 그 얘기를 하지 않으려 했다.

늘 그랬듯이 부모님이 우다얀에게는 관대했을 거라고 생각했다. 우다얀이 감당할 수 없는 일을 한다는 걸 직감적으로 알고서도 절대 대놓고 훈계하지는 않았을 것이다.

우다얀은 커다란 상처만 남기고 허물어진 잘못된 운동에 목숨을 바쳤다. 그가 바꾼 것은 가족의 모습뿐이었다.

우다얀은 수바시에게, 아마 부모님에게도 적잖이 주의를 기울이며 자기가 하는 일을 의도적으로 숨겼다. 더 깊이 관여하게 될수록 더 심하게 숨기고 둘러댔다. 그 운동이 이제 자기와는 무관하다는 듯이 편지를 썼다. 수제 폭탄을 만들고 톨리클럽의 지도를 그리면서도 수바시가 눈치채지 못하기를 바랐다. 손가락을 다 날려버리고서도 그랬다.

가우리는 그가 믿는 사람이었다. 그는 그녀를 자신들의 삶 속에 끼워 넣었지만 결국 나락에 빠뜨린 셈이 되고 말았다.

조금씩 드러나는 방정식의 해처럼 수바시는 뭔가 전환점에 이르렀음을 감지했다. 그는 이미 캘커타를 떠나고 싶은 마음이 간절했다. 그가 부모님을 위해 할 수 있는 일은 없었다. 부모님을 위로해드릴 수 없었다. 그는 돌아와서 부모님 앞에 섰지만, 결과적으로 그가 집에 온 것은 그리 중요하지 않았다.

그러나 가우리는 달랐다. 수바시는 자신과 그녀가 사랑했던 우다얀에 대한 그들 두 사람의 마음에서 유대감을 느꼈다.

부모님과 함께 지내면서 부모님의 통제 아래 살아가는 그녀를 생각했다. 가우리를 대하는 어머니의 쌀쌀함은 도를 넘은 것이었다. 하지만 아버지의 수동적인 태도 또한 잔인하기는 마찬가지였다.

단순히 잔인하기만 한 것은 아니었다. 가우리를 대하는 부모님의 태도는 그녀를 내보내려는 뜻이 담긴 의도적인 것이었다. 수바시는 그녀가 엄마가 되었을 때 아이를 제 손으로 키우지 못하는 상황을 생각해보았다. 기쁨이 없는 집에서 커나갈 아이도 생각해보았다.

그런 상황을 막는 유일한 방법은 가우리를 집에서 떠나게 하는 것이었다. 자신이 그녀를 도울 수 있는 일은 그것뿐이었다. 자신이 마련할 수 있는 유일한 대안이었다. 그리고 그녀를 떠나게 하는 유일한 방법은 그녀와 결혼하는 것이었다. 동생을 대신하고, 동생의 아이를 키우고, 동생이 그랬던 것처럼 가우리를 사랑하는 것이었다. 동생의 자리를 대신한다는 게 어느 면에서는 그릇된 일로 여겨졌고 다른 한편으로는 운명적인 일로 생각되었다. 옳기도 하고 그르기도 한 일로 여겨졌다.

집을 떠날 날짜가 다가왔다. 머지않아 그는 다시 비행기를 탈 것이었다. 로드아일랜드에서 그를 기다리는 사람은 없었다. 혼자인 게 지겨웠다.

그는 자신이 가우리에게 느끼는 매력을 부인하려 애썼다. 그러나 그것은 밤에 집으로 날아드는 반딧불이의 불과 같이 자신의 주위에 제멋대로 나타나 빛을 내다가 흔적 없이 사라지곤 했다.

부모님은 그러지 못하도록 그를 만류하기만 하리라는 것을 알았으므로 부모님께는 아무 말도 하지 않았다. 그가 도달한 해결책에 부모님은 질겁할 거라는 것을 알았다. 그는 그녀에게 곧장 갔다. 그의 가족이 홀리에게 어떤 반응을 보일까 두려워한 적이 있었다. 그러나 이제는 두렵지 않았다.

당신 선물이에요, 그가 문 앞에 서서 그녀에게 숄을 주며 말했다.

그녀가 상자의 덮개를 열고 숄을 보았다.

이게 당신에게 어울릴 것 같아서, 그가 말했다.

그는 그녀가 방 안으로 들어가 옷장을 여는 것을 지켜보았다. 그녀는 거기에 숄을 내려놓았다. 숄은 여전히 상자 안에 들어 있었다.

그녀가 다시 그에게 얼굴을 돌렸을 때 머리카락에서 가까운 이마 가장자리에 모기 한 마리가 앉아 있는 것을 보았다. 그는 다가가서 모기를 털어주고 싶었으나 그녀는 개의치 않고 서 있었다. 모기가 붙은 것을 모르는 모양이었다.

부모님이 당신을 대하는 태도가 정말 마음에 들지 않아요.

그녀는 입을 열지 않고 책상 앞에 앉았다. 앞에는 책과 공책이 펼쳐져 있었다. 그녀는 그가 돌아가기를 기다렸다.

그는 풀이 죽었다. 자신의 생각은 터무니없는 것이었다. 그녀는 청록색 숄을 두르지 않을 것이고, 그와 결혼해서 로드아일랜드로 가는 데 결코 동의하지 않을 것이었다.

다음 날 오후, 집에 올 만한 사람이 없는 때에 버저가 울렸다. 수바시는 테라스에 앉아 신문을 읽고 있었다. 아버지는 출근했고 어머니는 일을 보러 잠깐 외출했다. 가우리는 방에 있었다.

그는 누가 왔는지 보려고 계단을 내려갔다. 세 명의 남자가 문 밖에 서 있었다. 두 명은 총을 든 경찰이었고 한 명은 정보국 소속의 형사였다. 형사가 자신의 신분을 밝혔다. 가우리와 얘기하고 싶다고 했다.

자고 있어요.

가서 깨워.

그는 문을 열어주고 그들을 2층으로 데려갔다. 그들에게 층계
참에서 잠깐 기다리라고 말한 다음 복도를 걸어 가우리의 방
앞으로 갔다.

문을 열어주었을 때 그녀는 안경을 쓰지 않은 얼굴이었다. 눈
이 피곤해 보였다. 머리는 헝클어졌고 사리에는 구김살이 있었
다. 침대는 정돈되지 않았다.

누가 왔는지 그녀에게 얘기해주었다. 나도 당신과 함께 있을
거예요, 그가 말했다. 그녀는 머리를 뒤로 묶고 안경을 썼다. 침
대를 정돈한 다음 준비됐다고 말했다. 그녀는 침착했다. 그가
느낀 초조함을 그녀는 전혀 내비치지 않았다.

형사가 먼저 방으로 들어갔다. 뒤따르던 경찰은 문 입구에 섰
다. 그들은 담배를 피웠는데 재는 바닥에 떨어지게 내버려두었
다. 그중 한 사람은 시력이 약한 탓에 가우리와 수바시를 동시
에 보고 있는 것처럼 보였다.

형사는 벽과 천장을 관찰하며 뭔가를 주의 깊게 살폈다. 가
우리의 책상에 놓인 책 한 권을 집어 들어 엄지손가락으로 몇
장 넘겨 보았다. 그는 셔츠 호주머니에서 수첩과 펜을 꺼내 몇
자 적었다. 손가락 몇 개의 끝 부분이 표백제를 바른 것처럼 색
소를 잃고 하얘 보였다.

당신이 형인가? 그가 수바시를 쳐다보지도 않고 물었다.

예.

미국에 있다는 그 사람?

저지대

그는 고개를 끄덕였다. 그러나 형사는 이미 가우리에 관심을 집중했다.

남편을 몇 년에 만났지?

1968년.

당신이 프레지던시대학 학생일 때?

예.

당신은 그의 신념에 공감했나?

처음엔.

당신은 현재 어떤 정치적인 조직에 가입했나?

아니요.

사진을 좀 조사하고 싶은데 도와주겠나? 당신 남편이 알던 사람들이야.

좋습니다.

형사는 호주머니에서 봉투를 꺼냈다. 이어 그녀에게 사진을 건네기 시작했다. 조그만 스냅사진이어서 수바시의 눈에는 보이지 않았다.

이 가운데 알 만한 사람이 있나?

아니요.

이 사람들을 만난 적이 없어? 남편이 이들을 소개시켜주지 않았나?

아니요.

찬찬히 살펴봐.

그러고 있어요.

형사는 손자국이 남지 않도록 조심하며 스냅사진을 다시 봉투에 넣었다.

남편이 니르말 데이라는 사람을 언급한 적이 있나?

아니요.

확실해?

예.

고팔 시나는?

수바시는 침을 삼키며 그녀를 흘깃 보았다. 그녀는 거짓말을 하고 있었다. 수바시도 시나는 기억했다. 그가 참석한 모임에서 보았던 의대생이었다. 우다얀은 틀림없이 가우리에게 그 사람 얘기를 했을 것이다.

정말 얘기했을까? 어쩌면 가우리를 보호하기 위해 그녀에게도 사실대로 얘기하지 않았는지 모른다. 수바시로서는 알 도리가 없었다. 우다얀의 마지막 나날과 마지막 순간에 대한 그녀의 설명은 생생했지만 여전히 모호한 부분이 있었다.

형사는 몇 줄 더 적었다. 그런 다음 손수건으로 얼굴을 닦았다. 물 좀 마실 수 있을까?

수바시는 그 방의 구석에 놓인 주전자에서 스테인리스 컵에 물을 따라 형사에게 건넸다. 가우리가 주전자 옆에 뒤집어서 놓아둔 컵이었다. 형사는 컵의 물을 다 비운 다음 가우리의 책상에 컵을 내려놓았다.

물어볼 게 더 있으면 다시 올 거야, 형사가 말했다.

두 경찰은 담배를 발로 밟아 껐다. 이어 일행은 몸을 돌려 계단을 향해 걸었다. 수바시가 그 뒤를 따라 내려가 그들이 집 밖으로 나가는 것을 보고 나서 문을 잠그려 했다.

당신은 언제 미국으로 돌아가지? 형사가 물었다.

몇 주 이내에 돌아갈 거예요.

저지대

전공은 뭐지?

해양화학.

당신은 동생과는 전혀 다르군, 그가 말했다. 그러고 나서 몸을 돌려 떠났다.

그녀는 테라스의 접의자에 앉아 그가 오기를 기다렸다.

당신 괜찮아요?

예.

그 사람들이 언제 또 올까요?

다시 오지 않을 거예요.

어떻게 그렇게 자신 있게 말할 수 있어요?

그녀는 머리를 치켜들었다. 이어 눈을 치켜떴다. 그 사람들에게 더 말해줄 게 없으니까요, 그녀가 말했다.

확신해요?

가우리는 감정이 드러나지 않은 침착한 표정으로 계속 그를 쳐다보았다. 그는 그녀의 말을 믿고 싶었다. 그러나 설령 그녀가 그에게 꼭 해야 할 말이 있다 할지라도 그녀가 기꺼운 마음으로 얘기할 수 있는 건 없다는 걸 수바시는 알았다.

여기선 당신이 안전하지 못해요. 경찰이 당신을 귀찮게 하지 않는다 해도 부모님은 그러지 않을 거예요.

무슨 뜻이에요?

그는 잠시 말을 멈추었다가 자기가 알고 있는 것을 얘기해주었다.

부모님은 당신을 집에서 내보내고 싶어 해요, 가우리. 당신을 보살피고 싶어 하지 않아요. 부모님은 손주를 당신들이 직접 키우고 싶어 해요.

그녀가 그 말을 받아들인 뒤, 수바시는 자신이 생각할 수 있는 유일한 방법이자 가장 분명한 사실을 얘기했다. 미국에서는 아무도 이 운동을 모르기 때문에 그녀를 귀찮게 할 사람이 없다, 거기서 그녀의 공부를 계속할 수 있다, 다시 시작하는 기회가 될 것이다, 라고 말했다.

그녀가 그의 말을 막지 않았으므로 그는 계속했다. 아이에게 아빠가 필요하다고 얘기했다. 미국에서는 여기서 일어난 사건이 평생 짐이 되는 일 없이 아이를 키울 수 있다고 했다.

수바시는 그녀가 여전히 우다얀을 사랑하는 걸 안다고 말했다. 사람들이 뭐라 말할지, 부모님이 어떤 반응을 보일지 따위에 대해서는 생각하지 말라고 했다. 그녀가 그와 함께 미국에 간다면 모든 게 다 문제 되지 않을 것임을 자신 있게 말할 수 있다고 했다.

그녀는 사진 속의 사람을 대부분 알아보았다. 그들은 모두 우다얀의 동지이거나 동네에 사는 당원이었다. 그중 일부는 상황이 너무 위험해지기 전에 한 번 갔던 모임에서 본 사람들이었다. 그녀는 찬드라를 알아보았다. 양복점에서 일하는 여자였다. 문구점 아저씨도 알아보았다. 못 알아본 척했을 뿐이다.

형사가 조사한 사람의 이름 중에 우다얀이 언급한 적이 없는 사람은 딱 한 사람이었다. 딱 한 사람만은 그녀가 정말로 몰랐다. 니르말 데이. 그런데 왠지 자신이 이 사람을 전혀 모르지는 않는 것 같다는 느낌이 들었다.

이럴 필요는 없어요, 다음 날 아침 그녀가 수바시에게 말했다.

당신만을 위한 건 아니에요.

그이가 이렇게 하는 걸 원치 않을 거예요.

이해해요.

난 우리가 결혼하는 걸 얘기하는 게 아니에요.

그럼 뭐예요?

그이는 아이를 갖고 싶어 하지 않았어요. 그이가 죽기 전날 내게 말했어요. 그렇지만······.

그녀가 말을 멈추었다.

그렇지만?

언젠가 그이가 말했어요. 자기가 형보다 먼저 결혼했기 때문에 아이를 갖는 건 형이 먼저이면 좋겠다고요.

4

1

그는 거기 있었다. 공항의 로프 뒤에 서서 그녀를 기다리고 있었다. 그녀의 아주버니, 그녀의 남편인 사람. 2년 사이에 그녀가 두 번째로 결혼한 사람.

첫 남편과 키도 같았고 체격도 비슷했다. 서로 뗄 수 없는 사이였고 동반자였던 형제. 그러나 그녀는 그 둘이 함께 있는 것을 보지는 못했다. 수바시는 조금 더 부드러웠다. 방금 입국 심사대 직원이 그녀의 입국을 심사하면서 여권에 두 번 찍어야 했던 흐릿한 도장처럼, 우다얀에 비하면 그의 얼굴은 약간 부족해 보이는 인상을 주었다.

그는 코듀로이 바지와 체크무늬 셔츠, 지퍼 달린 웃옷에 운동화 차림이었다. 그녀를 맞이하는 눈은 친절했으나 연약했다. 그 연약함 탓에 그는 그녀와 결혼까지 하게 되고 그녀에게 여러 가지로 호의를 베푼 게 아닐까, 가우리는 의심스러웠다.

여기 그가 있었다. 그녀를 받아들인 사람, 이제부터 그녀와 함께할 사람이다. 그에 관한 생각이 변한 건 아무것도 없었다. 긴 시간의 여행 끝에 그녀를 반기는 것은 없었고, 있는 거라곤 그녀의 결정에서 비롯된 현실뿐이었다.

가우리는 자신의 몸에 나타난 명백한 변화를 알아챈 기색이 그의 표정에 어리는 것을 보았다. 임신 5개월인 지금 그녀의 얼굴과 엉덩이는 살이 올랐고 허리는 두꺼워졌으며, 몸을 따뜻하게 하려고 두른 그가 준 청록색 숄 아래에서는 아이의 존재가 또렷이 드러났다.

그녀는 차에 올라 옆에 앉았다. 그의 오른쪽이었다. 그녀의 여행 가방 두 개는 캔버스 천 시트커버를 씌운 뒷자리에 포개어 놓았다. 그가 시동을 걸고 잠시 엔진을 예열하는 동안 그녀는 말없이 기다렸다. 그가 바나나 껍질을 까고 보온병에서 차를 따랐다. 그 차를 받았을 때 그녀는 뚜껑의 다른 쪽에 입술을 갖다 대고 젖은 나무처럼 아무 맛이 없는 뜨거운 액체를 삼켰다.

몸 상태는 괜찮아?

피곤해요.

다시 느끼는 거지만, 목소리도 우다얀의 목소리였다. 높낮이와 말투가 거의 똑같았다. 그들이 형제임을 놀랍도록 선명하게 보여주는 증거였다. 그녀는 잠시 수바시의 목소리에 보존되고 복제된 우다얀의 이 한 가지 측면이 그녀에게 돌아와 함께하는 느낌을 음미했다.

부모님은 어때?

그대로예요.

캘커타 날씨는 더워졌지?

약간.

그곳의 일반적인 상황은?

좋아졌다는 사람도 있고 나빠졌다는 사람도 있고.

여기는 보스턴이야, 그가 말했다. 로드아일랜드는 여기서 남쪽 방향에 있어. 그들은 강 아래 터널을 나와서 항구를 지났다. 얼마 안 가서 마을이 서서히 한적해졌다. 그는 그녀에게 익숙한 속도보다 더 빨리 운전했고, 차들은 캘커타 거리의 차보다 훨씬 더 일관된 속도로 달렸다. 그녀는 끊임없는 움직임에 멀미를 느꼈다. 비행기에 있을 때가 좋았다. 지상을 떠나서 가만히 앉아 있다는 환상이 좋았다.

길가에는 회색과 흰색의 나무들이 늘어섰는데, 더 이상 잎이나 열매를 만들어내지 못할 것처럼 보였다. 가지는 풍성했으나 가늘었다. 그녀는 촘촘한 가지 사이로 그 너머의 풍경을 볼 수 있었다. 일부 나무들에는 아직 이파리들이 몇 개씩 달라붙어 있었다. 그 이파리들은 왜 다른 잎처럼 떨어지지 않았는지 그녀는 궁금했다.

나무 사이 여기저기에 잔설이 보였다. 훗날 평탄한 도로와 납작하고 네모난 모양의 차들이 기억에 떠오를 것 같았다. 주위를 둘러싼 공간과 풍경들, 양방향으로 달리는 차, 드문드문 보이는 건물, 앙상하지만 빽빽이 들어선 나무도 기억날 것이었다.

그는 그녀를 흘긋 보았다. 당신이 기대했던 것과 같아?

뭘 기대해야 할지 난 몰랐어요.

다시 아기가 배 속에서 꼼지락거렸다. 아기는 새 환경을 느끼지 못하고 놀라운 거리를 여행했다는 것을 알아차리지 못했다. 아기의 세상은 가우리의 몸이었다. 새로운 환경이 어떤 식으로든 아기에게 영향을 미칠지 그녀는 궁금했다. 아기가 추위를 느낄지도 궁금했다.

우다얀 같은 혼령이 몸 안에 들어 있는 것 같은 느낌이었다.

아기는 존재하면서 동시에 부재한다는 점에서 다른 형태의 우다얀이라 할 수 있었다. 그녀 안에 있으면서 동시에 먼 곳에 있었다. 그녀는 아기를 의심적게 여겼다. 마치 우다얀은 떠났고, 지금 캘커타뿐 아니라 그녀가 비행기를 타고 날아온 지구 상의 다른 모든 지역에서도 그를 찾을 수 없다는 것이 아직도 정말로 믿기지는 않는 것처럼.

비행기가 보스턴에 내렸을 때 순간적으로 아기가 녹아서 그녀를 버리고 떠나지 않을까 하는 두려운 생각이 들었다. 왠지 아기가 아빠 아닌 사람이 자기를 받으려고 기다린다는 것을 알고 있을 것만 같았고, 아기가 반발하여 자라기를 멈출 것 같아서 두려웠다.

로드아일랜드에 진입한 뒤로 그녀는 바다가 보일 것으로 기대했으나 고속도로만 계속되었다. 이윽고 프로비던스라는 조그만 도시가 나왔다. 기복이 있는 길과 밀집된 건물이 눈에 들어왔다. 건물의 지붕은 뾰족한 형태였는데 흰색의 화려한 반구형 지붕도 하나 있었다. 프로비던스라는 말은 섭리라는 뜻이라는 것을 그녀는 알았다. 경험하기 전에 미래를 본다는 뜻이었다.

태양이 머리 바로 위에 있는 한낮이었다. 하늘은 맑고 푸르렀으며 구름은 맑고 깨끗했다. 하루 그 자체가 위압적으로 군림하는, 신비감이 부족한 시간대였다. 마치 하늘이 어두워지는 일이 없고 하루가 끝나는 일이 없을 것만 같은 시간이었다.

비행기에서는 시간은 별 상관이 없으면서도 유일하게 중요한 것이기도 했다. 비행기를 타고 오면서 그녀가 깨달은 것은 공간을 여행하는 것이 아니라 시간을 여행한다는 것이었다. 그녀는 억류된 것 같은 기분으로 목적지를 기다리는 많은 승객들 사이에 앉았다. 그들 대부분은 가우리처럼 자신들의 것이 아닌 분위기에서 풀려나기를 기다렸다.

몇 분 동안 수바시는 자동차 라디오를 켜고 지역 뉴스와 일기예보에 귀를 기울였다. 그녀는 오랫동안 영어 교육을 받았고 프레지던시대학에서도 영어를 공부했지만 방송 내용을 거의 이해하지 못했다.

이윽고 말들이 풀을 뜯고 소들이 가만히 서 있는 모습이 눈에 들어왔다. 유리창이 있는 집들은 추위를 막으려고 창을 빈틈없이 닫았다. 경계를 이루는 담은 뛰어넘을 수 있을 만큼 낮았는데, 크고 작은 돌로 만들어졌다.

그들은 와이어에 매달려 흔들리는 신호등에 이르렀다. 차가 멈춘 동안 그가 손가락으로 왼쪽을 가리켰다. 나무 탑이 보였다. 탑은 존재하지 않는 건물의 내부 계단처럼 솟아올라 있었다. 소나무 우듬지 너머로 멀리서, 마침내 가느다란 짙은 선이 보였다. 바다였다.

내가 다니는 학교가 저쪽에 있어, 그가 말했다.

그녀는 납작한 잿빛 도로를 바라보았다. 한가운데에 그려진 두 개의 선이 끊이지 않고 계속 이어졌다. 이곳이 그녀가 많은 것들을 뒤에 남겨두고 멀리할 수 있는 장소였다. 그녀의 아이가 아무것도 모른 채 안전하게 태어날 장소였다.

그녀는 수바시가 학교가 있다고 말한 방향인 왼쪽으로 돌 거라고 생각했다. 그러나 녹색 불이 들어오자 그는 변속기어를 앞으로 밀고 오른쪽으로 차를 돌렸다.

아파트는 1층이고, 앞쪽에 면해 있었다. 조그만 잔디밭과 오솔길을 지나면 아스팔트 길이 나왔다. 아스팔트 길의 반대쪽에는 같은 모양의 아파트가 늘어서 있었는데, 낮고 긴 벽돌 건물이었다. 그중 두 채는 막사 같은 느낌을 주었다. 길이 끝나는 곳에 수바시가 차를 세우는 주차장이 있었다. 쓰레기를 가져가서 버리는 곳이기도 했다. 주차장에 있는 조그만 건물은 세탁을 하는 곳이었다.

현관문은 커다란 돌덩이에 고정된 채 거의 언제나 열려 있었다. 아파트의 잠금장치는 엉성했다. 맹꽁이자물쇠와 빗장 대신에 손잡이에 달린 조그만 단추뿐이었다. 그러나 그녀는 이제 길을 돌아다니는 것을 무서워하는 사람이 없으며, 술 취한 학생들이 웃음을 터뜨리며 비틀비틀 언덕을 내려와 밤 어느 시간에든 기숙사로 돌아갈 수 있는 곳에 있었다. 언덕의 꼭대기에는 대학 경비원 사무소가 있었다. 그러나 통행금지 시간이나 제재는 없었다. 학생들은 원하는 대로 오가고 행동했다.

이웃에 사는 사람들은 대학원생 부부들이었다. 몇몇은 어린 아이들도 있었다. 그들은 그녀에게 관심을 기울이지 않는 것처럼 보였다. 문이 닫히는 소리나 어디에선가 흐릿하게 전화벨이 울리는 소리나 계단을 올라가는 발소리만 들렸다.

수바시는 그녀에게 침실을 주고 자기는 소파에서 자겠다고 했다. 소파는 펼치면 침대가 되었다. 닫힌 문을 통해 그녀는 그가 하루의 일과를 시작하는 소리를 들었다. 알람 시계가 울리는 소리, 화장실의 환풍기 소리가 들렸다. 환풍기가 꺼지면 부드럽게 물이 내려가는 소리가 들렸고, 잠시 후 면도날에 수염이 깎이는 소리가 들려왔다.

차를 준비하기 위해 오는 사람도 없었고 침대를 정리하거나 방 청소를 하러 오는 사람도 없었다. 그는 버튼을 누르면 빨갛

게 달아오르는 조리기의 코일 위에서 아침 식사를 요리했다. 오트밀과 뜨거운 우유였다.

요리가 끝나면 스푼으로 냄비 바닥을 규칙적으로 긁는 소리가 들렸고 이어 설거지하기 쉽도록 곧장 물을 틀어 담가두는 소리도 들렸다. 스푼이 그릇의 벽에 부딪치는 소리가 났고 동시에 다른 냄비에 삶고 있는 달걀이 달그락거리는 소리도 들렸다. 그가 점심으로 가져갈 달걀이었다.

가우리는 그의 독립적인 생활이 고마웠다. 동시에 의아스러운 점이 있었다. 우다얀은 혁명을 원했지만 집에서는 남들이 해주기만을 기대했다. 식사 시간에 그가 하는 거라곤 자리에 앉아서 가우리나 어머니가 그 앞에 접시를 놓아주기를 기다리는 것뿐이었다.

수바시도 그녀의 독립적인 생활을 인정해주었다. 그는 몇 달러의 돈과 자신의 학과 전화번호를 쓴 쪽지를 남겼다. 우편함 열쇠와 여분의 문 열쇠도 남겼다. 몇 분 뒤에 그녀가 침대에서 일어날 준비를 하며 기다리던 소리가 들렸다. 보기 흉하게 부러진 목걸이 조각 같은 아파트 안쪽의 체인이 열리고 이어 수바시의 뒤에서 문이 굳게 닫히는 소리가 들렸다.

어느 면에서 그것은 관습을 과시한 것이었는데, 우다얀은 아마 이 관습을 좋게 평가할 것이었다. 그녀가 우다얀과 눈이 맞아 함께 도망칠 때는 스스로도 대담하다는 생각이 들었다. 수바시의 아내가 되어 그와 함께 미국으로 달아나는 데 동의한 것은 한편으로는 계산적이고 다른 한편으로는 충동적인 결정이었는데, 훨씬 더 극단적인 결정으로 여겨졌다.

그렇지만 우다얀이 가고 없으니 어떤 일도 가능해 보였다. 그녀의 삶을 연결해주던 끈들은 이제 더 이상 그곳에 없었다. 그 끈들이 없으니 그녀는 아무리 때가 이르다 해도, 아무리 자포자기적이라 해도 수바시와 결합할 수 있었다. 그녀는 톨리건지를 떠나고 싶었다. 그동안의 삶을 다 잊고 싶었다. 그런데 그가 그 가능성을 제공한 것이었다. 그녀의 마음 한구석에서는 언젠가는 자신이 그를 사랑하게 될 수 있을 거라고 생각했다. 다른 아무런 이유가 없다 할지라도 감사의 마음에서라도.

가우리의 예상대로 시부모님은 집안의 명예를 손상했다며 가우리를 비난했다. 시어머니는 맹렬히 비난하면서 그녀는 우다얀과 함께 살 자격이 없는 사람이라고 말했다. 우다얀이 다른 여자랑 결혼했더라면 아직 살아 있을지도 모른다고 말했다.

그들은 수바시도 비난했다. 부당하게 우다얀의 자리를 차지했다는 것이었다. 그러나 두 사람을 다 비난하고 나서 마지막에는 결혼을 못하게 하지 않았다. 시부모님은 안 돼, 라고 말하지 않았다. 아마 시부모님은 가우리가 그러는 것을 다행으로 여겼을 것이다. 이제 자신들이 그녀를 책임질 필요 없이 서로 자유로워지는 것에 안도했을 것이다. 그리고 한편으로는 그녀가 훨씬 더 깊게 그들의 집안으로 파고든 셈이지만 다른 한편으로는 스스로 집안에서 벗어난 것이었다.

이번에도 혼인신고만 했고, 이번에도 겨울이었다. 마나시는 와주었다. 시부모님과 그녀 쪽 나머지 식구들은 거부했다. 당의 동지들도 반대했다. 시부모님과 마찬가지로 그들은 그녀가 우다얀의 행적과 순교 정신을 명예롭게 지켜줄 것을 기대했다. 그녀가 우다얀의 아이를 잉태하고 있다는 것을 누구에게도 알리고

저지대

싶어 하지 않았으므로 그들은 가우리의 임신을 모른 채 그녀와의 관계를 끊어버렸다. 그녀의 두 번째 결혼을 정숙하지 않은 것으로 간주한 것이었다.

그녀는 우다얀과의 관계를 유지하는 수단으로 수바시와 결혼했다. 쉽지 않은 일을 감행하긴 했지만 이 역시 소용없는 일이라는 것을 알았다. 한 쌍의 귀고리 중 한쪽을 잃어버렸을 때 나머지 한쪽을 간직하는 것이 소용없는 것처럼.

혼인신고를 하던 날 그녀는 날염 가공한 평범한 비단 사리를 입고 손목시계와 단순한 목걸이 하나만 착용했다. 머리는 혼자 틀어 올렸다. 동네를 벗어나 외출을 하는 것은 시어머니와 함께 장을 보러 간 이후 처음이었다. 장을 보면서 도시의 활기에 둘러싸여 삶의 활력을 느꼈던 기억이 새삼스러웠다.

두 번째 혼인신고 때는 점심도 없었고, 그녀와 우다얀이 체트라에 있는 집에서 남편과 아내로서 처음으로 함께 누워 덮었던 것과 같은 면 이불도 없었다. 그날 저녁의 시원한 날씨에 우다얀과 가우리는 서로의 품을 파고들었고, 그녀의 욕망을 저지해왔던 얌전함은 이내 허물어졌다.

혼인신고 후 수바시는 그녀를 데리고 여권을 신청하러 갔고, 이어 비자를 신청하기 위해 미국 영사관으로 갔다. 비자 발급 담당관은 두 사람이 행복할 거라 여기고 축하해주었다.

나는 어렸을 때 로드아일랜드에서 여름을 보내곤 했어요, 수바시가 사는 곳을 알게 된 그가 말했다. 그의 할아버지가 로드아일랜드에 있는 브라운대학에서 문학을 가르쳤다고 했다. 그는 그곳의 해변에 대해 수바시에게 얘기해주었다.

그곳이 마음에 들 거예요, 그가 가우리에게 말했다. 가우리의 비자 발급이 빨리 진행되도록 힘쓰겠다고 했으며, 두 사람에게 행운을 빌었다.

며칠 뒤에 수바시는 떠났다. 또다시 그녀만 시부모님과 함께 지냈다. 또다시 시부모님은 그녀에게 말을 건네지 않고 생활했다. 이미 그녀가 거기 없는 것처럼 행동했다.

비행기를 타고 미국으로 떠나던 날 저녁에 마나시가 찾아왔다. 그녀와 함께 공항까지 가서 배웅하려는 것이었다. 그녀는 시부모님 앞에서 몸을 굽히고 그들 발의 먼지를 털어주었다. 시부모님은 그녀가 떠나기를 기다렸다. 그녀는 안뜰의 목제 여닫이문을 열고 나가서 덮개가 없는 하수구를 건넌 다음, 마나시가 모퉁이에서 불러 세운 택시에 올랐다.

그녀는 톨리건지를 떠났다. 한 번도 환영받는 느낌을 가져보지 못한 곳, 오직 우다얀만을 위해서 갔던 곳. 그녀의 가구인 티크 목제 침실 세트는 아침 햇살이 강하게 비치는 정사각형 모양의 조그만 방에 마냥 방치될 것이었다. 우다얀과 그녀가 자신들도 모르게 아이를 잉태한 그 방에.

미국으로 떠나기 전 마지막으로 본 캘커타의 모습은 늦은 밤 풍경이었다. 차는 그녀가 다닌 어두워진 학교를 지나고, 문 닫힌 책방을 지나고, 그 시간에 길거리에서 담요를 뒤집어쓰고 잠을 자는 가족들을 지나쳐 달렸다. 얼마 후에는 조부모님 아파트 아래의 텅 빈 교차로를 지나갔다.

공항이 가까워졌을 때 브이아이피 로드에 안개가 쌓이기 시작하더니 곧 눈앞이 안 보일 정도로 짙어졌다. 운전사가 천천히 운전을 하다가 앞으로 나아갈 수가 없어서 차를 멈추었다. 마치 불길이 치솟는 곳의 두꺼운 연기에 휩싸인 듯했다. 그러나 뜨거운 열기는 없었고, 그들을 가둔 것은 축축하고 짙은 안개뿐이었다.

이것이 죽음이다, 가우리는 생각했다. 실체가 미약한, 그러나 집요한 이 안개가 모든 것을 멈춰 세웠다. 우다얀이 지금 보고 있는 것, 우다얀이 경험하고 있는 것도 이것이라고 그녀는 확신했다.

그녀는 결코 빠져나갈 수 없을 것 같은 생각에 심한 공포에 사로잡혔다. 차는 아주 조금씩 움직였다. 운전사는 부딪치지 않으려고 자주 경적을 울려댔다. 마침내 공항의 불빛이 시야에 들어왔다. 그녀는 마나시를 껴안으며 키스를 했다. 오빠가 그리울 거라고, 오빠만 그리울 거라고 말했다. 그러고 나서 짐을 챙겨 들고, 서류를 제시하고, 비행기에 탑승했다.

그녀를 제지하는 경찰이나 군인은 없었다. 우다얀에 대해 질문을 던지는 사람은 없었다. 그의 아내였다고 그녀를 괴롭히는 사람은 없었다. 안개는 걷혔고, 비행기가 이륙하는 데 문제 될 것은 없었다. 그녀가 이 도시 위로 날아올라 별 없는 깜깜한 하늘로 들어가는 것을 방해하는 사람은 아무도 없었다.

부엌의 벽에 걸린 달력에는 등대 하나만 있고 다른 것이 들어설 공간은 없는 바위섬 사진이 있었다. 성 패트릭 데이라는 게 눈에 띄었다. 우다얀의 스물일곱 번째 생일이 되었을 3월 20일이 공식적으로 봄의 첫날이었다.

그러나 아침에는 로드아일랜드의 추위가 심해서 창유리에 서리가 끼었고 만지면 얼음장 같았다.

어느 토요일에 수바시는 그녀를 데리고 가서 쇼핑을 했다. 환하게 불을 밝힌 커다란 백화점에서는 음악이 흘러나왔다. 그들에게 도움이 필요한지 묻는 사람은 없었고, 물건을 사는지 안 사는지 신경 쓰는 사람도 없는 것 같았다. 그는 그녀에게 외투와 부츠를 사주었다. 두꺼운 양말과 모직 스카프, 모자와 장갑도 사주었다.

그러나 이런 것을 착용할 일이 없었다. 그를 따라 백화점에 한 번 간 것 말고는 밖에 나가지 않았다. 그녀는 집 안에만 머물면서 쉬거나, 수바시가 매일 집에 가져오는 학교신문을 읽었다. 때때로 텔레비전을 켜서 재미없는 쇼를 보았는데, 젊은 여자들이 나와서 그들과 데이트하고 싶어 하는 총각들을 면담하거나, 남편과 아내가 다투는 척하다가 함께 아름다운 노래를 불렀다.

그는 가까운 곳에서 그녀가 할 수 있는 일들을 권했다. 대학 영상실에서의 영화 감상, 유명한 인류학 강의 청강, 학생회관에서 열리는 국제 공예품 전시회 구경 등이었다. 그는 대학 도서관에 가면 더 좋은 신문을 읽을 수 있고, 서점에서는 잡다한 물건들을 판다는 말을 해주었다. 그가 미국에 처음 왔을 때보다 대학 안에 인도인이 약간 더 많아졌다고 했다. 몇몇 여자들이나 다른 대학원생들의 아내를 친구로 사귈 수도 있을 거라고 했다. 당신이 준비가 되면 그렇게 해, 그는 그렇게 말하곤 했다.

우다얀과 달리 수바시는 오고 가는 것을 예측할 수 있었다. 그는 매일 저녁 같은 시간에 집에 왔다. 때때로 그녀는 우유나 빵이 떨어졌다는 말을 하기 위해 대학 실험실에 있는 그에게 전화를 했고, 그러면 그가 전화를 받았다. 그는 스스로 요리를 배워서 저녁을 만들었으므로 그녀는 끼어들지 않았다. 그는 아침에 냉동실에서 얼어붙은 요리 재료를 꺼내놓고 나갔다. 그러면 그 재료들은 낮 동안에 서서히 녹아서 내용물을 드러냈다.

이제는 요리 냄새를 맡는 게 캘커타에서처럼 괴롭지 않았지만 그녀는 여전히 괴롭다고 말했다. 밖에 나오지 않고 침실 안에 있을 좋은 구실이었기 때문이다. 수바시가 집에 없으면 불안해서 그가 아파트로 돌아오기를 온종일 기다렸지만, 막상 집에 오면 그녀는 그를 피했다. 결혼한 사이가 되어버린 그를 알게 되는 게 두려웠다. 두 사람의 삶이 결합되고 가까워지는 게 두려웠다.

결국 그는 문을 두드리고 이름을 불러서 그녀를 식탁으로 불러냈다. 식탁에는 상이 다 차려져 있었다. 접시 두 개, 물컵 두 개, 질게 지어진 밥 두 그릇이 그가 만든 다른 요리들과 함께 놓이곤 했다.

그들은 식사를 하면서 월터 크롱카이트가 데스크에 앉아 저녁 뉴스를 진행하는 것을 시청했다. 항상 미국 뉴스였다. 미국의 관심사와 활동만 보여주었다. 하노이에 폭탄을 투하한 일, 우주에 진입하기를 바라며 쏘아 올린 우주왕복선, 그해 연말께 치러지는 대통령 선거에 대비한 선거운동 따위였다.

후보들의 이름을 알게 되었다. 머스키, 매클로스키, 맥거번. 정당은 민주당과 공화당이 있다는 것을 알았다. 지난달에 중국을 방문한 리처드 닉슨이 마오쩌둥과 악수를 하여 세계의 이목을 끌었다는 뉴스도 있었다. 캘커타에 관한 뉴스는 없었다. 어떤 일들이 그 도시를 휩쓸었는지, 어떤 일이 그녀의 인생행로를 바꾸고 인생을 망가뜨렸는지 여기서는 보도되지 않았다.

어느 날 아침, 읽고 있던 책을 내려놓고 고개를 돌려 창문을 바라보았다. 칙칙한 잿빛 하늘이 눈에 들어왔다. 비가 내렸다. 막막하고 울적한 느낌이 들었다. 종일 집 안에만 있지만 갇혀 있는 느낌이 든 것은 처음이었다.

오후 들어 비가 그치자 그녀는 사리 위에 겨울 외투를 입고, 부츠를 신고, 모자와 장갑도 챙겼다. 그녀는 비에 젖은 인도를 걷다가 언덕을 오르고 이어 학생회관을 돌았다. 학생들이 들어 가고 나오는 모습이 보였다. 남학생은 주로 청바지에 재킷 차림 이었고 여학생은 검은 팬티스타킹에 짧은 모직 외투를 입었다. 그들은 담배를 피우며 서로 얘기를 나누었다.

그녀는 교정의 안뜰을 가로지르고, 쇠기둥에 하얀 백열전구 가 설치된 가로등을 지나갔다. 그녀가 생각했던 것보다 포근한 날씨여서 장갑과 모자는 필요 없었다. 비가 온 뒤라 공기는 싱 그러웠다.

교정의 반대편 쪽으로 가서 우체국 옆의 조그만 식료품 가게 로 들어갔다. 버터와 달걀 사이에서 크림치즈라는 것을 발견했 는데, 은박지로 포장한 것이 비누 같아 보였다. 그녀는 초콜릿일 지 모른다고 생각하며 그것을 샀다. 매일 수바시가 그녀를 위해 남겨두는 5달러짜리 지폐로 값을 치르고 잔돈은 외투의 깊숙 한 호주머니에 넣었다.

포장지 안에는 뭔가 농도 짙은 것이 들어 있었는데 차갑고 약간 시큼했다. 그녀는 식료품 가게의 주차장에 서서 그것을 조 각내어 먹어보았다. 크래커나 빵에 발라 먹는다는 것을 모른 채, 입안에서 느껴지는 예기치 않은 맛과 질감을 음미했다. 포장 지도 깨끗이 핥았다.

그녀는 학교의 다른 곳들도 찾아다니기 시작했다. 약학과, 외국어학과, 정치학과, 역사학과 등 교정 안뜰 주위에 모인 다양한 학과의 건물들을 드나들었다. 건물들에는 워시번, 루스벨트, 에드워즈 같은 이름이 있었다. 아무나 들어갈 수 있었다.

교실과 교수 연구실이 복도에 늘어서 있는 것을 보았다. 게시판에는 예정된 강연과 학술회의를 알리는 내용이 부착되었고, 진열 선반에는 그 대학 교수들이 출판한 책들이 진열되었다. 그녀의 출입을 막거나 신분을 묻는 경비원은 없었다. 수개월 동안 프레지던시대학 본관 건물 바깥에서 모래주머니 위에 앉아 경비를 서던 무장한 군인 따위는 여기에는 없었다.

낙살바리 봉기가 발생한 지 1년 후 로버트 맥나마라당시의 미국 국방장관가 캘커타를 방문하던 날, 그는 공항에서 시위를 벌인 공산주의자들 때문에 헬리콥터를 타고 시내 중심부로 들어갈 수밖에 없었다. 시위대가 그의 차를 통과시키지 않은 것이었다. 그날 그녀는 대학교 교정에 있었다. 헬리콥터가 대학가 위로 지나갈 때 학생들이 한 대학 건물의 옥상에서 돌멩이를 던졌다. 학생들은 캘커타대학의 부총장을 그의 사무실에 감금했다. 가우리는 전차가 불태워지는 것도 보았다.

어느 날 철학과가 그녀의 눈에 띄었다. 층계 진 좌석이 있는 넓은 계단강의실이 눈앞에 나타났다. 출입문은 아직 열려 있고, 학생들이 계속 들어가고 있었다. 그녀는 맨 뒷자리에 앉았다. 교수님의 머리꼭지가 내려다보일 만큼 높았다. 여차하면 슬그머니 밖으로 나갈 수 있도록 문 가까이에 잡은 자리였다. 아무튼 오랫동안 걸어서 다리가 무겁던 터라 앉게 된 것을 감사했다.

옆에 앉은 학생의 강의 계획표를 눈여겨보고 학부 과정이라는 것을 알았다. 고대 서양철학 개론이었다. 헤라클레이토스, 파르메니데스, 플라톤, 아리스토텔레스 등을 다루었다. 대부분 익숙한 내용이었지만 그녀는 수업이 끝날 때까지 앉아서 들었다. 그녀는 플라톤의 상기설을 설명하는 대목에서 귀를 기울였다. 상기설에 따르면 학습이라는 것은 재발견 행위이고, 지식이라는 것은 기억하기의 한 형식이었다.

교수는 스웨터에 청바지를 간편하게 입었는데, 강의 중에 담배를 피웠다. 짙은 갈색 콧수염을 길렀고 머리는 많은 남학생들처럼 장발이었다. 출석부를 부르지도 않았다.

주변의 학생들도 담배를 피웠다. 뜨개질을 하는 학생도 있었다. 몇몇은 눈을 감고 있었다. 뒷자리에 앉아 서로 다리를 꼭 붙이고 있는 남녀 한 쌍도 있었다. 남학생은 팔로 여학생의 허리를 두른 채 여학생의 스웨터 천을 어루만졌다. 그러나 가우리는 자기도 모르게 강의에 집중했다. 뒤늦게 내용을 필기하고 싶어진 그녀는 종이와 펜을 찾으려고 자신의 가방을 뒤졌다. 종이가 없자 그녀가 가지고 다니는 학교신문의 여백에 필기를 했다. 나중에 아파트에서 발견한 메모장에 자신이 쓴 내용을 옮겨 적었다.

그녀는 일주일에 두 번씩 남몰래 그 수업에 참석하기 시작했다. 도서 목록에 교재의 제목을 적고, 수바시의 카드를 빌려 도서관에 가서 책을 몇 권 대출했다.

그녀는 눈에 띄지 않게 다니며 익명으로 남아 있으려 했다. 그러나 어느 날 강의에 몰입한 나머지 손을 번쩍 들었다. 교수는 아리스토텔레스가 말한 형식 논리학의 규칙에 대해 얘기하고, 타당한 생각과 근거가 빈약한 생각을 구별하는 데 쓰이는 삼단논법에 대해 얘기했다.

변증법적 추론은 어떤가요? 기존에 확립된 현실과는 대조적인 변화와 모순을 인정하는 거 말입니다. 아리스토텔레스는 그걸 용인했나요?

용인했지. 하지만 헤겔 이전에는 그 개념에 크게 주목한 사람은 없었어, 교수가 말했다.

교수는 가우리가 그 수업의 정상적인 학생인 것처럼 대답했다. 그리고 자연스럽게 강의의 진행을 그녀의 질문을 토대로, 그녀가 제기한 문제를 설명하는 식으로 바꾸었다.

철학 수업을 듣는 것은 그녀의 작은 일상이 되었다. 수업이 끝나면 학생들의 인파를 뒤따라 나왔고, 학생회관에 있는 구내식당으로 가서 점심을 먹었다. 그릴에 구운 감자튀김과 버터 바른 빵과 차를 주문했고, 이따금 아이스크림을 사 먹기도 했다.

구내식당의 한쪽 끝에서 실내를 바라보았다. 커다란 시계가 벽돌 벽에 붙박여 있었다. 숫자도 없고 초침도 없었으며, 그저 시침과 분침을 나타내는 금속 부품이 표면에 포개어져 있을 뿐이었다. 커다란 시침과 분침이 종일토록 만났다가 헤어지곤 했다.

가우리는 남과 어울리지 않았다. 그녀는 우다얀의 아내가 아니라 수바시의 아내였다. 그녀를 아는 사람이 없는 로드아일랜드에서도, 심지어 대학 교정에서도 그녀는 누군가 자신에게 질문을 던지고 자신이 한 행동을 힐난할 것에 대비했다.

그렇지만 그녀에게 관심을 보이지 않으면서도 주변에 있는 사람들과 함께 시간을 보내는 게 좋았다. 잠시 휴식을 취하러 테라스에 나가 햇볕을 쬐며 얘기를 나누고 담배를 피우는 사람들, 실내나 휴게실이나 오락실에 모여 텔레비전을 보거나 당구 경기를 하는 사람들과 함께 있는 게 좋았다. 다시 도시에 있는 것 같은 생활이었다.

여자 화장실에 딸린 휴게실은 오아시스 같은 곳이었다. 흰색 양탄자가 깔린 엄청 넓은 전용 공간에 거울이 달린 기둥이 있고, 앉아 쉴 수 있으며 심지어 누울 수도 있는 소파가 있고, 소파와 소파 사이에 입식 재떨이가 있었다. 기차역의 대합실 또는 호텔의 휴게실 같은 곳으로 그녀와 수바시가 살고 있는 아파트보다 더 넓고 더 안락했다. 그녀는 종종 이곳에서 앉아 쉬거나 학교신문을 뒤적이고 미국인 여학생들을 관찰했다. 여학생들은 여기 와서 립스틱을 다시 바르거나 몸을 숙이고 머리를 빗었다.

학교신문은 때때로 특집 기사를 실었는데, 미국에서 흑인으로 또는 여자로, 동성애자로 살아가는 것의 의미 등을 주제로 다루었다. 착취의 형태, 개인 정체성에 초점을 맞춘 긴 글이 실리곤 했다. 그녀는 우다얀이 너무 제멋대로라고 자신을 경멸하지 않을지 궁금했다. 자신의 삶을 주장하고 향상하는 데는 열심이면서 타인의 삶을 바꾸는 데는 관심이 덜하다고 깔보지 않을까 궁금했다.

출산 예정일이 언제예요? 어느 날 휴게실에서 그녀 옆에 앉아 담배를 피우던 학생이 물었다.

몇 달 뒤예요.

고대 철학 수업 듣죠?

그녀는 고개를 끄덕였다.

나는 수강 철회해야 했는데. 내용이 나에겐 너무 어려워요.

그 학생은 태평해 보였다. 기다란 은귀고리를 찼고 속이 비치는 얇은 블라우스에 무릎 높이의 치마를 입었다. 그녀의 몸은 가우리와는 달리 걸리적거리는 게 없었다. 가우리는 매일 아침 긴 실크 천을 몸에 두르고 주름을 잡아 속치마 속에 집어넣었다. 열다섯 살에 드레스를 그만 입게 된 이후로 줄곧 입어온 사리였다. 우다얀과 결혼 생활을 하는 동안 입었고 지금도 계속 입고 있는 옷이었다.

당신 옷이 마음에 들어요, 그 여학생이 가려고 일어서면서 말했다.

고마워요.

그러나 그 여학생이 나가는 것을 보면서 가우리는 자신이 촌스럽다는 느낌이 들었다. 자신도 대학 교정에서 보는 다른 여학생들처럼 보이고 싶다는 생각이 들기 시작했다. 우다얀이 본 적 없는 여자처럼 보이고 싶었다.

4월이 왔다. 학생들은 햇볕을 반기며 교정의 안뜰이나 학생회관의 양지바른 곳에 모여들었다. 나무에는 흰 꽃이 활짝 피었다. 금요일 오후, 학생들이 학생회관 밖에서 줄을 선 모습이 눈에 들어왔다. 다들 조그만 여행 가방이나 배낭, 빨랫감을 담은 자루를 메고 들었다. 학생들이 몇 대의 커다란 은색 버스에 올라탔다. 주말을 보낼 곳으로 데려다주는 버스였다. 그들은 보스턴이나 하트퍼드나 뉴욕 시로 갔다. 가우리는 학생들이 집에 가서 부모님을 뵙거나, 남자 친구나 여자 친구를 만나 일요일 저녁까지 시간을 보내는 거라고 짐작했다.

그녀는 배웅할 사람이 없으면서도 이 떠남의 의식을 지켜보는 것이 좋았다. 운전사가 학생들의 짐을 버스의 짐칸에 실어주는 모습과 학생들이 자리에 앉는 모습을 지켜보는 게 좋았다.

학생들이 가는 곳은 어떤 풍경일까 궁금했다.

차에 탈 거예요? 한 학생이 그녀를 도와주려 하며 물었다.

그녀는 고개를 저으며 무리에서 빠져나왔다.

대학의 보건실에서 그녀에게 읍내에 있는 산부인과를 찾아가 보라고 했다. 수바시가 그녀를 차로 데려다주고 대기실에 앉아 기다렸다. 플린이라는 은발의 의사가 그녀를 진찰했다. 의사의 얼굴은 분홍색이었고, 많은 나이에도 살가워 보였다. 간호사가 진료실의 구석에 서자 의사가 노련하게 그녀의 몸속을 살폈다.

몸은 좀 어때요?

좋습니다.

밤에 잠은 잘 자요?

네.

두 사람 몫만큼 먹나요? 아기의 발길질이 활발하지요?

그녀가 고개를 끄덕였다.

아기가 엄마를 힘들게 하는 건 이제 시작일 뿐이에요. 의사가 빙긋 웃으며 말하고 나서 한 달 뒤에 다시 오라고 했다.

의사가 뭐래? 예약이 끝나고 다시 차에 들어갔을 때 수바시가 물었다.

그녀는 닥터 플린이 한 말을 전달해주었다. 이제 아기의 키는 30센티미터, 몸무게는 900그램 정도였다. 아기의 손짓이 활발하며 눈은 빛에 민감한 시기였다. 장기가 계속 발달하여 뇌와 심장, 폐 등이 그녀의 몸 밖에서 살아갈 준비를 했다.

수바시는 장을 봐야 한다고 말하며 슈퍼마켓으로 차를 몰았다. 수바시가 같이 가자고 했으나 그녀는 차 안에서 기다리겠다고 했다. 그는 그녀가 라디오를 들을 수 있도록 열쇠를 그대로 꽂아두었다. 그녀는 안에 뭐가 들어 있는지 궁금하여 차의 사물함을 열었다.

뉴잉글랜드 지도와 손전등, 성에 제거기, 자동차 사용 설명서가 있었다. 그때 뭔가 눈에 띄는 게 있었다. 여자 머리 고무줄이었다. 금색이 얼룩덜룩 섞인 빨간 고무줄이었다. 그녀의 것은 아니었다.

가우리는 자기 앞에 누가 있었다는 것을 알아차렸다. 한때 어떤 미국인 여자가 지금의 자신의 자리를 차지했던 것이다.

아마 무슨 이유에선가 그 관계는 지속되지 못했을 것이다. 어쩌면 수바시는 가우리가 주지 않는 것을 얻으려고 계속 그 여자를 만나고 있는지도 몰랐다.

그녀는 머리 고무줄을 제자리에 두었다. 고무줄에 대해 그에게 묻고 싶은 마음이 전혀 없었다.

가우리는 자신이 그의 인생에 유일한 여자가 아니라는 사실에 안도했다. 그녀 역시 대체된 사람이라는 것에 안도감을 느꼈다. 그녀는 호기심을 느꼈지만 질투심은 전혀 느끼지 않았다. 오히려 그가 뭔가를 숨길 줄 안다는 것이 고마웠다.

이 일은 그와 결혼한 자신의 행위가 잘못된 게 아니었음을 깨닫게 해주었다. 어려운 시험을 치렀는데 결과적으로 높은 점수를 얻은 것과 같았다. 새 남편과 계속 거리를 유지하는 것을 정당화해주었으며, 그를 사랑하지 않아도 될 것 같다는 생각이 들게 했다.

어느 주말에 수바시는 가우리를 해변으로 데려가서 이곳에서의 그의 삶의 중심처럼 여겨졌던 것들을 보여주었다. 잿빛 모래는 설탕보다 더 고왔다. 그녀가 허리를 굽혀 모래를 집어 들자 모래는 즉시 손가락 사이로 흘러내렸다. 거칠게 피부를 쓸어내리는 물 같은 느낌이었다. 모래언덕에는 풀들이 듬성듬성 자랐다. 회색과 흰색이 한데 섞인 새들은 마치 해변을 걷는 노인처럼 뻣뻣하게 걷거나 물속으로 휙 날아들었다.

물결은 낮았고 물결이 부서지는 자리는 발그레했다. 그녀는 수바시를 따라 신발을 벗고 돌멩이와 해초를 피해가며 걸었다. 그는 물이 들어오고 있다고 말했다. 물 위로 돌출한 바위를 가리키며 한 시간쯤 지나면 저게 수면 아래로 잠길 거라고 했다.

조금 걷자, 그가 제안했다.

그러나 맞바람이 불어와 앞으로 나아가는 게 너무 성가시고 추워서 그녀는 몇 걸음 걷다가 멈추었다.

아이들이 해변 여기저기에 흩어져 있었다. 웃옷으로 몸을 감싼 채 바위를 오르거나 모래밭을 달렸다. 아직 수영을 하기에는 너무 추워서 아이들은 구덩이와 구멍을 파거나 다리를 활짝 펴고 납작하게 누웠다. 진흙 더미에 조약돌로 장식을 하는 아이들도 있었다. 그 아이들을 보면서 그녀는 자기 아이도 이런 것들을 하며 이렇게 놀지 않을까 생각했다.

아기 이름 생각해봤어? 그가 물었다. 자신의 마음을 읽은 것만 같았다.

그녀는 고개를 저었다.

벨라는 어때?

그녀는 마뜩잖았다. 이름이 아니라 그가 이름을 제안했다는 사실이 마뜩잖았다. 그러나 자신이 이름을 생각하지 않은 것은 사실이었다.

저지대

괜찮은 것 같아요, 그녀가 말했다.

남자 이름은 생각하지 못했어.

남자아이가 아닐 것 같아요.

왜?

상상이 안 돼서요.

가우리, 잘한 거 같아?

뭐가요?

여기 온 것. 여기서 사는 게 도움이 돼?

그녀는 처음에는 대답하지 않다가 잠시 후에 말했다. 그래요, 떠나온 게 도움이 돼요.

당신 동생도 이곳에 있을 거예요, 그녀가 덧붙였다. 이 아이는 그이가 원했든 원치 않았든 그이가 책임져야 했는데…….

내가 책임지고 키울 거야, 가우리. 내가 약속했잖아.

그녀는 그가 책임을 떠맡은 것에 감사하는 마음을 표현하지 못했다. 그녀는 그가 우다얀보다 어떤 면에서 더 좋은 사람인지 전달하지 못했다. 그녀는 그가 여러 가지 이유로 자신을 다르게 대우함으로써 자신을 보호해주고 있다는 것을 말하지 못했다.

그녀는 축축한 모래밭에 자신들이 남긴 발자국을 뒤돌아보았다. 톨리건지에 있는 집의 안뜰에 변함없이 남아 있는 우다얀의 어린 시절 발자국과는 달리, 그들의 발자국은 밀려오는 바닷물에 깨끗이 씻겨 이미 사라지고 있었다.

2

그는 새 학기를 2주 늦게 시작해서 수업을 따라잡아야 했고 그 와중에 이사도 했다. 이사를 간 곳은 결혼한 학생과 가족들을 위해 마련된, 가구가 비치된 아파트였다. 더블 침대에 알맞은 침대 깔개를 샀고, 게시판에 물건을 파는 광고를 낸 사람들에게 전화하여 가우리를 위해 새 살림을 장만했다. 접시와 냄비 몇 개, 염좌 화분, 흑백텔레비전을 구입하여 기우뚱거리는 카트에 싣고 왔다.

그녀의 몸을 본 것이라곤 그녀가 샤워를 마치고 욕실에서 나올 때 언뜻 본 게 전부였다. 리처드와 한 집에서 생활한 뒤로 다른 사람과 공간을 공유하면서도 혼자 지내는 데 익숙했다. 그는 저녁에 침실의 옷장에서 다음 날 입을 옷을 꺼내놓았다. 아침에 그녀를 방해하지 않으려는 뜻이었다.

밤에 종종 그녀의 방문이 열리는 것을 알아차렸다. 화장실에 가거나 물을 한 잔 마시러 나온 것이었다. 그녀가 소변을 볼 때면 그는 몸을 움직이지 않고 가만히 있었다. 이른 아침의 햇빛 속에서 수바시는 그녀가 습관적으로 하고 다니는 올린 머리에

서 머리카락이 맥없이 삐져나와 나뭇가지의 뱀처럼 매달린 것
을 보았다. 그녀는 빈집에 혼자 있는 것처럼 거실을 걸었다. 마
치 수바시가 거기 없는 것처럼.

그는 아이가 태어나면 이런 일들이 바뀔 것이라고 믿었다. 아
이가 자신들을 합쳐줄 거라고 믿었다. 처음에는 부모로서, 그런
다음에는 남편과 아내로서.

한번은 한밤중에 악몽에 시달리는 그녀의 목소리를 들었다.
동물처럼 끙끙거리는 소리에 놀랐다. 이를 악물고 입을 다문 채
쥐어짜듯이 지르는 비명이었다. 사람의 소리였지만 말은 아닌
분노의 표현이었다. 그는 소파에 누워 그녀의 고통에 귀 기울였
다. 동생의 죽음을 다시 체험하고 있는 듯싶은 소리에 귀 기울
이면서 그녀의 공포가 지나가기를 기다렸다.

그는 나라시만과 마주쳤는데, 나라시만이 물어보기에 자신
의 근황을 말해주었다. 자신의 연구 과제를 거의 끝냈고, 늦은
봄에 자격시험을 치를 거라고 했다. 동생이 인도에서 죽었다고
했다. 자신은 지금 아내가 있으며 임신했다고 했다. 동생의 아내
와 결혼했다는 사실은 밝히지 않았다.

동생의 건강이 안 좋았나?

살해당했어요.

어떻게?

준군사 요원이 총을 쏘았어요. 동생은 낙살라이트였거든요.

안됐네. 너무 안타까운 죽음이야. 자넨 곧 아빠가 되겠군.

예.

너무 오랜만에 만났는데 언제 아내랑 우리 집에 와서 함께 저녁 식사나 하는 게 어떤가?

그는 봉투 뒷면에 적은 주소와 위치를 보고 집을 찾았다. 낯선 도로에서 약간 길을 잃었다. 그 집은 나무가 우거진 흙길을 따라 들어가는 숲 속에 있었고, 제대로 된 잔디밭이 없었으며, 다른 집은 눈에 보이지 않았다.

그들은 나라시만과 케이트가 초대한 그 대학 소속의 많은 인도인 부부 중 한 쌍이었다. 그중 몇몇은 이미 아이가 있었는데, 아이들은 집의 두 면을 둘러싼 목제 테라스에서 나라시만의 아이들과 함께 뛰어다니며 놀았다. 나라시만이 수바시와 가우리를 다른 사람들에게 소개했다. 대부분이 공학이나 수학을 전공하는 대학원생과 그들의 아내였다. 많은 여자들이 집에서 요리한 음식을 가지고 왔다. 콩 요리와 채소 요리, 사모사, 그리고 케이트가 대접하는 라자냐와 샐러드에 어울리는 맛있는 반찬 등이었다.

널빤지로 꾸민 넓은 거실은 음식을 들고 앉거나 서서 얘기를 나누는 손님들로 가득했다. 책장에는 책이 가득 찼고, 이름 모를 식물의 화분들이 천장에서 내려온 실로 엮은 화분 걸이에 담겨 허공에 매달렸으며, 턴테이블 옆에는 음반이 잔뜩 쌓였다. 창문에는 커튼이 없고 바깥의 나무 풍경뿐이었다. 벽에는 색색의 대담한 얼룩으로 표현한 추상화가 걸렸는데, 케이트가 그린 것이었다.

그는 가우리가 다른 여자들과 어울리는 것을 보고 안도했다. 가우리는 예쁜 사리를 입었다. 아기는 이제 그녀를 압도할 정도였다. 몇몇 여자가 가우리의 배에 손을 대는 것을 보았다. 그들이 아이들에 대해, 요리법에 대해, 다음 해에 학교에서 디왈리 축제를 개최하는 것에 대해 얘기하는 것을 들었다. 그는 가우리와 함께 온 것을 고맙게 생각했고, 가우리와 함께 다닐 수 있다는 것을 알게 된 것이 감사했다. 그들이 하나로 인사받고 하나로 여겨지는 것이 감사했다.

가우리가 그의 아내라는 것이나 그가 곧 그녀 아이의 아빠가 된다는 것을 의심하는 사람은 없었다. 모두 그들의 행복을 빌었다. 나라시만 부부는 케이트가 치워놓은, 예전에 두 아들이 사용하던 물건을 그들에게 챙겨 주었다. 접을 수 있는 아기 침대, 수건과 담요, 인형에 사용했을 듯싶은 모자와 파자마 등이었다.

다시 차로 들어가 수바시가 운전을 하며 왔던 길로 돌아갈 때 가우리는 조용했다. 나라시만의 집에 가는 동안에는 책을 읽었으나 지금은 날이 어두워 주의를 딴 데로 돌릴 만한 게 없었다.

그 여자분들 친절해 보이던데. 누구였더라?

이름이 기억 안 나요, 그녀가 말했다.

다른 사람과 어울릴 때 보여준 활기가 사라지고 없었다. 그녀는 피곤해 보였다. 귀찮은 것인지도 몰랐다. 그는 그녀가 정말로 즐거웠던 것은 아니고 즐거운 척했을 뿐일지 모른다고 생각했다. 그렇지만 그는 물러서지 않았다.

우리도 다음에 그분들 중 몇 명을 집으로 초대해야 하지 않을까?

당신이 결정하세요.

아기가 태어난 후엔 그분들이 도움이 될 거야.

난 그분들의 조언이 필요 없어요.

내 말은 친구로 지내면 좋을 거라는 뜻이야.

내 시간을 그들과 함께 어울리는 데 쓰고 싶지 않아요.

아니, 왜?

난 그들과 공통점이 없어요, 그녀가 말했다.

며칠 후 그가 집에 돌아왔을 때 가우리가 거실에 보이지 않았다. 그녀는 보통 그 시간에는 소파에 앉아 책을 읽거나 필기를 하거나 차를 한 잔 마셨다.

그는 침실 문을 두드렸다. 대답이 없자 문을 조금 열었다. 방은 어두웠지만 그녀가 침대에 없는 것은 알아볼 수 있었다. 그는 그녀의 이름을 소리쳐 불러보았다. 산책을 나간 게 아닐까 하는 생각이 들었다. 그렇지만 저녁 먹을 시간이 가까웠고 날은 어두워졌으며, 두어 시간 전에 그녀가 잘 있는지 보려고 학교에서 전화했을 때 외출한다는 얘기는 전혀 없었다.

그는 가스레인지로 가서 차를 끓이려고 물을 올렸다. 그녀가 어딘가에 쪽지를 남기지 않았을까 생각했다. 순간 아기에게 무슨 일이 생긴 건 아닐까 하는 두려운 생각이 뇌리를 스쳤다. 그는 화장실을 살펴보았다. 다시 침실로 가서 이번에는 불을 켰다.

화장대 위에 그녀가 보통 부엌 서랍에 넣어두고 쓰는 가위가 놓였고, 그와 함께 그녀의 싹둑 잘린 머리 뭉치가 있었다. 방바닥의 한쪽 구석에는 그녀의 모든 사리와 속치마와 블라우스가 다양한 모양과 크기의 띠와 천 조각으로 찢겨져 있었다. 흡사 어떤 동물이 그 천을 이빨과 발톱으로 갈기갈기 찢어놓은 것 같았다. 그녀의 옷장 서랍을 열어보니 텅 비었다. 그녀가 모두 꺼내서 찢어발긴 것이었다.

몇 분 뒤, 그녀가 자물쇠에 열쇠를 꽂는 소리가 들렸다. 그녀의 머리털이 턱뼈를 따라 뭉툭하게 달라붙어 있었는데, 그 때문에 얼굴이 딴판으로 달라졌다. 그녀는 바지와 회색 스웨터를 입었다. 옷이 살을 가리긴 했지만 가슴과 탱탱하게 불룩해진 배의 윤곽을 도드라지게 했다. 허벅다리의 모양도 도드라졌다. 그는 그녀에게서 시선을 돌렸지만 이미 맨가슴의 모습이 머릿속에 들어와버렸다.

어디 갔다 왔어?

학생회관 앞에서 버스를 타고 읍내에 갔다 왔어요. 거기서 몇 가지 것들을 샀어요.

머리는 왜 잘랐어?

싫증이 나서요.

옷은?

그것들도 싫증이 났어요.

그는 그녀가 난장판으로 어질러놓은 것에 대해 한마디 사과도 없이 침실로 들어가는 것을 지켜보았다. 새로 사 온 옷을 아무렇게나 넣어두고 나서 옛날 옷들은 쓰레기 봉지에 처넣었다. 그는 처음으로 그녀에게 화가 났다. 그러나 그녀의 행동이 비생산적이라거나 자신의 마음이 언짢다는 말은 차마 하지 못했다. 그런 파괴적인 행동이 아이에게 좋을 리가 없다는 말도 하지 못했다.

그날 밤 소파에서 잠을 자면서 처음으로 가우리 꿈을 꾸었다. 그녀는 머리를 짧게 깎았고 속치마와 블라우스만 입었다. 그는 그녀와 함께 식탁 밑에 있었다. 그는 발가벗은 채 두 다리를 벌리고 그녀 위에 올라타서 홀리와 사랑을 나누었던 것처럼 그녀와 사랑을 했다. 그의 몸은 딱딱한 타일 바닥 위에서 그녀의 몸과 뒤엉켰다.

눈을 떴다. 어리둥절했지만 여전히 달뜬 상태였다. 그는 거실의 소파에 혼자 있었고, 가우리는 침실에서 자고 있었다. 그들은 결혼한 사이고 그녀는 이제 그의 아내였다. 그런데도 죄책감이 들었다.

그는 아직 너무 이르다는 것을 알았다. 아기가 태어나기 전에 그녀에게 접근하는 것은 적절치 못한 행동이라는 것을 알았다. 그는 동생의 아내를 물려받았다. 여름이 되면 동생의 아이를 물려받을 것이다. 그러나 그녀에 대한 육체적인 욕구는…… 둘이 함께 살면서도 따로 사는 이 아파트에서 잠을 자다 꿈에서 깨어난 그는 자신이 그 욕구도 물려받았다는 것을 더 이상 부인하지 못했다.

3

여름이 다가오면서 그녀는 에어컨이 가동되는 도서관에서 더 많은 시간을 보내기 시작했다. 그곳은 자신을 드러내지 않고 오로지 눈앞의 책장에만 정신을 집중하며 열심히 지낼 수 있는 공간이었다.

그녀 쪽에 바닥에서 천장까지 유리로 된 직사각형의 기다란 창이 있어서 교정을 내다볼 수 있었다. 녹색으로 변한 나무 위로 햇빛이 흘러들었다. 몇 주만 지나면 잎은 더욱 푸르고 무성해질 것이었다. 그녀가 앉은 책상에서 주변의 숲과 들을 볼 수 있었다. 교정 안뜰은 졸업식을 준비하느라 경계를 표시하는 흰 로프를 쳤으며 지금 한창 하얀 접의자를 여러 줄로 배열하고 있었다.

6월에는 아무도 눈에 띄지 않았다. 학기가 끝나고 대학생들이 떠난 뒤라 사람 소리를 듣기 어려웠다. 돌탑에 있는 학교 시계의 멜로디만이 또 한 시간이 지났음을 일깨워주었다. 도서관 안에서는 찍찍거리는 나무 카트의 고무바퀴 소리가 들렸다. 사서가 여기저기에 카트를 세우고 빠진 책들을 다시 제자리에 채워 넣었다.

도서관의 그 층에 그녀 혼자 있는 경우가 많았다. 질서 있고 깨끗한 분위기는 새로 문을 연 병원의 분위기와 비슷했다. 계단통은 건물의 중앙에 위치했다. 낮은 계단은 고무를 씌워서 오르기 쉬웠고 서로 단절되어 있는 것처럼 보였는데, 꼭대기까지 그대로 이어졌다.

그녀는 철학 코너 가까이에 앉았다. 서가를 무작위로 훑어보다가 홉스와 한나 아렌트를 꺼내 읽고 필요한 내용을 공책에 적었으며, 읽고 나서는 늘 다시 원래의 자리에 끼워놓았다. 그녀는 냉동실의 얼음 틀을 크게 확대한 모양의 형광판이 위에서 빛을 내며 나직이 웅웅거리는 소리에도 신경 쓰지 않았다. 허리 위로 개인 열람실의 삼면에 둘러싸여 하얀 칸막이를 마주하고 앉았는데, 딱딱한 나무 의자에 등의 일부가 눌렸다. 배 속에 웅크린 아기가 그녀와 함께하기도 하고 그녀를 내버려두기도 했다.

7월이 되자 아파트로 돌아가기 위해 밖에 나와 걸으면 금세 온몸에 땀이 났다. 땀방울이 등 한가운데서 여행하듯 굴러떨어지는 것을 느꼈다. 습기를 머금은 공기는 무거웠고, 하늘은 종종 위협적인 모습을 드러냈지만 비를 내려보내지는 않았다. 순수한 열기가 다른 소리들을 침묵시키는 것만 같았다.

그녀는 이런 날씨에서 자랐다. 그러나 이곳은 몇 달 전만 해도 밖에 나와 걸으면 하얀 입김을 볼 수 있을 만큼 추웠다는 것을 생각하면 이런 날씨는 너무 놀라웠고 비정상적으로 여겨질 정도였다.

학기가 끝났으므로 몇몇 대학 건물, 몇몇 기숙사와 행정실은 문을 닫았다. 그녀는 보통 도서관을 나와 아파트에 이를 때까지 주변에 아무도 없이 교정을 줄곧 혼자서 걷곤 했다. 마치 파업이 진행 중이거나 통행금지령이 내리기라도 한 것 같았다. 나무에 사는 메뚜기의 기계적인 울음소리가 들렸다. 메뚜기의 높은 울음소리는 간헐적인 사이렌 소리 같았는데, 특별할 게 없는 평온한 장소에 존재하는 유일하게 불길한 요소였다.

진통은 닥터 플린이 예상한 날보다 사흘 전에 도서관에서 시작되었다. 두 다리 사이에서 압박감을 느꼈다. 아기의 머리가 납덩이처럼 갑자기 열 배쯤 무거워졌다. 그녀는 아파트로 돌아가서 가방을 쌌다. 수바시가 곧 집에 올 거라는 것을 알았으므로 그를 기다렸다.

경련이 일어 화장실의 수건걸이를 꽉 붙잡고 몸을 웅크렸다. 수건걸이가 벽에서 빠질 것만 같았다. 수바시는 집에 돌아와서 한 팔로 그녀의 몸을 부축하고 차로 데려갔다. 진통 때문에 걸음을 멈추어야 했을 때는 옆에 서서 그녀더러 그의 팔목을 꽉 쥐게 했다.

사물함을 밀어젖힐 것처럼 힘주어 움켜쥐었다. 병원까지 가는 동안 그녀가 견뎌낼 수 있는 방법은 그것뿐이었다. 그 자세로 가만히 있지 않으면 몸이 찢어질 것만 같았다.

갑자기 하늘에서 후끈한 여름비가 세차게 쏟아졌다. 앞 유리의 와이퍼가 좌우로 부지런히 움직였지만 차창을 통해 1미터 앞도 제대로 볼 수 없었으므로 수바시는 차의 속도를 줄여야만 했다. 그녀는 차가 통제력을 벗어나 휙 돌면서 차들이 마주 오는 맞은편 차선으로 미끄러지는 상상을 했다.

그녀는 캘커타를 떠나던 날 밤 공항으로 가는 길에서 만난 안개를 떠올렸다. 그날 밤 그녀는 안개를 헤치고 나아가기를, 안개를 빠져나가기를 간절히 바랐다. 그러나 지금은 고통스럽고 위급함에도 그녀의 마음 한구석에서는 차가 멈추기를 원했다. 마음 한구석에서는 임신 상태가 계속되기를 바랐다. 고통이 가라앉고 아이가 태어나지 않기를 바랐다. 조금만이라도 더 출산이 늦어지기를 바랐다.

그러나 수바시는 자리에서 몸을 앞으로 기울이며 계속 차를 몰았다. 구르는 차바퀴에서는 연신 물이 흠뻑 튀었다. 이윽고 언덕 꼭대기에 있는 조그만 벽돌 병원이 시야에 나타났다.

그녀가 확신했듯이 딸이었다. 그녀는 자신의 희망이 이루어진 것에 안도했다. 어린 우다얀이 자신에게 돌아오지 않은 것에 안도했다. 그리고 수바시의 요청을 받아들여 그가 생각한 것을 아이의 이름으로 지은 게 어떤 면에서는 더 나았다.

아기를 밀어내면서 이를 앙다물었을 때 몸에 경련이 일었지만 그녀는 비명을 지르지 않았다. 저녁 여덟 시였다. 밖에는 아직 빛이 남아 있었고 비는 이제 그쳤다. 탯줄이 잘렸고, 순식간에 아기는 더 이상 가우리의 일부가 아니었다. 다른 사람들이 아기를 둘러싸고 씻기고, 몸무게를 재고, 담요로 감싸주었다. 잠시 후에 대기실에 있던 수바시를 불렀고, 벨라는 그의 품에 안겼다.

그녀는 로드아일랜드 해변의 갈매기 꿈을 꾸었다. 서로 날카롭게 끼룩거리며 공격했다. 모래 위에 피가 튀기고 깃털과 잘린 날개가 뒹굴었다. 우다얀이 죽은 뒤로 시간에 대한 그녀의 인식이 예민해졌다. 미래가 어렴풋이 나타나다가 급격히 빨라졌다.

아직은 거의 살아본 적이 없는 아기의 일생이 이미 그녀의 일생을 앞질러 갔다. 이것이 부모의 논리였다.

아기를 집에 데려오고 나서 둘 다 자기 나름대로 아기를 돌보았다. 그녀는 처음에는 마음 한편으로 벨라를 그와 공유하는 것에 반대했다. 온전히 그녀의 것인 경험에 그를 포함시키는 것이 마뜩잖았다. 그가 자신의 남편인 것과 벨라의 아빠가 되는 것은 별개의 문제였다. 출생증명서에 올린 그의 이름은 아무도 의심하지 않은 거짓이었다.

벨라는 가우리의 젖만 찾았고, 그녀의 품에 조용히 안기거나 가슴을 파고들었다. 벨라의 어린 마음에는 아무것도 들어 있지 않았으며, 심장은 피를 내보내는 단순한 기관일 뿐이었다.

벨라는 요구하는 게 거의 없었다. 그렇지만 모든 것을 요구했다. 벨라의 의식은 다 빼앗는 것이었다. 가우리의 몸속에 있는 모든 입자, 모든 신경을 다 빨아들였다. 병원에서 간호사가 했던 말이 옳았다. 모든 것을 그녀 혼자 할 수 없었다. 수바시는 그녀가 잠시 쉬거나 샤워를 하거나 식기 전에 차를 마실 수 있도록 자주 벨라를 넘겨받았고, 벨라가 울면 가우리가 힘들지 않게 자주 벨라를 맡아서 어르곤 했다. 그럴 때마다 그녀는 아무리 짧은 시간이라 해도 아이에게서 놓여나 한숨 돌리게 된 것을 부인할 수 없었다.

벨라는 양옆에 놓아둔 두 개의 베개 사이에서 잠을 잤다. 깨어 있을 때면 목을 천천히 돌려서 흐린 눈으로 방의 구석을 골똘히 살펴보곤 했다. 이미 뭔가 빠진 게 있다는 것을 아는 듯한 표정이었다.

잠을 잘 때 벨라는 온몸으로 숨을 쉬었다. 동물처럼 또는 기계처럼. 이 모습에 가우리는 무척이나 흐뭇했으나 한편으로는 공연한 걱정이 생겼다. 살아 있는 한 매번 숨을 쉴 때마다 굉장한 노력으로 이 세상의 모든 사람들이 함께 쓰는 공기를 빨아들인다는 게 걱정스러웠다.

임신 중일 때는 어려울 게 없어 보였다. 그러나 지금은 자신이 조금만 한눈을 팔아도 벨라에게 치명적인 일이 발생할 수 있다는 것을 알았다. 병원에서 벨라를 안고 나오면서 주차장으로 가려고 현관을 지나갈 때, 사람들이 주변을 전혀 살피지 않고 줄지어 힘차게 활보하는 것을 보고 그녀는 두려움을 느꼈다. 미국도 여느 나라와 마찬가지로 위험한 곳이라는 것을 알았고, 벨라를 위험으로부터 보호해줄 사람이 수바시 말고는 없다는 것을 깨달았다.

그녀는 자신도 모르는 사이에 똬리를 튼 상상에 시달렸다. 벨라의 머리가 뒤로 꺾이고 목이 부러지는 기괴한 상상이었다. 벨라가 가슴에 안겨 잠이 들 때면 가우리는 아이를 젖꼭지에서 떼어내는 걸 잊고 자신도 잠이 들어버려서 아이가 숨이 막혀 결국 멎어버리는 상상을 했다. 밤이면 벨라와 단둘이 있는 침실에서 가우리는 벨라가 바닥에 떨어지지 않을까, 자신이 뒤척이다 아이 위에 올라가서 아이를 짓누르지 않을까 걱정하기 시작했다.

아이를 데리고 수바시와 함께 교정으로 산책을 나간 날, 코카콜라를 사러 간 수바시를 기다리며 가우리는 아이를 품에 안고 학생회관의 테라스에 섰다. 처음에는 테라스의 가장자리에 섰으나 곧 뒤로 물러섰다. 자칫 몸놀림이 잘못되어 딸을 떨어뜨리지 않을까 두려웠던 것이다. 바람 한 점 없이 무더운 늦

저지대

은 여름날에 가만히 서 있으면서도 갑자기 바람이 불어와 벨라를 그의 품에서 떼어낼까 봐 두려웠다.

그날 저녁 아파트에서 가우리는 그러면 안 된다는 것을 알면서도 벨라의 목 뒤쪽을 지지하고 있는 자신의 손을 약간이라도 느슨하게 하면 어떻게 되는지 알아보고 싶어서 어깨의 힘을 살짝 빼보았다. 하지만 벨라의 생존 본능은 반사적이었다. 벨라는 즉시 깊은 잠에서 깨어나 엄마를 나무라는 듯한 반응을 보였다.

가우리가 이런 생각을 최소한으로 줄이는 방법은 한 가지뿐이었다. 자신의 마음에서 이런 충동을 없애는 것이었다. 벨라를 보는 시간을 줄이고, 수바시에게 대신 좀 보아달라고 부탁하는 것이었다.

그녀는 모든 엄마는 도움이 필요하다는 것을 되새겼다. 벨라는 자신의 아이고 우다얀의 아이라는 것을 되새겼다. 수바시가 그의 일이라고 여기는 것을 잘 해내며 큰 도움을 주고 있기는 하지만 단지 대역을 수행하고 있을 뿐이라는 것을 되새겼다. 나는 아이의 엄마다, 그녀는 자신을 타일렀다. 그토록 안간힘을 쓸 필요는 없다.

한밤중에 벨라가 깨어나서 울자 수바시는 노크도 없이 곧장 침실로 들어갔다. 아이를 안고 나와서 실내를 돌아다녔다. 아이가 어찌나 작은지 다시 보아도 새삼스러웠다. 아이의 무게는 아이를 감싼 담요의 무게일 뿐인 것만 같았다.

아이는 이미 그를 알아보는 것 같았다. 그가 친아버지를 사칭한 큰아버지라는 사실을 무시하도록 용납하며 그를 받아들이는 것 같았다.

그는 한 다리를 접어서 발목을 다른 쪽 다리의 무릎 위에 올려놓아 요람 같은 평평한 자리를 만들었다. 거기에 벨라를 누이고 말을 할 때, 벨라는 그의 목소리에 반응했다. 그의 접은 다리가 만든 둥지 속에서 넓적다리의 탄력에 몸을 의지하고 누운 벨라는 만족해하며 그와 눈을 맞추었다. 벨라를 보고 있으면 뭔가 중요한 일을 하는 느낌이 들었다. 얼마 전에 시작한 아이의 인생에 대단히 중요한 시간이라는 생각이 들었다.

어느 날 밤, 텔레비전을 끄고 벨라와 함께 침실로 들어갔다. 가우리는 등을 보인 자세로 잠들었다. 그는 침대의 다른 쪽에 걸터앉았다가 잠시 후에 등을 대고 누웠다. 벨라의 축축한 검은 머리를 가슴 위에 얹고 아이를 도닥이며 재웠다. 그는 벨라가 편히 몸을 놀릴 수 있도록 침대 위에서 다리를 뻗었다.

그는 어둠 속에서 눈을 뜬 채 침대 깔개 위에 계속 그대로 누워 있었다. 벨라가 자신의 몸 위에서 잠들었지만, 그의 의식은 이제는 임신 상태가 아닌 가우리에게 더 많이 쏠렸다. 그녀에 대한 호기심과 욕구는 그동안 더욱 강해졌을 뿐이었다. 지금 그는 자신의 몸 위에 누운 이 아이를 그녀가 어떻게 낳았을까 하고 경탄했다. 자신을 믿는, 뺨을 한쪽으로 돌리고 고요히 잠든 이 아이를 말이다.

눈을 떴을 때 벨라는 가슴 위에 없었고, 옆에서 가우리의 품에 안겨 젖을 먹었다. 창문의 가리개를 친 방은 어두웠다. 새들이 지저귀었다. 옷을 그대로 입고 있는 자신의 몸은 따뜻했다.

몇 시지?

아침이에요.

깜빡 잠이 든 것이었다. 그들은 같은 침대에서 밤을 보냈다.

벨라를 사이에 두고 같은 침대 깔개에 누워 그녀 옆에서 잠을 잤다.

상황을 파악한 그는 일어나 앉으며 사과를 했다.

가우리가 고개를 저었다. 그녀는 벨라를 내려다보다가 갑자기 그에게 얼굴을 돌렸다. 그녀가 손을 내밀었다. 그를 만지려는 게 아니라 그에게 손을 내어준 것이었다.

나가지 말아요.

가우리는 방 안에 그가 있으니 한결 안심이 되었다고 말했다. 자신은 준비가 되었다고 했다. 충분히 긴 시간이 흘렀다고 했다.

그녀의 바뀐 외모가 도움이 되었다. 짧은 머리, 출산 후 다시 살이 빠진 얼굴, 지금 그녀의 전용 복장인 바지와 상의가 둘의 관계를 더 쉽게 해주었다. 또한 출산의 영향으로 눈 밑에 그늘이 생기고 피부에서는 젖 냄새가 나서, 그녀의 몸은 우다얀의 아이를 임신한 사실에서 비롯한 특징은 줄어들고 지금 그들이 함께 키우는 젖먹이에서 비롯한 특징은 더 많아졌다.

그녀는 처음에는 욕구를 분명히 표현하지 않고 기꺼이 응하는 태도만 취했다. 그렇지만 이런 무관심과 자발성이 결합된 태도는 그를 달뜨게 만들었다. 그들은 벨라가 사용할 아기 침대를 들여놓았다. 벨라가 그 안에서 잠이 들면 침대는 온전히 그들 차지였다.

그녀는 엎드려서 자거나 모로 누워 잤다. 등을 보이고 얼굴을 돌린 채 눈을 감았다. 수바시는 그녀의 잠옷 천을 허리 위까지 올렸다. 점점 가늘어지는 허리가 드러났다. 곧게 뻗은 기다란 골짜기가 등을 둘로 나누었다.

수바시는 그녀 안에 들어가거나 그녀에게 감싸인 순간에도 그녀가 결코 자신을 받아들이지 않을 것이며 결코 온전히 자신의 것이 되지 않을 것이라는 불길한 생각을 했다. 그녀의 머리 냄새를 들이마시고 가슴을 손에 움켜쥐면서도 그런 생각을 했다.

피부는 한결같았고 피부색도 균일했다. 선탠으로 생긴 선도 없었고 반점이나 주근깨도 없었다. 온몸에 다양한 형태의 점과 티가 있었던 홀리와는 아주 달랐다. 종아리에 면도를 하다 벤 자국도 없었고, 엉덩이나 넓적다리에도 예상과 달리 꺼끌꺼끌한 결이 없었다. 피부의 부드러움은 꽤나 놀라운 사실이었다. 드러나면 안 되는 뜻밖의 사실을 알아버린 것 같은 느낌이었다.

그렇지만 그의 체중에 눌려 멍이 드는 경우가 없었고, 치아나 손에 짓눌리고도 빨개지거나 부어오르지 않았다. 수바시가 그녀의 몸을 탐사할 때 잠시 그의 손가락으로 옮겨 간 다리 사이의 짭짤한 냄새는, 다음 날 아침 그가 다시 찾으려 했을 때는 사라지고 없었다.

그녀는 그에게 말을 하지는 않았으나, 몇 차례의 관계 후에 그의 손을 잡고 자신이 원하는 곳으로 이끌기 시작했다. 그에게 몸을 돌리기 시작했고, 침대에 무릎을 대고 일어서서 그와 얼굴을 마주 보기도 했다. 숨이 가빠지고 숨소리가 커지는 순간에 이르면 그녀의 피부가 발갛게 달아오르고 몸은 팽팽해졌다.

그것은 수바시가 느끼기에 그녀의 어느 부분도 그에게 저항하지 않는 유일한 순간이었다. 그가 그녀의 몸 밖에서 일을 끝내고 배 위에 쏟아진 것을 닦는 모습이나 혹은 욕정의 증거물을 그의 오므린 손에 쏟아내는 것을 그녀는 물끄러미 지켜보았다. 그가 줄 것이 더는 없어서 그녀 위에 무너질 때면 조용히 그의 무게를 견뎌냈다.

4

네 살 때 벨라는 기억을 발전시켰다. '어제'라는 단어가 벨라의 어휘에 들어갔다. 그 의미는 탄력적이었지만, 이제는 그렇지 않고 변한 것을 가리키는 뜻으로 쓰였다. 특별한 순서 없이 무너져버린 과거를 이 한 단어에 포함했다.

이 단어는 벨라가 사용하는 영어 단어였다. 영어에서 과거는 일방적이었다. 벵골어에서는 어제를 뜻하는 단어 '칼'이 내일을 뜻하는 단어이기도 했다. 벵골어에서는 이미 일어난 일과 앞으로 일어날 일을 구별하기 위해서는 형용사를 붙이거나 동사의 시제에 의존했다.

벨라에게 시간은 반대 방향으로 흘렀다. 그저께를 '어제 다음 날'이라고 종종 말했다.

꽃의 이름이기도 한 벨라힌디어로 벨라는 재스민 꽃을 뜻함의 이름을 조금 다르게 발음하면 그 자체가 시간의 한 범위, 하루의 일부를 뜻하는 단어였다. 샤칼 벨라는 아침을 의미했고 비켈 벨라는 오후, 라트리르 벨라는 밤을 의미했다.

벨라의 어제는 마음에 저장된 건 뭐든 담아내는 그릇이었다.

이전에 일어난 어떤 경험이나 느낌도 어제로 나타냈다. 벨라의 기억은 짧았고 그 내용은 한정되었다. 시간의 순서가 뒤섞였고, 멋대로 재배열되었다.

그래서 어느 날에는 벨라의 굵은 머리카락을 빗질하며 단단히 엉킨 머리를 풀고 있을 때 벨라가 가우리에게 말했다.

나 짧은 머리 하고 싶어. 어제처럼.

벨라의 머리가 짧았던 것은 여러 달 전이었다. 그리고 처음에는 가우리가 한 말이었다. 그녀는 머리가 다시 길어지려면 하루보다 더 많이 걸린다고 설명해주었다. 머리가 짧았던 때는 한 번 어제가 아니라 백 번 어제였다고 벨라에게 말했다.

그러나 벨라에게는 석 달 전이나 하루 전이나 똑같았다.

벨라는 가우리가 자기 말에 반대하자 토라졌다. 실망감이 짙은 구름처럼 벨라의 얼굴에 번졌다. 벨라의 얼굴에서는 가우리나 우다얀의 특징이 눈에 띄지 않았다. 이마가 약간 볼록한 것은 어떻게 된 것이고, 눈 안쪽 구석이 아래로 처진 것은 어찌 된 까닭일까? 얼굴에서 눈이 배치된 모양이 특이했다. 가우리는 자신의 캐러멜색 피부에 비해 벨라의 피부가 더 밝은 빛이라는 것을 알았다. 가우리의 시어머니로부터 물려받은 맑은 크림색이었다.

다른 옷은 어딨어? 어느 날 가우리가 벨라에게 새 웃옷을 건넸을 때 아이가 물었다. 그들은 유치원에 가려고 집을 나섰다.

어떤 옷?

어제 입은 노란 옷.

사실이었다. 지난해 봄에 털 후드가 달린 노란 웃옷이 있었다. 지금은 벨라에게 너무 작아서 중고 의류를 수거하는 대학

교회에 줘버린 옷이었다.

그건 지난해에 입던 옷이야. 네가 세 살이었을 때 몸에 맞았어.

나는 어제 세 살이었어.

가우리는 벨라가 아파트 복도를 행진하듯이 이리저리 왔다갔다 하는 것을 멈추기를 기다렸다. 가만히 멈춰 서야 아이의 팔을 웃옷의 소매 안으로 넣어줄 수 있을 것이고 그래야 출발할 수 있을 것이었다. 벨라가 말을 듣지 않자 그녀는 벨라의 어깨를 붙잡았다.

아파. 엄마는 날 아프게 해.

벨라, 서둘러야 해.

이제 옷을 입혔고, 지퍼를 채워야 했다. 벨라는 자기가 지퍼를 올리겠다고 했다. 아이는 서툰 손으로 지퍼를 채워 올리려 했지만 시간만 지체될 뿐이었다. 잠시 후에 가우리는 참지 못하고 벨라의 손을 떼어냈다.

아빠는 내가 이걸 하게 놔둔단 말이야.

네 아빠는 여기 없어.

그녀는 지퍼를 벨라의 목 밑까지 세게 당겨서 채웠다. 필요 이상으로 거칠게 당겼기 때문에 자칫 잘못했으면 아이의 피부가 물릴 뻔했다. 그녀는 조급하게 군 것을 자책했다. 가우리는 딸이 방금 전에 자기가 한 말의 온전한 의미를 언제 알게 될까 생각해보았다.

벨라를 데려다주고 나서 그녀는 학생회관에서 커피를 한 잔 사서 마셨다. 해마다 여름과 겨울에 학기가 시작되면 수백 명의 학생이 길게 줄을 서서 수업을 등록했다. 때때로 가우리는 바닥에 버려진 학과 소개 자료를 주웠다. 철학과에 개설된 강의 과목을 살펴보며 자신의 마음을 끄는 과목들에 동그라미 표시를 했다. 로드아일랜드에 처음 온 뒤로 몰래 고대 철학 수업을 듣던 일이 떠올랐다.

그 학기에는 벨라가 유치원에 있는 시간에 개설된 수업이 없었다. 대신 가우리는 도서관에 가서 책을 읽었다. 책 읽기에 집중하다 보면 한두 시간이긴 하지만 다른 모든 상념을 떨쳐낼 수 있었다. 시간이 지나간다는 생각도 들지 않았다.

그녀는 시간을 공부했다. 이제는 시간을 이해하고자 했다. 자신의 질문과 생각들로 공책을 채웠다. 시간은 물리적 세계에 독립적으로 존재하는가 아니면 마음의 이해력 안에 존재하는가? 시간은 오직 인간만이 인식하는가? 어떤 짧은 순간이 몇 시간이나 되는 것처럼 부풀려지고, 1년에 해당하는 긴 시간이 단 며칠로 줄어드는 건 무엇 때문일까? 짝을 잃거나 먹잇감을 죽일 때 동물도 시간의 흐름을 인식하는가?

힌두 철학에서는 신 안에 과거, 현재, 미래의 세 시제가 동시에 존재한다고 했다. 신은 시간을 초월하는 존재이지만, 시간은 죽음의 신으로 인격화되었다.

데카르트는 『세 번째 성찰』에서 신은 연속적인 매 순간마다 육신을 재창조한다고 말했다. 그러므로 시간은 지속의 형식이다.

지구 상에서 시간을 특징짓는 것은 태양과 달이다. 태양과 달의 회전이 낮과 밤을 구분하며, 이는 시계와 달력으로 이어졌다. 현재는 계속해서 명멸하는 점이었다. 반짝이다 약해지는, 살아 있는 것도 아니고 죽은 것도 아닌 것이었다. 현재의 지속 시간은 얼마일까? 1초? 그 이하? 현재는 항상 변했다. 현재를 생각하는 동안 현재는 사라졌다.

캘커타에서 가져온 공책에는 우다얀이 고전물리학의 법칙에 대해 적어둔 것이 있었다. 뉴턴의 이론에서 시간은 저절로 균일한 속도로 흐르는 절대적 실체였다. 아인슈타인은 시간과 공간이 서로 얽혀 있다는 이론을 펼쳤다.

아인슈타인은 입자와 속도의 관점에서 시간을 설명했다. 동시에 일어나는 사건의 관련성을 체계화한 것이었다. 시간 역전 불변성이라 부르는 것으로, 입자의 운동이 정확히 규정되면 앞으로 가는 것과 뒤로 가는 것 사이에 본질적인 차이가 없다고 했다.

미래는 뇌리를 떠나지 않고 불안감을 안겨주었지만 한편으로는 그녀를 살아 있게 했다. 미래는 자양분이면서 동시에 약탈자였다. 매번 새해는 새 일기장과 함께 시작했다. 일기장은 인쇄되고 제본된 형태의 시계라 할 수 있었다. 가우리는 일기장에 자신의 기분이나 느낌을 기록하지 않았다. 대신 작문의 초고를 쓰거나 금전출납부 용도로 사용했다. 어렸을 때조차도 일기장의 아직 펼치지 않은 각 페이지에는 불안의 그림자가 드리운, 아직 경험하지 않은 사건들이 들어 있었다. 어둠 속에서 계단을 오르는 것 같은 느낌이었고, 12월이 다시 온다는 증거가 어디 있어? 같은 의문이 일기도 했다.

사람들은 대부분 미래가 자신이 선호하는 방향으로 펼쳐질 거라고 여기며 미래를 신뢰했다. 맹목적으로 미래를 설계하며, 실상과는 다르게 앞일을 그렸다. 이것은 의지의 작용이었다. 세상에 목적과 방향성을 부여하는 것은 바로 이것이었다. 거기에 있는 것이 아니라 없는 것이었다.

그리스인들은 미래에 대한 분명한 개념이 없었다. 그들에게 미래란 결정할 수 없는 것이었다. 아리스토텔레스의 가르침에 따르면 인간은 내일 해전이 있을 거라는 것을 결코 확실히 말할 수 없다.

무지와 희망 속에서 의도적으로 기대를 하는 것, 이것이 대부분의 사람이 살아가는 방식이었다. 시부모님은 자식을 위해 증축한 집에서 수바시와 우다얀이 나이 들어갈 것으로 기대했다. 그분들은 수바시가 톨리건지로 돌아와 다른 여자와 결혼하기를 원했다. 우다얀은 사회 자체가 바뀌기를 바라며 미래를 위해 자신의 생명을 바쳤다. 가우리는 2년이 채 안 되는 기간이 아니라 언제까지나 그와 함께 결혼 생활을 꾸려가기를 바랐다. 수바시는 로드아일랜드에서 그와 가우리와 벨라가 한 가족으로 지내기를 바랐다. 가우리가 벨라의 엄마이자 그의 아내로 남기를 바랐다.

때때로 가우리는 벨라 식 시간개념에서 위안을 얻었다. 벨라에 따르자면 우다얀은 전날에 여전히 살아 있었을 것이고 가우리는 여전히 그와 결혼한 상태였을 것이다. 실제로는 그가 죽은 지 거의 5년이 지났고, 그녀가 수바시와 결혼한 지 거의 5년이 되었지만 말이다.

경찰이 우다얀을 잡으러 왔던 날 저녁에 그녀가 테라스에서 보았던 장면은 이제 자신의 시야에 구멍을 만들어놓았다. 공간이 시간보다 더 효과적으로 그녀를 가렸다. 마치 그걸 보려면 그녀의 시선이 바다와 대륙을 가로질러야 한다는 듯이 로드아

일랜드와 톨리건지 사이의 엄청난 거리가 그녀의 눈을 가린 것
이다. 먼 거리가 그 순간들을 멀어지게 하고, 점점 더 안 보이게
하고, 이윽고 보이지 않게 만들었다. 하지만 그녀는 그 순간들
이 거기 있다는 것을 알았다. 기억에 저장된 것은 일부러 기억
해낸 것과는 아주 다르다고 아우구스티누스가 말했다.

반면에 벨라의 출산은 가우리에게는 어제의 일로 또렷이 남
았다. 그 여름날 저녁의 일이 방금 전에 일어난 것처럼 생생한
장면으로 떠올랐다. 그녀는 병원으로 가는 도중에 쏟아진 비를
떠올렸다. 자기 옆에 선 간호사의 얼굴, 창밖의 정박지 풍경, 피
부에 닿는 환자복의 느낌, 손목에 꽂히는 주삿바늘도 떠올렸다.
처음으로 벨라를 안고 바라보았던 게 바로 어제 같았다. 무거운
태아가 갑자기 빠져나간 것을 기억했다. 그처럼 또렷해 보이는
존재가 그토록 오래 자기 안에서 생명을 유지하다가 나왔다는
사실에 크게 놀랐던 것을 기억했다.

정오에 유치원으로 다시 가서 벨라를 데려왔다. 그 일은 언제
나 그녀의 몫이었고, 수바시의 몫이었던 적은 없었다. 수바시는
80킬로미터쯤 떨어진 뉴베드퍼드에서 박사 후 과정을 밟았다.
특별한 일이 없는 한 일정한 시간에 집을 나섰고 일정한 시간
에 집에 돌아왔다. 그 사이의 모든 시간에는 가우리가 벨라를
책임졌다.

그녀는 벨라가 자신의 사물함에 앉아 있는 것을 보곤 했는
데, 가우리의 눈에는 사물함이 수직으로 세운 조그만 관처럼
보였다. 벨라는 웃옷을 입고 친구들과 함께 줄을 서서 기다렸
다. 벨라는 몇몇 다른 아이들과는 달리 가우리의 품으로 뛰어
오지 않았다. 그 아이들은 엄마에게 달려가 자기가 꾸민 구깃구

깃해진 그림이나, 나뭇잎을 모아 풀로 종이에 붙인 것을 보이며 칭찬을 바랐다. 그러나 벨라는 일정한 걸음으로 차분히 걸어와 점심으로 무얼 만들어줄 것인지 묻거나 이따금 왜 아빠는 오지 않느냐고 물었다. 다른 아이들은 부모를 보자마자 유치원에서 있었던 일들을 미주알고주알 재잘거렸지만 벨라는 엄마에게 말하지 않았다.

그녀는 벨라를 데리고 아파트로 돌아왔다. 현관에서 수바시와 함께 쓰는, 미트라라는 라벨이 붙은 우편함을 열었다.

캘커타에서는 나무 상자에 가는 붓으로 조심스럽게 이름을 썼다. 그러나 이곳에서는 이름을 급하게 갈겨써서 붙였으며, 한두 개의 흠집이 많은 금속 우편함 문에는 아무 이름도 없었다. 그녀는 고지서와 수바시가 구독하는 과학 잡지, 식료품 가게에서 보내준 쿠폰을 꺼냈다.

그녀 앞으로 오는 우편물은 거의 없었다. 가끔 마나시에게서 편지가 올 뿐이었다. 그 편지는 조부모님의 아파트에서 함께 공부했던 마나시와 우다얀을 생각나게 하고, 그게 인연이 되어 서로 알게 된 우다얀과 가우리를 생각나게 했기에 그녀는 편지를 읽는 게 망설여졌다. 그녀가 손에 쥐고 힘껏 으깼던 시간은 아무런 실체도 남기지 않았고, 다만 피부에 보호막 같은 시간의 잔해만 남겼다.

마나시로부터 그리고 도서관으로 오는 국제적인 신문으로부터 몇 가지 소식을 접했다. 처음에는 무슨 일이 일어나고 있는지 마음에 그려보려 했다. 그러나 정보가 너무 단편적이었다. 너무 많은 사람의 피가 이전의 핏자국을 덮었다.

카누 사냘은 살아 있지만 감옥에 있었다. 차루 마줌다르는 은신처에서 붙잡혀서 랄 바자르에 있는 교도소에 수감되었다. 그는 벨라가 태어난 그해 여름에 캘커타에서 경찰에 감금되어 있다가 죽었다.

우다얀의 수많은 동지들이 아직 감옥에서 고통을 당하고 있었다. 캘커타의 현 주지사인 싯다르타 샹카르 레이는 의회의 지지를 받았다. 그는 그동안 죽은 사람에 대해 조사를 벌이는 것을 거부했다.

그 운동에 관한 소식은 이제 서구의 몇몇 저명한 지식인들의 관심을 끌었다. 시몬 드 보부아르와 놈 촘스키가 수감자들의 석방을 요구하며 네루의 딸에게 편지를 보냈다. 하지만 부패와 실패한 정부 정책에 반발하는 항의 시위가 거세지자 인디라 간디는 비상사태를 선포했다. 언론을 검열했으므로 거기서 일어나고 있는 일들은 전해지지 않았다.

지금도 가우리의 마음 한구석에는 여전히 우다얀에게서 뭔가 소식이 오기를 기다리는 심정이 자리했다. 그가 벨라를 알아봐주기를 바랐다. 현실에서는 이루지 못했지만 자기들이 한 가족이라는 걸 알아봐주기를 기대했다. 적어도 자신들의 삶이, 때로는 그를 의식하면서, 때로는 의식하지 않고서, 계속되어왔다는 것을 알아주길 바랐다.

5

그가 내로 강의 부영양화를 분석한 논문을 쓰고 방어한 지
도 2년이 지났다. 미국 독립 200주년인 1976년이었다. 미국에 처
음 온 지 7년이 되는 해였다.

거의 5년 동안 캘커타에 돌아가지 않았다. 부모님은 이제 벨
라를 만나보고 싶다는 편지를 보내지만, 수바시는 벨라가 그 먼
여행을 하기에는 너무 어리고 지금 일에 대한 부담이 너무 크다
고 부모님께 답장했다. 그는 가끔 사진을 보냈고, 아버지가 은퇴
했으므로 여전히 돈을 보내드렸다. 부모님이 부드러워졌다고 느
꼈지만 그는 다시 부모님의 얼굴을 뵐 준비가 되지 않았다. 이
점에서는 그와 가우리가 한편이었다.

그러나 부모님께 가지 않은 것은 자신의 이유 때문이 아니었
다. 수바시는 이 세상에서 자기가 벨라의 아빠가 아니라는 것을
아는 다른 유일한 사람 주위에 있고 싶지 않았다. 자신의 위치
를 생각나게 하고, 자신을 벨라의 큰아빠로 여기고 자신을 별로
인정하지 않는 분들 주위에 있고 싶지 않았다.

그는 뉴베드퍼드에서의 박사 후 과정을 끝냈다. 환경 목록 조

사 작업에 초빙되어 참여했다. 저녁에는 부수입을 벌기 위해 프로비던스의 전문대학에서 화학을 가르쳤다.

그는 연구실과 더 가까운 매사추세츠 남부로 이사하는 것을 고려했다. 그러나 특별 연구원 생활은 곧 끝날 것이고, 이미 로드아일랜드에서 더 넓은 아파트를 보아두었다. 이 아파트 역시 대학 교정에서 걸어 다닐 수 있는 거리에 위치했다. 내러갠셋의 실험실에서 그를 고용할 가능성이 있었다. 벨라가 대학 유치원에 다니고 자기도 여기 생활에 익숙해졌으므로 그냥 이곳에서 사는 게 더 편리할 것 같았다.

연구실에서 집까지는 약 한 시간 걸렸다. 차를 운전하며 폴강에 있는 방앗간과 공장들을 지나고, 티버턴을 지나고, 만에 놓인 일련의 다리들을 통과했다. 본토를 가로지르고 이어 10분쯤 더 가면 여러 협회가 한 줄로 늘어선 건물 뒤로 나무가 많은 조용한 아파트 단지가 나왔다. 그들은 거기에서 살았다. 매일 저녁 다시 볼 때마다 벨라는 약간씩 바뀐 것 같았다. 벨라의 뼈와 이는 더 튼튼해졌고, 벨라의 쉰 듯한 목소리는 그가 집을 나가 있는 사이에 더 단호해진 것 같았다.

벨라는 자기 이름을 쓰기 시작했고, 토스트에 버터를 바르기 시작했다. 배는 여전히 둥글었지만 다리는 길어졌다. 머리를 기른 뒷모습은 부드러웠다. 등뼈를 따라 고운 선이 흘러내렸다. 머리 가운데에는 벨라의 손가락 지문 같거나 나무껍질에 생긴 소용돌이무늬 같은 아주 동그란 가마가 있었다. 벨라가 잠자리에 들기 전에 욕조에서 비눗물로 벨라를 씻기면서 가마를 살펴볼 때마다 머리카락이 움직이며 다시 자리를 잡아서 그 무늬가 숨어버리곤 했다.

벨라는 신발 끈을 묶는 법은 배웠지만 왼쪽 신발과 오른쪽 신발을 구별하지 못했다. 벨라에게는 젖먹이 시절의 손짓이 아직 남았는데, 원하는 게 있으면 주먹을 내밀어서 폈다가 오므렸다. 예를 들어 손이 닿지 않는 물을 마시고 싶으면 그렇게 했다.

아이는 천둥소리를 무서워했다. 아무 소리가 없을 때도 종종 한밤중에 깨어나 그를 소리쳐 부르거나 아니면 그냥 그와 가우리가 함께 쓰는 방으로 걸어 들어와 그의 옆자리에 몸을 누였다. 아침에 잠에서 깨어나기 직전에는 조그만 개구리처럼 배를 깔고 다리를 추켜올린 자세로 쭈그려 누웠다.

매일 밤 그는 벨라가 우기는 바람에 아이가 잠이 들 때까지 아이 옆에 누웠다. 이것은 수바시와 벨라의 관계를 서로에게 상기시키는 행위였다. 거짓이기도 하고 진실이기도 한 관계를. 밤마다 아이가 이를 닦은 다음 파자마로 갈아입는 것을 도와주고 나서 불을 끄고 아이 옆에 누웠다. 벨라가 그에게 얼굴을 자기 쪽으로 돌리라고 했으며 이어 자기 눈을 바라보게 했다. 그래서 그들의 숨이 섞였다. 아빠, 나를 봐, 아이가 속삭였다. 아이의 강렬하고 순수한 속삭임에 수바시는 가슴이 저릿했다. 때때로 아이는 손으로 그의 얼굴을 잡았다.

아빠, 나를 사랑해?

그럼.

난 아빠를 더 사랑해.

무엇보다 더?

아빠가 나를 사랑하는 것보다 더.

그건 안 돼. 그건 내가 할 일이야.

그렇지만 나는 이 세상 누구보다도 더 많이 아빠를 사랑하는걸.

　수바시는 이처럼 조그만 아이에게서 어떻게 그런 강렬한 감정이, 그런 최상의 헌신적인 마음이 존재할 수 있는지 궁금할 지경이었다. 그는 아이의 눈꺼풀이 감기고 조용해질 때까지 끈기 있게 기다렸다. 그때가 되면 늘 아이의 몸이 약간 씰룩였는데, 이것은 아이가 이내 깊은 잠에 빠질 거라는 신호였다.

　매일 밤 똑같은 일이 일어났음에도 그것은 매번 충격으로 다가왔다. 몇 분 전만 해도 벨라는 침대에서 뛰어내렸을 것이고, 아이의 웃음이 방 안을 가득 채웠을 것이다. 그러나 벨라가 눈을 감아 활동이 중지되면 왠지 마지막이나 죽음이 연상되는 불안한 느낌이 들었다.

　어떤 날 밤에는 그도 벨라 옆에서 잠깐 잠이 들었다. 그는 조심스럽게 벨라의 손을 자신의 셔츠 옷깃에서 떼어내고 이불을 가지런히 덮어주었다. 베개 위 벨라의 머리가 뒤로 약간 젖혀졌는데, 자부심과 항복이 결합된 자세로 보였다. 수바시가 벨라 이외에 이 같은 친근감을 느꼈던 사람은 딱 한 명 있었다. 우다얀이었다. 매일 밤 벨라에게서 빠져나올 때면 잠시 그의 심장이 멎는 느낌이었다. 벨라가 자신에 관한 진실을 알게 되는 날 뭐라고 말할 것인가 하는 생각 때문이었다.

　토요일이면 그와 벨라는 슈퍼마켓에 갔다. 아파트 밖에서 벨라와 단둘이 보내는 이 시간이 주 중에 일을 하는 동안 다른 어떤 시간보다도 더 기다려졌다. 벨라는 이제는 카트 앞에 만들어진 자리가 몸에 맞지 않았으므로 카트 뒤에 올라타서 카트를 미는 그를 마주 보았다. 그러다가 깡충 뛰어내려 사과나 시리얼이나 단지에 든 잼을 고르는 그를 도와주었다.

더 빨리, 벨라는 그렇게 말하곤 했다. 때때로 통로가 텅 비어 있으면 벨라는 수바시의 동조와 응원을 받으며 앞으로 힘껏 내달렸다. 이 점에서 벨라는 우다얀의 흔적을 드러냈다. 우다얀은 자신의 활기찬 복제품을 뒤에 남긴 것이었다. 수바시는 벨라의 이런 점이 좋았다. 벨라에게는 자기 자신을 자유로이 분출하는 기질이 있었다.

벨라는 그와 함께 식품 코너에 서서 이쑤시개에 꽂힌 네모나고 조그만 치즈와 쟁반에 놓인 감자 샐러드와 쐐기 모양의 분홍색 햄 조각을 먹었다. 슈퍼마켓 뒤편에는 간이식당이 있었는데, 여기서 그는 벨라에게 핫도그와 펀치 한 잔을 사주었고 양파링도 한 접시 사서 같이 먹었다.

어느 날 쇼핑을 마치고 나서 갈색 종이 봉지가 가득 든 카트를 밀며 주차장을 걸어갈 때 홀리를 보았다.

벨라는 여전히 그와 얼굴을 마주한 채 카트 뒤에 들러붙었다. 하늘은 눈부시고 바닷바람이 강하게 불어오는 쌀쌀한 가을날이었다.

그는 아주 오랫동안 홀리와 마주칠 수 있는 장소를 조심스럽게 피해왔다. 그녀의 집에서 가까운 염전을 더 이상 찾아가지 않았고, 그들이 처음 만났던 해변에 그녀의 차가 서 있지 않은 것을 확인하곤 했다.

그런데 지금, 매주 빠짐없이 오는 장소에서 그녀를 보았다. 그녀와 함께 있는 사람은 조슈아가 아니라 한 남자였다. 그 남자는 홀리의 허리에 팔을 둘렀다.

그녀의 남편이었다. 조슈아의 방에 있던 사진 속의 그 얼굴이었다. 이제는 더 늙고 흰머리가 늘었으며, 이마가 더 벗어졌다.

그녀는 한때 자신을 저버린, 자신을 배신한 그 사람과 잘 지내는 것처럼 보였다. 그녀는 아직 수바시를 보지 못했다. 남편과 함께 주차장을 걸어 나오는 그녀의 웃음소리가 들렸고, 한 차례 고개를 홱 돌리는 게 보였다. 수바시가 그녀를 알았을 때 그는 이십 대였다. 이제 그녀는 마흔 살이 넘었을 것이다. 조슈아는 열네 살일 것이니, 엄마와 아빠가 장을 보러 가면 혼자 집에 있을 만한 나이였다.

수바시에게 그들 사이에 있었던 세월은 중요하지 않았다. 하지만 그녀가 자신과 헤어진 이유가 궁금했다. 그가 성숙하지 못했고, 지금 또다시 그녀 옆에 있는 이 남자를 대체할 만한 위치에 있지 않았다는 게 그 이유가 아니었을까, 수바시는 생각했다.

그들은 슈퍼마켓 쪽으로 함께 걸어오기 시작했다. 홀리가 그를 보고 걸음을 늦추었다. 이제 그를 알아보고는 손을 흔들며 다가왔다. 그녀의 금발은 예전과는 달리 얼굴을 둘러싼 층진 머리였다. 클로그나막신의 일종를 신었고, 나팔바지에 카울넥 스웨터를 입었다. 추위에 대비한 차림새였다. 그것 말고는 변한 게 별로 없었다.

아빠, 뭘 봐?

아무것도 아냐.

그럼 어서 가자.

그는 앞으로 나아갈 수가 없었다. 그리고 이제는 그녀를 피하기에는 너무 늦었다.

벨라는 카트의 뒤에서 내려서 그 옆에 섰다. 벨라가 그의 엉덩이에 기대는 것을 느꼈다. 그는 벨라의 머리를 쓰다듬었다. 목덜미의 따뜻함이 좋았다. 벨라의 얼굴은 그의 손으로 거의 다가릴 수 있을 만큼 아직도 작았다.

수바시, 홀리가 말했다. 어린 딸이 있군요.

예.

난 몰랐어요. 이 사람은 케이스.

애 이름은 벨라예요.

수바시는 남자와 악수를 했다. 그는 케이스가 자신과 홀리가 함께 보낸 그 시간을 알까 궁금했다. 홀리는 벨라에게 관심을 쏟으며 감탄스럽게 바라보았다.

결혼한 지는 얼마나 됐어요?

약 5년 됐어요.

결국 여기 남기로 결정했군요.

그랬어요. 조슈아는 잘 있어요?

그녀는 손을 뻗어 잠시 그의 팔을 만졌다. 그를 보고 벨라를 만나서 정말로 반가운 표정이었다. 수바시는 그녀가 그의 어린 시절 얘기와 캘커타 얘기를 듣는 것을 얼마나 좋아했는지 떠올렸다. 그녀는 무엇을 기억했을까? 우다얀이 죽었다는 말은 그녀에게 하지 않았다.

만나서 좋았어요, 수바시. 잘 지내세요.

질투가 일어선 안 되었지만 그들이 걸음을 옮길 때 은근히 질투심이 이는 것을 느꼈다. 그는 식료품이 잔뜩 든 카트를 밀고 차를 향해 걸었다. 그는 홀리가 남편을 용서한 것은 조슈아 때문만은 아니라는 것을 알았다. 그들은 여전히 서로 사랑한다는 것을 알았다.

수바시와 가우리는 밤에 침대를 함께 썼으며 함께 키우는 아이도 있었다. 거의 5년 전에 그들은 남편과 아내로서 여행을 시작했다. 그러나 그는 아직도 그녀와 함께 어딘가에 도착하기를 기다렸다. 그들이 감행한 일의 결과에 자신이 더 이상 의문을 품지 않을 어떤 곳에 이르기를 기다렸다.

그녀는 불행한 기색을 비친 적이 없고 불만을 드러내지도 않았다. 그러나 우다얀이 보내준 사진 속의 미소 띤 여자, 걱정이 없어 보이던 여자, 수바시의 첫인상이었던 그 모습, 수바시도 끄집어내고 싶은 그 모습, 그녀의 그런 부분을 그는 한 번도 본 적이 없었다.

그리고 사라져서 보이지 않는 게 또 하나 있었다. 훨씬 더 괴로워서 인정하고 싶지 않은 것이었다. 생각하고 싶지도 않은 것이었다. 그는 어머니의 끔찍한 예견을 떠올리는 게 싫었다.

그러나 어떻게 알았는지 어머니는 알고 있었다. 수바시가 벨라에게 느끼는 정은 그로서는 통제하거나 제한할 수 없는 것이었지만 가우리는 그렇지가 않았다.

가우리는 벨라를 유능하게 돌보았지만, 벨라를 깨끗이 씻기고 빗질하고 잘 먹였지만 마음의 일부는 딴 데 있는 것 같았다. 가우리가 웃는 표정으로 벨라의 얼굴을 들여다보는 것을 수바시는 거의 보지 못했다. 가우리가 자발적으로 벨라에게 뽀뽀하는 것을 거의 보지 못했다. 마치 그녀는 처음부터 수바시와 역할을 뒤바꿔버린 듯했다. 흡사 벨라가 자신의 딸이 아니라 친척의 아이이기라도 한 것처럼.

벨라와 함께 해변에 가면 가족의 친밀감을 높이기 위해 멀리 로드아일랜드로 여행 온 가족들이 눈에 띄었다. 많은 가족이 이 같은 여행을 성스러운 의식처럼 여기는 듯했다.

수바시와 가우리는 벨라를 데리고 함께 휴가를 간 적이 없었다. 수바시는 한 번도 그런 제안을 하지 않았는데, 아마 그런 생각이 가우리의 마음에 와 닿지 않으리라는 것을 알았기 때문일 것이다. 그는 시간이 나면 벨라를 차에 태우고 이곳저곳을 돌아다녔다. 세 사람이 함께 새로운 장소를 찾아가거나 동료들이 그러하듯이 다른 가족과 함께 별장을 빌리는 것을 그는 상상할 수 없었다.

그는 이제 가우리가 그와 아이를 만들어서 벨라에게 동생을 안겨줄 준비가 되어 있기를 바랐다. 어느 날에는 벨라에게도 동생이 있는 게 좋겠다고 말하며 그런 뜻을 넌지시 비치기까지 했다. 가족이 셋이 아니라 넷이라면 그들의 불균형이 해소될 거라고 믿었다. 그들의 거리감이 좁혀질 거라고 믿었다.

그녀는 1, 2년 후에 생각해보겠다고 말했다. 자신은 아직 서른 살도 안 되었으므로 아이를 가질 시간은 충분하다고 했다.

그래서 그는 계속해서 희망을 품었다. 그러는 동안 약장에는 매달 새 피임약이 놓였다.

가끔 자신의 인생에서 한 차례의 반란 행위라 할 수 있는 그녀와의 결혼이 이미 실패한 것은 아닌가 하는 두려움이 들 때가 있었다. 그럴 때면 지금은 아니어도 언젠가 그녀에게서 더 큰 저항이 있을 것 같았다. 때때로 그녀가 결혼을 후회하는 게 아닐까 생각되었다. 그 결정은 성급하게 이루어진 잘못된 결정이 아니었을까 생각되었다.

그 애는 우다얀의 아내다, 그 애는 결코 널 사랑하지 않을 거야, 어머니는 그를 설득해 단념케 하려고 그렇게 말했다. 그 당시에는 그렇지 않을 거라고 확신하고 자신은 가우리를 행복하게 해줄 수 있다고 믿으며 어머니에게 반발했다. 어머니의 생각이 틀렸다는 걸 증명하겠다고 결심했다.

그는 가우리와 결혼하려고 부모님과의 관계가 손상되는 것도 감수했다. 부모님과의 관계는 어쩌면 영원히 회복하지 못할지도 몰랐다. 그러나 그는 이제 아빠였다. 자신이 그런 선택을 하지 않은 삶을 지금은 상상할 수 없었다.

6

나랑 놀아줘, 벨라가 말했다.

수바시가 없으면 벨라는 가우리에게 놀아달라고 졸랐다. 벨라의 방으로 이끌어서 바닥에 앉게 했다. 벨라는 말을 움직이는 보드게임을 하자거나 플라스틱 인형의 딱딱한 팔다리에 서툴게 옷을 입히고 벗기면서 그걸 도와달라고 했다. 똑같이 생긴 카드 수십 장을 엎어서 늘어놓고 같은 짝을 찾는 기억력 놀이도 함께하자고 했다.

가우리는 종종 벨라의 요구에 응했지만 읽고 있던 책을 놓지 않았으며, 벨라의 차례가 되면 몰래 책에 눈길을 주었다. 그녀는 놀이를 함께했지만 늘 건성이었다.

엄마는 집중하지 않아, 가우리의 마음이 딴 데 가 있으면 벨라가 따졌다.

그녀는 벨라의 질책을 의식하며 양탄자 위에 앉았다. 동생이 있으면 이런 식으로 벨라와 놀아주어야 하는 책임이 많이 줄어들 거라는 것을 알았다. 사람들이 아이를 두 명 이상 낳는 이유가 부분적으로는 이 점 때문이라는 것을 알았다.

하지만 가우리는 자신이 아내가 된 게 두 번째이긴 해도 다시 엄마가 되는 일은 자신의 인생에서 일어나지 않게 하겠다고 결심했다. 수바시가 이미 결심한 이 문제를 꺼낼 때면 그녀는 자신의 생각을 그에게 말하지 않았다.

그녀가 그와 잠자리를 같이하는 이유는 같이하지 않는 게 더 힘들어졌기 때문이었다. 그녀는 그에게서 느끼기 시작한 기대감에 종지부를 찍고 싶었다. 우다얀의 유령에서도 벗어나고 싶었다. 자신의 뇌리를 떠나지 않고 괴롭히는 것의 숨을 끊어놓고 싶었다.

그들이 나누는 사랑 행위에서 우다얀을 생각나게 하는 것은 없었다. 따지고 보면 그들이 형제였다는 사실이 그리 이상하지 않았다. 그들은 쾌락에 집중했고, 관계가 끝난 뒤에는 정신이 까무룩 아뜩해지면서 그녀의 머리에서 모든 시시콜콜한 생각들이 하얗게 지워졌다. 그녀는 꿈도 없는 깊은 잠으로 인도되었다. 관계가 없었다면 빠져들지 못했을 잠이었다.

그의 몸은 좀 달랐다. 다소 주저하면서도 동시에 더욱 세심했다. 그녀는 적절히 그의 몸에 반응하게 되었고, 임신 중일 때 특이한 음식 생각이 간절했던 것처럼 그의 몸을 갈망하기까지 했다. 그녀는 수바시를 통해 사랑을 표현하는 행위가 사랑과 아무 관련이 없을 수 있다는 것을 알게 되었다. 그녀의 마음과 몸은 별개의 것이라는 것을 알게 되었다.

그녀는 학생회관 게시판에서 아이를 돌봐준다는 광고를 보았다. 학생이나 교수의 부인들이 일자리를 구하는 것이었다. 그녀는 이름과 전화번호 몇 개를 적었다.

수바시에게 사람을 고용할 수 있는지 물었다. 일주일에 두 번 있는 독일철학 수업에 들어가서 개괄적으로 공부하려고 하니 자기에게 그 시간을 만들어달라고 했다. 벨라는 이제 다섯 살이었지만 아직도 반나절만 유치원에서 지냈다. 가우리는 수바시도 바쁘고 주변에 도와줄 사람이 아무도 없는 상황을 고려했을 때 이게 합리적인 해결책이라고 말했다.

그는 안 된다고 했다. 사람을 쓰는 데 드는 돈 때문이 아니라 원칙 때문이라고 했다. 낯선 사람에게 돈을 주고 벨라를 맡기고 싶지 않다고 했다.

여기선 그게 흔히 있는 일이에요.

가우리, 당신이 아이랑 집에 있어.

그는 비록 그녀에게 시간이 남을 때 도서관에 가라고 하고 때때로 강의도 들어보라고 격려하지만 이것을 그녀의 일로 여기지는 않는다는 것을 가우리는 깨달았다. 결혼해달라고 요청할 때는 그녀가 미국에서 공부를 계속할 수 있을 거라고 말하더니, 이제 그는 그녀의 가장 중요한 관심사가 벨라여야 한다고 말했다.

벨라는 당신의 아이가 아니에요, 그녀는 그렇게 말하고 싶었다. 그에게 진실을 상기시켜주고 싶었다.

그러나 물론 그것은 진실이 아니었다. 몇 주 전 벨라의 발레 발표회 때 몇 분 늦게 도착한 수바시가 자리를 잡고 앉아 손을 흔들자마자 벨라의 표정이 바뀌는 것을 가우리는 보았다. 그를 알아본 벨라의 표정에 아연 생기가 돌았다. 벨라는 턱을 어깨에 꼭 붙이고 오직 그만을 위해 수줍게 연기했다.

며칠 뒤 그녀는 그 문제를 다시 꺼냈다.

이건 나에게는 중요한 거예요, 그녀가 말했다.

그는 타협을 하고 싶어서 자신의 일정을 조정해보겠다고 그녀에게 말했다. 그래서 어떤 날은 아침에 더 일찍 집을 나섰으며, 일주일에 며칠은 저녁이 되기 전에 집에 돌아왔다. 그녀는 그 수업을 등록했고 서점에 가서 바구니에 책을 담았다.『도덕의 계보』『정신현상학』『의지와 표상으로서의 세계』등이었다. 펜과 사전도 구입했다. 그 대학의 문장이 인쇄된 스프링 공책도 샀다.

벨라와 함께 있으면 시간이 흐르지 않는 것 같았다. 그래도 하루의 끝 무렵에는 하늘이 어두워졌다. 그녀는 아파트의 완전한 정적을 의식했다. 자신과 벨라가 공유한 고립감으로 가득 찬 것을 느꼈다. 벨라와 함께 있으면 함께 뭔가를 하지 않을 때조차도 자신들이 한사람인 것만 같았다. 의존성에 단단히 묶인 것 같았는데 그 의존성이 자신을 정신적으로, 육체적으로 속박했다. 때로는 너무 얽혀 있고 동시에 너무 외롭다는 느낌이 들어 공포스러웠다.

평일에는 버스 정류장에서 벨라를 만나 집으로 데려오자마자 곧장 부엌으로 가서 방치해둔 아침 식사 그릇들을 설거지했다. 그런 다음 저녁을 준비하기 시작했다. 쌀을 식사량에 알맞게 덜어내서 조리대에 놓인 냄비에 넣고 물을 부었다. 양파와 감자 껍질을 까고 렌즈콩에서 이물질을 추려내고 나서 또 하루의 저녁 식사를 준비했으며, 그러고 나면 벨라에게 밥을 먹였다. 가우리는 상대적으로 어렵지 않은 이런 집안일이 왜 그리도 가혹하게 느껴지는지 도무지 이해할 수 없었다. 일을 끝내고 나면 왜 그들이 자신을 고갈시키는지 이해가 되지 않았다.

그녀는 수바시가 오기를 기다렸다. 수바시에게 아이와 일을 맡기고 아파트를 떠나 수업에 들어가거나 도서관에 공부하러 갈 수 있기를 기다렸다. 아파트에는 그녀가 공부할 장소가 없었고, 문을 닫고 있을 공간이 없었고, 자신의 물건을 놓아둘 수 있는 책상이 없었기 때문이다.

그녀는 수바시가 학교에서 일을 하느라 집에 빨리 오지 않는 것이 못마땅했다. 왔다 갔다만 하고 그 이상 다른 융통성은 없는 능력이 못마땅했다. 그가 아침에 실험실로 떠나기 전에 잠깐 벨라와 즐거운 시간을 갖는 것을 억울하게 여겼다.

그가 해양학 학술회의에 참석하러 또는 바다에 나가 조사 활동을 하러 2, 3일 동안 집을 비우면 그녀는 분하게 여겼다. 그의 잘못이 결코 아닌데도 그가 나타나면 이따금 얼굴을 보는 게 거의 참을 수 없을 정도였으며, 처음에 자신을 그에게로 이끌었던 그의 목소리도 견디기 힘들 지경이었다.

그녀는 벨라와 함께 저녁을 일찍 먹기 시작했다. 수바시의 저녁은 가스레인지 위에 남겨놓았다. 그래서 그가 집에 오면 가우리는 지체하지 않고 토트백을 챙겨 들고 나갈 수 있었다. 초저녁의 시원한 공기가 얼굴에서 느껴졌다. 봄철이면 날이 밝았고, 가을에는 어둡고 추웠다.

처음에는 수업이 있는 저녁에만 그러더니 나중에는 평일 저녁마다 그들을 벗어나 도서관에서 시간을 보냈다. 수바시는 벨라와 함께 시간을 보내는 게 좋아서 그렇게 하는 것을 용인했다. 그래서 가우리는 자신에게 적대감을 불러일으킬 만한 행동을 전혀 하지 않은 남자로부터, 그리고 적대감이라는 말의 뜻도 모르는 벨라로부터 적대감을 사고 있다는 느낌을 받았다.

그러나 가장 큰 벌은 자신의 내부에 존재했다. 그녀는 자신의 감정이 창피했다. 그뿐 아니라 우다얀이 자신에게 남긴 마지막 과제, 벨라를 키우는 긴 세월의 과제가 자신의 인생에 의미를 가져다주지 않는다는 사실이 두려웠다.

처음에는 이것은 제자리에 두지 않아 찾지 못하는 물건 같은 것이라고 생각했다. 소파의 틈새에 끼여 있거나 신문지 뭉치 뒤에 얌전히 놓여 있다가 몇 주 후에 나타나는 가장 아끼는 펜 같은 것이라고 생각했다. 그런 것은 일단 찾으면 다시는 시야에서 놓치지 않는다. 제자리에 놓이지 않은 그런 물건을 찾으려 하는 것은 상황을 악화시킬 뿐이었다. 충분히 오래 기다리면 자연스레 찾아질 거라고 그녀는 속으로 생각했다.

그러나 찾아지지 않았다. 5년이 지난 지금, 벨라와 함께 보낸 그 많은 시간, 그 많은 세월에도 불구하고 그녀가 예전에 우다얀에게 느꼈던 사랑은 좀처럼 복원되지 않았다. 오히려 갈수록 심해지는 무감각이 자신을 망가뜨리고 악화시켰다.

이 세상의 다른 모든 여자들이 별다른 노력 없이 해내는 것을 그녀는 하지 못했다. 고통스럽게 애쓰는 모습을 보이지 않아야 할 것들을 자신은 하지 못했다. 그녀를 오래 곁에 두고 키우지 않은 자신의 엄마조차도 자신을 사랑했다. 그건 의심할 여지가 없었다. 그러나 가우리는 이미 자신이 벨라에게 다가가 꼭 붙잡는 게 불가능할 만큼 멀어져버린 게 아닐까 두려웠다.

우다얀에 대한 그녀의 사랑도 쉽게 알아볼 수 있거나 온전한 게 아니었다. 그 생각을 하면 언제나 화가 모락모락 피어올랐다. 무기력하게 짝짓기를 당한 곤충 같은 느낌이 들었다. 살 수 있었을 텐데 죽어버린 것이 화가 났다. 그녀에게 행복을 가져다주었다가 빼앗아 가버린 것이 화가 났다. 그녀를 신뢰한다면서 결과적으로는 그녀를 저버린 것이 화가 났다. 희생의 가치를 믿었으면서도 결국에는 매우 이기적이었던 것이 화가 났다.

그녀는 이제 더 이상 우다얀의 흔적을 찾지 않았다. 그가 방 안에 머물며 책상에 앉아 공부하는 그녀의 모습을 어깨 너머로 보고 있다는 느낌이 언뜻언뜻 들었지만 이제는 그게 위안이 되지 않았다. 그를 생각하지 않고 그에 관한 기억도 떠올리지 않는 게 가능한 날이 많아졌다. 그의 어떤 면도 이곳 미국까지는 오지 않은 것이었다. 벨라를 별문제로 친다면 그는 이곳에 있는 그녀와 함께하기를 거부했다.

철학과의 여자들은 비서였다. 교수와 그녀의 반의 다른 학생들은 다 남자였다. 교수 포함해서 일곱 명인 조그만 집단이었다. 그들은 이내 서로 이름을 알게 되었다. 그들은 반실증주의나 실천, 내재성, 절대 등과 같은 문제를 토론하기 좋아했다. 그들은 가우리의 의견을 구하지 않았으나 그녀가 토론에 기여하기 시작하자 귀를 기울였으며, 종종 그들이 틀렸다는 것을 증명할 만큼 그녀가 많이 안다는 사실에 놀랐다.

교수의 이름은 오토 바이스로 키가 작은 남자였다. 억양이 강하고 말을 습관적으로 천천히 했으며 금속 테 안경을 썼다. 머리는 붉은빛을 띤 곱슬머리였다. 그는 다른 교수들보다 더 격식을 차린 복장을 했다. 항상 윤이 나는 가죽 구두를 신었으며 정장 차림이었고, 조그만 넥타이핀으로 넥타이를 고정했다. 독일에서 태어났고, 어렸을 때 수용소 생활을 했다.

난 그때의 일은 생각하지 않는다네, 한 학생이 언제 유럽을 떠나왔느냐고 그에게 묻자 그가 수용소에서의 경험을 짤막하게 얘기하고 나서 학생들에게 말했다. 마치 이렇게 말하는 것 같았다. 비록 나머지 가족들은 수용소가 해방되기 전에 죽었지만 나를 동정하지는 말게. 옷 밑에 감추어진 팔뚝에는 문신으로 식별 번호가 새겨졌지만 나를 동정하지는 말게.

교수는 아마 가우리보다 고작 열 살쯤 많을 터였지만 감수성이 다르고 세대가 다른 것처럼 보였다. 그는 미국에 오기 전에 영국에서 살았다. 박사 학위는 시카고대학에서 땄다. 나는 결코 독일로 돌아가지는 않을 거네, 그가 말했다. 수업 첫날 참석 학생의 명단을 부를 때 그는 망설이지 않고 그녀의 이름을 불렀다. 그녀는 그의 발음을 바로잡아줄 필요가 없었고, 대부분의 미국인이 결혼 후의 성으로 부르는 것을 참아야 했던 경험을 다시 겪을 필요도 없었다.

그는 강의를 할 때 어떤 노트도 참조하지 않았다. 그가 숙제를 내준 교재를 통해서 신중하게 학생들을 이끌었지만 학생들이 하는 말에 더 관심이 많은 것 같았다. 교수는 학생들이 말을 할 때 빈 백지장에 간단히 받아 적었다. 이미 『우파니샤드』를 읽은 그는 이 철학서가 쇼펜하우어에게 끼친 영향에 대해 이야기했다. 가우리는 이 사람에게 친근감을 느꼈다. 그를 기쁘게 해주고 싶었고 어떻게든 존경의 뜻을 나타내고 싶었다.

학기 말에 니체와 쇼펜하우어의 순환적 시간개념을 비교한 논문을 써서 제출하니, 교수가 수업이 끝난 후에 자신의 연구실로 오라고 말했다. 그녀는 수주일 동안 그 논문에 매달렸다. 먼저 손으로 쓴 다음 식탁에서 수바시의 타자기로 타이핑을 하여 제출용 원고를 작성했다. 가전제품과 머리 위에 있는 형광 조명 기구의 전선들에 둘러싸인 채 작업했다. 이 일을 하느라 새벽까지 깨어 있곤 했다.

그녀는 여백에 비스듬히 쓴 논평이 액자처럼 보일 정도로 빽빽이 들어차 있는 것을 보았다.

이건 야심 찬 물건이네. 대담하다고나 할까.

그녀는 어떻게 대답해야 할지 몰랐다.

성공적인 논문이라고 생각하나?

여전히 뭐라고 말해야 할지 몰랐다.

난 10페이지짜리 논문을 요구했네. 그런데 당신은 거의 40페이지를 썼어. 그런데도 당신의 요점을 증명하는 데 완전히 실패했어.

죄송합니다.

죄송할 필요 없네. 나는 언제나 내 수업에 지적인 사람이 참여하는 걸 감사히 여기고 있어. 이처럼 헤겔을 잘 파악하고 있는 사람은 이곳의 내 학생들 중에서는 만나본 적이 없네.

그는 손가락으로 밑줄을 그으며 논문의 어떤 부분을 살펴보았다. 이 논문은 수정이 필요해, 그가 말했다.

다음 주까지 준비하면 될까요?

그는 두 손을 비비면서 고개를 저었다. 이 수업은 끝났네. 그리고 이 논문은 서랍 속에 집어넣고 몇 년 동안 보지 말라고 제안하고 싶네.

그녀는 교수가 손을 비비면서 자신의 손을 털어내고 있다고 생각했다. 그동안 고마웠다고 말하고 나서 나가려고 자리에서 일어섰다.

당신은 어떻게 해서 인도를 떠나 로드아일랜드로 온 거지?

남편 따라서요.

남편은 뭐 하는데?

그이도 여기서 공부해요.

미국에서 만났나?

그녀는 얼굴을 돌렸다.

내가 물어보지 않아야 할 것을 물어본 건가?

교수는 인내심을 가지고 의자에 앉아 그녀를 응시했다. 답을 강요하지 않았다. 하지만 그녀가 말할 게 더 있다는 것을 알아챈 것 같았다.

그녀는 다시 그에게 얼굴을 돌렸다. 교수 뒤에 있는 책과 책상 위에 쌓인 논문들에 눈길을 던졌다. 빳빳한 와이셔츠 천과, 양복 소매가 끝나는 곳에서 손목을 감싼 와이셔츠의 소맷동을 바라보았다. 교수가 벨라의 나이도 안 되었을 때 겪었을 일을 생각해보았다.

첫 남편은 살해당했어요, 그녀가 말했다. 그 광경을 목격했어요. 난 그이의 형과 결혼했어요. 거기서 벗어나려고.

바이스는 계속 그녀를 쳐다보았다. 그의 표정은 변하지 않았다.

잠시 후에 그는 고개를 끄덕였다. 가우리는 자신이 충분히 얘기했다는 것을 알았다.

그는 일어서서 창가로 걸어간 다음 창을 약간 열었다.

프랑스어나 독일어로 책을 읽을 수 있나?

아니요. 그렇지만 산스크리트어는 공부했어요.

당신은 그 두 언어를 계속 공부해야 할 거야. 하지만 당신에

겐 어렵지 않을걸세.

계속?

미트라 부인, 당신은 박사과정을 공부할 자격이 있네. 이 대학에는 그런 과정이 없어.

그녀는 고개를 저었다. 제게는 어린 딸이 있어요, 그녀가 말했다.

아, 당신이 엄마라는 걸 내가 생각지 못했구먼. 언제 이곳으로 아이를 데려와 보여주게.

그는 책상 위에 놓인 사진 액자를 돌려서 그녀에게 가족을 보여주었다. 그들은 단풍이 불타는 가을 풍경 속에서 계곡을 등지고 서 있었다. 아내와 딸 그리고 두 아들이었다.

자식들과 함께 시간은 새로 시작한다. 우리는 그 이전에 일어난 일들을 잊어버린다.

그는 책상에 돌아와 앉아 추천하는 책 몇 권을 적으면서 어느 장이 가장 중요한지 말해주었다. 책장에서 자신이 주석을 단 아도르노와 맥태거트의 책을 꺼내서 그녀에게 빌려주었다. 〈새 독일 비평〉 잡지를 주면서 그녀가 읽어야 할 몇몇 글들을 지적해주었다.

교수는 그녀에게 이 대학에서 더 높은 수준의 강좌를 계속 수강하라고 말했다. 석사 학위 취득에 필요한 학점에 포함될 거라고 했다. 학위를 취득하고 나면 자신이 몇 군데 전화를 해서 그녀에게 적합한 박사과정을 알아봐주겠다고 했다. 집에서 다닐 수 있는 대학으로 알아보겠다고 했다. 반드시 입학이 되도록 자기가 힘쓸 거라고 했다. 그렇게 되면 몇 년 동안은 일주일에 두어 번 멀리 있는 학교에 나가야 했지만 학위논문은 어디에서

나 쓸 수 있었다. 교수는 때가 되면 그녀의 논문 심사 위원회에
기꺼이 참여할 거라고 했다.

　교수가 가우리의 논문을 그녀에게 돌려주었다. 그런 다음 일
어서서 그녀와 악수했다.

7

아파트 단지 앞에 경사진 넓은 잔디밭이 있었다. 스쿨버스는 그 맞은편에 섰다. 벨라가 1학년이 되고 나서 처음 며칠 동안은 가우리가 벨라를 데리고 잔디밭을 가로질러 걸었다. 함께 버스를 기다렸다가 버스가 오면 벨라를 태워 보냈고, 오후에 다시 그곳으로 나가서 아이를 데려왔다.

다음 주가 되자 벨라는 아파트 단지에 사는 다른 어린 아이들처럼 버스 정류장까지 혼자 걸어가겠다고 했다. 엄마 한두 명은 항상 밖에 나가보았는데, 그들은 모든 아이들이 안전하게 버스에 타는 것을 확인하는 게 기쁘다는 말을 가우리에게 했다.

가우리는 여전히 벨라가 아파트 입구에서 좁은 길을 걸어 내려가 잔디밭을 가로질러 걸어가는 것을 지켜보았다. 자신이 공부할 때 쓰는 식탁을 창가로 옮겼다. 버스는 늘 같은 시간에 왔다. 늦어도 5분 정도였다. 인도에 놓인 도시락 통이 줄에서의 아이들의 위치를 나타냈다.

아침 일과에 생긴 이 약간의 변화가 가우리는 고마웠다. 그녀가 옷을 챙겨 입을 필요가 없다는 게 이전과 달라졌다. 이제는 자리에 앉아서 공부를 하기 전에 아파트 밖으로 나가서 다른 엄마들과 잡담을 나눌 필요가 없었다. 그녀는 바이스 교수에게서 별도 수업을 들었는데, 칸트를 읽으면서 처음으로 이해하기 시작했다.

어느 날 아침 그녀는 벨라에게 도시락을 싸주고 잘 다녀오라고 말하며 학교에 보냈다. 전날 밤에 폭우가 쏟아졌는데, 여전히 가는 비가 내렸다. 그녀는 여전히 잠옷 차림이었다. 이제 세 시까지는 그녀의 시간이었다. 세 시가 되면 벨라의 수업이 끝나고 스쿨버스가 벨라를 내려줄 것이며, 벨라는 경사진 잔디밭을 가로질러 집에 돌아올 것이었다.

그러나 그날은 얼마 안 있어 문을 두드리는 소리가 들렸다. 벨라가 돌아왔다.

뭐 잊어버린 게 있니? 비 올 때 쓰는 모자가 필요해?

아니.

그럼 뭐지?

나가서 봐.

나 지금 뭐 하는 중인데.

벨라가 그녀의 손을 잡아끌었다. 엄마가 봐야 해.

가우리는 잠옷과 슬리퍼를 벗고 비옷을 입고 장화를 신은 다음 밖으로 나가서 우산을 펼쳤다.

바깥 공기는 습했고 이상한 악취가 짙게 풍겼다. 벨라가 좁은 길을 가리켰다. 길은 죽은 지렁이로 뒤덮였다. 축축한 땅에서 나와 죽은 것이었다. 두세 마리가 아니라 수백 마리였다. 어떤 것들은 몸이 심하게 말렸고 어떤 것들은 납작해졌다. 갈색 몸이, 다섯 개의 심장이 잘려서 토막 난 지렁이도 많았다.

벨라는 눈을 꼭 감았다. 그 장면에 오싹 움츠러들었고, 냄새가 고약하다고 투덜댔다. 벨라는 그걸 밟고 가기 싫다고 말했다. 그리고 그 지렁이들이 나온 잔디밭을 걸어가기가 무섭다고 했다.

왜 이렇게 많아요?

가끔 이럴 때가 있어. 땅이 너무 축축하면 숨을 쉬기 위해 밖으로 나온단다.

나를 업고 데려다줄래요?

넌 너무 커.

그럼 집에 있어도 돼요?

가우리는 눈을 들어 다른 아이들이 외투에 달린 모자를 쓰거나 우산을 들고 서 있는 곳을 바라보았다. 다른 애들은 걸어서 갔나 보구나, 그녀가 말했다.

엄마, 제발, 벨라의 목소리는 작았다. 눈물이 맺히더니 얼굴을 타고 흘러내렸다.

다른 엄마라면 벨라의 응석을 받아주었을 것이다. 다른 엄마라면 아이를 데리고 돌아가 집에 있게 할 것이다. 학교를 하루 쉬게 할 것이다. 다른 엄마라면 아이랑 함께 시간을 보낼 것이다. 그걸 낭비라고 생각하지 않을 것이다.

가우리는 지난겨울에 눈이 엄청 내려서 대부분의 기관이나 상점이 한동안 문을 닫았던 때에 수바시가 얼마나 행복해했는지를 떠올렸다. 그는 일주일 내내 벨라와 함께 집에서 지내면서 그 기간을 휴가로 삼았다. 놀이를 하고, 이야기책을 읽어주고, 벨라를 대학 교정으로 데리고 가서 눈밭에서 함께 놀았다.

이어 그녀는 다른 것을 떠올렸다. 탄압이 정점에 이르렀을 때 당원들의 시체가 톨리건지에서 가까운 물속이나 들판에 남겨진 모습이었다. 그 시체들은 사람들에게 충격을 주려고, 혐오감을 주려고 경찰이 남긴 것이었다. 그 당이 살아남지 못할 거라는 것을 명확히 하려는 것이었다.

스쿨버스가 오고 있었다.

가자.

그러나 벨라는 고개를 저었다. 안 갈 거야.

버스를 타지 않으면 우린 학교까지 걸어가야 해. 이것보다 더 많은 지렁이를 밟으면서 말이야.

벨라가 여전히 움직이려 하지 않자 가우리는 벨라의 손을 꽉 잡고 끌어서 억지로 가게 만들었다. 벨라가 소리 내어 애처롭게 흐느꼈다.

버스 정류장에 모여 있는 다른 엄마와 아이들이 고개를 돌려 쳐다보았다. 스쿨버스가 와서 멈추었다. 문이 열리고 아이들이 차에 올랐다. 운전사가 그녀와 벨라를 기다렸다.

남들이 다 보잖아, 벨라. 겁쟁이처럼 행동하지 마.

나는 네 아빠가 내 눈앞에서 죽어가는 것을 보았다, 가우리는 그렇게 말하고 싶었는지 몰랐다.

난 엄마가 싫어, 벨라가 손을 뿌리치며 소리쳤다. 난 엄마를 절대 좋아하지 않을 거야, 죽을 때까지.

벨라가 앞으로 달려나갔다. 가우리가 벨라를 불렀지만 엄마를 포기하고 곧장 내달렸다. 차가 서 있는 곳까지 남은 길을 가우리가 동행하는 것을 원치 않았다.

꾸미고 뽐내는 게 아이들의 성질이다. 오후에 벨라가 집에 돌아왔을 때 아침의 일은 잊혔다. 그러나 벨라가 한 말은 예언처럼 가우리의 마음에 스며들었다.

벨라에게 알려주고 싶어요, 그날 저녁 벨라가 잠든 후 논문을 타이핑하다가 잠시 휴식을 취하면서 수바시에게 말했다. 수바시는 부엌 식탁에 앉아서 청구서와 고지서의 금액을 적으며 수표장의 잔액을 맞추고 있었다.

무엇을?

벨라에게 우다얀 얘기를 해주고 싶어요.

수바시가 그녀를 빤히 쳐다보았다. 가우리는 그의 눈에 깃든 두려움을 보았다. 우다얀이 부레옥잠 밑에 숨어 있던 때와 총이 자신의 목을 겨누었을 때가 생각났다. 그 총이 지금 자신의 손에 들려 있다는 것을 깨달았다. 그녀는 우다얀에게 문제가 되는 것은 모두 제거할 수 있었다.

그게 사실이니까요, 그녀가 말했다.

그는 고개를 저었다. 표정이 변했다. 일어서서 그녀를 마주 보았다.

벨라도 알아야 해요, 수바시.

걘 너무 어려. 겨우 여섯 살인걸.

그럼 언제요?

벨라가 받아들일 수 있을 때. 지금 그걸 얘기하면 아이에게 득 되는 건 없고 해만 될 거야. 가우리는 계속 우길 생각이었다. 자신들의 삶의 거짓된 껍질을 벗겨낼 생각이었다. 그러나 그의 말이 옳다는 것을 알았다. 그 사실을 받아들이는 건 벨라에게는 너무 가혹한 일이었다. 게다가 그렇게 되면 아마 자신이 의지해온 수바시와 벨라 사이의 동맹이 위태로워질 것이다. 벨라는 수바시를 다른 눈으로 보게 되리라.

그럼 알았어요, 그녀는 나가려고 몸을 돌렸다.

잠깐만.

네?

내 말에 동의하는 거야?

알았다고 했잖아요.

그럼 이걸 약속해줘.

뭔데요?

그 얘기를 당신 혼자 하지는 않겠다는 거. 언젠가 벨라에게 우리 둘이 함께 말하겠다고 약속해줘.

그녀는 약속했다. 그러나 그 약속이 자신의 내부에 가라앉으면서 묵직하게 짓누르는 무게감을 느꼈다. 그가 벨라의 아빠라는 착각을 계속 간직해야 하는 데서 비롯한 무게감이었다. 표면에 떠오르지 않고 늘 가라앉아 있는 무게감이었다.

가우리는 그것이 수바시가 그녀에게서 계속 필요로 하는 유일한 것이라는 사실을 깨달았다. 그것을 그가 언젠가는 포기할 생각을 하기 시작했다는 것도 알아차렸다.

그녀는 한 남자가 자기를 쳐다본다는 것을 알게 되었다. 그녀가 지나가면 고개를 약간 돌렸다. 그는 그녀에게 자신을 소개한 적이 없는데도 자주 그녀를 흘끔거렸다. 그 남자가 그럴 이유는 없었다. 가우리는 이 학교에 자신을 닮은 여자는 별로 없다는 것을 알았다. 다른 인도 여자들은 대부분 사리를 입었다. 그러나 가우리는 청바지와 허리띠가 있는 카디건을 입고 부츠를 신었는데도, 아니 어쩌면 그렇기 때문에 자신이 눈에 띈다는 것을 알았다.

처음 보았을 때 그가 신체적으로 매력적이지 않다는 것을 알았다. 오십 대로 보였으며 허리가 약간 굵었다. 눈은 작고 어딘지 불가사의해 보였으며, 약간 뻗친 머리는 연한 갈색이었다. 입술은 얇고, 얼굴은 주름지고 건조해 보였다.

그는 스웨터 위에 갈색 코듀로이 웃옷을 입었다. 손에는 낡은 가죽 서류 가방이 들려 있었다. 그녀와 그는 말은 없지만 서로를 알아보는 다소 희극적인 상황을 예견하며 지나쳤는데, 그녀는 그가 미소 짓는 것을 한 번도 본 적이 없었다.

가우리는 그가 교수인가 보다고 생각했다. 어느 과 소속인지는 몰랐다. 어느 날은 그의 손가락에서 결혼반지를 보았다. 독일 철학 수업을 받으러 가는 길에 늘 똑같은 통로에서 그를 보곤 했다.

어느 날 고개를 돌려 그를 보았다. 그를 빤히 쳐다보았다. 그를 멈춰 세우고 뭔가 말을 하고 싶었다. 자신이 뭘 하게 될지 몰랐지만 아무튼 그녀는 그런 일이 일어나기를 원하고 바라기 시작했다. 그를 보면 자신의 몸이 반응하는 것을 느꼈다. 심장의 고동이 빨라지고 몸이 팽팽해지고 다리 사이가 촉촉해졌다.

침대에서 수바시를 탐하면서도 머릿속으로는 이 남자와 호텔 방이나 그의 집에 있다는 상상을 했다. 그의 입술과 그와의 섹스를 느꼈다.

수요일은 그를 보는 날이었다. 그녀는 그와 조우할 준비를 하기 시작했다. 수업이 오전에 있으므로 비는 시간이 있었다. 벨라를 맞이하러 가기 전에 한 시간 남짓 그와 시간을 보낼 수 있었다. 화요일에는 다음 날을 위해 저녁을 필요한 양 이상으로 지었다. 일정에 차질이 생겨 늦어질 경우를 감안한 것이었다.

그러나 다음번에 그를 본 것은 월요일 오후, 학교의 다른 장소에서였다. 그녀는 앞서 가는 그를 알아보았다. 30분 뒤에 벨라를 맞으러 가야 했고, 지금은 책을 빌리러 도서관에 가는 중이었다. 하지만 그녀는 걸음을 돌려 그의 뒤를 따르기 시작했다. 그를 따라붙으려고 걸음을 재촉했지만 동시에 어느 정도의 거리는 유지했다.

그를 따라 학생회관 안으로 들어갔다. 자신의 억제력이 녹아내리는 것을 느꼈다. 그녀는 그에게로 다가가 그를 바라보며 말을 건넬 생각이었다. 실례합니다, 하려고 했다.

그녀는 그의 뒤를 따라 한쪽 구석에 텔레비전이 있고 소파가 늘어선, 공간이 둘로 나뉜 방으로 들어갔다. 그가 걸음을 멈추고 학교신문을 한 장 집어서 잠깐 훑어보았다. 그런 다음 소파로 걸어가서 그를 기다리던 한 여자에게 몸을 숙이고 키스했다. 그 여자의 무릎을 만졌다.

가우리는 자신이 생각할 수 있는 유일한 장소인 커다란 여자화장실로 피했다. 육중한 문을 밀고 들어가 휴게실의 두꺼운 양탄자를 가로질러 걸었다. 이어 화장실 칸막이 안으로 들어가 문을 잠갔다. 그녀 혼자였다. 옆 칸막이에는 아무도 없었다. 그녀는 자기 자신을 어쩌지 못하고 셔츠를 밀어 올려 가슴을 드러냈다. 그리고 애무했다. 이마를 차가운 철제문에 기댄 채 다른 손으로는 청바지의 지퍼를 내리고 손가락을 뼈의 튀어나온 부분 위에 걸었다.

그녀는 금세 진정되어서 그 행위를 끝냈다. 싱크대로 가서 손을 씻고 머리를 매만졌다. 거울에 붉게 달아올랐던 얼굴이 보였다. 이어 성큼성큼 걸어서 휴게실을 지나갔다. 그 남자와 여자 친구가 거기 그대로 앉아 있는지 확인하지 않았다.

다음 주 수요일에는 다른 길을 통해서 수업에 들어갔다. 그녀는 다시는 그와 마주치지 않으려고 주의를 기울였고, 가능하면 반대 방향으로 걸어갔다.

어느 날 오후 벨라는 종이 인형을 꾸미는 책을 가위질하는데 정신이 팔렸다. 7월이었다. 벨라의 학교는 문을 닫고 긴 방학에 들어갔다. 대학 교정은 조용했다. 수바시는 프로비던스에서 여름 학기 과목을 가르쳤고, 나머지 시간은 내러갠셋의 실험실에서 보냈다. 가우리는 벨라와 함께 하루하루를 보냈다. 벨라를 데리고 어딘가로 갈 수 있는 차도 없었고 휴식도 없었다.

가우리는 옆에 책을 두고 앉았다. 스피노자의 『윤리학』이었는데, 읽던 부분을 끝까지 읽으려 애썼다. 그런데 뭔가 변화가 생긴 것을 느꼈다. 책을 읽으면서 동시에 벨라와 함께 있을 수 있게 된 것이었다. 둘을 함께 하면서 별개의 방식으로 각각의 일을 할 수 있었다.

텔레비전은 꺼졌고 아파트는 조용했다. 두꺼운 종이를 오리는 벨라의 가위질 소리만 가끔씩 들릴 뿐이었다.

가우리는 차를 끓이러 부엌에 갔다가 우유가 떨어진 것을 알았다. 거실로 돌아왔다. 상체를 숙이고 자기 일에 몰두한 벨라의 목덜미가 눈에 들어왔다. 서로 다른 목소리로 혼잣말을 하며 종이 인형들끼리 이야기를 나누는 흉내를 냈다.

벨라, 신발 신어라.

왜?

가게에 갔다 와야 해.

난 바빠, 벨라가 말했다. 갑자기 여섯 살이 아닌 열두 살 아이의 말처럼 들렸다. 마치 가위로 싹둑싹둑 자르면서 가우리에 대한 필요성을 잘라내고 가우리를 무시해버리는 것 같았다.

괜찮은 방법이 생각났다. 가게는 아파트 단지 바로 뒤편으로 2분 거리였다. 부엌 창문에서도 보였다. 쓰레기 버리는 커다란 통과 음료 자판기와 주차된 차들을 지나서 있었다.

내려가서 우편물 좀 가져올게.

가우리는 생각할 겨를도 없이 급히 밖으로 나와서 문을 잠갔다. 계단을 내려가고 주차장을 빠른 길로 가로지르며 녹음이 짙은 무더운 날씨 속으로 걸어 들어갔다.

그녀는 걷는다기보다는 달렸다. 발걸음이 빠르고 경쾌했다. 가게에서는 죄를 짓고 있는 것 같은 느낌이 들어 다급하게 행동했다. 항상 벨라에게 친절한, 금전등록기 뒤쪽에 서 있던 노인이 이를 보고 가우리가 우유를 사러 온 게 아니라 훔치러 온 것 같다며 걱정을 했다.

오늘은 딸이 어디 갔나?

친구랑 함께 있어요.

노인은 빙긋 웃으며 금전등록기 옆의 조그만 그릇에서 박하사탕을 하나 꺼내서 그녀에게 건넸다. 애한테 내가 준 거라고 말해줘.

그녀는 서두르면서도 신중하게 거스름돈을 세면서 받았다. 처음 여기 왔을 때 그랬듯이 돈 계산을 할 때면 늘 쩔쩔맸다. 그녀는 잊지 않고 고맙다는 인사를 건네고 나왔다. 박하사탕은 아파트 건물에 이르기 전에 버렸고 우유는 토트백 안에 숨겼다.

다음 날은 벨라를 텔레비전 앞의 커피 탁자 앞에 앉혔다. 가우리는 세세한 부분까지 신경을 썼다. 벨라가 목이 마를 경우를 대비하여 물 한 잔을 준비했고 비스킷과 포도를 접시에 듬뿍 담아놓았다. 그림을 그리다가 연필심이 부러질 경우를 대비하여 여분의 연필도 준비했다. 5분 동안 집을 나가 있으려고 30분 동안 조심스럽게 준비해야 했다.

5분이 배가 되어 10분이 되었고, 때때로 그 이상이 되었다. 머리를 맑게 하려고 15분 동안 혼자 있기도 했다. 교정의 안뜰을 가로지르며 도서관으로 달려가서 책을 반납하는 시간이었고, 언제든 할 수 있는 일이었으나 그제야 해야겠다고 마음먹은 단순한 일을 처리하는 시간이기도 했다. 오토 바이스 교수가 그녀에게 검토해보라고 제안한 박사과정 서류를 요청하는 편지를 들고 우체국에 가서 부치는 시간이었다. 벨라나 수바시가 없다면 자신의 인생이 다른 모습일 거라고 생각해보는 시간이었다.

자신의 정신을 예리하게 유지하는 것, 이것은 도전적인 과제이자 풀어야 할 난제가 되었다. 달리고 달리고 또 달리지 않을 수 없다고 여겨지는 개인적인 레이스가 되었다. 만약 멈춘다면 위업을 이룰 수 있는 자신의 능력이 없어질 것이었다. 밖에 나가기 전에는 가스레인지가 꺼졌는지, 창문은 닫혔는지, 칼은 손이 닿지 않는 곳에 두었는지 점검했다. 물론 벨라는 그런 아이가 아니었다.

그렇게 해서 오후의 외출이 시작되었다. 매일 그런 것은 아니었지만 자주 그랬다. 너무 자주. 해방감에 방향감각을 잃어버린 그녀는 거지가 게걸스레 음식을 탐하듯 그 해방감을 마구 탐했다.

때때로 그녀는 아무것도 사지 않고 그냥 가게까지 갔다가 돌아왔다. 때로는 실제로 우편물을 챙겨 들고 학교 벤치에 앉아서 자세히 살펴보았다. 학생회관에 가서 학교신문을 한 부 가져오기도 했다. 그런 다음 아파트로 돌아와 계단을 뛰어 올라갈 때면 한편으로는 의기양양했지만 다른 한편으로는 자기 자신에게 섬뜩 놀라곤 했다. 그녀가 문을 열고 들어가면 벨라는 자신이 집을 나왔을 때와 똑같은 모습으로 앉아 있었다. 전혀 의심하지 않았고, 어디 갔다 왔느냐고 묻는 일도 없었다.

그러던 그해 어느 여름날, 수바시가 더위가 끝 무렵에 이른 때를 이용하여 벨라를 데리고 해변에 나갈 생각으로 평소보다 일찍 집에 돌아왔다.

수바시는 벨라가 스스로 만든 텐트 속에 몸을 숨긴 것을 보았다. 벨라는 종종 자신의 침대에서 담요를 가지고 나와 거실의 소파나 커피 탁자 위에 걸쳐놓고 그렇게 텐트 놀이를 했다. 그 텐트 속에 들어가 혼자 노는 것을 무척 좋아했다.

엄마는 우편물을 가지러 나갔다고 벨라가 말했다. 그러나 가우리는 계단 밑 우편함이 있는 곳에 없었다. 방금 전에 자신이 우편물을 수거해서 계단을 올라온 터였다.

10분 후에 가우리가 신문을 들고 나타났다. 그녀는 주차장에 수바시의 차가 있는 것을 알아차리지 못했다. 집에 일찍 들어온다는 전화가 없었으므로 수바시가 집에 있을 거라고 생각할 이유가 없었다.

엄마 왔잖아, 가우리가 문을 열고 들어올 때 벨라가 말했다. 봐, 내 말이 맞지? 엄마는 항상 온다니까.

그러나 방을 등지고 창가에 선 수바시는 몇 분이 지나서야 몸을 돌렸다.

그는 처음에는 그녀를 나무라는 말을 하지 않았다. 우다얀이 죽은 후에 시부모님이 그녀를 무시한 것처럼 일주일 동안 말을 걸지 않고 아는 척도 하지 않은 것이 그의 유일한 벌이었다. 분노를 참고 그녀가 안 보이는 것처럼, 집 안에 벨라만 있는 것처럼 행동하며 아파트 안에서 그녀와 함께 지냈다. 그가 침묵을 깨던 날 이렇게 말했다.

어머니가 옳았어. 당신은 엄마가 될 자격이 없어. 당신에게 특혜를 준 건 낭비였어.

가우리는 사과했다. 다시는 그러지 않을 거라고 말했다. 자신을 모욕한 그가 증오스러웠으나 그의 반응이 타당하다는 것을 알았다. 그녀가 한 행위를 그가 절대 잊지 않으리라는 것도 알았다.

계속 같은 집에 살면서도 그는 그녀를 외면했고, 그녀도 마찬가지로 그를 외면했다. 그녀 자신이 이 결혼 생활에서 추구해온 것이 그와 거리를 두려는 것이었는데 이제는 그가 자발적으로 그렇게 했다. 그는 이제 침대에서 그녀를 만지고 싶어 하지 않았으며, 둘째 아이를 낳는 문제를 더 이상 꺼내지 않았다.

보스턴대학으로부터 다음 해 봄에 박사과정에 입학할 수 있다는 허가를 받았을 때, 대학에서 그녀에게 교통비를 지급하겠다고 했을 때 수바시는 반대하지 않았다. 그녀가 일주일에 이틀을 그 대학으로 가는 버스를 타기 시작했을 때도, 그녀가 집에 없는 날에 벨라를 돌보아줄 대학생을 알아보았을 때도 수바시는 아무 말도 하지 않았다. 그는 분열을 초래한 그녀를 탓하지 않았고, 그 시간을 밖에서 보내고 싶어 하는 것도 탓하지 않았다.

벨라 때문에 헤어지는 문제는 서로 입 밖에 꺼내지 않았다. 그들의 결혼 생활의 핵심은 벨라였다. 가우리가 야기한 상처에도 불구하고, 새로운 일정에 따라 오가야 함에도 불구하고 벨라가 있다는 사실은 여전히 남았다.

그것 말고도 그녀는 학생이었고 수입이 없었다. 벨라와 마찬가지로 가우리도 그 없이 살아가기 어려웠다.

5

1

날마다 물은 줄어든다. 테라스의 격자 난간을 통해 물이 조금 줄어든 것을 볼 수 있다. 비졸리는 집 앞에 있는 두 개의 연못과 그 뒤쪽에 있는 넓은 저지대가 쓰레기로 가득 찬 모습을 바라본다. 헌 옷, 넝마 조각, 신문지, 빈 유제품 통, 맥아 가루 병, 초콜릿 음료 통, 땀띠약 용기 등이 널렸고, 캐드베리 초콜릿에서 나온 보라색 포장지도 있다. 길가에서 차나 가당 요구르트를 담아서 파는, 깨진 찰흙 컵도 눈에 띈다.

쓰레기 더미가 물의 가장자리 주위로 둑처럼 두껍게 쌓여 있다. 멀리서 보면 희끄무레하고 가까이 다가가면 형형색색이다. 그녀의 쓰레기도 결국에는 그곳으로 간다. 비스킷이나 버터에서 나온 포장지, 납작해진 보럴라인 크림 튜브, 빗살 사이에 끼인 것을 빼낸, 그녀의 머리에서 빠진 가늘고 힘없는 머리카락 뭉텅이……

사람들은 으레 이 물속에 쓰레기를 던졌다. 그러나 지금은 부주의해서가 아니라 의도적으로 물을 메우는 경우가 많다. 연못에서, 논에서, 캘커타 전역에서 불법행위가 자행되고 있다. 부동산 개발업자들이 이런 땅을 메운다. 그래서 이 도시의 습지가 단단히 다져지고, 새로운 구역이 조성되고, 새 집들이 지어진다. 새로운 세대가 자라난다.

이런 일이 북부의 비단나가르에서 대규모로 일어났다. 신문에서 그에 관해 읽었다. 네덜란드 엔지니어들이 후글리 강에서 토사를 끌어와 호수를 메우려고 관을 설치했다. 그 결과 물이 땅이 되었다. 그들은 그 자리에 계획도시인 솔트레이크를 개발했다.

오래전에 톨리건지에 처음 왔을 때는 물이 깨끗했다. 날이 무더우면 수바시와 우다얀은 연못에 들어가 몸을 식혔다. 가난한 사람들은 목욕을 했다. 비가 온 후에는 불어난 물로 저지대는 아름다운 곳으로 변했다. 물을 헤치며 걷는 새들이 가득했고, 수면은 달빛을 반사할 만큼 깨끗했다.

지금은 물이 줄고 줄어서 한가운데에만 녹색의 우물로 남았다. 군용 차량을 연상시키는 칙칙한 녹색이다. 저지대의 대부분이 진창으로 돌아오는 겨울철에 태양의 열기가 강한 날이면 그녀는 물웅덩이에서 물이 증발하는 것을 눈앞에서 본다. 땅에서 솟아오르는 증기 같다.

쓰레기에도 아랑곳하지 않고 부레옥잠은 굳세게 뿌리를 내리고 여전히 자란다. 이 땅을 원하는 개발업자들이 부레옥잠을 없애려면 불로 태우든지 아니면 기계로 제거해야만 할 것이다.

그녀는 일정한 시간에 의자에서 일어난다. 안뜰로 내려가서 마리골드와 재스민을 몇 송이 꺾어 손에 쥔다. 남편이 심은 달리아가 이 겨울에도 아직 피어 있다. 이웃 사람들은 담 너머로 그들을 살펴보곤 한다.

저지대

그녀는 연못을 지나 저지대의 가장자리로 간다. 걸음걸이는 변했다. 한 발을 똑바로 다른 발 앞으로 내딛는 데 필요한 조화로운 움직임을 상실했다. 그 대신 한쪽 어깨가 기울어진 자세로 몸을 좌우로 움직이면서, 조심조심 땅을 밟으며 나아간다.

그날 저녁의 일은 이제는 오래전의 이야기가 되었다. 우다얀이 죽은 후에 태어난 동네 아이들은 꽃과 조그만 황동 주전자를 들고 가는 그녀를 보면 조용해진다.

추모비를 물로 씻고 나서 전날 놓아둔 마른 꽃을 버리고 가져온 꽃을 새로 올려놓는다. 지난 10월이 12주기였다. 그녀는 물웅덩이에 손을 넣었다 뺀 다음 손가락에 묻은 물을 꽃에 뿌린다. 밤사이에 마르지 않게 하려는 것이다.

비졸리는 동네 아이들이 자신을 무서워한다는 것을 안다. 아이들에게는 그녀 또한 이 동네에 사는 유령 같은 존재다. 테라스에서 자신들을 내려다보고, 매일 같은 시간에 어김없이 밖으로 나오는 유령이다. 그녀는 아이들에게 너희들 생각이 옳다고 말해주고 싶다. 그리고 우다얀의 유령이 집 안과 집 주위를, 그리고 이 동네를 떠돈다는 말도 해주고 싶다.

아이들이 묻는다면, 어떤 날은 우다얀이 대학교에서 긴 하루일과를 마치고 집에 오는 모습이 눈에 보인다는 얘기도 들려주고 싶다. 우다얀이 책가방을 어깨에 걸치고 여닫이문을 통해 뜰로 걸어 들어온다. 깨끗이 면도한 얼굴이다. 공부를 하기 위해 자신의 책상에 앉으려는 마음이 간절한 모습이다. 그녀에게 배가 고프다고, 차를 마시고 싶다고 말한다. 왜 주전자를 불 위에 올려놓지 않았느냐고 묻는다.

그녀는 계단을 올라오는 그의 발소리를 듣는다. 그의 방에서 선풍기가 돌아가는 소리를 듣고, 오래전에 고장 난 단파 라디오에서 나는 지지직거리는 잡음도 듣는다. 성냥불을 켜는 짧은 소리도 듣는다. 그가 성냥갑의 모서리를 탁 치자 불이 확 타올랐다 사그라진다.

그의 시신이 돌아오지 않은 것이 집안의 마지막 수치였다. 총알 세례를 받은 시신에게 경의를 표하며 위로하는 일도 거부당했다. 그들은 시신에 성유를 바르지도 못했고 꽃으로 덮어주지도 못했다. 그의 동지들이 관을 어깨에 메고 이 주거지를 떠나 "하리 볼'신을 찬미하라'라는 뜻"이라고 외치며 다음 세상으로 인도하는 의식도 베풀지 못했다.

그가 죽은 이후 법에 매달릴 수도 없었다. 경찰이 그를 죽일 수 있게 한 것이 그 당시의 법이었다. 한동안 그녀와 남편은 신문에서 그의 이름을 찾았다. 직접 눈으로 보았음에도 증거가 필요했다. 그러나 관련된 기사는 어디에도 없었다. 그런 일이 일어났음을 시인하는 어떠한 글도 없었다. 당의 동지들이 뜻을 모아 세운 조그만 추모의 표석이 그 일을 인정하는 유일한 것이었다.

그들은 태양을 본떠서 우다얀을 표현하는 말을 지었다. 아무런 대가도 받지 않고 생명을 주는 자.

우다얀이 죽고 난 다음 해에, 그러니까 수바시가 가우리를 미국으로 데려간 해에 비졸리의 남편은 은퇴했다. 남편은 해가 뜨기 전에 일어나서 북쪽 방향인 바부가트로 가는 첫 전차를 탔으며, 그곳 갠지스 강에서 목욕을 했다. 아침을 먹고 나서는 종일토록 방에 틀어박혀 책을 읽었다. 밥을 점심으로 먹지 않으려 했고, 그 대신 과일과 따뜻하게 데운 우유를 달라고 했다.

많은 것들이 빠진 이런 일상이 그의 나날을 이루었다. 남편은 신문을 읽는 것을 그만두었다. 가슴에 와 닿는 바람이 너무 습하다고 투덜대며 비졸리와 함께 테라스에 앉는 일도 그만두었다. 그이는 벵골어로 번역된 『마하바라타』를 한 번에 몇 쪽씩 읽으며 자신들에게 영향을 미치지 않는 익숙한 고대의 전쟁 이야기에 빠져들었다. 눈이 백내장으로 흐려져서 답답하고 불편해지기 시작했을 때도 검사를 받으려 하지 않았다. 그이는 대신 돋보기를 사용했다.

어느 시점이 되자 그이는 집을 팔고 톨리건지에서 이사 가자고, 캘커타를 완전히 떠나자고 말했다. 평화로운 산골 마을 같은 인도의 다른 지역으로 이사 가는 건 어떻겠느냐고 했다. 아니면 비자를 신청하여 미국으로 건너가서 수바시, 가우리와 함께 살 수도 있을 거라고 했다. 자기들을 이곳에 묶어두는 건 아무것도 없다고 말했다. 나중에는 아마 자기들이 동네 사람들의 웃음거리가 될 거라고 했다.

그녀도 잠깐 그런 생각을 해보았다. 미국으로 가서 수바시와 서먹해진 관계를 회복하고, 가우리를 받아들이고, 우다얀의 아이와 친해지고…….

그러나 비졸리로서는 우다얀이 태어나서부터 줄곧 살아왔던 집과 우다얀이 죽은 이 동네를 포기한다는 것은 있을 수 없는 일이었다. 자신이 멀리서나마 마지막으로 우다얀을 보았던 이 테라스를 버리고 떠난다는 건 있을 수 없었다. 놈들이 우다얀의 목숨을 앗아간, 저지대 지나서 있는 들판을 두고 떠날 수는 없었다.

지금은 빈 들판이 아니었다. 새로운 주택단지가 들어섰으며,

옥상은 텔레비전 안테나로 어지러웠다. 아침이면 가까운 곳에 새로운 시장이 형성되었다. 디파 말로는 이곳의 채솟값이 더 싸다고 했다.

한 달 전, 남편은 잠자리에 들기 전에 벽에 박은 못에 모기장을 묶고, 다음 날에도 시계가 멈추지 않도록 손목시계의 태엽을 감았다. 아침에 비졸리는 자기 방 옆방인 남편 방의 문이 여전히 닫혀 있다는 것을 알아차렸다. 아침에 갠지스 강으로 목욕하러 가지 않았다는 것을 의미했다.

그녀는 남편의 방문을 노크하지 않았다. 테라스로 올라가서 의자에 앉아 하늘을 쳐다보며 차를 홀짝였다. 하늘에는 구름이 끼었으나 비는 내리지 않았다. 그녀는 디파에게 차를 가지고 남편 방에 가서 남편을 깨우라고 말했다.

몇 분 후, 디파가 남편 방에 들어간 뒤 비졸리는 찻잔과 잔받침이 바닥에 떨어져 깨지는 소리를 들었다. 디파가 테라스로 올라와 그녀를 찾기 전에, 남편이 잠을 자다 죽었다는 말을 하기 전에 비졸리는 이미 알고 있었다.

그녀는 과부가 되었다. 가우리가 그랬듯이. 비졸리는 이제 무늬나 가두리가 없는 흰색 사리를 입었다. 팔찌를 차지 않았고 생선도 먹지 않았다. 머리 가르마에 주홍색 치장도 하지 않았다.

그러나 가우리는 다시 결혼했다. 그것도 수바시와. 일이 그렇게 급변한 것을 생각하면 그녀는 여전히 망연자실했다. 어떤 면에서 그것은 우다얀의 죽음보다도 더 예상하지 못했고 더 충격적이었다. 어떤 면에서는 우다얀의 죽음만큼이나 가혹한 일이었다.

이제는 디파가 모든 일을 한다. 일 잘하는 십 대 소녀 디파의 가족은 도시 외곽에서 사는데, 그녀가 도움을 주어야 할 형제자매가 다섯이나 된다. 비졸리는 자신의 의복 장신구와 예쁜 물건들을 디파에게 주었다. 집 열쇠도 주었다. 디파는 비졸리의 머리를 감겨주고 빗겨주며, 머리가 별로 없는 부분이 눈에 덜 띄도록 매만져준다. 밤에는 기도실에서 비졸리와 함께 잔다. 비졸리는 이제 그 방에서 더 이상 기도를 올리지 않는다.

디파가 돈을 맡아서 관리하고, 시장에 가고, 음식을 만들고, 우편물을 가져온다. 아침이면 그녀는 관우물에서 마실 물을 담아 오고, 밤에는 대문이 잠겼는지 확인한다.

단을 올려야 할 옷이 있을 때는 그녀가 재봉틀을 사용한다. 우다얀이 기름을 쳐주곤 하던 재봉틀이다. 우다얀이 자신의 연장으로 재봉틀을 수리해주곤 했으므로 비졸리는 재봉틀을 들고 수리점으로 갈 필요가 한 번도 없었다. 비졸리는 디파에게 필요할 땐 언제든지 재봉틀을 쓰라고 말한다. 그래서 비졸리가 그랬던 것처럼 이제 디파에게 재봉틀은 여분의 수입의 원천이 되었는데, 이웃에 사는 여자들의 드레스와 바지의 단을 올리거나 덧대고, 블라우스의 품을 줄이거나 늘리는 게 주로 하는 일이다.

오후에는 테라스에서 디파가 비졸리에게 신문 기사를 읽어준다. 전체를 다 읽는 경우는 없고, 어려운 단어는 생략하고 넘어가면서 몇 줄만 읽어준다. 영화배우가 미국의 대통령이라고 말한다. 인도공산당 마르크스주의파가 다시 서벵골을 통치한다고 말해준다. 우다얀이 욕했던 조티 바수가 주지사라고 읽어준다.

디파가 모든 가족의 역할을 대신해준다. 남편과 며느리와 아들의 역할을 한다. 비졸리는 우다얀이 이런 준비를 해주었다고 믿는다.

그녀는 우다얀이 분필을 들고 안뜰에 앉아 이 집에서 일하는, 학교에 다니지 않은 아이들에게 쓰기와 읽기를 가르쳐주던 모습을 떠올린다. 우다얀은 이 아이들과 친구가 되었고, 아이들 옆에서 음식을 먹었으며, 자신이 하는 놀이에 아이들을 끼워주었다. 비졸리가 고기를 따로 충분히 챙겨놓지 않은 경우에는 자신의 접시에 담긴 고기를 아이들에게 주었다. 만약 그녀가 아이들을 나무라기라도 하면 그는 다가와서 아이들을 옹호해주었다.

나이가 들어서는 헌 물건을 모았다. 낡은 침구와 솥과 냄비를 모아서 사회복지시설이나 빈민가에서 사는 가족들에게 나누어주었다. 그는 이 도시의 극빈층이 사는 지역에 있는 하녀의 집까지 하녀를 동행하여 약을 가져다주었다. 만약 하녀의 가족 중에 아픈 사람이 있는 경우에는 의사를 불렀고, 누가 죽으면 장례식 준비를 도와주었다.

그러나 경찰은 그를 범법자라고, 극단주의자라고 불렀다. 불법적인 정당의 당원이라 했고, 옳고 그름을 분간하지 못하는 철부지라고 했다.

그녀는 남편의 연금과, 가우리가 떠난 후로 다른 가족에게 세를 놓기 시작한 아래층 방세 수입으로 산다. 이따금 수바시에게서 달러로 표시된 수표가 오는데, 현금화하는 데 몇 달이 걸린다. 그녀는 수바시에게 도움을 요청하지는 않지만 그걸 거부할 입장은 못 된다.

그걸 다 합치면 먹거리를 사고 디파에게 급여를 지불하기에 충분하다. 조그만 냉장고를 장만하고 전화기를 설치할 수도 있었다. 전화는 예측할 수 없는 물건이지만, 처음으로 통화를 시도하며 송수화기를 들고 수바시의 전화번호를 돌렸을 때 그녀는 미국으로 자신의 목소리를 보낼 수 있었다. 아버지가 죽었다는 소식을 알렸다. 죽은 지 며칠 후였다. 그것은 예상치 못한 놀라운 일이었으나, 그게 얼마나 그녀 자신에게 영향을 끼쳤을까.

10년 이상 그들은 방을 따로 썼다. 10년 이상 남편은 우다얀에게 일어난 일에 관해 얘기하지 않았다. 그 얘기를 비졸리뿐 아니라 그 누구하고도 하지 않으려 했다. 남편은 매일 아침 강에서 목욕을 하고 나서 시장에서 과일을 샀고, 집에 오는 길에 걸음을 멈추어 이웃 사람들과 이런저런 얘기를 나누었다. 남편과 그녀는 우다얀의 영정 사진 아래 방바닥에 앉아, 우다얀의 죽음을 인정하지 않은 채, 말없이 저녁 식사를 했다.

그들은 이 집을 좋아했다. 어떤 의미에서 이 집은 그들의 첫 번째 자식이었다. 함께 조성한 각각의 세부 양식들에 자부심을 느꼈고 모든 변화에 흥분했다.

처음 지었을 때는 방이 두 개뿐이었는데, 그 지역에 전기가 막 들어오던 무렵이었다. 손전등을 켜고 저녁 식사를 준비했다. 영국식 도시계획의 좋은 본보기인 집 밖의 철제 가로등은 아직 전기로 전환되지 않았다. 회사의 관계자가 매일 해 지기 전과 해 뜨기 전에 와서 사다리를 타고 올라가 손으로 가스를 켜고 껐다.

대지는 폭이 8미터에 길이가 18미터였다. 집 자체는 가로가 6미터로 좁았다. 건물의 양쪽에는 법규에 따라 통로를 1미터 정도 내고 담을 쌓았다.

비졸리는 자신의 유일한 재산을 팔아서 보탰다. 결혼을 하면서 받았던 금을 다 팔았다. 아이를 갖기 전이었는데도 남편이 가족을 위해 집을 지어서, 아무리 평범하다 해도 캘커타에 부동산을 가지고 있는 게 더 중요하다고 했다. 남편은 이보다 더 안전한 것은 없다고 믿었다.

옥상은 애초에는 타일을 깔았으나 나중에 골이 진 석면으로 바꿨다. 한동안 수바시와 우다얀은 창문에 아무런 가리개도 없는 방에서 잠을 잤다. 덧문을 설치하지 않았으므로 밤에는 창에 삼베를 쳤다. 때때로 비가 들이쳤다.

남편이 그녀의 헌 사리 조각으로 경첩과 걸쇠를 윤이 나도록 닦았던 것을 기억한다. 매트리스를 두드려 먼지를 털었다. 남편은 욕실을 짓고 나서는 일주일에 한 번, 몸을 씻기 전에 구석에 페닐을 부어 욕실을 청소했다. 거미줄이 생기면 곧바로 없앴다.

비졸리는 매일 방 안에 있는 물건들을 꼼꼼히 살펴보았다. 들어서 먼지를 털고, 필요하면 교체했다. 어디에 뭐가 있는지 정확히 알았다. 침대 깔개를 팽팽할 정도로 매끈하게 깔았고, 그 위에 자신의 시계를 올려놓았다. 거울에는 얼룩 한 점 없었다. 잔 받침에 차가 흘러서 생긴 동그란 흔적을 남겨두지 않았다.

물은 관우물에서 손으로 펌프질하여 받았다. 양동이 몇 개를 채워야 하루 동안 쓸 양이 되었다. 마실 물은 주전자에 보관했다. 50년대 언젠가 정화조를 설치했다. 그 전에는 출입구 옆에 옥외 변소가 있었는데, 한 남자가 와서 그들의 배설물을 담아 머리에 이고 가져갔다.

나와브무굴 왕조 때의 지방 통치자 3형제 중 둘째인 메조 사히브가 그들의 주거지가 포함된 구역의 소유자였는데, 그가 이 집터를 그들에게 팔았다. 그는 티푸 술탄의 후손이었다. 티푸 술탄이 영국인에게 죽임을 당한 뒤로 그의 왕국은 분할되었고 자식들은 한동안 톨리클럽에 격리되었다. 예전에 비졸리가 영국에 다녀온 사람에게 들은 바로는, 엘리자베스 여왕의 저택 중 하나에 티푸의 칼과 슬리퍼, 천막, 그가 앉았던 옥좌 등이 정복의 전리품으로 전시된 것을 볼 수 있다고 했다.

수바시와 우다얀의 유년 시절, 캘커타가 인도에 속하는지 파키스탄에 속하는지가 아직 명확하지 않던 때에 왕족의 피가 흐르는 이 가족들이 그 지역에 살았다. 그들은 비졸리에게 친절했으며, 길에서 약간 벗어난 곳에 있는, 기둥이 있는 저택으로 그녀를 초대해서 셔벗을 대접했다. 수바시와 우다얀은 마당의 우리 안으로 들어가 그들이 애완동물로 키우는 토끼를 쓰다듬었고, 부겐빌레아 그늘 아래서 함께 나무 널빤지에 올라 그네를 타기도 했다.

1946년에 그녀와 남편은 폭력 사태가 톨리건지로 번질까 봐 걱정했고, 그러면 이웃 회교도들이 자기들을 적으로 돌리지 않을까 우려했다. 그래서 집을 비우고 당분간 이 도시의 다른 지역에서, 힌두교도가 다수인 지역에서 사는 것을 고려했다. 그러나 메조 사히브의 조카가 거리낌 없이 말했다. 자기가 직접 나서서 그들을 보호하겠다고 했다. 이 주거지에 들어와 힌두교도를 위협하고자 하는 사람은 나를 먼저 죽여야 할 것이다, 그가 말했다.

그러나 분리 독립 이후 메조 사히브의 가족은 다른 많은 사람들과 함께 도망갔다. 그들의 고향 땅은 소금물이 식물의 뿌리를 덮친 것처럼 황폐해졌다. 버리고 떠난 우아한 저택들은 대부분 다른 사람들이 차지했거나 파괴되었다.

비졸리의 집도 버려진 것처럼 생각된다. 집의 용도도 애초의 계획에서 바뀌었다. 우다얀은 이 집을 물려받을 만큼 오래 살지 못했고 수바시는 돌아오기를 거부한다. 수바시는 위안이 되었어야 했다. 다른 아들이 세상을 떴으니 남은 아들을 위안으로 삼아야 했다. 그러나 그녀는 다른 아들 없이 한 아들만 사랑할 수가 없었다. 수바시는 상실감을 증폭시킬 뿐이었다.

우다얀이 죽은 뒤 그가 집에 왔을 때, 그가 부모 앞에 섰을 때 그녀가 느낀 것은 분노감뿐이었다. 너무 강렬하게 우다얀이 떠올랐기에, 우다얀의 목소리와 너무나 흡사했기에 수바시에게 분노감을 느꼈다. 이 세상에 남은 우다얀인 것만 같아서 분노감을 느꼈다. 그녀는 수바시가 가우리에게 관심을 기울이고 가우리를 친절히 대하는 것을 엿들었다.

수바시가 가우리와 결혼하겠다고 알렸을 때 그녀는 그가 그런 결정을 내릴 수는 없다고 말했다. 수바시가 고집을 꺾지 않자 그러다 모든 걸 잃어버릴 수 있다고 말해주었으며, 그들이 남편과 아내로서 이 집에 발을 들여놓지는 못한다고 했다.

그녀는 그들의 마음에 상처를 주려고 일부러 그렇게 말했다. 처음부터 마음에 들지 않았고 가족의 일원으로 받아들이고 싶지 않았던 여자애가 두 번이나 며느리가 되려고 했기 때문에 그렇게 말했다. 우다얀의 분신을 자궁에 품은 사람은 비졸리가 아니라 가우리였기 때문에 그렇게 말했다.

그녀가 진심으로 그렇게 말한 것은 아니었다. 그러나 수바시와 가우리 모두 12년 동안 그 말을 곧이곧대로 실행했다. 그들은 톨리건지에 오지 않았다. 함께 오지도 않았고 혼자 오는 경우도 없었다. 그들은 집에서 멀리 떨어져 살았다. 그래서 그녀는 어머니가 느낄 수 있는 가장 큰 수치감을 느낀다. 한 아이는 저세상으로 떠나보내고 다른 아이는 잃어버렸는데도 자기가 아직 살아 있다는 사실이 수치스럽기 그지없다.

41년 전, 비졸리는 살아오는 동안 갈구했던 그 어떤 것보다 더 수바시를 잉태하기를 갈구했다. 수바시를 잉태한 것은 결혼한 지 거의 5년이 지났을 무렵이었다. 이미 이십 대 중반이었고, 자신은 아이를 가지지 못하는가 보다, 자신과 남편은 아이가 있는 가정을 꾸릴 팔자가 아닌가 보다 하는 생각이 들기 시작했다. 토지를 사고 집을 짓는 데 전 재산을 투자한 것이 헛된 노력이었나 보다 하는 생각이 들었다.

그러나 1943년 말에 수바시가 태어났다. 그 당시에는 톨리건지가 자치 읍이었다. 하우라 다리가 새로 개통되었지만 여전히 마차가 사람들을 기차역까지 실어 날랐다. 간디가 영국에 항거하여 다시 금식을 했다. 영국은 추축국과 전쟁을 치르는 중이었으므로 톨리건지의 숲은 일본 전투기를 격추할 태세를 갖춘 외국 군인들로 가득했다.

임신 중이던 그해 여름에 마을 사람들이 발리건지 역에 모여들기 시작했다. 그들은 해골처럼 말랐고 반은 실성한 상태였다. 농부이고 어부인 사람들이었다. 예전에는 다른 사람을 위해 식량을 생산하고 조달하던 사람들이 이제는 식량이 부족해서 죽어가고 있었다. 그들은 캘커타 남부의 나무 그늘 아래 길거리에서 노숙했다.

그 전해에 불어닥친 사이클론이 해안가의 농작물을 파괴했다. 그러나 그로 인한 기근은 천재가 아니라 인재라는 것을 모르는 사람이 없었다. 정부가 군사적인 관심사에 정신이 팔린 나머지 배급을 제대로 하지 않고 전쟁 비용에 충당했기 때문에 쌀은 너무 비싸서 사 먹을 수가 없었다.

그녀는 길에 뒹구는 시체가 수레에 실려 치워지기 전까지 파리 떼에 뒤덮인 채 태양 아래서 악취를 풍기며 썩어갔던 것을 기억한다. 팔이 너무 가늘어진 몇몇 여자들이 그들의 유일한 장신구인 결혼 팔찌가 흘러내려서 빠지지 않게 하려고 팔꿈치 위로 팔찌를 밀어 올리던 모습을 기억한다.

길거리에서 모르는 사람에게 당당하게 다가가 어깨를 톡톡 치며 흐릿한 쌀뜨물을 구걸하는 사람들도 있었다. 보통은 그냥 버리는, 체처럼 구멍이 숭숭 뚫린 용기에 담긴 쌀에서 흘러나온 물을 구걸하는 것이었다.

비졸리는 이 물을 보관했다가 식사 때가 되면 집 밖의 여닫이문 주위로 모이는 의식이 혼미해 보이는 사람들에게 주었다. 수바시를 임신한 무거운 몸으로 무료 급식 자원봉사를 나가 귀리죽을 쒀서 나눠 주기도 했다. 밤에도 구걸하는 소리가 들렸는데, 간헐적으로 우는 동물의 울음소리 같았다. 톨리클럽에서 들리는 자칼의 울음소리와도 비슷했다. 그 울음소리에 놀랐던 것처럼 구걸 소리에도 똑같이 놀랐다.

그녀는 먹을 만한 것을 찾아 집 저편의 연못 속과 저지대의 불어난 물 속을 뒤지는 사람들을 보았다. 곤충을 먹고, 흙을 먹고, 땅속을 기어 다니는 애벌레를 먹었다. 어디에나 고통이 널린 그해에 첫째 아이가 세상에 태어났다.

저지대

15개월 뒤, 전쟁이 끝나고 일본이 항복하기 얼마 전에 우다얀이 태어났다. 그녀의 기억에는 두 아이의 임신이 한 번의 긴 임신으로 남았다. 두 아이는 차례로 비졸리의 몸을 차지했다. 수바시가 첫걸음마를 떼기 전에, 정식으로 이름을 짓기 전에 우다얀의 세포가 분화하고 증식하기 시작했다. 실질적으로 그들의 나이 차이는 실제 경과 시간인 15개월이 아니라 생일의 차이인 3개월인 것 같았다.

그녀는 한 접시에 밥과 콩 요리를 섞어서 손으로 먹였다. 통째 요리한 생선에서 뼈를 발라내서 바느질 바늘 세트인 양 접시의 모서리에 늘어놓았다.

처음부터 우다얀이 더 많이 졸랐다. 무슨 까닭인지 우다얀은 엄마의 사랑을 확실히 믿지 못하고 불안해했다. 태어난 순간부터 크게 울고 보챘다. 다른 사람에게 건네거나 잠시 그녀가 방을 비우기라도 하면 마구 울어댔다. 우다얀을 달래려는 노력이 모자간의 유대감을 더욱 돈독하게 했다. 우다얀은 그녀를 화나게 했지만, 엄마에게 원하는 우다얀의 욕구는 솔직하고 평범한 것이었다.

아마 이런 이유로 그녀는 아직도 수바시보다 우다얀에게 더 친밀감을 느낀다. 둘 다 그녀를 저버렸다. 한 명은 세상을 떴고, 한 명은 가우리와 결혼했다. 우다얀의 경우에는 처음에는 받아들이려 했다. 아내를 얻으면 우다얀이 정착하려 하지 않을까, 정치에서 관심이 멀어지지 않을까 하는 기대감이 있었다. 가우리는 공부를 계속할 거예요, 그가 남편과 그녀에게 말했다. 전업주부로 만들지 마세요. 가우리가 가고자 하는 길을 막지 마세요.

우다얀은 집에 올 때 가우리의 선물을 들고 왔고, 가우리와 함께 외식을 하고 영화를 보고 그의 친구들을 만났다. 비졸리와 남편은 낙살바리 봉기 이후에 학생들이 자행한 행위를 들었을 때, 학생들의 파괴와 살인 행위를 들었을 때 우다얀은 결혼한 사람이라고 속으로 중얼거리며 마음을 다독였다. 우다얀은 머잖아 부양해야 할 아이가 생길 것이기 때문에 이제 앞날을 생각할 것이고, 따라서 그런 학생들과 어울리지 않을 거라고 생각하며 마음을 가라앉혔다.

우다얀과는 그런 얘기를 나누지 않은 채 그들은 우다얀을 숨길 준비를 했으며, 만약 경찰이 찾아오면 거짓말을 할 준비도 해두었다. 그녀와 남편은 단순히 우다얀을 보호하기만 하면 될 거라고 생각했다.

밤에 어디 가느냐고 묻지 않은 채, 누구를 만나는지 알지 못한 채 그녀와 남편은 우다얀을 용서할 준비가 되었다. 부모니까. 그러나 그날 저녁의 일은 준비되지 않았다. 더 이상 우다얀의 부모가 아니게 될 준비는 되어 있지 않았다.

그녀는 이제 그날의 일을 마음에 떠올릴 수가 없다. 수바시와 가우리가 미국에서, 로드아일랜드라는 곳에서 살아가는 모습도 마음에 그릴 수 없다. 그들이 남편과 아내로서 키우는, 이름이 벨라인 아이도 상상할 수 없다. 그러나 이제 수바시는 아버지를 여의었다. 인도를 떠나고 나서 두 번째 죽음을 맞이하여 수바시는 두 번째로 그녀와 마주치지 않을 수 없다.

어느 날 아침 테라스에서 아래를 내려다보던 중에 문득 한 가지 생각이 떠오른다. 비졸리는 계단을 내려가서 안뜰의 여닫이문을 열고 밖으로 나가 거리로 들어선다. 교복을 입은 학생들이 지나간다. 흰 양말에 검정 구두를 신고 무거운 책가방을 멘 초등학생들이다. 여학생은 하늘색 치마, 남학생은 반바지에 넥타이 차림이다.

아이들은 웃고 걸어가다가 그녀를 보고는 길을 비킨다. 그녀의 사리는 얼룩이 지고 뼈는 약해졌으며, 치아는 잇몸에 단단히 붙박이지 않았다. 그녀는 자신의 나이를 잊었다. 그러나 멈춰 생각할 필요도 없이 우다얀의 나이는 이번 봄에 서른아홉이 되었다는 것을 안다.

그녀는 폭이 넓고 깊이는 얕은 바구니를 들고 간다. 원래는 석탄을 담아두는 바구니다. 저지대를 향해 사리를 추어올리고 걸어가느라 장딴지가 드러나 보인다. 장딴지에는 작은 갈색 점이 흩뿌려진 달걀 껍데기처럼 반점이 얼룩덜룩 박혀 있다. 그녀는 물웅덩이 안으로 들어가 몸을 숙이고서 막대기로 이리저리 휘젓는다. 그런 다음 손으로 탁한 녹색 물에서 쓰레기들을 줍기 시작한다. 조금씩, 매일 몇 분씩. 이것이 우다얀의 추모비 주위를 조금이라도 더 깨끗이 하려는 그녀의 계획이다.

그녀는 쓰레기를 바구니에 담아 조금 떨어진 곳으로 가서 비운 다음 다시 바구니를 채우기 시작한다. 맨손으로 뒤져서 빈 데톨 병과 선실크 샴푸 병을 건져낸다. 쥐들이 먹지 않는 것, 까마귀들이 가져가지 않는 것을 줍는다. 지나가는 행인이 던진 담뱃갑, 피 묻은 생리대를 주워서 바구니에 담는다.

결코 이것을 다 치우지는 못하리라는 것을 안다. 그런데도 매일 그곳에 가서 바구니를 채우고, 몇 번이고 더 채운다. 몇몇 사람들이 그녀가 무엇을 하는지 알아보고는 걸음을 멈추어 그건 아무 소용 없는 일이라고 말해도 그녀는 개의치 않는다. 그건 천한 일이고 그녀의 품위가 깎이는 일이라고 말해도 신경 쓰지 않는다. 그런 일을 하다가는 병이 옮을 거라고 얘기해도 상관하지 않는다. 그녀는 이웃 사람들이 자신을 어떻게 대해야 할지 모르는 것에 익숙하고, 그들을 무시하는 것에 익숙하다.

그녀는 매일 사람의 삶에서 필요치 않게 된 것들을 조금씩 치운다. 하지만 한때는 그 모든 게 필요하고 유용한 것이었다고 그녀는 생각한다. 햇볕이 목덜미를 태우는 것을 느낀다. 더위는 지금 최악의 상태이고 비는 몇 달째 내리지 않는다. 이 일이 그녀는 만족스럽다. 이 일로 시간을 보낼 수 있으니까.

어느 날 우다얀의 추모비 옆에 예기치 않은 물건이 쌓여 있다. 음식 찌꺼기가 묻은 바나나 잎이 무더기로 쌓였고, 음식 공급사의 이름이 찍힌 때 묻은 종이 냅킨도 있다. 깨진 그릇도 보인다. 손님들이 여과된 물과 차를 마신 그릇이다. 집의 출입구를 장식하는 데 쓰이는 화환도 있는데 꽃은 시들어 죽었다.

동네 어디에선가 결혼식을 치르고 나서 버린 쓰레기들이다. 상서로운 모임의 증거, 기념행사의 증거물이다. 혐오스러운 쓰레기여서 그녀는 만지거나 치우고 싶지 않다.

자신의 아들은 둘 다 이런 식으로 결혼하지 않았다. 둘 다 예식을 올리지 않았으며 손님들을 불러 잔치를 벌이지 못했다. 우다얀의 장례식에서야 비로소 집에 모인 사람들에게 음식을 대접할 수 있었다. 약간의 소금과 레몬 조각을 올려놓은 바나나 잎을 옥상에 늘어놓았고, 친척과 우다얀의 동지들은 층계참에 한 줄로 줄지어 서서 기다리다가 자신들의 차례가 오면 계단을 올라가 음식을 먹었다.

그녀는 어떤 집인지, 누구의 자식이 결혼식을 올렸는지 궁금하다. 그동안 동네의 경계가 점점 확장되어서 그녀는 어디에서 무슨 일이 일어나고 끝나는지 도무지 알 수가 없다. 예전에는 이웃집의 문을 두드리면 그들이 알아보고 반기며 그녀에게 차를 한 잔 대접하곤 했다. 예전 같으면 그녀에게 결혼 청첩장을 건네며 결혼식에 참석해주기를 간청했을 것이다. 그러나 지금은 새로운 집들이 많고, 그녀에게는 결코 말을 건네지 않으며 텔레비전을 더 좋아하는 새로운 사람들이 많다.

그녀는 누가 이랬는지 알고 싶다. 누가 신성한 이 장소를 더럽혔단 말인가? 누가 우다얀을 추모하는 곳을 이런 식으로 모욕했단 말인가?

그녀는 이웃 사람들에게 소리친다. 누가 이랬어? 왜 앞으로 나오지 않아? 여기서 무슨 일이 일어났는지 벌써 잊었다는 거야? 아니면 내 아들이 그때 숨었던 장소가 여기라는 걸 몰랐던 거야? 내 아들이 죽은 장소가 바로 이곳 너머, 예전에는 빈 들판이었던 곳이라는 걸 몰랐던 거냐고?

그녀는 동네로 들어와 먹을 것을 구걸하던 굶주린 사람들이 그랬던 것처럼 두 손을 모아 오므리고 애원한다. 그런 사람들에게 그녀는 자신이 할 수 있는 일은 다 했다. 쌀뜨물을 모아서 그 사람들에게 주기도 했다. 그러나 이제는 아무도 비졸리에게 주의를 기울이지 않는다.

그녀가 앞으로 나오더니 창문 또는 옥상에서 지켜보는 사람들에게 소리친다. 그녀는 메가폰을 통해 말을 한 군인의 목소리를 떠올린다. '천천히 걸어 나와. 얼굴을 나에게 보여줘.'

그녀는 우다얀이 부레옥잠 속에서 나타나 자신을 향해 걸어오기를 기다린다. 이젠 안전해, 그녀가 우다얀에게 말한다. 경찰은 갔어. 아무도 널 잡아가지 않을 거야. 빨리 집으로 와. 많이 배고프지? 저녁밥 차려놨어. 곧 어두워질 거야. 네 형은 가우리랑 결혼했다. 엄마는 이제 혼자야. 네 딸은 미국에 있다. 네 아버지는 돌아가셨단다.

그녀는 우다얀이 거기 있다는 걸 확신하고 기다린다. 자기가 말하는 걸 우다얀이 듣고 있을 거라고 확신한다. 그녀는 들어주는 사람 없이 자기 자신에게 말한다. 기다리다 지쳤지만 조금 더 기다린다. 그러나 나타나는 사람은 디파뿐이다. 디파는 깨끗한 물로 비졸리의 흙 묻은 손과 진흙투성이인 발을 씻겨준다. 그녀는 비졸리의 어깨에 숄을 두르고 나서 한 팔로 비졸리의 허리를 감싼다.

들어가서 차 드세요, 디파가 그녀를 구슬리며 집으로 데리고 간다.

테라스에서 디파는 비스킷과 차와 함께 다른 것을 그녀에게 건넨다.

이건 뭐지?

편지예요, 어머니. 오늘 우편함에 들어 있었어요.

미국에서 온 것이다. 수바시에게서. 편지에서 수바시는 이번 여름에 오겠다는 계획을 밝히고 도착 날짜를 알려준다. 그때면 아버지가 돌아가신 지 거의 석 달 뒤다.

수바시는 조금이라도 더 빨리 오기는 어렵겠다고 말한다. 우다얀의 딸은 데리고 오겠지만 가우리는 올 수 없다고 한다. 수바시는 캘커타에서 하려는 몇 가지 강연을 언급한다. 6주 동안

저지대

이곳에서 머물 예정이라고 한다. "아이는 저를 아빠로 알고 있어요." 벨라라고 이름 지은 아이 얘기를 하면서 수바시는 그렇게 쓴다. "벨라는 아무것도 몰라요."

바람 한 점 불지 않는다. 최근에 집 뒤편에 지어진 관공서 건물이 테라스 쪽으로 불던 남풍을 막아버린다. 그녀는 편지를 디파에게 돌려준다. 여분의 차 한 봉지처럼 당장은 필요 없다. 그녀는 그 정보를 마음 한구석에 저장한 다음 다른 일로 마음을 돌린다.

2

그들은 우기가 시작될 때 도착했다. 벵골어로는 우기를 바르 샤 칼이라고 했다. 매년 이맘때쯤에는 바람의 방향이 바뀐다고 아빠가 말했다. 육지에서 바다로 불던 것이 바다에서 육지로 불게 된다는 것이다. 아빠는 지도를 펼쳐서 구름이 벵골 만에서 무더운 대륙을 지나 북쪽의 산맥으로 이동하는 경로를 보여주었다. 높이 떠서 차가워진 구름은 습기를 품지 못하는데, 이것이 히말라야산맥의 높이에 막혀 인도에 갇히게 된다고 했다.

비가 오면 삼각주에 있는 강의 지류의 흐름이 바뀐다고 아빠가 벨라에게 말했다. 강이 범람하고 도시의 도로가 침수된다고 했다. 농작물은 번성하거나 결판이 났다. 아빠는 할머니의 집 테라스에서 손가락으로 길 건너편의 연못을 가리키며, 그 두 개의 연못이 범람해서 하나가 될 거라고 말했다. 넘치는 빗물은 연못 뒤쪽의 저지대에 모이고, 물은 벨라의 어깨높이만큼 차올라서 한동안 그 상태로 있을 거라고 했다.

아침에는 햇빛이 밝게 비쳤으나 오후가 되면 천둥이 우르릉거리곤 했다. 골이 진 커다란 함석판에서 나는 소리 같았다. 가

저지대

장자리가 먹빛인 구름이 몰려왔다. 벨라는 구름이 거대한 잿빛 커튼처럼 삽시간에 낮게 드리워서 오후의 빛을 흐리는 것을 보았다. 이따금 태양이 반항하듯이 물러서지 않고 계속해서 빛났다. 누런 원반 같은 태양은 빛을 절제하며 발산했기에 딱딱한 고체처럼 보였고, 그래서인지 오히려 보름달에 가까워 보였다.

실내가 어두워지고 구름이 몰려들기 시작했다. 빗방울이 창턱 위 창살 사이로 들이쳤다. 덧문을 재빨리 닫고 덧문 아래의 틈에 헝겊 조각을 쑤셔 넣었다. 디파라는 하녀가 달려 들어와서 비 맞은 옷가지를 말리기 위해 바닥에 늘어놓았다.

테라스에서 벨라는 야자나무의 가는 몸통이 바닷바람에 휘어지는 것을 보았다. 그러나 부러지지는 않았다. 끝이 뾰족한 나뭇잎이 거대한 새의 날개처럼 또는 허공을 휘젓는 낡은 풍차처럼 퍼덕거렸다.

할머니는 공항으로 마중 나오지 않았다. 할머니를 본 것은 아빠가 태어나고 자란 톨리건지에 있는 집의 맨 위층 테라스에 서였다. 벨라는 테라스에 앉아 계신 할머니에게서 짧은 목걸이를 선물 받았다. 공휴일에 먹으려고 만드는 쿠키의 장식 구슬처럼 생긴 조그만 금 구슬을 촘촘히 꿰어서 만든 목걸이였다. 할머니가 벨라 가까이로 몸을 기울였다. 할머니는 아무 말도 하지 않고 벨라의 목 밑에서 목걸이를 채운 다음 걸쇠가 목뒤로 가도록 목걸이를 돌려서 맞추었다.

할머니는 머리는 백발이었지만 손의 피부는 부드러웠고 얼룩이나 반점도 눈에 띄지 않았다. 몸을 감싼 사리는 흰색 면으로 만든 것이었는데 침대 깔개처럼 아무런 꾸밈도 없었다. 희부연

눈동자는 검정색이 아니라 감색이었다. 벨라에게 관심을 쏟으면서도 할머니의 눈은 벨라와 아빠 사이를 왔다 갔다 했다. 마치 그들을 연결하는 필라멘트를 눈으로 좇고 있는 것처럼.

아빠가 여행 가방을 푸는 것을 지켜본 할머니는 디파에게 줄 선물을 가져오지 않은 것에 실망했다. 디파는 사리를 입고 코에 보석을 박았는데, 벨라를 '멤사히브신분이 높은 여성을 부를 때 쓰는 말'라고 불렀다. 그녀의 얼굴은 하트 모양이었다. 몸이 호리호리하고 팔이 무척 가늘었음에도 힘이 세서, 아빠를 도와 무거운 여행 가방을 계단 위로 옮겨주었다.

디파는 할머니의 방 옆방에서 잤다. 한 층의 절반 높이밖에 안 되는 그 방은 커다란 장롱 같았는데 천장이 너무 낮아서 서 있을 수가 없었다. 디파는 하루의 일과가 끝나면 이곳에다 좁은 이불을 깔았다.

할머니는 벨라의 엄마가 고른 미국산 비누와 로션, 꽃무늬 베갯잇과 침대 깔개를 디파에게 줘버렸다. 디파에게 가져가서 쓰라고 말했다. 색색의 실타래와 자수틀, 토마토 모양의 바늘꽂이도 한쪽으로 치워버리고는 요즘은 디파가 바느질을 한다고 말했다. 똑딱단추로 채우는, 커다란 편지봉투처럼 생긴 검은 가죽 지갑도 디파에게 갔다. 로드아일랜드의 워윅몰에서 엄마가 고를 때 벨라가 도와주었던 지갑이다.

도착한 다음 날 아빠는 몇 달 전에 돌아가신 할아버지를 기리는 의식을 위해 자리에 앉았다. 한 사제가 방 한가운데에서 타고 있는 조그만 불을 돌보았다. 불 옆에는 황동 접시와 쟁반에 과일이 쌓여 있었다.

바닥에는 할아버지의 얼굴 사진을 담은 커다란 액자가 벽에 기대어져 있고, 그 옆에는 미소를 띤 십 대 남자아이의 사진이 때 타고 빛바랜 나무 액자 속에 담겨 있었다. 이 사진들 앞에 향을 피우고, 액자의 유리 앞에는 향기로운 흰 꽃을 두꺼운 목걸이처럼 걸쳤다.

의식을 시작하기 전에 이발사가 집으로 와서 안뜰에서 아빠의 머리를 빡빡 깎고 얼굴을 면도했다. 아빠의 얼굴이 이상해지고 작아 보였다. 이발사는 벨라에게 손을 내밀라고 말했다. 그리고 사전에 아무런 말도 없이 면도날로 벨라의 손톱을 깎고 이어 발톱도 깎았다.

해 질 무렵에 디파가 모기를 쫓기 위해 모기향을 피웠다. 녹색 피부의 도마뱀붙이가 실내에 나타나 벽과 천장이 만나는 모서리 주위에서 맴돌았다. 밤에는 벨라와 아빠가 같은 방, 같은 침대에서 잤다. 둘 사이에 두꺼운 베개 받침을 놓았다. 벨라가 베고 자는 베개는 밀가루 부대 같았다. 모기장 그물은 파란색이었다.

매일 밤 그 엉성한 바리케이드를 주위에 쳐서 살아 있는 생명체가 들어올 수 없게 하고 나면 벨라는 안심이 되었다. 머리카락도 없고 셔츠도 입지 않은 아빠가 등을 돌리고 잘 때면 아빠가 다른 사람처럼 보일 정도였다. 아빠는 벨라보다 먼저 일어났다. 모기장은 헝클어져서 방 한구석에 걸린 거대한 새의 둥지 같았다. 아빠는 이미 목욕을 하고 옷을 입고 나서 망고를 먹고 있었는데, 이로 과육을 맛있게 갉아 먹었다. 그 모든 게 평소의 아빠 모습이 아니었다.

벨라는 아침으로 불에 직접 구운 빵과 달콤한 요구르트, 껍질이 녹색인 조그만 바나나 한 개를 받았다. 디파가 시장에 가기 전에 할머니는 디파에게 어떤 종류의 생선은 사지 말라고 말했다. 그 생선은 뼈가 너무 많아 먹기 불편하다는 것이었다.

벨라가 밥과 렌즈콩을 손으로 집어 먹는 것을 보고 할머니는 디파에게 숟가락을 가져다주라고 말했다. 할머니는 디파가 방의 모서리에 있는 작은 의자에 놓인 주전자에서 물을 따라 벨라에게 주는 것을 보았을 때는 디파를 나무랐다.

그 물을 주는 게 아니다. 벨라에게는 끓인 물을 줘라. 벨라는 이곳의 환경에서 살아갈 수 있는 애가 아니다.

일주일이 지나자 아빠는 낮 동안 일을 보러 외출하기 시작했다. 인근에 있는 몇몇 대학에서 강의를 하고, 어떤 연구 과제에 자신을 도와주고 있는 과학자들을 만나기도 할 거라고 설명했다. 벨라는 처음에는 아빠 없이 할머니와 디파와 함께 집에 남겨진다는 게 당황스러웠다. 벨라는 테라스의 격자 난간을 통해 집을 나서는 아빠를 지켜보았다. 아빠는 빡빡 깎은 머리를 뜨거운 햇볕으로부터 보호하기 위해 접는 우산을 들고 나갔다.

벨라는 아빠가 돌아올 때까지 마음이 불안했다. 아빠가 초인종을 누르고, 열쇠가 아래층으로 내려가고, 이어 아빠가 문의 자물쇠를 열고 들어와 다시 벨라 앞에 섰을 때에야 안심이 되었다. 벨라는 이 도시가 아빠를 삼키지 않을까 걱정되었다. 톨리건지로 오는 동안 택시에서 본 도시는 한편으로는 금방이라도 무너질 것처럼 허름하면서도 또 한편으로는 당당하고 위엄이 있어 보였다. 벨라는 아빠가 어떤 식으로인가 이 도시와 협상을 하고 이 도시의 먹잇감이 되는 것을 상상하고 싶지 않았다.

어느 날 디파가 벨라에게 자기랑 같이 시장에 가자고 했다. 장을 보고 나서 둘은 동네의 좁은 길을 조금 거닐었다. 세로 창살이 있는 조그만 창들을 지나서 걸었다. 커튼 대용으로 철사에 천 조각을 매단 창도 지나갔다. 둘은 연못을 지나쳐 걸었다. 연못에는 밝은 녹색의 잎이 빽빽이 들어찼고 둘레에는 쓰레기가 널려 있었다.

양쪽에 담이 있는 조용한 길에서는 몇 걸음 걸을 때마다 사람들이 그들을 멈춰 세우고 디파에게 벨라가 어떤 사람인지, 왜 여기 있는지 설명해달라고 요청했다.

미트라 집안의 손녀예요.

형의 딸?

예.

엄마는 왔나?

아니요.

넌 우리가 하는 말 알아듣니? 벵골어 할 줄 알아? 한 여자가 벨라에게 물었다. 여자가 벨라를 자세히 뜯어보았다. 그녀의 눈은 호의적이지 않았고 누런 치아는 고르지 않았다.

약간.

여기가 좋아?

벨라는 그날 시장에 가는 디파를 따라서 집 밖으로 나올 때는 기분이 너무 좋았다. 그 먼 길을 여행하여 온 이곳을 구경하며 답사하고 싶은 마음이 간절했다. 그러나 지금 벨라는 빨리 집 안으로 들어가고 싶었다. 왔던 길을 되돌아 집으로 갈 때 이웃 사람 중 일부가 커튼을 들추고 자신을 쳐다보는 그 태도와 눈길이 싫었다.

벨라가 마실 물은 끓인 후에 식혀서 주었을 뿐 아니라, 벨라를 위해 매일 아침 목욕물도 데워주었다. 날씨가 더웠음에도 할머니는 더운물로 목욕하지 않으면 벨라가 감기에 걸릴 거라고 말했다. 따뜻하게 데운 목욕물은 하루에 몇 차례만 얇은 고무호스를 통해 물탱크에서 펌프로 내보내는 민물과 섞어서 썼다. 물탱크는 부엌 옆, 집 뒤편 테라스에 있었다.

디파는 벨라를 집 뒤편 테라스로 데려가서 벨라에게 양철 컵을 건네며 어떻게 하는지 말해주었다. 호스에서 나오는 물로 따뜻한 물을 알맞게 식혀서 그 물을 몸에 끼얹으라고 했다. 이어 검은 비누로 비누칠을 한 다음 물을 부어 씻어내게 했다. 호스에서 나오는 물을 그냥 낭비하지는 않았다. 양동이에 받아서 썼으며, 조금이라도 남으면 물탱크에 다시 부었다.

벨라는 깊은 목욕통처럼 생긴 물탱크 안으로 들어가고 싶었지만 그건 허락되지 않았다. 그래서 벨라는 남이 볼 수 없는 화장실 안이 아니고 심지어 욕조의 보호막도 없는 노출된 공간에서, 설거지해야 할 접시와 냄비가 널린 곳에서 목욕을 했다. 야자나무와 바나나나무에 둘러싸이고 까마귀가 훔쳐보는 곳에서 디파의 도움을 받으며 목욕을 했다.

지금이 아니라 나중에 이곳에 왔으면 좋았을 텐데, 디파가 그렇게 말하며 벨라의 다리를 얇은 체크무늬 수건으로 닦았다. 행주처럼 거친 수건이었다.

왜?

두르가 푸자가 시작되는 때에 오면 좋거든. 지금은 비만 내려.

난 내 생일을 기념하러 여기 온 거야, 벨라가 말했다.

디파는 자기는 열여섯 살 아니면 열일곱 살이라고 했다. 생일이 언제냐고 벨라가 묻자 디파는 잘 모르겠다고 대답했다.

언제 태어났는지 몰라?

바산타 칼.

그게 언젠데?

뻐꾸기가 노래 부르기 시작할 때.

아니, 몇 월 며칠에 기념하느냐고?

그런 거 해본 적 없어.

햇빛 한 조각이 내려앉은 테라스에서 할머니는 유리병에 담긴 달콤한 냄새가 나는 기름을 벨라의 팔과 다리와 머리에 발랐다. 벨라는 아직도 어린아이인 것처럼 팬티만 입고 섰다. 팔을 늘어뜨리고 다리를 벌린 자세였다.

할머니는 벨라의 머리를 빗겨주었다. 엉킨 머리가 잘 풀리지 않을 때는 종종 손가락을 사용했다. 할머니는 벨라의 머리를 손에 잡고 가만히 들여다보았다.

네 엄마가 머리 묶는 법을 가르쳐주지 않았니?

벨라는 고개를 저었다.

학교에 머리 묶는 규칙이 없어?

없어요.

넌 머리를 땋아야 해. 특히 밤에는. 지금은 양쪽으로 두 갈래로 땋고, 나이가 많아지면 가운데에 한 갈래로 땋는 거야.

엄마는 이런 얘기를 해준 적이 없었다. 엄마는 남자처럼 머리를 짧게 하고 다녔다.

네 아빠 머리도 이랬단다. 이런 날씨엔 머리가 말을 듣지 않고 뻗쳤어. 네 아빠 내가 머리를 만지지 못하게 했어. 사진에서도 머리가 얼마나 엉망인지 볼 수 있을 거야.

벨라는 할머니가 자는 방에서 점심을 먹었다. 벨라는 밥을 먹는 것에 익숙했지만 이곳의 밥은 냄새가 자극적이었고 쌀이 희지 않았다. 때로는 디파가 골라내지 못한 조그만 돌을 씹기도 했는데, 어금니에서 으깨지는 그 소리가 벨라의 귀에서 폭발하는 것 같았다.

거기에는 식탁이 없었다. 방바닥에 커다란 식기 깔개 같은, 수를 놓은 천을 깔아두었는데, 벨라가 앉는 자리였다. 할머니는 발바닥을 방바닥에 붙이고 어깨를 웅크린 채 두 팔로 무릎을 감싼 쭈그린 자세로 앉아 벨라를 관찰했다.

의식을 치르던 동안 아빠 앞에 놓였던 사진 액자 두 개가 그 방의 벽에 높이 걸려 있었다. 돌아가신 할아버지 사진과, 할머니가 벨라의 아빠라고 말한, 미소를 띠고 얼굴을 한쪽으로 약간 기울인 십 대 남자아이의 사진이었다. 그렇게 어린 아빠의 모습을 본 적이 없었다. 사진 속의 아빠는 벨라의 오빠라고 해도 될 만큼 젊었다. 벨라는 자기가 태어나기 전의 아빠의 사진을 본 적이 한 번도 없었다.

사진 아래에서는 구멍을 뚫고 못에 끼워놓은 한 뭉치의 영수증과 배급표가 늘 선풍기 바람에 가볍게 바스락거렸다. 못에 고정된 그 종이 뭉치 위에서 십 대 때의 아빠의 얼굴이 숟가락으로 밥을 먹는 벨라를 즐거운 표정으로 지켜보았다. 반면 할아버지의 피곤해 보이는 눈길은 바로 앞에 고정되었고, 눈썹은 숱이 드문드문 성기게 났다. 그래서인지 할아버지는 벨라가 거기 있다는 것도 모를 것만 같았다.

사진 액자 두 개와 영수증 뭉치를 빼면 벽에는 볼 게 아무것도 없었다. 책도 없었고 여행지에서 사 온 기념품도 없었다. 할머니가 주로 어떻게 시간을 보내는지를 보여줄 만한 게 없었다. 할머니는 집을 등진 채 몇 시간 동안이나 테라스에 앉아 격자 난간을 통해 밖을 응시했다.

매일 어느 시점이 되면 디파가 할머니를 데리고 안뜰로 내려 갔다. 할머니는 화분에서 자라거나 벽을 기어오르는 덩굴식물을 따라 피어난 꽃들을 몇 송이 꺾어서 조그만 황동 단지에 담았다.

할머니는 디파와 함께 집을 나서서 연못을 지나 물이 찬 저지대의 가장자리로 걸어갔다. 어느 지점에 이르렀을 때 걸음을 멈추고 섰다. 그리고 몇 분 뒤에 돌아왔다. 할머니가 안뜰로 돌아왔을 때는 꽃을 담아간 단지가 비어 있었다.

거기서 뭐 하세요? 벨라가 어느 날 할머니에게 물었다.

할머니는 접의자에 앉아 느슨하게 주먹을 쥐듯이 손가락을 안으로 구부려서 표면에 줄이 생긴 손톱을 들여다보았다. 할머니가 고개를 들지 않고 말했다. 네 아빠랑 얘기를 좀 했다.

아빠는 집 안에 있는데요.

할머니가 고개를 들어 쳐다보았다. 감색 눈이 휘둥그레졌다. 그래?

조금 전에 집에 왔어요.

어디에 있어?

우리 방에 있어요, 할머니.

뭘 하고 있니?

누워 계셔요. 아메리칸익스프레스 사무실에 다녀와서 피곤하시대요.

아. 할머니가 고개를 돌렸다.

날이 흐려졌다. 또 비가 올 모양이었다. 디파는 빨랫줄에 걸어놓은 빨래를 걷으려고 서둘러 옥상으로 올라갔다. 디파를 도와주려고 벨라가 그 뒤를 따랐다.

로드아일랜드에도 이 같은 비가 내리니? 디파가 물었다.

벨라로서는 벵골어로 설명하는 건 무리였다. 하지만 로드아일랜드의 허리케인은 가장 오래된 기억 중의 하나로 자리 잡았다. 폭풍우 자체는 기억나지 않았다. 폭풍우에 대비했던 일과 폭풍우가 휩쓸고 간 뒤의 상황만 기억에 남았다. 욕조에 물을 가득 채웠던 게 기억났다. 사람들로 붐비는 슈퍼마켓, 빈 선반이 기억났다. 벨라는 아빠를 도와 창문에 십자 모양으로 테이프를 붙였는데, 테이프를 떼어내고 난 뒤에도 오랫동안 테이프 자국이 남았다.

다음 날 벨라는 아빠와 함께 걸어서 대학교 교정에 갔다. 교정의 안뜰에 부러진 나뭇가지가 널렸고, 거리는 떨어진 나뭇잎으로 초록빛을 띠었다. 아빠와 벨라는 우람한 나무가 쓰러진 것을 보았다. 뒤얽힌 뿌리가 드러나 보였다. 깊게 팬 땅에 물이 고인 것을 보았다. 나무가 땅에 누우니 더 압도하는 느낌이 들었다. 더 이상 살아 있지 않으니 오히려 그 위용이 새삼 놀랍고 무서웠다.

아빠는 할머니에게 보여주기 위해 사진을 가져왔다. 대부분은 벨라와 부모님이 지금 살고 있는 집에서 찍은 것이었다. 2년 전 여름에 이사 온 집이었다. 그해 여름에 벨라는 열 살이 되었다. 집은 아빠가 예전에 공부했던 해양학과 건물에서 그리 멀지 않은 곳에 위치했으며, 전보다 내러갠셋 만이 더 가까워졌다. 아빠가 일하는 실험실에 다니기에는 편리한 위치였다. 그러나 벨라가 다니고 엄마가 지금 일주일에 두 번 저녁 시간에 나가서 철학 수업을 하는, 규모가 더 큰 학교 교정에서는 더 멀어졌다.

집이 바다에서 1.5킬로미터 정도밖에 안 떨어져 있는데도 창문으로 바다 풍경을 전혀 볼 수 없다는 사실에 벨라는 실망했다. 집 밖에 섰을 때 가끔 공기에서 소금기 섞인 짠 갯내가 훅 풍기는 게 전부였다.

식탁, 벽난로 사진, 테라스에서 본 풍경 사진이 있었다. 벨라가 다 아는 것들이었다. 담장 역할을 하는 집 뒤쪽의 커다란 바위 사진도 있었는데, 벨라는 그 바위들에 종종 올랐다. 나뭇잎이 붉고 누렇게 물든 가을날에 집 앞면을 찍은 사진들, 앙상한 나뭇가지에 얼음이 얼어붙은 겨울날의 사진들, 그리고 아빠가 봄에 심은 조그만 단풍나무 옆에서 찍은 벨라의 사진이 있었다.

제임스타운에 있는 초승달 모양의 조그만 해변에 선 벨라 자신의 사진이 눈에 띄었다. 일요일 아침에 아빠랑 둘이 자주 가는 곳이었는데, 아빠는 도넛과 커피를 챙겨 가곤 했다. 그 섬의 돌출부 두 곳이 만나는 지역으로, 거기서 아빠는 벨라에게 수영을 가르쳐주었다. 수영을 하면서 목초지에서 양 떼가 풀을 뜯는 모습을 볼 수 있는 곳이었다.

벨라는 할머니가 그 사진들을 마치 모두 다 똑같은 사진인 양 건성으로 보는 것을 지켜보았다.

가우리는 어딨어?

가우리는 카메라 앞에 서는 걸 싫어해요, 아빠가 말했다. 그 사람은 처음 맡은 수업을 준비하고 가르치느라 바빠요. 그리고 논문도 마무리해야 하고요. 곧 논문을 제출할 거예요.

엄마는 자신의 서재로 쓰는 별도의 침실에서 문을 닫고 공부하면서 시간을 보냈다. 심지어 토요일과 일요일에도 그랬다. 여긴 내 연구실이야, 엄마는 벨라에게 그렇게 말했다. 그래서 엄마가 그 방 안에 있을 때는 벨라는 엄마가 집에 없는 것처럼 행동해야 했다.

벨라는 언짢아하지 않았다. 엄마가 일주일에 몇 번 보스턴에 가는 대신에 집에 있는 것만으로도 벨라는 행복했다. 3년 동안 엄마는 학위 취득을 위한 수업을 들으러 보스턴에 있는 대학에 다녔다. 아침 일찍 나가서 벨라가 잠들 때까지 돌아오지 않았다.

그러나 지금은 저녁에 수업을 하러 가는 것 말고는 집 밖으로 나가는 일이 거의 없었다. 시간이 흘러도 엄마가 있는 방의 문은 좀처럼 열리지 않았다. 엄마는 나오지 않았다. 때때로 기침 소리와 의자가 삐걱대는 소리와 책이 방바닥에 떨어지는 소리만 들렸다.

엄마는 가끔 밤에 타자기 소리가 들리는지, 그 소리에 신경 쓰이는지 벨라에게 물었다. 그러면 벨라는 실제로는 그 소리가 또렷이 들렸음에도 엄마에게는 아니라고 대답했다. 때때로 벨라는 침대에 누워 혼자 놀이를 하면서 타자기를 두드리는 타다닥 타다닥 하는 소리가 언제 다시 정적을 깨뜨릴지 예상해보곤 했다.

주 중에는 대부분의 시간을 엄마와 함께 보냈지만 벨라가 엄마와 함께 있는 사진은 없었다. 오후에 벨라가 텔레비전을 보는 사진도 없었고, 엄마가 저녁을 준비할 때 부엌 식탁에서 숙제를 하거나 또는 손에 펜을 들고 시험 예상 문제집을 읽어나가는 사진도 없었다. 이따금 엄마를 따라 넓은 대학 도서관에 가서 빌린 책들을 도서 반납함에 집어넣었다는 것을 보여주는 증거물도 없었다.

방학 때 가끔 벨라와 엄마가 보스턴에 갔다는 것을 입증해주는 게 아무것도 없었다. 엄마와 벨라는 함께 버스를 타고, 이어 무궤도전차로 갈아타고 도시의 중심부에 위치한 학교에 갔으며, 찰스 강과 붐비는 긴 도로 사이에서 샌드위치를 먹기도 했다. 엄마가 교수님들을 만날 때 엄마의 뒤를 따라다니며 여러 대학 건물을 구경했던 날들에 대한 증거물도 없었고, 엄마가 벨라를 퀸시 마켓으로 데려가 맛있는 것을 사주었던 시간에 대한 증거물도 없었다.

엄마 여기 있어요, 할머니가 다음 사진으로 넘어갔을 때 벨라가 말했다.

엄마가 우연히 사진에 찍혔다. 몇 년 전, 바닥에 리놀륨이 깔린 전에 살던 아파트에서 벨라가 카메라를 보고 자세를 취한 사진이었다. 핼러윈을 맞아 벨라가 빨간 망토 소녀 복장을 하고서, 다른 아이들에게 줄 캔디가 수북이 담긴 그릇을 손에 들었다.

그 배경에 엄마가 나온 것이었다. 바지와 적갈색 튜닉을 입은 엄마가 부엌 식탁 위로 몸을 약간 숙이고 저녁 식사 그릇들을 치우는 중이었다.

맵시 있네요, 할머니의 어깨 너머로 구경하던 디파가 말했다.

할머니가 사진을 아빠에게 건넸다.

어머니가 보관하세요. 어머니 드리려고 가져온 거예요.

그러나 할머니는 사진을 돌려주었다. 느슨하게 쥔 탓에 사진 몇 장이 방바닥에 떨어졌다.

이미 다 봤다, 할머니가 말했다.

지난 몇 년 동안 벨라는 '학위논문'이라는 말을 들어왔으나 그게 무슨 뜻인지는 전혀 몰랐다. 그러던 어느 날, 이사 온 새집에서 엄마가 말했다. 나는 보고서를 쓰고 있어. 네가 학교에서 숙제로 내준 글을 쓰는 것과 비슷해. 다만 길 뿐이야. 어느 날 한 권의 책이 될 수도 있어.

그 사실에 벨라는 실망했다. 그때까지는 벨라가 자는 동안 엄마는 어떤 비밀스러운 실험을 수행하고 있다고 생각했다. 아빠가 짠물 습지에서 지속적으로 관찰하는 실험 같은 것이라고 생각했다. 아빠는 종종 그곳으로 벨라를 데려가서 진흙탕을 총총히 기어가거나 구멍 속으로 사라지는 투구게를 보여주었다. 투구게는 물속에 알을 낳는다고 했다. 반면에 엄마는 책으로 가득 찬 방에서 혼자 시간을 보내면서 고작 또 하나의 책을 쓰고 있을 뿐이라는 사실을 벨라는 알게 되었다.

엄마가 밖에 나갔다는 것을 알았을 때나 엄마가 샤워를 할 때면 벨라는 종종 서재로 들어가 이것저것을 살펴보았다. 엄마의 안경이 책상 위에 아무렇게나 놓여 있었다. 벨라가 안경을 들어 얼굴에 대보니, 얼룩이 진 렌즈를 통해 보이는 물건들이 흐릿하고 어리어리했다.

선반 위 여기저기에 놓아두고 잊어버린 컵들에는 차갑게 식은 차나 커피가 고였는데, 그중 일부에서는 곰팡이가 섬세한 무늬를 이루며 피어올랐다. 벨라는 쓰레기통 속에서 구겨진 종이들을 발견했다. 거기에는 다른 글자는 없고 p와 q만 가득 찍혀 있었다. 모든 책의 표지에 갈색 종이가 씌워졌지만 책등에 엄마가 손으로 다시 써놓은 제목이 있어서 벨라는 무슨 책인지 알아볼 수 있었다. 『존재의 본질』『이성의 상실』『내적 시간 의식의 현상학』 등이었다.

엄마는 최근에 학위논문을 원고라고 말하기 시작했다. 엄마는 그것을 젖먹이에 관해 얘기하듯이 얘기했는데, 어느 날 밤 식사를 하는 아빠에게 원고가 열린 창문으로 날아가거나 불에 타버릴까 봐 불안하다고 말했다. 엄마는 원고를 보호 장치 없이 집 안에 방치해두는 게 불안할 때가 종종 있다고 말했다.

어느 주말에 중고품 알뜰 시장에 들른 벨라와 아빠는 이런저런 자질구레한 물건들 속에서 갈색의 금속 캐비닛을 발견했다. 아빠는 서랍이 잘 열리고 닫히는지 확인한 다음 그 캐비닛을 구입했다. 아빠는 차의 트렁크에 싣고 가서 엄마의 서재로 옮겼는데, 엄마의 방문을 노크하여 이 선물로 엄마를 깜짝 놀라게 했다.

엄마는 타자기 앞에 앉아 있었다. 일에 몰두할 때면 으레 나타나는 자세로 턱을 괸 채 그들을 쳐다보았다. 팔꿈치를 책상에 대고 넷째 손가락과 새끼손가락을 광대뼈에 꼭 붙여 V자 꼴을 만들었다. 부분적인 삼각형 형태가 엄마의 눈을 둘러쌌다.

아빠는 고리에 귀고리처럼 매달린 조그만 열쇠를 엄마에게 건넸다. 이게 당신한테 쓸모가 있을 거라고 생각했어, 아빠가 말했다.

엄마가 일어서서 벨라와 아빠가 방 안으로 좀 더 쉽게 들어올 수 있도록 바닥에 널린 물건들을 치웠다. 어디에 둘까? 아빠가 물었고, 엄마는 구석에 두는 게 제일 좋겠다고 말했다.

놀랍게도 엄마는 그날 아빠와 벨라가 일을 방해한 것을 언짢아하지 않았다. 엄마는 배가 고픈지 물어보며 서재에서 나와 점심을 준비했다.

벨라는 매일 엄마가 타자기로 작성한 원고를 넣어두려고 서랍을 열고 닫는 소리를 들었다. 어느 날 밤 벨라는 꿈을 꾸었다. 학교에서 집에 돌아와 보니 집에 불이 나서, 벨라가 어렸을 때 아이스케이크로 지었던 집처럼 뼈대만 남고 폭삭 내려앉은 것을 발견했다. 그런데 그 캐비닛만은 온전한 상태로 풀밭 위에 놓여 있었다.

톨리건지에서의 어느 날, 벨라는 계단을 오르내리다 층계참의 양쪽에 조그만 고리가 볼트로 접합되어 있는 것을 발견했다. 검정색 철제 고리였다. 디파는 계단을 닦고 있었다. 양동이에 담긴 물에 걸레를 빨고 짜면서 무릎을 꿇은 자세로 걸레질을 했다.

이게 뭐야? 벨라가 손가락으로 고리를 잡아당기며 물었다.

이건 내가 여기 없으면 밖에 못 나가도록 하는 데 쓰는 장치야.

누구를 못 나가게 해?

네 할머니.

어떻게 하는데?

여기에 체인을 가로질러서 걸어.

왜?

혼자 나가시면 길을 잃을지도 모르니까.

할머니와 마찬가지로 벨라도 혼자서 톨리건지의 집 밖으로 나갈 수 없었다. 심지어 벨라는 집 안을 자유로이 돌아다니는 것도 허락되지 않았다. 허락 없이 안뜰로 내려가거나 옥상으로 올라가면 안 되었다.

때때로 길에서 노는 아이들이 눈에 띄었는데, 벨라는 그 아이들 무리에 끼일 수도 없었고 간식을 먹으러 부엌에 들어갈 수도 없었다. 목이 말라서 벨라의 물병에 담긴 끓여서 식힌 물을 마시고 싶으면 물을 갖다 달라고 부탁해야 했다.

그러나 로드아일랜드에서는 3학년이 되고 나서부터 엄마 없이 오후에 학교를 돌아다닐 수 있게 엄마가 허락해주었다. 벨라는 같은 아파트 단지에 사는 또래의 여자 친구인 앨리스와 함께 학교를 돌아다녔다. 학교를 벗어나면 안 된다고 엄마가 말했지만, 대학에 딸린 학교는 벨라에게 너무 넓었다. 건너야 할 도로도 있었고 조심해야 할 차도 있었다. 얼마든지 벨라와 앨리스가 길을 잃을 수 있었다.

벨라와 앨리스는 다른 아이들이 공원에 놀러 간 것처럼 학교에서 놀았다. 계단을 즐겁게 오르내리고, 미술관 건물 앞 광장을 달리고, 교정 안뜰에서 서로 쫓고 도망가는 놀이를 했다. 앨리스의 엄마가 일하는 도서관에 들르기도 했다.

그들은 앨리스 엄마의 빈 칸막이 사무실에 가서 의자에 앉아 몸을 돌리고, 앨리스의 엄마가 책상 서랍에 넣어두는 간식을 먹었다. 급수대에서 찬물을 마시고, 서가 사이에 몸을 숨기곤 했다.

몇 분 뒤에 다시 밖으로 나왔다. 벨라와 앨리스는 식물학과 건물 옆에 있는 온실에 가서 나비들이 가득한 꽃밭에 둘러싸여 시간을 보내는 것을 좋아했다. 비가 오는 날에는 학생회관에서 놀았다.

벨라는 보호자 없이 밖에서 놀고, 길을 묻지 않고 집을 찾아온다는 사실에 스스로 대견해했다. 벨라와 앨리스는 학교 시계가 울리는 소리에 귀 기울여야 했는데, 겨울철에는 네 시 삼십 분까지 집에 돌아가야 했다.

아빠에게는 이 얘기를 하지 않았다. 이런 얘기를 들으면 아빠가 걱정하리라는 것을 알았으므로 아빠에게는 비밀로 했다. 그래서 학교에서 멀리 떨어진 곳으로 이사 가기 전까지 이 오후 시간은 벨라와 엄마의 유대감을 형성했고, 그 시간을 각자 따로 보낸다는 사실에 토대를 둔 친밀감을 느끼게 했다. 벨라는 이런 상황이 중단되는 것을 원치 않았고 이런 관계가 위태로워지는 것을 원치 않았기에 그 시간을 오롯이 엄마 혼자 쓸 수 있게 했다.

이제 벨라는 아침에 스스로 잠에서 깨어날 만큼 컸다. 게다가 조리대 위에 놓인 시리얼 박스를 가져와 혼자 아침을 챙겨 먹었는데, 우유를 흘리지 않고 시리얼에 차분히 따를 줄도 알았다. 학교 갈 준비가 끝나면 집을 나와 혼자서 거리를 걸어서 버스 정류장으로 갔다. 아빠는 일찍 집을 나섰다. 밤늦게까지 서재에서 일을 한 엄마는 보통 늦잠을 잤다.

벨라가 토스트를 먹는지 시리얼을 먹는지, 그걸 남기는지 끝까지 다 먹는지 지켜보는 사람은 없었다. 물론 벨라는 언제나 달달해진 우유를 스푼으로 끝까지 떠먹었다. 먹고 난 그릇은 싱크대에 넣었으며, 설거지하기 쉽도록 물을 약간 틀어서 채워두었다. 학교에서 돌아왔을 때 엄마가 대학에 가서 집에 없으면 벨라는 이제 아빠가 열쇠를 보관해두는 장소인 빈 새 모이통에서 열쇠를 꺼내 혼자 집에 들어갈 수 있을 만큼 컸다.

벨라는 매일 아침 위층으로 올라가 짧은 복도를 걸어서 부모님의 방문을 노크한 다음 엄마에게 학교에 다녀오겠다는 말을 했다. 엄마의 잠을 방해하고 싶지 않았지만 동시에 엄마가 자기 말을 들었기를 바랐다.

그러던 어느 날 아침, 두 장을 쓴 독후감을 끼울 클립이 필요해서 엄마의 서재로 들어갔다. 벨라는 엄마가 문을 등지고 한 팔을 머리 위로 뻗은 자세로 소파에 누워 잠이 든 것을 보았다. 그제야 벨라는 엄마가 서재라고 말한 방이 침실로도 쓰인다는 것을 알았다. 아빠는 다른 침실에서 혼자 잔다는 것도 알게 되었다.

그 사진 속의 아빠는 몇 살이야? 새날이 시작되기 전, 모기장을 치고 침대에 함께 누웠을 때 벨라가 아빠에게 물었다.

어떤 사진?

우리가 밥 먹는 할머니 방에 걸린 사진. 할아버지 옆에 있는 사진 말이야. 할머니가 항상 쳐다보는 사진 있잖아.

아빠는 등을 대고 누워 있었다. 벨라는 아빠가 눈을 감는 것을 보았다. 그건 내 동생이야, 아빠가 말했다.

아빠에게 동생이 있었어?

있었어. 그런데 죽었어.

언제?

네가 태어나기 전에.

왜?

병에 걸려서.

어떤 병?

전염병. 의사가 치료할 수 없는 병이었어.

그 사람이 내 삼촌이었네?

325

그렇단다, 벨라.

그 사람 기억나?

아빠는 벨라에게로 얼굴을 돌리고 손으로 머리를 쓰다듬었다. 그 사람은 아빠의 일부분이었단다. 아빠는 그 사람과 함께 자랐어, 아빠가 말했다.

보고 싶어?

그래.

할머니는 그게 아빠 사진이라고 했어.

할머니는 나이가 많으셔, 벨라. 가끔 뭘 혼동하실 때가 있단다.

아빠는 낮에 일을 보러 갈 때 벨라를 데리고 다니기 시작했다. 벨라와 함께 모퉁이에 있는 회교성원까지 걸어가서 택시나 인력거를 탔다. 전차 정류장까지 걸어가서 전차를 탈 때도 종종 있었다. 동료와 만날 약속이 있을 땐 벨라를 데리고 가서 천장이 높은 복도의 의자에 따로 앉혀놓고 인도 만화책을 읽으라고 주었다.

아빠는 점심 때 실내가 어둑한 중국 식당으로 벨라를 데려가서 차우멘을 함께 먹었다. 가판대로 데려가서 화려한 색깔의 유리 팔찌와 도화지와 머리를 묶을 리본을 사주었다. 글을 쓰고 그림을 그릴 수 있는 예쁜 공책과 과일 향이 나는 반투명 지우개도 사주었다.

아빠는 또 벨라를 동물원으로 데려가서 바위 위에서 조는 흰 호랑이들을 보여주었다. 사람이 붐비는 보도를 걷다가 아빠는 손가락으로 자신의 배를 가리키는 거지 앞에 멈춰 서서 돈

통에 동전을 던졌다.

어느 날은 사리 가게에 가서 할머니와 디파에게 줄 사리를 샀다. 할머니 것은 흰 사리, 디파 것은 색깔 있는 사리였다. 면으로 만든 사리였는데, 돌돌 말아서 진열대에 올려놓은 모습이 풀을 잔뜩 먹인 두루마리 같았다. 점원이 아빠와 벨라에게 보여 주려고 그 사리들을 펼쳐서 흔들곤 했다. 가게의 진열창 안에는 실크로 만든 더 멋진 사리를 마네킹에 걸쳐놓았다.

엄마 것도 하나 사면 안 돼? 벨라가 물었다.

벨라야, 엄마는 사리는 절대 안 입어.

그러나 엄마도 입을 것 같았다.

점원이 더 멋진 천으로 만든 사리를 펼쳐 보였지만 아빠는 고개를 저었다. 엄마 선물은 다른 걸로 찾아보자, 아빠가 말했다.

아빠는 벨라를 데리고 보석 가게에 갔다. 거기에서 벨라는 호안석 비즈 목걸이를 골랐다. 그러고 나서 엄마가 부탁한 것 한 가지를 더 샀다. 발그스레한 가죽으로 만든 슬리퍼였다. 마지막 순간에 아빠는 점원에게 한 짝이 아니라 두 짝을 사겠다고 말했다.

교통이 막혀 앞으로 나아갈 줄 모르는 택시에 앉아 있을 때가 많았다. 오염 물질이 벨라의 가슴을 채우고 벨라의 팔을 미세한 검댕으로 덮었다. 벨라는 전차가 덜커덩거리는 소리, 자동차의 경적 소리, 손으로 끄는 인력거의 벨 소리를 들었다. 우르릉대는 버스에서는 승무원이 자신의 옆구리를 쿵쿵 치며 버스의 경로를 나열하고 나서 승객들에게 어서 타라고 소리 질렀다.

때때로 벨라와 아빠는 한 시간은 좋이 되는 듯한 시간 동안

정체된 도로에 갇혔다. 짜증이 난 아빠는 미터기를 멈추게 하고 차에서 내려 걸어가고 싶은 유혹을 느꼈다. 하지만 벨라로서는 할머니의 집에 처박혀 있는 것보다 그게 더 나았다.

책방이 늘어선 거리를 지날 때 아빠가 이곳이 엄마가 다니던 대학이 있는 곳이라고 말했다. 교문으로 들어가고 나오는 보도 위의 여자 대학생들을 보면서 벨라는 엄마도 이런 사람들과 비슷한 모습이었을지 궁금해했다. 머리를 길게 땋은 사리 입은 젊은 여자들이 면으로 된 책가방을 메고 손수건으로 얼굴을 누르면서 걸었다.

거리를 지나다 벨라는 눈에 띄는 장식으로 다른 건물들과 확연히 구별되는 몇몇 건물을 보았다. 8월인데도 크리스마스 전구를 걸쳐놓았고 정면은 화려한 색깔의 천으로 감쌌다. 어느 날 길게 늘어선 차량 뒤에 멈춰 선 택시 안에서 보니 이런 건물 하나가 가까이에 있었다. 출입구에 깔린 얇은 붉은색 양탄자가 손님들을 안으로 인도했다. 음악이 흘러나왔고, 고운 옷을 입은 사람들이 안으로 걸어 들어갔다.

저긴 뭐 하는 곳이야?

결혼식이 열리는 곳. 꽃으로 덮인 저 앞에 있는 차 보이지?

응.

신랑이 곧 저기서 내릴 거야.

신부는?

안에서 신랑을 기다리고 있어.

아빠와 엄마도 저렇게 결혼했어?

아니.

왜?

난 로드아일랜드로 돌아가야 했어. 큰 예식을 치를 시간이 없었어.

나도 큰 예식을 치르고 싶지 않아.

넌 아직 그런 생각을 할 시간이 많아.

엄마가 언젠가 말했어. 결혼할 때 엄마하고 아빠는 잘 모르는 사이였다고.

이 신랑신부도 아마 서로를 잘 모를 거야.

서로 마음에 들지 않으면 어떻게 해?

마음에 들도록 노력해야지.

결혼할 사람을 고르는 건 누가 결정해?

부모님이 다 준비해주는 경우도 있고 신랑신부가 스스로 결정하는 경우도 있어.

아빠와 엄마는 스스로 결정했어?

그랬어. 우린 스스로 결정했단다.

벨라의 열두 번째 생일날에 벨라와 아빠는 할머니 집에서 멀지 않은 골프 클럽에서 오후를 보냈다. 아빠의 옛 대학 친구가 그 클럽의 회원이었는데, 그분이 아빠와 벨라를 손님으로 초대한 것이었다.

벨라가 들어가 수영할 수 있는 수영장이 있었다. 짐을 꾸릴 때 엄마가 수영복을 챙겨주지 않았기 때문에 수영복은 갑작스럽게 구해 입었다. 넓은 땅을 내려다보며 먹고 마실 수 있는 탁자도 있었다.

그곳에는 수영장과 놀이터에서 영어로 얘기하며 놀 수 있는 아이들이 있었다. 인도인 아이들과 유럽인 아이들이 섞였는데,

인도인 아이들은 대부분 벨라처럼 다른 나라에서 온 아이들이었다. 벨라는 웬지 모르게 대담해져서 그 아이들에게 자기 이름을 말하고 얘기를 나누었다. 벨라는 조랑말도 탔다. 그러고 나서 치즈와 오이가 든 샌드위치를 먹었고, 양념 맛이 강한 토마토 수프도 먹었다. 접시에 놓인 녹기 시작한 아이스크림도 먹었다.

아빠와 아빠의 친구는 옥외 탁자에 앉아 차를 마시며 얘기를 주고받았고 이어 맥주를 마셨다. 그런 다음 벨라와 아빠는 골프 코스 둘레를 따라 조성된 길을 걸었다. 신발이 붉은 먼지로 덮였다. 화분에 심어진 꽃을 지나고, 새들이 떼 지어 앉아 지저귀는 나무 사이로 걸었다.

아빠는 걸음을 멈추고 골프 치는 사람들을 바라보았다. 아빠와 벨라는 거대한 반얀나무 밑에 섰다. 아빠가 그 나무에 대해 설명해주었다. 줄기에서 또 다른 줄기 같은 것이 자라나 아래로 내려오는 나무라고 했다. 로프처럼 늘어뜨려진 뒤틀린 모양의 수많은 나무 가닥들은 숙주를 둘러싼 공기뿌리였다. 시간이 흐르면서 이 공기뿌리들이 합쳐져 추가적으로 늘어난 나무 몸통이 되며, 만약 숙주가 죽는다면 텅 빈 속을 에워싼 몸통이 되는 것이라고 했다.

아빠가 벨라를 그 나무 앞에 세우고 자세를 취하게 하여 사진을 찍었다. 둘이 함께 벤치에 앉았을 때 아빠가 셔츠 호주머니에서 신문지에 감싼 조그만 상자를 꺼냈다. 어느 날 시장에 갔을 때 벨라가 감탄 어린 눈으로 바라보았던, 거울처럼 물체가 비치는 한 쌍의 팔찌였는데, 아빠가 시장에 다시 가서 사 온 것이었다.

즐거운 시간을 보내고 있는 거지?

벨라가 고개를 끄덕였다. 아빠가 몸을 기울여 머리꼭지에 키스를 하는 것을 느꼈다.

오늘 여기 온 게 난 참 좋구나. 비도 오지 않고. 네가 태어난 날과는 다른 날씨야.

아빠와 벨라는 클럽하우스에서 점점 더 멀어지며 계속 걸었다. 자칼의 무리가 노니는 빈터를 지나갔다. 벨라는 모기가 발목과 종아리를 물기 시작하는 것을 느꼈다.

우리 어디 가는 거야?

이쪽으로 가면 예전에 아빠가 동생과 놀았던 장소가 나올 거야.

아빠가 어렸을 때 여기 왔어?

아빠는 머뭇거리다가 한두 번 왔다고 시인했다. 이곳의 뒤편 모퉁이를 아빠와 아빠의 동생이 몰래 들어왔다고 했다.

왜 몰래 들어와야 했어?

우리 땅이 아니었으니까.

그게 무슨 상관이야?

그땐 상황이 달랐어.

아빠가 조금 떨어진 풀밭에서 뭔가를 발견하고 그쪽으로 걸어가 주워 들었다. 골프공이었다. 둘은 계속 걸었다.

몰래 들어오자는 건 누구 생각이었어?

우다얀의 생각이었어. 네 삼촌은 용감한 사람이었어.

그래서 붙잡혔어?

결국에는.

아빠가 걸음을 멈췄다. 골프공을 멀리 던졌다. 아빠가 양쪽을 두리번거리고 이어 나무들을 쳐다보았다. 혼란스러워하는 표정이었다.

우리 돌아가야 하지 않아요, 아빠?

응, 그래야 할 것 같구나.

벨라는 그 클럽에 남아서 잔디밭을 뛰어다니며 개똥벌레를 잡고 싶었다. 거기에 있는 다른 아이들 말에 따르면, 밤이 되면 개똥벌레가 나온다고 했다. 벨라는 그곳의 객실에서 자고 싶었고 그곳의 욕조에서 뜨거운 물로 목욕하고 싶었으며, 다음 날도 이날처럼 그곳에서 지내고 싶었다. 수영장에서 수영을 하고, 영어 책과 영어 잡지가 가득한 독서실에 가보고 싶었다.

그러나 아빠가 돌아가야 할 시간이라고 말했다. 수영복을 돌려주었다. 아빠와 벨라를 할머니 집으로 데려가줄, 양철로 만든 타는 칸에 진한 파랑색 벤치가 있는 자전거 인력거를 불렀다.

벨라는 방금 전까지 있었던 그 클럽에 할머니가 있는 모습을 상상할 수 없었다. 탁자에 앉아 웃고 담배를 피우고 맥주를 마시는 사람들 사이에 할머니가 있는 모습은 상상이 되지 않았다. 남자들은 칵테일을 주문하고 아내들은 예쁜 옷을 입고 있는 그곳은 할머니의 자리가 아니었다. 톨리건지에 있는 집의 테라스가 아닌 다른 곳에 있는 할머니의 모습은 쉽게 상상이 되지 않았다. 디파가 집을 비울 때는 밖에 못 나가도록 계단에 체인을 가로질러 걸었고, 밖에 나가도 저지대의 가장자리까지 짧은 거리만 걸어갔다 오곤 하는 그 집이 할머니의 세상이었다. 더구나 저지대에는 볼 거라곤 더러운 물과 쓰레기뿐이었다.

벨라는 갑자기 엄마가 보고 싶어졌다. 그동안 엄마 없이 생일을 보낸 적이 없었다. 다음 날 아침 벨라는 엄마에게 전화를 하고 싶었다. 그러나 아빠가 전화가 고장이라고 말했다.

이젠 엄마에게 전화해도 돼?

전화가 여전히 고장이구나. 엄마를 곧 보게 될 텐데, 뭐.

벨라는 엄마가 서재의 소파에 누운 모습을 그려보았다. 양탄자 위에 책과 종이 들이 널렸고, 창가에서 선풍기 돌아가는 소리가 들린다. 방 안으로 햇빛이 스며들기 시작한다.

로드아일랜드에서는 생일날이면 가스레인지 위에서 천천히 데워지는 우유 냄새를 맡으며 잠에서 깨어났다. 우유는 지켜보는 사람 없이 뭉근한 불에 데워지면서 걸쭉해졌다. 엄마가 서재에서 나와 우유를 살펴보며 설탕과 쌀을 넣었다.

그날 오후에 엄마는 그렇게 만든 복숭앗빛 푸딩을 부어서 약간 식힌 다음 벨라를 불러 먼저 맛보게 했다. 엄마는 벨라가 그 푸딩의 가장 맛있는 부분인 냄비 바닥에 엉겨 붙은 우유를 긁어 먹을 수 있게 했다.

아빠?

응?

다음에 그 클럽에 다시 갈 수 있어?

우리가 다음에 다시 여기 올 때 갈 수 있을 거야, 아빠가 말했다.

아빠는 로드아일랜드로 돌아가는 건 아주 긴 여행이니까 충분히 쉬기를 바란다고 벨라에게 말했다. 인도에서의 6주 중에 5주가 지나갔다. 아빠의 머리털은 이미 많이 자랐다.

인력거가 속력을 내며 앞으로 달렸다. 오두막을 지나고, 길가에 줄지어 늘어선, 꽃을 팔고 사탕을 팔고 담배를 팔고 탄산음료를 파는 가판대를 지나쳤다. 모퉁이에 있는 회교성원이 가까워오자 인력거가 속도를 조금 줄였다. 어디선가 소라고둥을 부는 소리가 들렸다. 저녁의 시작을 알리는 소리였다.

여기 세워주세요, 아빠가 지갑을 꺼내며 인력거꾼에게 말했다. 남은 길은 걸어서 가겠다고 덧붙였다.

3

아빠와 벨라는 로건공항에서 버스를 타고 프로비던스로 가서, 거기서 택시로 갈아타고 집으로 갔다. 벨라는 팔목에 거울처럼 물체가 비치는 팔찌를 찼다. 얼굴과 팔은 햇볕에 그을렸다. 인도를 떠나던 날 저녁에 할머니가 단단히 땋아준 머리는 벨라의 등 가운데까지 내려왔다.

모든 게 집을 떠날 때의 모습 그대로였다. 맑고 푸른 하늘, 도로와 집, 멀리서 보이는 만, 그 위에 떠 있는 많은 범선들, 피서객으로 가득 찬 해변, 잔디 깎는 기계 소리, 짭짤한 공기, 나뭇잎…….

집에 도착했을 때 벨라는 풀이 거의 자신의 어깨높이만큼 자란 것을 보았다. 여러 종류의 풀들이 밀처럼, 밀짚처럼 돋아났다. 그것들은 우편함에 닿을 만큼 키가 컸다. 문의 양쪽에 있는 관목을 가릴 정도였다. 그 높이로 자란 풀들은 더 이상 녹색이 아니었다. 어떤 부분은 물이 부족해서 불그레했다. 끝 부분의 흐릿한 반점들은 식물처럼 보이지 않고, 아주 작은 곤충들이 떼지어 들러붙어서 꼼짝도 하지 않고 있는 모습 같았다.

오랫동안 집을 비우셨나 봐요, 택시 운전사가 말했다.

운전사는 진입로 안으로 들어가 차를 세우고 아빠를 도와 트 렁크에서 여행 가방을 내린 다음 집으로 그 가방들을 옮겨주었 다.

벨라는 바다에 뛰어들 듯이 풀밭 속으로 뛰어들었다. 잠시 벨 라의 몸이 풀밭 속으로 사라졌다. 두 팔을 활짝 벌리고 풀밭을 헤치며 나아갔다. 솜털 같은 끝 부분이 햇빛을 받아 희미하게 반짝였다. 그것들이 벨라의 얼굴과 종아리를 부드럽게 비벼댔 다. 벨라는 초인종을 누르고 엄마가 문을 열어주기를 기다렸다.

문이 열리지 않자 아빠가 자신의 열쇠로 문의 자물쇠를 열어 야 했다. 안으로 들어간 아빠와 벨라는 엄마를 소리쳐 불렀다. 냉장고에는 먹을 것이 하나도 없었다. 날이 더운데도 모든 창문 이 꼭 닫힌 채 잠겨 있었다. 커튼이 드리워진 실내는 어두웠다. 화분의 흙은 말랐다.

벨라는 처음에는 놀이인 것처럼 그 상황에 반응했다. 어렸을 때 엄마가 종종 벨라와 함께 그런 놀이를 했기 때문이다. 엄마 는 샤워 커튼 뒤에 숨거나 옷장 속에 들어가 몸을 웅크리거나 문 뒤의 틈에 몸을 숨기곤 했다. 몇 분이 지나도록 엄마는 기침 은커녕 조그만 기척도 내지 않았다. 한 번도 벨라에게 단서를 주지 않아서 벨라는 엄마를 찾지 못하기 일쑤였다.

벨라는 탐정처럼 집 안을 살피며 돌아다녔다. 계단의 아래쪽 절반에서부터 아래층의 거실과 부엌까지, 계단의 위쪽 절반에 서부터 위층의 침실들까지 살펴보았다. 위층의 복도에는 전체 를 똑같이 촘촘하게 짠 올리브색 양탄자를 깐 탓에 한 출입구 에서 다음 출입구로 이끼가 퍼져나간 것처럼 방들이 통합되어 보였다.

문을 열고 살펴본 벨라는 몇 가지 물건들을 찾아냈다. 화장실에서 머리핀을 보았고, 엄마의 먼지 낀 책상에서는 스테이플러를, 옷장에서는 흠집이 있는 샌들을, 책장에서는 몇 권의 책을 발견했다.

아빠는 소파에 앉아 있었다. 벨라가 다가가는데도 벨라를 보지 않았으며, 심지어 곁에 와서 섰을 때도 벨라에게 눈을 돌리지 않았다. 아빠의 얼굴은 달라 보였다. 뼈가 약간 이동을 한 것처럼. 뼈의 일부가 없어진 것처럼.

아빠?

아빠 옆의 탁자에 종이가 한 장 놓였다. 편지였다.

아빠가 손을 내밀어 벨라의 손을 잡았다.

내가 이 결정을 급하게 내린 건 아니에요. 수년 동안 이 문제를 생각해왔어요. 당신은 최선을 다했고, 나도 노력을 했어요. 당신만큼은 아니지만. 우리는 서로에게 동반자가 될 수 있을 거라고 믿으려 애를 썼지요.

벨라를 생각하면 내가 잘못한 일들만 생각이 나요. 벨라가 쉬이 나를 잊을 수 있을 만큼 어리다면 좋을 텐데, 하는 생각이 들기도 해요. 이제 벨라는 나를 무척 미워하게 될 거예요. 만약 벨라가 나와 얘기를 하고 싶어 하면, 나아가 나를 보고 싶어 하면 내가 최선을 다해서 그런 자리를 만들게요.

벨라에게는 당신이 판단해서 되도록 상처를 적게 받을 말을 해주세요. 그렇지만 진실을 말해주길 바랄게요. 내가 죽거나 사라진 게 아니라, 한 대학에서 나를 교수로 채용했기 때문에 캘

리포니아로 갔다고 말해주길 바라요. 벨라에게는 아무런 위로
가 되지 않겠지만, 그래도 내가 벨라를 그리워할 거라고 말해주
세요.

우다얀에 대해서 말하자면, 당신도 알다시피 나는 오랫동안
언제 어떻게 벨라에게 얘기해줄까, 얘기하기에 적합한 나이는
몇 살일까 고민했어요. 그러나 이제 그건 중요하지 않아요. 당신
은 벨라의 아빠예요. 당신이 오래전에 지적했듯이, 그리고 내가
오랫동안 인정하게 되었듯이 당신은 나보다 더 나은 부모라는
걸 줄곧 보여주었어요. 우다얀이 살아서 아빠 노릇을 했다 해도
당신만큼은 못했을 거라고 생각해요. 내가 이런 행동을 한다고
해서 벨라가 당신에게서 느끼는 깊은 유대감이 어떤 변화를 겪
는 일은 없을 거라고 믿어요.

내 주소는 아직 불확실해요. 하지만 대학을 통해 나에게 연
락할 수 있을 거예요. 당신에게 다른 건 아무것도 부탁하지 않
을 거예요. 대학에서 주는 돈으로 충분히 생활할 수 있을 것 같
아요. 당신은 분명 나에게 분개하겠지요. 당신이 나와 연락하고
싶어 하지 않는다 해도 이해할 거예요. 때가 되면 내가 없는 것
이 당신과 벨라에게 더 힘든 게 아니라 더 잘된 일로 여겨지기
를 바라요. 난 그럴 거라고 생각해요. 행운을 빌어요, 수바시. 안
녕. 당신이 나에게 해준 그 모든 것에 대한 보답으로 벨라를 당
신에게 남기고 떠납니다.

편지는 벵골어로 쓰였기 때문에 벨라가 내용을 해독할 위험
은 없었다. 수바시는 혼란스러워하는 벨라의 표정을 살피면서
편지의 내용을 나름대로 조절하여 전했다.

벨라는 이제 어린아이가 아니어서 캘리포니아가 얼마나 먼 곳인지 정도는 알고 있었다. 가우리가 언제 돌아오는지 벨라가 물었을 때 수바시는 자기도 모른다고 대답했다.

그는 벨라를 진정시키고 벨라의 충격을 가라앉힐 준비가 되어 있었다. 그러나 그 순간에 두 팔로 그를 안으며 위로해준 사람은 오히려 벨라였다. 벨라의 날씬하고 튼튼한 몸에서 불안감이 스며 나왔다. 벨라가 그를 꼭 안았다. 그렇게 하지 않으면 아빠가 자신으로부터 떠나가기라도 할 것처럼. 아빠, 나는 절대 아빠 곁을 떠나지 않을 거야, 벨라가 말했다.

수바시는 자신들이 스스로 선택한 결혼이 하루하루 마지못해 꾸려가는 생활이 되었다는 것을 알았다. 그렇지만 가우리가 떠나고 싶은 마음을 내비친 적은 전혀 없었다.

때때로 마음 한구석에서 그런 생각이 든 것은 사실이었다. 벨라가 대학에 가고, 그리하여 집을 떠나게 되면 그때는 그와 가우리가 따로 떨어져 사는 생활을 시작하지 않을까 하고 생각했다. 벨라가 한결 더 독립적으로 생활하고 자신들을 덜 필요로 하는 때가 되면 새로운 국면이 시작될 거라고 생각했다.

그는 자신이 참고 지내듯이 가우리도 벨라 때문에 지금은 자신들의 결혼 생활을 참아낼 거라고 짐작했다. 가우리가 그걸 못 기다릴 정도로 인내심이 부족할 거라고는 한 번도 생각하지 않았다.

수바시의 인생의 세 여자—어머니, 가우리, 벨라—중에서 한 사람만 남았다. 어머니의 정신은 이제 황무지처럼 황폐했다. 이제는 생각이 또렷하지 못했고, 새로운 것을 받아들일 수도 없었다. 정신이 너무 웃자라고 세월에 침식당했다. 어머니는 영원히 우다얀의 죽음에서 헤어나지 못했다.

그 황폐함이 어머니의 유일한 자유였다. 어머니는 집 안에 갇혀 지내면서 매일 한 번씩만 밖에 나갔다. 디파가 어머니를 돌보면서 위험할 수 있는 행동을 못하게 하고, 당황스러운 일을 못하게 하고, 소란을 피우지 못하게 했다.

그러나 가우리의 정신은 자신을 구해냈다. 똑바로 설 수 있게 했다. 자신이 나아갈 길을 냈다. 떠날 수 있게 자신을 준비시켰다.

그 밖에 벨라의 엄마가 남긴 것은 무엇일까? 벨라의 오른팔 팔꿈치 바로 위에, 팔을 비틀어야 보이는 곳에 엄마의 짙은 피부색을 띤 반점들이 있었다. 대수롭지 않아 보이면서도 눈에 잘 띄는, 얼룩 같은 반점이었다. 그 색이 벨라의 얼굴색이 되었을 수도 있었다는 것을 보여주는 흔적이었다. 벨라의 오른손 넷째 손가락 마디 바로 아래에도 이와 똑같은 색조의 점이 하나 있었다.

로드아일랜드의 집, 벨라의 방에서 엄마의 또 다른 흔적이 나타나기 시작했다. 방의 벽 한구석에 엄마의 옆모습을 연상케 하는 그림자가 잠시 동안 나타나곤 했던 것이다. 그 전에는 아무렇지도 않았는데 엄마가 떠난 후에 그런 연상을 하게 되었고, 그 후로는 그것을 떨쳐버릴 수가 없었다.

이 그림자에서 벨라는 엄마의 이마와 코의 경사라고 여겨지는 것을 보았다. 엄마의 입과 턱을 보았다. 그림자의 원천이 무엇인지는 몰랐다. 나뭇가지의 한 부분일 수도 있고 옥상의 어떤 돌출부가 빛을 굴절시킨 것일 수도 있었지만, 벨라는 확실히 알 수 없었다.

태양이 집 주위를 돌기 때문에 그 영상은 날마다 사라졌다. 그리고 매일 아침 엄마가 버리고 떠난 그 집에 다시 나타났다. 그 그림자가 생겨나는 것을 또는 사라지는 것을 벨라가 본 적은 없었다.

매일 아침 이 유령에서 벨라는 엄마를 인식했고, 엄마가 찾아왔다고 느꼈다. 그것은 구름이 지나가는 것을 쳐다보는 동안 떠오르는 자연스러운 연상 같은 것이었다. 그러나 이 경우에는 결코 흩어지지 않았고, 다른 어떤 것으로도 바뀌지 않았다.

4

가우리와 함께 살려는 노력이 없어졌다. 이제 그 노력을 아버지로서의 역할에 돌릴 수 있게 되었다. 부성애는 독점적인 것이고, 풀어버리거나 수정할 필요가 없는 유대감이었다. 그에게는 자신의 딸이 있었다. 벨라가 자신의 딸이 아니라는 사실을 이제는 혼자서만 간직하게 되었다. 그의 삶은 줄어들었다. 줄어들고 남은 둘이서 함께 생활하며 뒤뚱뒤뚱 불안정하게 삶을 꾸려갔다. 그것은 승리도 아니고 패배도 아니었다.

벨라는 7학년이 되었다. 스페인어, 생태학, 대수학을 배웠다. 수바시는 새로운 학교 건물과 새 선생님, 새 과목, 반을 옮겨가며 수업을 듣는 새로운 환경 등이 벨라의 주의를 딴 데로 돌려놓기를 바랐다. 처음에는 그러는 것 같았다. 그는 벨라가 고리가세 개인 바인더를 사서 색인표에 과목 이름을 적고 안에다 시간표를 붙이는 것을 보았다.

수바시는 업무 시간을 다시 조정했다. 전과 달리 일찍 출근하지 않는 대신 아침에는 반드시 집에 남아서 벨라의 아침 식사를 챙겨주었고, 집을 나설 때 배웅했다. 매일 벨라가 책이 잔뜩

저지대

든 가방을 등에 메고 버스 정류장까지 걸어가는 모습을 지켜보았다.

어느 날 수바시는 스웨터와 티셔츠 속 벨라의 가슴이 더 이상 납작하지 않다는 것을 알아차렸다. 벨라는 자신의 일부를 톨리건지에 떨구고 왔다. 이제 아이는 새로운 형태의 아름다움으로 막 피어나려 했다. 상처 받고 짓눌렸으면서도 아름답게 피고 있었다.

벨라는 더 호리호리해지고, 더 말수가 없어지고, 주말에도 혼자 지냈다. 가우리가 그랬던 것처럼 행동했다. 벨라는 전에는 일요일이면 아빠와 함께 산책을 하고 싶어 했지만 이제는 그에게 밖에 나가자는 말을 하지 않았다. 숙제를 해야 한다는 것이었다. 이 새로운 정서가 예고도 없이 벨라의 내부에 빠르게 자리 잡았다. 마치 갑자기 햇빛이 빠져나가 날이 저무는 가을 하늘 같았다. 수바시는 왜 그러느냐고 묻지 않았는데, 어떤 대답이 나올지 알고 있었기 때문이다.

벨라는 그를 따돌리고 혼자서 자신의 존재를 확립해나갔다. 이것은 큰 충격이었다. 자신은 벨라를 보호하고 벨라를 안심시키는 사람이라고 생각했던 수바시는 내팽개쳐진 느낌이었다. 가우리에 이어 다시 배척당하는 느낌이었다. 이제 혼자이니 아빠로서의 자신감이 흔들려서 자기도 모르게 권위를 행사할까 봐 두려웠다.

벨라는 자신의 침실을 옮기고 싶은데 가우리의 서재를 쓰면 안 되겠느냐고 물었다. 수바시는 그 요구가 마음에 걸렸으나 자연스러운 충동이라고 스스로를 타이르며 허락했다. 벨라를 도와 방을 옮기고 정리하는 데 하루를 보냈다. 벨라의 물건들을 옮기고, 옷장에 옷을 걸고, 포스터를 벽에 다시 붙였다. 가우리의 책상에 벨라의 전기스탠드를 놓고 가우리의 책장에 벨라의 책을 꽂았다. 그런데 일주일이 채 안 되어 벨라가 전에 쓰던 방이 더 좋으니 다시 그 방으로 옮기고 싶다고 했다.

벨라는 필요할 때만 말을 했다. 어떤 날은 그에게 한마디도 하지 않았다. 벨라가 자기에게 일어난 일을 친구들에게 얘기했는지 궁금했다. 하지만 벨라는 그의 허락을 구하지 않고 친구들을 만났으며, 집으로 찾아오는 친구는 없었다. 만약 학교에서 멀리 떨어진 이 지역에 살지 않고, 지금도 여전히 학교 근처의 교수와 대학원생과 그 가족들이 주로 사는 아파트 단지에서 산다면 벨라에게 더 낫지 않았을까 하는 생각이 들었다. 그는 벨라를 톨리건지로 데려감으로써 가우리에게 이 집에서 탈출할 기회를 준 것을 자책했다. 그는 벨라가 할머니를 어떻게 생각하는지 궁금했다. 우다얀에 대해 들은 얘기를 어떻게 생각하는지도 궁금했다. 벨라가 그런 얘기를 꺼낸 적은 없지만 그래도 그는 벨라가 뭘 주워들었는지 궁금했다.

12월에 그는 마흔한 살이 되었다. 그동안 벨라는 아빠의 생일을 축하해주는 것을 좋아했다. 가우리에게 돈을 조금 달라고 해서 약국에서 올드스파이스 같은 남성용 미용 제품을 사거나 새 양말을 사서 그에게 선물했다. 작년에는 간단한 케이크를 굽고 당의를 입히기까지 했다. 올해는 연구실에서 집에 돌아왔을 때 벨라가 평소처럼 자기 방에만 있었다. 저녁을 먹고 나서도 카드도 없었고 조그만 깜짝 선물도 없었다. 그를 멀리하는 벨라의 태도가, 새로운 냉담함이 너무 심했다.

어느 날 연구실에서 일을 하고 있을 때 벨라의 생활지도교사

가 전화를 했다. 중학교에서의 벨라의 성적이 걱정스럽다고 했
다. 지도교사의 말에 따르면 벨라는 수업 준비가 되어 있지 않
고 산만했다. 벨라는 6학년 선생님의 추천으로 상급반에 편성
되었는데, 벨라에게는 너무 버거운 수준으로 판명되었다.

그럼 다른 반에 넣어주세요.

그뿐만이 아니에요. 벨라는 언제부턴가 다른 아이들과 어울
리지 않는 것 같아요, 생활지도교사가 말했다. 구내식당에서 점
심을 먹을 때 보면 벨라는 혼자 앉아 있어요. 벨라는 어떤 동아
리에도 가입하지 않았어요. 방과 후에도 혼자 걸어 다니는 걸
자주 보았어요.

벨라는 학교에서 버스를 타고 집에 옵니다. 집에 오면 방에
들어가 숙제를 하고요. 제가 집에 돌아오면 벨라는 항상 거기
있어요.

그러나 수바시는 벨라가 시내의 여기저기를 배회하는 모습이
한 차례 이상 목격되었다는 말을 들었다.

벨라는 언제나 저랑 같이 산책하는 걸 좋아했어요. 아마 좀
쉬고 싶었겠죠. 신선한 공기를 마시면서 말이에요.

차들이 빨리 달리는 도로가 있어요, 지도교사가 말했다. 보
행자는 못 다니게 되어 있는 조그만 고속도로 말예요. 주간州間
고속도로는 아니지만 어쨌거나 고속도로잖아요. 지난번에 벨라
가 여기서 발견되었어요. 갓길 옆의 가드레일 위에 팔을 든 채
몸의 균형을 유지하며 서 있었대요.

모르는 사람이 차를 세우고 벨라에게 괜찮은지 물어본 다음
벨라를 차에 태워 집으로 데려다주었어요. 다행히도 그분은 좋
은 분이었지요. 알고 보니 우리 학교의 학부형이었답니다.

지도교사는 면담을 요청했다. 수바시와 가우리, 둘 다 와달라고 했다.

수바시는 배 속이 뒤틀리는 느낌이었다. 아이 엄마는 우리랑 같이 살지 않아요, 그가 기어들어가는 목소리로 말했다.

언제부터요?

올여름부터.

그럼 우리한테 알렸어야죠, 미트라 씨. 따로 살기 전에 선생님과 부인이 벨라와 마주 앉아 얘기를 나누었나요? 아이가 마음의 준비를 하게 했어요?

그는 전화를 끊었다. 가우리에게 전화해서 마구 소리 지르고 싶었다. 그러나 전화번호가 없었다. 가우리가 강의하는 대학의 주소만 있었다. 그는 가우리에게 편지를 쓰고 싶은 충동을 억눌렀다. 벨라의 상태와, 가우리가 집을 나간 것이 벨라에게 얼마나 큰 고통을 주고 있는지를 알리지 않고 고집스럽게 혼자만 간직하고 싶었다. 당신은 아이를 내게 맡기고 떠나더니 아이마저 떠나가게 했어, 그는 그렇게 말하고 싶었다.

그는 매주 같은 요일 저녁에 벨라를 차에 태워 생활지도교사가 제안한 심리학자 사무실로 데려다주었다. 그의 시력을 측정하는 의사의 사무실과 같은 층에 있는 사무실이었다. 그는 처음에는 지도교사의 말을 듣지 않았다. 자기가 벨라와 얘기를 나눠보겠다고 했고, 심리학자를 찾아갈 필요는 없다고 말했다. 그러나 지도교사는 확고했다.

지도교사는 벨라에게 이미 이 얘기를 했고 벨라도 반대하지 않았다고 말했다. 벨라는 그가 제공할 수 없는 형태의 도움이 필요하다고 덧붙였다. 벨라는 몸 안의 뼈 하나가 부러져 있는 것과 같은 상태라고 설명했다. 그저 시간이 가면 치유되는 게 아니고, 그가 바로잡을 수 있는 것도 아니라고 했다.

그는 다시 가우리를 생각했다. 자신은 가우리를 도와주려 했으나 실패했다. 이제 벨라가 영원히 마음을 닫지 않을까, 똑같은 방식으로 자신을 배척하지 않을까 두려웠다.

그래서 그는 또 하나의 청구서를 취급하듯이 닥터 에밀리 그랜트라는 그 심리학자의 이름으로 수표를 써서 봉투에 집어넣었다. 청구서는 조그만 종이에 타이핑되어 월말에 그에게 우송되었다. 상담을 한 각 날짜를 쉼표로 구분하여 손으로 쓴 청구서였다. 그는 돈을 지불한 후에는 그 청구서를 버렸다. 수표장의 장부에 닥터 그랜트라는 이름을 적는 게 끔찍이 싫었다.

벨라는 약속 시간에 혼자 들어갔다. 벨라가 닥터 그랜트에게 무슨 말을 하는지 궁금했다. 자기에게는 더 이상 얘기하지 않는 것들을 낯선 사람에게는 얘기하는지 궁금했다. 그 여자가 친절한 사람인지도 궁금했다.

우다얀이 가우리와 결혼했다는 것을 처음 알았던 때가 기억났다. 자신이 가우리로 대체되었다는 느낌이 들었던 게 떠올랐다. 지금 그는 두 번째로 자신이 대체된 느낌이었다.

닥터 그랜트를 직접 본 것은 한 번뿐이었는데, 그것만으로 그녀를 파악한다는 것은 불가능했다. 문이 열렸고, 그는 일어나서 여자와 악수를 했다. 그녀는 생각보다 젊었고 키는 작았으며, 부스스하고 숱 많은 갈색 머리에 얼굴은 핼쑥하고 침착해 보였다. 검정색의 얇은 팬티스타킹을 입었는데, 장딴지는 통통했고 신발은 굽이 낮은 가죽 구두였다. 엄마 옷을 입은 십 대 아이처럼 웃옷은 그녀에게 조금 크고 길었다. 사무실의 열린 문을 통해 액자에 담긴 학위 증명서가 순서대로 나란히 벽에 걸린 것을 보았다. 외모가 이처럼 어색한 여자가 어떻게 벨라를 도울 수 있다는 거지?

닥터 그랜트는 그에게 아무런 관심도 보이지 않았다. 그녀는 잠시 그에게 시선을 고정했다. 확고하면서도 난해한 표정이었다. 이어 벨라를 사무실 안으로 안내한 다음 그의 면전에서 문을 닫았다.

다 알고 있으면서도 드러내지 않는 듯한 그 표정이 그의 기를 꺾었다. 그녀는 다른 지적인 의사들처럼, 환자를 진찰하면서 이미 병의 근원을 알아내는 의사 같았다. 상담 중에 그녀는 그가 벨라에게 숨기고 있는 비밀을 직감했을까? 그가 벨라의 진짜 아빠가 아니라는 것을 알아냈을까? 이 점에 관해 벨라에게 매일매일 거짓말을 한다는 것을 알았을까?

그녀가 그를 방 안으로 부른 적은 한 번도 없었다. 몇 개월 동안 그는 벨라의 진행 상태에 대해 아무런 말도 듣지 못했다. 대기실에 앉아 벨라와 닥터 그랜트가 들어간 문을 보고 있으면 기분이 더 나빠졌다. 그는 그 시간을 이용하여 한 주 동안 먹을 식료품을 샀다. 벨라와 만날 시간을 정해서 주차장의 차 안에서 기다렸다. 상담이 끝나면 벨라는 차로 와서 옆에 앉으며 문을 닫았다.

오늘 어땠니, 벨라?

좋았어요.

도움이 돼?

벨라는 어깨를 으쓱했다.

저녁 먹으러 식당에 갈까?

배고프지 않아요.

벨라는 가우리가 그런 것처럼 그를 피했다. 벨라의 마음은 다른 곳에 있었고 얼굴도 다른 쪽으로 돌렸다. 벌을 받아야 할 가우리가 여기에 없었으므로 그를 벌하는 것이었다.

엄마에게 편지를 쓰고 싶니? 전화 통화 한번 해볼래?

벨라는 고개를 저었다. 고개가 내려가고, 이마에 주름이 생기고, 어깨가 움츠러들었다. 눈물이 떨어졌다.

밤에 벨라의 방 입구에 서서 잠든 벨라를 바라보면 어린 날의 벨라의 모습이 떠올랐다. 여섯 살이나 일곱 살 무렵에 해변에 같이 있던 때가 생각났다. 해변은 텅 비다시피 했다. 그가 가장 좋아하는 시간이었다. 떨어지는 해가 물 위에 빛살을 흩뿌린다. 빛살은 수평선에서는 더 넓게, 육지 쪽으로 오면서 점점 좁게 퍼진다.

벨라의 팔다리가 분홍빛으로 빛난다. 벨라는 그와 함께 여기에 올 때 가장 생기 넘치는 것 같다. 벨라의 작은 몸이 광대한 바다와 용감하게 맞설 태세다.

그는 거기서 찾을 수 있는 것들을 벨라에게 가르쳐준다. 그러고 나서 놀이를 한다. 홍합을 찾으면 1점, 가리비는 2점, 게는 3점, 모래언덕에서 파도를 향해 쏜살같이 날아가는 물떼새를 발견하면 5점. 먼저 소리치는 사람이 점수를 가져간다.

벨라는 멀찍이 떨어져 뒤따라온다. 몇 걸음 뗄 때마다 멈춰서서 땅 위의 뭔가를 만지작거린다. 돌과 바위가 있는 곳에 이르자 조심스럽게 발을 내딛는다. 벨라가 노래를 흥얼거린다. 머리카락 일부가 한쪽 귀 뒤에 모여 있다. 둘은 서로 소리치고, 그에 따라 점수를 계산한다.

그는 걸음을 멈추고 벨라를 기다린다. 그러나 벨라는 갑자기 활력을 분출하며 그를 지나쳐서 달린다. 벨라는 멈추지 않고 계속 달린다. 발꿈치가 물가를 박차고 나아간다. 바람에 머리가 날려 검은 머리카락이 턱까지 내려오며 벨라의 얼굴을 가린다. 활력이 넘쳐서 끝없이 달려 자신의 시야에서 벗어날 것 같다고 생각하는 순간 벨라가 달리기를 멈춘다. 그러고 몸을 돌린다. 손을 엉덩이에 붙이고 숨을 헐떡이며 그가 거기 있는 것을 확인한다.

다음 해에 벨라는 자신에게 일어났던 일에서 천천히 놓여났다. 눈에 맑은 빛이 새로이 감돌았으며 얼굴에 차분함이 묻어났다. 벨라는 외부로 눈을 돌렸고, 다른 사람들에게 마음을 열었다. 전과 다르게 행동했다. 이제 바람은 더 이상 맞바람이 아니라 등 뒤에서 불어 벨라를 세상 속으로 밀어 넣는 바람이었다.

항상 집에만 있었으나 이제는 집에 있는 때가 거의 없었다. 8학년이 되었을 때에는 전화벨이 저녁 내내 울렸다. 많은 남녀 학생들이 벨라와 통화하고 싶어 했다. 벨라의 닫힌 방문 너머에서 한 번에 몇 시간씩 또래 아이들과 통화하는 소리가 들렸다.

성적도 나아졌고 식욕도 다시 좋아졌다. 두어 번 집어 먹고 나서 배가 부르다며 포크를 내려놓는 일은 이제 없었다. 행군 악대 동아리에 가입하여 클라리넷으로 애국 의식이 담긴 노래들을 연주하는 법을 배웠고, 저녁을 먹고 나서는 클라리넷의 각 부분을 잘 맞춘 다음 음계 연습을 했다.

재향군인의 날에 그는 읍내 중심가의 인도에 서서 벨라의 악대가 지나가는 것을 지켜보았다. 단복을 입고 가을날의 한기를 참으며 목에 건 악보에 집중하면서 악기를 불었다. 다른 날에는 화장실의 쓰레기통을 비우다가 생리대 포장지를 보았고 벨라가 생리를 시작했다는 것을 알았다. 벨라는 그에게 아무 말도 하지 않았다. 자기가 생리대를 구입하여 숨겨놓았으며, 스스로 알아서 어른스럽게 처리했다.

고등학교에 진학해서는 자연 학습 동아리에 가입했다. 거북의 꼬리표를 붙이고 새를 해부하는 생물 선생님을 도와 작업에 참여했다. 해변에 나가 땅에 만들어진 보금자리를 깨끗이 청소해주었다. 메인 주로 가서 점박이 바다표범을 연구했으며, 케이프메이로 가서 왕나비를 관찰했다. 벨라는 다른 일에도 열의를 보이기 시작했는데, 그가 반대할 수 없는 성질의 것이었다. 다른 한 명의 학생과 함께 집집마다 찾아가서 병의 재활용이나 최저 임금 인상을 청원하는 서명을 받는 일이었다.

미리 취지를 알리고 허락을 받은 식당들을 돌아다니며 버린 음식을 모아서 노숙자 쉼터에 제공했다. 여름에는 야외에서 활동하는 일자리를 얻었다. 묘목장에서 나무에 물을 주기도 했고 아이들 캠프에서 도우미로 일하기도 했다. 벨라는 물건을 사는 것에는 욕심도 없고 관심도 없었다.

벨라가 고등학교를 졸업한 뒤 여름에 수바시의 어머니가 뇌졸중을 앓고 있다는 소식이 디파에게서 날아들었을 때 벨라는 수바시의 인도행에 동행하지 않았다. 벨라는 로드아일랜드에 남아서 곧 헤어질 친구들과 함께 시간을 보내고 싶다고 말했다. 수바시는 벨라가 친구 한 명과 집에서 지내도록 조처해두었다.

몇 주 동안이나 벨라로부터 그토록 멀리 떨어져 있어야 한다는 생각이 마뜩잖았지만, 한편으로는 벨라를 다시 톨리건지로 데려가야 할 필요가 없다는 게 다행이라는 생각이 들었다.

어머니가 어느 정도나 자신을 알아보는지 수바시는 잘 알지 못했다. 어머니는 그에게 단편적으로만 말을 했고, 때때로 그가 우다얀인 것처럼 혹은 그들이 어린 소년인 것처럼 말했다. 어머니는 저지대에서 신발을 진흙투성이로 만들지 말라고 했고, 늦게까지 밖에서 놀면 안 된다고 말했다.

수바시는 어머니가 좀 더 참을 만한 시절이었던 이전의 어떤 시간 속에 살고 있다는 것을 알았다. 다리를 마음먹은 대로 뗄 수가 없었으므로 이제 계단에 체인을 걸어둘 필요가 없었다. 어머니는 집의 맨 위층에 있는 테라스에 묶인 셈이었다. 영원히.

어쩌면 자신은 더 이상 어머니의 마음속에 존재하지 않을지도 모른다고 생각했다. 어머니는 이미 그를 놓아버렸다고 느꼈다. 그는 가우리와 결혼함으로써 어머니의 뜻을 거역했다. 오랜 세월 동안 어머니가 본 적이 없는 먼 장소에서 삶을 꾸리며 어머니를 피했다. 그렇긴 하지만 어렸을 때는 아주 많은 시간을 어머니 옆에 앉아서 보냈다.

그러나 지금 어머니와 자신 사이의 거리는 단순히 물리적인 게 아니었다. 정서적인 것도 아니었다. 그것은 어찌해볼 도리가 없다는 것이었다. 뒤늦게 수바시의 마음속에 책임감이 와락 밀려들었다. 그가 함께 있는 게 이제는 중요하지 않았지만, 그렇다 해도 여기에 자주 와야겠다는 마음이 일었다. 이후 3년 동안 그는 매년 겨울에 캘커타로 돌아와서 어머니를 뵈었다. 그는 어머니 옆에 앉아 신문을 읽고 함께 차를 마셨다. 벨라가 가우리에게 느꼈을 단절감을 느끼면서…….

그는 다시 어린 소년이 된 것처럼 톨리건지에 머물렀다. 모퉁이에 있는 회교성원보다 더 멀리 걸어간 적이 없었다. 이따금 집 밖으로 나가 걷긴 했으나 항상 우다얀의 추모비에서 걸음을 멈추었으며, 그러고 나서 집으로 돌아왔다. 성가실 정도로 활기 넘치는 이 도시의 나머지 부분은 그에게 아무 의미도 없었다. 공항에서 집까지 오가는 통로일 뿐이었다. 그는 가우리가 벨라에게서 달아난 것처럼 캘커타에서 달아났으며, 지금까지 너무 오랫동안 무시했다.

마지막 방문 기간 중에 어머니는 병원에 입원해야 했다. 심장이 너무 약해서 산소호흡기가 필요했던 것이다. 그는 온종일 어머니 곁에서 시간을 보냈다. 매일 아침 일찍 병원에 가서 어머니 손을 잡아드렸다. 끝이 오고 있었고, 의사는 그가 때맞춰 왔다고 말했다. 그러나 죽음은 밤늦게 찾아왔다.

비졸리는 늘 매여 있다시피 한 톨리건지의 집에서 죽지 않았다. 그리고 수바시는 어머니와 아주 먼 곳에서 아주 가까이로 돌아왔지만, 병원에서의 마지막 날 아침에 너무 늦게 도착했다. 어머니는 어머니의 죽음을 지켜볼 기회를 그에게 허락하지 않고, 낯선 사람들만 있는 병실에서 홀로 죽었다.

벨라는 미드웨스트에 있는 작은 문과대학을 선택하여 대학에 진학했다. 그는 차로 벨라를 거기에 데려다주었다. 펜실베이니아와 오하이오와 인디애나를 지났는데, 도중에 가끔 벨라에게 운전대를 맡겼다. 벨라의 룸메이트를 만나고, 룸메이트의 어머니와 아버지를 만났다. 그런 다음 그는 그곳을 떠나왔다. 그

대학은 대안적인 교과과정을 시행했는데, 시험이나 A, B, C 같은 성적 등급이 없었다. 전형적이지 않은 방법이 벨라에게 잘 맞았다. 학년 말에 교수님들이 쓴 긴 평가서에 따르면 벨라는 잘했다. 벨라는 환경과학을 전공했다. 졸업논문에서 벨라는 강으로 유출된 농약의 부작용을 연구했다.

그는 다음 단계로 벨라가 대학원에 진학하기를 바랐지만 벨라는 전혀 관심이 없었다. 벨라는 자신의 삶을 대학 안에서 연구를 하며 보내고 싶지 않다고 말했다. 책과 실험실에서 충분히 배웠다고 했다. 자신을 그런 방향으로 재단하고 싶지 않다고 했다.

벨라는 이 말을 업신여기는 태도가 없지는 않은 투로 그에게 말했다. 이것은 벨라가 그와 가우리의 삶의 방식을 거부한다는 것을 가장 직접적으로 드러낸 것이었다. 수바시는 벨라가 그런 것처럼 갑자기 자신의 교육에 냉담해졌던 우다얀이 떠올랐다.

벨라는 때때로 평화봉사단 얘기를 하며 세계의 다른 지역을 여행하고 싶다고 했다. 벨라가 정말 평화봉사단에 가입할 것인지, 그렇다면 다시 인도에 가고 싶어 할지 궁금했다. 벨라는 스물한 살이므로 그런 결정을 하기에 충분한 나이였다. 하지만 벨라는 졸업 후에 그의 집에서 아주 멀지는 않은 매사추세츠 주 서부로 이사를 갔다. 그곳에 있는 한 농장에서 일자리를 얻었다.

그는 처음에는 벨라가 거기서 하는 일은 연구 과제의 수행일 거라고 생각했다. 토양을 검사하거나 새 작물 품종의 조직배양을 돕는 일 따위를 할 거라고 생각했다. 그러나 아니었다. 벨라는 초보 농군으로 밭일을 하러 간 것이었다. 관개수로를 만들고, 씨 뿌리고 수확하고, 가축우리를 청소했다. 팔 채소를 나무 상자에 담아 꾸렸고, 길가에서 손님을 맞으며 무게를 달았다.

주말에 집에 올 때 보면 고된 노동으로 손의 모양과 결이 변해가고 있다는 걸 알 수 있었다. 벨라의 손바닥에 굳은살이 박이고 손톱 밑에 때가 낀 것을 그는 알아보았다. 피부에서는 흙 냄새가 났다. 목덜미와 어깨와 얼굴은 더 짙은 갈색으로 변했다.

벨라는 데님 천으로 만든, 위아래가 붙은 작업복을 입었고 흙이 묻은 묵직한 장화를 신었으며 머리에는 면으로 된 머리 수건을 묶었다. 새벽 네 시면 눈을 떴고, 소매 있는 남자 내의를 입었는데 소매는 어깨까지 밀어 올렸다. 손목에는 팔찌 대신 검은색 가죽 끈을 두르고 매듭을 지었다.

집에 올 때마다 매번 새로운 게 눈에 띄었다. 한쪽 발목 위에 양 끝이 벌어진 팔찌 같은 문신을 새겼다. 머리에 하얗게 탈색한 부분이 있었다. 코에 은고리 피어싱을 했다.

워싱턴 주, 애리조나, 켄터키, 미주리 같은, 집에서 가깝거나 먼 전국 곳곳의 농장에서 일자리를 얻어 일을 하는 것, 이것이 벨라의 삶이 되었다. 지도에서 찾아보아야 하는 시골 읍이었다. 벨라 말로는, 어떤 곳은 수킬로미터를 달려도 정지신호등을 볼 수 없는 시골이라 했다. 벨라는 작물의 성장 시기나 가축의 번식기에 이동을 해서 복숭아나무를 심거나, 벌통을 돌보거나, 닭이나 염소를 키웠다.

벨라는 비좁은 곳에서 산다고 말했다. 종종 임금을 받지 않고 그저 먹을 것과 잠자리만 제공받는다고 했다. 수입을 공동으로 출자하는 사람들과 함께 산다고 했다. 몇 달 동안 몬태나의 천막 속에서 생활한 적도 있었다. 필요하면 임시적인 일도 찾아했다. 과수원에 약제를 뿌리는 일도 하고 조경 일도 했다. 벨라는 보험 없이 살았고 미래에 대한 대비책 없이 살았다. 고정된 주소지도 없었다.

벨라는 때때로 그에게 엽서를 보내서 자기가 어디로 갔는지 알려주거나, 부드러운 브로콜리나 신문지에 싼 배, 화환 형태로 만든 말린 붉은 고추 등을 판지 상자에 담아서 보내주었다. 그는 벨라가 일자리를 찾아 떠돌다 가우리가 여전히 살고 있는 캘리포니아까지 가게 되지 않을까 생각했다. 어쩌면 그 지역은 벨라가 피하는 지역이 아닐까 하는 생각도 들었다.

가우리와는 아무런 접촉도 없었다. 그와 가우리가 세금을 각자 따로 처리하기 전 처음 몇 해 동안 그가 소득 신고서를 사서 함으로 보낸 게 전부였다. 그는 그동안 이 공식적인 연락 말고는 그녀를 찾지 않았다.

수바시와 가우리는 이 거대한 나라의 양쪽에 떨어져 살았고 벨라는 그 사이를 돌아다녔다. 그들 두 사람은 구태여 이혼하려고 하지는 않았다. 가우리는 이혼을 요구하지 않았고 수바시는 개의치 않았다. 결혼 상태로 있는 편이 그녀와 다시 교섭을 해야 하는 것보다 더 나았다. 그녀가 벨라와 전혀 접촉하지 않고 편지 한 장 보내지 않았다는 사실에 수바시는 오싹했다. 그녀의 마음이 그토록 차가울 수 있다는 게 놀라웠다. 동시에 그는 이 단절이 깔끔해진 것을 고마워했다.

이따금 그는 미국인 동료나 다정한 관계를 유지하고 있는 인도인 가족이 준비한 저녁 식사 자리에 참석했는데, 과부나 결혼한 적이 없는 여자가 자리를 같이하곤 했다. 한두 번 그가 이 여자들에게 전화를 했고, 그러지 않으면 이들이 그에게 전화를 해서 프로비던스에서 열리는 고전음악 연주회에 가자고 혹은 연극을 보러 가자고 초대했다.

그는 그런 오락이나 문화 활동에 별 관심이 없었지만 초대에 응해서 갔다. 여자와 함께 있고 싶은 갈망에 몇 차례 여자의 침대에서 밤을 보낸 적이 있지만 그런 경우는 손에 꼽을 정도였다. 그러나 그는 연인 관계에는 관심이 없었다. 그는 오십 대였으므로 또 다른 가정을 시작하기에는 너무 늦었다. 그는 가우리에게서 너무 많은 것을 겪었다. 그러한 경험을 다시 하고 싶다는 건 자신으로서는 상상하지 못할 일이었다.

그가 정을 나누며 함께하기를 갈망하는 유일한 사람은 벨라였다. 그러나 벨라는 자유분방했고, 언제 다시 보게 될지 늘 불확실했다. 벨라는 보통 늦여름에는 집에 왔다. 자신의 생일 전후로 한 주나 두 주 동안 일을 쉬었고, 수바시가 데리고 다니던 해변으로 가서 바닷물에 들어가 수영을 했다. 이따금 크리스마스 때도 왔다. 한두 번은 집에 오겠다고 약속해놓고서 마지막 순간에 무슨 일이 생겼다고 말하고는 끝내 나타나지 않았다.

집에 오면 벨라는 옛날에 자신이 쓰던 침대에서 잤다. 팔과 다리에 장뇌 성분이 든 연고를 발랐으며, 욕조에 들어가 몸을 담갔다. 벨라는 아빠가 짧은 동안, 간단한 방식으로나마 그녀를 위해 요리하고 그녀를 보살피게 해주었다. 벨라는 텔레비전에서 그와 함께 옛날 영화를 보았으며, 그와 함께 니니그렛 연못 주변이나 호프밸리의 철쭉 숲을 산책했다. 벨라가 어렸을 때 함께 자주 다니던 곳이었다.

벨라는 아직도 얼마간 자신만의 시간이 필요했다. 그래서 집에 머무는 기간에도 그가 잠자리에 든 뒤로 늦게까지 자지 않고 호박 빵을 굽거나 그에게 같이 가자는 말 없이 그의 차를 빌려

드라이브를 했다. 벨라가 돌아왔을 때도 벨라의 마음 한 부분은 그에게 닫혀 있다는 것을 알았다. 벨라의 자기 영역 의식은 매우 강했다. 벨라가 자신의 자아와 천분을 찾은 것처럼 보이긴 했으나 수바시는 벨라가 여전히 길을 잃고 헤매는 건 아닐까 걱정스러웠다.

마지막 날 떠날 시간이 되면 벨라는 가방의 지퍼를 채우고 언제 다시 올 거라는 말 없이 그를 떠났다. 가우리가 사라졌듯이 벨라도 사라졌다. 생업이 우선이었다. 생업이 벨라를 규정하고, 생업이 벨라의 길을 인도했다.

수년 동안 벨라의 일은 어떤 이데올로기와 결합되기 시작했다. 벨라가 한 일들에 저항의 정신이 담겼다는 것을 알았다.

벨라는 큰 도시인 볼티모어와 디트로이트의 황폐한 지역에서 시간을 보냈다. 버려진 땅을 지역사회의 공원으로 꾸미는 일에 힘을 보탰다. 소득이 낮은 가구를 찾아가 뒷마당에 채소를 기르는 법을 가르쳐주었다. 전적으로 푸드뱅크식품업체나 개인으로부터 음식을 기탁받아 소외 계층에 전달하는 식품 지원 단체에 의존하지 않아도 되게 하려는 뜻이었다. 수바시가 벨라의 이런 노력을 칭찬하면 벨라는 심드렁한 태도로 말했다. 필요한 일이니까요.

로드아일랜드에 와서는 그의 집 냉장고를 살펴보며 그가 슈퍼마켓에서만 사과를 사는 것을 나무랐다. 벨라는 먼 지역에서 수송해 와야 하는 먹거리를 먹는 것을 반대했다. 식물 종자의 특허제도도 반대했다. 왜 여전히 사람들이 굶주려 죽는지, 왜 농부들이 여전히 배가 고픈지 그 이유를 그에게 얘기했다. 벨라는 부의 불평등한 분배를 비난했다.

벨라는 채소 지스러기를 퇴비를 만들지 않고 버린다며 수바시를 책망했다. 한번은 집에 와 있는 동안 철물점에 가서 합판과 못을 사가지고 왔다. 벨라는 그것으로 궤를 만들어 뒷마당에 둔 다음, 기온이 낮은 날씨에 어떻게 퇴비를 만드는지 그에게 보여주었다.

무엇을 소비하느냐 하는 게 무엇을 지원하느냐 하는 거예요, 벨라가 그렇게 말하며 아빠도 자신의 역할을 해야 한다고 덧붙였다. 벨라는 우다얀이 그랬던 것처럼 독선적인 데가 있었다.

그는 때때로 벨라가 그처럼 강렬한 이상을 지녔다는 게 염려스러웠다. 그런데도 그는 벨라가 떠나고 나면, 비록 슈퍼마켓에 가는 게 더 빠르고 쌌지만, 토요일 아침에 서는 농산물 장터로 차를 몰고 가서 한 주 동안 먹을 과일과 채소와 달걀을 구입하기 시작했다.

거기서 일하는 사람들, 그가 산 물건의 무게를 재고, 그것을 그의 캔버스 천 가방에 담아주고, 금전등록기 대신 몽당연필로 물건 값을 계산하는 사람들은 벨라를 생각나게 했다. 그들은 벨라의 실용적인 단순함을 새삼 떠올리게 했다. 벨라 덕분에 그는 제철 농산물을 산지에서 사 먹는 의식이 생겨났다. 그가 어렸을 때는 당연한 일로 여기던 것이었다.

더 좋은 세상을 만드는 데 헌신하는 태도는 살아가는 동안 벨라를 크게 성장시킬 거라고 수바시는 생각했다. 그럼에도 걱정을 접어둘 수 없었다. 그는 벨라가 안정적으로 살아가게 하려고 노력했지만 벨라는 안정된 삶을 피했다. 벨라는 정처 없는 길을 착실히 나아갔지만 그의 눈에는 불안정해 보이는 길이었다. 그는 배제된 길이었다. 그러나 가우리에게 그랬던 것처럼 그는 벨라를 놓아주었다.

느슨한 조직 형태를 띤 친구 모임이 벨라에게 또 다른 형태
의 가족이 되어주었다. 벨라는 그 사람들을 애정을 가지고 좋게
말했지만 그에게는 한 번도 소개해주지 않았다. 벨라는 이 친구
들의 결혼식에 참석한 얘기를 했다. 그들의 아이들에게 입힐 스
웨터를 짜거나 바느질로 헝겊 인형을 만들어서 이 깜짝 선물을
우편으로 보냈다고 했다. 벨라의 삶에서 연애 감정을 느끼는 어
떤 상대가 있는지 없는지 그는 알지 못했다. 벨라가 집에 올 때
마다 늘 그와 벨라 둘뿐이었다.

수바시는 벨라가 어떤 사람이 되든 받아들이고 어떻게 변하
든 껴안아야 한다는 것을 배웠다. 종종 벨라의 두 번째 탄생이
첫 번째 탄생보다 더 기적 같다는 생각이 들었다. 벨라가 자신
의 삶에서 의미를 발견했다는 게 그에게는 기적이었다. 가우리
가 저지른 행동에도 불구하고 벨라가 그 상처에서 회복되었다
는 게 기적이었고, 완전히 복원된 것은 아니라 해도 벨라가 너
무 늦지 않게 그에 대한 애정을 되찾았다는 게 기적이었다.

그렇지만 벨라의 그런 점은 우다얀으로부터 물려받은 영감이
며 우다얀의 영향은 생각보다 훨씬 크다는 것을 확신하게 되었
고, 그래서 그는 종종 위태로운 느낌이 들었다. 가우리는 그와
벨라를 떠났고, 이제는 그녀가 돌아오지 않으리라는 것을 믿었
다. 하지만 우다얀이 돌아와서 자신의 자리를 요구하고, 우다얀
이 무덤에서 벨라는 자기 자식이라고 주장할 것이라는 생각이
들 때가 있었다.

6

1

톨리건지의 침실에서 그녀는 잠자리에 들기 전에 빗으로 머리를 빗는다. 문의 빗장은 걸렸고, 덧문은 닫혔다. 우다얀은 가슴에 단파 라디오를 올려놓은 채 모기장 안에 누워 있다. 다리 하나는 접어서 발목을 다른 다리의 무릎 위에 올렸다. 그의 옆 침대보 위에 조그만 금속 재떨이와 성냥, 윌스 담배가 놓였다.

결혼 2년째 해인 1971년이다. 당의 선언이 나온 지 거의 2년이 되었다. 〈데샤브라티〉와 〈해방〉의 사무실이 급습을 당한 지 1년이 되었다. 우다얀이 계속 읽어온 그 간행물은 은밀하게 출간되고 배포된다. 그는 그것들을 침대 밑에 숨긴다. 내용이 선동적이라 여겨져서 지금은 그 간행물을 가지고 있는 게 범죄의 증거로 이용될 수 있다.

란지트 굽타가 새 경찰서장이고, 감옥은 재소자가 넘친다. 경찰은 동지들을 집에서, 학교에서, 은신처에서 체포한다. 동지들을 도시 곳곳의 교도소에 가두고 자백을 받아낸다. 몇몇 동지들은 며칠 뒤에 나온다. 많은 동지들은 무기한으로 구금된다. 불붙은 담배꽁초로 등을 지지고, 뜨거운 밀랍을 귀에 붓고, 금속 막대를 항문 속으로 밀어 넣는다. 캘커타의 감옥 근처에서 사는 사람들은 잠을 이룰 수 없다.

어느 날 몇 시간 사이에 대학가 근처에서 네 명의 학생이 총에 맞아 죽는다. 그중 한 명은 당과 전혀 무관하다. 그는 수업에 참석하기 위해 대학교 정문을 지나고 있었다.

우다얀이 단파 라디오를 끈다. 당신의 결정을 후회해? 그가 묻는다.

무슨 결정?

아내가 된 것.

그녀는 잠시 빗질을 멈추고 거울에 비친 그를 흘낏 본다. 모기장에 가려 그의 얼굴이 또렷이 보이지는 않는다. 아니요.

나의 아내가 된 것은?

그녀는 일어서서 모기장을 들어 올리고 침대의 가장자리에 앉는다. 이어 그이 옆에 몸을 뻗고 눕는다.

아니요, 그녀가 한 번 더 대답한다.

놈들이 시나를 체포했어.

언제?

며칠 전에.

그는 이 말을 낙담하는 기색 없이 말한다. 그와는 상관없는 일이라는 듯이.

무슨 의미일까요?

놈들은 시나가 다 불게 하거나 아니면 시나를 죽일 거라는 의미야.

그녀가 다시 일어나 앉는다. 잠을 자려고 머리를 땋기 시작한다.

그러나 그가 그녀의 손을 옆으로 치운다. 그녀의 사리를 벗긴다. 사리의 천이 가슴에서 벗겨진다. 블라우스와 속치마 사이의 피부가 드러난다. 그는 그녀의 머리를 어깨 주위로 늘어뜨린다.

오늘 밤은 이렇게 놔둬.

흘러내린 머리가 그의 손에 담긴다. 머리카락이 침대 위에 흩어져 널린다. 그러다가 그의 무게가 사라진다. 이번에도 짧았고, 조금 더 거칠었다.

그러나 꿈속에서의 우다얀은 이십 대 젊은이로 남아 있다. 이제 가우리보다 30년이나 더 젊고 벨라보다도 거의 10년은 젊다. 곱슬머리는 이마 뒤로 빗어 넘겼고, 허리는 어깨에 비해 가늘다. 그러나 그녀는 쉰여섯 살 된 여자다. 그 세월 동안 과거에서 회복하지 못하고 오늘에 이르렀다.

우다얀은 이 괴리를 깨닫지 못한다. 그는 그녀를 끌어당겨 블라우스의 단추를 끄르고 그녀의 잠든 몸에서, 방치된 젖가슴에서 쾌락을 찾는다. 그녀는 저항하면서 그는 이제 그녀와 아무 관계도 없다고 말한다. 자신은 수바시와 결혼했다고 말해준다.

그 말은 아무 효과도 없다. 그는 그녀의 나머지 옷들을 벗긴다. 남편의 감촉을 받아들일 때 해서는 안 될 것을 하는 느낌이 든다. 아들처럼 어려 보이는 젊은이와 발가벗고 성행위를 하기 때문이다.

우다얀과 결혼하고 나서 되풀이하여 꾼 악몽은, 그들은 만나지 않았고 그는 아직 그녀의 삶 속으로 들어오지 않았다는 것이었다. 그런 순간이면 우다얀을 알기 전에 그녀가 품었던 확신, 자신은 인생을 혼자 살 거라는 그 확신이 되살아났다. 톨리건지의 집 침대 위 우다얀의 바로 곁에서 눈을 뜬 직후의 혼란스럽고 어리둥절한 순간들이 그녀는 무척이나 싫었다. 그는 그녀를 껴안고 있는 때에도 여전히 대안적인 세상에 사로잡혔다.

그녀가 그를 안 것은 몇 년 되지 않았다. 겨우 그가 누구인지 알아가는 시작 단계였을 뿐이다. 그러나 다른 면에서 보면 그녀는 실질적으로 평생 그를 알아온 셈이었다. 그가 죽은 이후 그를 회상하면서 내면적인 부분을 알기 시작했고, 여전히 그를 이해하려고 노력하고 있었다. 한편으로는 그를 그리워하면서, 한편으로는 분하게 여기면서. 그걸 제외하면 그녀의 마음에 지속적으로 떠오르는 것은 없고, 슬픔도 없을 것이다.

그가 살아 있다면 지금 어떤 모습일까 궁금했다. 그는 어떻게 늙어갔을까, 어떤 병을 앓았을까, 어떤 질환을 앓아서 거기에 굴복하지는 않았을까 궁금했다. 그녀는 납작했던 배가 부드러워지고 처진 모습을 상상해보려 했다. 가슴의 털이 하얗게 센 모습을 상상해보았다.

가우리는 수바시가 물었을 때와 오토 바이스 교수에게 말했던 날을 빼고는 우다얀에게 일어난 일을 평생 그 누구에게도 얘기하지 않았다. 뭔가를 물을 만큼 아는 사람도 없었다. 그의 삶의 마지막 시기에 캘커타에서 무슨 일이 일어났는지, 톨리건지의 집 테라스에서 그녀가 무엇을 보았는지 그리고 우다얀의 부탁에 따라 그녀가 그를 위해 무슨 일을 했는지 묻는 사람은 없었다.

캘리포니아 생활 초기에 그녀의 마음에 집요하게 출몰한 것은 죽은 사람이 아니라 산 사람이었다. 그녀는 벨라나 수바시가 갑자기 모습을 드러내지 않을까, 강의실에 앉아 있거나 그녀를 만나러 걸어오지 않을까 두려워하곤 했다. 새로운 수업을 시작하는 첫날에는 수바시나 벨라 중 한 사람이 자리에 앉아 있을지도 모른다고 생각하며 강단에서 고개를 들어 교실을 살펴보곤 했다.

햇살이 밝게 비치는 교정에서, 한 건물에서 다른 건물로 이어지는 보도에서 수바시와 벨라가 자신을 발견하게 될 것을 두려워하곤 했다. 자신과 맞부닥뜨리며 자신이 어떤 사람이라는 것을 폭로할 것 같았다. 경찰이 우다얀을 붙잡았듯이 자신을 붙잡을 것 같았다.

그러나 20년 동안 누구도 찾아오지 않았다. 자기를 호출하지도 않았다. 그녀가 추구했던 자유를 온전히 허락한 것이었다.

벨라의 나이 열 살 무렵에 가우리는 벨라가 그 두 배인 스무 살쯤 되는 것으로 상상할 수 있었다. 그 무렵에 벨라는 대부분의 시간을 학교에서 보냈고, 주말에는 종종 친구 집에서 보냈다. 여름이면 야간 걸스카우트 캠프에서 2주를 보내는 데 아무 문제가 없었다. 저녁 식사 시간에는 가우리와 수바시 사이에 앉아 식사를 했고, 식사가 끝나면 자신의 식기를 싱크대에 넣고 위층으로 올라갔다.

그렇지만 가우리는 일자리를 제안 받을 때까지 기다렸고, 수바시가 캘커타로 돌아갈 일이 생길 때까지 기다렸다. 그녀는 벨라가 태어난 후 첫 몇 년 동안 자신이 저지른 잘못은 되돌아가서 고칠 수 있는 게 아니라는 것을 알았다. 기초가 거기 있는 게 아니었으므로 그녀의 시도는 끊임없이 실패했다. 시간이 흐를수록 이 감정이 자신을 괴롭혔고, 자신의 이기심과 어리석음만 노출했다. 자기 자신을 참아낼 능력이 없다는 것만 드러냈다.

수바시가 자신의 경쟁자라는 생각이 강해졌다. 그래서 벨라를 두고 수바시와 경쟁했다. 모욕감이 느껴지는 부당한 경쟁이었다. 하지만 물론 경쟁이 아니었다. 그녀 자신의 헛된 시도였을 뿐이다. 자신이 불가피하게 은밀히 물러난 것이었다. 자신의 손으로 한구석에 자신을 그려 넣고서, 그 그림에서 완전히 빠져나온 것이었다.

집을 떠나 처음으로 이 나라의 하늘을 가로지르며 날 때, 비행기 안이 너무 밝아서 그녀는 선글라스를 썼다. 이마를 타원형의 유리창에 붙인 채 땅을 내려다보았다. 저 밑에서 볼품없이 흰 철사 같은 모습으로 반짝이는 강이 보였다. 갈색과 금색의 땅에는 갈라진 틈들이 혈관처럼 뻗었고, 태양의 열기에 쪼개진 듯한 벼랑이 섬처럼 솟아 있었다.

풀도 나무도, 아무것도 자랄 수 없을 것 같은 검은 산이 있었다. 구불구불 예측할 수 없이 뻗은 가는 선과 그 옆으로 멋대로 뻗은 지선이 눈에 들어왔다. 강이 아니라 도로였다.

분홍색, 녹색, 황갈색 색조의 무늬로 이루어진 양탄자처럼 기하학적인 형태를 띤 곳도 있었다. 다양한 크기의 원 모양이 촘촘히 붙은 형태였는데, 어떤 것들은 약간 겹쳤고 어떤 것들은 한 부분이 아예 사라지고 없었다. 그게 농작물이라는 것을 옆자리에 앉은 사람을 통해 알게 되었다. 하지만 가우리의 눈에는 면에 아무것도 새기지 않은 동전을 쌓아올린 것처럼 보였다.

비행기는 사람이 살지 않는 사막 위를 날아갔다. 특색 없이 편평한 곳이었다. 그리고 마침내 미국의 반대쪽 끝에 이르렀고, 불규칙하게 뻗어 나간 로스앤젤레스가 눈에 들어왔다. 빽빽하고 활기찬 도시였다. 자신이 살아갈 곳이라는 것을 알았다. 편리하게 묻혀 지낼 수 있을 것이라고 생각했다. 자신의 내부에는 죄책감과 더불어 자신이 감행한 행동에서 비롯한 흥분감, 있는 힘을 다 써버린 듯한 기진맥진함이 뒤섞여 있었다. 마치 그동안의 모든 걸음이 로드아일랜드에서 탈출하기 위한 것이었던 듯한 느낌마저 들었다.

그녀는 새로운 차원으로 들어섰다. 자신에게 신선한 삶이 주어지는 공간으로 들어섰다. 자신을 벨라와 수바시로부터 떼어놓는 데 걸린 세 시간이 여기로 날아오는 동안 보았던 산맥들만큼이나 크고 견고한 물리적 장벽 같았다. 그녀는 그 일을 실행했다. 자신이 생각할 수 있는 최악의 행위를 결행한 것이었다.

첫 번째 일자리 이후 잠시 북쪽으로 옮겨가서 산타크루스대학에서 강의를 했고, 그다음에는 샌프란시스코대학에서 강의했다. 그러다가 다시 서던캘리포니아로 돌아와서 생활을 꾸려갔다. 고속도로 맞은편에 있는 비스킷 색깔의 산 옆에 자리한 조그만 대학촌이었다. 제2차 세계대전 이후에 설립된 학교에서는 주로 학부생들이 공부했는데, 규모는 작았지만 견실하게 운영되는 대학이었다.

그처럼 친밀한 집단에서 익명으로 살아간다는 것은 불가능했다. 그녀의 일은 학생들을 가르치는 것만이 아니었다. 학생들과 알고 지내면서 돕는 것도 일이었다. 학생들이 접촉하기 쉽도록 많은 시간을 연구실에서 지내야 했다.

교실에서 그녀는 열 명이나 열두 명 되는 학생들을 지도했다. 그들에게 위대한 철학 책들을 소개하고, 답할 수 없는 질문들을 소개하고, 수세기에 걸친 논란과 논쟁을 소개했다. 정치철학의 전반적인 조망을 강의하고, 형이상학 과목을 가르치고, 시간

의 해석학에 관한 상급반 세미나를 이끌었다. 그녀는 독일관념
론과 프랑크푸르트학파의 철학을 자신의 전공 영역으로 수립해
나갔다.

그녀는 학생들을 소규모 토론 집단으로 나누어서 가르쳤으
며, 이따금 일요일 오후에 약간의 학생들을 자신의 아파트로 초
대해서 차를 대접했다. 집에서 가져온 전기스탠드의 은은한 불
빛이 책으로 가득한 연구실을 밝혔는데, 연구실에 있는 동안에
는 학생들과 많은 얘기를 나누었다. 그녀는 학생들의 말에 귀
기울였다. 자신들의 삶을 짓누르는 개인적인 위기가 닥쳐서 과
제물을 제출할 수 없다는 학생들의 고백을 들어주었다. 필요할
때는 서랍 속에 든 화장지 상자에서 화장지를 뽑아서 건네며
걱정하지 말라고, 완성하지 못한 상태로 제출하라고, 잘 알았다
고 얘기해주었다.

남들에게 마음을 열어야 하며 이러한 친밀한 인간관계를 구
축해야 한다는 의무감이 처음에는 예상치 못한 중압감으로 다
가왔다. 그녀는 캘리포니아가 자신을 삼켜버리기를 바랐다. 사
라지기를 원했다. 그러나 시간이 흐르면서 이 일시적인 관계가
어떤 공간을 채우게 되었다. 동료들이 그녀를 환영했다. 학생들
은 그녀를 존경했으며 충성스러웠다. 석 달이나 넉 달 동안 학
생들은 그녀에게 의지하고, 그녀와 많은 시간을 함께하고, 점점
그녀를 좋아하고, 그러고 나서 떠났다. 수업이 끝나고 나면 그녀
는 학생들과 같이한 진지했던 생활이 그리워졌다. 몇몇 학생들
에게 그녀는 또 다른 후원자가 되었다.

출신 배경 때문에 가우리에게는 인도에서 온 학생들을 감독
하는 특별한 책임이 주어졌다. 1년에 한 번 그녀는 인도인 학생

들을 저녁 식사에 초대해서 비리아니와 케밥을 대접했다. 학생들은 대체로 잘사는 집 아이들이었고, 미국 생활을 겁내지 않고 즐겁게 꾸려갔다. 그들은 다른 인도에서 나고 자랐다. 이 세상 어디에서도 잘 지낼 것 같았다.

이전에 가르친 학생 중에서 일부는 결혼식 같은 경사스러운 일이 생기면 그녀를 초대했다. 그녀는 그들을 위해 시간을 냈다. 이제는 시간을 낼 수 있었으므로. 자신을 필요로 하는 사람이 달리 없었으므로.

학생들을 가르치는 것과는 별개로 그녀의 논문 성과물은 꾸준한 편이었고, 소수의 동료들로부터 존경을 받았다. 그녀는 그동안 세 권의 책을 출간했다. 여성주의적 관점에서 본 헤겔 평가, 호르크하이머의 해석방법론 분석, 그리고 바이스 교수에게 제출했던 어쭙잖은 논문을 발전시킨 학위논문을 바탕으로 출간한 책 『쇼펜하우어의 예측의 인식론』이었다.

가우리는 로드아일랜드의 집 닫힌 방문 뒤에서 천천히 완성해나간 학위논문을 떠올렸다. 작업의 절박함이 엄마 노릇의 중요성을 가렸다는 것을 알았다. 해가 감에 따라, 학위논문 작업의 진행이 심화됨에 따라 그 논문이 결코 완성되지 못할 것이며 자신은 결국 이 일에서도 실패할 거라는 생각에 안달을 냈던 것을 떠올렸다. 하지만 바이스 교수가 논문을 읽고 나서 그녀에게 전화를 해 자신은 그녀가 자랑스럽다고 말했다.

그녀는 이제 바이스 교수와 독일어로 얘기를 나눌 수 있을 것이었다. 아주 오랫동안 독일어 공부를 했으며 마흔 살에 방문교수로 하이델베르크대학에서 1년을 보냈기 때문이다. 바이스 교수는 아직 살아 계셨다. 은퇴하고 플로리다로 이주했다는 얘기를 들었다. 그는 가우리가 보스턴대학에서 박사과정을 밟을 수 있도록 도와주었고, 처음으로 캘리포니아대학에서 강의할 수 있게 일자리를 주선해주었다. 그녀에게 이 일을 권유한 사람이 그였다. 교수는 가우리가 아이를 키우는 일을 희생해가며 이 일을 선택하려 한다는 것을 알지 못한 채 그녀에게 도움을 주고 싶어 했으며 늘 그녀를 잊지 않고 마음에 담아두었다.

그녀는 바이스 교수와 연락하지 않고 지냈다. 자신에 관한 말이 퍼졌을 것이고, 로드아일랜드의 대학에 있는 사람들은 자신이 한 행동을 알고 있을 것이라고 생각했다. 그리고 자신의 정신적 지주였고 자신을 믿었으며 언제나 벨라의 안부를 물었던 바이스 교수가 자신에 대한 신뢰와 기대를 잃었으리라는 것을 알았다.

그녀의 이념은 실천과 괴리되었다. 대학에 오래 몸담은 탓에 실천력이 거세된 것이었다. 오래전에는 자신의 일이 우다얀의 뜻을 받드는 것이 되기를 바랐다. 그러나 지금은 우다얀이 옳다고 생각한 모든 것을 배반하는 셈이 되고 말았다. 우다얀이 그녀에게 영향을 미치고 영감을 주었던 많은 것들을 그녀는 자신의 지적인 이익을 위해서 약삭빠르게 발전시켰다.

1년에 몇 차례 나라 안팎의 여러 지역에서 열리는 학술 대회에 참석했다. 거기에 가는 것이 그녀의 유일한 장거리 여행이었다. 때때로 일상에서 벗어나 잠시 경치를 구경하고 오기도 했다. 드문드문 자신의 고독한 노동의 열매를 발표하여 다른 사람들과 공유했다.

비행기 여행을 떠날 때면 잊지 않고 챙기는 자수를 놓은 청록색 숄은 언제나 휴대용 가방 안에 고이 들어 있었다. 그녀가 간수하고 있는, 수바시가 준 물건 가운데 하나였다. 간혹 동부 해안까지 여행을 하기도 했는데, 그럴 때면 프로비던스를 피했고 보스턴과 뉴헤이번도 피했다. 너무 가깝게 느껴졌기 때문이다. 그 선을 넘는 것은 불법인 것처럼 느껴졌기 때문이다.

현실에 맞지 않게 그녀는 아직도 출생지인 인도의 시민권자였다. 여전히 그린카드 보유자였으며, 만기가 되면 인도 여권을 갱신했다. 그러나 인도로 돌아간 적은 없었다. 이것은 여행할 때 내국인 줄이 아닌 다른 줄에 서야 한다는 것을 의미했다. 요즘은 추가 질문을 받아야 하고, 외국에서 미국으로 재입국할 때는 지문을 찍어야 한다는 것을 의미했다. 그러나 그녀의 재입국은 항상 환영받으며 안으로 인도되었다.

은퇴를 위해서는, 인생의 말미에 복잡하게 살지 않기 위해서는 미국인이 되는 게 필요할 터였다. 이 점에서도 우다얀은 곧 배반당할 것이었다.

어쨌든 캘리포니아가 그녀의 유일한 고향이라고 생각했다. 그녀는 캘리포니아의 기후에 곧바로 적응했다. 안락하면서도 이상했고, 더웠지만 후텁지근하지는 않았다. 눅눅한 날씨가 아니라 건조한 날씨였는데도 오후에는 짙은 안개가 끼는 날이 많았다.

그녀는 겨울 추위가 없고 비가 적으며 맹렬한 사막바람이 부는 날씨를 감사히 받아들였다. 유일하게 추운 지역은 산꼭대기로, 눈에 바로 띄었다. 흰 눈이 군데군데 쌓인 산봉우리 정상 주위가 그곳이었다.

그녀는 동부 해안에서 살다가 자신들만의 개인적인 이유로 도망쳐 오거나 이전의 허물을 벗어버리고 떠나온 사람들을 만난 적이 있었다. 무엇을 찾게 될지 모르는 채 어쩔 수 없이 캘리포니아로 떠나온 사람들이었다. 가우리와 마찬가지로 그 사람들은 캘리포니아에 자신들을 묶고 살아갔으며, 결코 이전에 살던 곳으로 돌아가지 않았다. 캘리포니아에는 이런 사람들이 아주 많아서, 그녀가 원래 어디에서 살다 왔는지, 무슨 일로 이곳에 왔는지 따위의 궁금증은 문제가 되지 않았다. 그 대신 사교적 모임에서 한담을 나눠야 할 때면 가우리는 그 지역에 대한 일반적인 느낌과 감사하는 뜻을 주고받는 이야기에 참여할 수 있었다.

어떤 식물들은 그녀에게 익숙했다. 가장자리 부분이 녹이 슨 것처럼 빛바랜 이파리가 달린, 성장이 저해된 바나나나무는 끝이 뾰족한 보라색 꽃을 피웠다. 톨리건지에서 시어머니는 이 꽃을 물에 담근 다음 잘라서 요리하는 법을 가르쳐주었다. 햇볕에 바랜 유칼립투스 나무껍질을 볼 수 있었다. 나무껍질이 뾰족한 나무 비늘로 둘러싸인 텁수룩한 대추야자 나무도 있었다.

가우리는 또 다른 해안 가까이에 살았지만 동부 해안의 바다와는 달리 이쪽의 거대한 바다는 차분했다. 지표를 깎아 먹는 로드아일랜드의 거친 바다처럼 마구 밀려오거나 침식하는 느낌이 전혀 들지 않았다. 로드아일랜드의 바다는 가우리의 눈에는 항상 요동치는 것처럼 보였고, 동시에 색깔에 굶주리고 삶에 굶주린 것처럼 보였다. 한 장소에서 다른 장소까지의 거리가 방대한 것을 보고 규모에 대한 감각이 새로워진 것도 새로운 변화였다. 차를 몰고 수백 킬로미터의 고속도로를 질주할 수 있었다.

가본 곳은 거의 없었지만 그럼에도 그녀는 그 모든 인간미 없는 진행형의 공간에 의해 보호받고 있는 느낌이었다. 가시 있는 식물, 더운 공기, 붉은 타일 지붕을 인 조그만 콘크리트 집, 이 모든 것이 그녀를 환영했다. 마주치는 사람들은 덜 내성적이고 덜 비판적인 사람들로 보였고, 미소를 잘 지었지만 그녀에게 방해가 되지 않으려 조심했다. 밝은 햇빛과 짙은 그림자가 있는 이 땅에서 다시 시작해봐요, 라고 그녀에게 말했다.

그렇지만 그녀는 서구식 복장을 하고 서양 학문을 연구함에도 불구하고 여전히 신체적 외모와 피부색은 바뀌지 않는, 외국인 억양의 영어를 쓰는 여자였다. 그녀의 배경은 대다수 미국인의 배경과는 달라서 여전히 관습에 녹아들지 못했다. 그녀는 계속해서 어색한 이름으로 자신을 소개했는데, 앞부분은 부모님이 지어주신 이름으로, 뒷부분은 그녀가 결혼한 두 형제의 성으로 말해야 했다.

그녀의 외모와 억양에 사람들은 계속해서 어디에서 왔느냐고 물었고, 일부 사람들은 어떤 선입견을 가지고 대했다. 한번은 샌디에이고대학에서 강연을 해달라는 초청을 받았는데, 그녀가 직접 운전하는 수고를 덜어주려고 대학에서 그녀를 태우고 갈 운전사를 집으로 보내주었다. 운전사가 초인종을 눌렀을 때 그녀가 문을 열고 그를 맞았다. 그녀가 인사말을 건넸을 때 운전사는 태우고 갈 사람이 그녀라는 것을 깨닫지 못했다. 그녀를 돈을 받고 집안일을 해주는 사람으로 잘못 알았다. 준비되는 대로 나오시라고 선생님께 얘기해주세요, 그가 말했다.

그녀는 처음에는 자발적으로 과부 상태로 물러나 온전히 독신 생활에 빠져들었다. 벨라와 수바시 때문에 애당초 과부로 인정받을 수는 없었지만, 그녀는 기꺼이 과부처럼 지냈다. 서구식 관습에 따라 결혼반지를 끼고서 사람들에게 자신을 소개해야 하는 상황을 피했다.

그녀는 저녁 식사 초대를 거절하고 대신 점심을 먹자고 제안했다. 학술회의에서는 남과 어울리지 않았으며, 사람들이 붙임성이 없다고 흉보든 말든 개의치 않고 늘 자신의 방으로 물러나 있었다. 자신이 수바시와 벨라에게 한 일을 생각하면 다른 사람과의 교제를 바라는 것은 온당치 못한 일인 것만 같았다.

고립은 자체적인 형태의 교제를 제공했다. 자신의 방의 믿음직한 고요, 저녁의 변함없는 정적, 자신이 노력한 만큼 결과를 얻게 될 것이며, 어떤 방해도, 어떤 뜻밖의 일도 없을 것이라는 약속 등이 친구가 되었다. 그 친구들은 날마다 하루가 끝날 무렵에 그녀를 반겨 맞았으며, 밤이면 그녀 곁에 조용히 누웠다. 그녀는 그 상태를 극복하려 하지 않았다. 오히려 그 상태에 의존하게 되었고, 이제는 그 상태에서 사람과의 관계 속으로 들어갔는데, 두 번의 결혼 생활을 하면서 경험했던 관계보다 더 만족스럽고 오래갔다.

욕정이 마침내 앞을 향해 나아가기 시작했을 때, 그 양식은 제멋대로이고 우발적이었다. 그녀의 생활을 고려할 때, 동료의 집에 초대되어 참석하는 저녁 식사 자리나 학술회의 자리에 기회가 있었다.

그들은 주로 동료 학자들이었지만 늘 그런 것은 아니었다. 이름은 잊었지만 자신의 아파트에 책장을 설치해준 남자가 있었다. 베를린에 있는 미국 아카데미에서 일하는 음악학 연구가의 게으른 남편도 있었다.

이따금 곡예를 하듯이 양다리를 걸친 적도 있고, 어떤 때는 오랫동안 아무도 없었다. 이 남자들 중 몇몇 사람에게는 좋아하는 감정이 생겨서 계속 친하게 지냈다. 하지만 남자 때문에 자신의 삶이 복잡해질 수 있는 지점까지는 절대로 나아가지 않았다.

그녀의 마음을 연 사람은 로나뿐이었다. 어느 날 가우리가 연구실에 있을 때 그녀가 문을 노크했다. 처음 본 그녀가 머리를 옆으로 기울여 문틀에 대고 자신을 소개했다. 삼십 대 후반의 키가 큰 여자였는데, 가르마를 가운데로 타고 머리털을 뒤로 모아 조그맣게 틀어 올린 머리를 했다. 몸에 꼭 맞는 바지에 흰색 버튼다운셔츠를 맵시 있게 입었다. 그래서 가우리는 처음에는 그 대학의 교수인데 물어볼 게 있어서 다른 학과에서 온 것이라고 생각했다.

그러나 아니었다. 그녀는 UCLA의 대학원생으로, 가우리를 만나러 차를 타고 온 것이었다. 그녀는 가우리가 쓴 글을 죄다 읽었다. 수년 동안 뉴욕, 런던, 도쿄에서 살면서 광고 분야에서 일하다가 직장을 그만두고 다시 대학으로 돌아갔다. 그녀는 자신의 학위논문을 읽어줄 외부 사람을 찾고 있었다. 관계적 자율성을 연구한 그 논문의 원고 일부를 손에 쥐고 있었다. 가우리가 읽어준다면 그 은혜에 대한 보답으로 어떤 연구든 채점이든 기꺼이 가우리를 돕겠다고 했다.

제발 승낙해주세요.

그녀의 아름다움은 차분하고 수수했는데, 한창 물이 오른 아름다움이었다. 긴 목, 맑은 회색 눈동자, 짧은 눈썹, 거의 없는 것처럼 보일 정도로 조그마한 귓불, 약간 눈에 띄는 얼굴의 모공…….

교수님이 지난달 데이비스대학에서 강연하신 걸 들었어요, 로나가 말했다. 제가 교수님께 질문했잖아요.

기억나지 않아.

그 질문이 기억나지 않으세요?

당신이 질문했다는 게 기억나지 않아.

로나는 책가방에 손을 넣어 파워바스포츠 식품를 꺼냈다.

알튀세르에 관한 질문이었어요. 죄송해요, 점심을 못 먹어서. 이거 여기서 먹어도 될까요?

가우리는 고개를 끄덕였다. 로나가 파워바의 포장지를 벗기고 쪼개서 씹는 모습을 지켜보았다. 로나는 그걸 먹으면서 어떤 주제를 왜 자신의 연구 과제로 삼았는지, 그 주제를 어떤 특별한 시각으로 다루고 싶은지 설명했다. 그녀의 손은 키에 비해 작아 보였고 손목은 연약해 보였다. 그녀는 거의 1년 동안 가우리를 만나기 위해 용기를 키워왔다고 말했다.

가우리는 너무나도 친숙한 자신의 조그만 연구실에서 방향 감각을 잃어버린 느낌이 들었다. 한편으로는 느닷없이 습격을 받은 기분이었지만 또 한편으로는 우쭐해졌다. 어떻게 자신이 이 같은 얼굴을 잊을 수 있었을까 생각했다.

주제가 가우리의 관심을 끌었다. 그들은 일정을 짜고 이메일을 교환했으며 식당이나 커피숍에서 만났다. 로나는 발작적으로 일을 했는데, 며칠 동안이나 갈피를 잡지 못하다가 갑자기 조리 있는 글을 몇 토막씩 써내곤 했다. 그녀는 생각이 꽉 막히거나 자신의 논리가 미심쩍거나 진도가 잘 나가지 않을 때면 언제나 가우리에게 전화를 했다.

가우리는 로나의 매력에 끌려 그 많은 전화를 받아주었으며, 합당한 정도를 넘어선 대화도 받아들이고 응했다. 로나의 모습과 주고받은 단편적인 이야기들에 그녀의 마음이 어지러워지기 시작했다. 그들이 직접 만날 때면 가우리는 옷차림에 신경을 쓰기 시작했다. 과거에 여자의 몸을 갈망하여 어떤 선을 넘은 기억은 전혀 없었다. 그런데 로나에게만큼은 이미 선의 저편에 있다는 것을 알았다.

탁자에 함께 앉아서 원고를 꼼꼼히 검토하다 보면 글에 표시를 하기 위해 펜을 쥐고 있는 손이 서로 스칠 때가 있었다. 얼굴이 서로 가까워질 때가 있었다. 두 사람만 있는 방 안에서 서로 1미터쯤 떨어져 서서 로나가 말하고 가우리는 듣고 있을 때, 가우리는 자신의 몸이 약간 균형을 잃고 흔들리는 것을 느꼈다. 그녀는 한 걸음 더 가까이 다가가고 싶은 유혹을 통제하지 못할까 봐 두려웠다. 그러고 나면 다시 한 걸음 더 가까이 가고, 이윽고 두 사람 사이의 거리가 없어질 때까지 다가가게 될까 봐 두려웠다.

가우리는 이런 충동을 행동으로 드러내지는 않았다. 그 어떤 것이 충동을 유발해도, 그 어떤 것이 계속해서 충동을 자극해도 가우리는 로나가 자신을 똑같은 식으로 생각하는지 확신할 수 없었다.

어느 날 저녁 로나가 미리 전화하지 않고 연구실에 나타났다. 전에도 자주 그랬다. 로나는 마지막 장을 막 끝내고 나서 그 원고를 두꺼운 누런색 봉투에 넣어 한 팔에 끼고 왔다.

학생들이 기숙사에 있을 시간이라 학과가 있는 층은 조용했다. 그 시간에 건물에 있는 사람은 수위와 드문드문 남은 몇몇 교수들뿐이었다.

로나는 봉투를 가우리에게 건넸다. 그녀는 지쳤으나 희열에 넘친 표정이었다. 처음으로 청바지에 티셔츠를 입은 평상복 차림으로 왔다. 머리를 올리지도 않았다. 그녀는 식료품 가게에 들렀다 오는 길이었다. 책상 위에 올려놓은 토트백 안에는 포장된 쐐기꼴 치즈와 포도, 크래커, 그리고 종이컵 두 개와 와인 한 병이 들었다.

이게 뭐야?

축하를 해야 할 것 같아서요.

여기서?

가우리는 책상에서 일어나 문을 닫고 잠갔다. 문을 약간 열어놓아야 한다는 것을 알았지만 그렇게 했다. 몸을 돌렸을 때, 로나가 바로 앞에 서서 그녀를 바라보았다.

로나가 가우리의 손을 잡고 자신의 티셔츠 안으로 넣었다. 천이 부드러운 브래지어 속, 한쪽 가슴 위로 손을 이끌었다. 가우리는 브래지어 속의 젖꼭지가 두꺼워지고 단단해지는 것을 느꼈다. 자신의 젖꼭지도 마찬가지였다.

키스의 부드러움은 새로운 느낌이었다. 책상 뒤쪽의 소파에 쌓인 신문 더미를 치워 공간을 만들었다. 그녀의 냄새, 옷을 걸치지 않은 몸매의 조각 같은 단순함. 그녀의 부드러운 피부, 불두덩에 난 털. 자신의 살에 와 닿은 로나의 입술의 감촉…….

자신보다 나이가 적은 연인이 있었던 적은 없었다. 마흔다섯 살인 가우리의 몸은 이제 조금씩 나빠지기 시작했다. 어금니에는 치관을 씌워야 했고, 눈가에는 빨간 번개처럼 번져가는 실핏줄이 영원히 자리 잡았다. 몸의 결함이 점점 늘어난다는 것을 의식한 가우리는 예전처럼 저돌적으로 돌진하는 대신에 뒤로 물러날 준비를 했다.

로나는 엄밀히 말하면 자신의 학생이 아니었지만—적어도

자신을 고용한 기관의 학생은 아니었지만—그래도 이 행위는
행동 수칙 위반이었다. 누군가 이 일을 눈치챈다면 추문이 될
것이었다. 그날 저녁 그녀의 연구실에서뿐 아니라 여러 차례 다
른 장소에서 그런 행위를 했다. 산발적으로 일어난 일이었지만
그래도 적지 않은 횟수였다. 가우리나 로나의 침대에서, 어느 주
말에 차를 타고 간 해안가의 호텔 방에서 둘은 그렇게 사랑을
했다.

학위논문이 완성되었을 때는 가우리가 로나의 논문 심사 위
원회에 참여하여 다른 심사 위원 사이에 앉아 질문을 던졌다.
마치 둘이 그 행위를 하며 그 저녁 시간들을 함께 보낸 적이 없
는 것처럼.

얼마 후 로나는 토론토대학에서 일자리를 제안받고 그곳으
로 떠났다. 그들의 만남을 어떤 형태로 진전시킬 것인지 따위의
논의는 전혀 없었다. 둘의 관계는 유감스러운 감정 없이 깨끗이
끝났다. 그렇지만 가우리는 그걸 가볍게 받아들이지 못한다는
사실 때문에 굴욕감을 느꼈다.

아무튼 그녀와 로나는 친한 사이로 남았고, 학술회의장 같은
데서 우연히 만나면 시간을 내서 함께 커피를 마셨다. 가우리
는 인간관계가 어떻게 변하는지 보았다. 로나가 연인에서 동료
이상도 이하도 아닌 관계로 돌아간 것을 똑똑히 보았다.

그것은 과거에 수차례 자신의 역할이 바뀌었던 것과도 다르
지 않았다. 자신은 아내에서 과부로, 제수에서 아내로, 엄마에서
자식 없는 여자로 바뀌어갔다. 우다얀을 잃은 것은 예외지만,
그것을 제외하고는 자신은 능동적으로 이런 길을 선택해왔다.

자신은 수바시와 결혼했고, 벨라를 포기했다. 자신은 또 다

른 모습의 자기 자신을 만들어냈다. 이러한 전환을 관철하기 위해 엄청난 대가를 치러야 했다. 자신의 삶을 켜켜이 쌓아왔지만 결과적으로 삶은 발가벗겨졌고, 결국 혼자가 되었다.

이제는 로나와의 그 일도 10년 전의 일이 되었다. 그녀를 자신의 존재의 근간에서 떠나보낼 수 있을 만큼 긴 시간이었다. 과거의 다른 이질적인 요소들과 함께 멀어져가고 떠내려갔다.

그녀의 삶은 혼자서 지내는 요소들로, 독립적인 생활 방식으로 줄어들었다. 그녀의 유니폼이 된 검은 바지와 튜닉, 일을 하는 데 필요한 책과 노트북컴퓨터, 한 장소에서 다른 장소로 이동할 때 사용하는 자동차, 이런 것들로 단순화되었다.

머리는 수도승처럼 아직도 짧게 잘랐고 가운데 가르마를 탔다. 타원형의 안경은 체인을 달아 목에 걸었다. 눈 밑 피부에는 이제 푸르스름한 빛이 감돌았으며, 오랜 세월 강의를 한 탓에 목소리는 탁해졌다. 오랫동안 남쪽의 강렬한 햇볕에 노출된 피부는 건조해졌다.

밤에 일하는 습관은 버렸다. 스스로 고대의 생활양식을 따라서 저녁 열 시에 잠자리에 들고 새벽에 일어났다. 자질구레한 취미 활동 같은 것은 거의 하지 않았다. 뒤쪽 테라스에는 화분에 여러 가지 식물을 키웠다. 저녁에 꽃이 피는 재스민, 불꽃 같은 빛깔의 히비스커스, 잎이 번들번들한 크림색 치자나무 등을 가꾸었다.

뒤쪽 테라스의 머리 위로는 목재 격자 구조물이 설치되었고 바닥에는 테라코타 타일이 깔렸다. 가우리는 서재에서 오랫동안 일하고 난 뒤에는 거기 앉아 차를 마시며 고지서나 청구서를 정리하곤 했다. 얼굴에서 느껴지는 오후의 햇살이 좋았다. 자신이 연구하고 있는 인쇄물을 훑어보기도 했고, 때로는 거기서 저녁을 먹기도 했다.

차 안에서 라디오를 듣다가 싫증이 나면, 읽고 싶었으나 읽을 시간을 내지 못했던 전기물이나 다른 어떤 상업적인 책들을 오디오북으로 들었다. 그러나 이조차도 도서관에서 빌렸다.

이러한 것들 이상으로 빠져들어 즐기는 것은 별로 없었다. 우다얀 이후로, 벨라와 수바시가 없는 생활 이후로 오랜 세월 그녀는 충분히 하고 싶은 일을 하며 멋대로 살아왔다. 우다얀의 생명은 삽시간에 사라졌다. 그러나 그녀의 생명은 계속되고 있다.

그 오랜 세월에도 그녀의 몸매는 우중충한 녹색 찻주전자처럼 끈덕지게 예전의 상태를 유지했다. 그 찻주전자는 뚜껑에 코르크 조각이 끼워진 것으로 약간 알라딘의 램프와 비슷해 보였다. 로드아일랜드에 있을 때 그녀가 중고품 알뜰 시장에서 1달러를 주고 산 것이었다. 지금도 여전히 글을 쓰는 동안 그녀의 동반자가 되었다. 그녀가 비행기를 타고 캘리포니아로 올 때 카디건으로 돌돌 말아서 가져왔는데 여전히 잘 쓰고 있었다.

어느 날 우편함에 널린 상품 목록 책자 중에서 하나를 집어 들고 살펴보던 중에 조그만 옥외용 둥근 나무 탁자 사진이 눈에 띄었다. 꼭 필요하지는 않았는데도 전화를 걸어 주문했다. 뒤쪽 테라스에 둔, 위에 유리를 깐 더러워진 고리버들 탁자를 교체해야겠다고 오랫동안 생각해왔던 것이다. 수년 동안 날염한 천을 씌워 사용한 탁자였다.

주문을 한 지 일주일쯤 뒤에 배달 트럭이 아파트 앞에 멈췄다. 그녀는 무겁고 납작한 상자가 배달될 것으로 예상했다. 그래서 취급 설명서를 열심히 읽으며 봉지에 든 너트와 볼트로 자신이 직접 조립을 하느라 한나절을 보내야 할 것으로 생각했다. 그런데 그 탁자는 완제품으로 배달되었다. 두 명의 남자가 탁자를 트럭에서 내려 그녀의 집 안으로 옮겼다.

그녀는 어디에 놓을지 말하고, 도착했음을 확인하는 서류에 서명을 하고, 그들에게 팁을 주고 나서 그 앞에 앉았다. 탁자에 손을 얹으며 나무의 강한 향을 맡았다. 티크 향이었다.

그녀는 탁자의 표면으로 얼굴을 숙이고 숨을 깊이 들이마셨다. 뺨이 널빤지에 닿았다. 그녀가 톨리건지에 두고 떠나온 침실 가구에서 맡았던 냄새였다. 옷장과 화장대, 그녀와 우다얀이 벨라를 만들었던, 가는 기둥이 달린 침대에서 나던 냄새였다. 미국의 상품 목록 책자에서 보고 주문하니 트럭으로 배달되어 그 냄새가 다시 그녀에게로 왔다.

탁자의 향은 톨리건지에서 맡았던 다른 가구의 향만큼 강하거나 오래가지 않았다. 그러나 뒤쪽 테라스에 앉아 있을 때면 언뜻언뜻 향이 피어오를 때가 있었다. 아마도 냄새가 따뜻한 햇볕을 받아 증발하거나 산타아나의 바람에 실려 떠돌기 때문인 것 같았다. 농밀한 후추 향 같은 냄새가 공간으로, 시간으로 끊임없이 퍼져가며 옅어졌다.

벨라가 그녀를 멀리하게 하려고 수바시는 벨라에게 무슨 얘기를 했을까? 아마 아무 얘기도 하지 않았을 것이다. 그건 단지 자신의 죄에 대한 벌일 뿐이었다. 이제 그녀는 자신의 아이를 내팽개치고 떠난 게 어떤 의미인지 이해했다. 자기 스스로 아이를 죽이는 행위였다. 자신이 관계를 잘라버린 것이고, 그 결과는 그들 둘에게만 적용되는 죽음이었다. 우다얀이 저지른 어떤 것보다도 더 나쁜 죄였다.

그녀는 벨라에게 편지를 쓴 적이 없었다. 연락을 취해서 벨라의 마음을 달래줄 엄두를 내지 못했다. 그녀가 어떻게 벨라의 마음을 달래줄 수 있단 말인가? 자신이 저지른 일은 되돌릴 수 없었다. 자신이 침묵을 지키는 게, 모습을 드러내지 않는 게 그나마 덜 무례한 처신일 것 같았다.

수바시는 잘못한 게 없었다. 그는 그녀를 놓아주었고, 적어도 그녀 앞에서는 그녀를 괴롭힌 적도 탓한 적도 없었다. 그녀는 수바시가 행복을 찾았기를 바랐다. 그럴 자격이 있는 사람이었다. 자신은 그렇지 않지만.

결혼이 해결책은 아니었지만 그녀를 톨리건지에서 벗어나게는 해주었다. 그는 그녀를 미국으로 데려왔고, 그런 다음에는 잠시 우리에 넣고 관찰했다가 풀어주는 동물처럼 그녀를 풀어주었다. 그는 그녀를 보호했고, 사랑하려고 노력했다. 그녀는 지금도 잼이 든 병을 새로 개봉할 때마다 그가 가르쳐준 방법을 써먹었다. 스푼으로 뚜껑 가장자리를 서너 번 두드려서 밀봉 상태를 약화시키는 방법이었다.

2

새 천 년에 길 하나가 완성되었다. 한때 킹스턴 역에서 내러갠 셋 만까지 승객을 수송하던 철도의 지선을 끼고 있는 길이었다.

코스는 적당히 좋았다. 숲을 지나고, 강의 가장자리를 둘러가고, 조그만 개울들을 지나는 길이었다. 피곤하면 앉아서 쉴 수 있는 벤치가 여기저기 있었다. 드문드문 그 지점의 위치를 알려주는 표지판이 있었고, 토종 나무를 알려주는 표지판도 있었다.

수바시는 일요일 오전에는 아침을 먹은 후에 나무로 지은 기차역까지 차를 몰고 갔다. 대학원생 때 처음 가봤던 곳이었고, 벨라가 집에 올 때면 가끔 벨라를 플랫폼에서 맞이하기 위해 가는 곳이었다. 오래전에 이 기차역에 불이 났는데, 제때에 복구되었으며 고속 기차 레일이 깔렸다. 그는 주차하고 나서 이 지역의 아늑한 내장 속으로 혼자 걸어 들어갔다. 지금도 때때로 수바시는 사람이 살기에는 공간이 너무 비좁은 도시에서 와서, 아직 아주 많은 여분의 공간이 있는 곳에 다다른 자신의 삶의 극단을 가늠할 수가 없었다.

그는 적어도 한 시간 동안은 계속 앞으로 걸었고, 때로는 그

이상 걸었다. 10킬로미터는 갔다가 돌아올 수 있었다. 생애의 절반 이상을 살아왔고 마음속으로 깊은 정을 느끼는 읍이었지만, 이 새로운 길 때문에 그와 이 읍의 관계가 달라졌다. 이 고장이 다시 낯설어졌다. 그는 어떤 동네의 뒤쪽을 지나가고, 어린 학생들이 운동경기를 하며 노는 공터를 지나고, 이어 보행자 전용 나무다리를 지나고, 부들이 가득한 습지를 지나쳐 걷고, 이전에 방직공장이었던 곳을 지나갔다.

요즘은 해안 지대보다 그늘이 있는 곳이 더 좋았다. 그는 캘커타에서 태어나고 자랐지만, 이제는 심각하게 파괴된 오존층을 뚫고 쏟아지는 로드아일랜드의 햇볕이 그가 어릴 때 쬐었던 햇볕보다 더 강하게 느껴졌다. 그의 피부에 사정없이 쏟아지며 그를 공격해서 더 이상 참기 어려울 정도였다. 특히 여름이면 더욱 그랬다. 그의 황갈색 피부는 햇볕에 타지 않았지만 따가운 햇살의 느낌이 너무 싫었다. 그는 멀리 떨어진 그 별이 끊임없이 내뿜는 불길이 영 마음에 들지 않았다.

그는 산책의 초입에 습지를 지나갔다. 거기에 새와 다른 동물이 와서 둥지를 틀었다. 붉은 단풍나무와 삼나무가 이끼 낀 둔덕에서 자랐다. 이곳은 뉴잉글랜드 남부 지방에서 가장 넓고 숲이 울창한 습지였다. 빙하에 침식된 지형으로 지금도 빙퇴석과 경계를 접했다.

표지판이 있어서 걸음을 멈추고 읽어보았는데, 이곳은 한때 전투를 치른 지역이기도 했다. 호기심이 커져서 그는 어느 날 집에 돌아와 컴퓨터를 켜고 인터넷에서 관련 자료를 찾기 시작했다. 잔학 행위의 내용이 나타났다.

습지의 가운데에 있는 조그만 섬에 내러갠셋 부족이 요새를 세웠다. 그들은 말뚝 울타리를 두른 원형 천막 기지 안에서 지내면서 자신들의 피난처가 함락되지 않을 거라고 믿었다. 그러나 1675년 겨울, 습지의 땅이 얼어붙고 나무들이 벌거벗었을 때 그 요새는 식민지군의 공격을 받았다. 300명이나 되는 사람이 산 채로 불태워졌다. 식민지군을 피해 도망간 많은 사람들은 질병과 굶주림으로 죽었다.

그는 그곳 어디엔가 그 전투를 기념하는 표지물과 화강암 추모비가 있다는 내용을 읽었다. 그러나 그걸 찾으려고 습지를 헤매던 날 수바시는 길을 잃었다. 좀 더 젊었을 때는 벨라와 함께 이처럼 마구 돌아다니는 게 마냥 좋았다. 그때는 대충 만들어진 방향 안내판을 따라 숲을 헤치며 아무런 표시도 없는 길을 나아가는 수밖에 없었다. 세상에서 격리된 채 벨라와 둘이서 헤매며 블루베리나무를 발견하고 헤엄을 칠 수 있는 외딴 연못도 발견했다. 그러나 그는 그때의 자신감과 겹나는 게 없었던 방향 감각을 잃었다. 지금은 혼자라는 것과 나이가 예순이 넘었다는 것과 자신이 어디에 서 있는지 모르겠다는 느낌뿐이었다.

어느 일요일에 생각에 잠겨 있던 그는 헬멧을 쓴 익숙한 얼굴의 남자가 길 맞은편에서 자전거를 타고 다가오는 것을 보고 깜짝 놀랐다. 남자의 자전거가 관성으로 움직이며 와서 멈췄다.

이런, 수바시. 길에서는 항상 한눈팔지 말라고 내가 가르치지 않았나?

틀이 가느다란 10단 변속 자전거를 탄 사람은 리처드였다. 수십 년 전 그와 같은 집에서 함께 생활한 리처드가 고개를 저으며 그를 향해 빙긋 웃었다. 자네, 지금도 여기서 뭘 하고 있는 거야?

난 여길 떠난 적이 없어.

나는 자네가 공부를 끝내고 인도로 돌아갔으려니 생각했지. 자네를 보게 되리라고는 생각지도 못했어.

근처에 벤치가 있었다. 그들은 벤치에 앉아 이야기를 나누었다. 리처드의 헬멧 아래 머리는 이제 검지 않았고 머리숱도 많지 않았지만 여전히 말총머리로 묶여 있었다. 그는 살이 좀 쪘다. 그러나 수바시는, 마른 편이었지만 강건하고 잘생겨서 어딘지 모르게 우다얀이 생각나던, 대학원생으로 처음 만났을 때의 리처드의 모습을 떠올렸다. 둘 다 결혼하기 전이었고, 같은 집에서 살면서 함께 차를 타고 가 식료품을 샀으며, 서로 음식을 나누어 먹던 시절이었다.

리처드는 결혼을 했고 할아버지가 되었다. 그는 로드아일랜드를 떠난 다음 이곳을 그리워했고, 언젠가 은퇴하면 이곳에서 생활하리라고 늘 생각했다. 1년 전에 그와 아내 클레어는 이스트랜싱에 있던 집을 팔고 손더스타운에 작은 집을 하나 구입했다. 수바시가 사는 곳에서 멀지 않은 곳이었다.

그는 미드웨스트에 있는 대학에 비폭력연구센터를 설립했고, 아직도 이사회의 구성원으로 봉사했다. 하지만 그는 평생 한 번도 넥타이를 매본 적이 없었다. 그는 잡다한 계획을 가득 세워두었다. 또 한 권의 책을 집필 중이며, 부엌을 자신이 직접 개조하는 중이고, 정치적인 블로그를 운영했다. 클레어와 함께 동남아시아를 여행할 계획이며 프놈펜과 호찌민 시를 가게 될 거라고 했다.

이게 믿어지니? 그가 말했다. 오랜 세월이 흐른 후에 이제야 마침내 베트남에 간다는 게 말이야.

수바시는 리처드 옆에 앉아서 자신이 살아온 이야기를 듬성듬성 들려주었다. 별거 중인 아내, 다 커서 자기 곁을 떠나 사는 딸 얘기를 해주었다. 거의 30년 동안 같은 데서 일해온 얘기와 해안 연구소에서의 업무 얘기를 해주었고, 때때로 기름 유출에 관한 상담이나 이 읍의 공공사업부에서 의뢰한 상담 업무를 한다는 것도 얘기했다. 리처드를 처음 만났을 때처럼 가족 없이 지낸다고 했다. 그러나 혼자이긴 하지만 그때와는 사정이 다르다고 말해주었다.

여전히 상근하며 일해?

할 수 있는 한 그렇게 하려고.

아직도 내 차를 모는 건 아니지?

닉슨 대통령이 사임하고 변속기가 고장이 난 후론 못 탔어.

나는 늘 클레어에게 자네가 만들어준 카레 얘기를 해. 믹서에 양파를 어떻게 갈았는지도 말해주고 말이야.

리처드는 인도에 다녀온 적이 있었다. 뉴델리를 가고, 구자라트에 있는 간디 탄생지를 방문했다. 캘커타도 포함하고 싶었지만 거기는 가보지 못했다. 베트남에서 돌아오는 길에 가볼까 생각 중이야, 그가 말했다.

다음 질문이 천진스럽게 이어졌다. 자네 동생 있잖아, 낙살라이트 말이야. 그 친구는 어떻게 됐나?

그와 리처드는 전화번호와 이메일 주소를 주고받았다. 그들은 함께 만나서 산책을 하거나 읍내에서 만나 맥주를 마셨다. 두 차례 함께 낚시를 갔다. 포인트주디스의 바위에서 낚싯대를 던져 성대를 낚았고, 잡은 물고기는 다 놓아주었다.

헤어질 때마다 수바시는 다음번에는 자신의 집에서 만나자고 약속하곤 했다. 카레를 준비할 테니 클레어도 데리고 오라고 했다. 수바시는 리처드가 벨라를 볼 수 있도록 벨라가 집에 오는 날을 택해 초대할 계획이었다. 그러나 아직까지 그러지 못했다. 그들의 우정은 늘 그래왔듯이 느슨하지만 편안한 관계를 유지했다.

이제 그는 리처드가 보내주는 다량의 이메일에 익숙해졌다. 강연회와 집회를 알리고, 이라크 전쟁 비용에 관한 통계를 인용하고, 리처드의 블로그에 접속하도록 링크를 걸어놓은 이메일이었다. 수바시는 가끔씩 전화기의 조그만 창에 뜨는 리처드의 전화번호와 그의 성인 그리펠코니에 익숙해졌다.

수바시는 어느 주말 아침에 CNN을 시청하던 중에 그 전화번호와 성을 보았다. 그는 리모컨으로 텔레비전의 볼륨을 줄였다. 리처드의 아내인 클레어의 목소리가 들려올 거라고는 예상하지 못했다. 아직까지 말을 해보거나 만난 적이 없는 여자였는데, 며칠 전에 리처드가 죽었다고 말했다. 다리의 혈전이 폐로 이동했다는 것이었다. 리처드와 클레어가 함께 롬포인트까지 자전거 여행을 다녀온 바로 다음 날에 그렇게 되었다고 했다.

수바시는 수화기를 내려놓았다. 텔레비전을 껐다. 거실의 창을 통해 보이는 움직임에 시야가 산만해졌다. 가만히 있지 못하고 들썩이며 자꾸 날아다니는 새들이었다.

그는 좀 더 잘 보려고 창으로 걸어갔다. 마당에 심어진 나무의 꼭대기에 작고 시끄러운 검은 빛깔의 새 떼가 정신없이 날아오고 날아갔다. 이 겨울에 나무에 아직 남아 있는 자양분을 기

를 쓰고 섭취하면서. 새들의 움직임에 화가 치밀었다. 살아남고
자 하는 행동이 갑자기 몹시 불쾌하게 여겨졌다.

　수바시는 평생 처음으로 장례식장에 들어갔다. 깨끗한 옷을
입고 관에 누운 시신을 무릎을 꿇고 바라보았다. 리처드의 얼
굴에 생기가 없는 것을 보았다. 마치 전문가가 밀랍으로 만든
인형처럼 단순해 보였다. 그는 수의에 싸인 어머니를 마지막으
로 잠깐 보았던 것을 떠올렸다.

　장례식이 끝난 뒤 차를 운전하여 리처드의 집에서 열린 연회
에 참석했다. 그동안 그가 참석했던 다른 미국인의 연회와 그리
다르지 않았다. 긴 탁자에 음식이 놓였다. 큰 접시에 놓인 치즈
와 샐러드가 눈에 들어왔다. 검은 옷을 입은 사람들이 와인을
마시고 햄을 썰어 먹었다.

　클레어는 방의 한쪽 끝에 서서 손님들과 악수하며 와주어서
고맙다는 인사를 했다. 옆에는 자식들과 손주들이 있었다. 그녀
는 리처드가 숨이 차다고 호소하기 전까지는 어떤 불편한 증세
도 없었다고 말했다. 다음 날 아침 리처드가 클레어를 흔들어
깨워서 전화기를 가리켰다. 말을 할 수가 없었던 것이다. 그는
앰뷸런스 안에서 죽었다. 클레어가 차로 뒤따르고 있었다.

　손님들은 빙 둘러서서 얘기했다. 먼 친척들이 사진을 찍었다.
그들에게 이 모임은 장례식일 뿐 아니라 재회의 자리이기도 했
다. 멀리서 온 사람들에게는 로드아일랜드를 구경할 기회였다.
다음 날 차를 타고 뉴포트에 가볼 수도 있을 것이었다.

　엘리스 실바는 이웃에 사는 사람이었다.

　그녀는 수바시가 창가에 서서 리처드의 집 뒤편의 경사진 땅

에 자작나무가 빽빽이 들어선 풍경을 감상하고 있을 때 미닫이 유리창으로 다가왔다. 수바시가 고개를 돌려 눈길을 건네자 그녀가 자신을 소개했다.

저는 며칠 전에 리처드와 클레어를 봤어요. 방금 만난 연인처럼 손을 맞잡고 있더군요, 그녀가 말했다. 자작나무 뒤에는 조그만 연못이 있다고 했다. 그 연못이 얼면 리처드와 클레어는 서로 팔짱을 끼고 스케이트를 타곤 했죠, 엘리스가 말했다.

그녀의 피부색은 황갈색으로 그의 피부만큼이나 짙었다. 머리는 하얗게 셌지만 눈썹은 아직 검은빛이었다. 머리는 벨라가 종종 하고 다니는 것처럼 뒤로 넘겨서 뒤쪽에서 핀 하나로 고정했다. 머리털이 얼굴을 가리지 않게 하려는 것이었다. 소매가 긴 검은 드레스를 입고 회색 스타킹을 신었다. 목에는 은목걸이를 둘렀다.

그들은 얼마나 오랫동안 리처드를 알아왔는지 서로 얘기했다. 그런데 엘리스와 수바시가 공유한 또 하나의 연결 고리가 있었다. 수바시가 그녀에게 이름을 말해주자 혹시 벨라 미트라라는 학생과 관계가 있느냐고 그녀가 물었을 때 드러났다. 오래전에 자신이 근무하던 고등학교에서 자신에게 미국사 수업을 받은 학생이라고 했다.

제가 그 아이의 아버지예요.

그는 그렇게 말하는 게 여전히 신경 쓰였다.

그는 예전에 벨라를 가르쳤던 이 여자를 바라보았다.

엘리스 실바는 어느 정도 나이를 먹은 이후의 벨라에 대해 수바시가 몰랐던 많은 것 가운데 하나였다. 그는 벨라의 초등학교 선생님 중 몇 명의 이름은 아직도 기억했다. 그러나 고등학교 시절에 그가 본 거라곤 성적표와 채점표뿐이었다.

당신은 날 모르지만 그때 당신은 내가 벨라를 데리고 차로 핸콕셰이커빌리지로 가는 걸 허락해줬어요, 그녀가 말했다. 그녀는 벨라를 포함해서 소규모 학생들을 데리고 거기로 현장학습을 간 것이었다.

그런 사실도 모르다니 제가 부끄럽군요. 심지어 저는 핸콕셰이커빌리지가 어디에 있는지도 몰라요.

그녀가 웃었다. 그건 부끄러워할 만하네요.

거긴 왜 방문하는 거죠?

그녀가 설명했다. 18세기에 금욕적인 생활과 단순한 삶을 추구하는 한 종교적인 교파가 거기에 거주하기 시작했다. 이상향을 꿈꾸는 집단인데, 신앙이 너무 엄격해서 점차 그 수가 줄어들었다. 벨라는 지금 어디 사느냐고 그녀가 물었다.

어디에서도 살지 않아요. 여기저기 떠돌아다닌답니다.

제가 맞혀볼까요? 벨라는 가방 하나 짊어지고 돌아다니면서 세상을 더 좋은 곳으로 만드는 일들을 하죠?

어떻게 알았어요?

어떤 아이들은 일찍 성숙해요. 그런 아이들은 가치관이 뚜렷하죠. 벨라가 그런 애였어요.

그는 와인을 한 모금 홀짝였다. 그 앤 그럴 수밖에 없었어요, 그가 말했다.

엘리스가 그를 쳐다보며 고개를 끄덕였다. 가우리가 집을 나간 그 상황을 알고 있다는 뜻이었다.

그 애가 당신에게 그 얘길 했어요?

아니요. 하지만 벨라의 선생님들에게는 학교에서 그 얘길 해주었어요.

지금도 아이들을 가르치나요?

쉰다섯 살 이후에는 아이들과 호흡하는 게 쉽지 않았어요. 변화가 필요하다고 생각했지요.

지금은 지역 역사 협회에서 비상근으로 일한다고 그녀가 말했다. 역사 기록물을 온라인에 옮기며, 협회의 뉴스레터를 편집한다고 했다.

그는 습지 대학살 사건을 읽었다는 얘기를 했으며, 남아 있는 기록이 있는지 물었다.

아, 그럼요. 추모비 주변을 찌르며 찾아보면 당시 쓰던 소총의 탄환도 찾을 수 있을 거예요.

전에 한 번 추모비가 있는 곳을 찾으려 해봤어요. 그러다 길을 잃었죠.

찾기 쉽지 않아요. 그 길을 관리하는 농부에게 돈을 좀 줘야 해요.

오래 서 있어서 피로를 느꼈다. 그는 아무것도 먹지 않았다는 것을 깨달았다. 뭘 좀 먹어야겠어요. 나랑 같이 갈래요?

그들은 뷔페 탁자로 다가갔다. 리처드의 아내는 한쪽 끝에 서 있었다. 그녀는 울고 있었고 한 손님이 그녀를 안아주었다.

저는 이 일을 오래 전에 겪었어요, 엘리스가 말했다. 그녀는 남편이 마흔여섯의 나이에 백혈병으로 죽는 것을 지켜보았다. 남편은 아들 둘에 딸 하나, 세 아이들을 그녀에게 남기고 떠났다. 그때 막내는 네 살이었다. 남편이 죽은 후 그녀는 아이들과 함께 부모님의 집으로 이사를 갔다.

안됐네요.

그래도 난 가족이 있잖아요. 벨라의 상황을 생각하면 당신은 혼자인 것 같은데요.

그녀의 딸은 포르투갈인 엔지니어와 결혼해서 리스본에서 살았다. 포르투갈은 엘리스의 조상이 살던 곳이지만 그녀는 딸의 결혼식 전까지는 유럽에 간 적이 없었다. 두 아들은 덴버와 오스틴에서 살았다. 은퇴하고 나서 그녀는 한동안 번갈아가며 아들 집으로 가서 손주들을 돌봐주었고, 1년에 한 번은 리스본에 갔다. 그러다가 아버지가 돌아가신 뒤, 어머니랑 더 가까이 살려고 10년쯤 전에 다시 로드아일랜드로 이사를 왔다.

그녀는 다음 주 주말에 열리는 방문 행사를 언급했다. 역사 협회가 복구한, 마을에 있는 한 집을 개방한다고 했다. 그녀는 손가방에서 구체적인 내용이 적힌 엽서를 꺼내 그에게 건넸다.

그는 고맙다고 말하며 엽서를 받고, 반으로 접어서 웃옷 호주머니에 넣었다.

벨라에게 안부 전해주세요, 엘리스는 그 말을 남기고 그의 곁을 떠나 방 안의 다른 사람에게로 갔다. 그는 얘기를 나눌 사람이 없었다.

장례식 이후 며칠 동안은 늦게까지 잠을 이루지 못했다. 어떤 날은 새벽 세 시까지 깨어 있었다. 단 몇 분이라도 아무 생각 없이 있을 수가 없었다. 집은 고요했고 집을 둘러싼 세상도 고요했다. 그 시간에는 길에 차 한 대도 없었다. 자신의 숨소리뿐이었고, 침을 삼키면 그 소리도 크게 들렸다.

집은 만에서 너무 멀리 떨어져 파도 소리를 들을 수 없었는데 그게 늘 유감스러웠다. 그러나 바람이 내륙으로 불어올 때면 때때로 바람이 너무 강해서 마치 바다가 울부짖는 소리처럼 들렸다.

　이불을 덮고 꼼짝 않고 누워 있을 때면 근원이 없고 실체 없는 난폭한 힘이 이 집의 방들을 토대에서 뜯어내버릴 것만 같고, 흔들리는 나무들을 넘어뜨릴 것만 같고, 자신의 삶의 체계를 허물어뜨릴 것만 같았다.

　일을 할 때 그가 피로해하는 것을 알아차린 한 동료가 운동을 열심히 하거나 저녁을 먹을 때 와인을 한 잔 하라고 제안했다. 카밀러 차도 도움이 될 거라고 했다. 알약을 먹을 수도 있었으나 이것은 그가 반대했다. 이미 콜레스테롤을 낮추려고 먹는 알약과 칼륨 수치를 높이기 위해 먹는 알약이 있고, 정맥에서 심장으로 가는 피의 흐름을 원활하게 하기 위해 매일 먹는 아스피린도 있었다. 그는 이 알약들을 일곱 칸으로 구획된 플라스틱 상자에 보관했으며, 복용해야 할 요일을 적은 라벨을 붙여두었다. 아침에 오트밀을 먹을 때 그날 복용할 알약을 추려냈다.

　또다시 늦도록 잠을 이루지 못하게 하는 것은 불안감이었다. 비록 가우리가 떠나간 초기 집에 벨라와 단둘이 있을 때 옆방에서 잠이 든 자신을 깨우던 것과 같은 불안감은 아니었지만 말이다. 벨라가 고통스러워한다는 것을 알기에, 벨라를 책임질 사람이 이 세상에서 자기뿐이라는 것을 알기에 자다가 깨곤 했었다.

　그는 젖먹이 때의 벨라를 떠올렸다. 그때의 벨라에게는 밤과 낮의 구분이 없었다. 깨고 자고 깨고 자고 했다. 한두 시간마다 그러기를 반복했다. 어느 책에선가 태어난 뒤로 얼마 동안은 낮과 밤의 개념이 뒤바뀐다는 것을 읽은 적이 있었다. 자궁 안의 시간은 자궁 밖의 시간과 정반대라는 것이었다. 그가 처음으로 배를 타고 바다에 나갔을 때 고래와 돌고래가 수면 가까이에서 어떻게 헤엄을 치는지, 폐로 공기를 빨아들이기 위해 어떻게 나타나는지 알게 되었던 기억이 떠올랐다. 한 번 한 번의 숨이 다 의식적인 행위였다.

그는 콧구멍으로 숨을 들이마셨다. 심장의 박동만큼 충직한 이 필수적인 기능이 몇 시간 동안 자신을 놓아주기를 바랐다. 눈이 감겼다. 하지만 마음의 눈은 깜박이지도 않았다.

리처드가 죽었다는 소식을 들은 뒤로 이러는 것 같았다. 살아 있다는 의식이 균형을 잃고 뒤뚱거렸다. 깊은 잠을 깨지 않고 계속 자고 싶은 마음이 간절했다. 침대에서 벌어지는 밤의 고문에서 벗어나기를 간절히 바랐다. 하지만 잠은 좀처럼 그를 받아들이지 않았다.

젊었을 때는 잠이 오지 않는 게 문제가 되지 않았다. 오히려 그 시간을 이용해서 글을 읽거나 밖에 나가 별을 바라볼 수 있었다. 젊었을 때는 종종 몸에 원기가 넘쳐서, 일어나서 자전거 길을 산책할 수 있도록 지금이 낮이라면 좋겠다는 생각마저 들었다. 2년 전에 우연히 리처드와 마주쳤던 그 벤치가 있는 곳까지 걸어가서 거기 앉아 사색에 잠기면 좋을 것이었다.

그러나 그는 지금 침대에 누워, 자기도 모르는 사이에 과거로 더 깊숙이 들어가서 어린 시절의 기억의 하치장에서 제멋대로 기억을 끄집어냈다. 가족을 떠나기 전의 시절로 되돌아갔다. 아버지는 매일 아침 시장에서 생선을 사가지고 왔다. 은빛 물고기가 마대 자루에서 쏟아졌다. 어머니는 그 생선을 자르고 소금 치고 튀겨서 아침 식사에 내놓았다.

어머니가 허리를 굽히고 검은 재봉틀 앞에 앉은 모습이 보였다. 발로 페달을 위아래로 밟아서 작동하는 재봉틀이었다. 어머니는 입술로 핀을 물고 있어서 말을 할 수 없었다. 저녁이면 재봉틀 앞에 앉아서 손님들이 의뢰한 속치마의 단을 만들거나 집 안에 설치할 커튼을 바느질했다. 이따금 우다얀이 어머니를 위해 재봉틀에 기름을 치고 모터를 수리했다. 로드아일랜드의 그의 집 마당으로 날아든 어떤 새는 울음소리가 멈췄다가 갑자기 시작되곤 했는데, 그 소리가 재봉틀 소리와 흡사했다.

아버지가 그와 우다얀에게 체스 놀이 방법을 가르치고 종이에 네모 칸을 그리는 게 보였다. 책상다리를 하고 바닥에 앉은 우다얀이 몸을 숙인 채 집게손가락을 뻗어 밥을 마저 집어 먹고 접시에 남은 소스도 마지막으로 훑어 먹었다.

우다얀은 어디에나 있었다. 아침에는 수바시와 함께 걸어서 학교에 갔고, 오후에는 걸어서 집에 왔다. 저녁에는 둘이 함께 쓰는 침대 위에서 공부했다. 둘 사이에 책이 펼쳐져 있었고, 우다얀은 많은 내용을 열심히 외웠다. 그는 얼굴이 공책에 닿을 만큼 고개를 깊이 숙이고 집중해서 뭔가를 공책에 썼다. 밤에는 자기 옆에 누워 톨리클럽에서 들려오는 자칼의 울음소리에 귀 기울였다. 저지대 너머의 들판에서 공을 차는 우다얀은 자신감이 넘쳤으며 발놀림이 빨랐다.

이런 사소한 인상들이 새삼 떠오르곤 했다. 그저 오래전에 뇌리에서 유실되었다가 재구성되어 다시 나타난 것이었다. 그런 인상들이 기차 안에서 보는 풍경처럼 계속해서 그의 마음을 흐트러뜨렸다. 풍경은 익숙했지만 뭔가 늘 가슴을 철렁하게 했다. 마치 생전 처음 보는 것처럼.

캘커타를 떠나기 전까지 수바시의 삶은 거의 흔적을 남기지 못했다. 그가 가진 모든 것을 쇼핑백 하나에 담을 수 있을 정도였다. 부모님의 집에서 생활할 때 그의 것이라고 할 수 있는 것은 뭐가 있었던가. 칫솔, 우다얀과 함께 몰래 피우던 담배, 책을 담아가지고 다니던 천으로 된 가방, 약간의 옷가지……. 미국에 오기 전까지는 자기만의 방도 없었다. 그는 부모님에 속했고 우다얀에 속했다. 그리고 부모님과 우다얀은 그에게 속했다. 그게 전부였다.

이곳에서 그는 그런대로 성공했다. 공부를 많이 했고 마음에 드는 일자리를 찾았으며 벨라를 대학에 보냈다. 물질적으로만 보자면 이 정도면 충분했다.

그러나 벨라가 알아야 할 것을 벨라에게 이야기하는 문제에 이르면 그는 여전히 너무 약했다. 여전히 벨라의 아버지인 체했다. 자기 것이 아닌 것을 여전히 자기 것인 양 저장해두었다. 우다얀이 그를 두고 자기 잇속만 차린다고 한 것은 틀린 말이 아니었다.

벨라에게 말해야 한다는 생각이 뇌리를 떠나지 않았으며, 두려웠다. 이것이 자신의 삶에서 아직 마무리 짓지 못한 가장 큰 일이었다. 벨라는 그 사실을 감당할 수 있을 만큼 나이 들고 강인했다. 그런데도 벨라는 자신이 사랑하는 전부이기 때문에 수바시는 그런 힘을 낼 수가 없었다.

그는 요즘 자신이 가지고 있는 게 너무 많다는 것을, 그리고 생활을 꾸리기 위해서는 쉼 없는 노력이 필요하다는 것을 점점 더 잘 알게 되었다. 자신이 식료품 가게에 드나든 것만 해도 수천 번이 될 터였다. 늘 봉지나 가방이 볼록하도록 장을 보았다. 처음엔 종이 봉지에, 그다음엔 비닐봉지에, 지금은 집에서 가지고 간 캔버스 천 가방에 담아 왔다. 장을 본 물건은 차의 트렁크에서 내려 포장을 풀고 찬장에 보관했다. 그 모든 게 자기 한 몸을 지탱하기 위한 것이었다. 매일 아침 여러 개의 알약을 먹었으며, 카레나 콩 요리에 쓰이는 기름의 향을 내기 위해 통에서 계피 막대기를 꺼내곤 했다.

어느 날 그는 죽을 것이다. 리처드처럼. 다른 사람들이 버리기 위해서 그의 물건을 들여다보며 골똘히 생각하고 선별 작업을 할 것이다. 그의 뇌는 이미 앞으로 다시 추구할 필요가 없는 목표들은 더 이상 집착하지 않았고, 딱 한 번 만나서 얘기했던 사람들의 이름은 저장하지 않았다. 그의 마음에 자리 잡은 많은 것들은 무시해도 되는 것들이었다. 그가 밝히고 싶은 것은 단 하나, 우다얀 이야기뿐이었다.

그는 그 집을 단번에 알아보았다. 그가 예전에 리처드와 함께 살았던 하숙집으로 손 펌프와 마을 우물이 있는 곳 건너편에 있는 집이었다. 검정색 덧문이 있는 하얀 목조 주택이었다. 그때 이후로 그 집의 주소가 바뀌어서, 엘리스가 그에게 준 엽서에 사진이 없어서 못 알아본 것이었다.

엘리스가 그를 보고 미소를 지으며 두툼한 티켓 두루마리에서 티켓을 끊어 거스름돈과 함께 그에게 건넸다. 그날 그녀는 달라 보였다. 회녹색의 넉넉한 리넨 시프트원피스를 입었고, 얼굴을 가지런히 둘러싼 은발에 선글라스를 올려놓은 모습이었다.

와줘서 고마워요. 그동안 잘 지내셨죠?

난 이 집을 알아요. 여기서 산 적이 있어요. 리처드와 함께.

그래요?

예, 내가 처음 이곳에 왔을 때. 그걸 몰랐어요?

그녀의 안색이 바뀌고 미소가 사라졌다. 이제 걱정스러워하는 빛이 눈에 어렸다. 전 몰랐어요.

행사가 시작된 뒤 엘리스는 그가 얘기했던 것을 나머지 사람들과 공유하지 않았다. 실내의 배치가 바뀌었고 방의 수가 예전보다 줄었다. 가구가 드문드문 놓였고 출입구에는 쇠로 만든 걸쇠가 설치되었다. 가구는 짙은 빛깔의 목제 가구였다. 펴서 넓게 쓸 수 있도록 덧판이 달린 탁자는 덧판이 내려가 있어서 얌전한 여자의 치마처럼 받침대의 일부를 가렸다. 접는 책상도 있었는데, 책상 면을 접어서 자물쇠를 채울 수 있게 만든 것이었다. 벽난로의 상인방은 오크로 만들었다.

수바시는 아무것도 기억나지 않았다. 그렇지만 그는 여기서 살았고, 공부를 하면서 이 조그만 창을 통해 밖을 내다보았다. 아주 오래전이었다. 로드아일랜드에 처음 왔던 때이고, 우다얀이 아직 살아 있던 때였다. 여기에서 우다얀의 편지들을 읽었다. 여기에서 가우리의 사진을 보고 그녀와 결혼하게 될 운명을 모른 채 어떤 여자일까 궁금해했다.

엘리스가 널리 쓰이는 몇 가지 서로 다른 형태의 의자들을 가리켰다. 장식판 등받이 의자, 난간형 등받이 의자, 바이올린형 등받이 의자로 분류하여 소개했다. 이 거리는 이 읍의 상업지역이었다고 그녀가 사람들에게 말했다. 옆집에는 모자 가게가, 그 옆집에는 마을 남자들이 면도를 하러 가는 이발소가 있었다고 했다.

이 집은 맨 처음에는 양복점 겸 주거 용도로 쓰였고, 다음에는 변호사 사무실이었다가, 그다음에는 4대가 함께 사는 가정

집이 되었다. 60년대에 방을 작게 나누어 하숙집으로 썼다. 마지막 집주인이 죽을 때 이 집을 역사협회에 물려주었다. 그리고 역사협회는 천천히 이 집을 복구할 기금을 모았으며, 아래층 방에 전시품을 들여놓으려고 그 일을 지역 미술관과 협력해서 추진했다.

수바시는 이런 장소를 보존하려는 노력에 적잖이 놀랐다. 구석에 놓인 찬장에는 사람들이 음식을 먹었던 큰 접시와 그릇, 그리고 촛불을 밝혔던 촛대가 들어 있었다. 부엌의 벽에는 요리에 쓰인 국자와 번철이 진열되었다. 사람들이 이 방 저 방을 돌아다니며 구경할 때 보니 소나무 마룻바닥은 그가 살던 때와 같은 빛깔이었다.

집을 둘러보고 나니 왠지 마음이 편치 않았다. 이 지상에서 자신의 존재가 거부당하는 느낌이었다. 거기에 서 있을 때조차도 그랬다. 그는 접근이 금지되었다. 과거가 그를 부인한 것이었다. 이 행사는 그가 정착하여 삶을 꾸려간 이 임의의 장소가 자신의 장소가 아니라는 것을 일깨워줄 뿐이었다. 벨라와 마찬가지로 이곳은 그를 받아들였지만 동시에 접근하지 못하도록 거리를 유지했다. 사람들과 나무들과 그가 연구하면서 좋아하게 된 이곳의 특이한 지형 속에서 그는 여전히 방문객이었다. 아마 가장 나쁜 형태의 방문객일 터였다. 떠나기를 거부해온 방문객이니까.

그가 소유한 두 집에 관해 생각했다. 어머니가 돌아가신 이후로 가보지 않은 톨리건지의 집과, 그의 마지막 집이 될 것으로 여겨지는, 가우리가 그를 두고 떠나간 로드아일랜드의 집을 떠올렸다. 톨리건지의 집은 한 친척이 그를 대신해서 관리했다. 친척은 세를 받아 그곳의 은행 계좌에 입금했으며, 집을 수리할 데가 있으면 그 돈을 인출하여 썼다.

그가 그곳으로 돌아가서 사는 일은 없을 것이다. 그런데도 그 집을 차마 팔지 못했다. 그 약간의 땅과 그 땅 위에 세워진 단조로운 집은 여전히 가문의 이름을 지니고 있었고, 그것이 부모님이 바라는 바였다.

지금 그 집에는 의사와 가족이 살았다. 아래층은 진료실로 사용했다. 그들은 아마 이 집의 역사를 모를 것이다. 어쩌면 이웃 사람들로부터 얼마간 변형된 형태의 이야기를 들었을지도 몰랐다. 앞으로 200년 동안은 어떤 무리의 사람들도 일부러 시간을 내서 그 집을 탐방하는 일은 없을 터였다.

행사가 끝날 무렵에 그는 역사협회가 준비한 참석자 명단에 이름과 전화번호와 이메일 주소를 남겼다. 그는 엘리스로부터 또 다른 엽서를 받았다. 다음 달의 식물 판매 행사를 알리는 엽서였다.

그날, 처음에 서로 간단히 인사를 나눈 뒤로 그녀는 그에게 별다른 관심을 나타내지 않았으며 늘 참석자 전체를 대상으로 얘기했다. 그의 곁으로 다가온 적이 없었다. 위층 복도에서 혼자 미적거릴 때, 이 집에서 가장 친숙하게 느껴지는 장소에서 혼자 꾸물댈 때 수바시는 그녀가 다가올지도 모른다고 기대했으나 그런 일은 없었다.

그녀가 자신을 초대한 것은 역사협회를 위해서였을 뿐 다른 뜻은 없었다고 그는 결론 내렸다. 그런데 며칠 뒤 그녀가 전화를 걸었다.

당신 괜찮은 거죠?

그걸 왜 물어요?

지난번 모임 땐 당신이 좀 충격을 받은 것처럼 보였거든요. 난 방해하고 싶지 않았어요.

그녀는 다른 모임에 그를 초대하고 싶어 했다. 그가 거절할지도 모르는 연극이나 연주회가 아닌 모임이었다. 리처드의 장례식 때 그가 그 자전거 길을 자주 산책한다고 했던 말을 기억한다고 했다. 그녀는 한 달에 한 번 모이는 답사 모임의 회원인데, 이 모임에서는 주로 사람들이 잘 가지 않는 역사적인 장소나 자취를 찾아 떠난다고 했다.

다음번엔 그 대습지로 가요. 그래서 당신 생각이 났어요, 그렇게 말하고 나서 그녀는 같이 가지 않겠느냐고 물었다.

3

은행잎만이 유일하게 밝은 빛을 낸다. 전날 저녁에 내린 비가 인도에 깔린 청회색 사암 판석에 한 무더기의 은행잎을 새로 떨구었다. 사암 판석은 평평하지 않다. 나무뿌리에 밀려 군데군데 튀어 올랐다. 지면에서 두 계단 아래에 위치한, 벨라가 요즘 살고 있는 방의 유리창에서는 나무 꼭대기가 보이지 않는다. 현관 앞 층계에서 걸어 내려와 철 대문을 열고 일상 속으로 걸어 나와야 나무 꼭대기가 보인다.

서로 마주 보는 연립주택들이 다닥다닥 늘어선 곳이다. 대부분 사람이 살고 있지만 몇몇 집은 판자로 막아서 폐쇄했다. 벨라는 기회가 생겨서 몇 달 전에 이곳에 왔다. 그 전에는 북쪽에 있는 올버니 동부에서 살았다. 매주 토요일이면 차를 몰고 그 도시의 친환경 농산물 장터에 가서 트럭에서 짐을 내리고 천막을 쳤다. 누가 방을 하나 소개해주었다.

당분간 브루클린에서 싼값으로 지낼 수 있는 기회였다. 일터까지 걸어서 갈 수가 있었다. 황폐해진 놀이터를 정리하고 일구어서 텃밭으로 전용했다. 그녀는 십 대 아이들을 가르쳐서 수업이 끝나면 거기서 일하게 한다. 어떻게 잡초를 삽으로 파내고 어떻게 철망 울타리 주위에 해바라기를 심는지를 아이들에게 보여준다. 줄뿌림 작물과 피복작물의 차이를 가르쳐준다. 자발적으로 참여한 노인들을 지도하기도 한다.

그녀는 한 집에서 다른 사람 열 명과 함께 한 가족처럼 지낸다. 소설과 영화 대본을 쓰는 사람도 있고, 보석 디자이너도 있고, 컴퓨터 분야에 뛰어들었다가 실패한 사람도 있다. 최근에 대학을 졸업한 사람도 있고, 과거에 대해 얘기하고 싶어 하지 않는 나이가 조금 많은 사람도 있다. 그들 모두 남과 어울리지 않고 각자의 일정에 따라 자기 생활을 한다. 그러나 식사는 짝을 지어, 서로 번갈아가며 해준다. 고지서와 청구서는 공동으로 지불한다. 부엌 하나, 텔레비전 한 대가 있고, 허드렛일은 돌아가며 한다. 아침에는 화장실을 사용할 시간대를 적는다. 일주일에 한 번 일요일에, 시간이 되는 사람들이 한자리에 모여서 함께 식사를 한다.

사람들은 아직도 몇 년 전 대낮에 길모퉁이에 있는 약국 바깥에서 일어난 총격 사건에 대해 이야기한다. 총에 맞아 죽은 열네 살 소년에 대해 이야기한다. 소년의 부모는 길 건너편에 산다. 사람들은 대부분 라틴아메리카계 식품 잡화점과 허름한 슈퍼마켓에서 식료품을 산다. 그러나 지금은 에스프레소 기계가 있는 커피숍이 다른 가게들 사이에 끼어들었다. 정장을 입고 아이들을 학교에 데려다주는 아빠들이 있다.

이 구역의 끝에 있는 집은 그물로 덮였다. 정면의 페인트칠을 긁어내는 중이어서 두껍게 밑칠한 회색이 울퉁불퉁 드러난다. 대문 뒤의 좁은 땅에 주황색 덩굴장미와 빨간색 덩굴장미가 어우러져 피었다. 집 앞에 내건 표지판에 쓰인 이름으로 보건대 이 집의 계약자는 이탈리아인이다. 그러나 일꾼들은 방글라데시 출신이다. 그들은 벨라의 어머니와 아버지가 둘이서만 얘기할 때면 늘 쓰던 언어로 말한다. 어렸을 때 벨라가 말하는 것보다 들어서 이해하는 게 더 쉬웠던 언어다. 엄마가 떠난 이후로는 듣지 못한 언어다.

엄마의 부재는 외국어를 배우는 것과 비슷했다. 그 모든 복잡성과 미묘한 차이는 수년 동안 공부한 후에야 비로소 나타난다. 그리고 그때가 되어도 외국의 이질적인 것이기 때문에 결코 온전히 이해되지는 않는다.

벨라는 이 남자들이 말하는 것을 이해하지 못한다. 군데군데 몇 가지 단어만 알아들을 뿐이다. 억양이 다르다. 그런데도 이 사람들 곁을 지나칠 때는 언제나 걸음을 늦춘다. 그녀는 자신의 어린 시절에 향수를 느끼지 않지만, 친숙하면서도 낯선 이 언어는 잠시 생각에 잠기게 한다. 그녀의 마음 한구석에서는 자신의 뇌에서 활동을 중단한 이해력이 어느 순간에 다시 작동할 것인지 궁금해한다. 어느 날 뭔가를 이 언어로 어떻게 말하는지 기억해낼 것인지 궁금하다.

어떤 날은 그 일꾼들이 현관 앞 층계에 앉아 쉬면서 서로 농담을 주고받으며 담배를 피우는 모습을 본다. 그중 한 명은 더 나이 들었는데, 성기게 난 흰 턱수염이 거의 가슴까지 내려왔다. 이들은 미국에 얼마나 살았을까, 서로 관계가 깊은 사이일까, 그렇다면 어떤 관계일까 하는 궁금증이 인다. 이들은 이곳을 좋아할까, 언젠가 방글라데시로 돌아갈까 아니면 영원히 이곳에 살 계획일까 하는 궁금증도 생긴다. 벨라는 이들이 자기처럼 집단주택에 살고 있을 거라고 상상한다. 그녀는 이들이 긴 일과를 마치고 함께 앉아 손으로 밥을 먹으며 저녁 식사를 하는 모습을 본다. 그리고 퀸즈에 있는 한 회교성원에서 기도한다.

그들은 그녀를 어떻게 생각할까? 그녀의 빛바랜 회색 진 바지와 끈을 매지 않은 부츠를 어떻게 생각할까? 그녀의 긴 머리는 나중에는 뒤로 묶겠지만 지금은 운동복에 달린 모자 속에 들어 있다. 화장하지 않은 얼굴, 가슴에 끈을 두른 배낭……. 한때 단일국가를 유지했고 공동의 토지를 사용했던 조상들은 그녀를 어떻게 생각할까?

사용하는 말과 전반적인 몸 색깔을 제외하면 이 사람들 중 누구도 아버지를 닮지 않았다. 그러나 왠지 모르게 이들은 아버지를 떠올리게 한다. 이들은 로드아일랜드에 있는 아버지를 생각나게 하고, 아버지가 어떻게 지내는지 궁금하게 만든다.

노엘은 또 다른 방식으로 아버지를 생각나게 한다. 그는 여자친구인 우르술라, 그들의 딸 바이올렛과 함께 같은 연립주택에 산다. 벨라가 본 적이 없는 맨 위층의 방 두 개에서 살고 있다. 노엘은 바이올렛과 함께 하루를 보낸다. 짧게 머리를 자른 예쁜 여자인 우르술라가 식당에서 요리사로 일한다.

벨라는 노엘이 아침에 바이올렛을 데리고 유치원에 가고, 몇 시간 뒤에 집으로 데려오는 것을 본다. 노엘이 바이올렛을 공원에 데려가 자전거 타는 법을 가르쳐주는 것을 본다. 바이올렛이 넘어지지 않으려고 안간힘을 쓰면 노엘이 뒤에서 달려가 딸의 목과 가슴에 매준 울 스카프를 붙잡는 것을 본다. 그가 바이올렛에게 저녁을 만들어주려고 집 뒤편에 있는 숯불 화로에서 햄버거 한 개를 굽는 것을 본다.

바이올렛은 엄마가 일을 하러 나가 있을 때도 엄마를 미워하거나 탓하는 법이 없다. 노엘에게도 그렇다. 그들은 아침에 우르술라에게 작별의 키스를 하고, 집에 돌아오면 그녀의 품에 안긴다. 우르술라는 때때로 식당에서 디저트를 가지고 온다. 우르술라가 일반적이지 않고 예외적이기 때문에 바이올렛은 우르술라와 다른 관계를 형성한다. 함께 있는 시간은 더 적지만 유대감은 더 강렬하다. 아이는 자신의 기대감을 조절한다. 예전에 벨라가 그랬듯이.

노엘과 우르술라는 종종 벨라의 방문을 두드려서 자신들이 저녁을 준비할 때 만든 음식을 준다. 꽤 늦은 시간이어서 바이올렛은 이미 잠자리에 들었다. 음식은 늘 많이 있으니 벨라가 오는 건 언제든 환영한다고 그들이 말한다. 빵과 치즈, 우르술라가 손으로 버무린 푸짐한 샐러드를 받는다. 우르술라는 식당 일을 마치고 집에 돌아오면 늘 약간 들떠 보인다. 그녀는 셋이서 마리화나를 피우고 음악을 들으며 그날 있었던 일들을 얘기하기를 좋아한다.

벨라는 그들과 함께 시간을 보내는 게 즐겁다. 그리고 받은 것만큼 잘해주려고 노력한다. 우르술라와 노엘이 영화를 보러 가고 싶어 하면 그녀가 바이올렛을 돌봐준다. 우르술라를 지역 사회 공원으로 데려가서 구경시켰으며, 식당에서 쓰라고 허브와 해바라기를 챙겨주었다. 그렇지만 벨라는 그들에게 의존하게 되는 것은 원치 않는다. 우르술라의 생일날에 노엘과 우르술라가 파이어아일랜드로 소풍을 가기로 결정하고 벨라에게 같이 가자고 하자 벨라는 거절한다. 벨라는 노엘과 우르술라처럼 다른 많은 부부나 연인들과도 우정을 맺고 있다. 벨라가 외롭거나 심심

할까 봐 자기들의 여행에 그녀를 데려가려고 애쓰는 연인들을 보면 자신이 아직 혼자라는 사실을 새삼 깨닫게 될 뿐이다.

벨라는 가는 곳마다 친구를 사귀고, 때가 되면 그곳을 떠난다. 떠나고 나면 그 사람들을 다시 보지 않는다. 연인을 만들거나 가정을 꾸리는 것을 벨라는 상상할 수 없다. 그녀는 어느 정도 긴 시간 동안 지속적으로 연애를 해본 적이 없다.

노엘과 바이올렛과 우르술라가 함께 있는 것을 봐도 마음이 쓸쓸해지지는 않는다. 벨라는 그들의 화목한 생활에 반하고 동시에 위로를 얻는다. 벨라네는 엄마가 떠나기 전에도 가족이라 할 수가 없었다. 엄마는 거기 있고 싶어 한 적이 없었다. 벨라는 이제 그걸 안다.

지난여름에 아버지를 보러 갔을 때 아버지에게 만나는 사람이 있다는 것을 알게 되었다. 게다가 그녀가 아는 사람이었다. 실바 부인은 자신의 역사 선생님이었다. 셋이 함께 밖에서 아침을 먹던 날 실바 선생님은 벨라에게 자신을 엘리스라고 불러달라고 요청했다.

벨라는 두 분의 인연을 알고 깜짝 놀랐다. 자신의 성장에 가장 중요한 몫을 한 분과 조그만 역할을 한 분이 서로 만난다는 게 놀라웠다. 그녀는 은근히 마음이 상했다. 처음에는 그랬다. 그렇지만 벨라는 자신은 평소에 아버지를 거의 보지 못하며 드문드문 찾아가 만날 뿐이라는 것을 고려하면 그런 생각이 부당하다는 것을 알았다. 자기 자신을 부인해야 할지 아버지를 부인해야 할지 벨라는 난감한 기분이었다.

벨라에게 얘기할 때 아버지는 긴장한 모습이었다. 벨라가 부정적인 반응을 보일까 봐, 이 일을 아버지를 가까이하지 않으려는 또 하나의 이유로 삼을까 봐 두려워한다는 것을 알았다. 아버지가 망설이는 것을 알아차린 벨라는 아버지의 불안감을 덜어주려고 안심시키는 말을 했다. 아버지가 마음에 맞는 분을 찾아서 자기는 무척 기쁘다고, 물론 아빠가 잘되기를 바란다고 했다.

사실 벨라는 엘리스 실바 선생님을 늘 좋아했다. 그동안 선생님을 잊고 있었지만 그 시절에 선생님의 수업을 기다렸던 기억이 떠올랐다. 지난여름 벨라는 엘리스와 아버지 사이에 애틋한 감정이 있다는 것을 곧바로 알아차렸다. 아침 식사 메뉴를 함께 고르는 태도가 심상치 않았는데, 아버지는 자신의 메뉴를 골랐을 텐데도 엘리스의 어깨 너머로 메뉴를 들여다보았고 엘리스는 아버지에게 오트밀을 포기하고 벨기에 와플을 먹어보라고 권유했다. 두 사람의 얼굴이 평온한 것을 보았다. 어머니, 아버지의 관계와는 대조적으로 두 사람은 수줍어하면서도 이미 한마음으로 결합되었다는 것을 알았다.

아버지와 엘리스가 결국엔 결혼하지 않을까 하는 생각이 든다. 그러나 그러려면 먼저 아버지가 어머니와 이혼을 해야 한다. 자신은 결혼하지 않을 것이다. 벨라는 이 점을 스스로 잘 알고 있다. 어머니와 아버지의 불화, 여태껏 자신의 삶의 가장 근본적인 인식은 바로 이것이었다.

좀 더 젊었던 시절 벨라는 아버지에게 화가 났다. 엄마에게 화가 났던 것보다 더 화가 났다. 엄마가 집을 나가게 만들고 엄마가 돌아오게 할 방법을 생각해내지 않은 아버지를 원망했다. 아버지의 집에서 세 시간 거리밖에 안 되는 뉴욕 시에 살면서도 아버지에게 그 사실을 말하지 않는 이유는 그 화가 아직 남았기 때문일 것이다. 하지만 이것은 자신의 방침이 되었다. 자신의 조건에 따라 아버지를 만나기, 자기가 어디에 있는지 분명히 밝히지 않기, 벨라는 이 방침에 충실했다.

이 시점에서 보면 인생의 거의 절반을 아버지와 떨어져 살았다. 로드아일랜드에서 18년, 혼자 산 게 15년이다. 다음번 생일날엔 서른네 살이 된다. 그녀는 종종 지금까지 살아왔던 방식의 대안이 될 수 있는 다른 방식의 삶을 열망한다. 하지만 다른 무엇을 할 것인지는 알지 못한다.

벨라는 아버지랑 보내는 시간이 좀 더 편안하기를 바란다. 어린 시절에는 그토록 좋아했던 로드아일랜드가 엄마를 생각나게 하지 않기를 바란다. 엄마는 그곳을 싫어했다. 로드아일랜드에 있을 때면 벨라는 그곳이 자신을 반기지 않으며 엄마가 자신을 보러 돌아오는 일은 결코 없으리라고 느낀다. 로드아일랜드에서는 자신의 내부에 있는 단단한 것들은 남김없이 빠져나가는 것을 느낀다. 그래서 자신이 계속 찾아가긴 하지만, 아버지와 얼마간 화해하긴 했지만, 아버지가 유일한 가족이긴 하지만 그녀는 그곳을 아주 오래 견디지는 못한다.

아주 오래전에 닥터 그랜트가 벨라가 느끼는 것을 말로 나타낼 수 있도록 도와주었다. 그랜트 선생님은 그 감정이 썰물처럼 빠져나가겠지만 결코 완전히 사라지지는 않을 거라고 말했다. 벨라가 어디를 가든 그 감정은 풍경의 일부를 이룰 거라고 했다. 벨라의 생각 속에 엄마의 부재가 항상 존재할 거라고 그랜트 선생님은 말했다. 엄마가 왜 떠났는지에 대한 답은 결코 찾지 못할 거라고 벨라에게 말했다.

닥터 그랜트가 옳았다. 그 감정은 더 이상 자신을 삼키지 않는다. 벨라는 그 감정의 주변에서 살고, 멀찍이 떨어져서 그 감정을 받아들인다. 할머니가 톨리건지의 집 테라스에 앉아 저지대와 한 쌍의 연못을 바라보며 하루를 보내곤 했듯이.

그녀는 일꾼들에게 다가간다. 다시 한 번 낯설고도 친숙한 그들의 대화를 듣는다. 그들은 자신들이 나누는 얘기가 그녀에게 영향을 미친다는 것을 모른다. 일꾼들 곁을 지나갈 때 그들에게 인사를 건넨다. 마음속으로는 이 브루클린 다음에는 어디로 갈까 생각해본다. 일꾼들이 그녀를 보고 손을 흔든다.

다음번에 아버지를 찾아갈 때 그녀는 늘 그러듯이 아버지에게 영어로 말할 것이다. 만약 엄마가 그녀 앞에 나타나는 날이 온다면, 벨라가 이 지상의 어떤 언어든 선택해서 말할 수 있다 해도 말할 게 아무것도 없을 것이다.

아니다, 그건 사실이 아니다. 그녀는 엄마와 끊임없이 소통하고 있다. 벨라의 삶의 모든 게 엄마에 대한 반작용이었다. 나는 나다, 벨라는 중얼거리곤 한다. 나는 내 방식으로 산다, 엄마 때문에.

4

6월은 구름을 데려와서 해를 가렸고, 폭풍우를 데려와서 바다를 잿빛으로 만들었다. 대기는 차가워서 수바시는 발가락 사이로 끈을 끼워서 신는 슬리퍼 대신에 계속해서 코듀로이 슬리퍼를 신었고, 계속해서 침대 위의 전기담요를 예열했다. 빗방울의 리듬은 주로 밤에 들렸다. 밤새 지붕을 거칠게 두드려대다가 아침이면 빗줄기가 가늘어졌고, 중간중간에 멈추기는 했지만 하늘이 완전히 개지는 않았다. 세차게 내리다가 잦아드는가 싶으면 다시 거세졌다.

그는 집 옆쪽의 지붕널에 낀 비늘 같은 곰팡이를 벗겨냈다. 지하실에서는 흰곰팡이 냄새가 났고, 빨래를 세탁실에 넣을 때는 눈이 따끔거렸다. 채소밭의 흙은 너무 물기가 많아 경작할 수 없었고, 그가 심은 묘목의 뿌리는 빗물에 쓸려갔다. 철쭉의 자줏빛 꽃잎은 너무 일찍 져버렸고, 모란은 다 피기도 전에 줄기가 꺾였다. 짓이겨진 꽃잎들이 빗물을 흠뻑 머금은 땅에 널브러졌다. 습기를 잔뜩 품은 공기 냄새, 땅이 썩어가는 냄새에는 어딘지 모르게 육욕적인 데가 있었다.

밤에는 빗소리에 잠이 깨곤 했다. 빗방울이 유리창을 두드리는 소리, 빗물이 진입로를 깨끗이 씻어내는 소리를 들었다. 그는 이 비가 혹시 어떤 조짐이 아닐까 생각했다. 자신의 삶에 또 다른 단계가 찾아들 조짐이 아닐까 생각했다. 그는 홀리의 조그만 집에서 홀리와 함께 보낸 첫날밤에 퍼붓던 비를 떠올렸다. 벨라가 태어난 날 저녁에 쏟아진 폭우를 떠올렸다.

그는 비가 벽난로 주위의 벽돌 틈으로 새어나오기를 바라는 심정이 되었다. 비가 천장에서 뚝뚝 떨어지기를, 문 밑으로 스며들기를 바라게 되었다. 톨리건지에 매년 찾아오는 우기를 생각했다. 두 연못에 빗물이 흘러넘쳐서 연못 사이의 제방이 보이지 않게 되는 모습을 생각했다.

7월이 되자 그의 채소밭에는 잡초가 무성했다. 저녁이 길어졌고, 오전 다섯 시면 아침 하늘이 밝아졌다. 벨라가 전화를 해서 도착했다고 알렸다. 벨라는 어떤 때는 기차로 왔고 어떤 때는 보스턴이나 프로비던스로 비행기를 타고 왔다. 한번은 빌린 차로 수백 킬로미터를 직접 운전해서 왔다.

그는 진공청소기로 벨라의 침실의 양탄자를 청소했고, 벨라가 지난번에 로드아일랜드에 온 이후로 아무도 사용하지 않았지만 침대 시트도 세탁했다. 이제는 날씨가 덥고 햇볕이 따가운데다 약간 습하기까지 해서 지하실에서 선풍기를 꺼내왔다. 나사를 풀어서 플라스틱 보호망을 떼어내고 날개를 닦은 다음 벨라의 방 창가에 놓아두었다.

벨라의 방 선반에는 나무가 우거진 숲에서 또는 해변에서 둘이 함께 발견한 몇 가지 물건들이 놓였다. 잔가지를 엮어 만든 조그만 새의 둥지, 가터뱀의 두개골, 프로펠러처럼 생긴 알락돌고래의 등골뼈. 벨라와 함께 이것들을 발견했을 때의 기쁨이 떠올랐다. 벨라는 장난감이나 인형보다 이런 것들을 더 좋아했다는 것도 기억났다. 벨라가 아주 어렸을 적 어느 겨울에, 호주머니가 불룩해지자 외투에 달린 모자에 솔방울과 잔돌을 담던 모습도 기억났다.

벨라는 그의 생활의 차분한 분위기를 어수선하게 만들었다. 물건을 집 안 여기저기에 흩뜨려놓았으며 옷을 마루에 흘렸다. 긴 머리카락이 샤워실의 배수구 뚜껑을 막아 물의 흐름이 더디어졌다. 아마란스플레이크, 캐럽, 허브 차 같은, 벨라가 건강 식품점에서 사 온 즐겨 먹는 음식들이 한동안 눈길을 끌며 부엌 조리대 위에 놓였다. 아몬드로 만든 버터, 쌀로 만든 우유도 있었다. 그러다가 벨라는 떠나곤 했다.

그는 벨라를 맞으러 보스턴으로 떠났다. 1972년에 가우리와 인생을 함께할 거라고 믿으며 가우리를 마중하러 차를 몰고 공항으로 갔던 일을 떠올렸다. 12년 뒤, 벨라와 함께 같은 공항에서 집으로 돌아갔던 기억과 가우리가 집을 나간 것을 알게 된 일을 떠올렸다.

벨라는 더플백을 들고 배낭을 멘 모습으로 도착했다. 벨라가 타고 온 비행기는 미네소타에서 출발했다. 정장이나 스포츠 재킷을 입고, 휴대폰으로 메시지를 확인하고, 무거운 여행 가방을 끄는 다른 사람들 사이에서 벨라는 쉬이 눈에 띄었다. 갈색 피부에 튼튼한 몸, 치장하지 않은 모습이 두드러져 보였다. 벨라는 침착하게 서 있다가 그를 발견하고 그에게로 걸어왔다. 피부가 밝게 빛났다. 억센 팔로 그를 안았다.

피곤하지 않니?

안 피곤해요. 난 괜찮아요.

배고프지? 어디 가서 뭘 좀 먹지 않을래? 보스턴으로 갈까?

난 바로 집으로 가고 싶어요. 내일은 함께 해변에 가요. 그동안 어떻게 지내셨어요?

그는 건강은 괜찮다고 말했고, 요즘 기고하는 글을 쓰기 위해 연구를 하느라 좀 바쁘다고 했다. 채소밭에 심은 토마토가 잘 자라지 않으며 이파리에 검은 반점이 생겼다고 말했다.

토마토는 신경 쓰지 마세요. 올봄에 비가 너무 많이 와서 그래요. 엘리스는 어떻게 지내세요?

엘리스는 잘 지낸다고 말했다. 그렇지만 벨라는 남자 친구를 집으로 데려온 적이 없다는 걸 생각하면 그런 말은 듣기 거북했다.

그와 함께 살던 십 대 소녀 시절에도 벨라는 그에게 데이트 허락을 구한 적이 없었다. 그 점에서는 아무 걱정도 끼치지 않았다. 그런 면이 부족했던 것이 지금 그를 걱정스럽게 했다.

오늘만 해도 그는 벨라가 공항에 남자 친구와 함께 나타나서 자신을 깜짝 놀라게 해주기를 은근히 바랐다. 벨라를 돌봐줄 사람, 벨라의 평범하지 않은 생활을 함께해줄 사람을 그는 기다렸다. 내가 영원히 사는 건 아니다, 언젠가 전화로 리처드가 죽었다는 소식을 알리면서 그런 말까지 했다. 그러나 벨라는 멜로드라마 같은 얘기는 하지 말라며 무시할 뿐이었다.

한때 딸의 결혼은 자신의 책임이라고 믿었는데, 그는 그 생각을 내려놓는 법을 배웠다. 딸의 안정된 미래를 위해 좋은 사람과 짝을 맺도록 자신의 역할을 해야 한다는 생각을 접었다. 벨라를 캘커타에서 키웠다면 그가 벨라의 결혼 문제를 꺼내는 게 자연스러운 일이었을 것이다. 하지만 여기서는 그런 태도가 괜한 간섭이자 월권으로 여겨졌다. 벨라는 그런 간섭과 월권에서 자유로운 곳에서 자랐다. 어느 날 저녁 그의 걱정스러운 마음을 엘리스에게 말하자 엘리스는 아무 얘기도 하지 않는 게 좋다고 충고했다. 요즘에는 아주 많은 사람들이 삼십 대 후반까지 기다렸다가 결혼하고, 심지어 사십 대에 결혼하는 사람들도 많다고 했다.

그렇지만 걱정스러운 게 또 있었다. 그와 가우리의 선례가 좋지 않은데 어떻게 벨라가 결혼에 관심을 가질 거라고 기대할 수 있을까? 그들은 부모가 각자 따로 생활하는 가족이었다. 두 사람은 충돌해서 흩어졌다. 이것이 벨라가 물려받은 유산이었다. 다른 건 몰라도 벨라는 이 충동을 그들에게서 물려받았다.

벨라는 뉴잉글랜드를 그리워했다. 그가 벨라를 차에 태우고 집으로 데려갈 때면 벨라는 항상 그렇게 말했다. 차창 밖을 내다보는 얼굴 표정은 순수하게 해맑았다. 여름철이면 컵에 얼린 레모네이드를 파는 트럭이 여기저기 나타나는데, 벨라는 그 트럭이 보이면 차를 세워달라고 그에게 부탁했다.

집에 오면 가방을 열고 얇은 종이에 싼 향긋한 자두와 천도복숭아를 꺼내서 그릇에 담았다.

얼마 동안 있을 거니? 그가 저녁으로 준비한 양고기와 밥을 먹으면서 물었다. 이번엔 보름?

벨라는 두 그릇이나 먹었다. 포크를 내려놓는다.

상황을 봐서요.

무슨 상황? 뭐 중요한 일이 있니?

벨라가 그의 눈을 들여다보았다. 그는 벨라의 눈에서 긴장감을 보았다. 열망과 어떤 종류의 결의가 결합된 긴장감이었다. 어린 시절에 수영을 배울 때 허리 높이의 물에서 얼굴을 물 위로 내밀었다가 물속으로 다시 넣기를 반복하는 동안 두 손바닥을 꼭 마주 대던 벨라의 모습을 그는 기억했다. 벨라는 그 상황에서 필요한 신념의 도약을 위해 잠시 말을 멈추고, 한 번 더 숙고하고, 얘기를 꺼낼 준비를 했다.

얘기할 게 있어요, 아빠. 새로운 소식이에요.

가슴이 철렁했다. 이어 두근거리기 시작했다. 그는 이제 그 이유를 알았다. 공항에서 보았을 때 벨라의 얼굴에 미소가 번진 이유, 그가 저녁 내내 느꼈듯이, 조용히 콧노래를 부르며 만족감에 빠진 이유를 알았다.

그러나 아니었다. 벨라는 사귀는 사람이 없었다. 그에게 소개하고 싶고 이 집으로 초대하고 싶은 특별한 친구가 없었다.

벨라는 숨을 깊이 들이쉬었다가 내뿜었다.

나 임신했어요, 벨라가 말했다.

넉 달이 조금 넘었다고 했다. 아기 아빠는 벨라의 삶의 일부가 아니고, 벨라가 임신한 사실도 모른다고 했다. 그 사람은 벨라가 아는 그저 그런 사람일 뿐인데 그와 관계를 가졌다는 것이었다. 어쩌면 1년일 수도 있고 그저 하룻밤일 수도 있었다. 벨라는 말하지 않았다.

벨라는 아이를 낳고 싶어 했다. 엄마가 되고 싶어 했다. 자기는 이 문제를 신중하게 생각했으며 준비가 되어 있다고 그에게 말했다.

벨라는 아기 아빠가 이 사실을 모르는 게 더 낫다고 말했다. 그래야 덜 복잡하다는 것이었다.

왜?

그 사람은 내 아이의 아빠로서 내가 원하는 부류의 사람이 아니니까요. 잠시 후에 벨라가 덧붙였다. 그 사람은 아빠와는 전혀 달라요.

알겠다.

그러나 그는 알지 못했다. 자기 딸을 엄마로 만든 그 사람이 누구란 말인가? 자신이 아빠라는 것을 모르는, 알 자격이 없는 그 사람이 누구란 말인가?

그는 부드럽게 얘기했다. 벨라, 혼자 아이를 키우는 건 쉬운 일이 아니다.

아빠 혼자 키웠잖아요. 많은 사람이 혼자 키워요.

이상적으로 말하면, 아이의 인생을 위해선 부모가 다 있어야 하는 거야. 엄마뿐 아니라 아빠도.

그게 신경이 쓰이는 거예요?

뭐가?

내가 결혼하지 않는 거.

벨라야, 넌 고정된 수입이 없고 안정된 집도 없다.

이 집이 있잖아요.

네가 여기 오는 건 언제든 환영이다. 하지만 넌 1년에 보름만 나랑 같이 있지 않니. 나머지 시간에는 다른 곳에 있고.

혹시……

혹시?

벨라는 다시 집에 들어오고 싶어 했다. 그와 함께 지내고 싶어 했고, 로드아일랜드에서 아이를 낳고 싶어 했다. 벨라는 그가 벨라에게 제공한 그 집을 자기 아이에게 제공하고 싶어 했다. 벨라는 한동안은 일하지 않아도 되기를 바랐다.

그래도 괜찮겠니?

마음속에 떠오른 우연의 일치에 그는 망연자실하고 어리둥절했다. 임신한 여자, 아빠 없는 아이, 로드아일랜드 생활, 그가 필요한 상황…… 벨라의 엄마의 재연이었다. 오래전에 가우리가 그에게로 오게 된 상황의 또 다른 형태였다.

저녁을 먹고 식탁을 치우고 설거지를 끝냈을 때 벨라는 드라이브를 하고 싶다고 했다.

어디로?

포인트주디스에서 해넘이를 보고 싶어요.

좀 쉬어야 하지 않아?

전 힘이 넘쳐요. 같이 안 가실래요?

그러나 그는 보스턴까지 갔다가 돌아온 터라 피곤해서 다시 나가고 싶지 않다고 말했다.

그럼 혼자 갈게요.

네가 운전해서?

어쩔 수 없었다. 열여섯 살 때부터 운전을 한 벨라는 운전 솜씨가 좋았지만 지금은 걱정스러웠다. 벨라가 자기 시야에서 사라지지 않게 하고 싶다는 비이성적인 충동이 일었다.

자동차 열쇠를 건넬 때 벨라가 고개를 저으며 말했다. 조심할게요. 조금만 있다 돌아올게요.

그들은 1년 동안 서로 보지 못했지만, 벨라가 같이 가자고 말하긴 했지만 벨라가 자신이 말한 것에 대해 혼자서 생각해볼 필요가 있을 것 같았다. 수바시는 그런 느낌을 받았고 아마 벨라도 그런 마음이었을 것이다.

그는 외등을 켰다. 그러나 벨라가 떠난 뒤 실내에 앉아 있으니 마음이 차분해졌다. 하늘빛이 흐릿해졌다가 점점 더 어두워지는 것을 지켜보았다. 나무의 실루엣이 검어지고, 배경과 뚜렷이 대비되었다. 바깥 풍경은 질감이 없는 2차원으로 보였다. 몇 분이 더 지나자 풍경의 윤곽을 밤하늘과 구별할 수 없었다.

가우리는 벨라를 두고 떠났다. 그러나 그는 자신의 결함이 더 크다는 것을 알았다. 적어도 가우리의 행동은 정직했으며, 최종적이었다. 비겁하지 않았고, 지속적이지 않았고, 수바시처럼 벨라의 신뢰에 몰래 달라붙어 살지는 않았다.

그런데 이 아이는, 그들의 아이는 이제 엄마가 되기로 결심했다. 수바시는 벨라가 가우리와는 다른 엄마가 되리라는 것을 이미 알았다. 벨라가 아이를 임신한 것을 뿌듯해하고 편안해한다는 것을 느꼈다.

아빠가 누구인지 밝히지 않으려 하고 아이를 아빠 없이 키우려는 벨라의 고집, 수바시는 이 걱정을 떨칠 수가 없었다. 그러나 그를 당황스럽게 한 것은 벨라가 편모가 될 거라는 점이 아니었다. 벨라가 따르고자 하는 본보기가 자신이라는 점, 자신이 벨라에게 감화를 주는 사람이라는 점이 당황스러웠다.

오래전에 벨라와 나누었던 대화가 기억에 떠올랐다.

왜 아빠가 둘로 안 보여? 그의 맞은편에 앉은 벨라가 물었다.

그 질문에 그는 깜짝 놀랐다. 처음에는 무슨 말인지 이해하지 못했다.

나는 눈이 두 개잖아, 벨라가 계속 말했다. 그런데 왜 아빠가 하나밖에 안 보여?

순진한 질문이었고, 똑똑한 질문이었다. 여섯 살이나 일곱 살 때였다.

그는 벨라에게 사실은 각각의 눈이 약간 다른 각도에서 서로 다른 영상을 받아들인다고 말했다. 벨라가 직접 볼 수 있도록 벨라의 한쪽 눈을 가렸고 이어서 다른 쪽 눈을 가렸다. 그가 앞뒤로 움직이며 둘로 보였을 것이다.

그는 뇌가 그 두 개의 영상을 하나로 결합한다고 말했다. 같은 것을 서로 맞추고 다른 것을 보태서 그 둘을 가장 좋게 만든다고 했다.

그럼 나는 내 눈이 아니라 뇌로 보는 거네?

벨라는 이제 마음으로 보아야 할 것이다. 그가 말하려는 것을 어떤 식으로든 처리해야 할 것이다.

한 시간쯤 뒤 그가 여전히 어둠 속에 앉아 있을 때 차가 오는 소리가 들렸다. 급하게 브레이크를 밟는 날카로운 소리가 들렸고, 이어 차 문이 가볍게 턱, 닫히는 소리가 들렸다.

그는 출입구로 걸어가서 벨라가 초인종을 누르기 전에 현관문을 열었다. 나방이 달라붙은 방충망을 통해 벨라를 보았다. 그 사실을 말해주면 벨라가 얼마나 놀라고 속상해할지 그는 오랫동안 걱정했다. 그런데 지금은 벨라가 임신한 아이 때문에 걱정이 두 배가 되었다. 벨라는 안정을 찾아서 그에게로 돌아왔다. 지금은 최악의 시기였다. 그렇다고 해서 다른 때를 기다릴 수는 없었다.

벨라의 몸속에 있는 또 다른 세대의 존재는 새로운 시작을 강요했다. 또한 끝을 요구했다. 그는 우다얀을 대체해서 벨라의 아버지가 되었다. 하지만 그와 똑같은 은밀한 방법으로 할아버지가 될 수는 없었다.

벨라가 가우리를 미워하는 것처럼 지금 그를 미워할 것만 같았다. 벨라가 결혼하지 않았기 때문에 그는 벨라를 상징적으로든 다른 방식으로든 다른 남자에게 넘겨주지 않았다. 그러나 자신이 지금 막 하려는 게 바로 이것이라고 수바시는 생각했다. 그는 벨라를 우다얀에게 돌려줄 마음의 준비를 했다. 벨라가 수바시 자신에게 돌아오고 싶어 하는 바로 이때에 벨라를 밀어젖힐 준비를 했다. 벨라가 떠나버릴 위험을 무릅썼다.

아빠, 뭐 해요? 벨라가 팔을 휘저어 날벌레를 쫓아내며 집 안으로 들어오면서 말했다. 벌써 시간이 꽤 됐어요. 왜 불을 다 꺼놓았어요? 왜 여기 이렇게 서 있는 거예요?

입구가 어두워서 벨라는 그의 눈에 이미 맺힌 눈물을 보지 못했다.

그들은 밤새 자지 않았다. 수바시는 날이 다시 희붐해질 때까지 설명하려고 애썼다.

난 네 아빠가 아니다.

그럼 누구예요?

네 의붓아버지. 네 큰아버지. 그 둘 다.

벨라는 믿으려 하지 않았다. 그에게 무슨 일이 일어났다고 생각했다. 정신이 좀 이상해졌거나 뇌졸중이 찾아온 것인지 모른다고 생각했다. 벨라는 소파에 앉은 수바시 앞에서 무릎을 꿇은 채 그의 어깨를 움켜쥐고 얼굴을 가까이 마주했다.

그 얘기는 이제 그만, 벨라가 말했다. 그는 벨라의 손에 꽉 잡힌 채 무기력하게 앉아 있었다. 그런데도 자신이 벨라를 때린 것 같은 느낌이 들었다. 수바시는 어떤 물리적 타격보다도 더 가혹한, 진실의 무자비한 힘을 잘 알았다. 동시에 자신이 이보다 더 애처롭고 나약하게 여겨진 적은 없었다.

벨라는 그에게 소리 지르며 왜 이 얘기를 여태 해주지 않았느냐고 물었다. 분노한 몸짓으로 그를 소파의 등받이로 밀쳤다. 그런 다음 울기 시작했다. 벨라는 그가 지금 느끼는 대로—마치 그가 갑자기 벨라 앞에서 죽은 것처럼— 행동했다.

그가 소생하기를 바라며 그를 흔들기 시작했다. 마치 그는 지금 껍데기뿐인 것처럼, 벨라가 알던 사람은 가고 없는 것처럼 그렇게 흔들어댔다.

밤이 지나면서 그 사실이 벨라의 마음속에 자리 잡게 되자 벨라는 우다얀의 죽음과 관련된 상황에 대해 몇 가지 질문을 했다. 그 운동에 관해서도 한두 가지 물어보았는데, 벨라가 전혀 모르던 것이었지만 이제는 호기심을 보였다. 그게 전부였다.

그분이 무슨 죄를 지었나요?

몇 가지 있어. 그 전체 내용을 네 엄마가 나에게 얘기해준 적은 없지만.

엄마가 무슨 얘기를 해주었는데요?

그는 벨라에게 사실대로 얘기했다. 우다얀이 폭력 행위를 모의하고 폭탄을 제조했다고 말해주었다. 하지만 오랜 세월이 지난 지금까지도 우다얀이 어느 정도까지 개입했는지는 명확하지 않다고 덧붙였다.

그분이 나를 알았어요? 내가 태어날 거라는 걸 알았어요?

아니.

벨라는 그와 마주 앉아 귀를 기울였다. 집 안 어딘가에 우다얀이 그에게 보낸 편지가 몇 통 보관돼 있다고 말했다. 가우리를 아내로 언급한 편지였다.

그 편지들을 읽어주겠다고 말했지만 벨라는 고개를 저었다. 벨라의 표정은 단호했다. 수바시는 이제 소생했지만, 벨라에게 그는 낯선 사람이었다.

대화가 어떤 결론에 도달했는지 그는 알 수 없었다. 극심한 피로감만 느껴졌다. 손으로 한쪽 눈을 가렸다. 너무 무리한 탓에 눈을 계속 뜨고 있을 수가 없었다. 리처드가 죽은 뒤로 밤잠을 설친 날이 많아서 몸 상태가 무척 안 좋았다. 그는 계속 뜬눈으로 있을 수가 없어서 벨라에게 사정을 말하고 침실로 올라갔다.

아침에 일어났을 때 벨라는 이미 떠나고 없었다. 그의 마음 한구석에서는 그럴 거라는 것을 알고 있었다. 자신이 사실을 털어놓은 뒤로 벨라가 집에 그대로 있게 하는 방법은 벨라를 집에 묶어두는 수밖에 없을 터였다. 그렇지만 그는 벨라의 침실로 달려가 보았다. 잠자리에 들었다가 일어나 자리를 정돈한 흔적이 있었지만 벨라가 올 때 가지고 온 가방은 보이지 않았다.

아래층 부엌의 조리대 위, 과일이 가득 든 그릇들 사이에 전화번호부가 놓였는데, 읍내에서 영업하는 택시 회사가 포함된 페이지가 펼쳐져 있었다.

아버지에 관한 사실이 바뀌었다. 한 분이 아니라 두 분이었다. 임신 중인 자신이 보지 못하고 알지 못하는 존재와 결합되어 있는 것처럼, 다른 아버지와도 그렇게 결합되었다.

배 속에서 자라는 이 알 수 없는 아기만이 여행을 하는 중에도 어떤 식으로인가 자신과 연결되어 있다고 느끼는 유일한 존재였다. 벨라는 자신을 진정시키고, 또 자기가 들은 얘기를 차분히 새겨보려고 로드아일랜드에서 출발하는 여행 버스에 몸을 실었다. 배 속의 아기만이 믿음직하고 친밀하게 느껴지는 자신의 일부였다. 피터 팬 버스의 차창을 통해 어린 시절에 보았던 풍경을 바라보았지만 아무것도 알아보지 못했다.

벨라는 평생 속고 살아온 셈이었다. 하지만 거짓이 진실에 자리를 내주려 하지 않았다. 아버지는 여전히 아버지로 남았다. 자신은 아버지가 아니라고 말했지만, 우다얀이 아버지라고 말했지만 그래도 아버지가 아버지였다.

벨라는 지금까지 그 사실을 말해주지 않은 것에 대해 아버지를 탓할 수 없었다. 자신의 아이도 언젠가 비슷한 이유로 자신을 탓할 것이다.

엄마가 떠난 이유가 이제 설명이 되었다. 어린 시절을 되돌아보면 엄마나 아빠 중 한 사람하고는 함께 시간을 보냈지만 두 분 모두와 함께 시간을 보낸 경우는 아주 드물었다.

벨라의 마음속에 늘 앙금처럼 쌓였던 껄끄러운 감정의 원천이 여기 있었다. 엄마를 기쁘게 해주지 못했던 것의 원천이 여기 있었다. 엄마를 기쁘게 하지 못하는 아이였기 때문에 아이들 사이에서 특이하게 여겨졌던 것의 원천이 여기 있었다.

엄마는 자신의 마음을 꾸며서 드러내지 못했다. 엄마는 꾸준히 불행을 전송했다. 한결같이 칙칙한 신호였다. 불행은 말없이 전송되었다. 그렇지만 벨라는 그걸 감지했다. 움직일 수 없는, 극복할 수 없는 산이 있다는 것을 느껴 알듯이.

이제 두 번째 아버지를 알게 되었다. 아버지는 어렸을 때 손가락으로 가리키며 밤하늘에 뜬 새 별을 가르쳐준 것처럼 그분을 벨라에게 알려주었다. 밤하늘의 별처럼 고유한 빛을 내며 항상 거기 있었던 존재였다. 죽었지만 벨라에게는 새로이 살아났다. 자신을 만들었으나 한편으로는 아무런 영향을 미치지 않은 존재였다.

벨라는 톨리건지의 집에 있던 사진을 흐릿하게 기억했다. 영수증 뭉치 위쪽으로 벽에 걸린 사진이었는데, 때가 타고 빛이 바랜 나무 액자에 담긴 웃는 얼굴의 사진이었다. 할머니가 벨라에게 아빠라고 말해준 사진, 나중에 아빠가 우다얀의 사진이라고 말한 젊은 시절의 사진이었다. 벨라는 그 얼굴을 구체적으로 기억하지는 못했다. 자신의 아빠가 아니라는 말을 들은 뒤로는 관심을 기울이지 않았다.

벨라는 그해 여름에 엄마가 캘커타에 같이 가지 않은 이유를 이제 알았다. 그때뿐 아니라 다른 때도 캘커타에 간 적이 없고, 벨라가 물어도 그곳에서 살았던 이야기를 한 번도 해준 적이 없는 이유를 이제 알았다.

엄마가 로드아일랜드를 떠났을 때 엄마의 불행도 가지고 갔다. 불행을 더 이상 공유하지 않았으므로 벨라는 그 신호를 느끼지 못했다. 불가능해 보였던 일이 일어났다. 산이 사라진 것이었다.

그 자리에 무거운 돌이 자리 잡았다. 해변의 모래밭에 깊이 박힌 어떤 돌들처럼 땅에 묻힌 부분이 너무 넓어서 파낼 수 없는 돌이었다. 겉으로 드러난 부분은 일부일 뿐이고, 그 전체 윤곽은 알 수 없었다.

벨라는 그 돌을 무시하자고 스스로 타이르며 그 자리를 떴다. 그렇지만 그 구멍은 자신의 뿌리가 뽑혀나간 자국으로 남았고, 자신의 존재의 차갑고 횅한 중심부로 남았다.

벨라는 지금 그 돌로 돌아왔다. 마침내 돌을 덮은 모래가 뒤로 물러났고, 벨라는 모래에 묻혀 있던 것을 뽑아낼 수 있었다. 잠시 그녀는 양손에 놓인 그 돌의 크기와 무게를 느껴보았다. 그 돌에서 온몸으로 전해지는 중압감을 느꼈고, 그런 다음 바다에 던져 영원히 떠나보냈다.

며칠 동안 수바시는 아무것도 듣지 못했다. 벨라의 휴대폰으로 전화를 걸어도 받지 않았지만 그는 놀라지 않았다. 벨라가 어디로 갔는지 알 수 없었다. 물어볼 사람도 없었다. 혹시 가우리의 얘기를 들어보려고 가우리를 찾아 캘리포니아로 가지 않았을까 하는 생각이 들었다. 그러자 정말로 벨라가 그랬을 것만 같은 확신이 생겼다.

다음번에 엘리스를 만나 얘기할 때 그는 벨라가 집에 오기로 한 계획이 바뀌었다고 말했다. 자신은 사실 벨라의 아버지가 아니고, 이것이 가우리가 집을 나간 이유 가운데 하나라는 것을 수바시는 여러 차례 엘리스에게 밝히고 싶었다. 엘리스가 이해할 거라고 믿었다. 그러나 벨라를 깊이 생각하는 마음에서 아무 말도 하지 않았다. 맨 먼저 알아야 할 사람은 벨라여야 했다.

그는 계속 잠을 잤고, 잠깐잠깐 깨어났다. 잠을 자도 몸이 개운하지 않았다. 더 이상 잠이 오지 않았을 때도 그냥 침대에 누워 있었다. 언젠가 바다에 나갔을 때의 고립감을 떠올렸다. 선장이 엔진을 껐을 때의 정적이 떠올랐다. 벨라에게 진실을 털어놓았는데도 머리가 무거웠다. 머리가 조금 아팠는데 좀처럼 낫지를 않았다. 며칠 동안 병가를 내고 실험실에 나가지 않았다.

그는 은퇴를 해야 하나 생각했다. 집을 팔고 멀리 이사를 가는 건 어떨까 생각했다. 가우리에게 전화를 하고 싶었다. 전화를 해서 마구 퍼붓고, 당신이 나를 완전한 패배자로 만들었다고 말해주고 싶었다. 자신은 진실에 굴복했으며, 이제부터 벨라는 자신을 항상 사실 그대로 볼 것이라고 말해주고 싶었다. 그러나 실은 벨라가 어떻게든 자신을 용서하기를 바라는 마음뿐이었다.

무더운 날씨가 계속되었는데도 밤이면 바람이 불어닥쳤고, 열린 창문으로 들어온 시원한 공기에 추위를 느낄 정도였다. 여름이 이제 겨우 시작되었을 뿐인데도 벌써부터 물러갈 기미를 보였다.

그 주의 주말에 전화벨이 울렸다. 거의 아무것도 먹지 않아서 배 속이 헛헛했다. 이따금 차를 마시고 벨라가 가져온 물러진 과일만 먹었다. 면도를 하지 않아 까칠하게 자란 수염 탓에 얼굴이 까끌까끌했다. 그는 침대에 누운 채 자신이 집에 있는지 확인해보려는 엘리스의 전화일 거라고 생각했다.

전화를 받지 않고 내버려둘 생각이었으나 마지막 순간에 수화기를 집어 들었다. 엘리스의 목소리를 듣고 싶었으며, 이제는 그사이에 무슨 일이 일어났는지 얘기하고 조언을 구할 필요가 있다고 생각했다.

그러나 벨라의 전화였다.

왜 출근하지 않았어요? 벨라가 물었다.

그는 재빨리 일어나 앉았다. 마치 벨라가 방 안으로 걸어 들어와 그가 그렇게 부스스하고 자포자기한 모습으로 있는 것을 보기라도 한 것처럼.

나는…… 나는 오늘 휴가를 냈다.

거두고래를 보았어요. 해안에서 아주 가까워서 마음만 먹으면 헤엄을 쳐서 다가가 만질 수 있을 것 같았어요. 이맘때 나타나는 게 정상인가요?

그는 대답은커녕 벨라가 무슨 말을 하는지도 온전히 이해할 수 없을 만큼 똑바로 생각하지 못했다. 전화로 벨라의 목소리를 들으며 안도했지만 한편으로는 자신이 말을 잘못해서 벨라가 전화를 끊어버리면 어떡하나 불안했다.

지금 어디야? 어디에 갔어?

벨라는 택시를 타고 프로비던스로 간 다음 버스로 갈아타고 케이프코드에 갔다. 트루로에 잠시 머물 수 있는 친구 집이 있었다. 지금은 결혼한, 고등학교 동창인 친구였다. 친구는 여름을 그곳에서 보내곤 했는데 몇 년 전에 아예 그곳으로 영구히 이주했다. 해변이 아름다웠어요, 벨라가 말했다. 십 대 시절 이후로 벨라가 그처럼 해변을 찾아가 노니는 일은 거의 없었다.

벨라가 어렸을 때 함께 케이프코드에 갔던 기억을 떠올렸다. 가우리가 떠난 뒤로 처음 맞는 늦봄이었다. 만을 따라 함께 걷는데 벨라가 뭔가를 보고 흥분하여 앞으로 달려나갔다.

벨라를 뒤쫓아 간 그는 그 물체가 해변으로 밀려온 돌고래라는 것을 알았다. 눈구멍은 움푹 꺼졌고 여전히 빙그레 웃는 모습이었다. 그는 카메라를 꺼내 사진을 찍었다. 얼굴에서 카메라를 뗐을 때 벨라가 울고 있다는 것을 알아차렸다. 처음에는 조용히 울었으나 그가 안아주자 소리 내어 울었다.

거기에 얼마나 오래 있을 거니? 그가 물었다.

차를 타고 하이애니스로 돌아갈 거예요. 거기 가면 오늘 밤 여덟 시에 도착하는 버스가 있어요.

어디에 도착한다는 거니?

프로비던스.

잠시 그는 침묵에 빠졌고, 벨라도 아무 말 하지 않았다. 벨라는 휴대폰으로 통화하는 중이었다. 벨라가 아직 그대로 있는지 아니면 통화가 끊어진 것인지 알 수 없었다.

아빠?

벨라의 목소리가 들려왔다. 아직도 자신을 이렇게 부르는 것을 들었다.

나를 데리러 와줄 수 있어요? 벨라가 말했다. 아니면 택시를 타고 갈까요?

이후 며칠 동안 벨라는 우다얀—벨라는 우다얀을 언급할 때 이름을 사용했다—에 관해 얘기해주어서 고맙다는 말을 했다. 몇 가지 것들을 이해하는 데 도움이 되었다고 했다. 꼭 들어야 할 이야기를 들었다고 했다. 자기한테 더 많은 얘기를 해줄 필요는 없다고 했다.

그 이야기는 어떤 면에서는 자신의 배 속에 든 아이에게 더 깊은 친밀감을 느끼게 해주었다고 말했다. 그것은 서로 다른 이유로 그와 벨라가 함께 나누게 될 생활의 한 요소라고 했다.

가을에 벨라의 딸이 태어났다. 엄마가 된 이후로 벨라는 아빠가 그동안 어떻게 해왔는지 잘 알았다고, 그 사실을 알고서 아빠를 더욱 사랑하게 되었다고 수바시에게 말했다.

7

1

캘리포니아에 있는 집 뒤쪽 테라스에서 가우리는 토스트와 과일을 먹고 차를 마신다. 노트북을 켜고 안경을 얼굴에 걸친다. 그날의 주요 기사를 읽는다. 그러나 그 기사들은 다른 어떤 날의 기사일 수도 있다. 클릭 한 번만 하면 뉴스 속보에서 수년 전의 기사로 옮겨갈 수 있다. 매 순간 과거는 현재와 더불어 존재한다. 벨라가 어렸을 때 생각한 어제의 정의와 비슷한 데가 있다.

가우리는 가끔 미국 신문에서 인도 각지에서의 또는 네팔에서의 낙살라이트 활동을 언급한 기사를 본다. 마오쩌둥주의 반군이 트럭과 기차를 폭파시킨 사건을 다룬 짤막한 기사도 본다. 경찰 주둔지 방화, 인도에 있는 기업체와의 투쟁, 정부를 전복하려는 새로운 음모에 관한 기사도 있다.

그녀는 너무 많이 알고 싶지 않아서 이런 기사들을 아주 가끔씩만 훑어본다. 일부 기사는 낙살바리 운동을 다시 언급하며, 그 말을 들어본 적이 없는 사람들을 위해 전후 맥락을 제공한다. 그 운동의 연대표에 링크를 걸어놓기도 하는데, 연대표는 그 6년여간의 사건들을 식민 지배에서 벗어난 벵골의 음울한 역사로 요약한다. 그 실패는 하나의 본보기로 남았지만, 꺼지지 않고 남은 불씨가 또 다른 세대를 점화시킨다.

그들은 누구인가? 이 새로운 운동이 우다얀과 그의 친구들 같은 젊은이들을 쓸어 없애버리고 있는가? 그것은 예전처럼 방향성이 없고 참혹한 것인가? 캘커타는 그 같은 일을 다시 겪게 될까? 그녀 내부의 어떤 목소리가 아니라고 말한다.

이제는 너무나도 많은 것들이 손이 미치는 범위 안에 있다. 도서관에서 접속할 때 사용하곤 하던 컴퓨터가 집에 있는 무선 통신기기로 대체되었다. 밝게 빛나는 화면, 갈수록 발전하는 접는 기술, 휴대성, 사용자 편의성, 그리고 인간의 두뇌가 만들어 낼 법한 어떠한 질문도 다루고 있을 것 같은 기대감……. 인터넷에는 그 어떤 사람이 필요로 하는 양보다 많은 정보가 담겨 있다.

그녀가 보기에 정보의 많은 부분이 신비감을 제거하고 놀라움을 최소화하려고 만들어진다. 가고자 하는 길을 알려주는 지도가 있고, 묵을 수 있는 호텔 방의 영상이 있다. 서둘러 탑승하지 않아도 되도록 비행기의 연착 상황을 알려준다. 유명 인사 또는 익명의 사람에게 연결시켜준다. 누군가와 다시 만나거나 사랑에 빠질 수 있고 누군가를 고용할 수도 있다. 이 혁명적인 개념이 이미 당연하게 여겨진다. 인터넷 시민들은 계급에서 자유롭게 살아간다. 그곳에는 공간적인 제약이 없으므로 누구나 다 수용할 수 있는 자리가 있다. 우다얀은 이런 상황을 환영했을 것이다.

그녀의 학생 중에는 이제 더 이상 도서관에 가지 않는 학생들이 있다. 단어를 찾으려고 책장 귀퉁이가 접힌 사전을 펼치지 않는다. 어떤 면에서는 자신의 수업에 들어올 필요도 없다. 그녀의 노트북에는 평생 공부한 것이 담겨 있고, 또 살아생전에는 다 공부하지 못할 것들이 들어 있다. 온라인 백과사전에 나오는 철학 논쟁 요약, 이해하는 데 수년이 걸린 사유 방식에 관한 설명, 한때는 자신이 어렵게 찾아내서 복사해야 했거나 다른 도서관에 요청해서 빌려 봐야 했던 책의 장에 링크한 것, 긴 논문, 리뷰, 주장하는 글, 반박하는 글, 그 모든 게 다 거기에 있다.

그녀는 캘커타 북부의 발코니에 서서 우다얀과 얘기를 나누던 때를 회상한다. 프레지던시대학 도서관의 책으로 둘러싸인 책상에 앉았을 때 종종 그가 그녀를 보러 왔던 것을 떠올린다. 도서관의 커다란 선풍기 바람에 책장이 바스락거렸고, 그는 아무 말 없이 그녀 뒤에 서서 자기가 온 것을 알고 그녀가 고개를 돌리기를 기다렸다.

그녀는 캘커타에서 밀반입한 책들을 읽던 기억을 떠올린다. 산스크리트대학 왼쪽에 있는 특별한 책방에 우다얀이 좋아하는 책이 있었는데, 책방 주인이 우다얀을 위해 많은 노력을 기울여 입수한 책이었다. 외국 출판사에 직접 책을 주문하기도 했다. 그녀는 자신의 배움의 길이 계속 깊어지고 넓어진 것을 회상한다. 프레지던시대학에서, 로드아일랜드에서, 심지어 캘리포니아 시절 초기까지도 도서 목록 카드를 뒤적이며 얼마나 많은 시간을 보냈던가. 짧은 연필로 청구 번호를 쓰고, 전등 타이머의 설정 시간이 끝나서 어두워진 통로를 왔다 갔다 하며 책을 찾았다. 그녀가 읽은 책의 어떤 구절은 시각적으로 떠오른다. 책의 어느 부분인지, 페이지의 어디에 위치했는지 눈앞에 떠오른다. 그녀는 집으로 돌아갈 때 어깨를 아프게 파고들던 토트백의 끈을 기억한다.

그녀는 가상 세계의 일원이다. 지구 표면을 지배하게 된 새로운 바다에서 그녀의 가시적인 양상이 드러나는 것은 피할 수 없는 일이다. 대학 웹사이트에는 자신의 인물 소개와 함께 비교적 최근에 찍은 사진이 올라와 있다. 자신이 가르치는 과목, 그동안의 실적을 나열한 글, 학위, 저서, 학회 활동, 특별 연구원 활동이 나와 있다. 그녀에게 뭘 보내거나 연락하고 싶어 하는 사람을 위한 이메일 주소와 학과 사무실 주소도 있다.

조금 더 파고들면 최근에 버클리대학교에서 열린 패널토론에 참가했을 때 역사학자, 사회학자 등 다른 분야의 학자들과 찍은 영상을 볼 수 있을 것이다. 거기서 그녀는 방으로 걸어 들어와 자신의 이름이 쓰인 현수막 뒤에 놓인 탁자의 자기 자리에 앉는다. 각 패널이 목청을 가다듬고, 몸을 앞으로 기울이고, 서서히 자신의 논지에 이르는 동안 그녀는 끈기 있게 경청하며 자신의 색인 카드를 검토한다.

너무 많은 정보이지만 그녀의 경우에는 충분치 않다. 신비감이 줄어드는 세계에서도 아직 알지 못하는 것은 여전히 많다.

그녀는 수바시가 변함없이 로드아일랜드의 그 실험실에서 일한다는 것을 알아냈다. 그가 공동 저자로 참여한 논문의 PDF 파일을 발견한다. 그의 이름이 그가 참여한 해양학 학술 토론회와 관련하여 언급되어 있다.

딱 한 번 그녀는 자신을 주체하지 못하고 우다얀을 검색했다. 그러나 예상했던 대로 그 많은 정보와 견해에도 불구하고 그가 참여한 흔적은 없었고 그가 한 일에 대한 언급도 전혀 없었다.

당시 캘커타에는 이름 없이 헌신하고 이름 없이 처형당한 우다얀 같은 투사들이 수백 명이나 되었다. 그의 활동 내용은 기록되지 않았고, 그가 받은 벌은 그 당시에는 일반적인 것이었다.

우다얀과 마찬가지로 벨라도 찾을 수 없다. 검색엔진에 벨라의 이름을 쳐보지만 아무것도 나오지 않는다. 어떤 대학 사이트나 회사 사이트에서도, 어떤 소셜 미디어 사이트에서도 벨라의 정보는 나타나지 않는다. 벨라의 사진은커녕 아무 흔적도 찾을 수 없다.

거기에 꼭 무슨 의미가 있는 것은 아니다. 벨라는 가우리가 뭔가를 알아낼 수 있는 범위 안에 있지 않은 것일 뿐이다. 벨라가 가우리의 그런 접근을 거부하는 것일 뿐이다. 그 거부가 의도적인 것일까, 가우리는 궁금하다. 어떠한 접촉도 하지 못하도록 벨라가 의식적으로 선택한 것은 아닌지 궁금하다.

오빠인 마나시만이 그녀를 찾아내서 이메일을 통해 접속했다. 오빠는 그녀의 안부를 묻고, 언젠가 캘커타로 와서 자신을 만날 계획은 없는지 물었다. 그녀는 수바시와 따로 떨어져 산다고 말했다. 벨라에 대해서는 모호하게, 예측할 수 있는 정도로만 말했다. 자라서 결혼했다는 식으로.

가우리는 드문드문 계속해서 벨라를 찾아보지만 계속 실패한다. 그 일이 자신에게 달려 있으며, 거꾸로 벨라가 자신을 찾는 일은 없을 거라는 것을 안다. 수바시에게 물어볼 생각은 엄두도 못 낸다. 그 노력은 갓 잡은 물고기처럼 마음속에서 팔딱이다 스러진다. 화면에 그 이름을 치고, 검색하기 위해 클릭하는 그 짧은 순간의 가능성······. 그 가능성이 차갑게 식어가는 동안 희망은 발버둥 친다.

디판카르 비스와스는 그녀의 받은메일함에 들어온 새로운 이름이었지만 기억 속에 저장되어 있었다. 오래전에 그녀에게 배운 벵골 학생이었다. 벨라와 같은 해에 태어났고 휴스턴 교외에서 자랐다. 그녀는 그를 따뜻하게 대해주었다. 그와 벵골어로 몇 마디 얘기를 나누기도 했다. 그가 자신의 학생이었던 시절에 가우리는 그를 통해 벨라는 어떤 모습일지 유추해보곤 했다.

그는 여름이면 캘커타 자미르 레인에 있는 조부모님 집으로 가서 지냈다. 가우리는 그가 로스쿨에 진학했을 것으로 생각했지만, 아니었다. 그는 마음을 바꾸었다. 그는 이메일에서, 대학 컨소시엄에 참여한 다른 대학에서 정치학과 방문 교수로 일하고 있으며 남아시아를 전공한다고 알려주었다. 그렇게 된 데는 그녀의 영향이 컸다고 했다.

그는 그녀에게 안부를 전하고, 자신이 근처에 왔다는 것을 알려주려고 이메일을 보낸 것이었다. 다음 주에 패널로 참가하기 위해 그녀의 대학으로 온다고 했다. 그녀와 점심을 함께할 수 있는지 물었다. 그녀가 얼마간 도와주기를 바라며 책을 쓰는 중이라고 했다. 그 가능성에 대해 선생님과 얘기를 나눌 수 있을까요? 그가 덧붙였다.

가우리는 거절하려고 마음먹었다. 하지만 그를 다시 만나보고 싶은 마음에 혼자서 종종 가는 잘 아는 조용한 식당을 제안했다.

디판카르는 이미 자리에 앉아 있었다. 예전에 수업에 들어올 때 보았던 반바지에 샌들 차림이 아니었고, 목에 조개 목걸이를 걸지도 않았다. 줄무늬 면 셔츠에 가죽 구두, 벨트를 찬 양복바지 차림이었다. 그는 네브래스카 주로 가서 대학원 공부를 했고, 버펄로에서 첫 직장을 다녔다. 다시 캘리포니아로 오게 되어 기쁘다고 했다. 그는 아이폰을 꺼내서 자신의 쌍둥이 아이 사진을 보여주었다. 남자아이와 여자아이가 그의 미국인 아내의 품에 안긴 사진이었다.

그녀는 축하해주었다. 그 사진을 보자 벨라가 정말 결혼을 했을지 궁금해졌다. 아이도 있을까 궁금했다.

그들은 음식을 주문했다. 그녀는 학교로 돌아가야 해서 한 시간 정도밖에 시간이 없다고 디판카르에게 말했다. 어떤 책을 쓰고 있는지 말해주겠나?

선생님은 60년대 후반에 프레지던시대학에 다니셨죠?

그는 낙살라이트 운동이 정점에 달했을 때의 대학 학생운동사를 쓰기로 한 학술 출판사와 계약을 했다. 낙살라이트를 미국의 SDS민주 사회를 위한 학생 연맹와 비교해서 설명한다는 게 그의 생각이었다. 그는 이를 구술 역사로 쓰고 싶어 했다. 그래서 그녀를 인터뷰하고 싶어 했다.

그녀의 눈꺼풀이 떨렸다. 언제부터인가 시작된 신경성 경련이었다. 디판카르가 이걸 보았을 것 같았다. 그녀의 신경이 곤두서는 것을 디판카르가 알아차렸을까 봐 마음이 불편했다.

난 관여하지 않았네, 그녀가 말했다. 입이 마르는 것을 느꼈다.

그녀는 잔을 입으로 가져가서 물을 조금 마셨다. 조그만 얼음 조각이 미처 붙잡기도 전에 목구멍으로 미끄러져 내려갔다.

상관없어요, 디판카르가 말했다. 저는 당시의 분위기가 어땠는지 알고 싶어요. 학생들이 무얼 생각하고 어떻게 행동했는지 선생님이 보고 느낀 걸 듣고 싶어요.

미안하지만 인터뷰에 응하고 싶지 않네.

선생님의 신분을 노출시키지 않아도 그러실 거예요?

가우리는 갑자기 그가 뭔가를 알고 있을까 봐 불안했다. 명단에 그녀의 이름이 있을지도 몰랐다. 옛날 자료가 공개되어 오래전 사건에 대한 수사가 진행되고 있을 수도 있었다. 그녀는 눈꺼풀을 진정시키기 위해 손으로 눈꺼풀을 가만히 눌렀다.

하지만 그럴 리 없었다. 그녀는 디판카르가 단순히 자기한테 기대하고 있을 뿐이라는 것을 알았다. 자신은 그걸 부탁하기에 적당하고 편리한 사람일 뿐이었다. 음식이 나오는 동안 잠시 침묵이 흘렀다.

이보게, 내가 아는 건 말해줄 수 있네. 하지만 나는 이 책의 한 부분이 되고 싶진 않아.

좋습니다, 교수님.

그는 허락을 구하고 조그만 녹음기를 켰다. 그러나 첫 번째 질문을 던진 사람은 가우리였다.

자넨 어떻게 해서 이 문제에 관심을 갖게 된 거지?

그는 자신의 작은아버지가 관여했다고 말했다. 대학생 때 감당하기 힘든 이 운동에 빠져들어 감옥에 갇히게 되었다고 했다. 디판카르의 조부모님은 가까스로 작은아버지를 감옥에서 빼낼 수 있었다. 조부모님은 그를 런던으로 보냈다.

그분은 지금 뭐 하고 계셔?

기술자로 일하고 계세요. 작은아버지는 이 책의 첫 번째 장에서 다룰 겁니다. 물론 가명으로요.

그녀는 다른 수많은 사람들의 운명은 어떻게 되었을까 궁금해하며 고개를 끄덕였다. 그들도 이렇게 운이 좋았을까 궁금했다. 그녀가 말하려 든다면 할 말이 무척 많을 것이었다.

작은아버지는 그 당의 창당 선언이 있던 날의 집회에 대해 얘기해주었어요, 디판카르가 말했다.

가우리는 노동절에 뜨거운 햇볕을 받으며 기념비 아래 서 있던 기억을 떠올렸다. 감옥에서 풀려난 카누 사냘이 연단에 선 모습을 지켜보았던 기억이 살아났다.

그녀와 우다얀은 광장에 모인 수천 명의 사람들과 함께 그의 연설에 귀를 기울였다. 수많은 인파가 기억났다. 세로로 홈이 새겨진 하얀 기둥과 윗부분에 있는 두 개의 발코니가 특별히 눈에 띄는, 하늘을 향해 치솟은 기념비가 떠올랐다. 실물 크기의 마오쩌둥의 초상화로 장식된 연단도 기억났다.

그녀는 확성기를 통해 울려 퍼진 카누 사냘의 목소리를 기억했다. 안경을 쓴 젊은 남자로, 평범해 보였지만 그럼에도 권위가 있었다. "동무 여러분, 친구 여러분!" 그가 청중들에게 인사하며 외치는 소리가 여전히 들리는 듯했다. 모두 한마음이 되었고 자신도 그 일부가 된 듯한 느낌이 들었던 것을 기억했다. 그가 하는 말에 흥분이 되었던 기억이 떠올랐다.

너무 오래전의 일이어서 그녀의 느낌은 많이 흐릿해졌다. 그러나 디판카르의 마음속에서는 그때의 일이 선명했다. 그는 그 시절의 모든 이름과 사건을 꿰고 있었다. 차루 마줌다르의 글을 인용할 수도 있었다. 끝 무렵에는 사냘이 폭력혁명 노선에 반대함으로써 마줌다르와 사냘 사이에 균열이 생겼다는 것도 알았다.

디판카르는 그 운동의 자멸적인 전술, 조직력의 부족, 비현실적인 이념 등을 연구했다. 그는 전혀 경험하지 않았으면서도 그 운동이 왜 일어나고 왜 실패했는지를 가우리보다 훨씬 잘 이해했다.

작은아버지는 1970년에 사냘이 다시 체포될 때도 여전히 거기 몸담고 계셨어요. 그 뒤 곧 런던으로 보내졌지요.

그녀는 이것도 기억했다. 사냘의 추종자들은 폭동을 일으켰다. 캘커타에서 최악의 폭력 사태가 발생한 것은 사냘이 체포된 뒤, 그러니까 당의 선언이 나온 지 1년 후였다.

나는 그해에 결혼했어.

남편분은요? 그분은 영향을 받았나요?

남편은 그때 미국에서 공부하고 있었네. 그 운동과 전혀 관련이 없었어. 그녀는 두 번째 현실로 첫 번째 현실을 가릴 수 있게 된 것을 감사했다.

저는 캘커타에서 현지 조사를 벌일 계획이에요, 그가 말했다. 거기에 아직 알고 계시는 분 없으세요? 저와 얘기를 나누고 싶어 할 만한 분 말이에요.

없는 것 같은데. 미안하네.

저는 가능하면 낙살바리에 가고 싶어요. 사냘이 감옥에서 석방된 뒤에 살았던 마을을 직접 보고 싶어요.

그녀는 고개를 끄덕였다. 그러는 게 좋겠지.

사냘이 인생의 전기를 맞이하게 된 게 무척이나 흥미로워요.

그게 무슨 뜻이지?

사상이 온건하게 바뀌었지만 영웅으로 남게 된 상황 말예요. 사냘은 이후에도 여전히 낙살바리의 마을을 돌면서 지원 활동을 펼쳤어요. 한번 그 사람을 만나 얘기를 나누고 싶었는데……

그럼 만나보지그래?

죽었어요. 그 소식 못 들으셨어요?

죽은 지 거의 1년이 되었다고 했다. 그의 건강이 급격히 나빠졌다. 신장과 시력이 특히 안 좋았고, 우울증을 겪었다. 2008년에 뇌졸중을 앓았고, 이후 몸이 부분적으로 마비되었다. 그는 정부 병원에서 치료받기를 거부했다. 정부와 여전히 투쟁 중이었으므로 정부 기관에 의지하지 않으려 했다.

신장병으로 죽은 건가?

디판카르가 고개를 저었다. 자살했어요.

그녀는 집에 가서 책상 앞에 앉아 컴퓨터의 스위치를 켰다. 검색창에 카누 사냘을 쳤다. 검색 결과가 줄지어 나타났다. 전에는 한 번도 본 적이 없는 인도 사이트들이었다.

그녀는 결과물을 클릭하여 열어서 사냘의 전기 내용을 읽기 시작했다. 마줌다르와 함께 그 운동을 주도한 초기 구성원 중 한 명이었다. 여전히 인도 정부를 위협하는 운동의 주요 인물이었다.

1932년 출생. 젊은 시절 실리구리법원의 서기로 채용됨.

다르질링 지역 인도공산당 마르크스주의파 조직책으로 일했으나 낙살바리 봉기 이후 당과 결별했다. 그는 중국에 가서 마오쩌둥을 만났다. 10년 가까이 감옥 생활을 했으며, 인도공산당 마르크스레닌주의파의 당의장을 역임했다. 감옥에서 출소한 이후 폭력혁명 포기를 선언했다.

그는 공산주의자로 남아서 차 플랜테이션 농장의 인부들이나 인력거꾼의 권익 향상을 위해 일생을 바쳤다. 평생 결혼하지 않았다. 인도는 국가가 아니라고 결론지었으며, 카슈미르와 나갈랜드의 독립을 지지했다.

그는 약간의 책과 옷가지와 조리 도구, 그리고 마르크스와 레닌의 사진 액자 정도만 소유했으며 극빈자로 생을 마감했다. "나는 한때 인기 있었지만 지금은 인기를 잃었다." 생애 마지막 무렵의 어느 인터뷰에서 그가 말했다. "내 몸은 많이 망가졌다."

그의 삶을 기리는 기사가 많았다. 인도의 가난한 사람을 위한 헌신과 비참한 죽음을 찬양하고 애도했다. 그를 영웅 또는 전설이라 불렀다. 비판자들은 그를 비난하며 테러리스트가 죽었다고 말했다.

똑같은 정보가 다양한 방식으로 반복되었다. 어쨌든 그녀는 링크를 계속 열었다. 멈출 수가 없었다.

그중 하나는 동영상으로 이어졌다. 2010년 3월 23일 텔레비전 뉴스의 한 장면이었다. 여성 뉴스 진행자의 목소리가 내용을 요약해서 알려주었다. 60년대 후반의 캘커타 거리를 담은 흑백 화면, 현수막과 낙서, 몇 초 동안의 항의 행진을 보여주었다.

장면이 바뀌어서 두 손에 얼굴을 묻고 흐느끼는 마을 주민들이 보였다. 사냘의 집이자 당 사무실로 쓰였던, 초가지붕을 인 움막집의 문가에 사람들이 모였다. 그의 요리사가 인터뷰에 나왔다. 그녀는 카메라 앞에서 긴장하고 흥분한 모습을 보이며 그 마을 특유의 억양으로 이야기했다.

그녀는 사냘이 점심 식사를 하고 나서 잘 있는지 보러 여기 왔다고 인터뷰 진행자에게 설명했다. 창문으로 들여다보았으나 그의 모습을 침실에서 볼 수 없었다고 했다. 문은 잠기지 않았다. 그녀는 다시 한 번 확인해보았다. 그러자 그 방의 다른 부분에서 그가 눈에 띄었다.

가우리도 그를 보았다. 캘리포니아에 있는 어둑한 서재, 책상 위의 컴퓨터 화면에서 가우리도 그 요리사가 본 것을 보았다.

일흔여덟 살 노인이 속셔츠에 면 파자마 차림으로 나일론 끈에 목을 매달았다. 끈이 확실히 조이게 하려고 사용했던 의자는 넘어지지 않고 여전히 노인 앞에 반듯이 놓였다. 어떤 발작도, 어떤 최후의 몸짓도 그 의자를 쓰러뜨리지 못했다.

그의 머리는 오른쪽으로 젖혀졌고, 속셔츠 위로 목덜미가 드러났다. 발의 옆면이 바닥에 닿았다. 마치 그가 여전히 지구의 중력으로 지탱되고 있는 것처럼 보였다. 마치 그가 할 일은 어깨를 똑바로 펴고 앞으로 걸어가는 것뿐인 듯했다.

며칠 동안 그녀는 뇌리에서 그 영상을 지울 수 없었다. 인생이 끝나는 마지막 순간까지도 고개 숙이기를 거부한 남자의 소극적인 최후에 대한 생각을 멈출 수가 없었다.

마음속을 마구 휘젓는 그 감정을 없앨 수 없었다. 가우리는 공허함이 깃든 끔찍한 삶의 무게를 느꼈다.

그다음 주, 조심성 없이 학교 건물 바깥 계단을 밟다가 발을 헛디뎌서 넘어졌다. 그녀는 손을 뻗어 굴러떨어지려는 것을 막았다. 손바닥이 계단과의 마찰로 찢어졌다. 손바닥에 뚜렷이 새겨진 선이 붉어지면서 피가 배어나는 것을 보았다.

누군가 달려와서 괜찮은지 물었다. 그녀는 일어서서 걸음을 뗄 수 있었다. 손목에서 더 큰 통증을 느꼈다. 머리가 빙빙 돌았고 한쪽 머리가 욱신거렸다.

대학 앰뷸런스가 와서 그녀를 병원으로 데려갔다. 손목을 심하게 삐었다. 그리고 두통이 가라앉지 않고, 이제는 양쪽이 다 욱신거렸기 때문에 가우리는 몇 가지 단층촬영과 검사를 받아야 했다.

병원에서 서류를 몇 장 주고 작성하게 했으며, 가장 가까운 친족의 이름을 적어달라고 했다. 그런 서식을 채워야 할 때는 언제나 다른 선택의 여지가 없었다. 그녀는 수바시의 이름을 적었다. 하지만 긴급한 상황이 발생한 적이 없었으므로 수바시에게 연락을 취해야 했던 적은 없었다.

왼손으로 힘없이 글자를 적어나갔다. 로드아일랜드 주소, 아직도 기억하고 있는 전화번호……. 벨라가 생각날 때면 때때로 수화기를 들지 않고 그대로 둔 채 그 번호를 누르곤 했다. 자신이 저지른 못된 행동에 기분이 오싹해지거나 후회가 밀려들 때에도 그랬다.

그녀는 벨라가 태어난 이후로 병원 신세를 진 적이 없었다. 벨라가 태어난 날의 기억은 지금도 생생했다. 비가 쏟아지는 여름 저녁. 스물네 살. 손목에 채워진, 글자가 타이핑된 팔찌. 아이가 태어났을 때 모두 수바시를 축하해주었고, 그의 학과 사람들이 병원으로 꽃을 보내주었다.

다시 한 번 팔찌가 채워지고, 다시 병원의 체제 속으로 들어갔다. 그녀는 병원이 필요로 하는 병력에 관한 정보를 알려주고 건강보험증을 주었다. 이번에는 그녀를 도와주는 사람이 없었다. 간호사나 의사 들이 오면 그들에게 의지했다.

엑스레이를 몇 장 찍고 컴퓨터 단층촬영을 했다. 우다얀이 사고를 당하고 나서 그랬던 것처럼 오른손에는 붕대를 감았다. 간호사는 탈수증세가 약간 있다면서 그녀의 혈관에 수액 주사를 놓았다.

저녁까지 병원에 있었다. 정밀 검사 결과 뇌출혈은 없는 것으로 판명되었다. 그녀는 진통제 처방전과 물리치료사 소개장만 받아 들고 집으로 갔다. 몇 주 동안은 운전할 수 없다는 말을 들었으므로, 오랫동안 살아온 단순한 마을의 풀이 무성한 짧은 구역을 운전할 수 없었으므로 그녀는 동료를 불러야 했다.

동료 에드윈은 처방전의 약을 탈 수 있도록 그녀를 약국으로 데려다주었다. 에드윈은 전혀 폐가 되지 않으니 아내와 함께 사는 자기 집 객실로 와서 며칠 지내라고 가우리에게 말했다. 그러나 가우리는 그럴 필요 없다고 했다. 그녀는 집으로 돌아와 서재의 책상 앞에 앉아 가위를 꺼냈다. 그리고 손목에 찬, 글자가 타이핑된 팔찌를 조심스럽게 잘라냈다.

그녀는 컴퓨터를 켠 다음 차를 마시려고 가스레인지를 켰다. 티백의 포장지를 벗기는 것도 쉽지 않았고, 끓는 물이 담긴 주전자를 찻잔 위로 들어 올리는 일도 어렵사리 했다. 사용하는 데 익숙지 않은 손으로 일을 하다 보니 모든 게 느렸고 모든 게 어설펐다.

냉장고는 비었고 팩에 든 우유도 거의 바닥이었다. 그제야 그녀는 자신이 계단에서 넘어졌을 때 식료품을 사러 가려고 차에 가던 중이었다는 것을 깨달았다. 나중에 에드윈에게 전화를 해서 몇 가지 물건을 좀 사다 달라고 부탁해야겠다고 생각했다.

금요일 오전 열한 시였다. 그녀는 수업이 없었고 저녁에 특별히 할 일도 없었다. 조리대에 물을 약간 흘리면서 잔에 물을 따랐다. 어찌어찌하여 약병의 뚜껑을 열었다. 이런 노력을 다시 할 필요가 없도록 그녀는 뚜껑을 열어두었다.

아무에게도 불편을 끼치고 싶지 않았지만 혼자서는 지내기 힘들어서 그녀는 집을 나섰다. 일과는 상관이 없는 주말여행을 떠난 것이었다. 한 손으로 조그만 여행 가방을 꾸렸다. 노트북 컴퓨터는 집에 두었다. 차량 서비스를 불렀고, 몇몇 동료들이 좋아하는 사막 도시에 있는 한 호텔로 가서 투숙했다. 산에서 산책을 할 수 있고 온천에 몸을 담글 수 있으며 며칠 동안 요리를 하지 않아도 되는 곳이었다.

가파른 산으로 둘러싸인 호텔 옥상에 있는 풀장에서 어린 남자아이를 돌보고 있는 부유해 보이는 인도인 노부부를 보았다. 그들은 아이에게 물을 무서워하지 않도록 가르치고 있었다. 조그만 플라스틱 인형이 물에 뜨는 것을 보여주고 할아버지가 직접 팔을 몇 번 저어 헤엄을 치며 시범을 보이기도 했다. 노부부는 아이에게 선크림을 얼마나 발라야 하는지, 남편이 모자를 써서 머리를 보호해야 하는지 안 그래도 되는지를 두고 힌디어로 가볍게 다투었다.

남편은 머리털이 거의 없었으나 여전히 정정했다. 얼마 되지 않은 남은 머리털은 머리의 아랫부분을 둘러쌌다. 아내는 더 젊어 보였다. 머리는 헤나로 염색했고 발톱에는 매니큐어를 발랐으며 예쁜 샌들을 신었다. 아침 식사 시간에 가우리는 노부부가 스푼으로 요구르트와 시리얼을 아이에게 먹이는 것을 지켜보았다.

그들이 가우리에게 어디에서 왔는지 영어로 물었다. 자신들은 매년 여름에 미국에 온다고 했다. 두 아들이 여기에 사는데 자신들은 이곳이 무척 마음에 든다고 했다. 한 아들은 새크라멘토에 살고 한 아들은 애틀랜타에 산다고 했다.

노부부는 손자가 태어난 뒤로는 자신들의 여행에 손자를 번 갈아가며 한 명씩 데리고 다녔다. 손자와 친해지기 위해서, 그리 고 아들과 며느리 들에게 자신들만의 시간을 주기 위해서였다.

우리 나이에 그 밖에 또 할 게 뭐가 있을까요? 남자가 아이 를 한 팔로 안으며 가우리에게 물었다. 그럼에도 그들은 이곳에 서 여생을 보내기보다는 인도에 남는 것을 더 좋아했다.

인도엔 자주 가나요? 아내가 물었다.

가본 지 오래되었네요.

손자 있어요?

가우리는 고개를 저었다. 그러다 갑자기 이 노부부와 보조를 맞추고 싶은 마음이 들어서 덧붙였다. 아직 기다리고 있어요.

아이는 몇 명이나 두셨어요?

딸 하나예요.

보통 그녀는 사람들에게 자식이 없다고 말했다. 그러면 사람 들은 부담을 주고 싶지 않아서 더 이상 묻지 않고 점잖게 뒤로 물러섰다.

하지만 오늘 가우리는 벨라의 존재를 부인할 수 없었다. 그런 데 여자는 그저 웃으며 고개를 끄덕이고는 요즘 아이들은 자기 들만의 생각이 있다는 말만 했다.

시간이 흐르면서 손목이 점점 좋아졌다. 치료 과정에서 간호 사가 따뜻한 왁스로 손목을 감싸기도 했다. 그녀는 다시 칫솔을 잡고 이를 닦을 수 있었고, 수표에 서명할 수 있게 되었으며, 문 의 손잡이를 돌릴 수도 있었다. 이윽고 다시 운전을 하게 되었 다. 변속레버를 잡고 핸들을 돌릴 수 있었다. 주로 사용하는 손으로 원고를 수정하고 학생들의 과제물을 고칠 수 있게 되었다.

학기는 계속되어 마지막 수업을 했고, 얼마 후에 학점을 매겨 제출했다. 그녀는 오는 가을에 휴가를 떠날 생각이었다. 어느 날 오후, 책상에 앉아서 처리해야 할 일을 다 끝낸 다음 아파트 주차장을 가로질러 걸어가서 자신의 우편함을 열었다. 약간 노력해서 열쇠를 넣어 돌렸다.

그녀는 아파트로 돌아와 거실에서 뒤쪽 테라스로 이어지는 미닫이문을 열었다. 우편물을 티크 탁자에 내려놓고 의자에 앉아서 살펴보았다.

그날 온 청구서와 상품 목록 책자 사이에 개인적인 편지가 있었다. 봉투에 로드아일랜드의 만 근처에 있는 발신인 주소가 수바시의 필체로 쓰여 있었다. 그는 졸아들고 졸아들어서 결국 자신의 글씨체와 우표 뒷면의 말라붙은 침으로만 남았다.

수바시는 편지를 학과 사무실 주소로 보냈으나 사무실 직원이 친절하게도 그녀의 집으로 전달해주었다.

안에는 학교에서 공적으로 쓰는 편지지의 양면에 벵골어로 쓴 짧은 편지가 들어 있었다. 가우리는 수십 년 동안 손으로 직접 쓴 벵골어 글씨를 읽어보지 못했다. 마나시와는 이메일을 통해 영어로 연락을 주고받았다.

가우리,

인터넷에서 보니 당신 주소가 그곳으로 나와 있더군. 그래도 이 편지를 당신이 받았는지 알려주길 바라. 보다시피 나는 같은 곳에서 살고 있어. 건강도 좋은 편이야. 당신도 건강하길 바랄게. 하지만 나는 오래지 않아서 칠십 줄에 들어설 것이고, 우리는 어떤 일이든 일어날 수 있는 인생의 국면에 접어들었어. 앞에 무슨 일이 놓여 있든 나는 이제 삶을 단순화하고 싶어. 그래서 말인데, 우리는 법적으로 여전히 결혼한 상태야. 당신이 반대하지 않는다면 당신도 아직 소유권이 있는 톨리건지의 집을 팔 생각이야. 또한 로드아일랜드 집의 공동소유자로 되어 있는 당신 이름을 빼야 할 때가 된 것 같아. 물론 이 집은 벨라에게 남길 거야.

그녀는 잠시 멈추었다. 계속 읽기 전에 탁자의 표면에 손을 얹어 손바닥을 따뜻하게 했다. 손은 붕대를 감고 있는 동안 약해졌다. 지금은 핏줄이 튀어나와서 마치 손목에 뿌리를 내린 산호 같아 보였다.

그는 긴급한 상황이 발생했을 때 그녀를 로드아일랜드로 끌어들이기를 원치 않는다고 했다. 그가 먼저 세상을 뜰 경우 그녀에게 폐를 끼치고 싶지 않다고 했다.

당신을 서두르게 할 뜻은 없으나 해가 가기 전에 이런 일들을 정리하고 싶어. 그 밖에 또 우리가 서로 얘기해야 할 게 있는지 난 모르겠어. 당신이 벨라에게 한 행동은 용서할 수 없지만, 그 행위에서 혜택을 받았고 계속해서 혜택을 누리고 있는 사람은 나야. 그 행위가 얼마나 나쁜 일이었든 간에 말이야. 벨라는 내 인생의 한 부분으로 남아 있지만 당신 인생의 한 부분은 아니라는 것을 나는 알아. 직접 만나서 얼굴을 맞대고 결론짓는 게 더 편하다면 난 그럴 수 있어. 나는 당신에게 아무런 악감정도 없으니까. 그렇지만 이 일은 서명만 몇 번 하면 되는 일이어서 우편으로도 충분할 것 같아.

그녀는 편지를 두 번째 읽었을 때에야 요점을 깨달을 수 있었다. 그 모든 세월이 흘러가고 난 지금, 그는 그녀에게 이혼을 요구하는 것이었다.

2

그들은 가족 누구에게도 말하지 않고, 심지어 마나시에게도 얘기하지 않고 결혼했다. 1970년 1월이었다. 호적 담당자가 체트라에 있는 집으로 왔다. 우다얀의 동지의 집이었는데, 그 사람은 나이 많은 당원으로 문학 교수였다. 성격이 온순한 신사였고, 시인이기도 했다. 사람들은 그를 타룬다라고 불렀다.

거기에는 다른 동지들도 몇 명 있었다. 그들은 그녀에게 질문을 던지고, 이제부터 어떻게 행동해야 하는지 말해주었다. 우다얀은 서류에 서명하기 전에 붉은 책에 손을 얹었다. 늘 그렇듯이 소매를 말아 올려서 팔뚝이 드러났다. 그때는 턱수염과 콧수염이 있었다. 절차가 끝나자 둘은 소파의 끄트머리에 앉아 서로에게 몸을 기댔다. 그들 앞에 있는 낮은 탁자에는 서류가 펼쳐져 있었다. 우다얀이 얼굴을 돌려 자신이 얼마나 행복한지를 그녀에게, 오직 그녀에게만 전달하기 위해 활짝 웃으며 잠시 그 표정을 유지했다.

그녀는 가까운 친척과 언니 들이 자신의 행동을 어떻게 생각할지 개의치 않았다. 이 일 때문에 그들은 그녀와 등지게 될 터였다. 그녀가 가족과 친척 중에서 신경 쓰는 사람은 마나시뿐이었다.

주문한 커틀릿과 생선 튀김이 와서 참석자들에게 분배되었고 디저트도 몇 상자 왔다. 이는 축하 행사의 연장이었다. 우다얀과 가우리는 체트라에 있는 그 교수의 집 남는 방에서 남편과 아내로서의 첫 주를 보냈다.

그동안 많은 대화를 나눈 뒤로 이제 그들은 그곳에서 밤이면 다른 방식으로 소통을 하기 시작했다. 그곳에서 그녀는 자신의 몸을 더듬는 그의 손길을 처음으로 느꼈다. 그가 옆에서 잘 때 자신의 겨드랑이에 안긴 그의 어깨에서 시원함을 느꼈던 곳도 그곳이었고, 종아리에서 그의 무릎의 온기를 느꼈던 곳도 그곳이었다.

그 집의 출입구는 긴 골목으로 이어지는 옆쪽으로 나 있어서 큰길에서 감추어져 있었다. 계단은 급격한 각도로 꺾인 다음 다시 한 번 꺾여서 발코니를 촘촘하게 둘러싼 방들로 이어졌다. 적갈색 바닥은 여기저기 금이 갔다.

방에는 캐비닛과 책장에 보관된 타룬다의 책 더미가 어린아이 키만큼 쌓였다. 건물의 앞쪽에 있는 거실에는 큰길이 내려다보이는 좁은 발코니가 있었다. 우다얀과 가우리는 거기 서 있지 말라는 말을 들었다. 사람들의 시선을 끌지 않도록 하기 위해서였다.

며칠 뒤 그녀는 마나시에게 편지를 써서 실은 자기는 친구들과 산티니케탄으로 여행을 간 게 아니었다는 것을 밝혔다. 자기는 우다얀과 결혼했다고 썼고, 집으로 돌아가지 않을 것이라고 썼다.

우다얀은 자기들이 한 일을 부모님께 말하기 위해 톨리건지로 갔다. 그는 부모님께 자기들은 다른 데서 살 준비가 되었다고 말했다. 그분들은 망연자실했다. 그렇지만 형이 미국에 있었으므로 부모님은 남은 아들이 집에 있기를 원했다. 가우리는 속으로는 우다얀의 부모님이 자기들을 받아들이지 않기를 바랐다. 체트라의 어수선하지만 생기 있는 집에서 우다얀과 함께 숨어 지내면서 그녀는 한편으로는 염치없다는 생각이 들었고, 다른 한편으로는 보호받고 있다는 느낌이 들었다. 그리고 자유로웠다.

우다얀은 언젠가는 자기들끼리만 살 거라고 얘기했다. 그는 대가족이 한데 모여 사는 것을 신뢰하지 않았다. 그렇지만 지금으로서는 계속해서 타룬다 교수의 집에서 지낼 수는 없었으므로, 그 집은 은신처였고 그들에게 제공된 방은 다른 사람을 숨겨주는 데 필요했으므로, 다른 곳에 세 들어 살 수 있을 만큼 돈을 벌지 못했으므로 우다얀은 그녀를 데리고 톨리건지로 갔다.

그곳은 몇 킬로미터밖에 떨어지지 않았다. 하지만 하즈라 로드를 지나 그곳을 향해 가는 동안 가우리는 어떤 차이를 느꼈다. 그녀가 아는 도시는 뒤에 있었다. 눈으로 들어오는 빛은 더 밝고 나무는 더 많아져서 어룽거리는 그림자를 던졌다.

그의 부모님은 안뜰에 서서 그녀를 맞이했다. 집은 넓었지만 실용적이고 평범했다. 그녀는 곧바로 우다얀이 자라온 환경과 우다얀이 거부해온 관습들을 이해했다.

그녀는 예의를 갖추려고 사리의 끝자락을 머리 위에 둘렀다.

우다얀의 어머니도 그렇게 했다. 이제 이분이 그녀의 시어머니였다. 시어머니는 금실로 수를 놓은 크림 색깔의 빳빳한 면 사리를 입었다. 시아버지는 우다얀처럼 키가 크고 말랐다. 콧수염을 기른 얼굴은 차분해 보였고, 뒤로 빗어 넘긴 머리는 희끗희끗했다.

시어머니가 우다얀에게 몇 가지 의례를 약식으로 거행하려고 하는데 이를 반대하는지 물었다. 우다얀은 반대했지만 시어머니는 그의 말을 무시하고 소라고둥을 불고, 그들의 목에 월하향 화환을 걸어주었다. 상서로운 물건과 과일이 담긴, 나무를 짜서 만든 쟁반을 가우리의 머리를 향해 들어 올리고 이어 가슴을 향해, 배를 향해 들었다.

가우리는 상자를 받았다. 열어보니 안에 목걸이가 들어 있었다. 쟁반 위에는 주홍색 가루가 담긴 단지가 있었다. 시어머니가 우다얀에게, 그 가루를 신부의 머리 가르마에 바르라고 일러주었다. 시어머니는 또 가우리의 왼손을 잡고 손가락을 오므리게 한 다음 쇠 팔찌를 손목에 끼워 넣었다.

이제는 그녀의 이웃이 된 몇몇 낯선 사람들이 안뜰의 담 너머에 모여서 이 모습을 지켜보았다.

너는 이제 우리 딸이다, 시부모님이 말했다. 시부모님은 그녀를 원치 않았지만 받아들이면서, 축복의 표시로 손을 그녀의 머리 위로 올렸다. 이제 우리 것은 네 것이다. 가우리는 허리를 굽혀 시부모님의 발에서 먼지를 털어냈다.

안뜰은 가우리를 축하하기 위해 손으로 그린 무늬로 장식되었다. 문지방에 놓인 석탄 난로 위에서는 우유 한 냄비가 끓고 있었는데, 그녀가 다가갔을 때는 보글보글 소리를 내며 맹렬히

끓었다. 성장이 저해된 바나나나무가 두 그루 있었는데, 문의 양쪽에 한 그루씩 자리 잡았다. 안으로 들어서니 냄비에 담긴 우유가 또 있었는데, 이번에는 붉게 물들인 우유였다. 시부모님이 그녀에게 그 붉은 액체에 발을 담그라고 했다. 그런 다음 계단을 걸어 오르게 했다. 계단은 아직 공사 중이어서 붙잡을 난간이 없었다.

계단은 마치 얇고 미끄러운 양탄자를 깔아놓은 것처럼 흰색 사리로 느슨하게 덮여 있었다. 몇 걸음마다 뒤집어놓은 찰흙 컵이 있었는데, 그녀는 온 힘을 다해 힘껏 눌러서 그 컵들을 찌그러뜨려야 했다. 우다얀의 집으로 들어가는 그녀의 흔적을 새기는 것, 이것이 그녀에게 요구된 첫 번째 일이었다.

길이 너무 좁아서 차는 물론이고 자전거 인력거 지나가는 소리도 거의 나지 않았다. 우다얀이 말하기를, 집으로 돌아올 때는 회교성원이 있는 모퉁이에서 내려서 나머지 길은 걸어오는 게 더 쉽다고 했다. 많은 집들이 담으로 구획되었으나 가우리는 사람들이 생활을 꾸려가는 소리를 들을 수 있었다. 식사를 준비하고 상을 차리는 소리, 목욕물 쏟아지는 소리, 아이들이 혼이 나서 우는 소리, 교과서 읽는 소리, 접시를 닦고 헹구는 소리, 까마귀 발톱이 옥상에 부딪는 소리, 까마귀가 날개를 파닥이는 소리, 껍질을 뒤적이는 소리…….

매일 아침 그녀는 다섯 시에 일어나서 계단을 올라 이 집의 새로 증축한 곳으로 갔다. 거기서 시어머니가 따라주는 차와 크림크래커 통에 든 비스킷을 받았다. 아직 가스 선이 연결되지 않았으므로 석탄, 동물 배설물 뭉치, 석유, 성냥으로 점토 난로에 불을 피우는 수고로운 작업과 더불어 하루가 시작되었다.

불을 피우려고 부채질을 할 때면 짙은 연기가 눈을 찌르며 시야를 흐릿하게 했다. 첫날 아침에 시어머니는 그녀가 가지고 온 책은 치워두고 맡은 일에 충실하라고 말했다.

불을 피운 지 얼마 지나지 않아 일꾼들이 도착했다. 맨발이 었고, 머리에는 흙 묻은 헝겊을 동여맸다. 그들은 종일토록 소리 지르며 망치질을 했으므로 이 집을 찬찬히 살펴볼 수가 없었다. 어디에나 먼지가 쌓였다. 벽돌과 회반죽이 손수레에 가득 실려 들어왔다. 새로 짓는 방이 하나씩 하나씩 완성되었다.

시아버지가 시장에서 커다란 생선을 사 오면 토막 내서 소금과 강황을 뿌리고 기름에 튀기는 일은 그녀의 몫이었다. 그녀는 난로 앞에 쪼그리고 앉았다. 시어머니가 가르쳐주는 대로 저녁 식사에 오를 생선에 넣을 소스를 졸이고 양념했다. 그녀는 시어머니를 도와 양배추를 썰고 완두콩을 까고 시금치에서 모래를 털어냈다.

만약 하인이 늦거나 쉬는 날이면 그녀가 강황 뿌리와 고추를 석판에 갈아야 했고, 그날 시어머니가 겨자나 양귀비 씨앗으로 요리를 하고 싶어 하면 그것을 빻는 것도 그녀가 해야 했다. 고추를 갈 때면 손바닥이 까진 것처럼 쓰리고 아팠다. 밥솥을 접시에 기울이며 밥알이 쏠려나가지 않도록 조심하면서 물기를 빼냈다. 냄비를 뒤집을 때면 그 무게에 손목이 시큰했고, 만약 증기를 빼는 것을 잊기라도 했을 때는 얼굴이 증기를 쐬어 화끈거렸다.

일주일에 이틀은 이 모든 일을 끝내고 나서 목욕을 하고 책 가방을 챙겨서 전차를 타고 캘커타 북부로 갔다. 도서관에 가거나 강의에 참석하려는 것이었다. 그녀는 우다얀에게 불평하지 않았지만 그는 잘 알고 있었다. 그녀에게 참고 기다리라고 말했다.

어느 날 그는 수바시 형이 미국에서 돌아와 결혼하게 되면 그녀의 일을 나누어서 할 새 며느리가 생길 거라고 말했다. 가우리는 이따금 그 여자는 어떤 사람일까 궁금했다.

저녁이면 그녀는 시부모님 집의 테라스에서 밖을 바라보며 우다얀이 과외를 끝내고 돌아오기를 기다렸다. 우다얀은 목제 여닫이문을 밀고 들어올 때면, 그녀의 조부모님 아파트 아래 교차로에서 그녀를 올려다보곤 했던 것처럼, 늘 잠시 걸음을 멈추고 고개를 들어 그녀를 쳐다보았다. 조부모님 아파트에서 살 때 그녀는 그가 들르기를 바랐고 그는 그녀를 볼 수 있기를 바랐다. 그러나 이제는 상황이 달랐다. 그들은 결혼했으며 이 집은 둘이 함께 사는 집이기 때문에 그가 집에 오는 것은 당연한 일이었고, 그녀가 서서 그를 기다리는 것은 놀라운 일이 아니었다.

그가 씻고 나서 뭘 좀 먹는 동안 그녀는 새 사리로 갈아입었고 둘은 함께 산책을 나갔다. 처음에는 갓 결혼한 다른 신혼부부와 다를 바 없이 행동했다. 그녀는 그와 함께 집 밖으로 나온 게 좋았다. 하지만 그녀의 눈에 비친 톨리건지의 고요함과 너무하다 싶을 정도의 평이함에 마음이 불편했다.

동네는 그 나름의 방식으로 자리 잡았다. 캘커타 북부보다 벵골적인 요소를 더 고르게 지녔다. 캘커타 북부에서는 조부모님 아파트 건물만 보아도 펀자브 사람과 마르와리족 사람들이 적잖이 살았고, 차차스호텔 건너편의 라디오 가게에서는 힌두

영화 주제곡이 흘러나와 거리를 떠돌았으며, 학생과 교수가 내뿜는 활기가 공기 중에 짙게 감돌았다.

이곳에는 조부모님의 집 발코니에서 보이는 풍경이 밤낮으로 눈길을 끌던 것과는 달리 그녀의 마음을 움직일 만한 게 거의 없었다. 시부모님 집에서는 볼 게 별로 없었다. 다른 집들, 옥상에 널린 빨래, 야자나무와 코코넛나무, 이리저리 굽은 좁은 길뿐이었다. 저지대와 연못에 가득한, 풀보다 더 짙은 녹색을 띤 부레옥잠뿐이었다.

그는 그녀에게 어떤 일들을 해달라고 부탁하기 시작했다. 그래서 그를 돕기 위해, 그와 함께한다는 소속감을 느끼기 위해 그녀는 동의했다. 처음에는 단순한 일이었다. 그는 그녀에게 지도를 그려주고 심부름을 하는 도중에 어디어디를 지나가라고 말했다. 스쿠터나 오토바이가 밖에 서 있는지 살펴보라고 말하기도 했다.

그는 그녀에게 쪽지를 주고 전달하게 했다. 처음에는 단순히 톨리건지에 있는 어느 우편함에 넣게 했고, 나중에는 사람에게 직접 전달하게 했다. 그녀가 잉크를 사러 갈 때는 평소에도 계산을 치르곤 하던 문구점의 그 사람에게 지폐를 건네면서 그 밑에 쪽지를 놓아두라고 했다. 쪽지에는 보통 한 가지 정보가 담겼다. 장소나 시간 따위였다. 그녀에게는 아무 의미도 없는 것이었으나 누군가에게는 극히 중요한 정보였다.

일련의 쪽지는 양장점에서 일하는 한 여자에게 전달되었다. 가우리는 찬드라는 특정한 여자를 요청하여 블라우스 치수를 재게 되어 있었다. 처음 보았을 때 찬드라는 그녀가 오랜 친구인 것처럼 안부를 물으며 반갑게 맞이했다. 머리의 끝 부분이 약간 말려 올라간 땅딸막한 여자였다.

그녀는 가우리를 커튼 뒤로 데려가더니 가우리의 몸에 줄자 한 번 대지 않고 다른 숫자들을 부르며 이를 자신의 공책에 적었다. 커튼이 쳐진 것을 이용하여 옷을 벗은 사람은 찬드라였다. 찬드라는 가우리의 손에서 쪽지를 건네받아 읽어본 후에 다시 접었다. 그 쪽지를 자신의 블라우스 안쪽 브래지어 속에 쑤셔 넣고 나서 다시 커튼을 열었다.

이 임무는 더 큰 구조 속의 조그만 연결 고리였다. 어떤 세부 정보도 소홀히 취급되지 않았다. 그녀는 자신이 볼 수 없는 사슬에 연결되었다. 자신의 신분을 밝히지 않는 동료 배우들과 함께 각본과 지침에 따라 간단한 대사와 행동을 하면서 짧은 연극을 공연하는 것과도 같았다. 그녀는 정확히 어떻게 자신이 기여하는지, 누가 자신을 지켜보는지 궁금했다. 우다얀에게 물어보았지만 그는 대답하지 않고 이것이 그녀가 가장 도움이 되는 방식이라는 말만 했다. 그녀는 모르는 게 더 낫다고 했다.

그들의 결혼 1주년 기념일 직후인 2월에 우다얀이 그녀의 과외 일자리를 주선해주었다. 거리의 모퉁이에는 스라스와티 조각상이 서 있었고, 학생들은 그 여신의 발밑에 교과서를 내려놓고 기도했다. 뻐꾸기가 노래 부르기 시작했다. 갈망이 담긴 구슬픈 노래였다. 자다푸르에서 사는 어느 오빠와 여동생이 산스크리트어 시험에 통과하기 위해 도움을 받고자 했다.

그녀는 매일 자전거 인력거를 타고 그 아이들의 집으로 갔다. 자신을 소개할 때는 가짜 이름을 댔다. 처음으로 가기 전에 우다얀이 자신은 이미 거기에 가본 것처럼 그 집의 구조를 설명해주었다. 그는 그녀가 앉을 방과 가구의 배치 상태, 벽 색깔, 창가에 놓인 책상에 대해 얘기해주었다.

그는 어느 의자에 그녀가 앉을 것인지를 말해주었다. 만약 커튼을 치고 있다면 햇빛이 조금 들어오는 게 좋겠다고 말하며 커튼을 한쪽으로 약간 밀쳐놓으라고 했다.

그 시간 중 어느 시점에선가 경찰관 한 명이 창문 왼쪽에서 오른쪽 방향으로 그 집을 지나갈 거야, 그가 말했다. 그녀는 경찰이 지나간 시간과 그가 제복을 입었는지의 여부를 적어야 했다.

왜?

이번에는 그가 말해주었다. 그 경찰관의 경로가 은신처를 통과해, 그가 말했다. 그들은 그 경찰의 일정과 쉬는 날을 알아야 했다. 은신처가 필요한 동지들이 있었다. 동지들에게는 경찰관이 방해가 안 되게 비켜주어야 했다.

가우리는 책상 위에 손목시계를 올려놓고 수첩을 펼쳐놓은 채로 학생들과 함께 앉아 문법을 가르치면서 경찰관을 눈여겨보았다. 삼십 대 남자로 면도를 말끔히 했고, 카키색 제복을 입고 일을 하러 갔다. 그녀는 2층의 창을 통해 그의 까만 수염과 머리꼭지를 보았다. 그의 모습을 우다얀에게 말해주었다.

오빠, 동생과 함께 그녀는 『우파니샤드』와 『리그베다』의 구절을 읽었다. 고대의 가르침이었다. 그녀가 할아버지와 처음으로 같이 공부한 신성한 경전이었다. "아트마 데바남 브후바나샤 가르브호." 신들의 영혼, 이 모든 세상의 씨앗. 거미는 자신의 실로써 공간의 자유에 이른다.

하루는 목요일이었는데 경찰이 제복을 입지 않았다. 왼쪽에서 오른쪽으로 가는 대신에 사복을 입고 반대편 방향에서 왔다. 학교 수업을 마친 어린 남자아이를 데리고 집으로 가는 길이었다. 정시에서 20분이 지난 시간이었다. 그는 한결 편안한 걸음으로 걸었다.

이를 우다얀에게 보고하자 그가 말했다. 계속 지켜봐줘. 다음 주에도 그가 다시 일을 쉬면 무슨 요일인지 나한테 말해줘. 시간을 적는 걸 잊지 말고.

다음 주 목요일에도 정시에서 20분이 지났을 때 경찰이 평상복 차림으로 어린 아이의 손을 잡고 반대편 방향에서 걸어오는 것을 보았다. 늘 교복을 입고 다니는 남자아이였다. 흰색 반바지에 셔츠를 입고 한쪽 어깨에 물통을 멘 채 책가방을 손에 들었다. 단정하게 빗질한 머리는 약간 젖어 보였다. 아이의 아빠가 느리게 한 걸음 걸을 때마다 아이가 두세 걸음 깡충거리는 것을 보았다.

그녀는 학교에서 무엇을 배웠는지 아빠에게 얘기하는 남자아이의 목소리를 들었다. 아이의 말에 아빠가 웃는 소리도 들었다. 아빠와 아들의 맞잡은 손을 보았고, 그 팔을 가볍게 흔드는 것을 보았다.

4주가 지났다. 항상 목요일이에요, 그녀가 우다얀에게 말했다. 그날이 그가 학교에서 아들을 데리고 집에 가는 날이에요.

목요일이 확실해? 다른 날은 없었어?

없었어요.

그는 만족스러워 보였다. 그러더니 그가 다시 물었다. 그 아이가 그자의 아들인 게 분명해?

예.

아이의 나이는?

잘 모르겠어요. 예닐곱 살쯤.

그는 그녀에게서 고개를 돌렸다. 그 이상은 묻지 않았다.

수바시와 함께 살기 위해 미국으로 떠나기 전 주에 가우리는 자신이 가르친 오빠와 동생이 사는 동네인 자다푸르를 찾아갔다. 이번에도 인력거를 탔다. 그녀는 다시 결혼했으므로 색깔이 있는 사리를 입었고, 그래서 우다얀의 아내였을 때의 모습과 크게 다르지 않았다.

그녀는 임신 5개월이었다. 아빠를 잘 모를 아기가 배 속에서 자라고 있었다. 그녀는 가죽 슬리퍼를 신고 손목에는 팔찌를 찼다. 무릎 위에는 색깔 고운 지갑이 놓였다. 사람들이 알아보지 못하게 하고 싶어서 선글라스를 썼다. 곧 참기 힘든 무더위가 몰려올 것이지만 그때쯤이면 그녀는 멀리 떠나 있을 터였다.

그 오빠와 동생이 사는 거리에 이르자 그녀는 인력거꾼에 멈추라고 했다. 그녀는 계속 걸음을 옮기면서 각각의 집에 설치된 우편함을 눈여겨보았다.

마지막 우편함에 그녀가 찾던 이름이 있었다. 형사가 찾아와 그녀와 수바시에게 질문을 던지던 날에 그 형사가 언급한 이름이었다. 그 집은 단층 주택이었는데, 단순한 격자무늬 난간으로 둘러싸인 베란다가 있었다. 죽은 남자의 이름이 목재 우편함에 흰색의 정자체로 정성스레 쓰여 있었다. 니르말 데이. 그들에게 방해가 안 되도록 비켜주어야 했던 그 경찰관이었다.

이 집에 사는 사람들이 눈에 들어왔다. 베란다에 서서 볼 게 아무것도 없는 거리를 멍하니 응시하고 있었다. 마치 그녀를 기다리고 있었던 듯한 느낌이 들었다. 가우리가 지켜보곤 하던, 아빠의 손을 잡고 깡충거리며 길을 걷던 어린 남자아이도 있었다. 여태껏 그녀는 아이의 뒷모습밖에 보지 못했다. 아이가 항상 그녀로부터 멀어져갔기 때문이다. 그러나 아이의 몸을 보는 것만으로도 이 아이가 그 아이라는 것을 금방 알 수 있었다.

처음으로 그녀는 아이의 얼굴을 보았다. 그녀는 결코 채워지지 않을 상실감을 보았다. 그녀의 안에서 자라고 있는 아이도 공유하는 상실감이었다.

아이는 학교 수업을 마치고 집에 왔다. 이제는 밝은 흰색 교복 대신에 빛바랜 반바지와 셔츠를 입고 있었다. 격자무늬 난간에 손가락을 걸고 가만히 서 있었다. 아이가 잠깐 그녀를 쳐다보고 나서 시선을 돌렸다.

가우리는 아이가 학교에서 자기를 데리러 올 아빠를 기다렸을 그날 오후를 상상해보았다. 이윽고 아이는 아빠가 데리러 오지 않을 거라는 말을 누군가로부터 듣는다.

아이 옆에는 한 여자가 있었다. 아이의 엄마였다. 가우리보다 겨우 두어 살 많아 보이는 여자였다. 몇 주 전까지 가우리가 그랬던 것처럼 이제는 흰옷을 입게 된 엄마였다. 색깔 없는 천이 여자의 허리를 감싸고 어깨와 머리 위에 드리워졌다. 여자의 인생은 뒤집어졌다. 그녀의 안색은 박박 문질러서 깨끗이 씻어낸 것처럼 보였다.

가우리를 본 아이의 엄마는 시선을 돌리지 않았다. 누구를 찾으시나요? 아이 엄마가 물었다.

가우리는 자신이 생각할 수 있는 단 하나의 적절한 대답을 했다. 자신이 과외를 했던 오빠와 동생의 성을 말했다.

　그 사람들은 저쪽에서 살아요, 여자가 반대 방향을 가리키며 말했다. 너무 멀리 왔네요.

　가우리는 되돌아갔다. 자신은 이미 여자와 아이의 뇌리에서 지워졌다는 것을 알았다. 자신은 방 안으로 잘못 들어갔다가 날개를 파닥이며 다시 밖으로 나온 나방과도 같았다. 가우리와는 달리 그들 모자가 이 순간을 다시 생각하는 일은 없을 것이다. 그들이 평생 비통해할 일에 가우리가 관여했는데도 그녀는 이미 그들의 마음에서 빠져나갔다.

저지대

3

메그나는 네 살이었다. 벨라와 잠시 떨어질 수 있을 만한 나이였다. 메그나는 가을부터 다니게 될 유치원이 운영하는 여름 프로그램에 참여하고 있었다. 기차역을 지나서 있는 연못가의 야영지에서 진행되었다.

메그나는 일주일에 몇 번 다른 아이들과 어울려 아침 시간을 보내며 나무숲에서 함께 노는 것을 배우고, 야외 탁자에 둘러앉아 음식을 나누어 먹는 것을 배웠다. 그들은 메그나가 조그만 종이 봉지에 담아서 집에 가져온 갈색 빵을 구웠다. 비가 오면 메그나는 원뿔 천막에 들어가서 양가죽 위에 앉아 놀았다. 밀랍으로 뭘 만들기도 했고, 벨라나 수바시가 큰 소리로 이야기를 읽어나가며 펠트 인형으로 연기를 하는 것을 재미있게 지켜보기도 했다.

벨라는 아주 일찍 집을 나서야 했기 때문에 프로그램이 있는 날 아침이면 수바시가 메그나를 데려다주었다. 벨라는 일이 끝나면 메그나를 데리고 집에 돌아왔다. 일을 다시 시작한 것은 좋았다. 해가 뜨기 전에 일어나서, 해가 하늘에 있을 때 땀을 흘리고, 하루가 끝날 때 팔과 다리에서 팽팽한 감각을 느끼는 것은 기분 좋은 일이었다.

어렸을 때 반 친구들과 함께 이 농장으로 현장 체험 학습을 와서 양털 깎는 것을 관찰한 적이 있었다. 지난 10월에는 아버지와 함께 와서 호박을 땄으며 봄에는 채소의 모를 심었다. 이제 그녀는 돌이 많은 산성 토양에 씨를 뿌리고, 잡초를 없애기 위해 괭이질을 했다.

그녀는 긴 도랑을 파서 감자를 심었다. 줄과 줄 사이에는 미생물이 잘 살 수 있도록 좁은 길을 냈다. 비닐 터널이나 작은 크기로 자른 뗏장에 촉성재배를 시작하였고, 그런 다음에 묘목을 빈 땅에 옮겨 심었다.

어느 날 오후, 날이 흐린 뒤에 찾아든 햇볕을 즐기며 잠시 더위를 몰아내려고 벨라는 메그나를 데리고 차를 운전하여 제임스타운의 작은 만으로 갔다. 아버지가 그녀를 데려가곤 했던 곳이고 그녀가 처음으로 헤엄치는 법을 배운 곳이었다. 해변에서 돌아오는 길에 그녀는 옥수수를 파는 곳을 보고 차를 세웠다.

탁자 위에는 플라스틱 뚜껑에 길쭉한 홈을 낸 커피 캔이 있었고, 1달러에 옥수수 세 자루라고 쓰여 있었다. 다른 몇 가지 상품의 가격표도 있었다. 무, 바질, 떡갈잎을 담은 아이스박스, 끝마름병에 걸리지 않은 반결구상추 등의 가격표였다.

벨라는 캔을 집어 들었다. 안에서 동전 몇 개가 달그락거리는 소리가 들렸다. 그녀는 약간의 옥수수와 무를 사고 지폐를 홈 안으로 밀어 넣었다. 다음 주에 아버지 집에서 출발하여 다리를 건너는 얼마 되지 않은 거리를 운전하여 다시 그곳에 갔다. 여전히 아무도 없었다. 누가 이 작물을 길렀는지, 누가 이처럼 사람을 믿는 것인지 궁금해지기 시작했다. 누가 이것들을 관리하지 않고 내버려둬서 갈매기가 물고 갈 수도 있고, 사람이 와서 사거나 훔칠 수도 있게 하는 것일까 궁금했다.

그런데 어느 토요일에는 거기에 누가 있었다. 그 사람의 픽업 트럭 짐칸에는 더 많은 채소가 있었다. 바구니에 든 양파와 당근, 이파리가 숟가락 모양인 타차이가 눈에 들어왔다. 조그마한 검은 새끼 양 두 마리가 우리 안에 있었는데, 어울리는 빨간색 리본을 목에 두르고 밀짚 위에 앉아 있었다. 메그나가 가까이 다가가자 남자는 메그나의 손에 먹이를 쥐여주며 양들에게 먹이는 법을 가르쳐주고 양의 털을 만지게 해주었다.

이 섬에서 이것들을 가꾸는 거예요? 벨라가 물었다.

아니에요. 난 낚시하러 여기 와요. 한 친구가 자기 땅에 좌판을 벌일 수 있게 해준 거예요. 해마다 이맘때쯤이면 많은 관광객들이 여길 지나가니까요.

그녀는 레몬오이를 집어 들고 냄새를 맡았다.

우리도 이번에는 이걸 길러보았어요.

그게 어딨어요?

138번 도로 근처, 키낸스.

키낸스, 알아요. 로드아일랜드엔 처음 온 거예요?

그녀는 고개를 저었다. 그들 둘 다 이곳에서 태어났다. 서로 다른 고등학교에 다녔는데 그리 먼 거리는 아니었다.

그의 눈은 녹색이었고 얼굴에는 주름이 몇 개 있었다. 희끗희끗한 머리가 바람에 나부꼈다. 그는 점잖은 사람이었으나 그녀를 똑바로 쳐다보는 것을 두려워하지는 않았다.

다음엔 토끼를 가져올게. 내 이름은 드루야.

그가 무릎을 꿇고 손을 내밀었다. 벨라가 아니라 메그나에게.

네 이름은 뭐니?

그러나 메그나가 대답하지 않아서 벨라가 대신 말해주어야 했다.

예쁜 이름이네요. 무슨 뜻이죠?

벵골 만으로 흘러드는 강 가운데 하나예요. 벨라가 대답했다. 수바시가 골라서 지어준 이름이었다.

누가 줄여서 널 메그라고 부르는 사람 있니?

없어요.

내가 그렇게 불러도 될까? 네 엄마가 다음에 이곳에 들를 때 말이야.

그는 병아리와 강아지와 새끼 고양이 같은 다른 동물들을 가져오기 시작했다. 그래서 메그나는 집에 있는 동안 드루에 관해 얘기를 하기 시작했고, 언제 다시 그 아저씨를 만나러 가느냐고 벨라에게 묻곤 했다. 그는 벨라가 사지도 않은 것을 이것저것 챙겨서 벨라의 가방에 넣어주었고, 돈을 주려 해도 받지 않았다. 요리를 하면 녹색으로 변하는 자주색 부시콩, 분홍빛 마늘, 꼬투리에 든 완두콩 등을 주었다.

그의 농장은 가족 소유였다. 그는 평생 거기서 생활했다. 지금은 그리 넓지 않아서 한눈에 즉시 들어오는 규모였다. 예전에는 더 넓었고, 몇 세대에 걸쳐 그 농장에 의지해서 살아왔다. 그러나 그의 부모님은 농장의 많은 부분을 부동산 개발업자에게 팔아야 했다. 그는 지금 몇몇 지역사회 주주들의 도움을 받아 농장을 운영했다.

어느 날 그는 벨라와 메그나에게 농장을 보여주겠다고 말했다. 농장은 만의 다른 쪽에, 매사추세츠 주와 인접한 지역에 있었다. 농장에는 다른 동물들도 많았다. 공작새, 암컷 뿔닭, 농장에 접한 짠물 습지 옆에서 방목하여 기르는 양 등이 있었다.

차로 뒤따라갈까요?

기름을 아끼세요. 나랑 같이 가요.

그러면 우리를 다시 여기까지 데려다줘야 하잖아요.

어쨌든 난 다시 여기로 와야 해요.

그래서 벨라는 햇볕으로 후끈해진 드루의 픽업트럭의 널찍한 앞좌석에 올라탄 뒤 문을 닫았다. 먼저 트럭에 오른 메그나는 둘 사이에 앉았다.

주말이면 그를 만나기 시작했다. 그녀는 절대 환심을 얻으려 애쓰지 않았다. 그는 친절했으며 공격적인 성격과는 거리가 멀었다. 그는 그녀가 밭일에 열중하고 있을 때 나타나기 시작했고, 일을 쉬는 때가 언제인지 물어보며 함께 수영을 하러 가자고 제안하기도 했다.

그녀는 정해진 토요일에 그를 따라가서 함께 일을 하기 시작했다. 브리스톨의 야외 시장에서 흰 천막을 치고 그의 곁에 서서 손님들이 맛볼 수 있도록 토마토를 썰었다. 그와 함께 트럭을 타고 식당을 돌아다니며 배달했는데, 구매자가 주문한 상품을 상자에 담아 갖다 주는 일이었다. 그와 함께 해변을 걸으며, 그를 도와서 그가 점심때 쓰는 해초를 따주었다. 그는 앉아 있을 때도 바쁘게 손을 놀리며 나무로 뭔가를 만들었다. 메그나에게 줄 것을 만들기 시작했다. 인형의 집으로 쓸 가구나 마블런을 만들어주었다.

그녀는 아주 많은 지역을 돌아다녔다. 반면에 그는 평생 여기서 생활했다. 그는 일꾼을 두어 명 고용했는데, 하루의 일이 끝나면 각자 거처로 돌아갔다. 그는 혼자 살았다. 부모님은 두 분다 돌아가셨다. 그는 고등학교를 함께 다닌 여자와 결혼했다. 아이는 없었고, 둘은 오래전에 이혼했다.

한 달 뒤에 벨라는 그를 아버지와 엘리스에게 소개했다. 그는 벨라의 생일날 아침에 집으로 찾아왔고, 그래서 모두 만날 수 있었다. 장화를 벗어 트럭 안에 두고 맨발로 잔디밭을 걸어서 집 안으로 들어왔다. 그가 가져온 수박을 함께 먹었다. 그는 아버지가 뒷마당에서 기르는 주키니호박을 감탄스럽게 바라보았으며, 다음에 꼭 다시 와서 벨라의 아버지가 주키니 꽃에 튀김옷을 입혀 튀겨주는 요리를 맛보겠다고 약속했다. 아버지는 그를 좋아했다. 벨라에게 그와 함께 시간을 보내라고 권장할 정도였으며, 그럴 때는 메그나를 맡아서 돌봐주었다.

벨라는 드루에게 자기 엄마는 돌아가셨다고 말했다. 사람들이 물으면 항상 하는 대답이었다. 그녀는 자신의 상상 속에서 엄마를 인도로 돌려보냈다. 엄마는 볼일이 있어 인도로 돌아가서 병에 걸렸다고 속으로 생각했다. 오랫동안 벨라는 이 생각을 스스로도 믿게 되었다. 시신은 쌓아 올린 장작 밑에서 불태워졌고, 유골은 허공에 흩어져 날아갔다고 상상했다.

드루는 벨라가 자기와 함께 밤을 보내기를 점차 원했다. 일요일 아침에 함께 잠에서 깨어나 그가 복구한 헛간에서 아침을 먹고 싶어 했다. 그녀는 몇 차례 오후 시간에 그곳의 부드러운 침대 위에서 그와 사랑을 나누었다. 그곳에 있는 사다리의 맨 위 가로대에 서면 바다가 아주 조금 눈에 들어왔다.

벨라는 아직은 너무 이르다고 말했다. 처음에는 메그나 때문이라고 했다. 별 생각 없이 그 단계를 받아들이고 싶지 않으며, 더 확인해보고 싶다고 했다.

드루는 메그나의 침실이 있다고 말했다. 메그나도 거기서 같이 살기를 원한다고 했다. 메그나에게 높은 침대를 만들어주고 그 아래에는 놀 수 있는 공간을 만들 거라고 했다. 바깥에는 나무 집을 만들 수 있다고 했다. 여름이 끝날 무렵 그는 그녀와 사랑에 빠졌다고 말했다. 자신은 더 많은 시간이 필요하지 않으며, 자신의 느낌을 알 만큼은 성숙한 나이가 되었다고 했다. 그녀가 메그나를 잘 키울 수 있도록 돕고 싶다고 했다. 벨라가 허락해준다면 메그나의 아빠가 되고 싶다고 했다.

바로 그날, 그녀는 드루에게 자신의 엄마에 대한 진실을 얘기해주었다. 엄마는 떠났으며 결코 돌아오지 않았다고 말해주었다.

이것이 바로 자신이 한 사람과 같이 있기를 피해온 이유이고, 한 장소에 정착하기를 피해온 이유라고 말했다. 메그나를 혼자 키우고 싶어 하는 이유라고 했다. 비록 자신은 드루를 좋아하지만, 나이도 거의 마흔이 다 되었지만, 그가 찾는 것을 자신이 그에게 줄 수 있을지 알지 못하는 이유라고 했다.

벨라는 엄마가 쓰던 옷장 안에 앉아 있곤 했던 얘기를 해주었다. 엄마가 가지고 가지 않은 외투 뒤나, 아빠가 그때까지 치우지 않고 고리에 걸어놓은 벨트와 손가방 뒤에 앉아 있곤 하던 얘기였다. 아빠가 집에 일찍 돌아와서 그녀의 울음소리를 들을 수 있을 경우에는 베개로 입을 꼭꼭 틀어막았다. 너무 많이 울어서 눈 밑의 피부가 부어올라, 얼마 동안 나머지 피부색보다 더 옅은 빛깔로 부풀어 오른 미소 두 개가 생겨났던 기억을 떠올렸다.

　마침내 그녀는 우다얀 얘기를 했다. 자신은 서로 사랑한 두 사람에 의해 만들어졌고, 결코 사랑하지 않는 두 사람에 의해 길러졌다고 얘기했다.

　드루는 그녀의 손을 꼭 잡고 들었다. 나는 아무 데도 안 갈 거요, 그가 말했다.

4

프로비던스까지는 차로 한 시간 거리였고 그 뒤로는 한 시간
이 채 안 걸렸다. 그녀는 차의 내비게이션에 우편번호를 입력했
으나 곧 그럴 필요가 없다는 것을 알았다. 폭스버러, 애틀버러,
포터컷 같은 서로 다른 방향의 교외와 읍으로 빠지는 출구의
이름을 보니 옛 기억이 되살아났던 것이다. 목조 주택의 지붕널
과 바깥벽이 눈에 들어왔고, 주 의회 의사당 건물의 반구형 지
붕이 흘끗 보였다. 프로비던스와 크랜스턴을 지난 후, 그 읍으로
가는 출구는 왼쪽이라는 것을 기억해냈다. 왼쪽으로 나가지 않
고 주간 고속도로를 계속 타고 달리면 뉴욕에 이를 터였다.

그녀는 비행기 편으로 보스턴으로 와서 공항에서 차를 빌려
남은 길을 가고 있는 중이었다. 수바시가 그녀를 처음 데려갈
때도 같은 고속도로를 탔고, 그녀가 일주일에 두 번씩 대학원에
갈 때도 이 길로 다녔다. 뉴잉글랜드는 바야흐로 가을이어서
나뭇잎의 색이 막 바뀌기 시작했으며 공기는 상쾌했다.

출구로 빠져나온 지 얼마 지나지 않아 신호등이 있는 곳에서
또 한 번 왼쪽으로 돌면 그에게 갈 수 있었다. 만을 내려다보는

키 큰 소나무 사이에 목조탑이 있었다. 캘리포니아에 있는 가우리의 책상 서랍에는 이 탑의 꼭대기에 서 있는 벨라의 사진이 있었다. 햇빛이 밝은 추운 날, 모피를 덧댄 모자가 달린 노란색 누비 재킷을 입은 벨라가 눈을 가늘게 뜨고 찍은 사진이었다. 가우리는 집을 나가기 전에 앨범에서 그 사진을 급히 빼내 챙겨 갔다.

그녀는 처음에는 수바시에게 편지를 쓰려고 했다. 그가 요구한 것을 들어주는 답장을 써서 보내려고 했다. 며칠 동안 편지지를 붙잡고 낑낑댔지만 만족스러운 결과를 얻지 못했다.

그녀는 이혼을 하든 안 하든 아무 차이도 없다는 것을 알았다. 그들의 결혼 생활은 오래전에 결딴났다. 그런데도 합당하고 합리적인 그의 요구에 마음이 몹시 불편했다. 그를 만날 필요성을 느꼈다.

떨어져 있어도, 심지어 지금도 그녀는 그에게 매인 느낌이 들었다. 그와 무언의 공모를 한 듯한 느낌도 들었다. 그는 그녀를 톨리건지에서 데려왔다. 우다얀과 연결되는 사람은 그뿐이었다. 벨라에 대한 그의 헌신적인 사랑과 안정감 있는 태도는 그녀 자신의 일탈을 보완해주었다.

편지가 지금 왔다는 것은 어떤 조짐처럼 여겨졌다. 10년 전에 이혼을 원할 수도 있었고, 앞으로 2년 후에 요구할 수도 있었을 테니 말이다. 편지가 왔을 때 그녀는 이미 학술회의에 참석하기 위해 동해안을 지나 런던으로 가는 계획을 세우는 데 몰두하고 있었다. 그녀는 일정을 조정하여 연결 항공편을 예약하고 로드아일랜드에서 일박하는 계획을 세웠다. 수바시가 요구하는 것을 들어줄 생각이었다. 그녀가 바라는 것은 그 앞에 서서 얼굴을 맞대고 이야기하여 자신들의 관계를 끊는 것뿐이었다. 그는 편지에서 자기는 얼마든지 그럴 수 있다고 썼다.

하지만 그것은 초대가 아니었다. 그에게 가도 되는지 물어보지도 않았고 찾아간다는 말도 하지 않았으며, 더구나 아직도 자신을 차분히 통제하지 못했다.

나뭇잎이 아직 떨어지지 않아서 그녀는 만을 볼 수 없었다. 대학의 본교 건물로 이어지는 기복이 있는 긴 2차선 도로로 접어들었다. 예전에는 숲 사이로 난 길이었다. 도로에서 멀찍이 떨어진 집들이 보였고 커다란 철쭉과 평평한 돌로 쌓은 담도 눈에 띄었다.

자갈길 진입로 안으로 들어갔다. 땅은 담쟁이로 뒤덮였다. 여관 이름과 설립 연도가 쓰인, 고리에 걸린 나무 간판이 바람에 흔들렸다. 그녀는 아침 식사가 제공되는 이 여관에 방을 예약했다.

여행 가방을 들고 현관문으로 가서 쇠고리로 문을 두드렸다. 아무도 나오지 않자 손잡이를 돌려보았다. 문은 잠기지 않았다. 어두운 실내에 눈이 적응되자 출입구 저편의 거실이 보였고, 조그만 종이 놓인 책상이 보였다. 방문객은 그 종을 쳐달라는 안내문이 눈에 띄었다.

그녀 또래의 여자가 와서 그녀를 맞았다. 옆 가르마를 탄 은발은 느슨했으며 피부는 발그레했다. 청바지에 양털 재킷을 입었고, 페인트가 묻은 캔버스 천 앞치마를 둘렀다. 신발은 클로그를 신었다.

미트라 부인이세요?

네.

제가 작업실에 있었어요, 여자가 그렇게 말하며 헝겊에 손을 닦고 나서 손을 내밀었다. 그녀의 이름은 낸이었다.

거실에는 여러 가지 물건이 가득했다. 에나멜 주전자와 접시 세트, 그리고 자기와 책이 꽉 들어찬, 앞면이 유리인 캐비닛이 있었다. 다른 책상 위에는 접시, 머그잔, 탁한 색을 띠도록 유약 처리한 우묵한 그릇 따위의 도자기 작품이 놓여 있었다.

모두 판매하는 거랍니다, 낸이 말했다. 작업실은 뒤편에 있어요. 거기에 더 많은 작품들이 있으니 관심이 있으면 말씀하세요. 우편 발송도 되고요.

가우리는 신용카드와 대학 신분증을 건넸다. 낸이 숙박부에 그녀의 정보를 적는 것을 지켜보았다.

오늘 밤에 비가 올지도 모르겠어요. 물론 안 올 수도 있고요. 여긴 처음이에요?

저는 예전에 로드아일랜드에서 살았어요.

어느 지역이요?

이 길에서 그리 멀지 않은 곳에서요.

아, 그럼 이곳을 잘 아시겠네요.

낸은 왜 이곳에 다시 왔는지 묻지 않았다. 여자는 계단을 올라가 방문이 줄지어 서 있는 복도로 가우리를 데리고 갔다. 가우리는 방 열쇠와 함께 밤 열한 시 이후에 들어올 경우를 대비한 현관 출입구 열쇠를 받았다.

침대는 높았고 머리맡의 검은 빛깔 나무판은 얇았다. 흰색 면 시트가 깔린 더블 침대였다. 화장대 위에는 조그만 텔레비전이 있고, 창문에는 빛을 은은하게 걸러주는 레이스 커튼이 드리워져 있었다. 그녀는 침대 옆의 책장을 살펴보았다. 몽테뉴의 책을 꺼내 조그만 탁자 위에 올려놓았다.

그 책들은 아버지의 책이었어요. 대학에서 교편을 잡으셨죠. 아흔다섯에 돌아가실 때까지 이 집에서 사셨어요. 이 집을 떠나지 않으려 했지요. 결국엔 아이들이 타는 조그만 크기의 휠체어를 사드려야 했어요. 출입구가 너무 좁으니까요.

가우리가 묻자 여자가 알려준 그 교수의 이름은 왠지 친숙했으나 막연히 그럴 뿐이었다. 한때 그의 수업을 들었을지도 모르지만 기억나지는 않았다.

그녀는 씻고 매무새를 다듬은 다음, 가지고 간 스웨터로 갈아입었다. 방은 외풍이 있었고 벽난로는 장식에 불과했다. 아래층으로 내려가자 실제로 벽난로에 불이 지펴졌고, 함께 서 있는 젊은 부부의 등이 보였다. 커피 탁자 위에는 찻주전자와 컵, 쿠키와 포도가 담긴 쟁반이 놓여 있었다. 젊은 부부는 낸의 도자기 전시물을 살펴보며 커다란 접시 중에서 어떤 것을 사는 게 좋을지 고민했다. 가우리는 서로 상의하며 무엇을 선택할지 신중하게 따져보는 그들의 대화를 들었다.

젊은 부부가 몸을 돌려 자신들을 소개했다. 몬트리올에서 왔다고 했다. 그녀는 몸을 기울여 악수를 했다. 그들의 이름은 금세 뇌리에서 빠져나갔다. 그들은 그녀의 학생이 아니니 상관없었다. 가우리는 그들을 보러 온 게 아니었다.

그들은 샴페인 색깔의 소파에 앉았다. 남편이 자신들의 찻잔을 다시 채웠다.

같이 드실래요?

아니요, 괜찮아요. 저녁 시간 즐겁게 보내세요.

선생님도요.

그녀는 차가 있는 밖으로 나갔다. 하루가 끝나가고 있었다. 하늘은 이미 빛이 스러지고 있었다. 그녀는 휴대폰을 꺼내 스크롤을 내려서 수바시의 전화번호를 찾았다. 무엇인가 그녀의 등을 세게 떠밀어 이곳에 오게 했다. 그것은 그녀로 하여금 집을 떠나게 했던 것과도 흡사한, 어떤 막을 수 없는 지독한 자극이었다.

그녀는 무단으로 침입하고 있는 셈이었다. 그들이 오랫동안 지켜온 규칙을 깨뜨리고 있는 것이었다. 수바시는 이번 주말에 바쁠 수도 있었다. 집을 떠나 어딘가로 갔을 수도 있었다. 그의 편지는 상냥했지만 그녀를 보는 것을 끔찍이도 싫어할 가능성이 아주 높았다.

자신이 저지른 행동이 얼마나 어리석고 얼마나 무분별한 것이었던가 하는 회한이 뼛속까지 스며들었다. 자신은 언제나 그의 인생의 짐이었고 방해물이었던 것만 같았다.

가우리는 지금 당장 그를 만날 필요는 없다고, 아직 시간이 있다고 스스로를 타일렀다. 그녀의 런던행 비행기는 다음 날 저녁에 출발했다. 그녀는 내일 그를 만나러 갈 계획이었다. 밝은 빛 속에서. 그런 다음 곧장 공항으로 갈 것이었다. 오늘 밤은 그저 그가 집에 있는지만 확인할 것이었다.

그녀는 차를 몰고 대학 교정으로 들어갔다. 그녀가 수업을 받았던 건물을 지나고, 유모차에 벨라를 태우고 거닐었던 길을 지나갔다. 석조 건물과 60년대 건축물이 섞인 곳을 지나고, 그 이후 지어진 건물들을 지났다. 그녀와 수바시가 처음 살았던 아파트 단지도 지나갔다. 병원에서 벨라를 데리고 들어간 집이었다. 그녀는 세탁을 하는 곳인, 아파트 단지 바깥에 있는 조그만 건물 옆에서 차를 돌렸다. 그리고 마을로 진입했다.

수바시가 식료품을 사곤 했던 슈퍼마켓은 지금은 커다란 우체국으로 바뀌었다. 그곳에는 더 많은 것을 더 자주 살 수 있는 더 많은 장소가 생겼다. 24시간 문을 여는 약국이 있었고 온갖 종류의 음식점들이 있었다.

그녀는 기억이 나는 식당을 선택했다. 벨라가 창구에서 아이스크림콘을 사 먹곤 하던 아이스크림 가게였다. 빨강과 초록의 사탕이 박힌 페퍼민트스틱이라는 맛은 벨라가 가장 좋아하던 맛이었다. 안에는 등받이 없는 작은 의자가 놓인 커다란 카운터가 있고, 뒤쪽에는 낮은 칸막이를 한 작은 공간이 몇 군데 있었다. 토요일이었다. 그녀는 엄마 아빠 없이 밖에 나와 밀크셰이크를 마시며 농담을 주고받는 고등학생 무리 사이에 앉았다. 혼자 앉아서 닭고기 튀김과 으깬 감자를 먹는 나이 많은 사람도 몇 명 눈에 띄었다.

로드아일랜드에서 살 때 대학교 밖으로 나올 때마다 느꼈던 불편함이 다시 찾아왔다. 무시당한다는 느낌과 눈에 잘 띈다는 느낌, 그 느낌이 음식을 먹는 도중에 압축적으로 찾아들었다. 그녀는 서둘러 먹다가 차우더에 혀가 데었고, 그래서 작은 컵에 담긴 아이스크림을 급히 먹어치웠다. 수바시를 우연히 만나게 되는 상상을 해보았다. 그는 식당에서 외식을 하는 부류의 사람이 되었을까?

저녁을 먹고 나서 그녀는 사람들이 황혼 빛을 받으며 조깅을 하거나 산책을 하는 산책로를 죽 따라가며 만을 향해 차를 몰았다. 바다 옆의 성문 같은, 양옆에 탑이 하나씩 있는 석조 아치형 입구를 통과했으며, 계속해서 집을 향해 나아갔다.

집에는 불이 켜 있었다. 그녀는 차의 속도를 줄였다. 너무 불안하고 긴장되어서 차를 멈추지는 못했다. 진입로에 두 대의 차가 있었다. 예상하지 못한 일이었다. 차고에 세 번째 차가 있는 걸까? 누가 그를 방문했을까? 지금 만나는 친구는 누구일까? 그의 애인? 주말이어서 손님들을 불러 접대하는 것일까?

그녀는 여관으로 돌아갔다. 몸과 마음은 지쳤으나 그녀에게는 아직 이른 시간이었다. 그녀가 떠나온 서해안에서는 이제 막 저녁이 시작되고 있을 터였다. 몬트리올에서 온 젊은 부부는 외출한 모양이었다. 낸은 이 집의 보이지 않는 어느 곳에 들어가 있었다.

가우리는 계단을 올라가 자신의 방으로 들어갔다. 침대 옆의 접시에 생강 쿠키 두 개가 놓인 것을 보았다. 잔 받침에 놓인 머그잔과 허브티 티백, 그 옆의 전기 주전자도 눈에 들어왔다.

낸의 친절함은 형식적인 것이었지만, 그게 아무리 무미건조하다 해도 가우리는 그 성의가 고마웠다. 모르는 사람이 자신을 받아들이고 공간을 제공해주었다. 내일 수바시도 그렇게 해줄 것인지 그녀로서는 알 도리가 없었다.

아침 식사를 하고 나서 여행 가방을 다시 싸고 계산을 했다. 로드아일랜드에서의 일박을 끝내고 이제 출발하려 했다. 하지만 이 여행의 목적은 그대로 남아 있었다. 그녀는 방에 남은 자신의 일시적인 흔적을 지웠다. 구겨진 베갯잇을 반듯하게 펴고 조그만 탁자에 깔린 레이스를 정돈했다.

열쇠를 건네줄 때는 빨리 떠나고 싶은 욕구와 망설이는 마음을 동시에 느꼈다. 자신의 공간이라 할 만한 곳은 렌터카밖에 없다는 생각이 들었던 것이다. 이제 이곳에 온 목적을 실행하는 것 말고는 할 일이 없었다.

그녀는 다시 고속도로로 나갔다. 신호등은 보스턴으로 방향을 돌릴 수 있는 마지막 기회였다. 잠깐 동안 극도로 초조해하며 깜빡이를 켰다. 그녀는 다시 마음을 바꿔 계속 직진하면서 뒤에 있는 운전자를 짜증스럽게 했다.

오늘 집의 진입로에는 차가 한 대밖에 없었다. 조그만 해치백이었는데 틀림없이 수바시의 차일 터였다. 그렇지만 너무 낡은데다가 인생의 이 단계에서도 여전히 대학원생 때 몰았던 것과 같은 종류의 차를 타고 다닌다는 게 놀랍긴 했다. 로드아일랜드 번호판이었고 범퍼에는 오바마 스티커가 붙었다. "지역 농산물 사서 지역 영웅 되자"라는 문구가 쓰인 스티커도 눈에 띄었다.

단풍나무를 바라보았다. 수바시가 심었을 때는 가지가 너무 여려서 부러뜨릴 수도 있을 것 같았는데, 지금은 그녀의 키의 세 배는 되어 보였다. 나뭇가지를 활짝 펼치고 있어서 지면 가까이까지 내려온 가지도 있었다. 잿빛 나무껍질은 유약 처리한 도자기만큼이나 매끈했다. 집 앞에는 꽃이 예전보다 더 많았다. 노랑데이지와 원추리가 겨울이 오는 것을 거부하며 무성하게 자랐다. 계단에는 국화 화분이 놓여 있었다.

뭔가 가져와야 했을까? 그녀가 캘리포니아에 산다는 것을 말해줄, 그곳에서 나는 피스타치오나 레몬 같은 것을?

그녀는 이미 이혼 서류에 서명하여 동의를 표했다. 그 서류를 그에게 직접 건네줄 것이다. 어떻게 하다 보니 그렇게 되었다고 그에게 말할 생각이었다.

그녀는 자신들의 결혼이 공식적으로 끝을 맺어야 한다는 데

동의할 것이고, 톨리건지와 로드아일랜드의 집은 당연히 그의 소유이므로 그가 알아서 팔면 된다고 말할 것이다. 거실에서의 긴장된 대화를 상상해보았다. 형식적으로 정보를 주고받은 다음 본격적으로 얘기를 하기 전에 그가 차 한 잔 할 거냐고 물어볼 것이다.

이것이 그녀가 비행기 안에서 준비하고, 전날 밤에 침대에 누워 검토하고, 그날 아침에 운전을 하며 다시 머리에 그린 시나리오였다.

그녀는 차 안에 앉아 집을 바라보았다. 수바시가 안에 있을 거라고 믿었으며, 그녀를 보면 전혀 예기치 않은 상황에 몹시 당황하며 언짢아할 게 틀림없다고 생각했다. 자신은 그가 문을 열어줄 것으로 기대하면 안 되는 입장이라는 것을 잘 알았다.

자다푸르에서 경찰관의 우편함을 찾아보던 일을 회상했다. 그때 그녀는 자신이 알아내려고 하는 것에 몹시 두려워했다. 마음 한구석에서는 이미 뭘 찾게 될지 알고 있었으므로.

그를 괴롭히고 싶지 않다는 충동이 일었다. 가지고 온 서류를 우편함에 넣고 뒤돌아 떠나고 싶은 유혹이 일었다. 그런데도 그녀는 안전띠를 풀고 시동 키를 뽑았다. 그가 자신을 용서해줄 거라는 기대는 하지 않았지만 벨라의 아빠가 되어준 것을 감사하고 싶었다. 자신을 미국으로 데려온 것에 대해, 집을 떠날 수 있게 해준 데 대해 그에게 감사하고 싶었다.

자신의 핏줄을 타고 흐르는 부끄러움은 영속적이었다. 그녀는 이 부끄러움에서 절대 자유롭지 못할 것이다.

그녀는 궁극적으로는 벨라를 찾아 여기 왔다. 벨라가 어떻게 사는지 물어보러 왔고, 자신이 벨라에게 연락할 수 있는지 수바시에게 물어보러 온 것이었다. 벨라의 전화번호를 알려줄 수 있는지, 자신이 편지를 보낼 수 있는 주소를 말해줄 수 있는지 물어보러 온 것이고, 너무 늦기 전에 벨라가 자신의 이런 행동을 받아들일 수 있을지 물어보러 온 것이었다.

차에서 나오자 찬 공기가 얼굴을 때렸다. 바다에서 불어오는 바람은 내륙의 바람보다 더 거칠었다. 그녀는 손가방에서 장갑을 꺼내어 꼈다.

열 시 삼십 분, 너무 이른 시간은 아니었다. 수바시는 아마 자리에 앉아 〈프로비던스 저널〉을 읽고 있을 터였다. 그녀는 이미 진입로의 발치에 설치된 우편함에 신문이 없는 것을 보았다.

그녀는 수바시의 모습을 보면서, 그의 목소리를 다시 들으면서 나이 든 우다얀의 모습을 떠올리게 될 터였다. 수바시는 여전히 우다얀의 대리인이었다. 낯설면서도 동질감을 느끼게 했다. 그녀는 현관문으로 난 길을 걸어 올라가 초인종을 눌렀다.

5

일요일 아침이었다. 하늘은 늦여름 폭우 이후 잠잠해졌다. 케일과 방울양배추의 수확을 준비해야 할 때였다. 몇 차례 서리를 맞으면서 맛이 좋아질 것이다. 어젯밤에는 기온이 갑자기 떨어져서 이불을 꺼내 덮었다. 곧 계절이 바뀔 터였다.

메그나는 커피 탁자에서 그림을 그렸다. 수바시와 엘리스는 밖에서 아침을 먹고 산책을 하러 나가고 없었다.

벨라가 설거지를 하고 있을 때 메그나가 다가와서 그녀의 스웨터 끝자락을 잡아당겼다.

누가 문 앞에 와 있어.

그녀는 드루가 가끔 그러는 것처럼 미리 전화하지 않고 들렀나 보다 생각했다. 수돗물을 잠그고 손을 닦았다. 조리대에서 물러서서 거실의 창을 통해 밖을 내다보았다.

그러나 진입로에 드루의 픽업은 없었고, 벨라의 차 뒤에 새 차로 보이는 조그만 흰색 승용차가 서 있었다. 그녀는 현관문 구멍에 눈을 대고 보았으나 그 사람은 옆에 서 있어서 보이지 않았다.

그녀는 자신에게 서명을 해달라는 것일까, 기부를 해달라는 것일까, 대의명분은 뭘까 궁금해하며 문을 열었다. 덧문의 유리는 다가오는 추위에 대비하려고 최근에 갈아 끼웠다.

한 여자가 덧문 뒤에 서 있었다. 그녀는 장갑 낀 손을 입에 갖다 댔다.

그들의 키는 이제 같았다. 여자의 짧게 다듬은 머리에는 흰머리가 섞였다. 몸피는 줄었다. 눈 주위의 피부는 더 부드러워져서 예전의 강렬했던 눈빛이 누그러졌다. 그녀는 밀어제칠 수 있을 만큼 가냘파 보였다.

외모에 약간 신경을 쓴 매무새였다. 립스틱, 귀고리, 외투 속에 밀어 넣은 스카프…….

벨라는 맨발이었다. 잘 때 입은 운동복 바지에 드루의 낡은 스웨터 차림이었다. 벨라는 덧문의 손잡이로 손을 뻗었다. 손잡이의 감촉을 느끼며 안에서 잠갔다.

벨라, 엄마가 부르는 소리가 들렸다. 그녀는 엄마의 얼굴에 맺힌 눈물을 보았다. 안도감과 동시에 믿지 못하겠다는 표정이 서린 얼굴이었다. 벨라가 기억하는 목소리가 유리문을 통해 흐릿하게 들려왔다.

메그나가 다가왔다. 엄마, 메그나가 물었다. 저 할머니는 누구야?

그녀는 대답하지 않았다.

왜 문을 열어주지 않아?

벨라는 잠금장치를 풀고 덧문을 열어주었다. 엄마가 집 안으로 들어오는 것을 지켜보았다. 엄마의 움직임은 딱딱했으나 본능적으로 집 안의 구조와 가구의 배치를 알아차린 발걸음이었다. 계단을 몇 개 지나서 거실로 들어왔다.

이곳, 손님을 맞이하는 거실에 그들은 앉았다. 벨라와 메그나는 소파에 앉고 엄마는 그 앞에 놓인 의자에 앉았다. 엄마가 벨라의 손톱에 낀 흙과 거칠어진 손을 바라보았다.

몇 가지 가구는 예전 그대로라는 것을 벨라는 알고 있었다. 소파 양옆에 있는 크림색 갓을 씌운 전기스탠드, 컵이나 유리잔을 올려놓곤 하는 작은 탁자, 등 부분을 등나무로 만든 흔들의자, 납염 기법으로 제작하여 액자에 팽팽하게 끼운 인도 고깃배 벽걸이 그림 등이 그런 것들이었다.

그러나 벨라의 삶의 증거물 또한 여기에 있었다. 뜨개질 바구니, 창턱에 놓인 몇 가지 식물의 꺾꽂이, 콩이나 곡물을 담은 단지들, 책꽂이에 꽂아둔 자신의 요리책들…….

엄마가 메그나를 바라보다가 다시 벨라에게 눈을 돌렸다.

네 아이니?

그래, 딱 보면 알겠다, 잠시 시간이 흐른 뒤에 엄마가 자신의 질문에 대답했다. 벨라는 아무 말도 하지 않았다. 말을 할 수가 없었다.

아이는 언제 태어났니? 너는 언제 결혼했어?

남들이 물어보면 개의치 않고 대답해주었던 간단한 질문이었다. 그러나 엄마에게서 그 질문을 받으니 하나하나가 얼토당토않게 여겨졌다. 질문 하나하나가 모욕이었다. 벨라는 자신이 살아오면서 경험하고 선택한 이야기들을 이처럼 아무렇지도 않게 엄마와 나누고 싶지 않았다. 한마디도 내뱉지 않으려 했다.

엄마는 메그나에게 얼굴을 돌렸다. 몇 살이니?

메그나는 손을 들어 손가락 네 개를 보여주며 말했다. 곧 다섯 살이 돼요.

생일이 언젠데?

11월.

벨라는 몸서리를 쳤다. 떨리는 몸을 진정시킬 수 없었다. 어떻게 이런 일이 일어났지? 왜 엄마를 집 안에 들였지? 왜 문을 열어주었지?

넌 네 엄마가 아이였을 때의 모습을 꼭 닮았구나, 벨라의 엄마가 말했다. 이름은 뭐니?

메그나는 자기 이름을 써놓은, 자신이 그린 그림을 가리켰다. 그리고 글씨를 더 쉽게 읽을 수 있도록 그림을 돌려서 보여주었다.

메그나, 넌 여기서 사니? 아니면 여기 놀러 온 거야?

메그나는 즐거워했다. 우리는 여기서 살아요.

아빠랑 함께?

난 아빠가 없어요, 메그나가 말했다. 근데 할머니는 누구세요?

난 네……

이모할머니야, 벨라가 처음으로 입을 열어 말했다.

이제 벨라는 가우리를 노려보았다. 고개를 한 번 저었는데, 그것만으로 가우리를 조용하게 만들었다. 무언의 경고가 가우리의 폐부를 찌르며 자신의 위치를 깨닫게 한 것이었다.

가우리는 캘리포니아에 작은 지진이 발생해서 벽이 떨릴 때 느꼈던 것과 같은 막연한 불확실성과 불안을 느꼈다. 그때처럼 예고 없이 들이닥친 위협을 느꼈다. 탁자 위의 컵이 달그락거리고 땅이 흔들리다 가라앉기를 반복할 때, 그 상황이 끝나기까지

493

는 자신이 무사할 것인지의 여부를 결코 알 수 없는 것과도 같
았다.

이 할머니는 네 외할머니의 친구였어, 벨라가 메그나에게 말
했다. 그러니까 너에게는 이모할머니인 셈이야. 네 할머니가 돌
아가신 뒤로 난 이분을 처음 보는 거야.

알았어요, 메그나가 말했다. 메그나는 커피 탁자 앞에 무릎
을 꿇고 앉아 고개를 한쪽으로 기울인 자세로 다시 그림을 그
렸다. 흰 종이 뭉치와 나무 상자에 가지런히 담긴 크레용이 옆
에 있었다. 메그나는 그림 그리기를 마음을 집중할 거리이자 마
음의 휴식을 얻는 활동으로 삼고 열심히 그림에 빠져들었다.

가우리는 안락의자에 걸터앉았다. 실내 구조는 예전과 다르
지 않았다. 그러나 모든 게 변했다. 수십 년이 흘러갔지만 그 세
월은 한편으로는 존재감을 강하게 드러냈다. 그 결과는 건널 수
없는 심연이었다.

그녀는 벨라를 찾아 여기 왔다. 그리고 여기 벨라가 있었다. 1미
터 앞에. 그러나 닿을 수 없었다. 벨라는 거의 마흔이 다 된 성
인이었다. 벨라를 떠났을 때의 가우리보다 더 많은 나이였다. 얼
굴의 비율은 예전과 달랐다. 관자놀이는 더 넓어졌고, 얼굴은
더 길어지면서 좀 더 조각처럼 변했다. 외모에 별로 신경 쓰지
않는데, 눈썹은 다듬어지지 않았고 머리는 목덜미께에서 아
무렇게나 묶여 있었다.

나랑 삼목두기 놀이 할래요? 메그나가 벨라에게 물었다.

지금은 안 돼.

메그나가 눈길을 돌려 가우리를 쳐다보았다. 메그나의 얼굴
은 벨라와 같은 갈색이었다. 담갈색 눈이 벨라만큼이나 주의 깊

게 그녀를 응시했다. 할머니는요?

가우리는 벨라가 제지할 거라고 생각했으나 벨라는 아무 말도 하지 않았다.

가우리는 몸을 숙이고 아이의 손에서 크레용을 받아 종이에 표시를 했다.

너와 엄마는 여기서 할아버지랑 같이 사니? 가우리가 물었다.

메그나가 고개를 끄덕였다. 그리고 엘리스 할머니가 매일 와요.

가우리는 질문이 절로 입 밖으로 튀어나오는 것을 막을 수 없었다.

엘리스?

할아버지가 그 할머니랑 결혼하면 난 새 할머니가 생겨요, 메그나가 말했다. 나는 결혼식에서 꽃을 뿌리는 아이로 등장할 거예요.

머리가 하얘지는 느낌이었다. 가우리는 그 느낌이 사라지기를 기다리며 의자의 팔걸이를 움켜쥐었다.

그녀는 메그나가 종이에 선을 긋는 것을 보았다. 보세요, 내가 이겼어요, 아이가 말하는 소리가 들렸다.

가우리는 가방에서 서명한 서류가 담긴 봉투를 꺼냈다. 그 봉투를 커피 탁자 위에 내려놓고 벨라 쪽으로 밀었다.

이걸 아빠에게 전해주렴, 그녀가 말했다.

벨라는 가우리가 꼼짝 않고 가만히 앉아 있는데도 마치 가우리가 갑자기 고꾸라져서 상처를 입을지도 모른다고 생각하듯, 막 걸음마를 배우는 아기를 바라보듯 가우리를 지켜보았다.

아빠는 잘 계시니? 건강은 괜찮아?

여전히 벨라는 대답하지 않았고, 그녀와 직접 얘기하려 하지 않았다. 얼굴에 용서의 기미는 전혀 보이지 않았다. 가우리가 처음 도착했을 때와 달라진 게 없었다.

알겠다, 그럼.

가우리는 실패의 감정이 불타올랐다. 자신의 여정에 기울인 노력, 운에 맡기고 찾아온 주제넘은 태도, 관계를 회복할 수 있을지 모른다는 어리석은 기대……. 이혼은 수바시의 삶을 단순화하는 게 아니라 풍요롭게 하는 것이었다. 그의 삶에서 가우리의 자리는 전혀 없는데도 불구하고 그는 여전히 그녀를 뿌리째 뽑아낼 수 있었다.

그녀는 예전에 자신이 서재로 썼던 방을 머리에 떠올렸다. 그 방은 지금 메그나의 방이 되었을까 궁금했다. 그 당시에 그녀는 서재의 문을 닫고 수바시와 벨라로부터 떨어져 있기만을 원했다. 자신이 가진 것을 소중히 여길 줄 몰랐다.

그녀는 일어서서 가방을 어깨에 멨다. 갈게.

잠깐만요, 벨라가 말했다.

벨라는 옷장으로 가서 메그나에게 웃옷을 입히고 신발을 신겼다. 그러고 나서 부엌에서 밖으로 통하는 유리 미닫이문을 열며 메그나에게 말했다. 식탁에 놓아둘 꽃을 꺾어오지 않을래? 넉넉하게 꺾으렴. 알았지? 그런 다음 새 모이통에 가서 살펴보고, 모이를 더 주어야 하는지 알아보고 와.

미닫이문이 닫혔다. 이제 그녀와 벨라, 단둘이었다.

벨라는 가우리가 서 있는 곳으로 다가갔다. 가까이 다가섰는데, 너무 가까워서 가우리가 약간 뒤로 물러섰다. 벨라가 가우리를 더 뒤로 밀칠 것처럼 손을 들었으나 몸에 손을 대지는 않았다.

어떻게 감히, 벨라가 말했다. 목소리는 속삭이는 것보다 아주 약간 더 클 뿐이었다. 어떻게 감히 이 집에 발을 들여놓을 생각을 했어요?

지금까지 이처럼 증오 어린 눈으로 자신을 쳐다본 사람은 없었다.

왜 여기 온 거예요?

뒤에 벽이 있는 것을 느낀 가우리는 몸을 가누기 위해 벽에 몸을 기댔다.

네 아빠에게 서류를 전해주러 왔어. 그리고……

그리고?

아빠에게 너에 대해 물어보고 싶었어. 널 찾으려고 말이야. 네 아빠는 우리가 만나서 얘기할 수 있다고 했거든.

당신은 그걸 이용한 거로군요. 처음부터 아빠를 이용했듯이 말예요.

내 잘못이었어, 벨라. 그 말을 하려고 여기……

나가세요. 뭔지는 모르지만 당신에게 더 중요한 곳으로 돌아가세요. 벨라는 눈을 감고 손으로 귀를 막았다.

난 당신이 눈앞에 있는 걸 못 견디겠어요, 벨라가 말을 이었다. 당신이 말하는 걸 듣는 게 참을 수 없이 괴로워요.

가우리는 현관문을 향해 걸음을 옮겼다. 목은 고통으로 따가웠다. 물을 마시고 싶었지만 차마 그 말을 할 수가 없었다. 현관문의 손잡이를 잡았다.

벨라, 미안하다. 다시는 널 괴롭히지 않을게.

당신이 왜 우릴 떠났는지 알아요, 벨라가 가우리의 등을 향해 그 말을 날렸다.

나는 수년 전에 우다얀에 대해 알게 됐어요, 벨라가 계속했다. 나는 내가 누구인지 알아요.

이제는 가우리가 움직일 수도 없고 말할 수도 없었다. 벨라에게서 우다얀의 이름을 들었다는 것을 감당할 수가 없었다.

그건 중요한 게 아니에요. 그 어떤 것도 당신이 한 행동의 평계가 되지 못해요, 벨라가 말했다.

벨라의 말은 총알과도 같았다. 우다얀을 끝장내버리고, 가우리를 침묵에 빠뜨렸다.

그 어떤 것도 변명이 될 수 없어요. 당신은 내 엄마가 아니에요. 아무것도 아니에요. 내 말 들려요? 내 말이 들린다면 고개를 끄덕여봐요.

가우리의 속은 텅 비었다. 이런 기분이 바로 우다얀이 저지대에서 이웃 사람들이 전부 지켜보는 가운데 그들을 맞닥뜨렸을 때 느낀 기분이었을까? 지금 벌어지고 있는 것을 지켜보는 사람은 아무도 없었다. 그녀는 간신히 고개를 끄덕였다.

당신은 나에게는 그 사람과 마찬가지로 죽은 거나 다름없어요. 유일한 차이는 당신은 스스로 선택해서 나를 떠났다는 사실이에요.

벨라의 말이 옳았다. 명확히 해야 할 게 없었고, 전해야 할 것도 더는 없었다.

유리 미닫이문에서 노크 소리가 났고, 벨라가 가서 문을 열어주었다. 메그나가 안으로 들어왔다.

가우리는 메그나가 자신이 꺾어온 꽃을 칭찬해주기 바라며 벨라와 함께 식탁 옆에 서 있는 것을 보았다. 벨라는 차분히 딸에게 주의를 기울였으며, 가우리가 이미 떠난 것처럼 행동했다. 둘이 함께 유리병에서 오래된 꽃을 꺼낸 다음 새 꽃으로 갈아 꽂았다.

가우리는 어찌할 수 없는 충동에 이끌려, 떠나기 전에 실내를 가로질러 식탁으로 걸어갔다. 아이의 머리에 손을 얹은 다음 다시 차가운 뺨을 어루만졌다.

잘 있으렴, 메그나. 만나서 반가웠다.

아이는 얌전히 올려다보았다. 가우리의 작별 인사를 받아들인 뒤 이내 가우리를 잊었다.

이제 더 말할 게 없었다. 가우리는 이번에는 힘차게 현관문을 향해 걸어갔다. 벨라는 고개 들어 쳐다보지도 않고 하던 일을 계속하면서 가우리가 그냥 나가도록 내버려두었다.

엄마가 밖으로 나가자마자, 차의 시동을 걸기도 전에 벨라는 봉투를 열어보았다. 아빠가 요구한 것에 엄마가 서명하고 동의했는지 확인했다. 몇 달 전에 아빠가 이런 준비를 하고 있다고 벨라에게 얘기해준 것이었다.

모든 서명이 있어야 할 자리에 제대로 있었다. 벨라는 이 점에 대해서는 고마워했다. 엄마와 맞닥뜨려야 했던 것은 몹시 곤혹스러운 일이었지만 이 일을 아빠가 아닌 자신이 치르게 된 것을 고마워했다. 아버지가 그 상황을 겪지 않도록 자신이 막아준 것을 다행으로 여겼다.

짧았던 엄마의 출현은 시신을 본 것처럼 벨라를 충격에 빠뜨렸다. 하지만 엄마는 이미 다시 사라졌다. 자동차 소리가 희미해지다가 사라지는 것을 들었다. 그러자 마치 엄마는 여기 온 적이 없었고, 잠시 동안의 그 일은 일어난 적이 없었던 것만 같았다. 하지만 엄마는 집에 돌아와 자기 앞에 서서 말을 했고, 메그나에게도 말을 했다. 벨라가 수없이 꿈꾸었던 일이었다.

오늘 아침 엄마를 보았을 때 치밀어오른 격렬한 분노는 제정신을 유지하기 힘들 정도였다. 그처럼 격한 감정에 휩싸인 것은 생전 처음이었다.

그 감정은 아빠에 대해, 딸에 대해 느끼는 사랑과 드루에 대한 조심스러운 애정을 헤집고 들어왔다. 그 감정의 파괴적인 물살이 그러한 사랑과 애정을 뽑아내고 부수고 내동댕이쳤다. 나무에 매달린 이파리들을 싹둑싹둑 잘라버렸다.

잠시 벨라는 아빠와 함께 캘커타에서 돌아왔던 날로 훌쩍 되돌아갔다. 8월의 무르익은 열기, 열려 있는 서재의 문, 휑뎅그렁하게 놓인 컴퓨터……. 그녀의 어깨높이만큼 자란 풀은 눈앞에 바다처럼 펼쳐져 있었다.

지금도 벨라는 엄마를 때려주고 싶은 충동을 느꼈다. 엄마를 없애고 싶은 충동을, 엄마를 죽이고 싶은 충동을 또다시 느꼈다.

6

덤덤에 있는 공항으로 드나드는 오래된 길인 브이아이피 로드는 한때 강도가 출몰할 만큼 외져서 해가 지고 나면 다니기 꺼리던 길이었다. 그러나 지금 그녀가 가는 길에는 높이 솟은 아파트 단지와 앞면이 유리인 사무실 건물, 경기장, 불을 밝힌 쇼핑몰, 놀이동산 등이 들어섰다. 외국계 회사와 5성급 호텔도 눈에 띄었다.

사람들은 이제 이 도시를 콜카타라고 불렀다. 벵골인들이 부르는 방식을 따른 것이었다. 택시는 혼잡한 중심지인 북부 지역을 우회하는 주변 간선도로를 달렸다. 저녁이었다. 차들은 많았으나 빠르게 움직였다. 길가에는 꽃과 나무를 심었다. 예전에는 농지였거나 습지였던 곳이 새 고가도로와 새로운 구역으로 바뀌었다. 택시는 앰배서더였다. 그러나 다른 대부분의 차는 더 작은 수입 승용차였다.

우회로를 지나고 멋진 병원을 지난 다음 방향을 돌리자 몇 가지 익숙한 것이 나타났다. 발리건지의 기찻길, 가리아핫의 복잡한 교차로, 구불구불한 길에서 쏟아져나오는 사람들, 부서진 계단에 앉아 있는 사람들, 그리고 거리에 늘어선, 옷을 팔거나 슬리퍼와 지갑을 파는 행상인들…….

이 도시의 가장 큰 명절인 두르가 푸자의 날이었다. 가게와 인도는 사람들로 넘쳐났다. 골목길이 끝나는 곳이나 건물들 사이의 빈 공간에 신을 경배하기 위해 세운 임시 건축물이 눈에 띄었다. 옆에 네 명의 자식을 거느리고 팔에 다양한 무기를 든 두르가 여신은 여러 가지 형태로 묘사되고 숭배되었다. 석고로도 만들고, 점토로 만들기도 했다. 여신은 눈부시게 아름답고 무시무시한 힘을 지녔다. 한 마리 사자가 악마를 무찔러 여신의 발밑에 꿇리는 것을 도왔다. 여신은 잠시 모습을 바꾸어 자신의 가족을 방문하고 이 도시를 방문하는 딸이었다.

여행자 숙소는 서던 가에 있었다. 그녀의 방은 7층에 있었는데, 호수가 내려다보였다. 여성용 헬스클럽은 아래층에 있었다. 엘리베이터는 공중전화 부스 정도밖에 안 되는 넓이였지만 그녀와 그녀의 여행 가방과 관리인이 어렵사리 그 안에 다 들어갈 수 있었다.

두르가 푸자 축제를 보러 온 거예요? 관리인이 물었다.

그녀가 간 곳은 이곳이 아니라 런던이었다. 대서양 건너에 있는 곳, 목적지는 확실했다.

런던에 도착한 뒤 그녀는 공항을 빠져나가지 않았다. 그녀가 하기로 한 강연은 이루어지지 않을 것이다. 여행 가방 안의 서류철에 든 인쇄물은 말로 전달되지 않을 것이다.

그녀는 굳이 학술회의 주최 측에 자신의 불참을 설명하는 이메일을 보내지 않았다. 그건 이제 그녀에게 중요하지 않았다. 벨라가 한 말을 들은 이후로는 아무것도 중요하지 않았다.

저지대

그녀는 히스로공항의 예약 사무실로 가서 인도로 가는 비행기 편을 알아보았다. 그녀가 계속 가지고 다니는 인도 여권과 포기한 적이 없는 인도 시민권 덕분에 다음 날 아침 인도로 가는 비행기에 탑승할 수 있었다.

그 비행기를 타고 뭄바이로 갔다. 직항 노선이었으므로 중동에서 재급유를 할 필요가 없었다. 또 다른 공항 호텔에서 보내는 또 다른 밤이었다. 서늘한 흰색 침대 시트, 인도 텔레비전 프로그램, 60년대 흑백영화, CNN 국제 뉴스……. 그녀는 잠을 이룰 수가 없어서 노트북컴퓨터를 켰다. 콜카타의 여행자 숙소를 찾아본 뒤 한 곳을 정해서 예약했다.

주방 물품은 아침에 채워질 겁니다. 오늘 저녁 식사는 사람을 시켜서 가져오게 할 수 있어요, 그녀는 관리인이 말하는 소리를 들었다.

그럴 필요 없어요.

운전사를 대기해놓을까요?

운전사에게 정액 요금을 지불하고 하루 동안 쓸 수 있다고 관리인이 말했다. 운전사는 그녀가 원하는 시간에 맞추어 일찍 나올 거라고 했다. 시의 경계 안에서는 그녀가 원하는 대로 어디든 데려다줄 거라고 했다.

여덟 시에 출발할게요, 그녀가 말했다.

그녀는 새벽 다섯 시에 어둠 속에서 눈을 떴다. 여섯 시에 뜨거운 물로 샤워를 했다. 욕실의 구석에 옷을 벗어놓았고, 분홍색 싱크대에서 이를 닦았다. 부엌의 식료품 보관대에서 립톤 한 상자를 발견하고, 버너를 켜서 차 한 잔을 끓였다. 차를 마시면서 비행기에서 남겨놓은 크래커를 먹었다.

일곱 시에 초인종이 울렸다. 하녀가 과일 한 봉지, 빵과 버터, 비스킷, 신문을 가져왔다. 관리인이 미리 얘기해준 대로였다.

하녀의 이름은 아브하였다. 그녀는 네 자녀를 둔 삼십 대의 말 많은 여자였다. 가장 큰 애가 열여섯 살이라고 가우리에게 말해주었다. 오후에는 멋지게 지어진 병원에서 청소부로 일했다. 그녀가 차를 또 끓여서 비스킷 한 접시와 함께 주었다.

설탕과 따뜻한 우유를 넣은 아브하의 차가 더 맛있고 더 진했다. 몇 분 뒤 그녀가 또 뭔가를 접시에 담아왔다.

이건 뭐예요?

하녀는 오믈렛과 구운 빵과 버터를 만들어주었다. 버터는 짭짤했고, 오믈렛은 고추가 들어가 매웠다. 가우리는 다 먹었다. 그리고 차를 한 잔 더 마셨다.

여덟 시에 침실에 딸린 조그만 발코니에서 아래를 내려다보니 차가 서 있는 게 보였다. 운전사는 곱슬머리에 배가 나온 젊은 남자로 바지를 입고 가죽 슬리퍼를 신었다. 그는 보닛에 기대어 담배를 피웠다.

그녀는 북쪽 방향으로 갔다. 대학로와 프레지던시대학을 지나 옛날에 살았던 동네로 달렸다. 마나시 오빠를 만나보려는 것이었다. 그러나 마나시는 아들이 사는 실롱으로 가고 집에 없었다. 그는 매년 이맘때면 그곳에 갔다. 조부모님의 낡은 아파트에서 문을 열고 그녀를 맞이한 사람은 오빠의 아내였다. 어두운 계단은 여전히 고르지 않았다. 오빠와 오빠의 가족은 이 집에서 계속 살고 있었다.

그들과 함께 방에 앉았다. 그녀는 마나시의 다른 아들, 그러니까 이 집안의 손자를 보았다. 그들은 그녀를 만나게 된 것을 무척 놀라워했고 깍듯이 맞아주었다. 그녀에게 산데시달콤한 디저트와 양고기말이와 차를 대접했다. 뒤쪽 덧문 너머에서 교통경찰의 호루라기 소리와 전차가 덜커덩거리는 소리가 들려왔다.

그녀는 이 아파트의 방들을 둘러싸고 있는 발코니로 잠시 나가봐도 되는지 묻고 싶은 충동이 일었지만 곧 마음을 바꾸었다. 발코니에서 오가는 차들과 교차로를 내려다보며 얼마나 많은 시간을 보냈던가. 몸을 약간 앞으로 기울이고 팔꿈치를 난간에 올린 채…… 손으로 턱을 괴었던가? 갑자기 거기에 서 있는 자신의 모습이 잘 떠오르지 않았다.

그들은 휴대폰으로 실롱에 있는 마나시에게 전화를 걸었다. 가우리는 휴대폰으로 그의 목소리를 들었다. 그녀는 그를 따라 이 도시로 왔다. 우다얀을 알게 된 것도 그를 통해서였다. 마나시, 자신의 인생의 최초의 벗…….

가우리, 그가 말했다. 목소리는 웅숭깊어졌으나 약해지기도 했다. 노인의 목소리였다. 그녀 또한 목소리에 진한 감정이 배어 있는 것을 느꼈다.

정말 너야?

응, 오빠.

무슨 일로 이토록 오랜만에 여기 오게 된 거니?

그걸 다시 봐야 할 것 같아서.

그는 여전히 애정이 담긴 목소리로 그녀에게 말했다. 어린 시절에 형성된 유대감이 아주 작은 형태로 목소리에서 드러났다. 절대 의심할 수 없고 절대 변치 않을 유대감이었다. 부모가 자식에게 말하는 투와 같았고, 한때 우다얀과 수바시가 서로 애

505

기를 나누던 투와도 같았다. 연인이 아닌 형제자매 사이의 친밀감을 전달하는 목소리였다. 우다얀이나 수바시가 그녀에게 말하던 투와는 달랐다.

실롱에 와서 며칠 있다 가렴. 아니면 내가 콜카타에 돌아갈 때까지 기다리든가.

노력해볼게. 얼마나 오래 여기 있을지 나도 잘 모르겠어.

그는 아직 살아 있는 여자 형제는 그녀뿐이라고 말했다. 그들의 가족은 그들 둘밖에 남지 않았다고 했다.

내 조카 벨라는 잘 있니? 언젠가 만날 수 있을까? 내가 벨라를 알게 되는 날이 올까?

그녀는 그런 일은 결코 일어나지 않을 거라는 것을 알았지만 마나시에게는 그럴 날이 올 거라고 말해주었다. 작별 인사를 했다. 운전사는 다시 남쪽으로 차를 몰았다. 초우링기와 에스플러네이드를 지났다. 메트로시네마와 그랜드호텔도 지나갔다.

어지러운 차량의 흐름을 바라보며 차 안에 앉아 있었다. 대기는 스모그가 자욱했다. 그녀는 한때의 자신의 모습을 그려보았다. 대학생 때 입고 다닌 면으로 된 사리를 입은 그녀가 붐비는 버스에서 손잡이를 잡고 서 있다. 우다얀이 제안한, 그들을 알아보는 사람이 없는 한적한 식당으로 우다얀을 만나러 간다. 우다얀이 그 식당에서 그녀를 기다리고 있을 것이다. 서로 마주 보고 앉아서 원하는 만큼 오래 시간을 보낼 수 있는 식당이다.

새 시장으로 갈까요? 운전사가 물었다. 아니면 새로 생긴 쇼핑센터로 가요?

아니요.

차가 서던 가에 이르렀을 때 그녀는 계속 가자고 운전사에게 말했다.

칼리가트로요?

톨리건지로. 전차 정류장만 지나면 돼요. 너무 안으로 들어가지는 않고.

티푸 술탄의 복제 회교성원을 지나고 묘지를 지났다. 지금은 전차 정류장 맞은편에 도시의 지하를 가로지르는 지하철역이 있었다. 지하철은 덤덤까지 가지요, 운전사가 말했다. 그녀는 사람들이 빠른 걸음걸이로 얕은 계단을 올라가는 것을 보았다. 일을 할 만큼은 나이 들어 보이고, 지하철이 생긴 이후에 태어났을 만큼 젊어 보이는 사람들이었다.

도로의 양옆에 영화 촬영소와 톨리클럽을 가리는 높은 벽돌 담장이 있는 것을 보았다. 40년이 지난 지금에도 그 조그만 회교성원이 길모퉁이에 있었다. 빨간색과 흰색으로 꾸민 뾰족탑이 눈에 들어왔다.

그녀는 운전사에게 차를 세우라고 했다. 그곳에서 그녀를 기다리라고 말한 다음 차 마실 돈을 쥐여주었다. 금방 다녀올 거예요, 그녀가 말했다.

차에서 내리자 사람들이 그녀를 쳐다보았다. 한때 그녀도 이곳에서 살았다는 것을 모르는 채 그녀의 선글라스와 미국식 복장과 신발에 눈길을 던졌다. 주변에서 드문드문 휴대폰 울리는 소리가 났으나 아직도 큰길에서는 자전거 인력거의 고무 경적이 시끄럽게 울어댔다.

회교성원 뒤편에는 벽을 대나무로 엮어 만든 오두막이 모여 있었다. 아직도 거기서 사는 사람들의 거처였다.

떠돌이 개들을 지나 계속해서 좁은 길을 걸어 내려갔다. 몇

몇 집들은 지금은 더 높아져서 하늘을 더 많이 가렸다. 유리로 만든 창문과 흰색 칠을 한 나무 창틀이 눈에 띄었다. 옥상은 안테나가 숲을 이루었다. 바닥을 테라조로 시공한 테라스도 보였다. 작은 벽돌로 지어진 낡은 집들은 더욱 더 방치되어서 금줄로 세공한 부분들이 사라지고 없었다.

모든 게 서로 다닥다닥 붙어 있었다. 빈 땅이 없었고, 아이들이 크리켓이나 축구를 할 만한 공간이 없었다. 길은 여전히 너무 좁아서 차 한 대가 간신히 지나갈 수 있을 정도였다.

한때 우다얀과 함께 살 운명이었던 집에 왔다. 벨라를 잉태했고, 벨라가 태어나고 자랐을지도 모를 집이었다.

그녀는 그 집이 그녀처럼 나이를 많이 먹었으나 제대로 서 있기를 바랐다. 실제로 집은 더 젊어 보였다. 모서리는 더 부드러워지고 정면은 따뜻한 오렌지색으로 단장했다. 한 쌍의 목제 여닫이문은 테라스의 격자 난간과 어울리는 밝은 녹색 출입문으로 바뀌었다.

안뜰은 이제 없어졌다. 건물이 앞으로 튀어나와 있어서 집의 정면은 도로와 거의 인접했다. 이제 그 공간이 거실일 수도 있고 식당으로 쓰는 방일 수도 있었다. 그녀로서는 알 수 없었다. 어느 한 방에서는 텔레비전이 켜 있었다. 집을 드나들 때 건너뛰어야 했던, 덮개가 없는 하수구에는 이제 덮개가 씌워졌다.

그녀는 집을 지나 걸었다. 좁은 길을 가로질러 두 개의 연못이 있던 곳을 향해 걸음을 옮겼다. 세부적인 것 하나하나까지 어떠한 것도 잊지 않았다. 연못의 색깔과 형태가 마음속에 또렷했다. 그러나 그 세부적인 것들은 이제 거기에 없었다. 연못이 둘 다 없어졌다. 예전에 물이 들어찼던 공터에는 새로운 집들이 들어섰다.

조금 더 걸었다. 저지대도 사라졌다는 것을 알게 되었다. 집이 드문드문 있었던 구역은 이제 동네의 다른 곳과 구별할 수 없게 되었고, 그동안 그 위에 많은 집이 지어졌다. 집 앞에 세워진 스쿠터가 여기저기 눈에 띄었고, 빨래가 널린 모습도 보였다.

그녀가 지나치는 사람 가운데 그녀 자신이 기억하는 것들을 기억하는 사람이 있을까 궁금했다. 그녀는 희미하게나마 낯이 익어 보이는 그녀 연배의 남자를 멈춰 세우고 싶은 충동을 느꼈다. 우다얀의 반 친구였을지도 모른다는 생각이 들었다. 속셔츠와 렁기를 입은 그 남자는 쇼핑백을 들고 장을 보러 가고 있었다. 남자는 그녀를 알아보지 못한 채 지나갔다.

우다얀이 물속에 숨었던 곳이 그녀가 서 있는 곳 근처 어디쯤이었다. 놈들은 그를 빈 들판으로 데려갔다. 우다얀이 살아온 짧은 생애를 추모하여 만든, 그의 이름이 새겨진 표석도 근처 어딘가 있을 것이다. 어쩌면 이것 역시 없어졌는지 모른다.

이곳의 풍경이 이처럼 바뀌었을 거라고는 생각지 못했다. 40년 전 그날, 그 가을 저녁의 흔적이 전혀 남아 있지 않을 거라고는 미처 생각지 못했다.

채 2년이 안 되는 사이에 그녀는 아내로 시작해서 과부로, 예비 엄마로, 그리고 범죄의 공범으로 끝맺었다.

우다얀이 그녀에게 부탁한 것은 합리적인 것으로 보였다. 그가 그녀에게 한 말, 자기들은 경찰관이 방해가 안 되기를 원한다는 말은 이성적인 것으로 여겨졌다. 어떻게 해석하느냐에 따라 그것은 거짓말이 아니기도 했다.

그녀는 좋은 쪽의 해석을 받아들였다. 그녀가 그 오빠와 여

동생을 가르치며 창가에 앉아 거리를 내려다볼 때 마음속을 떠돌던 의심 한 조각, 어떤 고약한 일이 일어날 것 같은 불길하고 미심쩍은 기분을 그녀는 애써 무시했다.

아무도 그녀를 그 일에 관련짓지 않았다. 그녀가 한 일을 아는 사람은 여전히 아무도 없었다.

그녀 자신만이 자신의 죄를 비난할 수 있고 동시에 지켜줄 수 있는 사람이었다. 우다얀이 보호해주었고, 형사는 모르고 넘어갔으며, 수바시가 그곳에서 벗어나게 해주었다. 사람들에게서 잊힐 거라는 선고를 받았고, 집에서 풀려남으로써 벌을 받았다.

벨라가 그녀에게 했던 말을 다시 한 번 떠올렸다. 그녀가 다시 나타났지만, 그건 아무 의미도 없다는 말, 그녀는 우다얀과 마찬가지로 죽은 거나 다름없다는 말……

우다얀의 흔적을 찾지 못한 채 그 자리에 서 있는 그녀의 마음속에 우다얀과의 새로운 연대감이 느껴졌다. 존재하지 않는다는 유대감이었다.

그들이 우다얀을 찾아오기 전날 밤, 그는 며칠 동안 자지 못했던 잠에 빠져들었다. 그런데 잠을 자면서 비명을 질렀다. 그녀는 놀라 깨어났다.

그녀는 처음에는 그를 깨우지 못했다. 어깨를 흔들었는데도 눈을 뜨지 않았다. 그러다가 잠시 후에 놀란 얼굴로 몸을 떨며 깨어났다. 이마는 열이 나서 뜨거웠다. 공기가 습하고 바람이 없었는데도 그는 방이 춥고 외풍이 분다고 불평했다. 선풍기를 끄고 덧문을 닫아달라고 그녀에게 부탁했다.

그녀는 침대 밑에 있는 철제 트렁크에서 누비이불을 꺼내 그에게 덮어주었다. 어깨와 턱 밑까지 끌어올렸다.

다시 자요, 그녀가 말했다.

독립기념일에도 이랬는데, 그가 말했다.

뭐라고요?

나랑 수바시, 둘 다 열이 났어. 우리 둘 다 이빨을 부딪치며 얼마나 떨었는지 부모님이 얘기해주셨지. 네루가 연설을 한 밤이었고, 우리 나라에 자유가 찾아온 밤이었어. 내가 얘기해준 적 없어?

없어요.

침대 신세를 져야 하는 비참한 바보들이었지. 지금처럼 말이야.

그녀가 그에게 물을 따라주었으나, 그가 마시려 하지 않고 밀어버리는 바람에 물이 엎질러져 이불을 적셨다. 손수건에 물을 적셔서 그의 얼굴을 닦아주었다. 그녀는 열이 감염에 의한 것이 아닌지, 부상당한 손과 관련이 있는 것은 아닌지 걱정했다. 그러나 그는 그 이상으로 아픔을 호소하지 않았고 열도 가라앉기 시작했다. 피로가 다시 몰려들었을 뿐이었다.

아침까지 그는 곤히 잠을 잤다. 그녀는 꽉 닫힌 무더운 방에 앉아 뜬눈으로 밤을 새웠다. 어둠 속이라 잘 볼 수는 없었지만 그래도 그를 응시했다.

천천히 그의 옆모습이 눈에 들어왔다. 윤곽선 부분이 흐릿한 빛에 물든 그의 이마, 코, 입술…… . 창문 위의 환기구를 통해 들어온 최초의 여명이었다. 일련의 굽은 줄무늬 사이사이에 구멍이 뚫린 환기구는 석고로 만들어진 것이었다.

깎지 않고 내버려둔 턱수염이 뺨을 덮었고, 콧수염은 그녀가 가장 좋아하는 얼굴의 세밀한 부분—입술 위의 뚜렷한 인중—을 가렸다. 눈을 감은 그의 모습이 너무 조용해서 불안한 마음이 들었다. 그녀는 그의 가슴에 손을 얹고 오르내리는 것을 확인했다.

그가 눈을 떴다. 갑자기 의식이 또렷해지며 원래의 모습으로 돌아온 것처럼 보였다.

줄곧 생각해봤는데, 그가 말했다.

뭘?

아이를 가지는 것에 관해서. 우리가 아이를 갖지 않는다면 당신은 괜찮을 것 같아?

그걸 왜 지금 생각해요?

난 아빠가 될 수 없어, 가우리.

잠시 후 그가 덧붙였다. 내가 그런 일을 저지른 뒤로는 말이야.

뭘 저질렀는데요?

그는 대답하지 않았다. 어찌 됐든 간에 유감스럽게 생각하는 것은 단 하나라고 그가 말했다. 그녀를 좀 더 일찍 만나지 않은 것, 매일매일 그녀를 알지 못한 것이라고 했다.

그는 손을 뻗어 그녀와 손가락을 걸고 다시 눈을 감았다. 아침이 천천히 밝아왔지만 그는 손을 놓아주지 않았다.

숙소로 돌아온 그녀는 아브하가 준비해놓은 식사를 전자레인지에 데워서 6인용 타원형 식탁에 앉아 생선 스튜와 밥을 먹었다. 꽃무늬 식탁보를 씌운 식탁 위에는 플라스틱 깔개가 놓여 있었다. 그녀는 텔레비전을 조금 본 다음 남은 음식을 치웠다.

침대는 정돈되어 있었다. 이불은 말쑥하게 깔렸고 나일론 모기장은 다발을 이루어 고리에 걸렸다. 그녀는 모기장을 내려 사방에 쳤다. 불은 머리맡 전등밖에 없었다. 침대에서 책을 읽을 수 없었다. 어둠 속에 누웠다. 결국 몇 시간 동안 잠을 잤다.

까마귀 소리에 잠이 깼다. 침대에서 일어나 침실에 딸린 발코니로 나갔다. 뿌연 새벽은 불투명했다. 그녀는 넓게 펼쳐진 삼각주의 기슭에 있는 게 아니라 산속 높은 곳에 있는 듯한 기분이 들었다. 이 지역은 해수면과 비슷한 높이로 세계에서 가장 넓은 삼각주 지대였다.

발코니는 비좁았다. 플라스틱 의자 하나와 더러워진 옷을 담가두는 조그만 통을 놓아두는 공간으로만 적합했다. 시간을 보내기에 적당한 곳은 아니었다.

길은 텅 비었다. 가게 주인들은 아직 가게 문을 열러 오지 않았다.

거리 청소부가 양동이의 물을 쏟아부어 인도를 깨끗이 청소했다. 아침 산책을 위해 혼자서 또는 짝을 지어 성큼성큼 걸음을 내디디며 호수가 있는 곳으로 들어가는 사람들이 눈에 띄었다. 길 건너편에는 신문과 과일, 생수, 차를 파는 가판대가 있었다.

거리 청소부는 다음 구역으로 이동했다. 이제 거기에는 아무도 없었다. 차들이 달리는 소리가 들렸다. 점점 늘어났다. 곧 차 소리가 끊임없이 들릴 것이다. 곧 차 소리밖에 들리지 않을 것이다.

그녀는 발코니의 난간에 몸을 꼭 붙였다. 충분히 높았다. 자포자기한 심정이 그녀의 내부에서 피어오르는 것을 느꼈다. 머리가 맑아지는 것도 느꼈다. 충동을 느꼈다.

이곳이 그 장소였다. 그녀가 온 이유였다. 그녀가 돌아온 목적은 작별을 고하기 위해서였다.

다리 하나를 난간에 걸치고 이어 다른 다리를 걸치는 모습을 상상해보았다. 자신을 지지하는 것이 아무것도 없는 느낌, 더 이상 저항하지 않는 기분을 상상했다. 몇 초밖에 안 걸릴 것이다. 자신의 시간은 끝날 것이다. 아주 간단했다.

40년 전에는 용기가 없었다. 벨라가 몸속에 있었다. 지금 그녀가 느끼는 것은 공허함이 아니었다. 존재의 껍질이 아니었다.

그녀는 카누 사냥을 생각했다. 그를 발견한 여자, 매일 오고 가며 그의 수발을 들어준 아브하 같은 여자를 생각했다.

누군가 호수 주변을 산책하고 나서 활기찬 기분으로 돌아가다가 우연히 그녀가 떨어지는 것을 본다면? 그녀를 구하기엔 너무 늦었다는 것을 깨닫고 얼굴을 가리고 고개를 돌리겠지?

그녀는 눈을 감았다. 머릿속이 하얘졌다. 오직 현재의 순간만 존재했다. 그 밖에는 아무것도 없었다. 지금까지 그녀가 결코 볼 수 없었던 순간이었다. 그것은 해를 똑바로 쳐다보는 것과 같은 것이리라 생각했다. 그러나 그 순간은 그녀를 피해 가지 않았다.

그녀는 자신을 옭아매는 것들을 하나씩 하나씩 풀어주었다. 우다얀이 죽은 뒤에 팔찌를 뺐던 것처럼 자신을 가볍게 했다. 톨리건지의 테라스에서 보았던 것들, 자신이 벨라에게 한 행동, 아들의 손을 잡고 창 아래를 지나가는 경찰관의 형상, 다 놓아주었다.

마지막 심상이 떠올랐다. 캘커타 북부에 있는 집의 발코니에서 우다얀이 그녀 옆에 서 있는 심상이었다. 그녀와 함께 거리를 내려다보면서 그녀를 알게 된다. 몸을 앞으로 기울인다. 그들 사이에는 빈틈이 거의 없다. 그들 앞에 미래가 펼쳐진다. 그녀의 인생의 2막이 시작된 순간이다.

가우리는 몸을 앞으로 기울였다. 자신이 떨어질 지점을 마음속에 그려보았다. 그를 만나고 그에게서 사랑받던 때의 설렘과 황홀감을 떠올렸다. 그를 잃은 순간을 상기했다. 그가 자신을 그 일에 연루시켰다는 것을 알고 분노했던 기억과, 그가 떠난 후에 벨라를 세상에 내놓게 된 아픔을 떠올렸다.

그녀는 눈을 떴다. 그는 거기에 없었다.

새날 새 아침이 시작되었다. 엄마들은 교복을 입은 아이들을 학교에 데려다주고, 남자와 여자 들은 서둘러 일터로 향했다. 온종일 카드놀이를 할 한 무리의 남자들은 길모퉁이에 있는 오두막에 자리를 잡았다. 사로드인도의 민속 현악기를 수리하는 남자는 인도에 천을 깔고 그날 줄을 다시 매고 조율할 고장 난 악기를 내놓았다.

가우리가 있는 곳 바로 아래에 농산물 노점상이 들어서서 작은 바구니에 토마토와 가지를 담아 팔았다. 오렌지보다 붉은 당근과 기다란 껍질콩도 팔았다. 주인은 흙 묻은 방수포 차일 아래에 책상다리를 하고 앉아 벌써부터 오기 시작한 손님들을 응대했다.

그는 저울에 추를 올려놓았다. 저울추가 저울판에 부딪는 소리가 들려왔다. 손님 한 명이 걸음을 옮겨 그 자리를 벗어났다.

그 사람은 그녀에게 아침 식사를 만들어주고 차를 끓여주려고 오는 아브하였다. 그녀가 바나나 한 다발, 조그만 통에 든 세

515

제, 빵 한 덩어리를 든 채 가우리를 올려다보았다. 다른 손에는 신문이 들려 있었다.

그녀가 큰 소리로 외쳤다. 오늘 더 필요한 거 있어요?

그거면 됐어. 필요한 거 없어.

그녀는 주말에 콜카타를 떠나 자신의 삶으로 돌아갈 것이다. 아브하가 초인종을 누르자 가우리는 발코니를 벗어나 문을 열어 그녀를 맞았다.

몇 달 뒤, 로드아일랜드에서 온 두 번째 편지가 캘리포니아에 도착했다. 이번에는 영어로 쓴 편지였다. 벨라는 주소를 연푸른색 잉크로 함부로 갈겨썼다. 우편배달부가 이걸 어떻게 알아보았을까? 벨라가 학교에서 배운 반듯한 글씨체가 아니었다. 어쨌든 편지는 그녀에게 도달할 수 있을 만큼은 읽을 수가 있어서 여기 눈앞에까지 왔다.

가우리는 봉투를 살펴보았다. 우표는 요트 그림이 그려진 것이었다. 뒤쪽 테라스의 탁자에 앉아 편지를 펼쳤다. 그 안에는 두 번째 종이가 접혀져 있었는데, 메그나가 그리고 자기 이름을 쓴 그림이었다. 한 가지 색으로 칠한 푸른 하늘이 있고 녹색의 땅이 있고 그 사이 흰 공간에 형형색색의 줄무늬 고양이가 떠 있는 그림이었다.

편지는 인사말도 없이 시작되었다.

메그나가 당신에 대해 물어보네요. 뭔가 느끼는 게 있나 봐요. 저도 잘 모르겠어요. 메그나에게 지금 이 이야기를 해주기엔 너무 일러요. 하지만 언젠가는 당신이 누구이고 어떤 행동을 했는지 메그나에게 설명해줄 거예요. 내 딸은 당신에 관한 진실을 알게 되겠지요. 보태지도 빼지도 않은 진실을 말입니다. 만약 메그나가 그때도 여전히 당신을 알고 싶어 하고 연락하며 지내고 싶어 한다면, 나는 기꺼이 그럴 수 있도록 도울 거예요. 이건 메그나의 문제이지 내 문제가 아니니까요. 당신은 이미 내가 당신을 필요로 하지 않도록 날 가르쳤어요. 우다얀에 대해서도 더 알아야 할 필요성을 못 느껴요. 하지만 메그나가 더 나이가 들고 메그나와 내가 마음의 준비가 되면, 우리는 다시 만나려 할 수도 있을 것입니다.

8

1

아일랜드 서쪽 해안에 자리 잡은 베아라 반도에 한 쌍의 부부가 온다. 일주일 동안 여기 머무를 예정이다. 차를 몰고 코크에서 출발하여 한적한 시골길을 달려서 오후 늦게 황량한 산악 지대에 도착한다. 이 지역의 골짜기에는 선사시대의 농업의 흔적이 숨어 있다. 토탄 매장층 아래에 밭의 형태와 돌담의 자취가 묻혀 있다.

부부는 몇 안 되는 마을 중의 한 마을에서 집을 한 채 빌렸다. 흰색 치장 벽토에 문과 덧문은 파란색이다. 마을 전체가 남자가 오래전에 살았던 동네의 크기보다 그리 많이 커 보이지 않는다.

좁고 경사진 거리에 활짝 핀 푸크시아가 늘어서 있고 차들이 주차되어 있다. 두 집 건너에 술집이 있고, 마을 주민이 다니는 노란색 교회도 엎드리면 코 닿을 데에 있다. 부부는 잡화점을 겸한 우체국에서 먹을 것을 산다. 우유, 달걀, 구운 콩, 정어리, 블랙베리 잼 한 병이 부부가 산 먹거리다. 우체국 바깥의 인도에 놓인 2인용 탁자에 앉아 차나 스콘 한 접시, 신선한 크림과 버터를 주문할 수도 있다.

　오랜 시간의 여행 뒤에 맞이한 밤에 그들은 술집에서 맥주를 한잔 마신다. 그러고 나서 남자는 얕은 잠을 잔다. 새 아내와 함께 누운 침대에서 눈을 뜬다. 그녀는 고개를 돌리고 턱 밑에서 양손을 포갠 채 곁에서 평화롭게 잠들어 있다.

　그는 아래층으로 내려가 집의 뒷문을 연다. 맨발로 걸어가 목재 현관에 선다. 정원이 내려다보이고, 그 뒤편으로 켄메어 만까지 이어지는 목초지가 보인다. 그의 머리는 숱이 많은 백발이다. 아내는 손가락으로 그의 머리를 쓸어내려주기를 좋아한다. 드넓은 달빛이 물 위로 쏟아져 내리는 것을 본다. 맑은 하늘과 별의 수에 압도당한다.

　강한 바람이 파도 소리를 내며 땅 위를 지나간다. 하늘을 쳐다본다. 예전에 딸에게 가르쳐주었던 별자리 이름이 이제는 생각나지 않는다. 지구에서는 한 점 한 점의 차가운 불빛으로 보이는 불타는 가스들…….

　침대로 돌아간다. 여전히 창을 통해 하늘과 별을 바라본다. 그 아름다움이 낮에도 거기에 그대로 있다는 사실에 새삼 놀란다. 자신이 많은 나이를 먹은 것과 이 지구의 변치 않는 장엄한 아름다움, 그리고 그걸 볼 수 있는 기회를 가지게 된 것에 감사하는 마음이 밀려든다.

　다음 날 아침 그들은 식사를 하고 나서 첫날의 여정을 시작한다. 바닷가의 길을 산책한다. 수평선을 배경으로 양과 소 들이 조용히 풀을 뜯고 있는 거친 목초지를 지나고 디기탈리스와 양치류 식물이 자라는 들판을 지나간다. 날은 구름이 끼어 흐리지만 풍경은 선명하다. 바다는 바위가 많은 후미진 곳으로 밀려들어 와 가파른 절벽 아래에서 잔잔히 파도친다.

남자와 여자는 광활한 주위 풍경을 마음에 담는다. 그곳의 고요함을 담는다. 광상의 일부가 지표면에 노출된 이 지역에서 몇 시간을 걷고, 한 소유지를 옆 소유지와 구분해주는 작은 사다리들을 여러 차례 오르내린 후에 잠시 쉬면서 지도를 들여다 보니, 자신들이 왔다고 생각한 거리의 반도 채 가지 못했다.

남자는 전에도 한 번 결혼했지만 이 여행은 남자의 첫 번째 신혼여행이다. 부부는 며칠 전에 미국에서, 로드아일랜드에 있는 붉은색과 흰색이 어우러진 조그만 교회에 서서 혼인 서약을 했다. 그 교회는 남자가 오랫동안 동경해온, 뾰족탑이 내러갠셋 만 위로 솟아오른 교회였다.

친구들과 가족이 그들의 결합을 지켜보았다. 남자는 자신의 딸에 더하여 두 아들과 두 번째 딸을 얻었다. 손주는 일곱 명이다. 서로 멀리 떨어져 있고 가끔씩 만날 뿐이지만 그들은 제한된 방식으로 서로를 알게 될 것이다. 어쨌든 그건 인생 후반부의 새로운 출발점이고 앞날의 모색이다.

이들 부부가 함께한 지난 몇 년의 세월은 각자 따로 자라고 따로 살아온 삶에 대해 함께 공유한 결론이다. 남자가 그녀를 사십 대에 만났으면 어땠을까 또는 이십 대에 만났더라면 어땠을까 하는 생각은 쓸데없는 것이다. 그때라면 그녀와 결혼하지 않았을 테니까.

다음 날 집을 나설 때 한 무리의 사람들이 마을 사람들에게 작별을 고하는 모습이 보인다. 검은 옷을 입은 조문객들이 경사진 길을 따라 늘어서 있다. 잠시 자신들도 그 장례식의 일부인 것처럼 보인다. 어디가 시작이고 어디가 끝인지, 누구를 애도하는지 그 경계를 알 수가 없다. 이윽고 부부는 공손한 자세로 그곳을 지나가며 장례식 무리에서 벗어난다.

손자들이 함께 왔더라면 케이블카에 데려가 더지 섬 근처에서 수영하는 돌고래와 고래를 보여주었을 것이다. 대신에 그들은 도보 여행에 몰두한다. 약간 쌀쌀한 가을 날씨에 대비해서 구입한 넉넉한 스웨터를 입고서 손을 맞잡고 걷는다.

피곤하면 걸음을 멈추고 경치를 감상하거나 앉아서 비스킷이나 치즈를 먹는다. 구덩이나 동굴을 만드는 바위에 둘러싸인 조수 웅덩이에서 한 무더기의 납작한 회색 조약돌과, 닳아서 구멍이 뚫려 단단한 흰색 반지 모양이 된 조개껍데기를 발견한다. 남자는 그 조개껍데기를 실로 꿴다면 로드아일랜드에 있는 손녀에게 잘 어울리는 목걸이가 될 거라고 생각하고 한 움큼 줍는다. 그것을 손녀의 머리에 올려놓으면 왕관처럼 손녀를 꾸며줄 거라고 상상해본다.

그들은 이따금 흥미로운 돌을 발견하고 안내 표지판을 읽어본다. 가공하지 않은 돌기둥들이 작고 한적한 길에 놓여 있다. 어떤 오검 비석고대 아일랜드 문자인 오검이 새겨진 비석은 여러 이름이 새겨졌는데, 농부의 밭에 있다. 마력을 지닌 여자가 변한 모습이라고 전해지는 뭉우리돌 하나가 절벽에 외따로 비스듬히 서 있다.

어느 날은 느지막이 길을 나서서 질척이는 들판을 지나 한 무리의 돌이 있는 골짜기에 다다른다. 돌은 아무렇게나 놓인 것처럼 보이지만 실은 바람이 강한 땅에 서로 마주 보도록 의도적으로 배열된 것이다. 어떤 돌은 부부의 키보다도 작고 어떤 것들은 더 크다. 밑은 넓고 맨 위는 좁게 깎은 것처럼 보인다. 우아하지는 않지만 세월에 풍화되어 하얗게 된 부분들이 성스럽게 느껴진다. 이 돌들을 옮긴다는 것은 상상하기 어렵지만 이들의 위치는 세심하게 고려되었으며, 각각의 돌은 여러 사람이 손으로 직접 힘들게 운반한 것이다.

그 돌은 청동기시대에 세워진 것이고 그 목적은 종교적인 것이라고 그의 아내가 설명한다. 아마 장례나 기념행사와 관련이 있을 거라고 한다. 어떤 돌들은 태양을 도는 지구의 움직임과 연관 지어 배치되었을 거라고 설명한다. 수세기 동안 사람들은 이 돌을 만지려고, 이 돌 앞에 서서 축복을 받으려고 먼 거리를 여행해 이곳에 왔다. 어떤 사람들은 자신들의 흔적을 남기고 간다.

머리띠, 허술한 목걸이 줄, 로켓 목걸이 따위가 몇몇 돌의 발치에 쌓여 있는 것을 본다. 나뭇가지들을 실로 함께 묶은 것도 보인다. 쓰지 않고 방치해둔, 신앙과 관련된 자질구레한 장신구 같은 개인적인 물건도 눈에 띈다. 그는 이런 고대 고고학이나 영속적인 믿음에 대해서는 아무것도 모른다. 이 세상의 대부분의 것들에 대해 여전히 무지하다.

그는 푸른 들판 곳곳에 제법 키가 큰 식물들이 수풀을 이루어 자라는 것을 눈여겨본다. 마치 썰물 때의 습지 식물 같은 풍경이다. 바위로 덮인 갈색의 주변 언덕을 바라본다. 그 아래에 있는 만의 잔잔한 수면도 본다.

남자는 마음속에 선명히 남은, 먼 나라에 있는 또 다른 돌을 생각한다. 거리의 이정표처럼 단순한 표석에 동생의 이름이 새겨졌다. 그곳의 환경은 천천히 훼손되었다. 예전에는 물이 들어찬 곳이었지만 지금은 계절의 영향을 받지 않는, 훨씬 더 실용적인 목적의 공간으로 바뀌었다. 오랫동안 어머니는 그 성지의 독실한 순례자였다. 어머니는 더 이상 거기에 갈 수 없을 때까지 아들에게 꽃을 바쳤다.

그에게는 새로운 고대의 땅에서, 선사시대의 유적이 있는 외딴 지역의 드넓은 품 안에서 그의 신발은 진흙투성이가 된다. 그는 눈을 들어 땅 위에 넓게 펼쳐진 음울한 잿빛 하늘을 본다. 대기는 끊임없이 움직이고, 구름은 낮게 떠다닌다.

잿빛 사이로 어울리지 않는 낮의 푸르름이 드러난다. 서쪽에서는 분홍빛 해가 이미 기울기 시작한다. 그 결과 세 개의 분리된 양상이, 뚜렷이 다른 별개의 국면이 하늘에 나타난다. 수평선 위에 흩뿌려진 그 모든 모습이 그의 시야에 담긴다.

우다얀이 그의 곁에 있다. 우다얀과 그는 함께 톨리건지를 걷고 있다. 부레옥잠 이파리를 밟으며 저지대를 건넌다. 그들은 퍼팅용 아이언을 들고 가며, 손에는 골프공 몇 개가 들려 있다.

아일랜드에서도 땅은 몹시 축축하고 고르지 않다. 그는 다시 이곳을 방문하는 일은 없을 거라는 것을 알고서 마지막으로 풍경을 마음에 담는다. 또 다른 돌을 향해 걸어가다가 발을 헛디뎌 휘청인다. 돌에 손을 뻗어 몸을 지탱한다. 여정의 끝 무렵에 무엇을 얻고 무엇을 잃었는지를 알려주는 표지물이다.

저지대

2

그는 밴이 주거지 안으로 들어오는 소리를 듣지 못했다. 밴이 오는 것을 보기만 했을 뿐이다. 그는 그때 지붕 위에 있었다. 집은 이제 충분히 높아서 그가 뒤로 물러나기만 하면 아무도 그를 볼 수 없었다.

지붕은 지붕난간으로부터 거리를 두고 떨어져 있기에도 좋았다. 폭발 사고 이후 외부 세계는 더 이상 안전하지 않았다. 발바닥은 더 이상 그를 단단히 받쳐주지 못했다. 우연히 아래로 눈길을 던지면 저 밑의 땅은 이제 손짓을 하며 위협했다.

그는 놈들이 너무 많이 와 있는 것을 보았다. 안뜰 한 곳만 해도 준군사 요원이 세 명이나 있었다. 이웃집 옥상을 쳐다보았다. 캘커타 북부 지역이라면 건물과 건물 사이를 뛰어넘을 수 있을 것이다. 그러나 지금은 현기증이 나서 불가능했다. 이제는 간단한 거리도 가늠할 수 없었다. 어쨌거나 톨리건지에서는 집과 집 사이의 간격이 너무 멀었다.

아버지가 문을 열어주러 가기 전에, 놈들이 집 안으로 들어오기 전에 그는 뒤로 가서 계단을 달려 내려갔다. 테라스 난간을 통해 그의 모습이 발각되지 않도록 계단을 돌 때마다 잔뜩 몸을 숙였다. 새로 증축한 부분을 지나 옛 공간 안으로 들어갔다. 예전에 그와 수바시가 사용하던 방의 뒤쪽에 정원으로 나가는 조그만 쌍여닫이문이 있었다.

어렸을 때 엄마 몰래 집 밖으로 나갈 때처럼 안뜰의 뒷담을 넘었다. 손 때문에 빨리 넘지는 못했지만 어쨌든 석유통을 밟고 담을 넘는 데 성공했다. 저녁 날씨는 더웠고 황 냄새가 짙게 풍겼다.

그는 빠르게 달려서 연못을 가로질러 저지대로 갔다. 부레옥잠이 가장 무성한 곳으로 한 걸음 또 한 걸음 걸어 들어갔다. 물은 몸이 잠길 때까지 그를 받아들였다.

숨을 깊이 들이쉬고 입을 다문 뒤 물속으로 들어갔다. 그는 움직이지 않으려 애썼다. 다치지 않은 손의 손가락으로 코를 막았다.

얼마 지나지 않아 압력이 높아져서 폐가 불타는 듯했다. 몸의 모든 무게가 거기로 몰린 것만 같았다. 참고 있는 숨이 딱딱해지며 가슴을 메웠다. 정상적인 현상이었다. 산소가 부족해서가 아니라 이산화탄소가 핏속에 쌓이기 때문이었다.

그 시점에서 숨을 쉬고 싶은 본능과 싸울 수 있다면 몸은 6분까지는 견뎌낼 수 있을 것이다. 피가 간과 창자에서 빠져나가 심장과 뇌로 몰려들기 시작했다. 그의 손을 치료해준 의사에게 물었을 때 의사가 그렇게 설명해주었다.

그는 자신의 맥박을 확인하며 몸 상태를 점검했다. 뛰지 않았더라면 더 나았을 것이다. 물에 들어왔을 때 맥박이 더 느렸더라면 좋았을 것이다. 그는 수를 세기 시작했다. 10까지, 10초를 세웠다. 물 밖으로 나가고 싶은 욕구와 싸우며 몇 초라도 더 참아내려고 안간힘을 다했다.

물속에는 소리를 들으려 애쓸 필요가 없는 자유가 있었다. 사람들의 얘기를 잘못 알아듣거나 사람들에게 다시 말해달라고 부탁해야 하는 좌절감에서 자유로웠다. 의사는 청력이 좋아질 거라고 했다. 말이 잘 안 들리는 증세와 귀울림 현상은 시간이 지나면 가라앉을 거라고 했다. 기다리면서 지켜보아야 할 것이다.

물속의 정적은 완전한 게 아니었다. 오히려 뭔가 발산되거나 증발하는 단조로운 소리가 그의 머리를 파고드는 듯했다. 그것은 폭발 사고 이후에 겪은 부분적인 난청과는 달랐다. 물은 공기보다 소리를 더 잘 전달하는 매질이었다.

이런 난청 현상은 모르는 언어를 쓰는 나라를 방문했을 때의 느낌과 비슷한 게 아닐까 하고 생각해보았다. 사람들이 말하는 것을 받아들이지 못한다는 점에서는 그럴 것 같았다. 그는 다른 나라에 간 적이 없었다. 중국이나 쿠바도 가보지 못했다. 최근에 읽은 글 중에서 체 게바라가 자식들에게 쓴 마지막 말이 생각났다. "혁명은 중요한 것이고, 우리들 개개인은 무가치하다는 것을 잊지 마라."

그러나 이번 경우에는 아무것도 고치지 못했고, 아무에게도 도움을 주지 못했다. 이번 경우에는 혁명이 없었다. 그는 이제 알게 되었다.

그가 무가치하다면 왜 그는 자신을 구하기 위해 필사적인 노력을 하는 것일까? 왜 결국에는 몸이 정신에 복종하지 않는 것일까?

돌연히 몸이 그를 지배하면서 그는 물 위로 떠올랐다. 머리와 가슴이 드러났다. 콧구멍이 타들어갔고, 폐는 헐떡거리며 공기를 빨아들였다.

준군사 요원 두 명이 그를 마주 보고 서서 총을 겨누었다. 그 중 한 명이 메가폰에 대고 소리쳤다. 우다얀도 어려움 없이 그 말을 들을 수 있었다.

그들은 저지대를 둘러쌌다. 군인 한 명이 그의 뒤쪽에 멀찍이 떨어져 섰고, 양옆에도 한 명씩 섰다. 그들은 그의 가족을 붙잡고 있었다. 그가 항복하지 않으면 가족을 없앨 것이라는 목소리가 울려 퍼졌다. 그를 위협하는 목소리는 그 자신은 물론이고 온 동네 사람들도 들을 수 있을 만큼 컸다.

그는 부레옥잠이 무성한, 허리까지 차오른 물에서 조심스럽게 일어섰다. 그가 삼킨 것을 뱉어내며 장기가 경련을 일으킬 만큼 격렬하게 기침을 해댔다. 머리 위로 손을 올리고 앞으로 걸어 나오라고 그들이 말했다.

다시 불안정하고 어지러운 감각이 몰려왔다. 물의 수면이 비스듬히 기울어져 보였고, 하늘은 평소보다 한참 낮아 보였으며, 지평선이 흔들렸다. 그는 어깨에 숄을 두르고 싶었다. 가우리가 자신들의 방 옷걸이 막대에 늘 걸어두는 부드러운 밤색 숄, 아침 시간에 지붕에서 하루의 첫 담배를 피우면서 어깨에 두르면 그녀의 냄새로 자신을 감싸주던 그 숄을 두르고 싶었다.

가우리와 어머니가 아직도 밖에서 장을 보고 있기를 바랐다. 그러나 물속에서 나왔을 때 그는 가우리와 어머니가 이미 집에 돌아와 이 상황을 겪고 있는 것을 보았다.

그 일은 가우리의 집 근처에서, 그녀가 살았던 아파트에서 조금 걸어 내려가면 있는 대학 교정에서 시작되었다. 실험실에서 실험을 하거나 구내식당에서 식사를 하면서 그들은 늘 정부의 잘못에 대해 토론을 했다. 침체된 경제에 대해서, 생활수준의 하락에 대해서 얘기를 나누었다. 수많은 사람들을 아사 직전까지 내몬 최근의 쌀 부족 문제, 인도의 절반이 여전히 속박 상태인 짝퉁 독립 상황에 대해서도 의견을 나누었다. 이제는 그들을 속박시키는 게 인도인 자신이라는 점이 다르긴 했지만.

그는 마르크스주의 학생 연합의 회원 몇 명을 알게 되었다. 그들은 베트남의 사례에 관해 이야기했다. 그는 수업을 빼먹고 그들과 함께 캘커타 시내를 돌아다니기 시작했다. 공장을 방문하고 슬럼가를 찾아갔다.

1966년 그들은 기숙사 관리 부실과 행정 실책에 항의하여 프레지던시대학에서 동맹휴교를 이끌었다. 관리 책임자의 사임을 요구했다. 그들은 퇴학도 감수했다. 결국 캘커타에 있는 전 대학이 69일 동안 휴교를 했다.

그는 더 많은 것을 배우기 위해 시골 지역으로 갔다. 해가 지기 전까지 매일 25킬로미터를 걸으며 이곳저곳을 돌아다니라는 지시를 받았다. 절망 속에서 살아가는 소작농들을 만났다. 가축 사료를 먹는 지경에 이른 사람들도 만났다. 하루에 한 끼만 먹는 아이들도 보았다.

더 가난한 사람들 중에는 가족을 죽이고 나서 자신의 목숨을 끊는 사람도 종종 있다는 말을 들었다.

그들의 생존은 지주나 돈놀이꾼과의 협정에 달렸고, 그들을 이용하는 사람들에 좌우되었다. 자신들이 어떻게 해볼 도리가

없는 힘에 좌우되었다. 그는 현 체제가 어떻게 그들을 옥죄는
지, 어떻게 모욕하는지, 어떻게 그들의 존엄성을 박탈하는지 보
았다.

그는 자신에게 주어진 것만 먹었다. 거친 현미, 마른 렌즈콩,
그의 갈증을 해소해주지 못하는 물……. 어떤 마을에는 차도
없었다. 그는 거의 목욕을 하지 않았고, 들판에서 용변을 보아
야 했다. 창자를 쥐어짜는 격렬한 경련이나 피부에 난 쓰린 상
처를 숨어서 고통스러워할 사적인 공간도 없었다. 그에게는 이
러한 것들이 일시적인 고생이었다. 하지만 이게 삶의 전부인 사
람들이 너무나도 많았다.

밤이 되면 그와 그의 동지들은 숨어 들어가 간이침대나 곡물
자루에서 잤다. 모기떼가 그들을 괴롭혔다. 모기들은 천천히 움
직여서 물었다. 뼛속까지 무는 것 같았다. 몇몇 남학생들은 부
유한 집안 출신이었는데, 며칠 안 되어 한두 명이 떠났다. 밤이
면 모두 침묵에 빠져들었고, 우다얀은 낮 동안에 보고 들은 것
에 분개하면서 유일하게 위로가 되는 것을 생각하는 사치를 누
렸다. 가우리였다. 그녀를 다시 만나 이야기하는 상상을 했다.
그녀가 기꺼이 자신의 아내가 되어줄 것인지 궁금했다.

어느 날은 병원을 찾아갔을 때 젊은 여자의 시체와 맞닥뜨렸
다. 가우리의 나이쯤 되어 보였는데 이미 많은 아이를 둔 엄마
였다. 외관상으로는 그녀가 왜 죽었는지 알기 어려웠다. 의사가
그들 일행에게 추측해보라고 말했을 때 맞는 답을 얘기한 사람
은 없었다. 가족을 위해 값이 싼 쌀을 얻으려다가 죽었다고 의
사가 말해주었다. 우르르 몰려든 사람들에 밟혔다고 했다. 그녀
는 폐가 뭉개졌다.

저지대

얄궂게도 그녀의 얼굴은 통통하고 배는 날씬했다. 우다얀은 다른 사람들이 그녀를 넘어뜨릴 만큼 독한 마음을 품고 뒤에서 밀치는 모습을 상상했다. 아마 그녀와 같은 마을에 사는 아는 사람들일 것이고, 이웃이나 친구라고 부르는 사이였을 수도 있는 사람들이었다. 이 역시 현 체제가 실패한 체제이며 그런 가난은 범죄라는 또 하나의 증거였다.

그들은 이 체제를 대신할 대안이 있다는 얘기를 들었다. 그렇지만 처음에는 주로 행동이 아닌 사상의 문제였다. 회의와 시위에 참가하고, 계속해서 학습을 하고, 포스터를 붙이고, 한밤중에 몰래 구호를 쓰는 정도였다. 차루 마줌다르의 소책자를 읽고, 카누 사냘을 신뢰하고, 해결책이 가까이에 있다고 믿는 것이상으로 나아가지는 않았다.

캘커타에서 당이 만들어진 직후에 수바시가 미국으로 떠났다. 그는 당의 목적에 비판적이었는데, 사실은 반대하는 입장이었다. 형의 반대에 우다얀은 화가 났지만, 그보다는 형과의 작별에서 느끼는 어떤 예감이 훨씬 강렬했다. 서로 다시는 보지못할 거라는 예감이었는데, 암만 떨치려 해도 소용없었다. 몇달 뒤에 그는 가우리와 결혼했다.

수바시가 떠나버리자 우다얀의 유일한 친구는 동지들뿐이었다. 임무는 천천히 더 구체적이고 더 목적에 적합한 것으로 변해갔다. 국립대학교의 교무과장 사무실에 휘발유를 뿌렸다. 폭탄 제조법을 공부하고 실험실에서 재료를 훔쳤다. 인근에 사는 대원들 사이에서는 잠재적인 목표물에 대한 논의가 이루어졌다. 매판자본을 대표하는 톨리클럽, 총을 사용하며 권위를 상징하는 경찰관이 목표로 정해졌다.

창당 선언 이후 그는 이중생활을 하기 시작했다. 두 개의 차원에서 살고 두 개의 법을 따랐다. 한 세계에서는 가우리와 결혼하고 부모님과 함께 살며, 의심을 사지 않기 위해 출퇴근을 하고, 학교에서 학생들을 가르치고, 학생들에게 간단한 실험을 지도했다. 미국에 있는 수바시에게는 편지를 밝게 써서 보냈다. 그 운동은 이제 자신과 별 상관이 없고 자신은 열정이 식은 것처럼 꾸몄다. 형과 다시 가까워지기를 바라며 형에게 거짓말을 한 것이었다. 부모님에게 걱정을 끼치지 않기 위해 부모님에게도 거짓말을 했다.

그러나 당의 세계에서는 그가 경찰관을 죽이는 일에 도움을 줄 것으로 기대했다. 경찰은 외국인에게서 훈련받은 야만의 상징이었다. "그들은 인도인이 아니야. 그들은 인도에 소속된 게 아니야." 차루 마줌다르는 그렇게 말했다. 낱낱의 폭력은 혁명을 퍼뜨릴 것이고, 앞으로 나아가는 발걸음일 것이라고 믿었다.

우다얀은 정해진 시간에 나타나서 거사가 이루어질 골목을 지켰다. 그들은 이른 오후 그 경찰이 아들을 데리러 학교로 가고 있을 때 공격했다. 경찰이 근무를 안 하는 날이었다. 가우리 덕분에 그날은 그가 총을 가지고 있지 않다는 것을 알았다.

여러 차례 회의를 하면서 우다얀과 대원들은 단도로 배의 어디를 노려야 하는지, 갈비뼈 밑의 어느 지점을 찔러야 하는지 공부했다. 그들은 시나가 체포되기 전에 해주었던 말을 기억했다. 혁명을 위한 폭력은 압제에 맞서는 것이다. 그것은 인도적인 해방의 힘이다, 라는 말이었다.

우다얀은 골목에 있을 때 마음이 차분했으며 목적의식이 또렷했다. 그는 경찰관의 옷이 짙게 물드는 것을 보았다. 놀라는 표정, 불룩해진 눈, 고통으로 일그러진 얼굴을 지켜보았다. 이제 그는 더 이상 경찰이 아니었다. 남편도 아니었고 아빠도 아니었다. 오래전에 톨리클럽의 바깥에 놓인 약간 휜 퍼터로 수바시를 때린 경찰을 연상시키는 그런 사람이 더 이상 아니었다. 이제는 산 사람이 아니었다.

간단한 단도는 그를 죽이기에 충분했다. 과일을 자르는 용도로 만들어진 도구였다. 우다얀의 뒤통수를 겨냥한 장전된 총이 아니었다.

우다얀은 단도를 사용하는 사람이 아니라 서서 지켜보는 사람일 뿐이었다. 그러나 그의 역할은 매우 중요한 것이었다. 그는 가능한 한 가까이 다가가서 적의 신선한 피에 손을 적신 다음 담벼락에 당의 이니셜을 썼다. 피가 손목을 타고 흘러내려 팔오금에 고였다. 그는 곧 현장에서 달아났다.

이제 그는 주거지 안에 있는 저지대의 가장자리에 섰다. 평생을 살아온 곳이었다. 10월의 저녁, 두르가 푸자가 시작되기 한 주 전이었다. 톨리건지에 어스름이 깔리기 시작했다.

부모님은 경찰에게 아들은 아무 죄가 없다고 주장하며 간곡히 빌었다. 그러나 그가 한 행동을 모르는 사람은 부모님이었다.

그들은 그의 손을 뒤로 묶었다. 밧줄에 피부가 쓸렸다. 이루 말할 수 없이 불편했다. 뒤로 돌아서라는 말을 들었다.

달아나기에도 싸우기에도 늦었다. 그래서 그는 가족에게 등을 보인 채 서서 기다렸다. 그들의 모습을 보지는 못하고 머리로만 그렸다.

그가 부모님의 모습에서 마지막으로 본 것은, 부모님께 용서를 구하려고 몸을 굽혔을 때 본 땅 위의 발이었다. 아버지가 집에서 신는 낡은 고무 슬리퍼와 어머니의 진갈색 사리의 가두리였다. 어머니는 사리의 끝 부분을 머리에 두르고 어깨를 감싼 다음 목 부분에서 손가락으로 잡고 있었다.

손이 밧줄에 묶일 때 그가 그나마 얼굴을 볼 수 있었던 사람은 가우리뿐이었다. 손이 묶이지 않았다면 아마 그녀에게서 얼굴을 돌리지 못했을 것이다.

자신은 그녀에게 영웅이 못 된다는 것을 알았다. 그녀에게 거짓말을 했고 그녀를 이용했다. 그렇지만 그녀를 사랑했다. 아름답게 꾸미는 일에 별로 신경 쓰지 않고 자신의 매력을 알아차리지 못하는, 책을 좋아하는 여자……. 그녀는 인생을 혼자 살 생각이었지만 그는 그녀를 안 순간부터 그녀가 필요했다. 그런데 이제 그녀를 버리고 떠나려 한다.

아니, 그녀가 그를 버리고 떠나는 것일까? 왜냐하면 한 번도 본 적이 없는 눈빛으로 그를 쳐다보았기 때문이다. 그것은 환멸감이 어린 눈빛이었다. 그들이 함께했던 모든 것들을 수정하고자 하는 표정이었다.

그들은 밴의 뒷자리에 그를 밀어 넣고 시동을 걸었다. 문이 쾅 닫히면서 진동이 이는 것을 느꼈다. 놈들은 자신을 도시 바깥의 어디론가 데려갈 것이다. 거기서 심문을 하고, 그런 다음 죽일 것이다. 죽이거나 감옥에 보내거나. 그러나 아니었다. 놈들은 이미 시동을 껐다. 밴이 멈추었다. 문이 열렸다. 그는 다시 밖으로 끌려 나왔다.

그가 수바시와 함께 수없이 많이 왔던 들판이었다.

놈들은 아무것도 묻지 않았다. 손을 풀어주더니 손가락으로 한 방향을 가리키며 이제 다시 손을 머리 위로 올리고 걸어가라고 말했다.

천천히 걸어, 그들이 말하는 소리를 들었다. 반드시 한 걸음 한 걸음 잠시 멈추었다가 다시 걸어야 해.

그는 들은 대로 했다. 한 걸음 한 걸음 그들로부터 멀어져갔다. 네 가족에게 돌아가, 그들이 말했다. 그러나 그는 알았다. 놈들은 단지 그가 이상적인 사정권 안에 들어오기를 기다리는 것일 뿐이라는 걸.

한 걸음, 또 한 걸음. 그는 발걸음을 세기 시작했다. 얼마나 더 걷게 할까?

그는 처음부터 자신이 하는 일의 위험을 알았다. 그러나 그를 실제로 위험에 빠뜨린 것은 그 경찰관의 피였다. 그 피는 그 경찰만의 피가 아니었다. 우다얀의 일부이기도 했다. 그래서 경찰관이 골목에서 죽어 쓰러졌을 때, 우다얀은 자신의 삶이 돌이킬 수 없이 빠져나가기 시작하는 것을 느꼈다. 그때부터 그는 자신의 피가 쏟아질 때를 기다려왔다.

몇 분의 1초 동안 총알의 폭발음이 폐를 찢고 나가는 소리를 들었다. 솟구치는 물소리나 몰아치는 바람 소리 같은 소리였다. 이 세상의 불변하는 힘에 속하는 소리, 이 세상에서 그를 꺼내가는 소리…… 정적은 이제 순수하고 완전했다. 간섭하는 게 아무것도 없었다.

그는 혼자가 아니었다. 가우리가 그 앞에 복숭앗빛 사리를 입고 서 있었다. 그녀는 약간 숨을 헐떡였다. 블라우스의 겨드랑이 부분이 땀에 젖었다. 화창한 오후, 영화관 밖, 중간 휴식 시간이었다. 그들은 영화의 1부를 보지 못했다.

그녀는 한낮에 그를 만나러 왔다. 아내보다는 훨씬 더 낯설지만, 어둠 속에서 함께 앉는 사이가 되었다.

그녀의 머리카락이 희미하게 빛났다. 그는 목에 붙은 머리카락을 떼어주고 싶었다. 손가락 사이로 느껴지지 않는 그 무게를 느끼고 싶었다. 빛이 그 머리카락에서 반사되어 거울처럼 반짝이면서 희미하지만 완벽한 스펙트럼을 만들었다.

그는 그녀가 하는 말을 들으려고 애를 썼다. 손가락에서 담배를 떨구며 그녀에게 한 걸음 더 다가섰다.

그는 그녀에 맞추어 몸을 가누었다. 고개를 그녀의 얼굴 쪽으로 기울였고, 햇볕으로부터 그녀의 얼굴을 가려주려고 손을 올려 둘 사이에 손차양을 만들었다. 부질없는 몸짓이었다. 오직 정적뿐. 햇볕이 그녀의 머리카락에 내려앉았다.

가슴에 아로새겨질 이름

『저지대』는 줌파 라히리의 네 번째 책이다. 이전에 발표한 세 권 중 두 권은 단편집이고 한 권은 장편이니 이 작품은 라히리의 두 번째 장편이다.

옮긴이는 작년에 라히리의 첫 단편집인 『축복받은 집』을 번역하고 나서 한숨 돌리기 무섭게 신작 장편인 이 작품의 번역 작업에 착수했다. 본격적인 번역에 앞서 출판사로부터 PDF 파일을 받아 이 작품을 죽 훑어 읽고 난 뒤에 담당 편집자에게 전화했다. "번역을 시작하기 전에 이처럼 설레고 흥분되었던 적은 없었던 것 같아요." 그러고 나서 꽤 오랫동안 우다얀과 수바시와 가우리와 함께하며 그들의 심리를 엿보고 운명을 훔쳐보았다.

행복했다. 작가 특유의 섬세하고 밀도 높은 문장에 적절한 우리말을 궁리하느라 자판을 두드리는 손가락이 빈번히 주춤거렸지만, 모처럼 빼어난 작품을 만났다는 들뜬 기분에 그러한 수고로움조차 뿌듯했다.

먹먹했다. 우리나라의 상황과 정서에 대입해도 잘 들어맞을 듯싶은 작품의 전개에 자꾸만 지나온 세월과 삶이 투영되고 우

539

리 세대가 겪은 역사의 편린들이 떠올라 가슴 저릴 때가 적잖았다. 모든 작품에는 작가의 삶이 투영된다는 말이 있는데, 독자 역시 작품을 읽으며 능동적으로 자신의 삶을 비춰 본다는 것을 새삼 깨달았다.

줌파 라히리의 작품은 출간될 때마다 독자와 비평가로부터 뜨거운 반응을 받아온 터라 이 작품은 세상에 나오기도 전에 큰 관심을 끌었고, 정식으로 책이 나오기 전에 이미 〈뉴요커〉 잡지에 '형제애'라는 제목으로 작품의 일부가 실리기도 했다. 예상대로 이 작품은 미국을 넘어 세계 문단의 주목을 받았고, 노벨상, 공쿠르상과 더불어 세계 3대 문학상의 하나로 꼽히는 맨부커상의 후보에 올랐다. 아쉽게도 수상의 영예는 뉴질랜드의 젊은 작가에게 넘겨주었지만, 이 상의 최종 후보에 이름을 올렸다는 것 자체가 이미 작품성을 인정받았다는 것을 의미한다. 최근에는 이 작품이 영어로 쓰인 전 세계 여성 작가의 작품을 대상으로 하는 어떤 권위 있는 상의 후보에 올랐다는 소식도 들린다.

이 작품이 라히리의 이전 작품과 구별되는 두드러진 특징 가운데 하나는 정치·사회적인 내용을 비중 있게 다루었다는 점이다. 주로 사적이고 가족적인 이야기를 다룬 그동안의 소설에서 한 걸음 나아가 1960년대 후반에서 1970년대 초반에 이르는 시기의 인도의 좌익 운동을 작품의 중요한 소재로 삼았다. 작가의 시각이 넓어지고 작품의 폭과 깊이가 확대된 것이 반가웠는데 독자 여러분은 어떤 생각일지 궁금하다.

사실 이 소설의 시간적 배경은 대하소설 급이다. 70여 년에 이르는 3대에 걸친 이야기를 다룬다. 벨라의 딸인 메그나까지 넣으면 4대의 이야기인 셈이다. 주인공들의 섬세한 내면 풍경이 이야기를 이끌어가고 있음에도 내용이 속도감 있게 전개된다고 느끼는 것은 한 권의 소설에 이처럼 길고 오랜 시간을 담았기 때문일 것이다. 유장한 시간의 흐름이 작품의 분위기를 압도한다는 점에서 이 소설을 미니 대하소설이라 불러도 좋을 것 같다.

주인공들은 드물게 매력적이다. 개성이 강하고 생동감이 넘친다. 우다얀, 수바시, 가우리. 오래도록 독자의 가슴에 아로새겨질 이름이리라. 맨 먼저 독자의 마음을 사로잡는 사람은 우다얀이다. 이상을 향한 열정, 옳다고 믿는 것에 거침없이 뛰어드는 실천력, 하지만 그 순수함을 승화시키지 못하고 비극으로 이끌고 마는 과격성과 방법론적 미숙함……. 이 땅의 우리에게도 전혀 낯설지 않은, 한 시대를 표상하는 인물인 것 같아 마음이 아리고 시큰하다.

수바시는 우다얀과 달리 현실적이다. 거창한 이상과 명분보다는 집안의 안녕과 자신의 이익을 더 중시하는 소시민적인 인물이다. 하지만 행동이 신중하고 책임감이 강해서 독자는 자기도 모르게 그에게 동화되어 그의 눈으로 이 작품의 진행을 따라가게 될 것이다. 공부에 전념하기 위해 집을 떠나 미국으로 갔지만 결국 조국의 현실이 잉태한 고단함과 쓰라림을 온몸으로 받아들여야 했던 수바시의 운명을 통해 작가는 현실에서 도피할 수 있는 길은 없다는 것을 말하고 싶었는지 모른다.

가우리는 문제적 인물이다. 가우리의 이해 못할 행동에 분개하는 독자들의 모습이 눈에 보이는 듯하다. 어떻게 수바시의 헌신적인 노력과 배려를 그런 식으로 배반한단 말인가? 어떻게 자식을 버리고 떠날 수 있단 말인가? 집을 나간 뒤로 어떻게 30여 년 동안이나 자식을 찾지 않을 수 있단 말인가? 착각에 빠져 모르는 남성을 뒤쫓아간 그녀의 욕정을 어떻게 이해할 것이며, 잠시 동성애에 빠져든 행위는 또 어떻게 받아들여야 하나?

독자 중에는 작가가 가우리라는 인물을 성공적으로 만들어내지 못했다고 생각하는 사람도 있을 듯싶다. 무엇보다도 엄마가 자식을 버렸다는, 인간의 마음속에 의심할 수 없는 실체처럼 성스럽게 자리 잡고 있는 모성애를 거역했다는 점에서 진저리를 치는 사람이 있을 것 같다. 옮긴이도 처음에는 은근히 그런 생각이 들었으나 번역을 해나가는 동안 그 생각이 바뀌었다. 가우리로 인해 이 소설이 오늘날의 여성상에 대해서도 깊이 숙고해보게 하는, 한결 도전적이고 깊은 울림을 주는 작품이 되었다고 믿게 되었다.

다른 인물들이 처음부터 끝까지 성격의 변화가 별로 없는 평면적 인물인 데 반해 가우리는 환경에 따라, 세월의 흐름에 따라 변해가는 입체적 인물이라 할 수 있다. 가우리는 명민하고 순수한 학생에서 끔찍한 경험으로 생긴 트라우마를 평생 안고 사는 여자로 변하게 되고, 모성애라는 거룩한 신화를 무너뜨리는가 하면 실패할지언정 끊임없이 자아 찾기를 시도하는 한 여성상을 보여주기도 하고, 인간은 예측 가능한 존재가 아니라는 상식적이지만 소중한 사실을 일깨워주기도 한다. 관념으로 만들어낸 인물이 아니라 살아 숨 쉬는 실존적 인물이라는 느낌이 들게 한다. 가우리의 문제적 삶이 작품에 논쟁적이고 역동적인 힘을 불어넣어 작품의 생명력을 더욱 질기게 만들었다고 믿는다.

이 작품에서는 제삼자의 수다스러운 개입 없이 수바시, 우다얀, 가우리, 어머니, 벨라가 수시로 시점을 달리하여 등장하면서 자신의 눈으로 본 것과 자신의 생각을 풀어놓는다. 각 인물들이 자신의 입장에서 이야기를 풀어가기 때문에 우다얀과 수바시는 물론이고 사랑의 감정이 부족한 가우리에게도 충분히 공감할 수 있으며, 심지어 가우리를 집에서 쫓아내려 한 시어머니 비졸리에게서도 뭉클한 감동을 느낄 때가 있다. 함부로 옳고 그름을 구분하는 일 없이 등장인물 모두의 존재감을 부각하는 라히리의 문학적 독창성과 역량이 잘 드러나는 대목이 아닐 수 없다.

소설의 끝 부분에 벨라가 엄마에게 편지를 보내서 메그나가 더 나이 들면 자신과 메그나가 엄마를 다시 만날 수도 있을 것이라는 여지를 남겨둔 것과 수바시가 늦은 나이에 새로 결혼하여 아일랜드에서 신혼여행을 보내는 장면은 언 땅을 뚫고 돋아난 봄 새싹을 보는 것처럼 반갑고 훈훈했다.

봄이다. 딸아이의 대학 입시 과정을 지켜보느라 겨우내 이중으로 마음 졸이며 번역했던 이 『저지대』가 봄볕을 받으며 태어나기 위한 준비를 끝냈다. 지난겨울은 먹먹했지만 행복했다.

2014년 봄에
서창렬

매력적이다. 굉장한 재능이 활짝 피어났다.

샌프란시스코크로니클

1967년의 캘커타 폭동에 토대를 두고 있으나 오늘날의 로드아일랜드까지 이야기가 이어지는 한 가문의 대하소설이다. 작가의 매혹적인 첫 장편 『이름 뒤에 숨은 사랑』 이후의 오랜 기다림을 정당화해주는, 깊은 감동을 주는 정교한 작품이다.

타임아웃뉴욕

라히리의 문체의 성과와 글쓰기의 변화를 보여주는 작품이다. 이 소설은 결혼, 부모라는 존재, 정치, 헌신 등에 관한 예리한 통찰로 가득하다. 책을 다 읽고 난 뒤에도 오랫동안 뇌리에 남는 그런 종류의 작품이다.

피츠버그포스트가제트

등장인물 간의 인간관계의 실패와, 그로 인해 제대로 자신의 삶을 살지 못하는 상황을 다룬 작품이다. 라히리는 서로 다른 시기를 대담하게 오가며 인물의 감정을 대단히 정확하게 그려낸다. 이 서사시적인 작품에서는 평범한 것이 환한 빛을 띠게 된다.

더타임스 리터러리서플리먼트

라히리는 제우스의 머릿속에서 태어난 아테나처럼 온전하고 영광스러운 모습으로 문학계에 나타났다. 이 작품에서 라히리는 언제나 가장 잘 다루어왔던 것, 즉 등장인물의 부서지기 쉬운 내적 움직임을 탐사한다. 그들의 감추어진 진정한 본성이 우리 앞에 선명하게 일렁거린다.

필라델피아인콰이어러

경탄스러운 작품이다. 라히리는 존 업다이크, 필립 로스, 조너선 프랜즌과 같은 유파의 미국 사실주의 작가다. 그녀는 미국의 신화로 이루어진 포착하기 어렵고 곤혹스러운 징후들을 권위 있게 화폭에 담아낸다.

로스앤젤레스 리뷰오브북스

『저지대』에서 중요한 것은 사회의 운명이 아니라 개인의 삶과 개인의 행복에 관한 것이다. 누구보다도 투르게네프가 그녀가 규정하는 문제를 잘 인식할 것이다. 라히리의 산문은 현재진행형처럼, 점묘파 그림처럼 전개된다.

뉴욕리뷰오브북스

『저지대』를 읽는 것은 격정적인 클래식 음악을 듣는 것과 흡사하다. 라히리의 작품은 우리에게 어떻게 살 것인지 가르쳐준다.

더프로비던스피닉스

매혹적이다. 세대와 대륙을 넘나드는 이야기는 그 범위가 서사시적이다. 작가는 또한 빼어난 기교로 시간과 기억이 상호작용하며 반짝이는 이야기를 만들어낸다. 기대와 열망이 가득한 야심 찬 작품이다.

셀프어웨어니스

우아하고 한결같다. 참으로 정치하다. 라히리의 문장은 무자비할 정도로 명료하다. 그녀는 위대한 미국 작가로 확고하게 자리 잡았다.

『축복받은 집』『이름 뒤에 숨은 사랑』의 작가 줌파 라히리는 인도와 미국이 만나는 미묘한 교차 지점을 그려내는 데 독보적인 재능을 보여준다.

소설가로서 라히리의 탁월한 역량은 글이 쉽고 우아하게 읽힌다는 데 있다. 또한 그녀가 만들어낸 모든 인물을, 심지어 가우리도, 존중하는 태도로 대한다는 데 있다.

정확한 문장, 정제된 공간적 배경, 선명하게 떠오르는 인물, 침착한 어조─ 라히리의 자질은 모든 독자의 마음을 위무한다.

늘 그렇듯이 라히리의 글은 함께 엮으면 어느 면에서는 강철보다도 더 강한 거미줄처럼 섬세하면서도 강렬한 힘을 지녔다.